HEYNE<

Das Buch
Ganz Berlin trauert, als der große Stummfilmstar Jula Mondschein stirbt. Nur Julas Schwester Chiara bleibt davon unberührt, denn sie erkennt, dass sie das künstliche Wesen, zu dem Jula geworden war, kaum kannte. Als der Regisseur Felix Masken ihr anbietet, eine von Julas Rollen zu übernehmen, sagt sie, wenn auch zögernd, zu. So lernt Chiara die glitzernde Welt der Reichen und Berühmten kennen. Bei dem Blick hinter die Kulissen wird ihr schnell klar, dass Julas Leben hauptsächlich von Alkohol, Drogen und sexuellen Ausschweifungen bestimmt war und dass die Gesellschaft, in der sie sich bewegte, aus Lügen und Täuschungen bestand. Außerdem stößt sie auf die Spuren einer mysteriösen und grausamen Geheimgesellschaft, der Jula hoffnungslos verfallen war. Und auch Chiara droht, sich in dem Netz aus Wahnsinn und Gewalt zu verlieren.

Der Autor
Kai Meyer wurde 1969 in Lübeck geboren. Nach dem Abitur studierte er Film und Theater in Bochum und arbeitete einige Jahre als Journalist. Seit 1995 lebt er als freier Schriftsteller mit seiner Familie am Rande der Eifel. Im Internet ist er erreichbar unter: www.kaimeyer.com
Im Wilhelm Heyne Verlag liegen vor: Die Alchimistin, Die Unsterbliche, Das Gelübde, Göttin der Wüste und die Trilogie Die Fließende Königin, Das Steinerne Licht und Das Gläserne Wort.

Kai Meyer

Das zweite Gesicht

Roman

WILHELM HEYNE VERLAG
MÜNCHEN

Umwelthinweis:
Dieses Buch wurde auf
chlor- und säurefreiem Papier gedruckt.

Taschenbucherstausgabe 11/2004
Copyright © 2002 by Kai Meyer
Copyright © 2002 by Ullstein Heyne List GmbH & Co. KG,
München
Copyright © dieser Ausgabe 2004 by
Wilhelm Heyne Verlag, München,
in der Verlagsgruppe Random House GmbH
Printed in Germany 2004
Umschlagillustration: photonica/Elke Hesser
Umschlaggestaltung: Hauptmann und Kampa Werbeagentur,
München, Zürich
Satz: EDV-Fotosatz Huber, Germering
Druck und Bindung: GGP Media GmbH, Pößneck

ISBN: 3-453-47000-1
http://www.heyne.de

Schaust du mich an aus dem Kristall,
Mit deiner Augen Nebelball,
Kometen gleich, die im Verbleichen;
Mit Zügen, worin wunderlich
Zwei Seelen wie Spione sich
Umschleichen, ja, dann flüstre ich:
Phantom, du bist nicht meinesgleichen!

Annette von Droste-Hülshoff:
»Das Spiegelbild«

Prolog

Berlin 1923

Das Leben erwachte in ihr wie eine Gestalt im Lichtstrahl eines Filmprojektors. Und wie die Menschen auf der Leinwand, eben noch ungeboren, ohne Stimme und ohne Vergangenheit, so fühlte auch sie sich in diesem Moment, konturlos und nur von einem Gedanken bestimmt:

Ich weiß nicht, wer ich bin.

Sie fragte sich, warum ihr Haar blond war. War sie nicht immer dunkelhaarig gewesen? Dunkelbraun, von der Farbe reifer Kastanien; sie hatte sich abgewöhnt, es kastanienbraun zu nennen, denn aus irgendeinem Grund glaubten alle, das bedeute Rot.

Sie lag auf dem Boden, und ihre Wange ruhte inmitten der Flut ihres Haars. Erst als sie den Kopf langsam hob, wurde ihr bewusst, dass er wehtat. Ihr war schwindelig.

Da war noch etwas, an das sie sich erinnerte. Ihr Name.

Chiara Mondschein.

Sie registrierte ihn, wie ein Fremder ihn registriert hätte, und sie wunderte sich, wie extravagant er klang. Chiara Mondschein. Kein schlechter Name.

Sie setzte sich auf, von einer erneuten Schwindelattacke geplagt, und blickte sich im Raum um. Sie wusste nicht, wie sie hierher gekommen war. Was vorher geschehen war. Und wer ihr Haar blond gefärbt hatte. Oder hatte sie selbst das getan? Es war kein hübsches Blond, kein Gedanke an Gold, eher weiß und ziemlich spröde. Als hätte es sehr schnell gehen müssen.

Die Wände des Raumes waren kahl. Es gab keine Fenster, nur eine stabile Tür, und die war geschlossen. Chiara spürte, dass der kalte Luftzug, der sie geweckt hatte, durch den Spalt unter dem Eingang hereinwehte, über das Linoleum strich und ihre Hände erreichte, auf die sie sich stützen musste, um nicht nach hinten zu fallen.

Durch das Schlüsselloch sah sie Licht, heller als bei ihr im Zimmer. An der Decke dämmerte eine Lampe; der Schirm hatte das Weiß eines Brautkleids, das durch zu viele Hände gegangen war. An noch etwas erinnerte sie dieses Grau, das Weiß sein wollte: an die Leinwände schmuddeliger Vorstadtkinos, Welten entfernt vom Glanz der großen Filmpaläste.

Der Gedanke hatte etwas Beruhigendes. Ihre Vergangenheit war nicht vollkommen ausgelöscht, sie konnte Teile davon spüren wie etwas, das sich nur knapp außerhalb ihrer Reichweite befand. Vielleicht verspürte sie deshalb keine Panik. Unruhe, gewiss, aber keine Panik. Womöglich war sie noch viel zu benommen. Wenn die Leere in ihrem Gedächtnis sie nicht in den Wahnsinn trieb, dann sicherlich der Kopfschmerz.

Sie rappelte sich hoch, gegen besseres Wissen. Sie fühlte, wie ihre Knie einknickten, spürte aber nicht mehr den Schmerz, als sie am Boden aufschlug.

Als sie erneut die Augen öffnete, war sie nicht mehr allein im Zimmer. Jemand hatte sie an den Schultern gepackt und schüttelte sie. Ihre Wange brannte. Was direkt vor ihr war, sah sie unscharf, verschwommen. Nur das Entfernte war klar, die offene Tür und der leere Korridor dahinter. Ihre Augen ahmten ihre Erinnerung nach: Das Ferne war erkennbar, aber das, was hätte nah sein müssen, die jüngste Vergangenheit verschwamm im Nebel, zerfaserte.

»Chiara!«

Die Stimme eines Mannes.

»Chiara, wir haben keine Zeit. Wir müssen von hier verschwinden!«

Sie blinzelte, löste schwerfällig ihren Blick von der offenen Tür und versuchte, den Mann anzusehen. Aber er war nur eine Silhouette, jemand, der über sie gebeugt war und an ihr zerrte.

»Wer sind Sie?« Dabei hätte die Frage doch lauten müssen: Wer bin ich?

Er stutzte, als hätte sie den Gedanken tatsächlich ausgesprochen. Ohne sein Gesicht zu sehen, spürte sie seine Verwirrung. Und dann seine Wut. »Das hab ich befürchtet. Verdammt noch mal!«

Der Boden sackte unter ihr fort, aber dann war da der Mann, der sie hielt, und sie stand wieder auf ihren Füßen, schwankend, aber nicht mehr in Gefahr zusammenzubrechen.

Hinaus aus der Tür, den hellen Korridor hinunter.

»Sie erinnern sich an gar nichts, oder?«

Sie bewegte die Lippen, und etwas musste sie wohl gesagt haben, auch wenn sie selbst sich nicht hören konnte. Der Mann erwiderte etwas, aber auch das drang nicht zu ihr durch.

Aus der Helligkeit neben ihr schälten sich Körper mit schlingernden Armen und verzerrten Schädeln, wuchsen mal in die Höhe, mal in die Breite, schienen nach ihr zu greifen, ohne sie zu berühren. Erst nach einer Weile erkannte Chiara, dass es ihre Schatten an den Wänden waren.

»Wo sind wir?« Das war ihre eigene Stimme. *Meine Stimme.*

»Noch lange nicht in Sicherheit.«

Sie sah ihn jetzt ein wenig deutlicher, obwohl er noch immer so schrecklich nah bei ihr war, sein Gesicht neben dem ihren, den Arm stützend um ihren Oberkörper gelegt. Er trug einen Mantel und war unrasiert, sein Haar klebte wirr an den Schläfen. Sie fragte sich, ob er so schwitzte, weil er etwas sehr Anstrengendes getan hatte, um sie hier rauszuholen. Das er *für sie* getan hatte. Und sie kannte nicht einmal seinen Namen.

»Vorsicht!« Dann riss er sie auch schon beiseite, bevor sie über das helle Bündel am Boden stolpern konnte.

»Das war ein Mensch«, flüsterte sie kraftlos.

»Ja.«

»Haben Sie ihn getötet?« Wie selbstverständlich das klang, wie etwas, das sie auswendig gelernt hatte! Das hatte sie wohl oft getan, Worte auswendig gelernt.

»Sie ist nicht tot«, sagte er nach einem Augenblick, der ihr ewig erschien.

Also war es eine Frau. Eine Frau in heller Kleidung, die auf einem Korridor im Nirgendwo lag. Alles war so irreal wie der Weg durch eine Filmkulisse.

Der Mann schob sie durch eine Öffnung.

»Das ist keine Tür«, sagte sie benommen.

»Nein. Natürlich nicht.«

Sie musste klettern, über einen Mauervorsprung.

»Ein Fenster«, flüsterte sie.

»Richtig. Halten Sie sich fest ... ja, genau so.«

Unter ihren Füßen scheppterte es metallisch. Eine Feuerleiter. All diese Stufen hinunter, im Zickzack an einer Hauswand entlang. Ihr war kalt, und es war dunkel. Der Himmel über ihnen war pechschwarz, sie sah deutlich ein paar Sterne. Sie konnte den Großen Wagen erkennen, aber noch immer nicht das Gesicht des Mannes neben ihr. Sie fror ganz erbärmlich, aber das lag nicht nur an der Witterung; sie fror vor Müdigkeit, vor Schwäche. Sie wollte schlafen, endlich wieder schlafen. Er hatte kein Recht, sie durch diese Kälte zu zerren und zu schieben.

»Ich bin Chiara Mondschein«, sagte sie, weil sie sich gerade daran erinnerte.

Er sagte nichts.

»Mondschein«, wiederholte sie.

»Ja.«

»Kenne ich Sie?«

»Ja.«

»Woher?«

»Das erklär ich Ihnen später. Bis dahin ist es Ihnen vielleicht selbst schon wieder eingefallen.«

Er drängte sie die Treppe hinunter, und sie wagte nicht, stehen zu bleiben, um einen Blick in sein Gesicht zu werfen. Lief einfach weiter, bis er sie abermals warnte, an der Schulter zurückhielt und dann langsamer von der letzten Stufe auf harten Steinboden führte.

»Wir sind unten«, sagte er. »Laufen Sie nach links.«

Sie hatte keine Ahnung, was mit ihr geschehen war, aber sie erinnerte sich sehr wohl, wo links war. Sie lief los, wie er es verlangt hatte. Um sie herum nichts als Dunkelheit, und als sie auch darin Gestalten zu sehen glaubte, wurde ihr schlagartig bewusst, dass *dies* nicht mehr ihre Schatten sein konnten: Ohne Licht keine Schatten. Kolossale Gestalten, die sie beobachteten, lang und dürr und verdreht, mit Gliedern wie aus Ästen. Kreidehände, Kreidefinger; Kinder hatten sie an die Wände gemalt. Es *mussten* Kinder gewesen sein, auch wenn all diesen Figuren etwas Wildes, Heidnisches anhaftete.

Um eine Ecke, eine Straße entlang, jetzt wieder Lichter. Leere Schaufenster, die darauf zu warten schienen, dass jemand von draußen hereintrat und sich zum Verkauf anbot. In einem eine einzelne Schaufensterpuppe, die zum Leben erwachte, als Chiara vorüber lief – ihr eigenes Spiegelbild. An das blonde Haar musste sie sich erst gewöhnen. Besser noch, es dunkel färben. So schnell wie möglich wieder sie selbst sein.

Der Mann war zurückgeblieben, aber als sie sich jetzt nach ihm umschaute und dabei für eine Sekunde langsamer wurde, prallte er gegen sie, und fast wären beide gestürzt. Die Lichtreflexe auf dem Kopfsteinpflaster sprangen ihr entgegen, aber der Mann riss sie zurück und hielt sie auf den Beinen.

»Ihren Namen«, brachte sie atemlos hervor.

»Sager.«

»Sollte ich mich ... daran erinnern?«

»Konrad Sager. Nein, Sie kennen meinen Namen nicht.«

»Sie können sich nicht vorstellen, wie sehr mich das beruhigt.«

»Zumindest erinnern Sie sich an Ihren eigenen.«

Sie hätte bitter aufgelacht, hätte sie die Luft dazu gehabt. »Das hier ist nicht Meißen, nicht wahr?«

»Meißen? Wie kommen Sie darauf?« Er schob sie um eine weitere Biegung, und die Lichter blieben zurück.

»Da komme ich her.«

»Ja, stimmt, das habe ich gelesen.«

Gelesen? Hatte jemand eine Akte über sie angelegt? Buch geführt über ihr Leben? Welches Leben?

»Wo laufen wir hin? Was ist eigentlich passiert?«

Er blieb stehen und hielt sie mit einem Ruck fest. Ihre Bewegungen waren immer noch automatisch wie die einer Maschine. Es war nicht gut, sie aus dem Takt zu bringen.

»Hören Sie«, sagte er scharf, »ich werde Ihnen erklären, was Sie wissen müssen. Aber nicht jetzt und nicht hier. Man wird bemerken, dass Sie fort sind, vermutlich gerade in diesem Moment. Und ich werde Sie kein zweites Mal retten.«

Damit trieb er sie weiter, und jetzt sagte sie nichts mehr. Endlich hatte sie sein Gesicht gesehen, im Halbdunkel und immer noch ein wenig unscharf, aber sie wusste jetzt, wie er aussah. Nicht dass sie ihn erkannte, aber das machte nichts – sie erkannte ja nicht einmal sich selbst. Alles geschah mit ihr, aber irgendwie geschah es auch mit einer anderen. Als wäre sie ihre eigene Doppelgängerin.

Immer wieder schaute er sich um, suchte nach Verfolgern. Einmal wich er einer Ansammlung düsterer Gestalten aus, den einzigen Menschen, denen sie während ihrer Flucht begegnete; sie kauerten um einen Blecheimer, aus dem ein paar kleine Flammen schlugen. Einer von ihnen fütterte das Feuer mit etwas, das wie abgeschlagene Hände aussah. Oder wie Wurzeln.

Sie rannten durch einen kleinen Park, ein ungepflegtes Dickicht an einer Straßenecke. Die Baumkronen rauschten über ihren Köpfen wie erstarrte Explosionen aus Holz.

Zu guter Letzt scheuchte er sie durch einen Hauseingang, eine Treppe hinauf und an einer unbeleuchteten Rezeption vorbei. Eines dieser Etagenhotels; sie hatte selbst einmal in einem gewohnt.

Diese Stadt ... Sie war ganz nahe daran, sich an den Namen zu erinnern.

In einem Zimmer sank sie in einen Sessel, während Sager

zweimal den Schlüssel im Schloss umdrehte. Etwas fiel aus ihrer Tasche, ein Stück Papier. Sie war froh, dass es auf der Sesselkante liegen blieb, denn sie hätte nicht die Kraft aufgebracht, sich vorzubeugen und es vom Boden aufzuheben. So aber konnte sie es nehmen und auseinander falten. Festes Papier, ziemlich hart. Nicht dazu gedacht, gefaltet zu werden. Erst nach einem Augenblick ergaben die Buchstaben einen Sinn, formierten sich zu Worten wie ein Haufen kleiner Nägel, die jemand rasch in eine Reihe hämmert.

Es war die Einladung zu einer Premiere. Der Titel des Films sagte ihr nichts, wohl aber einer der Stars des Abends. Darunter war das Filmplakat abgedruckt, mit zwei gezeichneten Gesichtern im Halbschatten.

Eines war ihr Gesicht. Ihr Name.

Chiara Mondschein.

Aber das war Unfug! Nicht sie war die Schauspielerin, sondern ihre Schwester ... Ja, sie erinnerte sich. Jula war nach Berlin gegangen, um Schauspielerin zu werden. Jula war fünf Jahre älter als sie.

Berlin. *Dies* war Berlin. Und Chiara war gekommen, um ... ja, warum eigentlich?

Sager hatte sich ihr gegenüber auf der Bettkante niedergelassen. Sein Atem rasselte. Er hatte eine Hand unter sein Hemd geschoben und kratzte sich mit hektischen Bewegungen am Oberkörper, kratzte wie ein Wahnsinniger seine Brust. Seine Fingernägel verursachten ein scharfes Rascheln, ein penetrantes Auf und Ab, so rau, als zerfetzten sie unter dem Stoff ganze Schichten von Pergament. Dabei ließ er Chiara nicht aus den Augen, kratzte und starrte sie an.

»Sie erinnern sich allmählich, stimmt's?«

»Nicht an Sie.«

»Aber an das Gesicht auf der Einladung.«

»Darauf habe ich dunkles Haar.«

Er lächelte, ohne mit dem Kratzen aufzuhören. Ganz kurz glaubte sie, ein Aufglimmen von Schmerz in seinen Augen zu sehen. Sie schätzte ihn auf Anfang vierzig, fast zwei Jahrzehnte älter als sie selbst. Sie war vierundzwanzig. Oder war es gewesen, als sie Meißen verlassen hatte.

»Sie sind nach Berlin gekommen, um Ihre Schwester zu beerdigen«, sagte er unvermittelt.

»Jula ist tot?« Eine Frage und zugleich eine Feststellung. Jetzt, wo er es sagte, war es keine Überraschung mehr. Jula war gestorben, sie erinnerte sich. Selbstmord, hatte es geheißen. Ein Cocktail aus Kokain, Morphium, Heroin und Alkohol. Todsicher, wenn die Mischung stimmt. Und Jula kannte sich aus.

»Was ist passiert?« Sie ließ die Hand mit der Einladung sinken. Samstagabend, stand darauf. Und ein Datum. »Bin ich ... ich weiß nicht, überfallen worden?«

Er hörte nicht auf, sich zu kratzen. Das Geräusch erschien ihr jetzt lauter als seine Stimme. »Julas Beerdigung liegt fast ein Jahr zurück.«

»*Ein Jahr!*«

»Meine Güte, Sie erinnern sich wirklich an nichts!«

Dabei hatte sie geglaubt, sie erinnere sich schon wieder an eine ganze Menge. Aber fast ein Jahr!

Sager musterte sie aus dunklen Augen. Er war fast einen Kopf größer als sie, aber weil sie im Sessel saß und er auf der weichen Matratze, überragte sie ihn um eine Handbreit. Er trug noch immer seinen Mantel, ein fleckiges, zerschlissenes Ding, das niemals modern, aber sicherlich einmal sauber gewesen war. Wer weiß, wie lange das her war.

»Ich nenne Ihnen ein paar Namen. Vielleicht erinnern Sie sich dann an mehr.«

Sie nickte. Angesichts der Wildheit, mit der er seine Brust kratzte, würde er bald auf die Rippen stoßen. Die Laute klangen jetzt wie das Ritsch-Ratsch scharfer Messerklingen.

»Elohim von Fürstenberg«, begann er.

Sie wedelte kraftlos mit dem Stück Papier. »Der zweite Name auf der Einladung. Aber sonst ... nein.« Sie schüttelte den Kopf.

»Ursi van der Heden. Torben Grapow.«

Nein, dachte sie. Oder?

»An keinen?«

Sie ließ sich Zeit, die Namen einsickern zu lassen. Im ersten Moment waren sie nichtssagend von ihr abgeprallt, aber dann, ganz allmählich, stellte sich etwas wie eine vage Vertrautheit ein.

»Felix Masken«, sagte er mit Nachdruck. »Sie *müssen* sich an Masken erinnern.«

Die Bilder überschwemmten sie wie eine Flut.

Sager beugte sich vor. »Sie erinnern sich, nicht wahr?«

Ja, dachte sie, ich erinnere mich.

Er zog die Hand unter dem Hemd hervor und betrachtete emotionslos seine Finger.

Masken, dachte sie noch einmal, und ihre Augen füllten sich mit Tränen.

Sagers Fingernägel glänzten, Halbmonde aus frischem Blut.

Zehn Monate zuvor

Eins

Berlin 1922

Die Beerdigung war zu Ende, aber noch immer standen alle am offenen Grab. Standen da und starrten, aber niemand weinte um die Tote.

Chiara hielt sich im Hintergrund. Auf dem Friedhof drängten sich Hunderte von Menschen. Tausend oder zweitausend mehr warteten draußen vor dem Tor, im Zaum gehalten von Sicherheitsleuten, die Gott weiß wer bezahlte. Felix Masken, vielleicht, Julas Entdecker und Förderer.

Sie hatte ihn vorhin am Grab gesehen, zwischen all den anderen bekannten Gesichtern, deren Namen sie vergessen hatte; und jenen Gesichtern, die beinahe niemand erkannte, die aber wie zum Ausgleich berühmte Namen trugen: Produzenten, Kameraleute und Regisseure, die mit Jula gearbeitet hatten. Einer war ihr aufgefallen, Fritz Lang, ein großer, schlanker Mann mit Monokel. Sie hatte einen oder zwei seiner Filme gesehen. Sein Bild tauchte ab und an als Karikatur in den Zeitungen auf, wenn es um Klatsch und Tratsch aus der Filmstadt Berlin ging. In Meißen hatten sich nur wenige dafür interessiert, in der Provinz hatte man andere Sorgen.

Jemand spielte Geige, aber zwischen all den Menschen konnte sie den Musiker nicht sehen. Eine traurige Melodie, die Jula vermutlich gehasst hätte.

Aber was wusste Chiara schon? Sie hatte Jula in den vergangenen sieben Jahre kein einziges Mal gesehen, seit ihre ältere Schwester Meißen den Rücken gekehrt hatte und nach Berlin gegangen war. Ihr Vater hatte es auf den schlechten Einfluss einiger Leute geschoben, denen sie in den Wochen zuvor begegnet war. Aber Chiara war sich dessen nicht so sicher. Jula war aus den Enge ihrer Heimat geflohen, weil sie es dort nicht mehr ausgehalten hatte. Vielleicht auch, weil sie in einem Alter gewesen war, in dem man solche Entscheidungen eben trifft.

Jula war damals zweiundzwanzig gewesen, Chiara siebzehn. Und während Jula berühmt wurde – und vielleicht sogar Gefallen an traurigen Melodien gefunden hatte, wer weiß –, war Chiara daheim geblieben, hatte für ihren Vater gekocht, sich dafür gehasst, ihn aber letztlich nur umso mehr geliebt. Ihr war keine andere Wahl geblieben, als ihm in der Werkstatt im Hinterhaus zu helfen, in seiner »Manufaktur für Schreibblocks, Rechnungsbücher und Durchschreibebücher«. Kein lukratives Geschäft, gewiss nicht, aber eines, bei dem man, wie er sagte, seine Ruhe hatte.

War Chiara deshalb neidisch auf Jula? Nicht, wenn sie ihren eigenen Beteuerungen Glauben schenkte. Und dennoch: Sie war wütend, dass ihre Schwester sie mit dem Vater und der monotonen Arbeit allein ließ und stattdessen den Luxus Berlins genoss. An manchen Tagen war Chiara verbittert gewesen, an anderen wütend, und es hatte Momente gegeben, in denen sie sich von Jula um ihr Leben betrogen gefühlt hatte. Doch dann waren da auch Tage, an denen sie wusste, dass sie das Richtige getan hatte, als sie bei ihrem Vater blieb. Sie liebte ihn, liebte das kleinstädtische Meißen mit all den Menschen, die sie seit ihrer Kindheit kannte. Sie fühlte sich geborgen an den Orten, die sich nie verändert hatten und die sie dann und wann besuchen konnte, um sich wieder so behütet und glücklich zu fühlen wie einst, als ihre Familie noch beisammen und das Leben sorglos gewesen war.

Die Mutter der Mädchen war gestorben, als Chiara vier war. Sie konnte sich kaum an sie erinnern. Eine Italienerin, Opernsängerin am Meißener Theater, die aus Liebe zu einem Manufakteur für Schreibblocks, Rechnungsbücher und Durchschreibebücher ihre Karriere aufgegeben hatte. Chiara hatte sich schon als Kind gefragt, was für eine Art von Karriere es wohl gewesen war, vor dem Meißener Publikum Arien zu singen.

Als Jula fortging, hatte sie mit ihrem Vater gebrochen. Verbittert hatte er Chiara erklärt, von nun an sei Jula für ihn tot, er wolle nichts mehr von ihr wissen, und tatsächlich hatte er nie wieder ein Wort über sie verloren. Doch als dann vor vier Tagen tatsächlich die Nachricht von Julas Tod kam, setzte er sich in seinen Sessel vor dem Ofen, rauchte eine letzte Pfeife, schloss die Augen und starb.

Einfach so.

Chiara war nicht hier, weil sie um Jula trauerte. Es gab Formalitäten, die sie als einzige Verwandte zu erledigen hatte. Danach würde sie nach Hause fahren, die Wohnung und die Werkstatt im Hinterhaus verkaufen und mit dem Geld, das sie dafür bekam, ein neues Leben beginnen. Wie das aussehen sollte? Sie hatte nicht die geringste Ahnung. Sie war sich nicht einmal im Klaren darüber, ob sie in Meißen leben wollte. Sicher war, sie wollte in keine Großstadt ziehen. Aber konnte sie dann nicht gleich in Meißen bleiben? Warum sich der Ungewissheit einer anderen Provinzstadt, fremden Menschen und neuen Beziehungen aussetzen?

Liebe Güte, jetzt klingst du wie dein Vater! So weit also ist es gekommen. Er hat dich angesteckt mit seiner Verbitterung. Du denkst schon jetzt wie eine alte Witwe, ohne den dazugehörigen Mann verloren zu haben.

In gewisser Weise brachte das ihre Sorgen auf den Punkt. Sie *wollte* Veränderung, sie sehnte sich danach, aber sie wollte sie nicht um jeden Preis. Sie hatte Freunde gehabt, Geliebte, aber das waren Spielereien gewesen, nichts, in das sie Hoffnungen gesetzt hatte. Gab es in Meißen für sie eine Chance, dass sich daran etwas änderte? Vermutlich nicht. Hier in Berlin, ja, hier mochte es Männer geben, die interessant waren, die sie faszinieren und amüsieren konnten. Aber in Meißen? In Meißen galt jeder bessere Angestellte aus der Porzellanmanufaktur als gute Partie.

Sie musste dort weg. Ganz gleich, wohin; egal, ob sie es später bereute. Aber Berlin? Nein, das war keine Stadt für sie, kein Ort, an dem sie ihr Leben verbringen wollte.

Die Melodie machte sie schwermütig, mehr noch als all diese Menschen in Schwarz, mehr noch als die Gewissheit, dass die Tote im Sarg ihre ältere Schwester war. Sie hatten sie ihr gezeigt, gestern Nachmittag im Leichenschauhaus, und es gab keinen Zweifel, dass es Jula war. Als hätten sie dafür Chiaras Bestätigung gebraucht. Sie hätten jeden fragen können, jedes junge Mädchen in den Schlangen vor den Filmtheatern, jeden Burschen an irgendeiner Straßenecke. Sie alle hatten Jula gekannt.

Chiara hatte die Filme angeschaut, zumindest jene, die nach Meißen kamen, und sie hatte sich gefragt, wie dieses Gesicht dort oben auf der Leinwand, fünf mal fünf Meter groß und von geradezu überirdischer Schönheit, ihre eigene Schwester sein konnte. Das dort oben waren Kalifentöchter, Prinzessinnen, gefallene Mädchen oder Verbrecherbräute. Die Jula jedenfalls, die Chiara gekannt hatte, war das gewiss nicht. Nicht das Mädchen, mit dem sie ein Zimmer geteilt hatte, dem sie von ihrer ersten Menstruation und ihrer ersten großen Liebe erzählt hatte. Nicht die Jula, die an den Nägeln kaute oder sich Pickel auf der Stirn ausdrückte.

Morphium, Kokain, Heroin und Alkohol. Was hatte Jula gedacht, in ihren letzten Minuten? Was hatte sie gesehen? Noch größeren Ruhm oder das Gegenteil?

Chiara wandte sich ab und wollte zum Ausgang gehen, als sie die Frau bemerkte, die sie von der anderen Seite des Kieswegs aus anstarrte. Sie trug ein dunkles Kostüm, war wohl einiges über fünfzig und hatte ihre Lippen mit einem Rot nachgezogen, das auf der Leinwand vermutlich schwarz ausgesehen hätte. Sie ist keine Schauspielerin, dachte Chiara, sie bewegt sich nicht wie die anderen. Kurz zuvor hatte sie Asta

Nielsen gesehen, ein wenig später Pola Negri; diese Frauen schwebten über den Friedhof wie Geister verstorbener Königinnen, getragen von ihrer eigenen Aura der Unnahbarkeit. Die Frau auf dem Kiesweg war anders, keine Schönheit, und von Schweben konnte keine Rede sein.

Chiara ging an ihr vorbei Richtung Ausgang, in der Hoffnung, schnell genug im Strom der Besucher unterzutauchen, bevor die Frau sie ansprechen konnte.

»Entschuldigen Sie.« Eine Stimme in ihrem Rücken, rau von zu vielen Zigaretten. Chiara blieb stehen, ohne sich umzudrehen. »Sie sind Julas Schwester, nicht wahr? Chiara Mondschein.«

»So?« Sie drehte sich um und fühlte sich vom entwaffnenden Lächeln der Frau überrumpelt.

»Henriette Hegenbarth«, stellte die Frau sich vor und streckte ihr die Hand entgegen. »Henriette, für Sie.«

»Mondschein«, gab sie zurück und ließ die Hand los, kaum dass sie sie berührt hatte. »Frau Mondschein, für Sie.«

»Du liebe Güte, ich will Ihnen nicht lästig fallen. Wirklich nicht.«

»Meine Bahn fährt in ein paar Minuten.« Das war Unsinn, doch ihr Gegenüber zeigte durch nichts, dass sie die Lüge durchschaute – vermutlich fuhr sie nie Straßenbahn.

»Ich will Sie nicht lange aufhalten, Frau Mondschein.«

»Was kann ich für Sie tun?«

Henriette strahlte sie an. »Sie wollen mit all dem hier nichts zu tun haben, oder? Das kann ich verstehen.«

»Nein, können Sie nicht. Sonst wären Sie nicht freiwillig hier.«

Das Lächeln kühlte um ein paar Grad ab, wohl eher vor Erstaunen als vor Ärger. »Sie sehen nicht nur aus wie Ihre Schwester, Sie sind auch genauso geschickt wie sie darin, andere abzukanzeln.«

Wenn sie eines ganz gewiss nicht wollte, dann so zu sein wie Jula. »Tut mir Leid. Aber ich bin wirklich in Eile.« Wurden Lügen durch ihre Wiederholung wahrer?

»Die Ähnlichkeit zwischen Ihnen beiden ist frappierend. Wirklich erstaunlich. Dabei sind Sie doch um einiges jünger, soweit ich weiß. Fünf Jahre, glaube ich.«

»Sind Sie eine Verehrerin meiner Schwester?«

Die Augen der Frau blitzten. »Wer ist das nicht?« Aber Chiara vermochte nicht zu sagen, ob die Worte sarkastisch oder aufrichtig gemeint waren. »Ich arbeite für die *Berliner Illustrierte*. Das ist eine große ...«

»Illustrierte. Ich weiß.«

Ein verhaltenes Lächeln. »Ja, natürlich. Tut mir Leid. Ich bin das, was man landläufig eine Klatschreporterin nennt. Gesellschaftskolumnistin, heißt das auf Einladungen. Schmeißfliege, hinter vorgehaltener Hand.«

Chiara schwieg und lächelte nicht.

»Bitte«, sagte die Reporterin, »ich will nicht um den heißen Brei herumreden. Ich arbeite an einem Buch über Ihre Schwester. Kindheit, Jugend, die ersten Erfolge und so weiter.«

»Aha.«

»Ich nehme an, Sie wissen, auf was ich hinaus will.«

Chiara wandte sich ab und ging. »Auf Wiedersehen. War schön, Sie kennen zu lernen.«

Die Kolumnistin lief auf kurzen Beinen hinter ihr her. »Bitte, Frau Mondschein ... Nun lassen Sie mich doch nicht einfach so stehen.«

»Sagen Sie bloß, daran sind Sie nicht gewöhnt?«

»Um ehrlich zu sein, nein.«

»Ich bin kein Star, Frau ...«

»Hegenbarth ... Henriette.«

»Frau Hegenbarth, richtig. Ich bin nicht darauf angewiesen, in Ihrer Kolumne aufzutauchen. Und ganz sicher nicht in Ihrem Buch.«

»Aber das werden Sie so oder so.«

»Ach ja?«

»Jula hat viel von Ihnen gesprochen.«

Chiara blieb abrupt stehen. »Jula hat mit Ihnen *über mich* gesprochen?«

»Natürlich. Und über Ihren Vater. Mein Beileid, übrigens. Ich habe von seinem Tod gehört.«

»Sie hat Ihnen von mir erzählt?«

»Warum wundert Sie das so?«

»Auf Wiedersehen.« Chiara ging weiter, diesmal sehr viel hastiger. Jula hatte ihr in sieben Jahren nicht einen Brief geschrieben, geschweige denn einen Besuch abgestattet oder sie nach Berlin eingeladen. Und nun sollte sie einer Wildfremden von ihr erzählt haben?

Wildfremd für dich, dachte sie. Aber vielleicht hat Jula sie gut gekannt. Vielleicht war diese Henriette Julas Freundin. Oder zumindest so etwas wie eine Vertraute.

»Ich habe vor über einem Jahr begonnen, Gespräche mit Ihrer Schwester zu führen.« Die Kolumnistin war ihr wieder dicht auf den Fersen. »Glauben Sie mir, ich meine es ernst mit diesem Buch – jetzt noch mehr als vorher. Ich will über die wahre Jula schreiben, nicht dieses Leinwandgesicht, das jeder aus dem Kino kennt. Wer war sie wirklich? Was ging in ihrem Kopf vor? Und warum hat sie es nicht gewagt, Ihnen und Ihrem Vater einen Brief zu schreiben?«

Chiara wirbelte herum und genoss einen Herzschlag lang das Erschrecken in den Zügen der konsternierten Reporterin. »Ich denke, dass Sie das einen Dreck angeht.«

»Aber ich kenne die Antwort. Kennen *Sie* sie auch?«

Der Zug der Trauergäste riss nicht ab. Obwohl sich jetzt Dutzende den Weg entlang zum Ausgang schoben, schien der Pulk um das Grab nicht kleiner zu werden. Die Geigenmelodie schwebte über ihren Köpfen, und für einen Augenblick fragte sich Chiara, ob die anderen sie überhaupt hörten.

»Ich kann Ihnen nicht viel über meine Schwester erzählen. Wir hatten seit Jahren keinen Kontakt – das war vermutlich ganz gut so, weil ich ihr sonst den Hals umgedreht hätte und sie schon früher hier gelandet wäre.« Sie war überrascht über ihre eigenen Worte. Aber es war die Wahrheit, in gewisser Weise. Mal sehen, ob dieses penetrante Frauenzimmer damit umgehen konnte. Wenn nicht, hol sie der Teufel. Wenn doch – dasselbe!

»Nur ein Interview«, sagte die Kolumnistin bedächtig. »Sie entscheiden, was Sie erzählen. Kleinigkeiten aus Ihrer Kindheit, egal was. Dann werde ich Sie nicht weiter bedrängen.«

»Das werden Sie so oder so nicht. Ich reise morgen ab.«

»Wir könnten uns heute Abend treffen.«

Einen Moment lang drohte sie schwach zu werden. Die Aussicht auf ein wenig Gesellschaft war besser, als allein in einem Pensionszimmer zu sitzen und den Ameisen bei ihrer Arbeit zwischen den Dielenbrettern zuzuschauen.

»Nein«, sagte sie schließlich. »Endgültig.«

Die Kolumnistin atmete tief durch, aber sie bohrte nicht weiter. Stattdessen zog sie ein Kärtchen aus ihrer Jackentasche, legte es auf einen Grabstein und kritzelte ein paar Zahlen darauf. »Meine Telefonnummer in der Redaktion«, sagte sie, als sie Chiara die Karte reichte. »Die zweite ist bei mir zu Hause. Rufen Sie an, wenn Sie sich in Berlin langweilen – oder einfach jemanden zum Reden brauchen. Immerhin war sie Ihre Schwester.«

Damit trat sie an Chiara vorbei, nickte ihr freundlich zu und ließ sie stehen.

✢

Vor dem Friedhof wartete ein Mann. Lässig lehnte er am Kotflügel eines dunklen Automobils. Offenbar wartete er auf sie. Als sie durch das Tor kam, trat er auf sie zu.

»Chiara Mondschein?«

Sie nickte.

»Mein Name ist Felix Masken.« Mit einem Lächeln, das bescheiden wirken sollte, fügte er hinzu: »Ich habe Ihre Schwester gekannt.«

»Ich weiß.«

Das schien ihn zu amüsieren. »Sie sind fremd in der Stadt. Darf ich Sie in Ihr Hotel bringen?«

Als er lächelte, füllte das Dämmerlicht seine Züge mit Schatten.

Zwei

Er brachte sie nicht zum Hotel, sondern zu sich nach Hause.
»Macht es Ihnen etwas aus, wenn wir zu mir fahren? Wir könnten uns ein bisschen unterhalten«, schlug er vor, nachdem sie eingestiegen war.

Natürlich machte es ihr etwas aus, aber das sagte sie nicht. Sie war neugierig. Nicht so sehr auf ihn als vielmehr auf Julas Vergangenheit. Masken hatte ihre Schwester kurz nach ihrer Ankunft in Berlin für den Film entdeckt. Das war ein Teil von Julas Legende, die in zahllosen Zeitungsartikeln wiedergekäut worden war. Hatte er sie auch als Erstes in sein Haus gebracht? Und dann? Hatte er ihr im Austausch gegen ein paar Gefälligkeiten versprochen, sie berühmt zu machen? Jula war ihre Schwester, und Chiara hielt es durchaus für möglich, dass sie sich darauf eingelassen hatte. Jula war mit dem festen Vorsatz nach Berlin gegangen, ein Star zu werden. Chiara glaubte nicht, dass sie in ihren Mitteln besonders wählerisch gewesen war. Als ihr Vater sie zum ersten Mal eine Meisterin der Intrige nannte, hatte Jula noch Zöpfe getragen. Chiara war oft, aber längst nicht immer die Leidtragende gewesen.

Sie hatte Masken noch keine Antwort gegeben, als er sich schließlich räusperte.

Chiara ließ ihm keine Gelegenheit, etwas zu sagen. »Was wollen Sie von mir?«, fragte sie knapp.

Er hob missbilligend eine Augenbraue, aber das war ihr egal.

»Was habe ich Ihnen getan, dass Sie so misstrauisch sind?«

Ja, dachte sie, was eigentlich? Äußerlich war er nicht unangenehm, wenngleich sie die Narbe auf seiner Wange ein wenig martialisch fand. Vermutlich ein Erinnerungsstück an die Schlagende Verbindung seiner Studentenjahre. Sein dunkles Haar war zurückgekämmt und an den Schläfen ergraut. Von anderen Filmleuten in Berlin unterschied er sich durch eine prätentiöse Aura des Kulturellen – das hatte sie zumindest in einer Illustrierten gelesen, als sie vor ein paar Monaten einmal mehr auf einen Artikel über Jula gestoßen war. Sie vermochte nicht zu sagen, ob ihr erster Eindruck dieses Bild von ihm bestätigte.

Sie wusste, dass Maskens als Schriftsteller zu Ruhm gekommen war, bevor er in der Filmwelt Fuß gefasst hatte. Eines seiner Bücher hatte sie schon vor Jahren gelesen, eine krude, nichts desto weniger faszinierende Mischung aus skandalöser Kolportage und großzügiger Erotik. Sein Roman *Mandragora* war während des Krieges als Feldpostausgabe in den Schützengräben verteilt worden, ehe das Oberkommando große Teile der Auflage aufgrund des »unrealen, ablenkenden Inhalts« vernichten ließ. Maskens eitler Ausspruch »Hier brannten Menschen, dort mein Buch« hatte damals ein breites Echo in der Presse gefunden und seinen Namen selbst bei jenen bekannt gemacht, die mit Büchern nicht viel zu tun hatten. Zweifelhaft, ob seine ersten filmischen Versuche auch danach noch solches Lob erfahren hätten, wie sie es einige Jahre vor Kriegsbeginn getan hatten. *Der Adept des Paracelsus*, der 1913 als einer der ersten Filme mit spektakulären Außenaufnahmen im Ausland aufwarten konnte, war auch finanziell ein Erfolg gewesen und hatte seinen jungen Hauptdarsteller Torben Grapow zum Star gemacht. Aber erst *Elmsfeuer*, Julas Debüt, hatte ihn finanziell so weit saniert, dass er heute noch von den Gewinnen lebte. Hatte er sich die Regie beim *Adept des Paracelsus* noch mit einem anderen geteilt, so war *Elmsfeuer* der erste Film, für den er allein die Verantwortung übernommen hatte. Damit brachte er Julas Karriere in Gang und seine zum Höhepunkt; alles, was er danach anpackte, einschließlich dreier weiterer Filme mit Jula, geriet ihm zu Achtungserfolgen, nichts, das seine Popularität hätte steigern können. Bis zu jenem Tag, der als das *Medusa*-Fiasko in die Filmgeschichte einging und durch den Maskens Name einmal mehr Berühmtheit erlangte.

»Reden Sie nicht mehr mit mir?«

Sie schrak auf. »Wie bitte?«

»Ich habe Sie gefragt, warum Sie mir gegenüber so misstrauisch sind – ohne dass wir uns überhaupt kennen gelernt haben. Bislang haben Sie es vorgezogen, mir keine Antwort darauf zu geben.«

Er mochte sich nichts dabei denken, aber das Wort »kennen gelernt« aus seinem Mund gefiel ihr nicht. Es hatte den gleichen Beigeschmack des Skandalösen wie alles, was er auf die eine oder andere Weise hervorbrachte: Bücher, Filme, sogar ein achtlos dahingesagtes Wort – Felix Masken war die Verkörperung des Anstößigen.

»Wie haben Sie Jula kennen gelernt?«

Ein feines Lächeln spielte um seine Mundwinkel. »Ich habe Ihre Schwester nicht von der Straße aufgelesen, wenn es das ist, was Sie meinen.« Er war Zyniker von Gottes Gnaden oder hielt sich zumindest für einen. »Wir wurden einander vorgestellt, in einem Lokal am Tiergarten. Sie ging damals mit einem jungen Schauspieler aus. Nicht die große Liebe, eher ein Sprungbrett zu Höherem, nehme ich an. Sie erzählte mir, sie wolle zum Film, und ich habe ihr eine Chance gegeben. Das war alles.«

»Tatsächlich?«

»Was wollen Sie hören? Eine wilde Räuberpistole über Sex und Nötigung?« Mit einem jungenhaften Grinsen winkte er ab. »Dann lesen Sie eines meiner Bücher.«

»Worüber wollen Sie mit mir sprechen?«

»Über Ihre Schwester, natürlich. Ich habe angenommen, Sie hätten vielleicht das Bedürfnis danach.«

Warum nur nahm jeder an, sie habe den Drang, sich über Jula zu unterhalten? Herrgott, sie hatten sich das letzte Mal vor einer halben Ewigkeit gesehen! »Und warum sollte ich gerade Ihnen mein Herz ausschütten?«

»Weil ich Jula besser gekannt habe als die meisten anderen.«

Sie seufzte. »Um ehrlich zu sein, Herr Masken, meine Schwester interessiert mich nicht besonders. Nicht sie selbst, und nicht ihr Leben in Berlin.«

»Das glaube ich Ihnen nicht.«

»Das ist Ihr Problem«, sagte sie, »nicht meines.«

»Ich glaube, Sie sind nicht halb so hart, wie Sie sich geben.«

»Oh, Sie meinen, ich entspräche eher Ihren Ansprüchen, wenn ich mich an Ihrer männlichen Schulter ausweinen würde?«

Er lachte. »Sarkasmus steht Ihnen jedenfalls viel besser als Ihrer Schwester.«

Die Häuser blieben hinter ihnen zurück, und der Wagen rumpelte durch eine triste, leere Gegend. »Yorck Straße« hatte auf dem letzten Schild gestanden, aber das war ein paar Minuten her, und dort hatte es Lichter und andere Automobile gegeben. Hier aber war es dunkel, die letzte Straßenlaterne hatten sie vor ein paar hundert Metern passiert. Masken war seitdem mehrfach abgebogen, in grob gepflasterte Wege, die immer wieder unbeschrankte Bahngleise kreuzten. Chiara erkannte in der Dunkelheit die Umrisse endloser Waggonketten wie Silhouetten schlafender Riesenschlangen. Das Gelände eines Güterbahnhofs. Maskens Hände schlossen sich fester um das Steuer, damit er auf der holprigen Piste nicht die Kontrolle über das Fahrzeug verlor.

»Sie wohnen unter einer Eisenbahnbrücke?«, fragte Chiara.

»Nicht ganz.«

Sie folgte seinem Blick nach rechts. Hinter einigen Waggons kam eine Mauer zum Vorschein, deren oberer Rand in engen Spiralen aus Stacheldraht abschloss. Jenseits davon war die beleuchtete Fassade eines Gebäudes zu sehen. Keine Villa, vielmehr eine Art Fabrikbau, klobig und schmucklos, ein dreistöckiges Rechteck mit hohen Fenstern, hinter denen kein Licht brannte. Auf dem Flachdach der oberen Etage hatte man etwas errichtet, das wie ein gewaltiges Gewächshaus aussah.

Masken hielt an, schloss ein Tor auf und lenkte den Wagen dann hindurch. »Die Anlage wurde 1912 für den *Adepten* errichtet. Vor ein paar Jahren habe ich es billig gekauft. Damals waren die Kameras noch auf Tageslicht angewiesen, deshalb hat man diese Glaskäfige gebaut. Mittlerweile ist das anders. In den neueren Ateliers in Babelsberg und Tempelhof wird nur noch bei Kunstlicht gedreht. Dies hier ist eines der letzten alten Filmhäuser in Berlin. Die meisten wurden abgerissen, als man sie nicht mehr brauchte. Aber damit hat auch die ganze Filmemacherei ein wenig von ihrem Charme verloren.«

Der Haupteingang wurde von zwei nackten Nymphen aus Stein flankiert – nichts anderes hatte sie von Masken erwartet. Darüber befand sich ein Balkon mit kunstvoll geschmiedetem Jugendstilgeländer und einer Fransenmarkise. Ein paar Sträucher und Bäume waren recht lieblos am Fuß der Mauern gepflanzt worden.

»Warum hier?«, fragte sie.

»Wie meinen Sie das?«

»Warum baut man ein Filmatelier auf einem Güterbahnhof?«

»Die meisten alten Studios sind auf Industriegeländen gebaut worden, ein paar auch mitten in der Stadt, auf den Dächern irgendwelcher Mietshäuser. Glanz und Glitter der Filmwelt ist Teil ihrer Illusionen. Die eigentliche Arbeit hat wenig Glamouröses – nicht, wenn es einem ernst damit ist.«

Er brachte den Wagen vor dem Eingang zum Stehen. Chiara hatte erwartet, dass ein Bediensteter auftauchen würde, sobald der Motor erstarb, doch niemand zeigte sich. Masken eilte um das Fahrzeug, um ihr die Beifahrertür zu öffnen, doch da stand sie schon längst im Freien und betrachtete die steinernen Nymphen.

Er lächelte. »Ich habe mich gefragt, ob es Ihnen gleich auffällt.«

»Das ist Jula.«

Masken nickte. »Ausstattungsstücke aus der *Pharaonentochter*. Ein grässliches Machwerk, haben Sie es gesehen? Jula war darin nicht besonders gut, wenn Sie mich fragen. Aber sie hat mir danach diese beiden Figuren geschenkt, und sie machen sich hier ganz gut. Kein echter Marmor, nur bemalter Beton. Die Züge hat man natürlich Julas Gesicht nachempfunden, aber ich kann Ihnen nicht sagen, ob der Körper auch ihrer ist. Sie hat es behauptet. Aber wer vermag das schon zu beurteilen – außer vielleicht ihre drei Dutzend Liebhaber.«

»Drei Dutzend?«

Er zuckte die Achseln und schloss die Tür auf. »Treten Sie ein.«

Es war sonderbar, zwischen den beiden Standbildern ihrer Schwester hindurchzugehen. Sie war gezwungen, zu Julas Antlitz aufzublicken, wie es im Film endlose Sklavenkolonnen getan hatten. Die Statuen standen da wie Wächter eines heidnischen Heiligtums, und Chiara kam es vor, als beträte sie damit endgültig Julas Reich. Sie war nicht sicher, ob sie das wirklich wollte.

Der Eingangsbereich, eine getäfelte Diele mit orientalischen Teppichen und einem Kronleuchter, war behaglicher, als er es angesichts der geschmacklosen Stilvielfalt seiner Einrichtung hätte sein dürfen. Vor allem die Reproduktion eines mittelalterlichen Freskos, ehemals wohl gleichfalls Teil einer Kulisse, zog Chiaras Blicke auf sich: Eine Gesellschaft bei Hofe, und auf dem Thron – natürlich – Jula als gekrönte Herrscherin.

Sie drehte sich um und bemerkte, dass Masken sie beobachtete.

»Es ist Ihnen unangenehm«, stellte er fest. »Zu viele Bilder Ihrer Schwester.«

»Es wirkt wie ein ... wie ein Mausoleum zu ihren Ehren.«

»Und Sie denken, dass sie das nicht verdient hat?«

»Vielleicht, wer weiß. Ich kannte Jula nicht so gut wie offenbar jeder andere in dieser Stadt. Zumindest nicht die Jula, die in all diesen Filmen auftaucht. Wie viele hat sie eigentlich gedreht? Neun, zehn?«

»Siebzehn.«

»Sehen Sie! Ich hab nicht mal die Hälfte davon gesehen.«

»Die meisten sind nicht besonders gut.«

»Trotzdem war sie ein Star.«

»Das ist sie immer noch – und wird es bleiben. Ihre Filme leben weiter.« Er trat vor das Fresko und blickte daran empor. Für Chiara sah es aus, als wäre er geradewegs in das Bild hineingetreten, einer von hundert Bittstellern am Fuße des Throns ihrer Schwester.

»Wussten Sie«, fragte er, »dass Jula und ich uns gestritten haben?«

»Ich hab's in irgendeiner Zeitung gelesen.«

»Oh, das waren nur unsere üblichen Reibereien ... Manchmal war ich vielleicht ein wenig eifersüchtig, weil sie auch ohne mich erfolgreich war. Aber das meine ich nicht. Ich spreche von einem *echten* Streit.«

Sie schüttelte den Kopf.

Masken trat aus der Szene in Julas Thronsaal zurück in die Wirklichkeit. »Kommen Sie, ich zeige Ihnen etwas.«

Er führte sie durch ein Treppenhaus, dessen Wände mit gerahmten Plakaten dekoriert waren. Auf allen stand sein Name als Produzent, Regisseur oder Autor.

Sie folgten den Stufen bis zum Ende. Dort hielt Masken ihr eine schwere Eisentür auf. Wenige Schritte führten sie in eine andere Welt.

Sie standen unter der Kuppel des Glasateliers, dessen Scheiben von innen durch schwarze Raffrollos verhängt waren. Darunter befand sich ein Irrgarten aus Kulissen, die sie eher in einem Theater vermutet hätte, als in einem Filmstudio. Da waren Teile einer apokalyptischen Landschaft voller Baumgerippe und bizarrer Felsen; Wände mit aufgemalten Möbeln, die zu einer Art Herrenhaus gehörten; Bauteile einer Außenfassade; eine Gruft mit Gewölbebögen. Nichts davon wirkte real, nicht einmal plastisch. Die Umrisse waren grob, die Schraffuren deutlich zu erkennen.

»Kubin«, sagte Masken.

»Wie bitte?«

»Alfred Kubin. Er hat alles entworfen, das meiste sogar mit eigenen Händen hergestellt.« Er lächelte. »Sie haben nie von ihm gehört, nicht wahr?«

»Sollte ich denn?«

»Warten Sie's ab, vielleicht lernen Sie ihn noch kennen. Sagen Sie, haben Sie jemals Poe gelesen? Die Ausgaben aus dem Georg-Müller-Verlag?«

»*Das Sprechende Herz*?«

»*Das Schwatzende Herz*. Zum Beispiel. Dann kennen Sie seine Zeichnungen. Kubin hat vieles von Poe illustriert. Vor etwa einem Jahr habe ich ihn engagiert, um Kulissen für eine Verfilmung von Poes *Der Untergang des Hauses Usher* zu entwerfen. Sagt Ihnen der Titel etwas?«

Sie erinnerte sich vage, zuckte aber die Achseln.

»Nun, wir hatten vor, Kubins Illustrationen zum Leben zu erwecken. Die Schauspieler agieren sozusagen in seinen Zeichnungen. Was halten Sie davon?«

Chiara machte ein paar Schritte in den Raum hinein. Viele der gemalten Kulissen wirkten unfertig, aber sie wollte Masken nicht schon wieder vor den Kopf stoßen, deshalb sagte sie diplomatisch: »Interessant.«

»Vor allem kostspielig. Und eine ziemliche Enttäuschung.«

»Wieso?«

»Wir mussten die Arbeiten schon nach wenigen Tagen abbrechen. Eine Laune Ihrer Schwester. Jula hat eine der Hauptrollen gespielt – die Lady Madeline. Oder Magdalena, wie sie in der Müller-Übersetzung heißt. Aber wir hatten vor, uns in den Zwischentiteln an das Original zu halten. Im Filmszenario heißt sie immer nur Madeline.«

»Und?«

»Jula hat die Sache hingeschmissen. Der Film entspräche nicht ihren Vorstellungen, hat sie am vierten oder fünften

Drehtag erklärt und ist gegangen. Ohne sie zogen sich auf einen Schlag alle unsere Finanziers zurück. Kubin fuhr zurück nach Österreich, die Schauspieler nahmen andere Rollen an.« Wehmütig streifte sein Blick über die Kulissen. »Das war der tatsächliche Untergang des Hauses Usher. Wir stehen gerade mitten in den Ruinen.«

Sie fand sein Pathos schwer erträglich, verkniff sich aber eine Bemerkung. Eine Menge Leute hatten an diesem Film gearbeitet, hatten Hoffnungen, Mühe und Geld hineingesteckt – und Jula hatte alles zunichte gemacht. In der Tat, darin war sie seit jeher eine Meisterin gewesen. Auch Chiara hatte einmal Träume gehabt, Wünsche, Erwartungen an ihr Leben, aber Jula hatte sie mit ihrem Verschwinden zerstört. Es hatte eine Zeit gegeben, da hatte sie gehofft, nach Dresden zu gehen, sich mit Kunst zu beschäftigen, vielleicht zu studieren. Vielleicht hätte es ihr schon gereicht, in einem der Museen zu arbeiten, Tag für Tag zwischen den Kunstwerken ein und aus zu gehen. Doch dann, als Jula fortging und die Situation zu Hause sich grundlegend veränderte, war schlagartig ihr Interesse an der Malerei geschwunden, so als hätte Jula es in ihre Tasche gepackt und mitgenommen.

»Haben Sie es nicht noch einmal versucht?«, fragte sie, auch um sich selbst wieder auf andere Gedanken zu bringen. »Mit einer anderen Schauspielerin?«

»Nein.« Er ging ein paar Schritte und blieb vor einem offenen Kamin stehen. Die Schatten waren grob gestrichelt, der Stein aus Papier. Und dennoch erschien es ihr wieder, als trete Masken direkt in eine Szene hinein, wurde Teil einer Fiktion, die er selbst erschaffen hatte. Für jemand wie ihn, der von Geschichten lebte, musste das der größte Triumph sein.

»Ich habe mit ein paar potenziellen Geldgebern gesprochen, aber alle haben abgewinkt. Ohne Jula war niemand bereit, den Film zu finanzieren.«

»Aber Ihr Renommee ...«

»Zum Teufel damit! Ich nehme an, Sie haben gehört, was vor drei Jahren passiert ist? Bei den Dreharbeiten zu *Medusa*?«

Sie nickte langsam. Jeder hatte davon gehört, zumal Jula die Hauptrolle gespielt hatte.

»Seitdem habe ich keinen Film mehr gemacht, wussten Sie das? *Usher* hätte mich rehabilitiert. Für die Leute war die Sache ganz einfach: Wenn Jula bereit war, wieder mit mir zu arbeiten, dann war es auch jeder andere. Eine Zeit lang sah alles großartig aus. Die Schauspieler rissen sich um die beiden männlichen Hauptrollen. Wir hätten sie alle haben können, Krauss und Jannings und Gott weiß wen ... Bis unsere kleine Jula entschied, dass der Stoff für sie nicht gut genug sei. Wollen Sie die Wahrheit hören? Madeline hatte ihrer Meinung nach zu wenige Szenen. Das war es, was ihr nicht gefiel. Sie taucht am Anfang des Films auf, und sie hat einen spektakulären Auftritt im Finale. Dazwischen, nichts. Wo ist meine Liebesszene, hat sie gefragt. Die Leute lieben mich nicht ohne Liebesszene. Dann ist sie gegangen, und mit ihr alle anderen.«

»Warum erzählen Sie mir das alles?«

»Weil ich Sie um Ihre Hilfe bitten möchte.«

»Mich?« Sie erwiderte seinen Blick, bis ihr die Intensität unangenehm wurde, mit der er sie ansah. »Was erwarten Sie? Dass ich mich als Jula ausgebe und zu Ihren Finanziers gehe?«

»Nicht als Jula. Als Lady Madeline.«

»Veralbern Sie mich nicht.«

»Nicht die Spur. Sie spielen die Rolle der Madeline in meinem Film – zumindest in jenen Szenen, die Jula nicht mehr gedreht hat. Und unsere Geldgeber bekommen etwas, das ihre kühnsten Erwartungen übertrifft: Den letzten Film, das Vermächtnis der Jula Mondschein – und den ersten Film ihrer Schwester!« Er musste die Ablehnung in ihrem Gesicht lesen, denn er kam jetzt auf sie zu, und sein Ton wurde beschwörend. »Hören Sie zu, Chiara. Sagen Sie nicht einfach nein, ohne nachzudenken. Ihre Ähnlichkeit mit Jula ist atemberaubend. Sie hätten die Leute auf der Beerdigung hören sollen, alle haben darüber gesprochen. Haben Sie wirklich gedacht, Sie könnten unerkannt dort auftauchen und wieder verschwinden? Himmel, Sie sehen aus wie eine jüngere Ausgabe

Ihrer Schwester! Und ich bin gewiss nicht der Einzige, der auf die Idee gekommen ist, Ihnen solch ein Angebot zu machen. Nur der Schnellste. Und der Entschlossenste.«

»Ich bin keine Schauspielerin.«

»Das war Jula auch nicht. Schauen Sie mich nicht so an! Das hat sie selbst immer wieder gesagt. Glauben Sie, Jula hätte nur einen Tag Schauspielunterricht genommen? Tausendmal habe ich ihr angeboten, dafür aufzukommen. Aber sie hat es immer wieder ausgeschlagen.«

»Es geht nicht nur darum, dass ich nicht schauspielern kann – ich will es auch gar nicht. Ich bin anders als Jula.«

»Ach was. Ein wenig Schminke, und Sie sehen aus wie sie.«

Sie hatte nicht von äußeren Unterschieden gesprochen, aber womöglich wollte er das gar nicht hören. Dieses Gespräch war absurd. »Nein«, sagte sie. »Wirklich nicht.«

Er stieß einen Seufzer aus, aber sie sah ihm an, dass er nicht aufgeben würde.

»Ich werde jetzt gehen.« Sie wandte sich zur Tür des Treppenhauses. »Bestellen Sie mir einen Wagen, oder fahren Sie mich zum Hotel?«

Masken machte keine Anstalten, ihr zu folgen. »Wussten Sie, dass Jula eine Villa gehörte, draußen an der Krummen Lanke? Sie müssen nicht im Hotel wohnen, Sie können dort einziehen. Das Haus steht leer.«

»Sie haben mich noch immer nicht verstanden, oder? Ich werde Berlin verlassen, und zwar morgen. Ich brauche Julas Haus nicht. Abgesehen davon gehört es ihr vermutlich ohnehin nicht mehr. Sie hatte eine Menge Schulden, habe ich gehört.«

Sein Lächeln gefiel ihr nicht. »Raten Sie mal, bei wem!«

Sie starrte ihn an, atmete dann tief durch. »Das ist nicht meine Sache. Wenn Jula Ihnen Geld geschuldet hat, behalten Sie das Haus oder was sonst ihr gehört hat. Ich will nichts von all dem Kram. Machen Sie damit, was Sie wollen.«

»Sie hatte auch eine Yacht. Aber die ist vor einigen Monaten gestohlen worden.«

»Eine *Yacht*?«

Er nickte. »Das Boot hat vermutlich genauso viel gekostet wie die Villa.«

Konsterniert stand sie einen Augenblick da, dann schüttelte sie abermals den Kopf, als könnte sie so das Durcheinander in ihrem Kopf sortieren. »Nicht mein Problem«, sagte sie und trat ins Treppenhaus.

Eine Etage tiefer holte er sie ein. »Es geht mir nicht ums Geld, verstehen Sie? Ich habe es nicht nötig, diesen Film wegen irgendwelcher Gewinne zu beenden. Darauf pfeife ich.«

»Was ist es dann? Gekränkte Eitelkeit?«

»Sie mögen mich nicht, gut. Ich weiß nicht warum, und ich bin mir nicht sicher, ob Sie es wissen. Aber das kann ich akzeptieren. Was ich nicht akzeptieren kann, ist die Achtlosigkeit, mit der Sie eine Chance wegwerfen. *Die* Chance, Chiara! Was ist es wirklich? Die Angst davor, in Julas Fußstapfen zu treten? Mit ihr verglichen zu werden.«

»Das ist Schwachsinn.«

»Ach ja? Dann erklären Sie es mir.«

Auf halber Höhe der unteren Etage blieb sie stehen und drehte sich zu ihm um. Auf einem Plakat neben ihm stand der Umriss einer nackten Frau mit gespreizten Armen und Beinen in einem Fenster; ein Schatten an der Wand dahinter duplizierte ihre Glieder, sodass sie acht davon hatte, wie eine Spinne. »Das alles hier war vielleicht Julas Welt, aber es ist nicht meine.«

»Ist es, weil sie fortgegangen ist? Weil sie Sie und Ihren Vater verlassen hat?«

Sie wollte heftig etwas erwidern, aber dann gingen ihr mit einem Mal die Worte aus, und sie konnte ihn nur mit offenem Mund anstarren.

»Das ist es, nicht wahr? Sie haben ihr nie verziehen. Und Sie haben nicht vor, jetzt noch damit anzufangen.«

»Ich glaube nicht, dass Sie das verstehen können. Zu Anfang war ich vielleicht neidisch auf alles, was sie hatte, ihren

Ruhm und das Geld und ihr Leben hier in Berlin. Aber irgendwann hat es mich nicht mehr interessiert. Ich war bei Vater in Meißen, wir waren nicht reich, aber ...«

»Glücklich?«, fragte er zynisch.

»Nein, nicht glücklich. Mein Vater ist nicht mehr glücklich gewesen, seit Jula fortgegangen ist. Er hat vorgegeben, nicht an sie zu denken, so als hätte er sie völlig aus seiner Erinnerung gestrichen. Aber ich habe gesehen, wie sehr er gelitten hat. Und wie sehr er sie vermisst hat.«

»Wenn es umgekehrt gewesen wäre ... wenn Sie gegangen wären, nicht Jula, glauben Sie, er hätte dann genauso gelitten?«

Er rammte seine Worte in ihren wunden Punkt, und sie hasste sich und ihn und die Welt dafür. »Ich weiß es nicht«, sagte sie leise. »Ich bin mir nicht sicher.«

»Und das ist das Schlimmste, nicht wahr? Diese Unsicherheit.«

Sie drehte sich um und ging weiter. »Was wissen denn Sie schon.«

Er folgte ihr schweigend in die Diele. Ein Telefon mit einem Griff aus Elfenbein und orientalischen Intarsien hing an der Wand neben der Tür. »Als ich die Nachricht von Julas Tod bekam, habe ich alle Schuldscheine verbrannt«, sagte er, während er nach dem Telefonhörer griff und die Kurbel betätigte.

»Warum? Welchen Vorteil hätten Sie davon, wenn ich in die Villa ziehe?«

Er bestellte bei der Vermittlung einen Wagen, der sie abholen sollte. Nachdem er eingehängt hatte, sah er sie wieder an. »Tun Sie mir den Gefallen, und schauen Sie sich das Haus wenigstens an.« Bevor sie widersprechen konnte, fügte er schnell hinzu: »Morgen Mittag, gegen zwei?«

Sie suchte nach einer Ausrede, nur kurz, dann gab sie auf. »Warum nicht«, sagte sie erschöpft.

Aus seiner Tasche zog er einen Zettel, auf dem er bereits die Adresse notiert hatte.

Er hat es gewusst, dachte sie, und das ärgerte sie so sehr, dass sie es sich beinahe noch einmal anders überlegte. Dann aber steckte sie den Zettel ein, ohne einen Blick darauf zu werfen. »Ich warte draußen, wenn Sie nichts dagegen haben.«

Zwischen Julas Standbildern trat sie hinaus in die Nacht. Für einen Augenblick glaubte sie, am Tor jemanden durch die Dunkelheit huschen zu sehen. In der Ferne knirschte Stahl, als sich einer der Waggonwürmer durch die Finsternis wälzte.

Masken trat zu ihr ins Freie und schlug die Arme vor den Oberkörper. »Es ist kalt geworden.«

»Ja«, sagte sie und blickte fröstelnd zu Julas steinernem Antlitz empor.

Drei

Sie sah Transvestiten, zum ersten Mal in ihrem Leben. Nicht einen oder eine Hand voll, sondern Dutzende, die sich bei Sonnenuntergang unter die Passanten gemischt hatten. Zwei Stunden später waren sie überall. Manche gingen allein, aber die meisten schlenderten in Gruppen die Gehwege entlang. Kaum jemand blickte sich nach ihnen um – nur Chiara. Mit großen Augen bestaunte sie die Männer in ihren schillernden Kostümen, kam sich naiv vor, ein unerfahrenes Landmädchen in der großen Stadt.

Als der Wagen sie vor ihrer Pension absetzte, kam ihr ein schwarz gekleideter Pantomime entgegen. Auf sein weißes Gesicht war das Zifferblatt einer Uhr gezeichnet; die Zeiger zeigten kurz vor zwölf. Er tänzelte stumm um Chiara herum, betrachtete sie von allen Seiten mit ausdruckslosen Augen und lief dann auf spindeldürren Beinen weiter. Als er sich noch einmal zu ihr umschaute, war der große Zeiger auf Mitternacht vorgerückt.

Ein Pulk im Gegenlicht der Automobilscheinwerfer drängte den Bürgersteig entlang, umschloss Chiara wie ein Kiefer mit zu vielen Gelenken und spie sie wieder aus, als die Männer und Frauen weiterzogen. Der Hall ihres Gelächters schien an Chiaras Mantel kleben zu bleiben, bis sie den Eingang der Pension erreichte.

Die Tür war abgeschlossen.

Chiara blickte auf ihre Uhr. Zwanzig nach neun. Die Frau an der Rezeption, mit strenger Frisur und noch strengeren Augen, hatte sie darauf hingewiesen, dass die Tür um acht abgeschlossen wurde: »Zu viel Gesindel auf den Straßen, Sie wissen schon.« Zusammen mit ihrem Zimmerschlüssel hatte sie deshalb auch einen für das Haus bekommen; beide hingen am selben Anhänger. Als sie die Pension verlassen hatte, hatte sie den Anhänger im Vorbeigehen auf den Tresen gelegt. Niemand war da gewesen, der sie hätte zurückrufen können. Nun war die Tür verschlossen, und ihr Schlüssel hing vermutlich an einem Haken hinter der Rezeption.

Es gab einen Türklopfer, aber sie war nicht sicher, ob das Pochen bis zur Pension im dritten Stock hinaufdrang. Nach zehn Minuten und mehreren Versuchen hatte ihr noch immer niemand geöffnet. Vielleicht wollte man sie nicht hören. »Zu viel Gesindel, Sie wissen schon.«

Als sie sich wütend umdrehte, um nach einem anderen Pensionsgast Ausschau zu halten, stand der Zifferblattmann direkt hinter ihr. Zwölf Uhr zehn. Er lachte ihr meckernd ins Gesicht, dann schlug er ein Rad und rannte über die Straße davon. Ein Kutscher brüllte ihm einen Fluch hinterher, als eines seiner Pferde erschrocken ins Stocken geriet.

Chiaras Herz schlug schneller bei dem Gedanken, stundenlang warten zu müssen, bis irgendein anderer Gast mit Schlüssel auftauchte. Und wenn alle anderen schon auf ihren Zimmern waren? Oder sie der einzige Gast war? Beim Frühstück war sie allein gewesen.

Auf der anderen Straßenseite befand sich ein kleiner Park mit Bänken. Auf einem lag eine Gestalt mit angezogenen Knien und wandte ihr den Rücken zu. Eine zweite Bank war leer. Von dort aus hatte sie einen guten Blick auf die Pension und würde rechtzeitig herüberlaufen können, falls jemand kam.

Der Mann auf der anderen Bank knurrte etwas, ohne zu ihr herüberzublicken. Alles, was sie von ihm sah, war sein schmutziger grauer Mantel und ein Pelz aus verfilztem Haar. Neben seiner Bank stand das Gestell eines Kinderwagens, schwarz gestrichen, hier und da abgeblättert; in einem offenen Rohr steckte eine vertrocknete Rose.

Etwas rauschte hoch oben in den Bäumen. Sie stellte sich vor, dass der Zifferblattmann durch das Laub zu ihr herab starrte.

Die Kirchenuhr hatte längst elf geschlagen, als sie erleichtert einen Betrunkenen entdeckte, der schwankend vor der Tür der Pension stehen blieb und ungeschickt mit einem Schlüsselbund am Schloss herumklimperte. Chiara sprang auf, lief über die Straße und drängte sich wortlos an ihm vorbei ins Haus. Sie fand ihren Schlüssel wie erwartet an dem Brett hinter der verlassenen Rezeption.

Wenig später fiel sie erleichtert aufs Bett. Das Staunen, das sie bei der Fahrt durch die Straßen überkommen hatte, legte sich erst ganz allmählich. Sie hatte erwartet, dass sich mit der Stille im Zimmer, mit der Einkehr von Ruhe in ihren Gedanken vielleicht etwas wie Trauer bemerkbar machen würde. Sie hatte heute ihre Schwester beerdigt. Sie versuchte, sich gemeinsame Szenen aus ihrer Kindheit ins Gedächtnis zu rufen – hätten die nicht eigentlich von allein kommen müssen? –, doch die Bilder waren distanziert und unscharf, Erinnerungen an eine Fremde.

Schon als Kinder waren die Mädchen häufig verwechselt worden, obwohl Chiara fünf Jahre jünger war als Jula. Jula nutzte das aus, um anderen Streiche zu spielen und danach die Schuld auf ihre jüngere Schwester zu schieben. Die Großmutter der Mädchen erzählte ihnen oft Geschichten, Märchen und Sagen und alte Legenden, und einmal berichtete sie ihnen von Doppelgängern. Sie behauptete, dass derjenige, der seinem Doppelgänger begegnet, noch am selben Tag sterben müsse. Chiara war damals zehn, Jula fünfzehn. Am selben Abend erklärte Jula, sie wolle bei einer Freundin schlafen und sei die Nacht über fort. In Wahrheit aber flocht sie sich Zöpfe, wie Chiara sie trug, und geisterte im Dunkeln durchs Haus, bis sie ihrer Schwester über den Weg lief. Für Chiara war es, als schaute sie in einen Spiegel. Schreiend rannte sie zu ihrem Vater, weil sie dachte, sie wäre ihrer Doppelgängerin begegnet. Jula fand das sehr komisch, und Chiara hasste sie wochenlang dafür. Später hatte auch Chiara gelernt, darüber zu lachen. Heute aber, nach Julas Tod, fand sie nichts Amüsantes mehr daran, die Geschichte kam ihr blass vor, als wäre sie einer anderen widerfahren, nicht ihr selbst.

Sie musste sich zwingen, noch einmal aufzustehen und sich auszuziehen. Gerade hatte sie den Mantel beiseite gelegt, als sie den Umschlag entdeckte, den jemand unter der Tür durchgeschoben hatte. Laut einer Notiz der Pensionbesitzerin war der Inhalt schon am Nachmittag von einem Jungen abgegeben worden. In dem Umschlag steckte ein Zettel, einmal gefaltet und arg zerknittert, so als hätte ihn jemand in der Hosentasche getragen.

Pasen sie auf for Julas Erben, stand darauf, in der katastrophalsten Rechtschreibung, die ihr je unter die Augen gekommen war. *Wenn sie mer wisen wolen komen sie morgen um achte zum Lumpazivagabundus in die Grenadierstrase.*

Julas Erben? Soweit sie wusste, war sie die einzige. Es gab keine anderen Familienmitglieder, und der Notar hatte ihr erklärt, ihr Name sei der einzige in Julas Testament gewesen. Er war es auch gewesen, der ihr von Julas Schulden erzählt hatte; er warte noch auf das Eintreffen der Schuldscheine. Nun, falls Masken die Wahrheit gesagt hatte, gab es diese Schulden jetzt nicht mehr.

Wer also war mit Julas Erben gemeint?

Und was sollte dieser Zettel?

Sie hätte es als den ungeschickten Versuch eines Betrügers abgetan, etwas, womit sie halbwegs gerechnet hatte, denn Julas Bekanntheitsgrad musste solches Gesindel früher oder später auf den Plan bringen. Verwirrend aber war die Tatsache, dass derjenige wusste, wo sie abgestiegen war. Nur der Notar kannte den Namen der Pension. Und Masken. Andererseits hatte sie seit ihrer Ankunft in Berlin keine besondere Vorsicht walten lassen. Vielleicht war ihr jemand vom Büro des Notars aus gefolgt. Oder man hatte sie auf der Straße erkannt, denn was immer sie sagen mochte, um sich von Jula zu distanzieren – die Ähnlichkeit zu ihrer Schwester ließ sich schwerlich verhehlen. Sogar in Meißen, wo die Leute sie kannten, hatte man sie zwei- oder dreimal auf der Straße für Jula gehalten.

Morgen um acht in der Grenadierstraße. Abends, nahm sie an. Sie hätte verrückt sein müssen, sich auf eine so dubiose Einladung einzulassen. Hinter dem Namen Lumpazivagabundus schien sich ein Lokal zu verbergen; wahrscheinlich eher eine Spelunke. Sie wusste nicht, wo die Grenadierstraße lag, aber Handschrift und Rechtschreibung ließen keineswegs auf die beste Umgebung schließen. Am einfachsten wäre es gewesen, das Ganze zu ignorieren. Der Schreiber drohte ihr nicht, verlangte kein Geld und tat auch sonst nichts Ungesetzliches. Aber er warnte sie.

War es möglich ... Herrgott, ein *Kind*! Was, wenn Jula ein Kind gehabt hatte, von dem niemand wusste? Eine naheliegende Erklärung – aber unsinnig. Jula stand im Licht der Öffentlichkeit, und eine Schwangerschaft wäre der Presse kaum verborgen geblieben.

Es war ein Bluff, darauf lief es hinaus. Sie hätte den Zettel gleich fortwerfen sollen, statt sich Gedanken darüber zu machen.

Aber sie warf ihn nicht fort, sondern legte ihn auf einen kleinen Tisch am anderen Ende des Zimmers, möglichst weit entfernt von ihrem Bett. Sie wusch sich die Hände ein wenig gründlicher als sonst und versuchte, nicht weiter darüber nachzudenken.

Aber später, im Schein der Straßenlaterne vor ihrem Fenster, ertappte sie sich dabei, dass sie immer wieder zu dem Zettel hinüberblickte, ein fahler Fleck in der Dunkelheit, als könnte sie ihn doch noch dazu bringen, sein Geheimnis preiszugeben.

Sie fürchtete, dass sie träumen würde in dieser Nacht: Noch einmal die Beerdigung wie die Reprise eines Trauergesangs, mit Menschen, die durch eine schwarzweiße Friedhofskulisse schlafwandelten, aus groben Schraffuren und Tuscheschatten.

Stattdessen schlief sie tief und traumlos.

Am Morgen las sie den Zettel erneut, fasste sich ein Herz, ging zum nächsten Telefon und wählte die Nummer von Henriette Hegenbarth.

✦

Die Straßenbahn quietschte um eine Kurve, Funken regneten von der Oberleitung. Mit einem Schnaufen kamen die Wagen am Fuß der Gedächtniskirche zum Stehen. Menschentrauben formierten sich um die Türen, die ersten Ungeduldigen drängten achtlos den Aussteigenden entgegen.

Chiara schob sich durch die anbrandende Masse hinaus auf die Straße. Sie war Menschenmengen nicht gewohnt, die vielen Stimmen und Hände und Blicke verunsicherten sie. Sie machte ein paar eilige Schritte fort von dem Gedränge, ehe sie stehen blieb und sich mit einem leisen Aufatmen umschaute. Die Fassade der Kirche ragte vor ihr in den Himmel, gegenüber lag ein Café mit lang gestrecktem Wintergarten. Sie wollte schon hinüber gehen, als sie den Schriftzug *Regina* an der Hauswand bemerkte. Hatte sie die Kolumnistin falsch verstanden? Nein, bestimmt nicht. Gegenüber der Kirche, hatte sie gesagt. Chiara blickte nach rechts, und dort entdeckte sie ein zweites, noch größeres Lokal. Hinter ihr setzte sich die Bahn in Bewegung, Metall kreischte auf Metall, erneut sprühten Funken, und der Lärm wurde sekundenlang ohrenbetäubend.

Das Romanische Café befand sich im Erdgeschoss eines Gebäudes an der Ecke Tauentzien- und Budapester Straße. Die Fassade des Hauses mit seinen zwei Türmen und zahllosen Bogenfenstern war beeindruckend und so protzig wie offenbar alles in dieser Stadt. An der Drehtür herrschte stetes Kommen und Gehen.

Chiara wechselte die Straßenseite und trat ein. Einen Moment lang war sie in der gläsernen Drehtür gefangen wie in einem Aquarium, der Lärm der Straße wurde dumpf, als wäre sie in Wasser getaucht. Auf der anderen Seite spie die Glaskabine sie in das Ambiente eines preußischen Wartesaals. Der Portier in seiner Loge nickte ihr kurz zu, machte aber keine Anstalten, ihr einen Tisch zuzuweisen. Schräg gegenüber vom Eingang stand ein großes, lieblos angerichtetes Buffet, darüber hing ein wagenradgroßer Kronleuchter im Makartstil.

Chiara sah sich nach der Kolumnistin um und nutzte die Gelegenheit, sich ein wenig indem berühmten Lokal umzuschauen. Sie fand es durch und durch scheußlich und fragte sich, was die Künstler, Autoren, Film- und Theaterleute, die im Romanischen Café ein und aus gingen, hierher zog.

Rechterhand befand sich ein großer Raum mit Dutzenden von Tischen. Daran saßen im Dunst billiger Fünfpfennigzigaretten Männer und Frauen, die meisten in abgetragenen Mänteln, manche gar mit Hüten, denn das Café war ungeheizt – zumindest dieser Teil, der dem gemeinen Publikum vorbehalten war. An vielen Tischen beugten sich einzelne Gestalten mit demonstrativer Geschäftigkeit über Hefte und Skizzenblöcke, kratzten mit Feder und Bleistift über Papier und gaben vor, ganz versunken zu sein im Schaffensprozess. Tatsächlich aber blickte der ein oder andere immer wieder über die Schulter, hielt Ausschau nach prominenten Gesichtern und buhlte um deren Aufmerksamkeit.

Diejenigen, die dergleichen nicht mehr nötig hatten, trafen sich in einem zweiten Raum des Cafés, der sich links des Eingangs befand. Dort war die Zahl der Tische geringer, im Augenblick waren nur wenige besetzt. Eine geschwungene Treppe führte hinauf zu einer Galerie mit Spieltischen, von der ab und an ein »Schach!«, ein Freudenruf oder Fluch ertönte.

Henriette Hegenbarth saß an einem Tisch unweit der Treppe, hatte die kurzen, stämmigen Beine übereinander geschlagen und rauchte einen Zigarillo. Vor ihr auf dem Tisch türmte sich ein Stapel Zeitungen. Als sie Chiara entdeckte, schlug sie die oberste Ausgabe zu. Ihr Lächeln war das einzig Ehrliche inmitten dieses Künstlerzoos.

»Ich bin froh, dass Sie es sich anders überlegt haben«, sagte sie, nachdem sie bei Kellner Nummer 16 für Chiara ein

Kännchen Kaffee bestellt hatte. »Etwas zu essen? Berüchtigt sind die Eier im Glas, aber es gibt auch Besseres.«

Chiara schüttelte den Kopf. »Danke. Ich hab eben gefrühstückt.«

»Sie Glückliche. Ich weiß nicht, wann ich das letzte Mal zu Hause gefrühstückt habe.«

»Ich bin in Berlin nicht zu Hause.«

Henriette knibbelte nervös mit dem Zeigefinger am Nagelbett ihres Daumens. »Nein, natürlich nicht. Verzeihen Sie, wenn ich Sie so anstarre, aber Ihre Ähnlichkeit mit Jula ... verblüffend.«

»Wir haben eine Abmachung. Erst stelle ich Ihnen meine Fragen, dann reden wir über Jula. Damit waren Sie am Telefon einverstanden.«

»Sicher. Auf jeden Fall.« Die Kolumnistin zog an ihrem Zigarillo und blies den Rauch über die Schulter nach hinten, was bei ihr seltsam unecht aussah, so als hätte sie die affektierte Marotte bei einer anderen abgeschaut. Für eine der wichtigsten Persönlichkeiten des Berliner Gesellschaftslebens wirkte sie erstaunlich unsicher, und Chiara fragte sich, ob Jula der Grund dafür war.

»Gestern bin ich Felix Masken begegnet«, sagte sie. »Einiges über ihn weiß ich schon, allerdings nur das, was in allen Zeitungen stand. Vielleicht könnten Sie mir ein wenig mehr über ihn erzählen.«

»Über seine Beziehung zu Jula?«

»Zum Beispiel, welcher Art diese Beziehung war.«

Der Kaffee kam, und Henriette sah einen Moment lang zu, wie Kellner Nummer 16 Chiaras Tasse füllte. »Die beiden hatten kein Verhältnis, wenn Sie das meinen. Vielleicht hat Jula mal mit ihm geschlafen, zu Anfang ... sie war nicht besonders wählerisch, was das anging. Aber es war sicher niemals Liebe im Spiel, gewiss nicht von ihrer Seite.«

»Und von Maskens?«

»Er hat sie vergöttert, das war allgemein bekannt. Als sie die Dreharbeiten zu dieser Schauergeschichte verließ ... Er hat Ihnen davon erzählt, nicht wahr? Er erzählt jedem davon ... Als sie ihn damit sitzen ließ, hätte er sie verklagen können. Jeder andere Produzent hätte das getan. Aber nicht Masken. Jula war für ihn mehr als eine Schauspielerin. Sie war ein Star, sicher, aber nicht einmal das erklärt es wirklich. Stars werden laufend vor Gericht gezerrt, wenn sich die Chance dazu bietet. Aber Masken ... ich weiß nicht, für ihn schien Jula unantastbar zu sein. Ich habe eben ›vergöttert‹ gesagt, und das war nicht einfach so dahin geredet. Für ihn *war* sie eine Göttin.«

Chiara rührte nachdenklich in ihrer Tasse. »Auf der Beerdigung schien er mir nicht besonders ergriffen zu sein. Und danach, als ich mit ihm gesprochen habe, da war er sehr ... nun, er schien wütend zu sein, weil sie den Film nicht beendet hat. Aber er sah nicht aus, als würde er um sie trauern.«

»Das ist auch nicht seine Art. Masken ist ein impulsiver, emotionaler Mensch – aber nur, wenn er Gelegenheit hat, diese Emotionen zu inszenieren. Ein Gefühl wie Trauer ist für seinen Geschmack nicht spektakulär genug, jedenfalls nicht in vernünftigem Rahmen. Und er ist gewiss nicht der Typ für dramatische Szenen am Grab, für Zusammenbrüche und Heulkrämpfe und dergleichen. Nicht Felix Masken. Er verabscheut alles, was sich seiner Kontrolle entzieht.«

»Und genau das hat Jula wohl getan.«

»Vielleicht hat er deshalb nicht allzu viele Tränen um sie vergossen.«

»Aber Sie haben doch eben gesagt, dass er sie ...«

»Vergöttert hat, ja. Aber vielleicht habe ich mich falsch ausgedrückt. Er hat das vergöttert, für das sie stand. Ihren Status als Filmstar, ihre Berühmtheit, ihre Fähigkeit, Menschen zu manipulieren. Sie hatte ihre persönliche Umgebung genauso in der Hand wie ihr Publikum. Jula wusste genau, was sie wollte und wie sie es erreichen konnte. Aber das wissen Sie vermutlich.«

Chiara nickte. »Sie ist schon als Kind so gewesen.«

»Das hat sie mir erzählt. Sie müssen ziemlich unter ihr gelitten haben.«

»Hat sie das gesagt?«

»Nicht mit diesen Worten, aber ... es klang schon mit in dem, was sie erzählt hat.«

Chiara wollte eine weitere Frage stellen, wurde aber unterbrochen von einer jungen Frau, die unvermittelt neben ihnen am Tisch stehen blieb. Sie starrte Chiara an, als hätte sie einen Geist vor sich.

»Das kann doch nicht ...« Sie schüttelte den Kopf, und eine hellblonde Strähne fiel ihr in die Stirn. »Natürlich, das sind *Sie*! Julas Schwester. Klara, nicht wahr?«

Chiara blickte unsicher von der attraktiven Blondine zu Henriette. Die Kolumnistin nickte nur. »Guten Tag, Frau van der Heden. Ich hab Sie auf der Beerdigung vermisst.«

Der Kopf der jungen Frau ruckte herum, wenn auch mit merklicher Verzögerung, als könnte sie den Blick nicht von Chiara nehmen. »Ich wüsste nicht, was Sie das angeht. Ich mag keine Beerdigungen. All die Trauer ... liebe Güte, die arme Jula. Sie hätte nicht gewollt, dass ihretwegen alle in unattraktivem Schwarz herumlaufen.«

Henriette verdrehte die Augen, während Chiara nicht recht wusste, wie sie sagen sollte. Die Frau nahm ihr die Entscheidung ab.

»Verzeihen Sie«, sagte sie und reichte ihr die Hand. »Ursi van der Heden. Ich war Julas beste Freundin.« Sie sagte das so entschieden, dass Chiara nicht eine Sekunde daran zweifelte. »Tut mir Leid, dass ich nicht mehr Zeit habe. Von einem Termin zum nächsten, Sie wissen schon. Mal hier, mal dort.« Sie verzog das Gesicht. »Und dann immer wieder in diesem schäbigen ... Etablissement. Weiß der Teufel, was die Leute daran finden. Vielleicht sehen wir uns mal wieder?« Ursi setzte ein breites Lächeln auf, das ihr Erstaunen über Chiaras Ähnlichkeit zu Jula nur unzureichend überspielte. »Sie bleiben doch ein Weilchen in Berlin? Ach was, natürlich bleiben Sie – wer geht schon freiwillig zurück in die Provinz. Besuchen Sie mich mal.« Und damit schüttelte sie Chiara erneut die Hand, strafte Henriette mit Nichtbeachtung und stolzierte zum Ausgang.

»Himmel«, flüsterte Chiara, als die blonde Frau im Freien verschwand. »Was war das denn?«

»Die göttliche Ursi«, sagte Henriette zynisch. »Sie hat in einigen von Julas Filmen mitgespielt und mittlerweile eine recht ordentliche eigene Karriere hingelegt. Kennen Sie sie? Nicht persönlich meine ich, sondern aus Filmen.«

Chiara schüttelte den Kopf.

»Nehmen Sie ihre Einladung an. Sie weiß vermutlich weit mehr über Jula als ich nach all meinen Interviews. Ich wollte auch eines mit ihr machen, aber sie hat sich geweigert. Trotzdem, Sie als Julas Schwester ...«

»Sie glauben doch nicht wirklich, dass ich mit ihr spreche und Ihnen dann brühwarm Bericht erstatte, oder?«

Henriette hob nur die Schultern und lächelte.

»Lassen Sie uns noch mal über Masken reden«, bat Chiara. »Der Gute hat Sie ja ziemlich neugierig gemacht.«

Hatte er das? Im Grunde ging es immer noch um Jula, aber es fiel ihr nicht leicht, sich ihre Neugier einzugestehen. Sie hatte Jula nicht gemocht, sie mochte diese Stadt nicht; und doch zogen beide sie unwiderstehlich in ihren Bann. »Mit Masken hat für Jula alles begonnen«, sagte sie. »Er hat sie entdeckt und groß rausgebracht. Wenn ich mehr über meine Schwester wissen will, muss ich mit ihm reden, oder?«

»Dafür, dass Sie so wenig für Ihre Schwester übrig hatten, interessieren Sie sich jetzt sehr für sie.«

Das Seltsame war, dass es beinahe gegen ihren Willen geschah, als schöbe etwas, das sich ihrem Einfluss entzog, sie von einem Spielfeld zum nächsten und stachelte ihre Neugier an. Sie wusste nicht recht, was sie darauf erwidern sollte, deshalb murmelte sie nur: »Mag sein.«

»Masken, also gut ...« Henriette rief den Kellner herbei und bestellte sich einen Tee mit Rum. »Diese ungeheizten Räume sind ist eine Zumutung. Aber ich dachte, das Café interessiert Sie vielleicht. Jula war auch manchmal hier.«

»Erzählen Sie mir von *Medusa*.«

»Maskens Waterloo. Was wissen Sie darüber?«

»Nur, dass es bei den Dreharbeiten ein Feuer gegeben hat. Und dass einige Menschen umgekommen sind.«

»Umgekommen ... das klingt ziemlich harmlos, nicht wahr? Stellen Sie sich eine gigantische Kulisse vor, eine gewaltige Halle aus Holz und Pappmaché, mit mächtigen Säulen und kilometerlangen Stoffbahnen. Stellen Sie sich vor, ein paar hundert Komparsen tummeln sich darin. Und dann malen Sie sich aus, was passiert, wenn all das Sperrholz, die Pappe und die Stoffe Feuer fangen, die Flammen in Windeseile um sich greifen, von einer Dekoration zur nächsten überspringen. Wie lodernde Stoffplanen von der Decke fallen und zig Leute auf einmal unter sich begraben, und wie diese armen Geschöpfe versuchen, sich zu befreien und sich dabei immer hoffnungsloser darin verwickeln. Und wie schließlich die ganze Halle in Flammen steht und es dann immer noch endlose zehn Minuten dauert, ehe die ersten Feuerwehrleute eintreffen.« Der Kellner kam mit dem Tee und nahm eine leere Tasse mit. »Und, zu guter Letzt, stellen Sie sich einen Produzenten und Regisseur vor, der die Schuld an all dem abstreitet, vor Gericht eine wilde Verschwörungstheorie vorträgt und etwas von Brandstiftung faselt und tatsächlich damit durchkommt. Keine Schadenersatzzahlungen, keine Schmerzensgelder oder Spenden, nicht einmal eine Entschuldigung. *Das*, mein Kind, war *Medusa*.«

Chiaras Mund war trocken geworden, und sie trank einen Schluck ihres kalt gewordenen Kaffees. »Masken wurde dafür nicht belangt?«

»Nein. Die Opfer waren Komparsen. Ich weiß nicht, wie gut Sie sich in diesen Dingen auskennen, aber Komparsen sind im Filmgeschäft der letzte Dreck. Fritz Lang und Joe May und Lubitsch und wie sie alle heißen ... sie lassen Komparsen zu hunderten und tausenden in ihre Studios karren, für einen Teller Erbsensuppe und ein paar Pfennige am Tag, und dann scheuchen sie sie wie Vieh durch die Kulissen. Was glauben Sie, wer das freiwillig macht? Nur die Ärmsten der Armen, Arbeitslose und Leute ohne Dach über dem Kopf. Und wer von denen, glauben Sie, kann sich wohl teure Juristen leisten, um Erfolg gegen einen Felix Masken zu haben? Nicht einer. Von über zweihundert Verletzten und vierzig Toten – nicht ein einziger!«

»Ich wusste nicht, dass es so schlimm war.«

»*War*? Von wegen, schlimm ist es immer noch. Die Materialschlachten in den Ateliers von Tempelhof und Babelsberg nehmen kein Ende, einer versucht den anderen an Bombast und Opulenz zu übertreffen. Und schauen Sie sich die Filme an – über die Ergebnisse kann man sich nicht beklagen, ohne Zweifel. Eine Menge guter Filme entstehen auf diese Art und Weise. Und erst die Gewinne ... Je größer, je monumentaler, desto erfolgreicher. Glauben Sie mir, die Opfer, die *Medusa* gefordert hat, waren in der Branche eine Woche später vergessen. Dann nämlich kamen die neuen Zahlen, und in den Ateliers gab es wieder strahlende Gesichter.«

»Der Film ist nie fertig gestellt worden, oder?«

»Nein. Das Feuer ist in der zweiten Drehwoche ausgebrochen. Der Prozess hat einige Monate gedauert, und am Ende ordnete der Richter an, aus Rücksicht auf die Toten und ihre Hinterbliebenen das gesamte belichtete Material zu vernichten. Sinnigerweise ist es verbrannt worden, was aber nach der langen Zeit nur noch für eine kleine Randnotiz getaugt hat. Die Zeit der großen Schlagzeilen war vorüber. Masken hat das sehr geschickt gehandhabt.«

»War Jula während des Brandes anwesend?«

»Angeblich keiner der Hauptdarsteller«, sagte Henriette kopfschüttelnd. »Masken hat großes Glück gehabt. Jula hätte ihn in Grund und Boden prozessiert, wäre ihr auch nur ein Fingernagel abgebrochen.«

Chiara musterte sie eingehend. »Warum wollen Sie eigentlich ein Buch über jemanden schreiben, den Sie offensichtlich überhaupt nicht mögen?«

»Und warum stellen Sie so viele Fragen über jemanden, den Sie angeblich gehasst haben?«

Die beide Frauen starrten einander an. Jula, dachte Chiara, immer wieder Jula. Sie hatte ihre Berühmtheit verdient, wenn sie sogar über den Tod hinaus das Handeln anderer Menschen bestimmte.

Um das Thema zu wechseln, fragte sie: »Um was ging es in *Medusa*?«

»Noch eine von Maskens übersteigerten Ambitionen. Sie kennen die griechischen Mythologie, die Sage von der Medusa? Wer sie ansieht, erstarrt zu Stein. Nach all den Golems, Geistern und Kunstmenschen, die unsere Kinos bevölkern, sollte dies das filmischste aller Gespenster werden: Eine Kreatur, die allein durch ihren Anblick tötet! Kein Vampir steigt von der Leinwand und saugt den Zuschauern das Blut aus. Der Schrecken, den er erzeugt, ist passiv, sozusagen aus zweiter Hand. Aber die Medusa ... verstehen Sie, der Zuschauer *sieht* sie! Er blickt ihr geradewegs ins Gesicht, und damit läuft er theoretisch Gefahr, selbst dort unten im Kinosessel zu Stein zu werden. Konkreter kann die Bedrohung durch ein Filmphantom nicht sein.« Henriette schnippte Asche von der Zigarillospitze. »Das war typisch Masken. Immer die anderen übertreffen, wenn nicht durch Qualität, dann eben durch Imposanz. Und wenn das nicht funktioniert, muss ein Skandal her.«

»Ich weiß nicht viel über die Medusa. Ich hab mal ein Bild gesehen, das ist alles.«

»Sie war eine der drei Gorgonen, mythische Kreaturen, mit denen es der Held Perseus zu tun bekommt. Medusa war die jüngste und schönste der drei Schwestern – bis Poseidon sie im Tempel der Athene vergewaltigt und sie sich in ein Monster verwandelt. Statt Haaren wachsen Schlangen aus ihrem Schädel, und wer immer ihr ins Gesicht blickt, erstarrt zu Stein. Masken hat die Geschichte in die Gegenwart verlegt, in ein – und jetzt halten Sie sich fest – in ein Nobelbordell! Vielleicht, weil er sich damit am besten auskennt, wer weiß. Ein Bordell von babylonischen Ausmaßen, ein modernes Sodom und Gomorrha, in dem den lieben langen Tag lang gewaltige Orgien stattfinden – bei einer dieser Szenen brach das Feuer aus, deshalb all die Komparsen.«

»Damit wollte er bei der Zensur durchkommen?«

»Lubitsch hat's geschafft, warum also nicht Masken? Zumindest muss er sich das gedacht haben. Und vermutlich klang es in der Beschreibung viel drastischer, als es im tatsächlichen Film zu sehen gewesen wäre. Aber warten Sie, es kommt noch wilder. Jula spielte die Hauptrolle, ein armes, unschuldiges Zimmermädchen ... bla, bla, bla, Sie kennen die Geschichte, es ist immer die gleiche. Julas Aufgabe ist es also, diesen Sündenpfuhl sauber zu halten, sich von allen schikanieren zu lassen und die Zudringlichkeiten der Freier abzuwehren, denn natürlich ist sie reinen Herzens und wartet auf die große Liebe.« Henriette verdrehte die Augen. »Himmel, es klingt noch viel schlimmer, wenn man es selbst erzählen muss. Ich weiß ja auch nur das darüber, was damals durchsickerte, und natürlich die paar Einzelheiten, die ich Jula entlocken konnte. Nun ja, dieses Zimmermädchen ist also so eine Art Aschenputtel im Puff, wenn man's genau nimmt. Eines Tages besucht eine Gruppe hochrangiger Politiker das Bordell, und sie sind nicht zufrieden mit den Damen, die ihnen zugeführt werden. Einer entdeckt Jula, die wahrscheinlich gerade irgendeine nackte Nymphe aus Messing poliert oder weiß der Teufel was tut. Er schnappt sie sich und gemeinsam fallen sie über das arme Ding her. Sie bemerken die ungemein subtile Botschaft, ja? Die Politiker sind natürlich der Gott Poseidon, das Bordell ist der Tempel Athenes, und unsere Jula ist ... na, Sie wissen schon. Durch das, was man ihr antut, kommt sie fast zu Tode, sie ist schwer verletzt und am Boden zerstört. In der folgenden Nacht will sie sich das Leben nehmen. Doch der Versuch misslingt, die Verletzungen entstellen ihr Gesicht. Ein Teufel taucht auf, der ihr die Möglichkeit verspricht, sich an ihren Peinigern zu rächen, und voller Hass schließt sie den Pakt und wird zur Medusa. Fortan zieht sie vermummt durch Berlin und tötet einen der schuldigen Politiker nach dem anderen – und das allein durch ihren Anblick, der sie alle in Stein verwandelt. Dadurch wird sie zum Idol der Massen, die Menschen erheben sie zu einer Art Göttin und machen aus dem Bordell ihren Tempel. Zu guter Letzt kommt dann die übliche reine Liebe ins Spiel. Sie wird wieder sie selbst, aber letzten Endes stirbt sie in den Armen ihres Geliebten.« Henriette zog eilig an ihrem Zigarillo, dem dritten oder vierten in Folge. »Großartig, nicht wahr? Das ist Kintopp à la Masken.«

»Wahrscheinlich wäre es ein großer Erfolg geworden.«

»Ganz bestimmt. Masken hat schon vor Drehbeginn die Werbemaschinerie anlaufen lassen. Vorab durfte man lesen, dass dies der größte Skandal der Filmgeschichte werden würde und dass den Herrn Politikern nicht gefallen würde, was sie zu sehen bekämen. Die ganze Presse, ich selbst eingeschlossen, war ganz heiß auf die Geschichte. Felix Masken erklärt den Volksvertretern den Krieg – und das in *diesem* politischen Klima! Für ein wenig Wirbel und ein paar hübsche Schlagzeilen wäre das allemal gut gewesen.«

Chiara waren all diese Dinge sehr fremd. Sie wusste so gut wie nichts über die Verbindungen von Filmgeschäft und Presse, ganz zu schweigen von Politik. Sicher, ab und an stand etwas in den Zeitungen, und manchmal hatte sich ihr Vater lautstark über die eine oder andere Partei ereifert. Im Grunde aber interessierte sie sich keinen Deut dafür.

»Und was soll ich Ihnen sagen?« Henriette stampfte den Zigarillo in den Aschenbecher, als wäre er Maskens Gesicht. »Dieser ganze Blödsinn hat Masken schlussendlich die Haut gerettet. Er hat frech behauptet, der Brand sei im Auftrag übereifriger Politiker gelegt worden, die sich selbst im Film wiedererkannt hätten. Ein Anschlag, proklamierte er vor Gericht, ein Attentat auf sein Leben! Sie hätten ihn hören müssen. Das muss man sich auf der Zunge zergehen lassen: *sein* Leben! Über die Toten hat er kein Wort verloren. Um das Ganze zu untermauern, hat er eine der größten Privatdetekteien Berlins beauftragt, Beweise heranzuschaffen. Ob sie jemals welche gefunden haben? Keine Ahnung. Dafür hat sich später niemand mehr interessiert. Stattdessen hat er fünfzig Presseleute zur Vertragsunterzeichnung mit diesem Detektiv eingeladen. Er hat diese Unterschrift zelebriert, als hätte er damit höchstpersönlich alle Schuldigen dingfest gemacht.«

»Glauben Sie denn, dass es Brandstiftung war?«

»Ach wo!« Die Kolumnistin winkte ab. »Alles Unsinn. Ein Kurzschluss war's. Oder irgendein dummer menschlicher Fehler. Haben Sie mal echte Filmscheinwerfer gesehen?«

Chiara schüttelte den Kopf.

»Riesengroß und brüllend heiß. Da kann schnell mal ein Feuer ausbrechen, wenn Sie mich fragen. Noch einen Kaffee?«

»Danke, nein.«

»Auf jeden Fall ist Masken einigermaßen heil aus der Sache rausgekommen. Nur sein Ruf war ruiniert. Keiner war mehr bereit, noch einen Pfennig in seine Filme zu stecken. Sogar Jula hat sich öffentlich von ihm losgesagt – ein weiteres Mal, dass sie die Presse geschickt für ihre Zwecke eingesetzt hat. Darin war sie ziemlich gut, Masken mindestens ebenbürtig.«

»Trotzdem hat sie sich von ihm überreden lassen, im *Untergang des Hauses Usher* mitzuspielen.«

Henriette lachte. »Ja, gerade lange genug, um mit einem Eklat die Sache platzen zu lassen und in der Öffentlichkeit die Reumütige zu spielen, die eingesehen hat, dass es falsch war, zu Masken zurückzukehren. Die Leute haben sie dafür nur noch mehr geliebt. Sie müssen das verstehen, um Jula wirklich durchschauen zu können: Sie und Masken waren wie zwei Pianisten, die auf demselben Flügel unterschiedliche Melodien spielen – im Grunde ging es immer nur darum, wer härter in die Tasten greift.«

Chiara überlegte einen Moment, dann erzählte sie Henriette von Maskens Angebot, Julas Rolle in ihrem letzten Film zu übernehmen. Und als hätte sie es nötig, sich zu verteidigen, setzte sie rasch hinzu: »Ich bin natürlich keine Schauspielerin, ich weiß das, und Masken weiß es auch. Das Ganze ist eine Schnapsidee.«

Die Kolumnistin schien keineswegs überrascht. »Das passt zu ihm! Können Sie sich den Trubel in der Presse vorstellen? Der letzte Film der Dunklen Diva! So haben wir sie gerne genannt, wegen ihres südländischen Aussehens.« Das haben wir von unserer Mutter, wollte Chiara sagen, doch Henriette kam ihr zuvor: »Der letzte Film der Dunklen Diva – vollendet mit ihrer leiblichen Schwester! Ich kann schon die Schlagzeilen vor mir sehen.«

»Dann denken Sie auch, dass ich nein sagen sollte?«

»Nein?« Henriette beugte sich über den Tisch und nahm in einer merkwürdig mütterlichen Geste Chiaras Hand. »Ganz im Gegenteil! Sagen Sie zu! Verlangen Sie eine Menge Geld dafür! Und wenn Sie es nicht wegen des Geldes tun wollen – überlegen Sie sich, dass Sie nie wieder näher an Jula herankommen werden als auf diesem Weg. Das ist wie bei gutem Journalismus ... nun, leider nicht in dem Bereich, in dem ich tätig bin. Sie werden sozusagen selbst zu Jula. Vielleicht finden Sie heraus, was in ihr vorgegangen ist. Warum sie geworden ist, wie sie war. Und weshalb sie von ihrer Familie fortgegangen ist.« Sie lächelte verschwörerisch, als sie ihre Stimme senkte: »Und, wer weiß, vielleicht macht Masken noch eine echte Diva aus Ihnen.«

Vier

Was wollen Sie eigentlich hier? Ich meine, was erwarten Sie sich von dieser ganzen Sache?« Masken drehte sich vor der Haustür zu Chiara um, der Schlüsselbund schaukelte klimpernd in seinen Fingern. Über ihnen rauschte der Wind zwischen den weißen Birkenstämmen. Auf der Krummen Lanke flatterten die Segel eines Bootes, aber als Chiara hinüberblickte, schien niemand an Bord zu sein. Das Deck war wie leergefegt.

»Sie haben mich überredet, mir das Haus anzusehen«, sagte sie. »Das ist alles.«

»Sie haben gesagt, die Villa interessiert Sie nicht. Und Sie mögen mich nicht, ganz zu schweigen von Ihrer toten Schwester. Und trotzdem sind Sie noch in Berlin, obwohl Sie gleich nach der Beerdigung hätten verschwinden können.«

Ihr Tonfall geriet eine Spur schärfer, als sie beabsichtigt hatte. »Ich denke nicht, dass ich das unbedingt mit Ihnen diskutieren will.«

»Soll ich Ihnen die Antwort geben?«

»Nein.«

»Ich vermute, Sie haben Angst davor, nach Hause zu fahren.«

»Hören Sie auf!«

»Dort erwartet Sie nichts. Nur das leere Haus und die leere Werkstatt Ihres Vaters. Keine Zukunft, keine Träume.« Er hob den Schlüssel und schwenkte ihn. »*Das* hier ist ein Traum. Und eine Zukunft, wenn Sie wollen.«

»Wollte Jula deshalb nichts mehr mit Ihnen zu tun haben? Weil Sie versucht haben, ihre Zukunft für sie in die Hand zu nehmen?«

Masken lächelte, und es wirkte so unerschütterlich freundlich, dass sie schlucken musste. »Ein paar Jahre lang ist sie ganz gut damit gefahren, denken Sie nicht?«

»Bis sie sich von Ihnen gelöst hat.«

»Und nun ist sie tot.«

Sie starrte ihn an. »Wollen Sie damit sagen ...«

»Jula hat sich umgebracht, weil sie mit der Welt nicht mehr zurechtkam. Weil sie jemanden gebraucht hat, der sie bei der Hand nimmt und führt. Aber sie hat niemanden nah genug an sich heran gelassen. Ob das unbedingt ich hätte sein müssen? Das weiß ich nicht.« Seine Bescheidenheit klang wenig glaubwürdig. »Fest steht, sie war allein, als sie starb, obwohl sie zuvor die Wahl gehabt hat. Und die haben Sie jetzt auch, Chiara. Zwischen dem Alleinsein, der Ungewissheit und all dem hier.«

Sie blickte an der weißen Fassade empor, weiß wie die Birken, weiß wie alles auf diesem Grundstück – das schmiedeeiserne Tor, die breiten Kieswege, die Marmorputten auf dem umgemähten Rasen und die Einlegearbeiten der Haustür aus Elfenbeinimitat. Alles weiß, so als hätte Jula dem öffentlichen Bild der Dunklen Diva in ihrer privaten Welt bewusst entgegengewirkt.

Klinisch weiß waren auch die Wände des Leichenschauhauses gewesen, Julas Haut, ihre blutleeren Lippen und das Totenkleid, in dem man sie aufgebahrt hatte.

»Können wir jetzt reingehen?«

Masken nickte und schloss die Tür auf. Weißer Marmor am Boden, weiße Holztäfelungen, Tapeten und Möbel. Keineswegs kahl, eher üppig in den Details, und doch so kühl, als wäre alles mit einer Schicht aus frisch gefallenem Schnee bedeckt. Masken führte sie durch einen Salon voller Spiegel, in eine Bar und durch eine Küche mit Knäufen aus Perlmutt; in ein Kino mit zwanzig Sesseln aus weißem Leder; vorbei an versiegten Springbrunnen, deren Fontänen sich einst in muschelförmige Becken ergossen hatten; durch ein Wohnzimmer mit mehreren Ebenen und einer versenkten Badewanne am höchsten Punkt, von der aus man durch eine Fensterfront hinaus auf den See blicken konnte; in eine Bibliothek, in deren Regalen nur eine Hand voll gebundener Filmmanuskripte lagen, nichts sonst; durch eine Reihe luxuriöser Gästezimmer, in denen er sie auf versteckte Gucklöcher in den Wänden aufmerksam machte, die auf die Betten gerichtet waren; und, zuletzt, in Julas eigenes Schlafzimmer, dessen Bett der stilisierten Form einer Schneeflocke nachempfunden war, mit weißem Plüsch besetzt und unter einem Baldachin aus Spiegelglas, prismenartig zusammengesetzt, um jeden Winkel des Raums zu erfassen. Auf einem Sims saß eine einsame Puppe. Hier hatte das Hausmädchen Julas Leichnam gefunden.

»Ist Ihnen etwas an den Türen aufgefallen?«, fragte Masken, dem es offenbar Spaß machte, sie in Staunen zu versetzen.

Sie nickte. »Die Klinken sind ungewöhnlich hoch angebracht.«

»Jula reichten sie bis zur Schulter. Ihnen auch, nicht wahr?«

»Warum hat sie das veranlasst?«

Er zuckte die Achseln, und sie dachte, dass er Jula vielleicht doch nicht so gut gekannt hatte, wie er vorgab. »Sie hat's mir nicht verraten.«

»Als wir Kinder waren, kamen uns die Türklinken zu Hause genauso hoch vor«, sagte sie. »Man musste immer nach oben greifen, um eine Tür aufzumachen. Hier ist es genauso. Und nicht nur die Klinken. Auch die Türen selbst sind ziemlich hoch für ein neues Haus, finden Sie nicht?«

»Jula hat es so gewollt.«

Sie schaute sich um, und mit einem Mal war ihr, als sähe sie das ganze Haus mit neuen Augen. »Wie die Umgebung eines Kindes! Oder, nein, eine erwachsene Welt, aber eine, die man aus der Perspektive eines Kindes wahrnimmt, weil alles ein wenig höher und größer ist als anderswo.«

Masken runzelte die Stirn. »Sie könnten Recht haben.«

»Wann hat Jula das Haus bauen lassen?«

»Ungefähr vor vier Jahren.«

»Da war sie schon ein paar Jahre in Berlin. Und bereits ein Star, oder?«

»Gewiss. Sonst hätte sie sich ein solches Haus nicht leisten können – oder die entsprechenden Kredite aufnehmen können.«

Über das Bett hinweg, auf dem Jula gestorben war, sah sie ihn eindringlich an. »Warum haben Sie darauf verzichtet? Im Austausch für die Schuldscheine hätte das alles Ihnen gehört.«

»Und was soll ich damit? Ich habe schon ein Haus, das mir gefällt.« Er schaute sich um, sein Ausdruck verdüsterte sich. »Das alles hier ist mir zu ...«

»Künstlich?«

Er lachte. »Ich schätze, es gibt wenig, das künstlicher ist als das Haus, in dem ich lebe. Nein, das ist es nicht. Dieses Haus hier ist mir zu sehr ... zu sehr wie Jula, wenn Sie verstehen, was ich meine.«

»Aber das Haus sieht nicht aus wie die Villa von jemandem, den man die Dunkle Diva genannt hat.«

»Das war sie nur für die Öffentlichkeit. Die wahre Jula war so kühl wie das alles hier. Und wahrscheinlich immer auf der Suche nach irgendetwas.«

»Nach ihrer Kindheit?« Eine Feststellung, als Frage getarnt. Jula war vor ihrer Kindheit in Meißen davongelaufen. Aber hatte sie sich in den letzten Jahren womöglich danach zurückgesehnt? Die Sichtweise eines Kindes, verbunden mit dem Reichtum und dem Ruhm einer Erwachsenen? Was sagte das über Julas Verfassung vor ihrem Selbstmord aus?

Masken wandte sich ab und verließ den Raum. Chiara folgte ihm und war erleichtert, als sie die Tür hinter sich schloss. Wenn es Jula beim Bau dieses Hauses wirklich um die Rückkehr in ihre Jugend gegangen war, wo war dann die Nostalgie?

Die bunten Bilder, die Bücher mit den Geschichten und Märchen? Bis auf die Puppe gab es hier nichts davon. Julas Sicht ihrer Kindheit war eine andere gewesen, eine verzerrte Perspektive von unten, wie durch eine Kamera, deren Stativ zu niedrig geraten war. Hatte Jula mit ihrer Kindheit wirklich nur ein Gefühl von Kleinsein, von Schwäche verbunden? Und wie passte das zu der Art, in der sie sich präsentiert hatte, immer laut, oft gemein, am liebsten im Mittelpunkt?

»Haben Sie Ihre Mutter eigentlich noch gekannt?«, fragte Masken, als er sie durch eine Glastür aus dem Wohnzimmer auf eine weite Terrasse führte. »Ich meine, wirklich gekannt.«

Chiara schüttelte den Kopf. »Ich war erst vier, als sie starb. Jula hat ihr viel näher gestanden. Meine Erinnerungen an sie sind vage, nur ein paar Eindrücke. Aber ihr Gesicht ... Sie war sehr schön, wissen Sie. Eine echte Italienerin eben, haben die Leute immer gesagt. Mein Vater hat nicht oft über sie gesprochen ... er hat nie über das gesprochen, was ihm zu schaffen gemacht hat. Unser Haus war ein sehr stilles Haus.« Ich kann nicht fassen, dass ich ihm das erzähle, dachte sie und machte doch keinen Versuch, das Gespräch zu beenden. »Jula hat viel mehr unter Mutters Tod gelitten als ich.«

»Warum reden Sie immer nur von Jula und zur Abwechslung nicht mal von sich selbst?«

Fühlte sie sich minderwertiger als ihre Schwester? Nein, das war es nicht. Gegen Jula und ihr Leben in Berlin war Chiara ein unbeschriebenes Blatt. Sie hatte sich seit ihrer Ankunft in Berlin, ach was, seit Julas Verschwinden aus Meißen mehr Gedanken über ihre Schwester als über sich selbst gemacht. Als hätte sie damit die Unzufriedenheit über ihr bisheriges Dasein vor sich selbst totschweigen können. Vielleicht war es wirklich an der Zeit, sich aus Julas Schatten zu lösen und ihr Leben in die Hand zu nehmen.

Sie nahm den Faden wieder auf. »Ich war damals zu jung. Aber Jula hat oft von unserer Mutter erzählt. Sie hat sie sehr bewundert, glaube ich. Aber da war noch mehr, fast so etwas wie ein ... ich weiß nicht, ein Gefühl von Schuld, vielleicht.«

»Als ob sie für den Tod Ihrer Mutter verantwortlich wäre?«

»Gott bewahre, nein. Ich bin nicht sicher, aber ich glaube, Mutter hat ihr oft das Gefühl gegeben, dass sie ihre Karriere nur für uns Kinder aufgegeben hat. Vor allem für Jula, sie war ja die Ältere.«

»Und dann ging Jula bei der erstbesten Gelegenheit nach Berlin, um nachzuholen, was Ihre Mutter verpasst hat.« Er sprach leise, ein Wispern gegen den Wind. »Sie wollen es auch wissen, nicht wahr?«

Sie schaute ihn an, musterte ihn von der Seite, die hässliche Narbe auf seiner Wange, das angegraute Haar, die scharfen Züge eines Raubvogels. Sie verstand, warum ihm irgendwer einmal die Hauptrolle in der Verfilmung von Hoffmanns *Elixiere des Teufels* angeboten hatte: Er war die perfekte Verkörperung desjenigen, der die Nähe zu allem Rätselhaften, Abseitigen, Unergründlichen suchte. Für ihn war Jula mehr als eine tote Freundin; sie war eine Herausforderung.

»*Was* wissen?«, fragte Chiara.

»Sie wollen rausfinden, was in ihr vorgegangen ist. Weshalb sie so geworden ist.« Er war nun schon der zweite, der das feststellte, als wäre ihre lange unterdrückte Neugier über Julas Leben mit einem Mal als griffiger Satz auf ihrer Stirn eingraviert.

»Ja«, gestand sie, »vermutlich schon.«

Sie verließen das Haus. Draußen bückte er sich nach einem Grashalm, wickelte ihn langsam um seinen Finger wie ein Stück Faden und sah dann zu, wie seine Fingerkuppe sich weiß färbte. »Dann nehmen Sie die Rolle an?«

Er wollte sie überrumpeln, aber ihre Entscheidung war schon vor dem Besuch im Haus gefallen, noch während des Gesprächs mit Henriette im Romanischen Café.

»Ja«, sagte sie.

»Gut.«

»Das ist alles? Gut?«

»Was erwarten Sie? Dass ich vor Dank auf die Knie falle?«

»Das habe ich nicht gesagt«, entgegnete sie, fast froh darüber, dass dieser seltsame Augenblick stiller Übereinkunft zwischen ihnen beendet war.

»Ich freue mich«, sagte er. »Natürlich tue ich das. Und ich werde dafür sorgen, dass die Arbeiten so schnell wie möglich beginnen können ... *weitergehen* können, sollte ich sagen.« Er drehte sich um und blickte zurück zum Haus, das sich leuchtend weiß von dem farblosen Himmel abhob. Auch hier im Garten rauschten die Blätter mehrerer Birken. Die Bäume waren viel älter als die Villa, und Chiara fragte sich, ob Jula diesen Ort auch ihretwegen ausgesucht hatte; weil das Weiß der Birken das gleiche war wie das des Schneepalasts, den sie hier errichtet hatte.

»Noch etwas«, sagte er. »Wenn Sie das Haus wirklich nicht haben wollen ...«

»Ganz sicher nicht.«

»... dann sollten wir Ihnen wenigstens ein vernünftiges Hotel besorgen. Wie wäre es mit dem Adlon? Komfortabler können Sie nicht wohnen.« Er bemerkte ihr Erstaunen und fuhr eilig fort: »Die Kosten übernehme selbstverständlich ich. Keine Sorge, das ist keine Sonderbehandlung. Ich quartiere alle Schauspieler dort ein – also denken Sie sich nichts dabei.«

»Auch Jula, nehme ich an.«

»Zu Anfang schon. Es wird Ihnen gefallen, glauben Sie mir. Der Wintergarten ist traumhaft, und Sie sollten mal zu einem der berühmten Tanztees am Nachmittag gehen. An einem Ihrer freien Tage, meine ich.«

Fehlt nur noch, dass er mir zuzwinkert, dachte sie.

Das tat er nicht, aber seine plötzliche Geschäftigkeit wirkte zu unvermittelt, um ganz überzeugend zu sein. Als wäre er sicher gewesen, dass sie zusagen würde. Das gefiel ihr nicht, ließ sich aber nicht ändern.

»Und wenn Sie nach dem Ende der Dreharbeiten in Berlin bleiben wollen«, sagte er, »können wir die Kosten für das Hotel mit dem Verkauf des Hauses verrechnen. Ich kann einen Makler beauftragen, wenn es Ihnen recht ist.«

»Sicher, natürlich.« Ihr kam es vor, als würde sie damit auch ein Stück ihrer Erinnerung an Jula verkaufen. Aber es war Julas Erinnerung, nicht ihre. Falls Jula mit diesem Haus tatsächlich einen Teil ihrer Kindheit hatte nachholen wollen, dann war er gemeinsam mit ihr gestorben. Das Haus hatte seine Schuldigkeit getan.

»Ich bringe Sie zu Ihrer Pension«, sagte er. »Sie können in Ruhe Ihre Sachen packen, und in der Zwischenzeit kläre ich alles mit dem Adlon.«

Sie nickte, und Masken führte sie durch den Garten zum Tor, so als hätte das Haus auch in seinen Augen endlich seinen Zweck erfüllt.

Es war nicht wirklich das Haus, das sie erschreckte, sondern etwas, das sie darin gesehen hatte. Jula hatte diese Räume noch nicht verlassen, auch wenn ihr Leichnam unter der Erde lag. In diesen Mauern atmete sie weiter, zwischen Marmor und Elfenbein. Sie war nicht einmal unsichtbar: Chiara hatte sie in jedem Spiegel entdeckt, im flüchtigen Vorbeigehen und wenn sie direkt hineinsah.

Jula war da und starrte sie an.

✦

Das Adlon lag am Boulevard Unter den Linden, in unmittelbarer Nähe des Brandenburger Tors. Als Berliner Inbegriff von Eleganz und Luxus war es das offizielle Quartier von Diplomaten und Staatsgästen, von Prominenz aus Kunst und Film, Wissenschaft und Wirtschaft. Es wunderte Chiara nicht, dass Masken sie ausgerechnet hier unterbrachte: Er hatte die Absicht zu imponieren, und er war bereit, sich das etwas kosten zu lassen.

Der beeindruckende Bau mit seinen fünf Stockwerken, den Balustraden und geschmückten Balkons, hohen Fenstern und einem Eingang mit weinrotem Teppich hätte ihr Respekt eingeflößt, wäre da nicht der alte Bär von einem Portier gewesen, der ihnen die Tür aufhielt, dabei aber nur Chiara ansah und ihr aufmunternd zulächelte, als wollte er sagen: »Wir gehören zwar beide nicht hierher, aber im Gegensatz zu denen da sind wir uns dessen wenigstens bewusst, was, mein Kind?«

Im Erdgeschoss und im ersten Stock gab es mehrere Restaurants und Salons, manche in Marmor, andere in edlem Holz gehalten. Aus dem Wintergarten zum Innenhof ertönte ferne Musik – das Orchester Max Weber, wie sie später erfuhr, Berlins Vorzeigecombo in Sachen mondäner Tanzunterhaltung.

Masken erzählte ihr, dass die Suiten 101 bis 114 im ersten Stock Prominenten vorbehalten waren; selbstverständlich hatte er eine davon für sie gebucht. Widerspruch ließ er nicht gelten, und als der Page die Tür 111 aufschloss und Chiara dabei mit großen Augen ansah, raunte Masken ihr zu, dies sei einmal Julas Zimmer gewesen. Dann stand sie schon im ersten Raum und ließ den Prunk der Einrichtung auf sich wirken. Gegen ihren Willen war sie beeindruckt, und sie musste sich hastig ins Gedächtnis rufen, dass ihr Hiersein nur ein weiterer Schritt war, um Jula besser kennen zu lernen.

Das alles bedeutet nichts, redete sie sich ein. Du bist nicht hier, um es zu genießen. Lass dich nicht blenden.

Die Griffe der Kommoden und Schränke, sogar die Wasserhähne im Badezimmer waren vergoldet. Eine Sitzgruppe am Fenster war mit Wildleder bezogen, und auf dem Tisch stand etwas, das sie noch nie zuvor gesehen hatte: Die Miniatur eines Baumes, eine lebende, echte Pflanze, nicht viel höher als ihre Hand und doch mit allen Eigenschaften einer uralten Eiche. Eine Schachtel handgefertigter Pralinen lag daneben. Die Suite bestand aus vier Räumen, einer war ein begehbarer Schrank. In ihn stellte sie ihr Gepäck. Der Anblick der einzelnen, abgegriffenen Reisetasche inmitten der leeren Fächer und Regale war so absurd, dass sie lachen musste.

»Ich lasse Sie jetzt allein«, sagte Masken, als sie nach ihrem Rundgang zu ihm zurückkam. Er stand zwischen den Sesseln am Fenster und blickte gedankenverloren in den Raum, als sähe er noch etwas anderes darin. Er hatte sichtlich Mühe, sich loszureißen. »Ich kümmere mich darum, dass wir in den nächsten Tagen beginnen können. Soweit ich weiß, sind Grapow und Götzke derzeit frei.«

»Torben Grapow?«, fragte sie, noch immer ein wenig befangen von der prunkvollen Umgebung. »Aus dem *Adlatus*?«

Masken nickte. »Er spielt den Helden, wenn man ihn denn so nennen will. Die Frauen sind verrückt nach ihm, Sie werden ihn mögen.«

Sie lachte wieder, noch ein wenig nervöser. »Ich verliebe mich bestimmt in keinen Filmstar.«

Er lächelte, zum ersten Mal, seit sie die Suite betreten hatten. »Das hat Jula auch gesagt. Dabei war sie am allermeisten in sich selbst verliebt.«

»Wer ist der andere?«

»Bernhard Götzke. Großartiger Schauspieler. Hat vor zwei Jahren mit Fritz Lang den *Müden Tod* gemacht. Bei uns spielt er den Roderick Usher. Seine ersten Szenen waren fantastisch.«

Sie spürte Beklemmung, als ihr zum ersten Mal wirklich bewusst wurde, auf was sie sich eingelassen hatte. Sie würde in einem Film mitspielen – und sich vermutlich bis auf die Knochen blamieren. Einen Augenblick lang war sie drauf und dran, den ganzen Unsinn zu beenden, bevor er richtig beginnen konnte. Dann aber beherrschte sie sich, nickte nur ein wenig steif und stellte keine weiteren Fragen.

»Ich habe das Drehbuch aufs Bett gelegt.« Er deutete durch die offene Tür ins Schlafzimmer. »Und eine Müller-Ausgabe von Poes Original. Lesen Sie beides durch. O ja, bevor ich's vergesse: Den Vertrag bringe ich Ihnen morgen vorbei, vielleicht können wir dann essen gehen? Bezahlt werden Sie nach Drehtagen.«

Sie nickte flattrig und vergaß zu fragen, wie hoch die Bezahlung denn sein würde. Aber eigentlich interessierte sie das ohnehin nicht.

Er reichte ihr zum Abschied die Hand. An der Tür blieb er noch einmal stehen und lächelte wieder, diesmal wärmer, weniger fahrig. »Sie können sich nicht vorstellen, wie froh ich bin, dass Sie zugesagt haben. Mein Ruf hängt an diesem Film, aber das ist nicht alles. Er ist Julas Erbe an die Filmwelt, nicht wahr?«

Julas Erbe. Sie war drauf und dran, ihm von dem Zettel zu erzählen. Sie hätte ihn fragen können, ob er etwas über geheim gehaltene Kinder oder andere dunkle Geheimnisse wusste. Aber dann nickte sie erneut und erwiderte sein Lächeln.

»Morgen um zwölf?«, fragte er.

»Gerne.«

Nachdem er gegangen war, verschloss sie die Tür und atmete tief durch. Es war Irrsinn. Völliger Irrsinn. Sie würde sich so albern anstellen, dass Maskens »Filmwelt« noch in zwanzig Jahren darüber lachte.

Zu spät. Jetzt kannst du die Suppe nur noch auslöffeln. Oder dich morgen weigern, den Vertrag zu unterschreiben. Sag ihm, du hast es dir anders überlegt.

Mit einem Seufzer ging sie ins Schlafzimmer. Jeder Schritt erschien ihr unwirklich, fast schwebend, als triebe sie ein starker Rückenwind vorwärts, nicht ihre eigenen Entscheidungen.

Das Drehbuch war ein gebundener Stapel Papier, Durchschläge von Schreibmaschinenseiten.

I. Akt, stand oben auf der ersten Seite.

1. Bild: Trübe Landschaft. Abendstimmung. Ein dunkler Herbsttag. Ein Mann, Edgar Allan Poe, auf einem Pferd, trabend in der Dämmerung. Plötzlich vor ihm – der mächtige Umriss eines Hauses.

2. Bild: Haus Usher. Das Stammhaus der Familie. Abweisende Mauern, leere Fensterhöhlen. Ein paar Büschel Binsen, kahle Bäume.

TITEL: Als sich die Abendschatten niedersenkten, sah ich das Stammhaus der Familie Usher. Unerträgliche Düsterkeit breitete sich über meine Seele.

Chiara blätterte die Seiten durch. Fast rechnete sie damit, dass dies Julas Exemplar war, so wie dies ihre Suite und der Film ihr Film gewesen waren. Doch sie fand keine handschriftlichen Anmerkungen, die ihre Vermutung bestätigt hätten. Das Drehbuch wirkte frisch und ungelesen.

Sie nahm die Sammlung von Poes Geschichten zur Hand und legte sich damit aufs Bett. Sie kam bis zur dritten Seite, ehe sie erschöpft die Augen schloss und einschlief.

Fünf

Ein Pochen an der Tür weckte sie um halb sechs. Masken hatte eine Kostümbildnerin beauftragt, Julas Filmgarderobe auf Chiaras Maße umzuändern. Wie sich herausstellte, waren nur kleine Änderungen nötig. Sie hatten beide den Körper ihrer Mutter geerbt, kindlich schlank, mit langem Hals und den kleinen Brüsten, die beide Mädchen in ihrer Jugend mehr als einmal verflucht hatten. Julas Karriere jedenfalls schienen sie nicht abträglich gewesen zu sein.

Die Kostümbildnerin redete nicht viel, obgleich Chiara herausbekam, dass sie früher oft für Masken und wohl auch einige Male für Jula gearbeitet hatte. Bevor sie nach knapp einer Stunde wieder ging, war sie ein wenig gesprächiger geworden. Hatte sie erwartet, dass die Begegnung unangenehmer verlaufen würde? Hatte Jula sie schlecht behandelt? Chiara hatte versäumt, die Frau danach zu fragen.

Sie hatte kaum die Tür geschlossen, als es abermals klopfte. Diesmal war es eine hektische, überfreundliche Verkäuferin aus einem Bekleidungsgeschäft im Erdgeschoss des Hotels, einer Filiale von Flatow & Schädler. Ein Page rollte hinter ihr einen mannshohen Koffer ins Zimmer, bedankte sich für das Trinkgeld und ging. Masken hatte keine Zeit verschwendet und gleich damit begonnen, Chiaras Leben neu zu organisieren. Die Verkäuferin sollte sie einkleiden, nicht in Galakleider, wie Chiara schon befürchtet hatte, sondern in ein paar gerade geschnittene Futteralkleider, einige bis zur Wadenmitte, andere der jüngsten Mode entsprechend länger, aus Seide, oft mit Perlen bestickt; dazu, falls sie wollte, ein paar Flanellhosen und Blusen. Die Verkäuferin entschuldigte sich dreimal für die geringe Auswahl, aber tatsächlich fand Chiara die Auswahl größer als in den Geschäften, die sie aus Meißen kannte – zumindest jenen, die sie sich leisten konnte.

»Herr Masken hat gesagt, ich soll das zusammenstellen, was Ihrer Schwester gefallen hätte. Aber Sie sind doch eine eigene Persönlichkeit! Deswegen habe ich auch noch ein paar andere Teile mitgebracht.«

Nach diesen Worten verzieh Chiara ihr sogar ihr aufgekratztes Getue und beschloss, sie zu mögen. Sie wählte nur Stücke aus, die ihr selbst gefielen, ohne Gedanken an Jula oder Masken. Die Rechnung gehe an den Herrn, erklärte die Verkäuferin; sie solle Chiara ausrichten, der Betrag werde später verrechnet, und ob ihr das recht sei?

Nachdem Chiara sich gewaschen hatte, fuhr sie einigermaßen erfrischt mit dem Aufzug hinab zur Rezeption und ließ sich auf einem Stadtplan die Grenadierstraße zeigen; dorthin hatte der unbekannte Zettelschreiber sie bestellt. Der Angestellte fragte konsterniert, ob sie sicher sei, dass sie dorthin wolle, und als Chiara fragte, was so schlimm daran sei, senkte er die Stimme und erzählte ihr ein paar Dinge über diese Straße und das umliegende Viertel. »Wenn Sie es wünschen«, schloss er förmlich, »kann ich jemanden vom Personal zu Ihrer Begleitung abstellen.« Sie fand das erstaunlich, lehnte aber ab. Nicht so sehr, weil sie ein wenig Sicherheit nicht zu schätzen gewusst hätte, sondern weil ihr davor graute, den ganzen Weg über mühsam Konversation machen zu müssen.

Es waren etwa zwei Kilometer bis zur Grenadierstraße. Sie hätte einen Wagen nehmen können, hatte aber noch genug Zeit und dachte, dass die frische Luft ihr gut tun würde. Vielleicht sorgte der kühle Abend dafür, dass sich das Durcheinander in ihrem Kopf ein wenig ordnete.

Sie folgte dem Boulevard Unter den Linden bis zu seinem östlichen Ende am Kaiser-Joseph-Platz, lief an Schloss und Dom vorbei zum anderen Spreeufer, überquerte in der Nähe des Bahnhofs Alexanderplatz die Dircksenstraße und betrat das, was der Mann an der Rezeption diplomatisch einen »wenig schönen Ort, glauben Sie mir« genannt hatte.

Mit drei, vier Schritten verließ sie das Berlin der Boulevards und Paläste, der Luxuskarossen und gepflegten Fassaden. Das Scheunenviertel empfing sie mit finsteren Gässchen und schmutzigen Straßen, deren Schatten ihr mehr Angst einjagten, als sie sich eingestehen wollte. An den Ecken buhlten Obst- und Gemüseverkäufer lautstark um Kundschaft. Hausierer mit Bauchläden verkauften Hosenträger und Schnürsenkel, Knöpfe, Strümpfe, Hand- und Tischtücher. Menschen, an denen Chiara vorbeikam, drang Tabakgeruch aus den Kleidern, Arbeiter in den nahen Zigarettenfabriken. Hinter vielen Türen lagen Betstuben und Talmudschulen, und entsprechend ausstaffiert waren viele Männer auf den Straßen: Kaftan, Bart, Pejes und Scheitel, verrieten schon von weitem, dass dies Berlins jüdisches Viertel war, Endpunkt zahlloser Fluchten aus Galizien, Polen und Russland.

Aber nicht der Glaube der Menschen hier war es, der Chiaras ersten Eindruck des Scheunenviertels prägte, sondern die bittere Armut. Sie sah einen kleinen Jungen, der eines von unzähligen politischen Plakaten an den Wänden herunterriss und seinen halbnackten Oberkörper mit den Fetzen umwickelte. Viele, vor allem die Kinder, wirkten so verwahrlost wie die Gebäude, in denen sie mit viel zu vielen Menschen hausten. Chiara schauderte vor Abscheu und Mitleid.

Ein widerliches Gemisch von Gerüchen verschlug ihr den Atem. In einem Rinnstein saß ein Mann und bearbeitete den Fuß einer fetten Frau mit einem Messer, ein Gummiabsatzhändler, der damit ein paar Pfennige verdiente. Sie wich eilig seinem halbblinden Blick aus, als sie ihn passierte. Aus einer Kneipe torkelte ein betrunkenes Mädchen mit zerschlagenem Gesicht, an der Hand ein Kind mit einer zerfransten Stoffpuppe im Arm, kaum alt genug zum Laufen. Nach ein paar Schritten wurden beide von einem Mann angesprochen, ein paar Münzen wechselten den Besitzer, und alle verschwanden gemeinsam in einem dunklen Hauseingang, Mann und Mädchen und Kind und Puppe.

Irgendwer hatte das Scheunenviertel einmal »Berlins Whitechapel« genannt, in Anspielung auf Jack the Rippers Londoner Jagdgründe, und nun erkannte Chiara fröstelnd, weshalb. In Eingängen, unter Torbögen und an Straßenecken standen Frauen in schmutzigen Mänteln, manche mit nackten Beinen unter den Röcken, andere mit zerrissenen Strümpfen; Ringe unter den Augen, aufgeplatzte Lippen, geschwollene Lider, entstellt von Entzündungen und Ekzemen, vom Suff oder von dauernder Müdigkeit. Einige verhandelten mit Männern um ein paar Pfennige, andere starrten leer ins Nichts, auf Mörtel, der von Fassaden bröckelte, auf Müll am Straßenrand. Ihre Kundschaft war ebenso arm wie sie selbst, denn wer Geld hatte, suchte sein Vergnügen anderswo, auf dem Kurfürstendamm oder am Nollendorfplatz.

Chiara hatte Angst, und sie bereute, hergekommen zu sein. Doch gerade als sie umdrehen wollte, fiel ihr Blick auf das Schild »Grenadierstraße«.

Das Lumpazivagabundus unterschied sich nicht von anderen Kneipen in dieser Gegend, war so heruntergekommen wie seine Gäste, stinkend nach Rauch und schalem Bier. Widerwillig und mit einem starken Ekelgefühl trat Chiara ein. Es war nicht so voll, wie sie befürchtet hatte. Die Hälfte der Tische war leer und jeder Neuankömmling erregte Aufsehen. Chiara trug dieselben schlichten Sachen wie bei ihrer Ankunft in der Stadt, doch selbst damit war sie besser gekleidet als jede andere Frau am Tresen oder an den Tischen. Zum Glück war es so düster, dass die meisten kaum mehr als ihren Umriss ausmachen konnten, und sie wandten sich rasch wieder ihren Gläsern oder Gesprächen zu. Nur eine dicke Frau, die an einem Tisch in der Ecke saß und eine Metalldose vor sich hatte, hielt den Blick unverwandt auf Chiara gerichtet, als hätte sie sie erwartet.

Chiara überlegte kurz, ob sie zu der Frau hinübergehen sollte, entschied sich dann aber dagegen. Sie setzte sich mit flauem Magen und weichen Knien an einen Tisch nahe der Tür und wartete, dass irgendwer sie fragte, was sie trinken wolle. Der Wirt hatte mit ein paar zerlumpten Gestalten zu tun, die lautstark ihre morgigen Bettelrouten absprachen und dabei laufend neue Runden bestellten, zwei schon seit Chiara eingetreten war; der Tag musste ihnen erfreuliche Einkünfte beschert haben. An einem Tisch in der Nähe saß ein einarmiger Drehorgelspieler, sein linker Rockärmel hing schlaff an der Seite herab. Mit der Rechten führte er ein Schnapsglas zum Mund. Danach formte er die feuchten Lippen zu einem Pfiff, und auf Kommando schoss eine Ratte aus seine Jackentasche, flitzte zu seiner Schulter hinauf und blieb dort sitzen wie der Papagei eines Piratenkapitäns. Der Mann zwinkerte Chiara zu und grinste zahnlos. Sie wandte eilig den Blick ab.

Die meisten Gäste waren Prostituierte von der Straße. Die einzelne Frau in der Ecke aber schien ein anderes Geschäft zu betreiben. Chiaras Augen hatten sich an das schwache Licht gewöhnt und erkannten jetzt ein wenig mehr. Die Frau war alt, vielleicht an Jahren, vielleicht auch nur vom Leben im Scheunenviertel. Ihren fetten Leib hatte sie in einen grotesk engen Mantel gezwängt, an den Füßen trug sie Armeestiefel. Keiner der Männer und Frauen redete mit ihr, und obwohl neben ihr der Ofen prasselte, hielten alle einen merklichen Abstand. Das bisschen Wärme war es offenbar nicht wert, sich dafür in ihre Nähe zu wagen. Chiara hatte mehr und mehr das Gefühl, dass die Alte es war, die sie herbestellt hatte, zumal sie ein ums andere Mal zu ihr herüber sah. Doch noch immer brachte Chiara nicht den Mut auf, sie anzusprechen. Wieder und wieder sagte sie sich, dass es ein Fehler gewesen war, überhaupt herzukommen.

Die Tür ging auf, und eine Frau kam mit einem kleinen Mädchen herein. Beide gingen zu der Alten hinüber; das Mädchen ließ sich apathisch durch die Kneipe führen. Die Frau lieferte das Kind ab wie etwas, das sie nur ausgeliehen hatte, und schob der Alten nach einem kurzem Wortwechsel ein paar Münzen über den Tisch. Das Kind war gemietet, wirkungsvolles Beiwerk auf der Betteltour seiner angeblichen Mutter. Die Alte beschimpfte die Frau, und diese zahlte eine weitere Hand voll Münzen, ehe sie sich ohne ein weiteres Wort verzog. Die Tür fiel hinter ihr zu, das kleine Mädchen blieb bei der Alten.

Chiara hatte die Szene zu lange beobachtet, denn nun warf die alte Frau ihr erneut einen Blick zu, der sie schaudern ließ. Bevor sie jedoch reagieren konnte, quoll ein ganzer Pulk aus Männern und Frauen durch den Eingang und versperrte ihr die Sicht zum Ofen. Plötzlich war die ganze Kaschemme voller Menschen, Lärm erfüllte die Luft. Einige eilten gleich zur Theke, andere blieben mitten im Raum stehen. Ein Mann mit entsetzlichen Narben im Gesicht setzte sich an den Nebentisch, blickte aber nicht zu ihr herüber. Er sah aus, als wäre er in ein Feuer geraten, seine Gesichtshaut sah strähnig aus, als hätte sie Fäden gezogen.

Das reicht, dachte sie erschrocken. Nichts wie weg hier.

Aus dem Gewühl lösten sich zwei Männer und kamen auf sie zu. Sie nahmen sich nicht die Zeit, sie anzusprechen – stattdessen packten sie Chiara blitzschnell an den Armen, rissen sie vom Stuhl hoch und zerrten sie durch die Menge zum Tisch der Alten hinüber. Chiara beschimpfte die beiden, rief schließlich um Hilfe, doch niemand nahm Notiz von ihr. Szenen wie diese spielten sich hier vermutlich mehrfach am Tag ab.

»Wer bist du?«, fragte die Frau hinter dem Tisch.

»Ich wüsste nicht, was Sie das ...« Einer der Männer verpasste ihr eine schallende Ohrfeige. Der Schmerz durchfuhr sie von Kopf bis Fuß.

Die Alte lächelte und tätschelte dem kleinen Mädchen die Hand. Das Kind sah durch Chiara und die anderen hindurch, als stünde es unter Drogen. »Also?«, fragte die Alte an Chiara gewandt. »Wer hat dich geschickt? Polente?«

Chiaras Wange brannte, und ihre Furcht drohte jeden Moment zu Panik zu werden. Aber ihr blieb keine Gelegenheit zu einer Antwort, denn im selben Moment wurde der Mann, der sie geschlagen hatte, herumgerissen und bekam eine Faust ins Gesicht. Seine Lippen platzten, und von einem Herzschlag zum nächsten war überall Blut. Der zweite Mann ließ sie los und wirbelte zu dem Angreifer herum: Es war der Mann mit den Brandnarben.

»Haun Sie ab!«, brüllte er, während er einem Schlag auswich und dem zweiten Kerl die Faust in den Magen stieß. Aber jetzt waren da noch andere, und sie kamen von allen Seiten. Chiara wollte der Anweisung folgen, doch im selben Moment ließ die Alte ein Donnerwetter los, sprang auf und versuchte über den Tisch hinweg nach Chiaras Arm zu greifen. Dabei stieß sie grob das Kind beiseite; das Mädchen stürzte zu Boden und schlug mit den Kopf an den Ofen. Chiara drehte sich wütend zu der Alten um, schlug ihre Arme beiseite und riss mit beiden Händen die Metallkiste vom Tisch. Sie war schwerer, als sie erwartet hatte; Münzen klimperten im Inneren. Das Geschrei der dicken Frau wurde noch lauter, denn nun fürchtete sie um ihr Geld.

Aber Chiara hatte nicht die Absicht, sie zu berauben. Sie hob die Kiste hoch und schleuderte sie der Alten mit aller Kraft entgegen. Sie traf sie an Schulter und Kopf, eine scharfe Kante riss ihr die schwammige Wange auf. Chiara wartete nicht ab, was weiter geschah, tauchte unter zwei zupackenden Männerhänden hinweg und schoss an jemandem vorbei, der sich ihr in den Weg stellen wollte. Dann stieß und rempelte sie sich durch das Gedränge und gelangte irgendwie zur Tür. Jemand hatte die Kneipe kurz vor ihr verlassen, eine schlanke Gestalt in einem langen Mantel, und Chiara bekam die Klinke zu fassen, bevor die Tür wieder zufallen konnte. Sie stolperte auf die Straße und lief nach links, in die Richtung, aus der sie gekommen war. Auf der anderen Straßenseite stieß jemand in eine Trillerpfeife, doch als sie sich erleichtert umwandte, sah sie keinen Polizisten, sondern einen schmutzigen Kerl, der mit dem Finger auf sie zeigte. Chiara wirbelte herum und rannte los.

Sie kam keine drei Häuser weit, ehe hinter ihr Geschrei laut wurde und ein ganzes Leiberknäuel aus der Kneipe auf die Straße schwappte. Männer schauten sich um wie hungrige Tiere und nahmen Witterung auf. Liefen los, hinter ihr her. Hinter ihnen tauchte die Alte auf, fast zu fett für die Tür und mit so viel Blut im Gesicht, als käme sie aus einem Schlachthaus. Sie kreischte und brüllte Befehle, und dann schien es Chiara, als wäre ihr das ganze Scheunenviertel auf den Fersen. Der Mann mit den Brandnarben hatte sie zwar gerettet, war aber selbst vermutlich von der schieren Übermacht seiner Gegner überrannt worden. Sie zweifelte jetzt nicht mehr, dass er es gewesen war, der ihr die Nachricht geschrieben hatte. Wer sonst hätte einen Grund gehabt, ihr dort drinnen zur Hilfe zu kommen?

Sie bog um eine Ecke – und wurde von Händen gepackt, die sie in einen Hauseingang zerrten. »Lass mich!«, schrie sie und schlug mit Fäusten nach demjenigen, der sie festhielt und tiefer in den Flur zog.

»Nicht!«

Die Stimme alarmierte sie, aber noch war sie zu verängstigt, zu sehr in Panik, um vernünftig zu reagieren. Sie wehrte sich auf jede nur erdenkliche Weise, ehe die Stimme abermals zu ihr durchdrang.

»Hören Sie schon auf, verdammt! Ich will Ihnen helfen!«

Chiara hielt inne, während von der Straße wütendes Gebrüll ertönte.

»Kommen Sie!« Eine Frau, nein, fast noch ein Mädchen zog sie mit sich die Stufen eines Treppenhauses hinauf. »Machen Sie schon! Sonst findet die Bande Sie doch noch.« Sie sprach so schnell, dass Chiara die Worte eher intuitiv erfasste, als dass sie sie wirklich verstand.

Die Treppe hinauf und einen weiteren Flur entlang, an zuschlagenden Türen vorbei, hinter denen aufgeregte Stimmen und Kindergeschrei ertönten. Jemand rief nach der Polizei, ein anderer brüllte auf Jiddisch. Alles nur ihretwegen? Von wegen – sie hörte das Poltern schneller Schritte auf den Stufen, von mehr Männern, als sie für möglich gehalten hatte. Sie hatte ihre Verfolger nicht abgeschüttelt, und das begriff im selben Moment auch die junge Frau, die sie führte.

»Hier rein!« Sie stieß eine unverschlossene Tür auf, und im nächsten Augenblick standen sie in einer Küche voller Menschen. Eine jüdische Großfamilie saß rund um einen Tisch, auf dem ein karges Abendessen dampfte. Die Männer waren alle schwarz gekleidet. An einer Wand stand eine Holzbank, auf der drei Paare saßen – Huren und ihre Freier. Chiara begriff erst beim zweiten Hinsehen, dass sie vor der Tür eines Schlafzimmers warteten, das derzeit wohl noch von einem anderen Paar in Beschlag genommen wurde.

»Weiter«, raunte die junge Frau ihr zu, »laufen!«

Und damit stürmte sie zwischen dem gedeckten Tisch und den wartenden Paaren hindurch zum Fenster, riss es auf, rief Chiara noch einmal zu, ihr zu folgen und kletterte hinaus auf eine der Eisentreppen, die es hier an den Rückseiten der meisten Häuser gab. Chiara horchte auf die näher kommenden Schritte im Korridor, achtete nicht auf das fluchende Familienoberhaupt, das endlich seinen Schrecken überwunden hatte, und folgte der Frau durchs Fenster.

Die war bereits weiter hinaufgestiegen, nicht hinab zum Hof, wie Chiara erwartet hatte. Einen Herzschlag später erkannte sie auch, weshalb, denn dort unten versammelten sich mehrere Gestalten, Spießgesellen der Alten vermutlich, die jetzt wild zu ihnen herauf gestikulierten.

Zwei Etagen weiter oben erreichten Chiara und ihre Retterin das Ende der Stufen. Die junge Frau schlängelte sich behände durch eine Luke auf einen dunklen Dachboden. Dabei blieb sie mit ihrem viel zu großen Mantel an einem Nagel hängen und riss sich den Saum auf. Chiara folgte ihr.

»Hierher!« Die Stimme der Frau führte sie durch das Dunkel, vorbei an Kisten und Truhen und durch ein Gewirr von Wäscheleinen, die den Speicher wie ein Spinnennetz durchzogen. Von unten konnten sie die Rufe ihrer Verfolger hören, aber noch war keiner hier oben.

Die junge Frau öffnete nach einigem Ziehen und Zerren eine Metallluke, die zum Dachboden des Nachbarhauses führte. Nachdem beide hindurch waren, schoben sie von der anderen Seite eine Kiste davor. Noch ein Speicher, noch ein Haus, und durch mehr verzogene Türen und muffige Verschläge, als Chiara in ihrer Aufregung zählen konnte.

Und dann, nach einer halben Ewigkeit, blieb die junge Frau stehen, legte einen Finger an die Lippen, horchte ins Dunkel und registrierte mit Zufriedenheit die tiefe Stille, die sie umgab.

»Geschafft«, flüsterte sie. »Die sind wir los.« Ihr Atem raste ebenso wie der von Chiara, aber irgendwie brachte sie es fertig, dabei noch zu sprechen. Vermutlich hatte sie Erfahrung mit Verfolgungsjagden.

»Was schaun Sie mich so an? Ach, das ist es ... Ob ich für Geld ficke, oder? Ja, gnädige Frau, das tue ich, und nicht mal schlecht.« Sie lächelte trotzig, und das *gnädige Frau* klang wie eine Beleidigung. »Aber ich bin keine von denen da unten, wenn Sie's genau wissen wollen. Keine von Carmelitas Schnapsmatratzen.« Das letzte Wort betonte sie mit einem Zynismus, der sie um Jahre älter machte. »Carmelitas Bande hat hier neuerdings das Sagen, und das gefällt vielen nicht. Aber wir machen weiter wie bisher, viele mit ihr, ein paar gegen sie. Und wenn Carmelitas Schläger uns nicht erwischen, dann tut's irgendwann die Syphilis.«

Chiara versuchte immer noch zu Atem zu kommen. »Haben Sie mich deshalb hierher gebracht ... um mir das zu sagen?«

»Sie wären jetzt vielleicht tot. Die mögen keine Spitzel von der Polente.«

»Ich bin keine Polizistin.«

»Natürlich nicht. Hab ich sofort gesehen.« Plötzlich grinste sie. »Das mit dem Blut in Carmelitas Gesicht, war'n Sie das?«

»Sieht so aus.«

»Sie hat's verdient. Und noch viel mehr.«

Die Kammer, in der sie sich befanden, war Teil eines Dachbodens, in dem es durchdringend nach abgehangener Mettwurst roch. Eine dünne Bretterwand trennte sie vom Rest des

Speichers. In einer Ecke lagen eine Matratze und paar Decken, darüber hing eine gerahmte Fotografie: eine Frau mit einem kleinen Kind im Arm.

»Hier wohne ich«, kam die Antwort auf eine Frage, die Chiara noch nicht ausgesprochen hatte. »Arbeiten tu ich anderswo. Genau wie die anderen, im Freien, in Absteigen und Kaschemmen. Manchmal auch in Wohnungen. Sie haben's doch gerade gesehen, oder? So machen's hier fast alle Familien. Vermieten ihre Zimmer an Mädchen wie mich, um sich wenigstens einmal am Tag 'ne warme Mahlzeit leisten zu können.«

Chiara schaute sich um und entdeckte einen offenen Koffer, in dem ein Kleid lag, sauber zusammengelegt. Einen Schrank gab es nicht. Da fiel ihr etwas ein. »Das mit Ihrem Mantel tut mir Leid. Ich bezahle Ihnen den Schaden.«

Die junge Frau raffte ihren Mantelsaum zusammen und betrachtete den Riss. »Nur ein paar Stiche, mehr ist das nicht. Und was meinen *Schaden* angeht, den können Sie nicht bezahlen. Wenn mich einer von denen erkannt hat ...« Sie musste den Satz nicht beenden, Chiara wusste genau, was sie meinte. Aber erfasste sie wirklich die ganze Tragweite? Wohl kaum. Die Kerle mochten das Mädchen umbringen, wenn es ihnen über den Weg lief. Und vielleicht fiel ihnen weit Schlimmeres ein.

»Ich heiße Nette.« Sie ließ den Mantelsaum fallen und griff neben der Matratze nach einem Wasserkrug. Sie setzte ihn an die Lippen und trank gierig. Wasser lief an ihrem Kinn herab und tropfte auf ihre Kleidung.

»Chiara Mondschein.« Vielleicht war es Dummheit, ihren wahren Namen zu nennen, aber sie dachte, dass Ehrlichkeit das Mindeste war, was Nette verdient hatte.

»Mondschein?« Das Mädchen setzte den Krug ab. »Wie die Schauspielerin?«

»Ja.« Sie sagte nicht, dass Jula ihre Schwester war, fürchtete aber, Nette habe die Ähnlichkeit ohnehin längst bemerkt.

Doch das Mädchen zuckte nur die Achseln. »Hab keinen ihrer Filme gesehen. Brauch mein Geld für andere Sachen. Sind Sie Jüdin?«

»Mein Vater ist Jude.«

»Hab ich mir gedacht ... Mondschein, Sie wissen schon.«

»Wie alt sind Sie?«

»Kommt jetzt was Moralisches?«

»Ich bin nur neugierig.«

Nette grinste. Sie war hübsch, wenn sie lachte, auf eine Art, die viel feiner wirkte, als die Umgebung erwarten ließ. »Neugierig, hm? Na gut, ich bin neunzehn. Alt genug, das ist mal sicher. *Zu* alt, wenn es nach manchen von denen geht, die mich bezahlen.«

»Warum haben Sie mir geholfen?«

Das Mädchen zögerte und schien mehrere Antworten abzuwägen. »Carmelita ist eine Schlampe. Sie hätte Ihnen wehgetan. Vor ein paar Tagen haben sie einem Mädchen in der Mulackstraße das Gesicht zerschnitten. Haben's fast abgeschält, sagen die Leute, sah aus wie ein gehäutetes Kaninchen. Keiner hat so was verdient.«

»Aber wenn Sie rausfindet, dass Sie mir geholfen haben ...«

»Kann's mir genauso gehen, ja sicher. Mein Risiko.« Sie reichte Chiara den Wasserkrug. »Ist ziemlich frisch, keine Sorge.«

Chiara trank, erst ein wenig widerwillig, dann immer gieriger.

»Wer ist diese Carmelita?«

»Früher war sie 'ne Hure und das Liebchen von einem der Bosse im Viertel. Aber das ist lange her. Irgendwie ist sie dann selbst zur Chefin geworden, weiß der Teufel, wie. Die Leute erzählen allerhand, wissen Sie. Dass sie ihm den Schwanz abgeschnitten und an die Ratten verfüttert hat, albernes Geschwätz eben. Wahrscheinlich ist er nur lebenslänglich eingefahrn. Auf jeden Fall führt sie seitdem die Geschäfte. Sie is eine der Mächtigsten hier.«

»Dieses kleine Mädchen ...«

Nettes Blick verdüsterte sich. »Carmelita verdient ihr Geld mit allem möglichen, aber am liebsten ist ihr das Kindervermitteln. Macht wenig Arbeit und kaum Ärger. Mütter bringen ihr morgens die Kinder, Jungen und Mädchen, andere kommen und nehmen sie mit, bezahlen natürlich dafür, versteht sich. Manche brauchen die Kleinen zum Betteln, macht sich besser an der Tür, wenn man was Kleines dabei hat, das traurig guckt. Und dafür sorgen die schon, mit Zwicken und Schlägen und so. Andere wollen nur mit den Kindern spazieren gehen, das sind oft feine Leute, die selbst keine Kinder haben. Und dann gibt es noch die, die was ganz anderes wollen. Kleine Gesichtchen, dünne Beine, enge Löcher ... die ganze Palette.«

Chiara verzog das Gesicht vor Abscheu.

»Ist mir selbst so gegangen.« Nette ging neben dem Koffer in die Hocke und strich mit den Fingerspitzen über das Kleid. »Ist lange her. Meine Mutter hatte mich lieb, wirklich ... aber sie war arm. Da hat sie mich zu Carmelita gebracht.«

Chiaras Mund war trocken, obwohl sie eben erst getrunken hatte. »Wie alt waren Sie da?«

»Fünf, sechs ... so ungefähr. Das ging so, bis ich elf war. Dann ist meine Mutter gestorben.« Ihr Blick suchte die Fotografie über der Matratze, aber Chiara las nur Zuneigung in ihrer Miene und eine Spur von Trauer. »Syphilis, wie die meisten hier. Danach bin ich nicht mehr zu Carmelita gegangen, sondern hab mich allein durchgeschlagen. Konnte mir die Kerle dann wenigstens aussuchen.«

»Carmelita hat Sie an Männer vermittelt, als Sie noch ein Kind waren?«

»Sag ich doch. Ich hab keine gute Erinnerung an Filmleute, das kann ich Ihnen sagen.«

»Warum?«

»Das sind die Schlimmsten«, sagte Nette. »Filmleute, Theaterleute ... Da gab's einen Filmmenschen, den alle immer nur den Khan genannt haben. Der Khan sammelt Teile toter Schauspielerinnen, erzählt man sich. *Geschlechts*teile. Er besticht die Leute im Leichenschauhaus, und dann schneiden die ihm da was raus. Er legt's in Gläser und stellt's ins Regal. Hat einen extra Raum dafür in seinem Haus, heißt es.«

Chiara konnte nicht anders: Sie sah Masken vor sich, wie er in einem düsteren Zimmer des Filmhauses vor einer Regalwand mit Dutzenden von Gläsern stand; darin schwammen Dinge wie übergroße Kaulquappen. Schaudernd erinnerte sie sich, dass man ihr nur Julas Gesicht gezeigt hatte, der Rest des Leichnams war verdeckt gewesen.

Unfug. Masken mochte einen schäbigen Charakter haben, aber er war kein Irrer.

»Was is los?«, fragte Nette. »Sie sehn so blass aus. Hätte ich das nicht erzählen sollen?«

»Doch, doch. Schon gut.«

Nette betrachtete sie stirnrunzelnd und erhob sich von dem Koffer. »Ich bin bei ihm gewesen. Beim Khan, meine ich. Viele waren da, aber er hat gesagt, ich wär ihm von allen die liebste.«

Chiara hatte einen faustgroßen Kloß im Hals. »Sie haben ihn gesehen?«

Das Mädchen schüttelte den Kopf. »Carmelita hat mich zu ihm gebracht. Er wartete immer in einem dunklen Zimmer. Stockdunkel war's, nicht mal durch 'ne Ritze schien Licht rein. Ihm hat das gefallen, er wollte, dass wir Angst haben. Hat mich dann plötzlich angefasst, das Schwein, und dann musste ich mich ausziehen. Da war ich sieben. Musste alles machen, was er gesagt hat.«

Es war eine Sache, zu wissen, dass es diese Dinge gab – aber eine ganz andere, jemandem gegenüberzustehen, der sie am eigenen Leib erfahren hatte.

»Ist schon gut«, sagte Nette, und absurderweise war sie es, die mitfühlend klang. »Das ist nix für Sie, das seh ich schon. Sie können mir ein bisschen von sich erzählen, ja? Wie's da draußen so ist, außerhalb des Viertels. Ich komme hier fast nie raus, wissen Sie. Und wir haben viel Zeit. In ein paar Stunden bring ich Sie zur Oranienburger Straße, das ist weit genug weg.«

»Sie können ja mitkommen«, sagte Chiara hilflos und ohne zu überlegen. »Ich meine ... ich habe Ihnen eine Menge zu verdanken. Sie haben mir wahrscheinlich gerade das Leben gerettet ... Ich wohne in einem Hotel. Da ist genug Platz für zwei. Sie können hier weg, wenn Sie wollen.«

Nette sah sie traurig an, dann zeigte sie den Schatten eines Lächelns. »Und für wie lange? Ein paar Tage, bis Sie wieder fort sind?« Sie schüttelte den Kopf. »Ich muss für immer hier raus oder gar nicht, darauf läuft's hinaus. Mal eben so, für eine Woche oder für zwei oder drei, das bringt nix. Ich gehöre hierher.« Es klang nicht überzeugt, nur resigniert.

Chiara wollte sie drängen, wollte auf ihrem Vorschlag bestehen, aber das Mädchen trat vor und legte ihr einen Finger an die Lippen. Die Berührung war warm, fast zärtlich. Plötzlich war da eine Verbundenheit zwischen ihnen, die nichts mit dem zu tun hatte, was in der Spelunke und auf der Straße passiert war.

»Ist schon gut«, flüsterte Nette. »Reden wir nicht mehr drüber, ja?«

Ihre Blicke hingen fest aneinander, wie Hände mit verschränkten Fingern, ehe Nette sich umdrehte und sich im Schneidersitz auf der Matratze niederließ. Aus den Schatten zog sie eine Schachtel mit Nähzeug und breitete den Mantelsaum zwischen ihren Knien aus.

»Setzen Sie sich«, sagte sie, während sie einen Zwirn einfädelte, »wir haben Zeit.«

Sechs

Jula trug weiße Leichengewänder, beschmutzt mit dunklen Flecken. Ihre Fingerspitzen waren blutig, die Nägel zerbrochen. Das lange dunkle Haar war verfilzt und stand in bizarrer Form von ihrem Kopf ab, wie Schlangen vom Haupt der Medusa.

Wie passend, dachte Chiara. Und, wer weiß, vielleicht ein Hinweis auf Maskens bizarren Humor.

»Lady Madeline«, sagte Masken und nickte hinauf zur Leinwand. »Ihr großer Auftritt im Finale.«

Chiara betrachtete gebannt die Bilder, die in klarem Schwarzweiß vor ihr abliefen. Sie kannte das Drehbuch, hatte mittlerweile auch Poes Original viermal gelesen. Sie wusste, dass dies die Stelle war, an der die wahnsinnige Madeline aus ihrem Grab zurückkehrte, in das ihr Bruder Roderick und der Erzähler – im Film Poe persönlich – sie gelegt hatten. Sie hatten geglaubt, Madeline sei ihrer langen Krankheit erlegen, doch in Wahrheit war sie scheintot, und es hatte Tage gedauert, ehe sie sich mit bloßen Fingern durch den Sargdeckel geschabt hatte. Die Männer hatten sie in der Familiengruft des Hauses Usher zur letzten Ruhe gebettet, und von dort hatte sie sich zurück in die Gemächer ihres Bruders geschleppt, die breiten Treppenfluchten hinauf, über Galerien und durch verwinkelte, unbeleuchtete Korridore. Gleich würde die Szene kommen, in der sie sich auf Roderick stürzte, um ihn mit sich in den Tod zu reißen. Poe floh aus dem Haus, ohne den Ausgang des Kampfes abzuwarten, nur um aus der Ferne mit ansehen zu müssen, wie das uralte Herrenhaus der Ushers in sich zusammenstürzte und in einem düsteren See versank.

Während der Vorstellung in Maskens Haus vermisste Chiara die Klaviermusik, die gewöhnliche Filmvorführungen begleitete. In den großen Lichtspieltheatern spielten sogar ganze Orchester. In Meißen hatte es das nicht gegeben, und in Berlin war sie noch nicht dazu gekommen, eines der riesigen Kinos am Zoo oder Kurfürstendamm zu besuchen.

Ohne Musik wirkten die meisten Szenen unfertig, ihnen fehlte das Dramatische, und das Pathos der Akteure hatte etwas Absurdes, Unbeholfenes; sie wirkten wie Kinder, die sich als Erwachsene ausgaben. Mit Julas Erscheinen hatte sich das verändert. Ihr Auftritt als wahnsinnige Madeline hatte eine solche Intensität, dass Chiara in ihrem Sessel in sich zusammensank. Wie Jula mit aufgerissenen Augen auf den verzweifelten Roderick Usher starrte; ihr subtiles Spiel mit Körperbewegungen; die Nuancen ihres Wahns – das alles war weit mehr, als man von Chiara erwarten konnte.

»Sie spielt sich selbst«, sagte Masken, der vielleicht ahnte, was in ihr vorging. »Sie ist großartig, aber im Grunde ist sie einfach nur Jula Mondschein, wenn sie Wut hat.«

»Ich habe sie anders in Erinnerung.«

»Sie haben eine *andere* Jula in Erinnerung«, sagte er mit Nachdruck. »Vergessen Sie das nicht. Sie hat sich verändert in den vergangenen Jahren. Sie war nicht mehr das Mädchen, das in jugendlichem Übermut von zu Hause fortgegangen ist.«

Die Vorführung in Maskens privatem Filmraum dauerte eine gute Stunde, in der sie alle fertigen Szenen des Films dreimal hintereinander ansahen. Das wenige, das beendet worden war, reichte in der fertig geschnittenen Form kaum für fünfzehn Minuten. Dabei handelte es sich größtenteils um Sequenzen, in denen Jula nicht einmal auftrat. Ohnehin war dies eine seltsame Rolle: Lady Madeline dominierte den Film, war in gewisser Weise die Hauptfigur, obwohl sie kaum zu sehen war. Manchmal im Hintergrund, hin und wieder als Schemen, der durch die Gänge geisterte und von Poe aus der Ferne beobachtet wurde. Für Chiara blieb weniger zu tun, als sie angenommen hatte. Auf der einen Seite war sie deswegen erleichtert, fast dankbar; andererseits bedauerte sie es, gerade jetzt, da sie begonnen hatte, sich damit anzufreunden, dass die Rolle so wenig von ihr forderte.

Masken erklärte ihr, dass auch am Ende des Films noch einiges ausstehe, Kleinigkeiten des Kampfes zwischen ihr und Roderick, eine Totale hier, ein paar Detailaufnahmen dort. Auch das nahm sie mit gemischten Gefühlen auf, bedeutete es doch, dass sie nicht nur die frühe, ätherische Madeline darstellen musste, sondern auch die Wahnsinnige. Dabei musste sie nicht nur ihre eigene Hemmschwelle überwinden, sich eventuell lächerlich zu machen – sie musste auch gegen Julas vorbildhafte Szenen anspielen.

Masken tätschelte ihre Hand. »Machen Sie sich keine Sorge. Sie schaffen das. Wir alle sind ja da, um Ihnen zu helfen.«

Vielleicht war gerade dies das Problem. Sie musste vor Masken aus sich herausgehen, musste eine andere werden. Sie würde so schutzlos sein wie niemals zuvor. Sich derart vor ihm zu öffnen, widerstrebte ihr. Es war, als würde sie ihm damit ihre Seele verkaufen.

Der Vorführraum war noch abgedunkelt, als sie aufstand und sich zum Ausgang wandte. Sie sah gerade noch, wie jemand durch den Türspalt huschte und verschwand.

»Wer war das?«, fragte sie alarmiert. Sie hatte nicht bemerkt, dass sich noch jemand im Raum aufgehalten hatte.

Masken lächelte. »Torben Grapow.«

»Warum haben Sie mir nicht gesagt, dass er hier ist?«

»Weil er mich darum gebeten hat.«

»Das ist doch albern!«

»Er mag so was. Er nennt das *den Charakter bewahren*. Er meint den Filmcharakter, natürlich.«

»Was soll das heißen?«

»Dass er Ihnen zum ersten Mal in seiner Rolle gegenüberstehen will. Sie haben ihn jetzt als Edgar Allan Poe in den paar Szenen auf der Leinwand gesehen, und bei Ihrer ersten Begegnung im Atelier wird er dasselbe Kostüm tragen und genauso geschminkt sein. Er *ist* dann Poe.«

»Er ist ein Spinner.«

Masken lachte gutmütig. »Mag sein. Aber ein talentierter Spinner. Wussten Sie, dass ich ihn entdeckt habe?«

Wen eigentlich nicht?, dachte sie. »Ja. Für den *Adlatus des Paracelsus*.« Sie kam nicht von dem Gedanken los, dass die ganze Zeit über jemand in der letzten Reihe gesessen hatte, verborgen in der Dunkelheit. Er hatte sie beobachtet und jedes Wort gehört, das sie mit Masken gesprochen hatte, jede ihrer Bemerkungen über die Schauspieler, auch jene über Grapow selbst; nicht alle waren positiv gewesen. Womöglich hatte sie damit bereits einen Keil zwischen ihn und sich getrieben, bevor sie einander überhaupt vorgestellt worden waren.

Wieder eine von Maskens Manipulationen. Grapows Wunsch war ihm gewiss sehr entgegengekommen. Er wollte nicht, dass sie anderen näher kam als ihm selbst, gönnte ihr keine Gelegenheit, sich seinem Einfluss zu entziehen.

»Haben Sie Lust, essen zu gehen?«, fragte er, als er das Licht einschaltete. Helligkeit flutete über die Leinwand und vertrieb die letzten Eindrücke von Kubins bizarren Kulissen.

»Nein.«

»Sie sind mir doch nicht böse?«

Sie drehte sich um und ging zur Tür. »Ich habe keinen Hunger, danke.«

Halbherzig hatte sie gehofft, Grapow doch noch draußen anzutreffen, aber der Vorraum war leer. Von Plakaten und gerahmten Fotografien starrten Jula und andere Filmstars sie an, Mumien in den Schaukästen eines Museums, einbalsamiert vom Ruhm und dem Kunstlicht der Scheinwerfer.

Vom nächsten Telefon aus bestellte sie einen Wagen.

Masken stand neben ihr, als sie einhing. »Ich bin gespannt, wann Sie anfangen werden, mich zu mögen.«

Wenn Jula von den Toten aufersteht, dachte sie und erinnerte sich schaudernd an den Anblick ihrer Schwester als Lady Madeline, den Verstand vom Irrsinn zerfressen, das Haar zerrauft, die Fingerkuppen zerrissen vom Holz des Sargdeckels.

»Auf Wiedersehen«, sagte sie förmlich und ging.

✣

Die Dreharbeiten begannen an einem Freitag. Das war ungewöhnlich, aber Masken hatte allen bereits im Voraus einen Bonus gezahlt, damit sie das Wochenende durcharbeiteten.

Jetzt, da es endlich losging, hatte sich Julas Aufregung ein wenig gelegt. Eine stoische Ruhe bemächtigte sich ihrer, die mehr noch als sie selbst Masken zu überraschen schien. Wenn er erwartet hatte, am ersten Drehtag ein Nervenbündel vor sich zu haben, so hatte er sich getäuscht.

Sie wurde in ihrer Garderobe geschminkt, einem fensterlosen Raum im oberen Stockwerk, gleich unter dem Glasatelier auf dem Dach. Der Spiegel, vor dem die Maskenbildnerin sie platzierte, war groß und durch einen Kreis aus Glühbirnen erhellt; als sie hineinsah, kam es ihr vor, als betrachte sie ein Gemälde in einem goldenen Rahmen. Je weiter das Schminken voranschritt, desto fremder wurde ihr das Gesicht gegenüber. Die Maskenbildnerin erklärte ihr geduldig, welche Farben von der Kamera auf welche Weise wahrgenommen wurden. Chiara erfuhr, dass die Lippen beim Film niemals rot geschminkt wurden, denn in Schwarzweiß würde das aussehen, als hätte man ihren Mund mit Schuhcreme nachgezogen. Mehr Weiß war nötig als sonst, und bestimmte Farben waren völlig tabu. Mehrere Schichten aus Schminke bedeckten ihre Gesicht wie eine Maske, und als sie endlich fertig war, kam es ihr vor, als säße ihr eine lebende Version jener Jula gegenüber, die sie in den fertigen Szenen gesehen hatte. Dabei war dies im Grunde weder Jula noch sie selbst, sondern Lady Madeline Usher, und das gab ihrem Selbstbewusstsein einen solchen Schub, dass sie sich einen Moment lang alles zutraute. Nicht sie würde vor die

Kamera treten, sondern Madeline, und zum ersten Mal spürte sie etwas von der viel beschworenen Faszination des Filmemachens. War sie eine Schauspielerin? Ganz bestimmt nicht. Und doch war sie in eine neue Rolle geschlüpft, ohne sich dessen völlig bewusst zu sein. Und es war nicht allein das Kostüm, das eine andere aus ihr machte.

Sie war gerade fertig, als es an der Garderobentür klopfte. Herein kam ein großer, hagerer Mann in einem dunklen Gehrock, mit Augen, die traurig wirkten, selbst als er lächelte. Sie erkannte ihn aus seiner Titelrolle im *Müden Tod* und begriff zugleich, dass nicht alles, was der Film abbildete, Puder, Schminke und Spiel waren.

»Bernhard Götzke«, stellte er sich vor, gratulierte ihr zu ihrer Verwandlung und drückte fast im selben Atemzug sein Beileid über den Tod ihrer Schwester aus. Er war freundlich, auf eine altmodische Art liebenswürdig und gab ihr auf dem Weg nach oben eine Reihe wohlmeinender Ratschläge, unter anderem den, sich nicht von Maskens herrischem Gehabe während der Dreharbeiten beeindrucken zu lassen. Regisseure wären eben so, beim Theater wäre es manchmal noch schlimmer, und im Grunde sei auch dieses Auftreten nur eine Form von Maskerade; die Wahrheit sei, sagte Götzke, dass die meisten Regisseure ihre Schauspieler beneideten, weil diese in den Kulissen ein neues Ich überstreifen konnten. Deshalb versuchten sie, es ihnen durch Geschrei, Arroganz und krankhaft schlechte Laune gleichzutun. Jeder bemühe sich auf seine Weise, mit dem Druck klarzukommen.

Götzkes Gelassenheit steckte sie an; er hatte etwas ungekünstelt Väterliches, um das Masken sich permanent bemühte, das er aber nie erreichte.

Sie kannte das Atelier von ihrem ersten Besuch im Filmhaus. Die Kulissen waren dieselben, anders angeordnet, manche zerlegt oder neu zusammengesetzt, doch im Licht der Scheinwerferbatterien hatten sie eine neue, irritierende Traumhaftigkeit angenommen. Was damals flach und enttäuschend gewirkt hatte, funkelte jetzt in einer fremdartigen Brillanz.

Die schwarzen Rollos vor den Glasscheiben hatte man geschlossen, Tageslicht war in Anbetracht der Scheinwerfer eher störend als nützlich. Bühnenarbeiter wuselten umher, Hilfsbeleuchter und allerlei Leute mit Aufgaben, die Chiara nicht auf Anhieb erkannte. Einige blickten auf, als sie mit ihrem Leichengesicht und dem wehenden weißen Totenhemd hereinkam, manche wohl erstaunt über ihre Ähnlichkeit mit Jula.

Masken diskutierte gerade heftig mit dem Kameramann, einem dicklichen Menschen mit zurückgekämmtem Haar und hochgekrempelten Hemdsärmeln. Es schien Unstimmigkeiten hinsichtlich der Beleuchtung in dieser und den bereits abgedrehten Szenen zu geben, offenbar keine allzu großen, denn als Masken sie sah, brach er das Gespräch mit einem Achselzucken ab und eilte zu ihr und Götzke herüber.

Bevor er sie erreichte, trat ein weiterer Mann in Chiaras Blickfeld, schnitt Masken mit gespielter Beiläufigkeit den Weg ab, reichte ihr die Hand und verbeugte sich.

»Torben Grapow«, sagte er. »Gestatten Sie mir, dass ich mir erlaube, Sie mit Ihrer Schwester zu vergleichen und zu der Feststellung komme, dass Sie dabei höchst vorteilhaft abschneiden.«

Falls er versuchte, die Sprechweise des neunzehnten Jahrhunderts nachzuahmen, so wirkte es für ihren Geschmack zu aufgesetzt, ein wenig so wie sein ganzes Erscheinungsbild. Jemand hatte ihn einen »zweiten Conrad Veidt« genannt, und der Vergleich war in der Presse hängen geblieben, obwohl es sich genau genommen um einen Affront handelte: Grapows Popularität reichte weiter zurück als die von Veidt, schließlich war *Der Adlatus des Paracelsus* bereits 1913 uraufgeführt worden. Zutreffend war die Ähnlichkeit der beiden, was ihre Ausstrahlung betraf. Veidt wurde eine dämonische Aura nachgesagt, eine Düsternis, in der er in seinen Rollen, angeblich aber auch im wirklichen Leben schwelgte. Grapow eiferte ihm darin nach, obgleich er selbst unter der dunklen Schminke rund um die Augen attraktiver wirkte als der auf Bösewichte abonnierte Veidt. Sein Haar war schwarz, womöglich nachgefärbt, die Wangen eine Spur zu hohl, was er durch Make-up gern betonte. Er hatte einen athletischen Körperbau, nicht übel, dachte sie, obwohl es sie nicht überraschte – nicht umsonst verehrten ihn vor allem die Frauen im Publikum. Und seine Augen, auffallend hellblau inmitten der schwarzen Umrandungen, wirkten auf der Leinwand fast weiß, was seinen Blick umso stechender machte.

Sie lächelte ihm zu, begrüßte ihn zur Vorsicht sehr viel förmlicher als Götzke und ließ eine Wörterflut im Stil schlechter Poe-Imitationen über sich ergehen. Sie spürte, dass er sich unwiderstehlich vorkam. Sie fand ihn nicht unangenehm, eher amüsant, aber sie war doch froh, als Masken ihn schließlich unterbrach, um ihnen die anstehende Szene zu erklären.

Chiaras Aufgabe war einfach: Sie spielte die Tote im Sarg, aufgebahrt in der Familiengruft der Ushers, die von Roderick und dem jungen Poe betrauert wird. Die beiden hatten den Sarg in das unterirdische Gewölbe getragen und öffneten nun den Deckel, um einen letzten Blick auf die scheinbar Verstorbene zu werfen. Chiaras einzige Herausforderung bestand darin, nicht mit den Lidern zu zucken, was sich als mühsamer herausstellte, als sie vermutet hatte. Trotzdem machte sie ihre Sache ganz ordentlich, und nach der zweiten Wiederholung gratulierten ihr Masken und Götzke, und Grapow sprach ihr mit typischem Schwulst seine »allergrößte Verehrung« aus.

Während der Umbauarbeiten trat einer von Maskens Assistenten an sie heran und stellte ihr Alfred Kubin vor, der zur Wiederaufnahme der Dreharbeiten aus Österreich angereist war. Er wollte selbst überwachen, wie seine Kulissen in Szene gesetzt wurden. Kubin war Mitte vierzig und machte einen gebildeten, aufgeschlossenen Eindruck. Er hatte schütteres Haar, eine große Nase und war nicht besonders ansehnlich, doch die Art, wie er sprach, wie er schaute und die Umgebung in sich aufnahm, verriet, dass hinter seiner hohen Stirn ein scharfer Verstand arbeitete. Er erzählte Chiara gerade von seiner ersten Begegnung mit Poes Werk, als ein Gong ertönte: Der Umbau war beendet, die Aufnahmen konnten weitergehen.

Im Lauf des Tages begann Chiara, an ihren eigenen Empfindungen zu zweifeln. Sie hatte erwartet, dass alles sehr aufregend und sie entsprechend nervös sein würde. Stattdessen aber war sie schon bald die Ruhe selbst, und die langen Umbauten und Wartereien auf verändertes Licht langweilten sie. Götzke zog sich meist mit einem Buch in eine Ecke des Ateliers zurück, Grapow testete seinen Allerweltscharme, und Masken stritt sich unablässig mit dem Kameramann und seinen Beleuchtern. Kubin sprang derweil mit Pinsel und Farbeimer durch die Kulissen, dirigierte zwei Assistenten und referierte ausgiebig über das Verhältnis gemalter Schattierungen zu jenen, die Scheinwerfer und Requisiten erzeugten.

Chiara saß gähnend in einem Sessel und wartete auf die Maskenbildnerin mit Puderquaste und Schminkkoffer, als einer der Bühnenbildner auf sie zukam. Er stellte sich nicht vor und kam ohne Umschweife zur Sache: Falls sie Bedarf an Arzneien jeglicher Art habe, sei er der Mann, an den sie sich vertrauensvoll wenden könne. Mit *Arzneien*, das fand sie bald heraus, meinte er Kokain, Morphium und Heroin – letzteres in begrenzter Menge, und sie müsse ein wenig Geduld mit der Besorgung haben.

Irritiert und neugierig zugleich fragte sie leise: »Was hätte meine Schwester gesagt, wenn Sie ihr dieses Angebot gemacht hätten?«

Er grinste und klopfte auf die gefüllten Taschen seines Arbeitsanzuges. »War eine meiner besten Kundinnen. War ein gutes Mädchen, hatte einen guten Geschmack. Sie machen nichts falsch, wenn Sie die Ware von mir beziehen, wirklich nicht.«

»Wie oft hat Sie denn bei Ihnen ... eingekauft?«

Seine Haltung wurde eine Spur ablehnender, er runzelte die Stirn. »Ich rede nicht über meine Kundschaft, das gehört zum Geschäft. Also – wollen Sie nun was oder nicht?«

»Danke. Ich schätze, ich habe alles, was ich brauche.«

Nachdem er sich wieder unter die übrigen Bühnenarbeiter gemischt hatte, ging sie hinüber zu Masken und erzählte ihm alles. Er war gerade wieder in einer seiner Diskussionen mit den Beleuchtern und ließ sich nur ungern unterbrechen, zumal ihn sogleich alle anstarrten und auf seine Reaktion warteten. Mit einem Seufzen ließ er sich von ihr den Bühnenarbeiter zeigen und gab dann lautstark Anweisung, ihn aus dem Atelier zu werfen, er wolle ihn hier niemals wiedersehen und er dürfe sich glücklich schätzen, dass Masken nicht sofort die Polizei rufe – was Chiara eigentlich erwartet hatte.

Als sich der Aufruhr gelegt hatte und alle zurück an die Arbeit gingen, packte Masken Chiara grob am Arm und zog sie hinter die Kulissen. Dort, wo niemand sie sah, ließ er sie los und baute sich wütend vor ihr auf.

»Tun Sie das niemals wieder!«

Sein Zorn überraschte sie. Dennoch hielt sie seinem Blick stand und stemmte die Hände in die Taille. »Wie, zum Teufel, meinen Sie das?«

»So wie ich's gesagt habe. Ich kann hier niemanden gebrauchen, der sich als Moralapostel aufplustert, schon gar nicht vor allen Leuten!«

Sie starrte ihn an. »Das ist nicht Ihr Ernst.«

»O doch, das ist es. Drogenhändler gibt es überall, an jeder Straßenecke, in jedem Café und jeder Bar. Und in jedem Filmatelier. Wenn Sie nichts haben wollen, gut, dann sagen Sie ihm das. Er hätte Sie nicht mehr belästigt. Aber dieser Aufstand ... liebe Güte, so was lenkt nur alle von der Arbeit ab.«

»Aber er hat Kokain an Jula verkauft und ...«

»Und an jeden anderen, der schon mal eine Kamera von nahem gesehen hat. Na und? Das gehört dazu. Sie werden sich daran gewöhnen. Was soll's? Das Zeug ist verboten, aber es schadet niemandem. Sehen Sie sich an, was in Amerika passiert. Dort verbieten sie den Alkohol, aber hält das irgendwen davon ab, welchen zu trinken?«

Sie wusste nicht viel über Drogen, nur, dass sie angeblich schädlich seien und der Verkauf unter Strafe gestellt worden war. Sie hatte geglaubt, Masken sei ihr dankbar, wenn sie verhinderte, dass während seiner Dreharbeiten illegale Geschäfte getätigt wurden. Vielleicht hatte Jula die Drogen, mit denen sie sich das Leben genommen hatte, bei diesem Mann gekauft. Chiaras Meinung nach reichte das aus, um den Kerl aus dem Atelier zu werfen. Sie würde sich nicht einreden lassen, dass ihre Reaktion naiv oder überzogen gewesen war, nein, ganz bestimmt nicht.

»Hören Sie«, sagte Masken, »Sie werden sich daran gewöhnen. Wahrscheinlich wird es nicht lange dauern, bis Sie es selbst probieren. Und warum auch nicht? Es macht das Leben angenehmer. Aber Sie haben mich da eben in eine Situation gebracht, die mir nicht gefällt. Manövrieren Sie mich nie wieder in eine Lage, in der Sie die Entscheidung bereits für mich getroffen haben, verstanden? Vor all den Leuten hatte ich gar keine andere Wahl, als den Mann rauszuwerfen. Vielleicht war das richtig, vielleicht auch nicht. Aber *ich* bin es, der hier die Entscheidungen trifft, nicht Sie oder irgendwer sonst. Ist das klar?«

Sie biss sich in die Wange, weil sie das Gefühl hatte, sonst platzen zu müssen vor Wut. »Ist das für Sie nur eine Frage der Autorität?«

»Beim Film ist das die wichtigste aller Fragen, glauben Sie mir. Wer bestimmt, was wie zu geschehen hat ... darum geht es in erster Linie. Und hier bin ich derjenige. Niemand sonst.«

»Das ist lächerlich.«

»Nicht für mich. Und das sollte es auch nicht für Sie sein. Das lasse ich nicht zu.« Damit drehte er sich um und ließ sie stehen. Kurz darauf hörte sie ihn auf der anderen Seite der Kulissen wieder mit ein paar Männern streiten, als sei nichts geschehen.

Sie ballte die Faust, bis die Fingernägel scharf in ihre Handballen schnitten. Masken hatte bekommen, was er wollte: Sie spielte die Rolle ihrer Schwester. Aber jetzt gefiel ihm nicht, dass sie womöglich denselben Eigensinn zeigte wie Jula, ein Eigensinn, der letztlich zum Bruch zwischen den beiden geführt hatte.

Sie fragte sich, wie weit er gehen würde, um seinen Willen durchzusetzen.

Als sie mit mühsam unterdrücktem Zorn zurück zu ihrem Sessel ging, bemerkte sie Torben Grapow, der rauchend zwischen den Kulissen stand und alles beobachtet hatte. Wie sie ihn bislang einschätzte, hätte er ihr jetzt aufmunternd zulächeln müssen. Aber er lächelte nicht, sondern schüttelte nur den Kopf und drückte seine Zigarette an einer Holzwand aus.

Dann musste sie die Augen schließen, weil die Maskenbildnerin ihren Lidschatten nachziehen wollte.

Als sie wieder hinsah, war Grapow fort. Sie entdeckte ihn erst Augenblicke später wieder, jetzt neben Götzke, der sein Buch zugeschlagen hatte.

Die beiden steckten die Köpfe zusammen und flüsterten.

»Er ist ein Arschloch. Ein Dreckschwein und ein Hurensohn.« Ursi van der Heden nippte an ihrem Cocktail, rührte mit dem kleinen Papierschirm darin und leckte sich anschließend genüsslich die Fingerspitzen ab. »Irgendwann werde ich auch lernen, mit diesen Dingern umzugehen, ohne mich einzusauen.«

Mit kalkuliertem Augenaufschlag blickte sie in die Runde der vier Frauen. Sie befanden sich auf dem Flachdach eines Hauses am Kurfürstendamm; Ursi bewohnte eine luxuriöse Wohnung im obersten Stockwerk. Hinter der Dachkante erstreckte sich das lichte Grün des Zoologischen Gartens.

»Aber um auf Masken zurückzukommen: Er ist ein Arschloch, ein Dreckschwein und ein Hurensohn. Oder hab ich das schon gesagt?«

Marla Mariannsen, die sich neben Chiara auf einem Liegestuhl räkelte und eine Zigarre rauchte, kicherte wie ein kleines Mädchen. »Wie war das, als er dich damals für *Die Tore von Wien* besetzen wollte?«

»Den hat er nie gedreht.«

»Ich weiß. Aber er wollte dir diese Rolle geben.«

»Die Tochter des Türkenfürsten.« Ursi warf unter hochgezogener Braue einen Blick zu Chiara herüber. »Damit ich anständig auf die Rolle vorbereitet bin, wollte er mir seinen Diwan zeigen.«

Marla prustete los. Ihre größten Rollen, munkelte man, spielte sie abwechselnd im Bett von Lubitsch und dem Theaterkritiker Norbert Falk, einem der Autoren von *Anna Boleyn*.

Chiara blieb ernst. »*Das* hat er versucht?«

»Was denkst du denn? Das tun sie doch alle. Der beste Fick, die beste Rolle – wenn du Glück hast.«

»Ich dachte, das sind nur Klischees.«

»Kommt drauf an, über wen wir sprechen. Für ein paar mag das nicht gelten, Henni Porten und Asta und vielleicht die Negri. Aber genau weiß das auch keiner.«

»Was war mit Jula?«

Ursi, eine hübsche Blondine mit ungemein langen, schlanken Fingern und nicht weniger attraktiven Beinen, schnippte den Papierschirm aus ihrem Cocktail und trank den Rest mit einem Zug aus. »Sie kannte das Spiel und die Regeln.«

Chiara war nicht sicher, wie sie das zu verstehen hatte, kam aber nicht dazu, weitere Fragen zu stellen, denn nun meldete sich die Frau zu Wort, die den vierten Liegestuhl auf dem Kiesdach belegte. »Jula kannte das Spiel, sicher, aber höher als sechs konnte auch sie nicht würfeln, nicht wahr?«

Sie war älter als die übrigen, um die vierzig, und sie war die Einzige, die Chiara nicht auf Anhieb erkannt hatte. Lea Panther, die nicht wirklich so hieß, aber niemandem ihren wahren Namen verriet, war kurz nach der Jahrhundertwende eine der beliebtesten Varieté-Tänzerinnen Berlins gewesen. Mit Talent und einer großen Portion Glück hatte sie den Wechsel zum Theater geschafft, bevor man ihrer Beine und Brüste überdrüssig werden konnte. Als sie das *Käthchen von Heilbronn* spielte – und nicht mal schlecht –, war das ein kleiner Skandal gewesen. Aber sie hatte alle üblen Nachreden heil überstanden und wechselte jetzt zwischen Rollen auf der Bühne und im Film, letztere weit weniger glamourös als ihre Theaterauftritte, weil man sie für zu alt für Hauptrollen hielt und sie regelmäßig als Zuhälterin oder Lebedame besetzte. Dabei hätte beides ihrem tatsächlichen Lebenswandel nicht ferner liegen können. Ihre wilde Zeit, hatte sie Chiara erzählt, hatte sie vor fünfzehn Jahren hinter sich gebracht. Heute lebte sie streng monogam mit ihrem Mann, einem Weinhändler, und nahm sich immer seltener die Zeit zu Verabredungen wie dieser. Lea gab offen zu, dass sie nur gekommen war, um Julas Schwester kennen zu lernen. Sie machte keinen Hehl daraus, dass sie Marla für ein dummes Huhn hielt, und selbst ihre Beziehung zu Ursi schien Chiara undurchsichtig. Erst hatte sie geglaubt, beide verbinde eine lesbische Liebschaft, aber nach Leas überzeugendem Plädoyer für Ehe und Treue hatte sie diesen Gedanken wieder verworfen. Vielleicht war es wirklich nur eine Art mütterliche Freundschaft zu der viel jüngeren Ursi. Falls dem so war, hatte sie mit ihren Ratschlägen allerdings wenig Erfolg: Ursis Liebesleben war Legende, und ihre neueste Eroberung, der Produzent Arthur Hermann, war nicht gerade das, was man in bürgerlichen Kreisen einen guten Griff nannte.

Chiara hatte Henriette Hegenbarths Rat befolgt und sich mit Ursi verabredet. Nach anfänglichem Zögern hatte Ursi offenbar beschlossen, Chiara zu mögen, ja, sie sogar als Ersatz für Jula zu akzeptieren. Ursi war keineswegs ein komplizierter Charakter, und hatte sie einmal Gefallen an jemandem gefunden, war es schwer, sie loszuwerden. Männer durchschauten das schnell und zogen ihren Vorteil daraus, bemerkten allerdings oft nicht, dass Ursi sie gleichfalls nach Strich und Faden ausnutzte.

Trotz allem musste Chiara sich eingestehen, dass sie Ursi mochte. Sowohl ihr burschikoser Charme, dem gerüchtehalber Frauen ebenso wie Männer verfielen, als auch ihre Art, geradeheraus zu sagen, was sie meinte – beides gefiel Chiara.

»Wann geht's weiter in Maskens Mühle?«, fragte Ursi.

»Übermorgen«, sagte Chiara. »Ich hab drei Tage Pause.«

»Wie viele Tage hast du schon gedreht?« Marla stellte die Frage mit einer Beiläufigkeit, die keinen Hehl aus ihrem Neid auf die Hauptrolle im *Untergang des Hauses Usher* machte.

»Acht.« Chiara tat, als hätte sie den Unterton nicht bemerkt. »Noch fünf, dann bin ich fertig.«

»Das ist ziemlich viel für die paar Auftritte«, sagte Ursi.

»Du hast das Drehbuch gelesen?«

»Jula hat's mir damals gegeben. Wir haben oft Bücher ausgetauscht und uns gegenseitig damit aufgezogen, wer wohl das knappere Kostüm tragen würde.« Nach einem Moment fügte sie hinzu. »Na ja, die gute Lady ... wie heißt sie noch, Magdalena?«

»Madeline.«

»Die gute Lady Madeline kommt jedenfalls nicht in Verlegenheit, sich halbnackt auf irgendwelchen Thronstufen rumzuräkeln.«

Chiara lächelte. »Aber ihr Totenhemd hat Stil, wirklich.«

»Darauf wette ich.«

Es gefiel Chiara nicht, dass Marla zuhörte, trotzdem stellte sie endlich die Frage, die sie ursprünglich hergeführt hatte. »Sag mal, du und Jula, ihr habt euch doch ziemlich nahe gestanden, oder?«

Ursi nickte. »Sicher.«

»Weißt du, ob sie jemals ... na ja, ob sie mal schwanger war?«

Marla verschluckte sich fast am Rest ihres giftgrünen Cocktails, aber Ursi blieb ganz ernst. »Dazu war sie viel zu clever.«

»Das heißt nein, nehme ich an.«

»Sie hätte das nie zugelassen. Wie kommst du darauf?«

Chiara holte tief Luft. »Ich habe einen Brief bekommen ... eher eine Art Schmierzettel, wenn man's genau nimmt. Gleich nach meiner Ankunft in Berlin. Darauf stand was von einem zweiten Erben.«

Ursi warf einen warnenden Seitenblick auf Marla, die mit großen Augen, aber noch größeren Ohren zuhörte. »Erpressungsversuche sind hier an der Tagesordnung. Das ist nichts Ungewöhnliches.«

»Mag sein.« Chiara beschloss, die Sache ruhen zu lassen. Sie wollte nicht, dass Marla von Party zu Party lief und Schmutz über Jula verbreitete; vermutlich war es ohnehin zu spät. Sie bemerkte, dass Ursi sie einen Moment lang intensiv musterte, ganz anders als zuvor, doch dann kehrte jenes Lächeln auf ihr Gesicht zurück, mit dem sie Film für Film Zigtausende bezauberte.

»Kümmer dich einfach nicht darum«, sagte sie mit einem Ton, der abschließend klang. »Diese Stadt ist voller Irrer – und Schlimmerem.«

Lea stellte ihr Glas beiseite. »So, ihr Lieben, ich verschwinde. Ist sowieso zu kalt hier oben.« Damit sprach sie aus, was Chiara dachte. Die Idee, sich im Frühjahr auf einem Dach in der Berliner Innenstadt zu sonnen, mochte einen gewissen Pfiff haben – sie stammte natürlich von Ursi –, aber allzu praktikabel war sie nicht. Sie alle froren.

Marla, der es genügte, sich im Schein der berühmteren Kolleginnen zu sonnen, wollte den Nachmittag nicht so rasch enden lassen. Hastig sagte sie zu Chiara: »Du und Jula, ihr habt tatsächlich den gleichen Körper. Bisschen wenig Oberweite, vielleicht.«

Ursi winkte ab. »Hör nicht auf sie. Nur weil sie Euter hat wie eine mecklenburgische Zuchtkuh, glaubt sie, alle Männer seien ganz wild darauf.«

»Sind sie, meine Liebe, sind sie.« Marla zwang sich zu einem Lächeln. »Das sind sie ganz bestimmt.«

»Sicher, wenn man sie ihnen ins Gesicht hängt, haben sie ja auch keine andere Wahl. Was sollen sie denn sagen? ›Tu das weg‹?«

Chiara und Lea lachten, während Marla kurz überlegte, ob sie schmollen sollte, dann aber nicht als Spielverderberin dastehen wollte und sich zu einem Grinsen zwang.

»Ich finde den Weg allein«, sagte Lea zu Ursi, »vorausgesetzt, du hast keine Angst, dass ich mich an deinen Kunstwerken vergreife.« Ursi sammelte Krimskrams aus dem Erzgebirge, grässliches Zeug, und Lea, die durchaus echten Kunstverstand besaß, zog sie damit auf, so oft sich die Gelegenheit bot.

Lea winkte Chiara zu. »Viel Erfolg noch. Lass dich von dieser Stadt nicht unterkriegen – und von Masken. Vor allem nicht von ihm.«

Damit stieg sie die Treppe zur Wohnung hinunter. Die Tür fiel hinter hier mit einem hohlen Klappern ins Schloss. Irgendwo flatterten erschrocken ein paar Tauben in den Himmel.

»Und warum mag *sie* Masken nicht?«, fragte Chiara. »Auch der Diwan?«

Ursi lachte laut auf. »Ach was. Unsere Lea steht über so was. Sie hat eine tolle Stimme, hast du das bemerkt? Sie hofft, dass der Film endlich das Sprechen lernt, weil sie glaubt, dass man ihr dann bessere Rollen anbietet – im Gegensatz zu einigen von uns, die mit ihrem Gepiepse die Leute wahrscheinlich aus den Kinos jagen werden. Auf jeden Fall ist der gute Felix Masken ein erbitterter Feind des Tonfilms. Hat er dir das erzählt? Nein, vermutlich nicht. Es gibt einige Leute, die seit Jahren daran arbeiten, ein Tonverfahren für den Film zu entwickeln. Und Masken ist einer von denen, die ihnen immer wieder Steine in den Weg legen. Felsbrocken, wäre das richtige Wort. Er hat's mit Bestechung versucht, mit Anzeigen, mit übler Nachrede – der Gute ist nicht nur in seinen Geschichten recht erfinderisch. Wie auch immer ... Lea ist nicht die Einzige, die ihm das übel nimmt. Er blockiert damit die Karrieren von ein paar wirklich talentierten Leuten.«

»Warum tut er das?«

»Frag ihn, und er wird dir etwas von der ›puren Ästhetik der Bilder‹ erzählen, von der Verfälschung des visuellen Erzählens, bla, bla, bla ... Er hat einen Haufen Vorträge darüber gehalten, als das Verfahren erstmals zur Diskussion gestellt wurde. Jetzt hält er den Mund, geht aber im Hintergrund dagegen vor. Keine Ahnung, was schlimmer ist. Fest steht, dass er sich damit eine Menge Feinde gemacht hat.«

»Darin scheint er ziemlich begabt zu sein.«

»Das ist er ganz sicher«, sagte eine Stimme hinter ihnen. Keiner hatte gehört, dass die Tür am Fuß der Treppe erneut geöffnet worden war.

Ein Mann war lautlos herangekommen und legte Ursi von hinten die Hände auf die Augen. Sie quietschte vergnügt auf, ein wenig gekünstelt, fand Chiara. Aber dem Mann schien es zu gefallen.

»Raten«, sagte er knapp.

Ursi grinste verschlagen. »Lang? Lubitsch? Pommer? Ach, ihr habt alle so zarte Hände...«

Der Mann ließ los und gab ihr einen spielerischen Klaps, als sie aufsprang, ihn umarmte und küsste. Dann wandte sie sich zu Chiara um und hielt dabei seine Hände. »Chiara, darf ich vorstellen – mein Arthur.«

Der Mann streifte sanft ihre Hände ab und kam zu Chiara herüber. »Arthur Hermann«, sagte er, deutete eine Verbeugung an und gab ihr einen Handkuss. Er war groß und blond, die beiden einzigen Eigenschaften, die Chiara bemerkenswert an ihm erschienen. Er besaß die gleiche unverfängliche Attraktivität wie Ursi. Als stammen beide aus demselben Wurf, dachte sie sarkastisch.

»Sie sind natürlich Julas Schwester«, sagte er. »Die ganze Stadt spricht von Ihnen. Ihr großer Gönner lässt keine Gelegenheit aus, Ihr Talent zu loben.«

Mein großer Gönner? Na, wunderbar.

Hermann bemerkte ihr Missfallen und schenkte ihr sein strahlendstes Lächeln. »Machen Sie sich nichts draus. Masken versteht es, die Werbetrommel zu rühren, das muss man ihm neidlos lassen.«

»Neidlos?« Ursi war an seine Seite getreten. »Arthur ist neidisch bis auf die Knochen, wenn es um Maskens Erfolge geht. Er ist selbst Produzent, weißt du.«

»*Frühere* Erfolge«, verbesserte er und fügte mit merklicher Schadenfreude hinzu: »Späte hat er ja leider Gottes nie gehabt.«

Marla war derweil von ihrem Liegestuhl aufgestanden und ließ nachdrücklich ihre Handtasche zuschnappen. »Ich verabschiede mich.«

»Ah, die bezaubernde Marla Mariannsen«, rief Hermann, als hätte er sie erst in diesem Augenblick bemerkt. Auch sie bekam einen Handkuss, während Ursi hinter seinem Rücken dramatisch die Augen verdrehte. Chiara verkniff sich ein Lachen.

Hermann unterhielt sie alle ein paar Minuten mit belanglosem Gerede, ehe Marla sich endgültig auf den Weg machte. Chiara folgte ihr wenig später, allerdings nicht, bevor sie Ursis enthusiastischem Liebhaber versprochen hatte, bald mit ihnen beiden zu Abend zu essen. »Wir *müssen* uns näher kennen lernen«, sagte er zu Chiara, zwinkerte dabei aber anzüglich Ursi zu. Sie knuffte ihn in die Seite.

Chiara lächelte kopfschüttelnd, während sie die oberen Treppenstufen hinabstieg.

Sie fuhr herum, als hinter ihr ein Pistolenschuss ertönte.

Als sie zurückblickte, sah sie, gerahmt vom Metallgestänge des Geländers, wie Hermann mit einem Revolver auf einen Taubenschwarm anlegte. Die Vögel stiegen panisch von den umliegenden Dächern auf. Im Sonnenlicht funkelten Diamanten, die in den Lauf der Waffe eingelassen waren.

Ein zweiter Schuss peitschte. Am Himmel explodierte eine Taube in einer Spirale aus Federn und Blut.

Ursi schmiegte sich an Hermann.

Chiara sprang mit steifen Schritten die restlichen Stufen hinunter. Sie war schneller als das Hausmädchen, das sie zur Wohnungstür führen wollte, und lief in Windeseile zur Straße hinunter.

Federn rieselten vor ihr zu Boden. Eine dritte Taube hatte sie auf dem Weg nach unten überholt.

Am Abend des letzten Drehtags brach in den Kulissen ein Feuer aus. Die Eingangshalle des Hauses Usher brannte zu einem guten Viertel nieder, ehe es gelang, die Flammen zu löschen. Ein Großteil der anderen Kulissen wurde durch Ruß und Wasser in Mitleidenschaft gezogen. Es war kein großes Feuer; gelöscht wurde es von Bühnenarbeitern, nicht von der Feuerwehr, die erst viel später eintraf.

Masken hatte vorsorglich zusätzliche Wasserleitungen legen lassen, damit sich ein Inferno wie bei den Arbeiten zu *Medusa* nicht wiederholen konnte, und seine Voraussicht zahlte sich aus. Es gab nur einen einzigen Verletzten, und diesen erst nach dem Ende des Brandes: Einer der Arbeiter rutschte in einer Wasserpfütze aus und brach sich den Arm.

Schlimmer waren die Schäden, die die Nässe im Stockwerk unter dem Atelier anrichtete, doch selbst diese würden sich innerhalb weniger Tage beheben lassen. Alles in allem war die Sache glimpflich ausgegangen. Die einzige Szene, die noch gedreht werden musste, war ein Abstieg Poes die Kellertreppe hinunter, wobei ihm wieder einmal die geisterhafte Madeline begegnete. Nach einigem Hin und Her entschloss sich Masken, die Sequenz zu streichen, und alle waren sich einig, dass dies für den Film kein Problem darstellte.

Niemand wusste, wie das Feuer entstanden war. Einige sprachen von Brandstiftung. Chiara aber erinnerte sich daran, wie Torben Grapow vor Tagen seine Zigarette an der Rückseite der Holzkulissen ausgedrückt hatte, und sie fragte sich, ob er auch heute in einer Drehpause hinter den Wänden geraucht hatte. Sie beobachtete ihn, während sie gemeinsam mit einer Limousine nach Hause gebracht wurden; er erschien ihr fahriger als sonst, eine Spur zu nervös, was ganz allgemein an den Ereignissen liegen mochte, oder aber an seiner Schuld daran. Irgendwann schien er ihre Aufmerksamkeit zu bemerken, aber der Blick, den er ihr schenkte, war weniger gereizt als verwundert.

»Vielleicht musste es ja so kommen«, sagte er, bevor der Fahrer ihn am Sachsenplatz aussteigen ließ. Es waren die einzigen Worte, die er während der ganzen Fahrt gesprochen hatte.

»Was hat er damit gemeint?«, fragte Chiara Götzke, der gemeinsam mit ihr auf der Rückbank saß. Er war nur notdürftig abgeschminkt, so wie sie selbst.

»Nichts. Vergessen Sie's.«

»Nein, erzählen Sie's mir.«

Der Schauspieler seufzte. Lichterkaskaden flossen über seine kantigen Züge, Lampen und Werbetafeln, die draußen vorüberzogen. »Das ist Unfug, wirklich.«

»Nun spannen Sie mich nicht auf die Folter.«

»Herr Götzke«, rief der Fahrer über die Schulter, »wir sind gleich da.«

»Danke.«

»Also?«

»Er hat auf etwas angespielt, ein Gerücht, wenn Sie so wollen.«

»Was für ein Gerücht?«

»Über Ihre Schwester. Dass sie Unglück bringt ... gebracht hat. Es hat bei vielen ihrer Dreharbeiten Unfälle gegeben. *Medusa* war nur der spektakulärste Fall, es gab noch eine Menge andere. Nicht nur Brände, auch Stürze oder Zusammenstöße mit Automobilen. Einmal wurde jemand von einem Pferd halb zu Tode getrampelt.« Er winkte ab. »Aber machen Sie sich nichts draus, so was kann überall passieren, und es ist nicht mal besonders selten.«

»Ich soll mir nichts ... – Moment, meinen Sie ... Liebe Güte, Sie denken, das gilt auch für mich?« Sie beugte sich zu ihm und ließ nicht zu, dass er ihrem Blick auswich. »Hat Grapow das gemeint? Dass dieser ... Fluch von Jula auf mich übergegangen ist?«

»Keine Ahnung. Vielleicht hat er's gemeint. Ich habe Ihnen gleich gesagt, dass es Unfug ist. Nehmen Sie es nicht ernst.«

Chiara schnaubte entrüstet. »*Ich* ganz bestimmt nicht. Aber *er*, so wie's aussieht!«

Der Wagen hielt an.

»Denken Sie nicht mehr daran«, sagte Götzke mit einem aufmunternden Lächeln, als er ausstieg. »Torben ist ein Kindskopf.« Er nickte dem Fahrer zu, der ihm die Tür aufhielt. »Gute Nacht. Auch Ihnen, Chiara.«

Sie murmelte etwas zur Erwiderung, wusste aber schon nicht mehr, was es gewesen war, als der Wagen weiterfuhr. Regen prasselte gegen die Scheibe. Der Fahrer hielt ein paar Minuten später vor dem Adlon, und diesmal war es der alte Portier, der herbeieilte und ihr die Tür öffnete. Sie stand neben ihm auf dem roten Teppich, als der Wagen sich entfernte. Regentropfen trommelten auf die breite Markise über dem Eingang, ein scharfer Wind trieb die Nässe bis zum Glasportal.

Mit einem Mal hatte Chiara Angst. Wie aus dem Nichts brach sie über sie herein. Ganz unvermittelt konnte sie kaum noch einen Fuß vor den anderen setzen, ihr Körper weigerte sich, ihr zu gehorchen. Wo war sie da hineingeraten? Was tat sie hier? Sie gehörte nicht in diese Stadt, nicht vor laufende Kameras und ganz sicher nicht zwischen Menschen wie Masken, Grapow und Ursi. Sie war eine Fremde und würde es bleiben, ganz gleich, wie oft sie vorgab, eine Schauspielerin zu sein. Vielleicht war ja gerade das die größte ihrer schauspielerischen Leistungen, so überzeugend, dass sie damit sogar sich selbst an der Nase herumführte.

Jetzt aber, für einen Moment, wurde das ganze Gebäude aus Schein und falschen Träumen transparent, und was sie sah, flößte ihr solche Furcht ein, dass sie beinahe in die Knie ging.

Der Portier hielt ihr die Tür auf, immer noch, obwohl sie keine Anstalten machte, das Hotel zu betreten. »Gnädige Frau?«

Sie hörte ihn und hörte ihn doch nicht. Blieb stehen und starrte ins regenprasselnde Dunkel des Boulevards. Die Lampen vorbeifahrender Automobile zogen vorüber. Obwohl hier sonst viele Fußgänger unterwegs waren, hatten sich die meisten vor dem Regen ins Trockene zurückgezogen.

»Gnädige Frau?«

Sie hatte plötzlich Tränen in den Augen und hasste sich dafür. Sie kramte in ihrer Handtasche nach einem Taschentuch, aber bevor sie eines finden konnte, stand der Portier bereits neben ihr und hielt ihr eines entgegen. Er hatte Hände wie ein Riese, fand sie und wunderte sich, dass sie das gerade jetzt bemerkte.

Sie nahm das Tuch und tupfte sich die Tränen von den Wangen. Sie wollte sich umdrehen und ins Hotel gehen, dann fiel ihr ein, dass sie noch sein Tuch in der Hand hielt und stammelte, dass sie es am Morgen in die Reinigung geben würde. Verzeihung. Vielen Dank. Entschuldigen Sie.

Er lächelte sein warmes Bärenlächeln und schnappte das Tuch aus ihren Fingern. Blitzschnell verschwand es in seiner Uniform. »Nehmen Sie's mir nicht übel, gnädige Frau, aber Sie sollten nicht in der Öffentlichkeit stehen und weinen.«

»Ja, ich weiß, das schickt sich nicht, und mein Ruf ...«

»Ach, was, zum Teufel damit, wenn ich das so sagen darf, Gnädigste. Das meine ich doch gar nicht. *Keine* Frau sollte im Regen stehen und weinen. Nein, wirklich nicht.«

Seine Freundlichkeit munterte sie ein wenig auf, aber nicht genug, um mit dem Weinen aufzuhören. Sie wusste nicht einmal, weshalb sie heulte, und das machte es noch ein wenig schlimmer. Sie hasste es, wenn auf einen Schlag alle Dinge hochkamen, die einen zur Verzweiflung trieben, und doch so diffus blieben, dass man sich nicht damit auseinander setzen konnte.

Der Portier schaute prüfend, ob andere Gäste in der Nähe waren, doch der Regen hatte alle vertrieben. Er legte einen Finger unter Chiaras Kinn und hob es, damit er ihr in die Augen blicken konnte. Damit verstieß er gegen jede Etikette, aber das schien ihn nicht zu kümmern.

»Hör zu, Mädchen, lass dich nicht unterkriegen. Nicht von denen.« Seine Stimme war tief und angenehm. »Ich hab so viele von euch hier weinend ein und aus gehen sehen, so viele, die todunglücklich gewesen sind, egal, ob sie Erfolg hatten oder nicht. Glaub mir, das ist es nicht wert. Keiner von denen ist es wert.«

Sie erwiderte seinen Blick und vergaß zu schluchzen. Ihre Tränen versiegten.

Nach einem Blick über beide Schultern fuhr er fort: »Was du tust, tust du für dich, verstanden? Nicht für die Leute, denn die jubeln auch einer anderen zu. Auch nicht für die Geldsäcke und die Regisseure und die anderen Wichtigtuer. Tu's für dich. Und entscheide dann, ob du's wirklich willst.«

Sie wollte etwas sagen, ließ es bleiben und nickte nur.

Er grinste, zog die Hand zurück und straffte sich. »Wünsche einen schönen Abend, gnädige Frau«, sagte er etwas lauter und hielt ihr erneut die Tür auf.

Sie ging hindurch, lächelte ihm zu und flüsterte mit belegter Stimme: »Danke.«

Der Lärm der Hotellobby schlug über ihr zusammen. Sie konnte ihn draußen jetzt kaum noch sehen, nur ein bärengroßer Umriss unter den Lichtern des Eingangs. Sein Gesicht lag im Schatten seiner Uniformmütze. Sie war nicht sicher, ob er ihr nachblickte, aber sie lächelte ihm noch einmal zu, winkte fahrig und wandte sich zu den Aufzügen.

In ihrem Zimmer lag ein Zettel mit einer Nachricht von Masken, die er telefonisch durchgegeben hatte: Er habe sich entschlossen, doch noch ein paar Szenen nachzudrehen.

Er wolle Jula komplett aus dem Film entfernen. Denn er wisse jetzt, dass Chiara den Film allein tragen könne.

Sie warf sich aufs Bett – dasselbe Bett, in dem schon Jula vor Jahren geschlafen hatte – und starrte die halbe Nacht zur Decke empor.

Sieben

Masken gab zum Abschluss der Dreharbeiten eine Party in einem Prunksaal des Adlon. Alle Filmleute, die Chiara bislang kennen gelernt hatte, waren gekommen – und noch ein paar Dutzend mehr.

»Was würde wohl Jula dazu sagen?«

Arthur Hermann, Ursis Liebhaber, stellte die Frage als Erster, obwohl sie vielen anderen an diesem Abend durch den Kopf gegangen sein musste. Vielleicht war er ein wenig sorgloser als andere, ein wenig unhöflicher. Oder einfach nur unbefangen. Aber er hatte gefragt, und nun musste eine Antwort gefunden werden.

»Sie wäre begeistert.« Masken, natürlich. Was sonst sollte er sagen.

»Sie wäre überrascht«, sagte Ursi. Chiara fand, es klang aufrichtig. Und ein wenig zu diplomatisch für ihren Geschmack.

»Ach was«, sagte Lea, die mit ihrem Mann dazugekommen war, nachdem dieser gebeten hatte, Chiara vorgestellt zu werden. »Sie würde Gift und Galle spucken.«

Hermann schien ein boshaftes Interesse an dem Thema zu haben und bohrte weiter. »Warum?«

»Sie hat Konkurrenz gehasst. Uns alle hier.« Lea trank ihr Glas aus. »Jede Einzelne.«

»Nein.« Ursi klang in Anbetracht ihres Alkoholpegels erstaunlich vehement. »Das ist nicht wahr.«

Lea ließ sich nicht beirren. »Ich war dabei, als sie gesagt hat, dass sie neidisch ist auf jede, die an ihrer Stelle eine Hauptrolle bekommt – ganz egal, ob ihr der Film gefiel oder nicht.« Lea winkte ab, und die Sache wäre damit für sie erledigt gewesen. Aber Ursi ließ das nicht zu.

»Sie kann sich nicht mehr wehren. Das ist unfair.« Ursis Stimme schwankte jetzt, vielleicht weil das Thema sie aufregte, vielleicht auch nur, weil sie gerade einen Schluck aus einem Glas genommen hatte, das Hermann ihr gereicht hatte.

»Ach, hör schon auf«, sagte Lea ruhig. »Sie hat's oft genug selbst gesagt, und die meisten hier waren bei der einen oder anderen Gelegenheit dabei.«

»Du bist nur sauer, weil du selbst keine Hauptrollen kriegst.«

Leas Miene wurde eisig. »Ich, mein Schatz, bin zu alt für diesen Zirkus. *Das* zumindest ist wahr.«

»Bitte«, fiel Masken ein, »wir sind hier, um zu feiern, nicht wahr?«

»Richtig«, sagte Hermann beipflichtend – und setzte dann mit larmoyantem Lächeln hinzu: »Außerdem weiß ich, wie wir die Sache klären können. Ein für alle Mal.«

»Ein Duell?«, fragte Chiara kichernd und fand sich umwerfend komisch. Himmel, sie war ziemlich betrunken.

Leas Mann lachte eine Spur zu laut, es klang wie Hundegebell.

Hermann senkte die Stimme und blickte mit Verschwörermiene in die Runde. Für ein paar Sekunden schien es, als brächen die Geräusche im Hintergrund einfach ab, als holte die gesamte Partygesellschaft im Saal des Adlon auf einen Schlag Atem.

»Wir fragen sie einfach«, sagte er gedehnt.

»Wen?«, fragte Ursi benommen.

»Jula?«, fragte Lea.

Chiara sagte nichts und wünschte sich, sie hätte weniger getrunken.

»Jula«, bestätigte Hermann. »Wir fragen sie einfach, was sie über die neue Berufung ihrer kleinen Schwester ... Verzeihung, ihrer Schwester denkt.«

»Ha-ha«, machte Lea.

»Blödsinn«, sagte Chiara und hoffte, dass es energisch klang.

»Ein Psychograph«, sagte Hermann, »damit könnte es gehen.«

Lea winkte ab. »Klar, sicher. Eine schicke Schwarze Messe.«

Hermann fuhr sie an. »Du hast doch keine Ahnung! Wer redet denn von Schwarzen Messen? Eine Seance, darum geht es. Das ist ein großer Unterschied.«

»Das ist keine gute Idee«, sagte Lea beharrlich.

Hermann zwinkerte ihr zu. »Wer weiß, was dabei herauskommt. Und wozu es führt.«

Chiara wandte sich an Ursi: »Ist das sein Ernst? Er will mit Julas Geist sprechen?«

Ursi zuckte die Achseln und lachte. »Vielleicht klappt's.«

»Schwachsinn«, sagte Lea, aber ihr Mann ergriff beschwichtigend ihre Hand.

Chiara drehte sich zu Hermann um. »Das ist geschmacklos.«

»Bist du vielleicht nicht neugierig?«

»Damit hat das nichts zu tun.«

»Dann hast du Angst vor dem, was sie sagen könnte?«

»Ich bitte dich ...«

»Lass es uns versuchen. Wenn es nicht klappt, kannst du mich hinterher auslachen. Einverstanden?«

Ursi fasste sie an der Hand und drückte aufmunternd ihre Finger. »Komm schon, was soll's? Lass ihm den Spaß.«

»Auf Julas Kosten?«

Hermann lächelte kühl. »Auf Julas Kosten wird ja heutzutage so manches getrieben, nicht wahr?«

Sekundenlang hielten alle den Atem an.

Chiara machte einen drohenden Schritt auf ihn zu. Ihr Kopf schwirrte vom Alkohol, aber auch vor Wut. »Was willst du damit sagen?«

»Ich denke nicht, dass ich das genauer ...«

»Es reicht!« Masken trat zwischen die beiden, schob Chiara sehr sanft, aber bestimmt zurück und fuhr dann Hermann an:

»Halt den Mund, Arthur! Misch dich nicht in Dinge, die dich nichts angehen.«

Hermann hielt seinem Blick einen Moment lang stand, dann trollte er sich plötzlich wie ein geschlagener Hund, fast als verberge sich eine tiefere Drohung hinter Maskens Worten. »Schon gut. Tut mir Leid, Chiara. Wir haben alle ein bisschen zu viel getrunken.«

Ursi stieß ein gekünsteltes Lachen aus. »Zu viel? Du vielleicht, mein Schatz. Ich jedenfalls nicht.« Und damit angelte sie sich vom Tablett eines vorbeikommenden Kellners ein Glas und ein weiteres, das sie Chiara reichte. Die wollte erst ablehnen, dachte aber dann, dass es vielleicht helfen würde, ihren Ärger hinunterzuspülen.

Die Party ging weiter, mit wechselnden Gesprächs- und Tanzpartnern. Verschiedene Filmleute sprachen sie an, manche unterbreiteten Rollenangebote. Chiara fühlte sich geschmeichelt und bat, alle Anfragen schriftlich ins Hotel zu schicken. Sie war müde, sie war aufgeregt, und ihr war übel.

»Mir ist schwindelig«, sagte sie zu Ursi, als die irgendwann wieder neben ihr stand. Ursi griff kichernd nach ihrer Hand und führte sie zu Hermann, Masken, Lea und ein paar anderen, die an einem der großen Fenster standen. Draußen flirrten die Lampen von Automobilen über den Boulevard, trübe Augenpaare in der Nacht.

»Hast du's dir überlegt?«, fragte Hermann.

»Was denn?«

Ursi schob ihn beiseite. »Er meint die Sache mit Jula.«

Chiara hatte Mühe, sich zu erinnern. Gesichter verschwammen vor ihren Augen, schoben sich übereinander, bis sie einem bizarren Mischwesen aus Masken und Hermann und Ursi gegenüberstand. »Wer sagt, dass ich mir irgendwas überlegen wollte?«

»Du selbst«, behauptete Hermann.

»Ach ja?«

Ursi schoss einen düsteren Blick auf ihren Liebhaber ab, sagte aber nichts.

Chiara blinzelte, sah Ursi jetzt wieder schärfer. »Kann man dabei sitzen?«

»Aber sicher«, sagte Hermann.

»Warum kann man eigentlich hier nirgends sitzen? Ich will jetzt sitzen.«

»Kannst du. Komm mit.«

Sie wollte so aussehen, als ob sie überlegte. Ein Kinderspiel. Sie war schließlich Schauspielerin. »Gut«, sagte sie kichernd.

Und dann schwebte sie mit den anderen aus dem Saal, die Treppen hinunter – ohne den Boden zu berühren, darauf hätte sie wetten können – und in Hermanns Automobil.

»Wohin fahren wir?«, fragte sie irgendwann, als sie noch immer unterwegs waren.

»Zu mir«, sagte Ursi und blickte dabei aus dem Fenster.

Sie fühlte sich wieder ein wenig klarer, als sie endlich in einem Kreis beieinander saßen: Ursi und Arthur Hermann; Masken und irgendein Mädchen, das sie noch nie gesehen hatte; Lea, jetzt ohne ihren Mann; ein junger Kerl, ein Schauspieler, sagte irgendwer (aber waren sie das nicht alle?), und seine rothaarige Freundin, die – ja, genau! – Schauspielerin war; zwei Blondinen, die alles Mögliche sein mochten und sicher nicht schlecht damit verdienten; und natürlich Chiara selbst.

Ursi hatte alle Lichter in der Wohnung gelöscht, nur in diesem Zimmer brannten ein paar Kerzen – aus weißem Wachs, nicht aus schwarzem, wie Chiara belustigt feststellte. Sie befanden sich in Ursis Salon, einem quadratischen Raum mit hohen Wänden, schweren Brokatvorhängen und mehreren Sofas, einige derart unter Kissenbergen begraben, dass sich ihre Form nicht mehr erkennen ließ. Zwischen den beiden Fenstern stand Ursis Flügel – den Nachweis, dass sie darauf spielen konnte, war sie Chiara bislang schuldig geblieben. Jula war eine passable Klavierspielerin gewesen, so wie Chiara selbst; ihr Vater hatte es ihnen beigebracht. Chiara konnte sich vage erinnern, dass ihre Mutter oft gesungen hatte, während ihr Vater spielte.

In der Mitte des Salons stand ein niedriger, runder Tisch, dessen Rand mit orientalischen Schnitzereien verziert war, eckigen Figuren in den unterschiedlichen Stadien der Kopulation. Chiara hatte sie bislang amüsant gefunden, doch jetzt, im Halbdunkel und unter den stechenden Blicken der Männer, erschienen sie ihr zum ersten Mal obszön.

An den Wänden hingen Ölgemälde, Portraits von alten Männern und Frauen, die Ursi gern als adelige Vorfahren ausgab. Chiara nahm an, dass sie die Bilder in Wahrheit bei irgendeinem Trödler erstanden hatte. Seltsamerweise beunruhigte sie jetzt der Gedanke, dass dies alles Fremde waren, Menschen, über die keiner von ihnen etwas wusste. Wie ein Tribunal blickten diese ernsten, verschlossenen Gesichter auf die Gruppe herab. Chiara dachte, dass sie aussahen, als hätte man ihre Mimik mit Theaterschminke auf blanke Schädel geschmiert.

Die Vorhänge waren zugezogen, die Tür geschlossen. In kleinen Räucherbecken hatte Hermann Gewürze entzündet, so süßlich, dass Chiara den Rauch auf den Lippen schmeckte. Ursi behauptete, der Geruch sei gut gegen den Alkohol, und ob es nun die Wahrheit war oder nicht, Chiara kam es tatsächlich so vor. Sie war noch immer alles andere als nüchtern, aber den Höhepunkt ihrer Trunkenheit hatte sie überwunden. Jetzt wollte sie eigentlich nur noch schlafen.

Stattdessen sollte sie mit ihrer Schwester sprechen. »Es funktioniert nur, wenn Blutsverwandtschaft dabei ist«, hatte Hermann erklärt, und ihr war klar geworden, weshalb er so darauf gebrannt hatte, dass sie ihn und die anderen begleitete.

Das Gerät, der so genannte Psychograph, befand sich in der Mitte des Tisches. Es bestand aus einer polierten Mahagoniplatte, in die das gesamte Alphabet und die Ziffern Null bis Neun als Intarsien eingelegt waren; außerdem gab es zwei Felder mit den Schriftzügen Ja und Nein. Auf der Platte lag ein handtellergroßer, tropfenförmiger Zeiger aus einem leichteren Holz, dessen Spitze vergoldet war, die Planchette.

»Der Fragende hält die Hand über die Planchette, ohne sie zu berühren«, sagte Hermann. »Wenn er seine Frage laut ausgesprochen hat, bewegt sich die Planchette von Buchstabe zu Buchstabe und gibt so die Antwort.«

»Wer fragt?«, wollte Chiara wissen. »Du?«

Hermann lächelte. »Da ich anscheinend die größte Erfahrung in diesen Dingen habe ...«

»Nein«, sagte Masken. »Chiara soll fragen.«

»Ich?«

»Jula war deine Schwester.«

»Ich dachte es reicht, wenn ich anwesend bin.«

Hermann nickte. »Allerdings.«

Aber Masken ließ nicht locker. »Wenn Chiara es macht, können wir wenigstens sicher sein, dass die Planchette nicht manipuliert wird.«

»Ich würde nie ...«, begann Hermann.

»Natürlich nicht«, unterbrach ihn Masken.

Ursi kicherte wieder. Gleich nach ihrer Ankunft hatte sie einen Silberteller mit Koks herumgehen lassen. Sie selbst hatte sich kräftig bedient, ebenso das Schauspielerpärchen und eine der beiden Blondinen. Auch Lea hatte eine kleine Prise genommen. Masken, Hermann und Chiara hatten abgelehnt. Hermann war sichtlich verärgert über Ursis Mangel an Ernsthaftigkeit.

In den vergangenen Wochen waren Chiara mehr als einmal Drogen angeboten worden, von Bekannten während der Dreharbeiten und auch von Fremden, die sie auf Partys und Empfängen ansprachen. Zweimal hatte sie Koks probiert und konnte sich an so gut wie nichts mehr erinnern. Sicher, alle nahmen es, viele auch Morphium, manche Heroin, und wenn sie sich selbst gegenüber aufrichtig war, fand sie nichts Verwerfliches mehr daran. Aber sie hatte immer noch Julas Tod im Hinterkopf. Alle sagten, Drogen seien nur in großen Mengen gefährlich, und war Alkohol das nicht auch?

»Na schön«, meinte Hermann, nachdem er die Planchette noch einmal vom Brett gehoben und allen die glatte Unterseite gezeigt hatte. »Chiara, würdest du wohl?«

Sie hörte die Worte wie durch einen Schleier, und die Vernunft sagte ihr, dass sie ablehnen solle. Aber Lea nickte ihr aufmunternd zu, und so sagte sie ja.

»Du musst die Hände über dem Zeiger kreuzen, ein paar Zentimeter darüber, ohne das Holz zu berühren. Ja, genau so. Und die Finger spreizen.«

»Die Beine, meint er«, sagte Ursi und kicherte. »Das sagt er immer, mach doch mal die ...«

»Ursi!«

Sie verstummte, kicherte aber weiter in sich hinein. Niemand sonst fand sie im Augenblick besonders amüsant.

»Wir werden uns jetzt alle konzentrieren«, sagte Hermann und schoss dabei einen vernichtenden Blick auf Ursi ab. »*Alle*, einverstanden?«

Ursi sah aus, als würde sie jeden Moment losprusten, wurde dann aber auf einen Schlag vollkommen ernst und nickte. Ihre Lider flatterten nervös, ansonsten zeigte ihr Gesicht keine Regung.

Chiara dachte, dass es nicht lange dauern konnte, bis ihre ausgestreckten Arme schwer würden. Sie hielt die Hände frei über der Planchette und wartete darauf, etwas zu spüren. Wärme, Kälte, irgendetwas.

»Du musst eine Frage stellen«, sagte Hermann. »Laut in den Raum.«

»Was für eine Frage?«

»Eine an Jula, natürlich.«

Chiaras Blick wanderte über die Gesichter der anderen. Die beiden Blondinen – sie war jetzt sicher, dass sie Prostituierte waren – hatten noch kein Wort gesagt, und ihre Anwesenheit irritierte sie. Die beiden Schauspieler, berauscht vom Kokain, aber bemerkenswert beherrscht; viel Erfahrung, vermutete sie. Ursi, weiterhin todernst. Masken und Hermann, als würden sie angespannt auf etwas warten. Zuletzt Lea, mit wachsamen Augen, konzentriert und erwartungsvoll. Sie gab den Anstoß, ihr vertraute Chiara mehr als allen anderen, obwohl sie sie kaum kannte.

»Jula, wir sind hier, um mit dir zu sprechen«, sagte sie und hatte das Gefühl, dass eines der gemalten Gesichter an der Wand die Stirn runzelte.

»Das ist keine Frage«, sagte die junge Schauspielerin.

Hermann warf ihr einen bösen Blick zu.

»Sei still«, wies ihr Freund sie zurecht.

Chiara sagte sich, dass sie hier einfach eine Rolle zu spielen hatte, nichts sonst. Nur eine Rolle. »Kannst du uns hören?«

Alle wandten den Blick von ihrem Gesicht hinab zu ihren Händen. Auf die goldene Spitze der Planchette, die darunter hervor ragte.

Nichts geschah.

»Jula, hörst du uns?«

Sie fühlte nichts, kein Ziehen, kein Drücken.

»Mein Arm schläft ein«, sagte sie, zum einen, weil es die Wahrheit war, zum anderen, um den überernsten Hermann zu reizen.

»Warte«, sagte er, ohne von ihren Händen aufzublicken.

Chiara schüttelte den Kopf. »Das ist albern. Und ich bin nicht *so* betrunken.«

»Die Finger spreizen«, sagte er.

Sie drückte ihre Finger noch weiter auseinander.

Die Planchette bewegte sich.

»Jetzt«, flüsterte Ursi.

Chiaras Hände kribbelten. Das musste daran liegen, dass ihre Arme eingeschlafen waren. Ihre Finger waren so weit gespreizt, dass es fast wehtat, aber sie konnte jetzt nicht anders, als der Planchette zu folgen. Es war kein echter Sog, sie hätte die Hände zurückziehen können, aber sie ließ die Finger aus freien Stücken über dem Zeiger schweben, glitt mit ihm über die Mahagoniplatte, vorbei an der Reihe der Buchstaben, bis zu dem eingelegten JA.

»Sie sagt ja«, flüsterte das Mädchen an Maskens Seite, das erste Mal, dass sie überhaupt einen Ton von sich gab, seit sie Platz genommen hatten.

»Das sehen wir selbst«, sagte Lea ein wenig schnippischer, als nötig gewesen wäre. Aber sie alle standen jetzt unter einer

Spannung, die vor zwei Minuten noch nicht zu spüren gewesen war.

Masken blieb skeptisch. »Chiara?«

»Ich bin das nicht.«

»Frag sie was anderes«, sagte Ursi aufgeregt.

Eine der Blondinen machte ein Geräusch, als müsse sie sich übergeben. Chiara sah aus dem Augenwinkel, dass sie sich mit beiden Händen den Bauch hielt. »Mir ist übel«, sagte die Frau.

»Dann raus hier!«, fuhr Hermann sie an.

Die Blondine sprang auf und rannte aus dem Zimmer. Gleich darauf hörten sie das Schlagen der Wohnungstür. Ihre Freundin blieb sitzen, gefesselt von den Geschehnissen.

»Wo bist du?«, fragte Chiara.

Die Planchette schob sich mit einem Rascheln über das Holz, als würde sie von Insektenbeinen getragen. Hermann schrieb die Buchstaben auf einem Blatt Papier mit. Der Stift kratzte wie ein Fingernagel.

HIER.

»Aha«, machte der junge Schauspieler, und niemand wusste, ob er es sarkastisch meinte oder wirklich beeindruckt war.

»Was will sie damit sagen?«, fragte Ursi. »Hier bei uns, oder hier bei ihr?«

»Bist du bei uns im Zimmer?«, fragte Chiara.

JA.

Sie unterdrückte ein Schaudern. »Erkennst du uns?«

Die Planchette schob sich von einem Buchstaben zum nächsten.

CHIARA, schrieb sie.

»Nicht schlecht«, murmelte Lea, aber es klang so, als würde sie über einen gelungenen Trick sprechen, nicht über eine Geistererscheinung.

Chiara fröstelte. Vielleicht hatte jemand etwas in ihren Champagner gemischt.

»Frag sie schon«, verlangte Ursi.

»Was denn?«

»Was sie über dich denkt ... in dem Film!«

Chiara verzog das Gesicht. »Ich soll einen Geist nach einem *Film* fragen? Noch dazu nach einem, der noch gar nicht fertig ist?«

Lea lachte, ein seltsamer Laut in der gespannten Atmosphäre. »Gleich sind wir auf dem Niveau eines Kindergeburtstags.«

Hermann packte sie am Handgelenk. »Wenn du das alles so kindisch findest, warum gehst du dann nicht einfach?«

Lea riss ihre Hand los. »Und lasse Chiara hier bei euch? Das hättest du gerne, nicht wahr?«

»Wer bist du? Ihre Mutter?«

Einen Moment lang sah es aus, als würde Lea ihm eine Ohrfeige verpassen. Dann aber schnaubte sie nur abfällig und blieb sitzen. Hermann ignorierte Ursis vorwurfsvollen Blick.

Chiara schaute verwirrt von einem zum anderen. »Was soll das? Lea, was hast du damit gemeint?«

Lea schüttelte den Kopf. »Wir sollten jetzt gehen, denkst du nicht auch?«

»Chiara kann das allein entscheiden«, sagte Masken.

Sie spürte, wie Wut in ihr aufstieg. »Könnte mir mal jemand erklären, wovon ihr eigentlich redet?«

Statt einer Antwort von einem der anderen bewegte sich die Planchette.

Unter Chiaras Händen drehte sie sich einmal im Kreis, verharrte dann auf dem leeren Feld zwischen Ja und Nein.

»Sie will uns etwas sagen«, flüsterte der junge Schauspieler.

Chiara blickte von der Planchette zu dem Mann, dann wieder zurück auf den Holzzeiger. Das ist nicht meine Schuld, wollte sie sagen. Ich kann nichts dafür.

Aber dann schwieg sie und wartete.

Die Planchette erwachte wieder zum Leben. Schob sich zum G.

Hermann schrieb mit.

Der Zeiger rutschte zum E.

Lea zog zischend die Luft ein.

Die Planchette glitt zum H, dann verharrte sie erneut auf dem leeren Feld.

»Geh?«, fragte Ursi.

Lea stand auf. »Wunderbar. Eine Aufforderung.«

»Unsinn«, sagte Masken, aber es klang nicht besonders überzeugt.

Chiara nahm all ihren Willen zusammen und zog die Hände zurück; sie hatte das Gefühl, dass ihre Finger aus einer unsichtbaren Umklammerung glitten, als hätte jemand sie festgehalten.

Einbildung, sagte sie sich. Du bist immer noch betrunken.

»Komm, Chiara«, sagte Lea entschieden. »Wir gehen.«

»Ooh«, machte Ursi mit Kinderstimme und zog eine Schnute. Sie sah nicht aus, als bekäme sie noch viel von ihrer Umgebung mit. Ihr Blick war vernebelt, ihre Mimik unkontrolliert.

»Wartet«, sagte Masken.

Leas Miene war eisig. »Nein.«

Chiara stand auf, ein wenig schwankend, aber entschlossen. »Ich komme mit.«

Hermanns Blick war immer noch auf die Planchette gerichtet, als hoffte er, dass sie sich auch ohne Chiara bewegte. Langsam hob er den Kopf, sah erst Lea, dann Chiara an. »Warum hast du aufgehört?«

»Ich habe nichts *getan*«, gab sie energisch zurück.

Das Mädchen neben Masken schaute bleich durchs Zimmer. »Glaubt ihr, sie ist noch hier?«

Alle verharrten reglos, sogar Lea blieb stehen. Plötzlich herrschte eine Stille, als lauschten alle auf ein Zeichen. Auf eine Stimme, vielleicht.

Der Flügel schlug an.

Eine einzelne Taste. Ein tiefer Ton.

Alle zuckten zusammen.

Weitere Tasten senkten sich. Der Anfang einer Melodie, sehr holprig. Unsicher.

»Das ist lächerlich«, sagte Lea, aber sie sah nicht aus, als meinte sie es so.

Der Flügel spielte jetzt schneller, gezielter. Unsichtbare Geisterhände bedienten die Tasten, spielten eine Partitur.

Chiara erinnerte sich. Nicht an den Titel, nicht einmal an den Komponisten. Aber an die Melodie. Sie hatte sie selbst einmal gespielt, vor langer Zeit beim Klavierunterricht ihres Vaters. Und sie wusste, dass Jula sie als Kind gemocht hatte.

Die blonde Frau, deren Freundin geflohen war, rappelte sich hoch. »Das reicht«, keuchte sie mit erstickter Stimme und rannte aus dem Zimmer. Sie hörten, wie sie die Wohnungstür aufriss, aber das Geräusch des Schlosses, das wieder einrastete, blieb aus. Die Tür stand offen.

Vielleicht wehte deshalb ein eisiger Luftzug durchs Zimmer. Die Melodie brach ab. Zwei, drei Sekunden vergingen. Dann senkten sich alle Tasten des Flügels auf einen Schlag, so laut, dass sie alle abermals zusammenfuhren.

»Das reicht«, sagte Lea, packte ihre Tasche, eilte um den Tisch herum zu Chiara und packte sie an der Hand. »Komm mit.«

Chiara folgte Lea zur Zimmertür. Masken schaute über die Schulter zu ihr zurück, sagte aber kein Wort. Das Mädchen neben ihm begann leise zu weinen.

»Beeil dich!« Lea war schon im Flur, Chiara lief hinter ihr her. Durch die offene Wohnungstür stürmten sie ins Treppenhaus, die Stufen hinunter, hinaus auf den breiten Bürgersteig des Kurfürstendamms. Es waren nur noch wenige Fußgänger unterwegs. Eine menschenleere Straßenbahn glitt vorüber wie ein Geisterschiff.

»Was sollte das alles?«, fragte Chiara kopfschüttelnd, nachdem sie fünfzig Meter schweigend nebeneinander hergegangen waren.

»Was weiß ich.« Lea blickte stur nach vorne, aber sie wirkte eher wütend als verstört. »Dieses Dreckschwein.«

»Arthur?«

Lea nickte. »Du weißt, was er vorhatte, oder?«

Chiara musste mit einem Mal lachen, es brach aus ihr hervor wie ein Verzweiflungsschrei. Sie konnte gar nicht mehr aufhören. »Er wollte mit Jula sprechen. Mit meiner toten Schwester.«

»Kindchen, bist du naiv!« Lea blieb stehen und hielt Chiara am Ärmel fest. Sie warf einen Blick zurück, aber niemand folgte ihnen. Auf der anderen Straßenseite, hinter der dunklen Laubwand des Zoos, schrie ein Raubtier seinen Hunger hinaus in die Nacht.

»Was meinst du?«, fragte Chiara. Die Umgebung schwankte immer noch. In weiter Ferne hörte sie den Flügel, aber das war nur ein Echo in ihrem Kopf.

»Er wollte dich vögeln. Genau wie Masken. Die ganzen Kerle wollten das. Und Ursi vermutlich auch.«

Chiara sagte nichts. Starrte sie nur mit verkniffenen Augen an.

Lea atmete tief durch. »Ich dachte erst, Hermann meint es ernst mit der Seance. Aber als wir dann da waren ... Herrgott, dieser ganze Salon voller Kissen. Begreifst du nicht? Die feiern dort ihre Orgien.«

Chiara versuchte ein Lächeln, aber es wollte ihr nicht gelingen.

»Kindchen, Kindchen, du bist wirklich zu gut für diese Welt.« Lea seufzte. »Man könnte es einen Club nennen, aber das gibt dem Ganzen fast zu viel Stil, und das hat es nicht. Masken, Hermann und eine ganze Reihe anderer – sie treffen sich und vögeln sich die Seele aus dem Leib. Was glaubst du, warum Hermann diese beiden Blondinen mitgeschleppt hat? Und dieses Mädchen, das Masken dabei hatte. Dieses Pärchen. Frischfleisch, meine Liebe, manches bezahlt, anderes nur zu willig, sich auf diese Weise eine Scheibe vom Erfolg abzuschneiden. In ihren besten Zeiten haben sie ganze Säle gemietet, voll gestopft mit kleinen Jungs und Mädchen, und dann haben sie alle ihre *Freunde* eingeladen. Hast du mal von Harry Berg gehört? Nicht? War ein Schauspieler und Regisseur. Vor ein paar Jahren ist bei einer dieser netten Feiern sein Herz stehen geblieben. Mit den Schmiergeldern, die der Rest der Bande bezahlt hat, um heil aus der Sache rauszukommen, hättest du wahrscheinlich den halben Ku'damm kaufen können. Sie mieten Nutten aus den Edelpuffs und aus den finstersten Löchern, aus dem Scheunenviertel und von anderswo. Und natürlich Stricher, Jungen in jedem Alter, kleine Jungs und große, sie stehen ja hier an jeder Straßenecke. Manchmal haben sie ein paar Dutzend zusammengekarrt und die halbe Filmbranche eingeladen. Auf dem Kokain, das da verbraucht wurde, hättest du eine Stunde lang rodeln können.«

Chiara hatte mit offenem Mund zugehört. Sie wollte nicht überrascht wirken, wollte so tun, als ob sie das alles gewusst, zumindest aber geahnt hätte. Tatsächlich aber war sie völlig perplex. »Und du meinst, heute Abend wollten sie ...«

»Natürlich«, sagte Lea. »Heute Abend warst du an der Reihe. Diese Seance war nur ein Vorwand, nichts sonst.«

Chiara fixierte ihren Blick, sah Lea eindringlich an. »Ich hab das da oben nicht manipuliert, Lea. Das ist wirklich passiert. Ich hab die Planchette nicht berührt.«

Lea schaute zu Boden, ging dann weiter. Chiara folgte ihr. »Ich weiß. Irgendwas ist passiert, womit Hermann nicht gerechnet hatte.«

In Chiaras Kopf schwirrten die Namen und Gesichter durcheinander. Sie hatte Mühe, die Ereignisse während der Seance von dem abzugrenzen, was Lea ihr gerade erzählt hatte.

»Bei dieser Orgie«, sagte sie beklommen, »was hätte Ursi getan?«

»Mitgemacht, was sonst? Sie mag solche Sachen. Sie und Jula ... na ja, man hat sich allerhand erzählt.«

»Jula war auch in diesem ... Club?«

»Schon möglich.«

Chiara schauderte vor Abscheu. Aber da war noch etwas anderes, ein Gefühl von ... ja, von was? Faszination?

Gott im Himmel.

Du willst mehr davon hören. Du *willst* es wissen.

Lea lächelte, als wüsste sie, was in Chiaras Kopf vorging. »Ich hab das alles schon hinter mir. Vor fünfzehn Jahren war ich mittendrin. Ich hab's gesehen, mit eigenen Augen. Damals hießen die Kerle nicht Hermann oder Masken, aber das spielt keine Rolle. Die Regeln ändern sich nicht, nur die Mitspieler, sie werden immer jünger.«

Chiara wollte sich zusammenreißen, wollte ein paar klare Gedanken fassen. Stattdessen dachte sie wieder an die Planchette. Und an die Melodie auf dem Flügel. Sie war nicht mehr sicher, was sie mehr verwirrte.

Noch etwas fiel ihr ein.

»Du hast gesagt, dass sie Mädchen aus dem Scheunenviertel holen.«

Lea nickte. »Natürlich. Da sind sie am billigsten. Aber die Hälfte von denen ist verseucht, und die andere Hälfte ist alt und hässlich. *Und* krank. Aber manchmal sollen sie das sogar sein, weißt du. Für manch einen macht das die Sache«, sie verzog das Gesicht, »spannender.«

»Weißt du, ob mal ein Mädchen namens Nette dabei war?«

»Nette?« Lea überlegte. »Wie alt ist sie?«

»Keine zwanzig, schätze ich.«

»Dann war sie sicher nicht dabei, als *ich* dabei war. Zu der Zeit war sie kaum geboren.«

»Und heute?«

Lea sah sie ernst an. »Ich mach da nicht mehr mit, schon seit über zehn Jahren nicht mehr. Woher soll ich wissen, wie all die Mädchen heißen, die die Kerle verschleißen.« Sie wich einem Obdachlosen aus, der sich auf dem Bürgersteig zusammengerollt hatte, zugedeckt mit einer zerknitterten Abendzeitung. »Warum fragst du nach ihr?«

»Nach Nette?« Chiara überlegte, ob sie Lea die Wahrheit sagen sollte, winkte dann aber ab. »War nur so ein Gedanke. Ist schon gut.«

»Du scheinst ein paar seltsame Bekanntschaften gemacht zu haben, seit du in Berlin bist.«

Chiara klopfte sich zerfahren den Mantel ab, als könnte sie damit die Erinnerung an die letzte Stunde loswerden. »Kennst du jemanden, den sie Khan nennen ... oder früher so genannt haben?«

Lea blieb abermals stehen. Im Licht einer Laterne wirkte sie merkwürdig blutleer. »Khan?«

»Ja.«

Lea atmete tief durch, als rechnete sie jeden Moment mit einem Asthmaanfall. »Schätzchen, der Khan ist so was wie eine Legende. Keiner weiß, wer er war. Keiner weiß, ob er überhaupt noch lebt. Niemand redet mehr von ihm, weil sogar diejenigen, die so viel Dreck am Stecken haben wie Hermann oder Masken ... weil sogar diese Leute Respekt haben vor dem, was der Khan getan hat. Nicht Respekt – Angst.«

»Was *hat* er getan?«

»Ich weiß es nicht. Es gab Gerüchte über alles Mögliche, aber meistens waren das nur die schmutzigen Fantasien von ein paar Leuten *ohne* Fantasie. Alle wussten nur, dass der Khan – wenn es ihn denn wirklich gegeben hat – Dinge getan hat, über die man nicht spricht. An die man nicht einmal denkt.«

»Klingt ein wenig nach Doktor Mabuse, wenn du mich fragst.«

Lea schnaubte verdrossen. »Mach dich lustig darüber, wenn du willst. Aber damals ... wir haben nicht oft über ihn geredet, und wenn dieser Name fiel, wurden die Leute still oder drehten sich um und gingen. Es war, als würde man sich schon durch das Gespräch über ihn irgendwie ... schmutzig machen.«

»Es war jemand aus der Filmbranche, nicht wahr?«

»Das hat man sich erzählt.« Lea gab sich einen Ruck und ging weiter. »Aber lass uns davon aufhören, ja? Mir ist schlecht von diesem Schwein Hermann, ich brauche nicht auch noch irgendwelche Schreckgespenster aus der Vergangenheit, um eine schlaflose Nacht zu verbringen.«

Chiara biss sich auf die Unterlippe. Sie war noch nicht zufrieden.

»Hermann ist im Grunde eine Witzfigur«, sagte Lea, »nicht ungefährlich, aber letztlich ein Nichts. Der Khan ist eine andere Kategorie. Sprich nicht mehr über ihn. Denk nicht mal an ihn. Man macht sich nicht beliebt, wenn man das Gespräch auf ihn bringt.«

Schweigend gingen sie ein Stück weiter, ehe Lea ein Taxi anhielt. Ihre Wohnung lag näher, deshalb ließen sie den Wagen zuerst dorthin fahren.

Lea gab Chiara einen Kuss auf jede Wange, bevor sie ausstieg. »Mach dir nicht zu viele Gedanken über diese Sache. Man findet sich damit ab. Und man kann damit umgehen, wenn man den Mumm dazu hat. Und den hast du bestimmt.«

Chiara nickte tapfer und hob zum Abschied grüßend die Hand.

»Wohin jetzt?«, fragte der Fahrer.

Chiara überlegte, schaute auf ihre Uhr, überschlug im Kopf Entfernung und Fahrdauer.

Genug Zeit, hoffte sie.

»Nun?«, fragte er ungeduldig.

Sie nannte ihm Maskens Adresse.

Acht

Das Tor war geschlossen. Sie bezahlte, stieg aus und sah zu, wie sich die Rücklichter des Automobils entfernten.

Jemand schrie in der Ferne.

Nur das Kreischen stählerner Räder, irgendwo in der Weite der nächtlichen Schienenwüste.

Das Gelände war pechschwarz, nur jenseits des künstlichen Horizonts der Bahnanlagen glühten vereinzelte Lampen, hunderte von Metern entfernt.

Sie zog den Schlüsselbund hervor, den sie in Julas Villa entdeckt hatte. Nach ihrem ersten Besuch mit Masken war sie noch dreimal allein dort gewesen, auf der Suche nach Spuren, die ihr mehr über ihre Schwester erzählen konnten. Teile des Hauses, einige Schränke und Kommoden waren offensichtlich bereits durchsucht worden. Sie bemerkte es an Kleinigkeiten, daran, wie bestimmte Kleidungsstücke zusammengelegt worden waren oder dass der Inhalt einiger Schminkkoffer auf eine Art und Weise zusammengestellt war, wie es nur jemand tun würde, der sich noch nie selbst geschminkt hatte.

Masken stand auf einem Zettel, der an den Metallring geklemmt war, zusammen mit vier Schlüsseln. Sie hatte ihn in der Küche entdeckt, in einem Mehlkrug. Es war komisch auf eine beinahe tragische Weise: Jula hatte ihn an einem Ort versteckt, an dem Masken niemals gesucht hätte, denn nach allem, was Chiara gehört hatte, hatte Jula ihre Küche so gut wie nie betreten. Sie hatte eine Köchin gehabt, ein Hausmädchen, zeitweise einen echten englischen Butler, als auch andere Diven einen angestellt hatten. Schon als Kind hatte Jula Küchenarbeit verabscheut, und gerade deshalb hatte Chiara in der Küche der Villa gesucht. Sie wusste, wenn Masken oder sonst wer ihr an einem Ort im Haus nicht zuvorgekommen war, dann hier. Niemand rechnete damit, dass Jula gerade hier etwas verbergen könnte. Niemand außer Chiara. Sie kannte Jula länger als alle anderen, und sie wusste, dass schon daheim in Meißen ihr liebstes Versteck zwischen Ofen und Besenschrank gewesen war – weil sie schon damals dem Irrtum aufgesessen war, ausgerechnet dort würde Chiara nicht suchen. Die stibitzten Zuckerstangen; die Geldbörse, die sie gemeinsam auf der Straße gefunden hatten und die Jula für sich beansprucht hatte; das kleine Bündel mit Liebesbriefen von einem älteren Jungen aus der Gerberei nebenan.

Das alles hatte Jula als Kind und junges Mädchen in der Küche versteckt. Und genauso hatte sie es nun, Jahre später, mit einem Päckchen Kokain gemacht, auf das sie in einem Anflug von Galgenhumor *Notration* geschrieben hatte; mit den Bildern von einem jungen Mann, den Chiara nicht kannte und, so vermutete sie, auch sonst niemand aus der Branche; mit einem Notizheft voller Namen und Adressen von Straßenecken und Kneipen, wahrscheinlich Drogenhändler und deren Standorte; ein paar unbeschrifteten Tütchen mit Kräutern, die Rauschmittel sein mochten, Chiara aber eher Aphrodisiaka zu sein schienen; und, zu guter Letzt, dem Schlüsselbund, den Jula aus Maskens Haus entwendet hatte. Ob sie es aus einer Laune heraus getan oder tatsächlich etwas damit bezweckt hatte, wusste Chiara nicht.

Jetzt jedenfalls hatte sie die Schlüssel. Schon der zweite, den sie ausprobierte, passte. Sie schlüpfte durch das Tor und schloss hinter sich wieder ab. Ihr war unwohl, als sie über die freie Fläche zwischen Mauer und Haus ging. Sie fühlte sich beobachtet, ihr Herz raste.

Mach dich nicht verrückt. Masken ist bei Ursi und Hermann.

Julas steinerne Ebenbilder blickten ihr entgegen, als sie sich dem Haupteingang näherte. Kies knirschte unter ihren Schuhen. Der Wind, der über die Mauern und das weite Grundstück fegte, war empfindlich kalt. Sie knöpfte ihren Mantel zu und schlug den Kragen hoch. Ein Hund bellte. Weit genug weg, hoffte sie.

Mehrfach blickte sie über die Schulter in der Befürchtung, die Lichter von Maskens Wagen hinter dem Torgitter zu sehen. Aber dort war nur Dunkelheit. Weit entfernt sprühte ein Geysir von Funken aus dem Boden wie ein Feuerwerkskörper, Unsichtbare bei Schweißarbeiten an Weichen und Waggons.

Wieder das Kreischen, so lang gezogen, dass es in den Ohren schmerzte.

Sie atmete auf, als sie endlich die Tür erreichte. Nervös probierte sie die Schlüssel durch, bis einer passte.

Du bist jetzt eine Einbrecherin.

Na und? Meine Schwester war drogenabhängig, sexsüchtig und ein verschlagenes Luder. Dagegen bin ich doch noch ganz patent.

Es war dunkel im Haus, aber sie wagte nicht, das Licht einzuschalten aus Sorge, Masken würde schon von weitem durch die erleuchteten Fenster alarmiert werden.

Erst sein Arbeitszimmer.

Sie stieg die Treppe hinauf in den ersten Stock, folgte einem Gang bis zu seinem Ende und drückte eine Klinke herunter. Die Tür schwang auf, dahinter roch es nach Papier und kaltem Pfeifenrauch. Sie hatte ihn nie Pfeife rauchen sehen. Auch mit dem Aufdecken von Geheimnissen fing man wohl klein an.

Sie zog den schweren Vorhang vors Fenster und schaltete die Schreibtischlampe an.

Alles war so aufgeräumt, wie sie es erwartet hatte. Ein paar Bronzefiguren auf Sockeln und Regalen, meist nackte Mädchen in frivolen Posen. Ein indianischer Federschmuck zierte einen bräunlichen Globus. Überall Filmplakate, gerollt, gefaltet, offen am Boden ausgelegt, ein paar Drehbücher oder Teile davon. Gekreuzte Säbel mit den Abzeichen Schlagender Verbindungen, Relikte aus Maskens Studienzeit. Eine Briefwaage, ein beträchtlicher Vorrat an Schnupftabak in einer Vitrine, ein paar Hausschuhe aus Filz. All das hatte die Anmutung eines ältlichen Gelehrten, der ein Faible für die Filmkunst hatte und wehmütig seiner Jugend nachhing.

Sie dachte an Geheimkammern hinter den getäfelten Wänden, an Bücher, die man aus den prall gefüllten Regalen ziehen musste, um verborgene Mechanismen zu aktivieren. Aber sie rechnete nicht ernsthaft mit dergleichen, und nun war es ihr beinahe peinlich, so weit in Maskens Privatsphäre vorgedrungen zu sein.

Leas Worte fielen ihr wieder ein. *In ihren besten Zeiten haben sie ganze Säle gemietet, voll gestopft mit kleinen Jungs und Mädchen.*

Das war Maskens Privatsphäre. Sie erinnerte sich an Nettes Blick, als sie ihr erzählte, wie man sie als Mädchen dem Khan zugeführt hatte: Ein dunkler Raum, ein gesichtsloser Mann, nur Hände und alles, was er sonst noch brauchte, um sich an Kindern zu vergehen.

Sie war nicht hier, weil sie vermutete, dass Masken der Khan war. Nur weil sie sichergehen wollte, dass er es *nicht* war. Und wenn das irgendwie doch ein und dasselbe war, dann zum Teufel damit. Sie hatte damit angefangen, und jetzt würde sie es zu Ende bringen.

Langsam ging sie an den Bücherregalen vorbei, las Buchtitel, die ihr zum Teil vertraut vorkamen. Viele Romane von Meyrink, Spunda, Schmitz und anderen Fantasten. Das eine oder andere Buch kannte sie, aber sie hatte kein besonders gutes Gedächtnis, was erfundene Geschichten anging. Sie las sie und konnte sie sich ein Jahr später erneut vornehmen, ohne sich zu langweilen.

Sie kam an eine Regalwand mit Sachbüchern, vor allem von Esoterikern und Philosophen. Nietzsches Werke nahmen über einen Meter ein, daneben zahllose Bände von einem Mann, den sie nicht kannte: Rudolf Steiner. *Die Philosophie der Freiheit*, las sie einen Titel. *Die geistige Führung der Menschen und der Menschheit. Die Mystik im Aufgange des neuzeitlichen Geisteslebens. Die Stufen der höheren Erkenntnis. Friedrich Nietzsche, ein Kämpfer gegen seine Zeit. Die Schwelle der geistigen Welt. Lucifer-Gnosis.*

Masken schien viel von diesem Steiner zu halten.

Sie war versucht, in den Unterlagen auf dem Schreibtisch zu stöbern, ließ es dann aber bleiben. Auch die zahlreichen Schubladen reizten sie, aber nachdem sie in den ersten nichts von Belang entdeckte, beschloss sie, sich lieber weiter im Haus umzuschauen.

Kaminzimmer und Küche kannte sie, ebenso alle Räume, die mit den technischen Aspekten der Filmproduktion zu tun hatten. Blieb demnach nur, noch tiefer in seine Privaträume vorzustoßen.

Im Schlafzimmer stand ein großes Bett. Rahmen und Enden bestanden aus gusseisernem Gitterwerk. Das Gemälde einer nächtlichen Landschaft hing an der Wand gegenüber, ein paar vertrocknete Rosen steckten im Rahmen; sie konnte sich nur schwer vorstellen, dass Masken sie dort angebracht hatte. Das Bett war gemacht, die Laken penibel glatt gezogen. Möglich, dass seine Haushälterin auch für die Rosen verantwortlich war.

Rechts befand sich eine Tür. Sie war geschlossen.

Chiara war übel vor Anspannung, als sie darauf zuging. Was sie erwartete? Sie wusste es nicht.

Die Klinke ließ sich herabdrücken, die Tür schwang auf. Dahinter lag das Bad. Natürlich. Sie hätte sich selbst ausgelacht, wäre sie nicht so aufgeregt gewesen. Der Kloß in ihrem Hals wollte sich auch jetzt noch nicht lösen, als hätte sich zwar ihr Verstand, nicht aber ihr Instinkt damit abgefunden, dass sie nichts finden würde.

Zwischen einer Badewanne mit vergoldeten Füßen und einem luxuriösen Waschbecken aus Marmor befand sich eine Tür, eher eine Luke, die mit Tapete überklebt worden war.

Schwarze Einschnitte im Muster verrieten ihren Umriss. Chiara würde sich bücken müssen, um hindurchzuschlüpfen.

Wollte sie das wirklich? War sie nicht schon viel zu weit gegangen?

Sicher, und gerade deshalb macht es jetzt auch nichts mehr aus, wenn du diese Sache zu Ende bringst. Strafbar gemacht hast du dich so oder so.

Die tapezierte Tür hatte keinen Griff. Nur ein Schlüsselloch auf Höhe ihrer Oberschenkel. Es war sehr groß, und nur ein Schlüssel am Bund kam dafür infrage.

Bevor sie ihn hineinschob, wollte sie sich vergewissern, dass Masken in der Zwischenzeit nicht zurückgekehrt war. Sie eilte aus dem Bad, hinüber zum Fenster des Schlafzimmers. Vorsichtig schob sie den Vorhang einen Spalt beiseite und bemerkte, dass sie von hier aus den Vorplatz und die Einfahrt nicht sehen konnte. Sie würde aus einem der anderen Zimmer hinausschauen müssen.

Hin- und hergerissen zwischen ihrer Neugier und dem Drang, sich abzusichern, blieb sie einen Augenblick unschlüssig stehen. Um zur Vorderseite des Hauses zu gelangen, musste sie hinaus auf den langen Flur, der an allen Zimmern vorbeiführte. Bis nach vorne waren es sechzig, siebzig Meter. Auf eine perfide, selbstquälerische Weise widerstrebte es ihr, dem Schlafzimmer und der Tür im Bad den Rücken zu kehren.

Aber die Vernunft siegte über ihre Neugier und trieb sie den Korridor hinunter. Sie blieb nicht stehen, um noch einmal ins Haus hinab zu lauschen, sondern verharrte erst im Kaminzimmer, am mittleren der drei hohen Fenster.

Der Vorplatz war leer, Gott sei Dank. Sie atmete auf.

Sie wollte sich gerade abwenden, als ihr die beiden Lichter auffielen, die durch das schwarze Ödland der Abstellgleise näher kamen. Sie konnte das Automobil nicht erkennen, nur die beiden Glutaugen in der Nacht. Niemand außer Masken verirrte sich um diese Uhrzeit hierher.

Ein letztes scharfes Durchatmen, dann rannte sie zurück ins Schlafzimmer. Sie musste alle Türen schließen, sich irgendwo verstecken und später versuchen, unbemerkt das Haus zu verlassen.

Ihr Blick fiel erneut auf die tapezierte Tür. Das Muster war verschlungen, stilisierte Äste aus Bronze- und Goldfarbe, daran tropfenförmige Blätter mit scharfen Spitzen, fast wie Fangzähne. Die Spiralen und verdrehten Verläufe übten einen hypnotischen Sog aus, eine Aufforderung, länger hinzusehen, stehen zu bleiben, abzuwarten.

Sie riss sich davon los, wunderte sich über sich selbst, wollte die Badtür endgültig schließen – und verharrte abermals.

Wenn sie nun keine zweite Chance bekäme, hinter die Tür zu schauen?

Sie hörte den Motor des Automobils. Er verstummte. Eine Wagentür schlug. Wenn sie Glück hatte, würde er erst zum Gittertor gehen und abschließen. Ja, das würde er bestimmt.

Sie hatte Zeit. Drei, vier Minuten.

Hastig lief sie zur Schlafzimmertür und drückte sie von innen zu. Ging ins Bad und schloss auch hier die Tür. Dann erst wandte sie sich der Luke in der Wand zu. Wenn Masken jetzt heraufkam und als Erstes die Toilette benutzen wollte, war sie geliefert. Hier drinnen gab es kein Versteck.

Außer *hinter* der Luke.

Sie musste sie öffnen, so oder so.

Mit bebenden Fingern schob sie den Schlüssel hinein. Das Schloss klickte, als sie ihn drehte, und sie musste ihn stecken lassen, um mit ihm die Tür aufzuziehen. Das schmale Rechteck in der Wand öffnete sich in ihre Richtung und schob dabei eine weiche Bademmatte zusammen, von denen mehrere den Boden bedeckten.

Auf einer entdeckte Chiara Schmutz.

Stammte der von ihr? Ihre Schuhsohlen hatten kein Profil. Trotzdem: Wenn sie noch an anderen Stellen im Haus solche Spuren hinterlassen hatte, würde Masken bald wissen, dass jemand hier gewesen war. Nein, der Schmutz musste schon vorher da gewesen sein, ganz bestimmt.

Aber ihre Unruhe blieb.

Die Tür ... Chiara öffnete sie ganz.

Dahinter war es dunkel – abgesehen von einem hellen Umriss auf Höhe ihrer Augen.

Der Zifferblattmann.

Sie prallte zurück, als hätte man ihr in ins Gesicht geschlagen. Sie stolperte rückwärts über die zusammengeschobene Matte, rutschte weg und fing sich gerade noch mit einer Hand am Waschbecken ab. Dabei stieß sie ein Glas um, in dem Maskens Zahnbürste stand. Für einen Augenblick gefror die Zeit, rückte in einzelnen Filmbildern vorwärts wie ein Sekundenzeiger.

Das Glas am Rand des Beckens.

Das Glas frei in der Luft.

Chiara griff danach. Zu langsam.

Das Glas zerschellte mit einem schrillen Klirren auf den Fliesen. Das Geräusch musste im ganzen Haus widerhallen.

Vielleicht war Masken noch am Eingang und hatte es nicht gehört. Oder aber er rannte gerade die Treppe herauf, den Gang entlang ...

Aber Chiara horchte nicht auf Schritte. Sie blickte zu der offenen Luke. Dahinter befand sich ein zurückgesetzter Wandschrank. Auf dem mittleren Regal stand eine ausrangierte Uhr mit weißem Zifferblatt. Das Glas hatte einen gezackten Riss.

Kein Mann. Kein geschminktes Gesicht. Nur eine alte Uhr.

Sie hörte ihren Herzschlag im Kopf, spürte das Pulsieren des Blutes in ihrer Halsschlagader. Rasch bückte sie sich, schob die Scherben mit bloßen Händen zusammen und schaute sich panisch nach einem Ort um, an dem sie sie verstecken konnte. Schließlich warf sie sie in das obere Fach des Wandschranks, schob sie nach hinten. Die Zahnbürste legte sie auf den Waschbeckenrand.

Blut tropfte von ihrer Hand auf den weißen Marmor. Sie hatte sich an den Scherben geschnitten. Als sie den Tropfen mit dem Finger fortwischen wollte, zog er eine breite rote Schmierspur über das Becken.

Da – eine Tür klapperte. Oder täuschte sie sich?

Wenn sie den Wasserhahn aufdrehte, war das Geräusch der pumpenden Leitungen im ganzen Stockwerk zu hören. Sie ergriff ein Handtuch und rieb hektisch über das feuchte Blut, verschmierte es dabei nur noch mehr. Schließlich aber saugte der Stoff alles auf, der Marmor war wieder weiß. Das beschmutzte Tuch warf sie zu den Scherben in den Wandschrank.

Was nun? Wohin?

Schritte vor der Badezimmertür – jetzt gab es keinen Zweifel mehr. Masken war im Schlafzimmer! Das Bett quietschte. Legte er sich gleich hin? Sie hörte das Geräusch von Schuhen, die fallen gelassen wurden. Dann erneut das Quietschen. Er stand wieder auf. Die Schritte näherten sich.

Sie sprang in den Wandschrank, wollte die Tür von innen zuziehen – als ihr der Schlüsselbund einfiel. Es steckte noch.

Die Schritte verharrten vor der Tür.

Sie griff aus dem Schrank, nestelte an dem Metallring, zog den Schlüssel aus dem Loch.

Die Klinke der Badtür senkte sich.

Chiara zog die Luke zu. Hielt die Luft an. Hatte das Gefühl, schreien zu müssen. Ihre rechte Faust war so fest um die Schlüssel geballt, dass das Metall schmerzhaft in ihren Handballen schnitt. Sie wartete auf Schritte, auf Geräusche, doch nichts war zu hören.

Warum blieb er vor der Tür stehen? War ihm etwas aufgefallen? Hatte sie etwas übersehen – andere Blutstropfen, vielleicht?

Der Schmutz auf der Matte!

Das musste es sein. Er würde die Polizei rufen, und man würde sie hier finden, in seinem Wandschrank im Badezimmer. Man würde alle möglichen Schlüsse ziehen, einer würdeloser als der andere.

Sie wollte sterben, auf der Stelle. Sie hatte noch nie im Leben solche Angst gehabt.

Plötzlich verstand sie. Die Matten dämpften seine Schritte, aber jetzt hörte sie Rascheln von Kleidung. Dann knirschte und dröhnte es, als Masken den Wasserhahn aufdrehte.

Sie hoffte inständig, dass er allein war. Und wenn im Schlafzimmer das Mädchen wartete, das er mit zur Seance gebracht hatte? Nein, wohl kaum. Dann hätte Chiara Stimmen gehört.

Sie wich so weit nach hinten zurück, wie sie nur konnte. Die Ränder der Regalbretter drückten in ihren Rücken, trotzdem war die Tür nur eine Handbreit von ihrer Nasenspitze entfernt. Sie konnte nicht anders, als sich das Bild vorzustellen, das sie bieten würde, wenn er den Schrank öffnete.

Das Röhren der Wasserleitung verstummte.

War ihm aufgefallen, dass das Glas fehlte? Natürlich, das musste er merken. So betrunken oder berauscht konnte er nicht sein, sonst hätte er den Wagen nicht mehr allein hierher steuern können.

Möglich, dass er es auf seine Haushälterin schob. Hin und wieder gingen Dinge kaputt, das taten sie überall. Das fehlende Glas würde ihn nicht misstrauisch machen.

Die Toilettenspülung wurde betätigt.

Ein Scheppern, als die Badezimmertür geschlossen wurde.

Von außen? Sie hoffte es. Aber noch wagte sie sich nicht aus dem Schrank. Wohin sollte sie auch gehen?

Sie wartete so lange, bis sie in dem engen Verschlag nicht länger stehen konnte und es ihr schließlich gleichgültig war, ob er sie entdeckte oder nicht. Sie wollte nur raus, ertrug die Anspannung nicht länger. Ihr linker Unterschenkel krampfte, und ihr Nacken tat weh, weil sie sich in dem niedrigen Schrank die ganze Zeit über leicht gebückt halten musste.

Im Bad war es dunkel. Durch die Ritzen der Tür zum Schlafzimmer fiel kein Licht. Wie lange hatte sie sich versteckt? Eine halbe Stunde? Eine ganze? Vielleicht schlief Masken schon. Wahrscheinlich, es war ein anstrengender Abend gewesen. Erst die Party, dann die Seance und was immer danach noch passiert war. Ganz gleich was Lea behauptete, Chiara konnte nicht glauben, dass Masken und die anderen nach ihrem Abgang weitergemacht hatten wie geplant. Hatten sie diskutiert? Gestritten? Sicher hatten alle eine Menge getrunken. Umso tiefer würde Masken jetzt schlafen.

Sie ballte die Finger fest um die Schlüssel aus Angst, sie könnten gegeneinander schlagen. Aber sie musste den Schrank wieder absperren; die Tür schloss nicht richtig und würde sonst einen Spalt weit offen stehen.

Vorsichtig schob sie den Schlüssel ins Loch, bemüht, die anderen drei dabei festzuhalten.

Bevor sie ihn umdrehte, fiel ihr etwas ein.

In diesem Haus musste es Dutzende Schränke, Fächer und Verschläge geben. Warum hing ausgerechnet der Schlüssel zu diesem unscheinbaren Wandschrank an einem Bund, an dem sich sonst nur die Hauptschlüssel befanden?

Und warum, verdammt, war ihr das nicht schon früher eingefallen?

Sie horchte, hoffte Maskens gleichmäßiges Atmen zu hören, registrierte aber nur völlige Stille.

Langsam zog sie mit dem Schlüssel den Wandschrank ein zweites Mal auf. Die Bademattte, die sich zuvor darunter verfangen hatte, war ein Stück zur Seite geschoben worden. Das war nicht sie gewesen. Masken musste die Veränderung bemerkt haben. Aber hatte er auch die richtigen Schlüsse gezogen?

Wohl kaum, denn dann stünde er jetzt hinter ihr.

Sie wirbelte herum. Und sah nichts.

Ihr Atem kam ihr ungeheuer laut vor, selbst ihr Herzschlag erschien ihr verräterisch. Sie konnte das Licht im Bad nicht anmachen, um den Schrank ein zweites Mal zu untersuchen. Fahler Mondschein fiel durchs Fenster, viel zu schwach, um mehr als grobe Formen zu erkennen. Ihre Hände tasteten über die Regalbretter, aber alles, was sie fand, waren Stapel mit Handtüchern, Seifenstücke und ein paar Glasfläschchen. Sie öffnete zwei, roch daran und stellte sie zurück. Duftwasser, nichts Besonderes.

Die Rückwand. Vielleicht war sie hohl. Der einzige Weg, das herauszufinden, war der, gegen das Holz klopfen.

Vergiss es, schalt sie sich. Nicht heute Nacht. Nicht in dieser Stille. Falls Masken noch wach war, würde er es hören.

Falls er wach war, würde er sie ohnehin bemerken, wenn sie das Bad verlassen und durch sein Schlafzimmer zur Tür schleichen würde. Ebenso gut also konnte sie die Sache sofort beenden, wenn es denn unumgänglich war.

Ganz vorsichtig klopfte sie mit dem Fingerknöchel gegen die Rückwand des Wandschranks. Zu leicht. Sie musste es fester versuchen. Chiara atmete tief durch, schloss die Augen – und klopfte zweimal fest gegen das Holz.

Hohl. Eindeutig. Aber das konnte alles und nichts bedeuten.

Sie horchte auf Masken, aber im Schlafzimmer schien sich nichts zu rühren. Keineswegs beruhigt, aber ein bisschen weniger panisch begann sie, die Rückwand abzutasten, vor allem an den Rändern. Sie hoffte, ein weiteres Schlüsselloch zu finden, irgendetwas, das auf eine geheime Tür hindeutete.

Du machst dich lächerlich! Du spielst Räuber und Gendarm wie ein kleines Kind!

Beinahe hätte sie geseufzt, so verärgert war sie über sich selbst. So enttäuscht.

Sie wollte ihre Hand gerade zurückziehen, als ihre Fingerspitzen eine Vertiefung berührten. Sie befand sich nur knapp unter einem der Regalbretter, und um sie zu ertasten, musste sie in die Hocke gehen und sich tief in den Schrank beugen. Sehen konnte sie die Stelle nicht, sie lag in absoluter Dunkelheit.

Drei Schlüssel hatte sie bereits benutzt. Blieb nur der vierte.

Das Metall schabte verräterisch laut über das Holz; sie musste es mehrfach in Schleifen hin- und herbewegen, ehe sie endlich wieder die Vertiefung fand.

Der Schlüssel passte nicht.

Auch keiner der anderen drei.

Vielleicht war es doch kein Schlüsselloch. Nur eine Kerbe im Holz.

Enttäuscht richtete sie sich auf, schloss den Schrank ab und zuckte zusammen, als das Schloss abermals klickte. Einen Moment blieb sie stehen, ehe sie zur Badtür huschte und das Ohr an das Holz legte. Sie hörte nichts, kein Schnarchen, kein Atmen.

Sie zog ihre Schuhe aus, nahm sie in die linke Hand, schob den Schlüssel in ihren Mantel und öffnete leise die Tür. Durch den Spalt konnte sie Maskens Bett nicht sehen, es stand zu weit rechts im Zimmer. Vorsichtig schob sie den Kopf durch die Öffnung ins Schlafzimmer, sah zum Bett hinüber.

Jemand lag darin. Die Gestalt lag auf der Seite und wandte ihr den Rücken zu. Die Decke war bis zum Kopf hochgezogen, Chiara erkannte dunkles Haar.

Es war Wahnsinn. Aber sie hatte keine andere Wahl.

Sie schlüpfte durch die Tür und zog sie hinter sich zu, aber nicht bis zum Anschlag, aus Furcht, das Einrasten des Schlosses könnte ihn wecken. Dann pirschte sie durch das Schlafzimmer zur Flurtür. Auf einem Sessel lag Maskens Abendgarderobe.

Bei jedem Schritt glaubte sie das Gewicht des Schlüsselbundes an ihrem Oberschenkel zu spüren. Schabte das Metall nicht aneinander? Klirrte er nicht leise?

Immer wieder blickte sie zum Bett hinüber. Masken rührte sich nicht. Hob und senkte sich die Decke? Im Dunklen war das nicht zu erkennen. Er hätte ebenso gut tot sein können.

Sie konnte es kaum fassen, als sie endlich die Zimmertür erreichte. Er hatte sie nicht bemerkt. Noch nicht.

Die Klinke runter, dann hinaus auf den Flur. Sollte sie die Tür wieder schließen? Nein, besser nur anlehnen. Kein Geräusch zu viel.

Barfuß rannte sie den Gang hinunter, zur Treppe, die Stufen hinab und in die Eingangshalle. Zittrig zog sie die Schlüssel hervor und sperrte die Haustür auf – Masken hatte sie zweimal abgeschlossen.

Draußen auf den Stufen, zwischen Julas Standbildern, obszön in ihrem archaischen Prunk, schlüpfte Chiara in ihre Schuhe. Dann eilte sie über die Auffahrt zum Gittertor. Hier gab es keine hohen Bäume, nichts, das sie vor Blicken aus dem Haus schützte. Aber sie brachte es nicht fertig, über die Schulter zurückzuschauen, aus Angst, Masken an einem der Fenster stehen zu sehen.

In der Ferne zischten immer noch Schweißgeräte. Stahl knirschte, als Bahnweichen verstellt wurden. Irgendwo rumpelte es hohl, als Güter in Waggons verladen wurden.

Nur Geräusche, keine Menschen in der Dunkelheit.

Ein weißer Halbmond über dem stählernen Horizont hunderter Waggondächer.

Sie schloss das Tor auf, huschte hindurch und versperrte es wieder. Schaute noch immer nicht zurück, wagte es nicht, wie ein Kind beim Spiel: Seh ich dich nicht, siehst du mich nicht.

Frierend und zu Fuß, bebend vor Aufregung und Scham, floh sie hinaus in die Nacht.

Unterwegs bemerkte sie etwas, vielleicht ein Obdachloser, vielleicht nur ein streunender Hund. Sie hörte Atmen, Schnaufen und Schritte. Mehrmals. Vielleicht waren da mehrere.

Dann war es wieder ruhig.

Neun

Am nächsten Abend entschied Chiara sich für ihre zweite Rolle. Die Dreharbeiten begannen schon wenige Tage später, in den Ateliers von Tempelhof.

Während einer Drehpause rief man sie ans Telefon. Ihr Kleid war zerrissen und mit künstlichem Ruß geschwärzt, die passende Staffage für die Begleiterin von Abenteurern. Sie würde heute noch eine Felswand hinunterklettern müssen und vor dem Ertrinken gerettet werden; diese Rolle machte weit mehr Spaß als die der anämischen Lady Madeline. Der Film würde vielleicht kein Kunstwerk werden, doch das erwartete auch niemand. Die Leute würden aus anderen Gründen ins Kino gehen – unter anderem, weil ihr Kleid im Verlauf des Films immer kürzer wurde, behauptete der Regisseur.

Masken war am anderen Ende der Leitung.

»Ich wollte mal wieder einen Versuch starten, Sie zum Essen einzuladen. Im Kempinski, wenn Sie mögen.« Er machte eine Pause. »Sind Sie noch dran? Oder ist Ihnen die Vorstellung derart zuwider, dass es Ihnen die Sprache verschlagen hat?«

»Heute Abend?«

»Gerne. Wann sind Sie fertig im Atelier?«

»Nicht vor sechs.«

»Dann sagen wir um acht. Oder ist das zu früh?«

»Acht ist in Ordnung.«

»Ich möchte Ihnen jemanden vorstellen.«

»Ach ja? Wen denn?«

»Das erzähle ich Ihnen nicht am Telefon.«

»Wollen Sie mich auf die Folter spannen?« Alles war besser, als weiter darüber nachzugrübeln, ob er sie bei ihrem Einbruch gesehen hatte oder nicht.

Er seufzte. »Es wird nett werden, das verspreche ich Ihnen. Keine Sorge.«

»Ich bin keineswegs besorgt.«

Er lachte leise. »Ich bin mir durchaus im Klaren darüber, dass sie bisher ungefähr zwanzig meiner Einladungen zum Abendessen abgelehnt haben. Und heute nehmen Sie plötzlich an. Gibt's dafür einen besonderen Grund, wenn ich fragen darf?«

»Nach allem, was die hier im Atelier mit mir veranstalten, kann ein nettes Essen nicht schaden, finden Sie nicht? Vorausgesetzt, es stört sie nicht, dass ich voller Schrammen und blauer Flecken bin und ich Ihnen nicht versprechen kann, dass ich mit einer anständigen Frisur erscheine.«

»Ganz bestimmt nicht.«

»Im Kempinski, haben Sie gesagt? Das ist in der Leipziger Straße, oder?«

»Stimmt. Gutes Essen und ruhige Tische, wenn man will.«

»Einverstanden. Dann bis um acht.«

✣

An Maskens Tisch saß ein junger Mann. Beide standen auf, als Chiara auf sie zuging. Masken stellte seinen Begleiter als Jakob Tiberius vor, und noch bevor sie wusste, wer er war, hatte sie beschlossen, ihn zu mögen.

Er hatte kurzes braunes Haar und ernste Augen, die jede ihrer Bewegungen registrierten, ohne im Entferntesten anzüglich zu sein – sie erfuhr bald, dass dies zu seinem Beruf gehörte: Jakob Tiberius war Schauspiellehrer. Er schätzte sie ein, bewertete sie, aber aus einem Grund, den sie nicht gleich benennen konnte, war ihr das nicht unangenehm. Wenn er lächelte, hatte sie anders als bei Masken das Gefühl, dass er es von Herzen tat, und sympathisch war ihr auch, dass er sie nicht gleich mit Komplimenten überhäufte. Auch das war, vermutete sie, Teil seiner Urteilsfindung.

Nach einer Viertelstunde fasste sie Vertrauen zu ihm; nach einer halben hatte sie das Gefühl, dass sie gerne einmal alleine mit ihm essen gehen würde.

Masken hielt sich in bemerkenswerter Weise zurück, bis er schließlich erklärte, er hielte es für eine gute Idee, wenn sie bei Jakob Unterricht nähme. »Erinnern Sie sich noch, was ich Ihnen über Jula erzählt habe? Dass ich sie nie dazu bewegen konnte, ihr Talent weiterzuentwickeln?«

Sie nickte, insgeheim amüsiert über seine Vorsicht. »Sie haben gesagt, sie sei keine gute Schauspielerin gewesen.«

Jakob grinste.

»Nun, etwas in der Art, vielleicht«, sagte Masken. »Jedenfalls habe ich ihr mehr als einmal das gleiche Angebot gemacht, aber sie hat jedes Mal abgelehnt.«

Chiara wandte sich an Jakob. »Haben Sie meine Schwester kennen gelernt?«

Masken wollte an seiner Stelle antworten, doch der junge Schauspiellehrer ließ das nicht zu. »Nein, getroffen habe ich sie nie. Ich kannte sie nur von der Leinwand. Herr Masken hatte wohl damals einen anderen Lehrer für sie im Sinn.«

»Eine Lehrerin.« Masken nickte. »Aber daran hat es nicht gelegen. Jula war zu sehr von sich überzeugt. Und wer kann ihr das verübeln, nachdem ihr von allen Seiten immer wieder erklärt wurde, dass sie eine göttliche Actrice sei.«

Dich eingeschlossen, dachte Chiara. Er mochte sich sehr clever vorkommen, der große Manipulator im Hintergrund, doch in Wahrheit fand sie ihn leicht zu durchschauen. Bis auf einen gewissen Punkt jedenfalls. Bis auf eine geheime Tür in seinem Wandschrank.

»Noch ein wenig Wein, gnädige Frau?«

Sie lehnte ab und bat den Kellner um Wasser. Ein Glas Wein war mehr als genug. Wer wusste, wessen Schränke sie sich heute Nacht sonst vornehmen würde. Sie unterdrückte ein nervöses Lachen und hörte, wie Masken sagte: »Herr Tiberius ist einer der besten Schauspiellehrer Berlins. Er hat mit Reinhardts Leuten gearbeitet und mit vielen anderen.«

»Dafür sind Sie noch recht jung, oder?« Sie schätzte, dass er höchstens drei Jahre älter war als sie selbst.

Jakob zuckte die Achseln. »Talent ist keine Frage des Alters, denke ich. Sie sind das beste Beispiel, falls Herr Masken Recht hat mit dem, was er sagt.«

Auch das war nicht als Kompliment gemeint. Seine Einschränkung entging ihr nicht, und das gefiel ihr. Er plapperte nicht einfach Maskens Einschätzung nach, sondern war bemüht um eine eigene. Das bedeutete, dass Masken ihn zwar angeschleppt hatte, Jakob sich ihm jedoch nicht verpflichtet fühlte. Er war kein Aufpasser, der sie kontrollieren und Masken Bericht erstatten würde, sondern ein echter Lehrer. Warum nicht?

»Nun?«, fragte Masken. »Was sagen Sie?«

»Dazuzulernen kann nicht schaden«, sagte sie. »Falls Herr Tiberius überhaupt bereit ist, jemanden zu unterrichten, der keinerlei Vorbildung hat.«

»Na ja, so kann man das wohl nicht sagen, wenn man schon einen Film gedreht hat«, sagte Jakob. »Ich habe Sie als Lady Madeline gesehen – für einen Laien ganz beachtlich. Sicher, wir müssen an bestimmten Ausdrucksformen Ihrer Gestik arbeiten, auch an Ihrer Betonung, falls Sie einmal Theater spielen möchten. Atmung, Tanz, Sprechen, Mimik ... Aber das bekommen Sie schon hin. Und wenn nicht, nun, dann haben Sie es zumindest versucht.«

Jetzt war er ihr beinahe eine Spur zu sachlich. Ein wenig eingeschnappt gestand sie sich ein, dass er Recht hatte.

Jakob sah sie unvermindert an. »Sie drehen im Moment wieder, nicht wahr?«

Sie hielt seinem Blick stand, und fragte sich, ob das schon Teil seiner ersten Lektion war oder ob er tatsächlich in ihren Augen nach etwas suchte. Ein warmer Schauer rann ihr über den Rücken. »In Tempelhof«, sagte sie nickend. »Die Arbeiten im Atelier werden noch ein paar Wochen dauern, dann geht's für zwei Wochen nach draußen. Sollen wir so lange warten?«

»Je früher wir anfangen, desto besser. Wie ist Ihre Planung für die Abende?« Das klang, als spräche er über eine Verabredung, nicht über den Unterricht.

»Die Dreharbeiten sind ziemlich anstrengend ... eine Menge Gerenne und Gespringe und so weiter ... aber ja, von mir aus.«

Er lächelte verständnisvoll. »Es muss ja nicht jeden Abend sein. Aber wir sollten so schnell wie möglich beginnen. Solche Dinge schiebt man besser nicht hinaus.«

»Ich habe auch an den Wochenenden Zeit.«

»Dann die Abende *und* die Wochenenden.« Sein Grinsen war jetzt ebenso breit wie gewinnend. »Einverstanden?«

»Sicher.«

»Wunderbar.« Masken klatschte in die Hände, und es dauerte nur wenige Sekunden, da stand der Kellner schon neben ihm. »Champagner, bitte. Den besten.«

»Gewiss, der Herr.«

»Wir haben noch nicht darüber gesprochen, was Sie für den Unterricht bekommen«, sagte Chiara zu Jakob.

Er nannte ihr einen Preis, bemerkte, dass sie schluckte, und lächelte mitfühlend. »Es gibt natürlich billigere Schauspiellehrer in Berlin, keine Frage.«

»Wenn Sie erlauben«, sagte Masken, »dann werde ich das übernehmen.«

Chiara schüttelte den Kopf. »Kommt nicht infrage.« Masken kam immer noch für ihre Suite im Adlon auf mit der Argumentation, er werde das Geld vom Erlös der Villa abziehen. Dabei war noch immer kein Käufer für Julas Anwesen in Sicht. Chiara würde nicht zulassen, dass er nun auch noch ihren Unterricht finanzierte. Immerhin hatte sie mit ihrem ersten Film eigenes Geld verdient, und sie bekam noch einiges mehr für ihre derzeitige Rolle.

Als ahne er, was in ihr vorging, sagte er: »Ich habe nicht an ein Geschenk gedacht.«

»So?«

»Ich möchte Ihnen anbieten, Sie fest unter Vertrag zu nehmen. Schauen Sie mich nicht so erschrocken an. Das ist nichts Ungewöhnliches, das wissen Sie. Sagen wir, für drei Filme?«

Sie dachte an den Stapel von Rollenangeboten in ihrer Suite. Und sie überlegte, was Jula an ihrer Stelle geantwortet hätte.

»Nein, danke.«

»Überlegen Sie es sich. Die großen Stars sind oft fest bei einer Filmgesellschaft unter Vertrag. Wir könnten ein paar interessante Geschichten für Sie erfinden.«

Sie erinnerte sich an *Medusa*. »Ich habe nicht vor, Zimmermädchen im Bordell zu spielen.«

Gleich darauf bedauerte sie die Bemerkung. Jakob grinste, aber Masken war sichtlich vor den Kopf gestoßen. »Das war nicht die Rolle, die ich im Sinn hatte«, sagte er konsterniert.

»Tut mir Leid.« Sie versuchte, ihrer Stimme einen versöhnlicheren Klang zu geben. »Aber Sie wissen doch noch, weshalb ich nach Berlin gekommen bin, oder? Sicher nicht, um berühmt zu werden.«

Masken sah sie ein paar Sekunden lang irritiert an, räusperte sich schließlich und stand auf. »Ich bin gleich wieder da.«

Jakob wartete, bis Masken in Richtung der Toiletten verschwunden war. »Warum *sind* Sie nach Berlin gekommen?«

»Eigentlich nur, um meine Schwester zu beerdigen«, sagte sie mit einem leisen Seufzen. »Aber geblieben bin ich, um sie zu verstehen. Ich weiß nicht, ob irgendwer sonst das nachvollziehen kann. Ich wollte herausfinden, was sie bewegt und angetrieben hat, wie sie zu der geworden ist, die alle hier kannten.«

»Und dazu gehört es, die Arbeiten an einem Film von innen zu erleben?«

»So ungefähr, ja.«

»Davon hat mir Herr Masken nichts erzählt.«

»Nein, natürlich nicht. Er lässt mich als seine große Entdeckung feiern, aber ich bin nicht sicher, ob ich dieses Spiel mitspielen möchte.«

Er überlegte kurz, ohne sie aus den Augen zu lassen. »Haben Sie es denn herausgefunden?«

»Was meinen Sie?«

»Die Wahrheit über Ihre Schwester. Wissen Sie jetzt, wie es war, Jula Mondschein zu sein?«

Sie zögerte mit einer Antwort. Ob mit Absicht oder nicht, er hatte ihren wunden Punkt getroffen. Er bemerkte es, noch bevor sie etwas entgegnen konnte.

»Tut mir Leid«, sagte er rasch, aber sie sah ihm an, dass er es nicht ernst meinte. Er wollte es wirklich wissen. Das Ausloten von Gefühlen gehörte zu seinem Beruf, aber sie war nicht sicher, ob sie sich hier schon auf seine Lektionen einlassen wollte.

Andererseits mochte sie ihn, ohne sagen zu können, was ihr eigentlich an ihm gefiel. Vielleicht die Tatsache, dass er die Dinge beim Namen nannte.

»Die Wahrheit ist«, sagte sie stockend, »dass ich nicht mehr über Jula weiß als bei meiner Ankunft in der Stadt. Ich habe sie aus den Augen verloren ... oder nein, nicht sie, mein *Ziel* habe ich aus den Augen verloren. Ich habe mir eingeredet, dass ich all das für Jula tue ... irgendwie, zumindest ... Aber in Wirklichkeit hab ich es für mich getan.«

»Nicht der schlechteste Grund.«

»Ja, wenn man es von vorne herein darauf angelegt hat. Aber es ist nicht das, was ich wollte, verstehen Sie?«

»Und Rotkäppchen vergaß die warnenden Worte der Mutter und kam vom Weg ab.«

Sie nickte, aber es fiel ihr schwer, sein Lächeln zu erwidern. »Und verlief sich im dunklen Wald.«

»Ist Masken der große, böse Wolf?«

Sie sah an Jakob vorbei zur Tür des Toilettentrakts, aber Masken war noch nicht zu sehen. Warum tue ich das?, dachte sie. Ich habe keine Angst vor ihm.

»Wie meinen Sie das?«, fragte sie.

Seine Offenheit war entwaffnend – und verunsichernd. »Glauben Sie, dass er auf irgendeine Weise für den Tod Ihrer Schwester verantwortlich ist?«

»Ich werde mich hüten, solche Verdächtigungen ...«

»Sie denken, ich würde ihm davon erzählen.« Zum ersten Mal hatte sie ihn aus der Reserve gelockt, seine Enttäuschung zeichnete sich in seinen Zügen ab. »Halten Sie mich wirklich für einen seiner Lakaien?«

»Ich kenne Sie nicht. Und er hat Sie mitgebracht.«

»Und ich kenne Masken nicht – zumindest nicht besonders gut. Ich mag ihn nicht einmal.«

Sie unterdrückte ein Schmunzeln, weil es ihr unangebracht erschien, auch wenn die Situation sie auf eine seltsam zu fassende Weise amüsierte. Lag das an ihm? »Wie ist er dann an Sie geraten?«

»Er hat von mir gehört. Ich habe einen ganz guten Namen in der Branche.«

Er untertrieb. Masken hätte ihr nicht irgendwen vorgeschlagen. So wie er sie im besten Hotel untergebracht und sie heute in eines der besten Restaurants eingeladen hatte, so würde er ihr nur den besten Schauspiellehrer anbieten.

»Ihr Renommee sagt nichts darüber aus, wie offen ich vor Ihnen sein kann«, sagte sie.

»Schauspieler sind vor niemandem offener als vor ihren Lehrern, das sollten Sie wissen. Sie werden vor mir weinen und lachen und mir Ihr Herz ausschütten, und nichts davon wird gespielt sein. Sie werden echte Gefühle brauchen, um künstliche zu formen. Das ist eine der Grundvoraussetzungen.«

Sie bemerkte, dass Masken sich wieder dem Tisch näherte. »Sieht aus, als müssten wir dieses Thema auf ein andermal verschieben.«

Jakob schaute sich um, entdeckte Masken ebenfalls und beugte sich dann rasch zu ihr vor. »Machen Sie weiter«, flüsterte er. »Wenn die Suche nach Julas Vergangenheit Sie mehr bewegt als alles andere, dann suchen Sie. Holen Sie alles raus, was Sie an Neugier und Aggression und Trauer in sich haben. Tun Sie's einfach, und kümmern Sie sich nicht um uns. Nur um sich. Und um Jula.«

Sie musterte ihn verwundert und erinnerte sich, dass der Portier im Hotel ihr etwas ganz Ähnliches geraten hatte.

Masken nahm Platz und tupfte sich mit der Serviette weißen Staub von der Nase.

✦

An einem Samstagabend fand die Premiere von Maskens Film im Ufa-Palast am Zoo statt, einem Prachtbau, dessen Fassade man den neo-romanischen Gebäuden rund um die Gedächtniskirche nachempfunden hatte.

Die Kolonne der Limousinen riss nicht ab, immer neue Paare und Gruppen stiegen aus, schritten über den roten Teppich zum Eingang und verloren sich in der Weite des Zuschauersaals. Die Straße flirrte im Blitzlichtgewitter der Pressefotografen. Schaulustige drängten sich auf den Bürgersteigen rund um die Absperrungen aus goldenem Seil. Eigens für den Abend angeheuerte Leibwächter in Fantasieuniformen hatten alle Hände voll zu tun, begeisterte Anhänger von ihren Idolen fern zu halten.

Was Rang und Namen hatte, war erschienen – nicht allein, weil der Film einen gelungenen Abend versprach, sondern auch, weil es seit Jahren keine Masken-Premiere mehr gegeben hatte und man dabei sein wollte, wenn er sich erneut mit einem Werk an die Öffentlichkeit wagte. Über *Medusa* sprach man nur hinter vorgehaltener Hand, gute Laune wurde wie Schmuck zur Schau getragen. Man gab Masken noch eine Chance. Dabei ging es den wenigsten wirklich um ihn.

Die Wahrheit war, dass sie wegen Chiara gekommen waren. Seit Wochen lancierte Masken Artikel und Reportagen in allen großen Illustrierten und Tageszeitungen. Chiara hatte ein gutes Dutzend Journalisten in ihrer Suite im Adlon empfangen, stets unter Maskens wachsamem Auge, hatte Interviews gegeben, für Fotografen posiert, sich malen lassen und stets von neuem ihre Begeisterung für Poe beschworen.

Nicht, dass irgendwen der Grad ihrer Belesenheit interessierte, das wusste auch Chiara. Wie war ihre Beziehung zu Jula? (Hervorragend.) Haben Sie sich oft gesehen? (O ja!) Die Kindheit? (Arm, aber wundervoll.) Die Eltern? (Förderer unserer Talente.) Die Heimat? (Überall, wo man mich liebt.) Und die Zukunft? (In Ihren Händen, meine Damen und Herren. Und in denen des Publikums.)

Heute, am Premierenabend, gab es keine Pressegespräche. Die anwesenden Journalisten waren handverlesen, ein erlauchter Zirkel von Vertrauten der Branche, der wusste, worauf es ankam. Glanz und Glitter. Die Namen, die Gesichter, der Prunk. Die Schönheit der Diven. Das Markante der Herren. Die Begleiterinnen und Begleiter. Der Tanz, die Blicke, die Küsse. Die Kleider, *natürlich* die Kleider. Das internationale Flair. Der Neid der Amerikaner und Italiener. Die Größe deutschen Filmschaffens.

Links neben Chiara saßen Torben Grapow und Bernhard Götzke, rechts Masken, Alfred Kubin, der Kameramann und jemand, von dem behauptet wurde, er sei ein Nachkomme Poes und eigens aus den Vereinigten Staaten angereist; er würde später öffentlich erklären, der Film sei ganz im Sinne seines Urahnen, sein Geist atme aus jedem Bild. Tatsächlich handelte es sich um einen arbeitslosen amerikanischen Schauspieler mit einer entfernten Ähnlichkeit zu Poe, den Masken wer weiß wo aufgetrieben hatte.

Chiara war aufgeregt, ihr Herz raste, ihre Knie zitterten. Sie hätte gerne bei Ursi und Lea gesessen, die mit ihren Männern zwei Reihen hinter ihr Platz genommen hatten. Götzke spürte genau, was mit ihr los war, und schenkte ihr gelegentlich besänftigende Blicke. Grapow war so aufgeregt wie sie selbst, auch wenn er es geschickter verbarg. Er hatte keine Begleiterin dabei, was auf der Premierenfeier im Adlon gewiss für Gesprächsstoff sorgen würde. Zu Chiara hielt er höfliche Distanz, gerade so, als hätte sie ihm einen Korb gegeben – was sie nicht getan hatte, denn dazu hatte er ihr bislang keinen Grund gegeben.

Nicht weit entfernt saßen der Regisseur und der Produzent ihres neuen Films, eine Abenteuergeschichte im alten Orient, und laut Ursi und anderen ein »perfekter zweiter Film«. Das Drehbuch war eines von mehreren, die Jula vor ihrem Tod bereits abgesegnet hatte – ein halbes Dutzend Projekte, die alle in den vergangen Wochen bei Chiara gelandet waren. Sie hatte nur das eine Angebot angenommen und alle anderen abgelehnt mit der pressewirksamen Verlautbarung, sie wolle schließlich keine zweite Jula, sondern die erste Chiara Mondschein sein. Alle wussten, dass es damit nicht viel auf sich hatte und dass man sie vorerst natürlich wegen der Ähnlichkeit mit ihrer Schwester besetzte, doch das spielte keine Rolle. Auf die richtigen Schlagzeilen komme es an, hatte Masken ihr gepredigt, auch wenn es sich dabei nur um hübsch verpackte heiße Luft handelte.

Noch war sie bereit, dieses Spiel mitzuspielen, und niemand war erstaunter darüber als sie selbst. Sie hatte herausfinden wollen, was Jula getrieben, was ihre Veränderung bewirkt hatte. Doch das war längst nicht mehr alles.

Das Publikum verstummte, als Masken zur Bühne schritt, eine kurze Rede hielt, Chiaras Mut und Talent würdigte, zuletzt den Komponisten und Dirigenten vorstellte und dann mit sichtlichem Genuss den Applaus entgegennahm. Ihm folgte der Präsident der Gesellschaft, die den Film ab kommender Woche verleihen würde.

Nachdem beide auf ihre Plätze zurückgekehrt waren, wurde das Licht gelöscht, das Publikum verstummte, und der Film begann. Chiara hatte ihn bereits zweimal gesehen, aber die Brillanz von Maskens Vision, die Eindringlichkeit von Kubins Dekors und nicht zuletzt ihr Gesicht auf der Leinwand überraschten sie erneut. Sie war stolz, verwirrt und im Grunde noch gar nicht in der Lage, die ganze Situation zu erfassen.

Herrgott, sie spielte eine Hauptrolle in einem Film. Noch vor drei Monaten, bei ihrer Ankunft in Berlin, hätte sie jedem ins Gesicht gelacht, der ihr das vorausgesagt hätte.

Aber jetzt las sie dort oben ihren Namen.

Staunte. War wie betäubt.

Und hatte nicht die geringste Ahnung, wie sie das alles gemacht hatte. Was hatte sie getan? *Wie* hatte sie es getan? War das wirklich sie selbst?

Sie hatte geglaubt, sie würde in diese neue Rolle hineinwachsen – die im Leben, nicht im Film –, würde sich allmählich an alles gewöhnen, mit der gleichen Ruhe, mit der sie die ersten Drehtage bewältigt hatte. Aber jetzt spürte sie nichts davon. Sie war aufgeregt, rutschte in ihrem Kinosessel herum, hatte tausend Gedanken im Kopf und war innerlich so aus dem Häuschen, dass sie das Gefühl hatte, aufspringen und Grimassen schneiden zu müssen. Sie spürte, dass Torben seine Hand über ihre schob; sie legte ihre Finger um seine, drückte fester zu und sah im Dunkeln, dass er lächelte. Die Berührung hatte für sie nichts Intimes, nichts Verfängliches. Sie hätte in diesem Moment sogar Masken umarmt, hätte sie die Gelegenheit dazu gehabt.

Später, draußen im Trubel der Gespräche, im Chaos der Hochrufe, der Begeisterung, der zahllosen Gratulationen und guten Wünsche, sah sie Henriette Hegenbarth. Die Kolumnistin stand ein wenig abseits, hielt ein Glas Champagner in der Hand und beobachtete sie. Ihr Gesicht war ernst, verschlossen. Keine Spur von Euphorie, nicht mal ein Lächeln.

Chiara überlegte, ob sie zu ihr hinübergehen sollte, aber da kam schon wieder jemand anderes, um ihre Hand zu schütteln, mit ihr für eine Fotografie zu posieren oder einfach nur freundlich zu sein.

Irgendwann fiel ihr Henriette wieder ein, und sie schaute sich nach ihr um.

Henriette war fort. Ihr Glas stand halbvoll neben einer Blumenampel. Chiara konnte sie nirgendwo entdecken.

Wer weiß, vielleicht macht er noch eine echte Diva aus Ihnen.

Morgen, wenn sie wieder sie selbst war – nicht mehr *Chiara Mondschein, Filmstar* –, würde sie dies alles mit Distanz betrachten und sich über sich selbst wundern. Als unbeschriebenes Blatt war sie nach Berlin gekommen. Hätte man sie nach ihrem Charakter gefragt, nach ihren Talenten, ihren Werten oder Interessen – sie hätte nicht mehr als ein paar Plattitüden von sich gegeben. Sie hatte sich nie Gedanken darüber gemacht.

Und nun stand sie im Mittelpunkt – nicht der Öffentlichkeit, darauf kam es nicht an. Nein, im Mittelpunkt ihres eigenen Lebens.

Du selbst. Nur du selbst.

Aber *bist* du das? Ist das die *wahre* Chiara?

Darauf wusste sie keine Antwort. Jakob, der sie ihr vielleicht hätte geben können, war nicht da. Er sei kein Freund solcher Veranstaltungen, hatte er ihr erklärt. Nie zeige sich deutlicher, wie verlogen und selbstgerecht die ganze Branche sei, als bei solchen Anlässen.

✦

Die Einladung kam am Tag darauf, ein schlichter Umschlag und die handschriftliche Bitte um einen Besuch in einer Wohnung in Wilmersdorf, Hohenzollerndamm 52.

Die Unterschrift: *Fritz Lang*.

Lang hatte mit der Premiere seines neuen Films *Dr. Mabuse, der Spieler* gerade erst einen ungeheuren Triumph gefeiert. Der zweite Teil sollte im Juni in die Kinos kommen. Ganz Berlin sprach über Lang und seine Frau Thea von Harbou, die die Autorin der meisten seiner Drehbücher war. Beide galten als affektiert, aber genial, als Aushängeschilder des neuen Luxus, den das Filmgeschäft dem einen oder anderen gestattete.

Chiara wäre eine Närrin gewesen, die Einladung auszuschlagen. Als sie Jakob am selben Abend davon erzählte, gratulierte er ihr auf seine unterkühlte und doch herzliche Art.

»Aber du gehst doch nicht nur wegen einer Rolle zu Lang, oder?«, fragte er.

»Warum sollte ich sonst hingehen?«

»Ich nehme an, du weißt, dass Lang deiner Schwester eine Rolle in seinem nächsten Film angeboten hat.«

»Ehrlich?«

»Sie hatte ja bereits unter den meisten großen Regisseuren gespielt, bei May und Lubitsch und Wiene. Lang hat noch auf ihrer Liste gefehlt. Aber dann kam alles ganz anders: Er hat sie kennen gelernt, hat ein paar Probeaufnahmen mit ihr gemacht ... und damit war der Fall für ihn erledigt.«

»Ach?«

»Sie hat sich in der Presse ausgeheult darüber und ihn als egozentrischen Wahnsinnigen dargestellt. Nicht sehr schmeichelhaft, für beide Seiten. Erstaunlich, dass er jetzt mit dir reden will.«

»Meinst du, er will mir dieselbe Rolle anbieten?«

»Wäre möglich.«

»Aber ich kann das nicht! Ich meine, Fritz Lang ... So gut bin ich nicht ...«

Er grinste sie herausfordernd an. »Genau deshalb bist du hier: Damit wir solche Sätze ein für alle Mal aus deinem Wortschatz streichen.«

»Aber ich ...«

»Geh zu ihm«, unterbrach er sie ruhig. »Frag ihn nach Jula. Wenn es dir wirklich darum geht, mehr über sie zu erfahren, dann bist du bei ihm an der richtigen Adresse. Er muss sie gehasst haben, nach allem, was sie über ihn und die Harbou verbreitet hat.«

✧

Am nächsten Abend, einem Montag, fuhr Chiara nach Drehschluss direkt vom Atelier in Tempelhof nach Wilmersdorf.

Lang kam persönlich zur Tür, um sie einzulassen. Er trug ein weißes Jackett, eine graue Flanellhose und eine quer gestreifte Krawatte über einem hellen Hemd. Sein dunkles Haar war mit Pomade zurückgekämmt. In seinem linken Auge klemmte das unvermeidliche Monokel. Er roch dezent nach Rasierwasser.

Sie hatte ihn bereits bei der Premierenfeier kennen gelernt, doch da war sie angetrunken und berauscht gewesen von all dem Trubel, der um sie veranstaltet wurde. Jetzt war sie überrascht, wie jung er noch war, gerade mal Anfang dreißig.

Nach der Begrüßung entschuldigte er sich dafür, dass seine Frau nicht an ihrem Treffen teilnehmen könne. Sie habe sich für einige Tage aufs Land zurückgezogen, um ihren neuen Roman zu beenden; er solle in Kürze in der *Berliner Illustrierten* vorveröffentlicht werden.

Die Wohnung war riesig. Lang und von Harbou hatten eine Vorliebe für fernöstliche und polynesische Kunst, und so waren Wände, Kommoden und Regale voll von archaischem Schnitzwerk, Götzenfratzen, folkloristischen Darstellungen und sonderbaren Gegenständen, die Chiara nicht einordnen konnte: Manche mochten Utensilien eines Schamanen oder Zauberpriesters sein, andere bizarre Handwerksgeräte oder gar Kochbesteck.

Er führte sie ins Wohnzimmer und bat sie, in einem der Sessel Platz zu nehmen. Als er bemerkte, dass ihr Blick über die asiatischen Sammelstücke wanderte, wies er sie auf einige besondere Stücke hin: einen gewaltigen Wandteppich mit verschlungenen Drachenleibern, ein Original aus der kaiserlichen Manufaktur in Peking; japanische No- und Bukhara-Masken; siamesische Tempelgemälde und chinesische Rollbilder aus Papyros, die filigrane Landschaften mit Pagoden und exotischen Bäume zeigten; bedrohliche Götterbilder aus Ceylon und der Kolonie Neumecklenburg. Besonders stolz war er auf eine bedrohlich wirkende Gespenstermaske aus dem alten Japan.

»Alle Zimmer sind voll mit solchen Funden. Meine Frau und ich sammeln beide, wissen Sie.«

Er bot ihr verschiedene Teesorten mit exotischen Namen an, lächelte dann und setzte hinzu: »Sie können natürlich auch Kaffee haben. Oder etwas Alkoholisches, falls Sie mögen.«

War das eine Anspielung auf ihren Zustand während der Feier? Sie hoffte nicht. »Ein Glas Wasser, bitte, wenn es keine Umstände macht.«

Nachdem er ihr eine Karaffe mit Wasser und ein Glas hingestellt und sich selbst einen duftenden Tee eingeschenkt hatte, nahm er ihr gegenüber Platz und kam zur Sache. Er erzählte ihr, dass die Montage des zweiten *Mabuse*-Teils noch nicht ganz abgeschlossen sei, er aber schon seit Monaten seinen nächsten Film vorbereite. Womöglich habe sie schon gehört, dass er auch mit ihrer Schwester darüber gesprochen hatte. Er erwähnte weder den Streit, noch Julas Kommentare über ihn in den Zeitungen.

Er plane eine Verfilmung des Nibelungenliedes in einem Stil, der bislang nicht da gewesen sei. »Kennen Sie Reinhardts Inszenierungen am Deutschen Theater?«, fragte er.

Sie nickte, obwohl sie noch keine seiner Aufführungen besucht hatte.

»Die Art wie er die Massen platziert – das ist es, was mir vorschwebt. Nur größer, gewaltiger. Das wird der teuerste Film, der jemals in Deutschland produziert worden ist. Die Ufa wird uns die nötigen Mittel zur Verfügung stellen.«

Immer wieder gestattete sie sich ein Kopfnicken, sagte aber nichts und hatte auch nicht den Eindruck, dass er das erwartete.

»Jula sollte die Kriemhild spielen. Natürlich blond, versteht sich. Eine Kriemhild mit italienischem Einschlag würde man uns, fürchte ich, übel nehmen.« Er lachte kurz, dann sagte er: »Nun dachte ich daran, die Rolle mit Ihnen zu besetzen, Chiara. Was halten Sie davon?«

»Ich bin ... geschmeichelt.«

Er lächelte, weil er natürlich nichts anderes erwartet hatte. Allmählich kam sie zu dem Schluss, dass alle Männer im Filmgeschäft so einfach zu durchschauen waren wie die seltsame Glasfigur, die in Langs Wohnzimmerfenster stand. Ein überproportionaler Phallus dominierte die Gestalt. Auch die Hände waren riesig, mit Fingern wie Spinnenbeinen.

»Es wären natürlich Probeaufnahmen nötig«, sagte er.

»Natürlich.«

Er machte eine Pause. »Nun«, sagte er dann, »Vielleicht sollten Sie mir jetzt ein paar Fragen stellen. Sie wollen sicher eine Menge wissen.«

»Ähm ... ja. Sicher.« Die Drachen auf dem Wandteppich in seinem Rücken schlängelten sich um seinen Kopf wie zwei Haustiere aus einem Albtraum. Sie stellte ein paar Fragen, die ihr gerade einfielen: Wann denn Drehbeginn sei; wie lange die Arbeiten dauern sollten; welche Anforderungen an sie gestellt würden; wer noch mitspielen sollte. Er beantwortete bereitwillig alles, so weit er die Antworten bereits kannte, und sie freute sich zu hören, dass Bernhard Götzke, ihr Filmbruder aus dem *Untergang des Hauses Usher*, für die Rolle des Minnesängers Volker von Alzey vorgesehen sei; tatsächlich war er es gewesen, der Lang auf sie aufmerksam gemacht und sie für die Rolle der Kriemhild vorgeschlagen hatte. Sie machte sich eine geistige Notiz, ihm einen netten Dankesbrief zu schreiben.

Lang schlug ihr vor, in der kommenden Woche ein paar Aufnahmen zu machen. »Nur ein paar harmlose Sachen«, sagte er, »in einem provisorischen Kostüm, mit Perücke und so weiter. Nichts, das Sie verunsichern müsste.«

»Das tut es nicht, keine Sorge.«

»Dann sind wir uns so weit einig?«

Sie nickte, zögerte einen Moment und sagte dann: »Darf ich Sie noch etwas fragen?«

Er rückte in seinem Sessel ein Stück nach vorne, bis er fast auf der Kante saß. »Gewiss.«

»Ich weiß, Sie und meine Schwester hatten Streit miteinander.« Sie wartete auf seine Reaktion, aber er sah sie weiterhin sehr gelassen an, ohne eine Miene zu verziehen. »So weit ich weiß, kam es dazu, weil Sie es sich wegen Julas Besetzung anders überlegt hatten.«

»Befürchten Sie, dass es Ihnen ähnlich ergehen könnte?«

»Darum geht es nicht. Mir ist klar, dass ich die Rolle erst habe, wenn Sie mit den Probeaufnahmen einverstanden sind.«

Er nickte, wartete ab.

»Wissen Sie«, begann sie erneut, »ich weiß nicht viel über meine Schwester. Nur das, was alle wissen, die Dinge, die in den Zeitungen standen, natürlich noch ein paar Details aus ihrem früheren Bekanntenkreis. Aber das ist auch schon alles.«

War es ein Fehler, ihm gegenüber so offen zu sein? Was interessierten ihn ihre Familienangelegenheiten?

»Lassen Sie mich ehrlich sein«, sagte sie. »Mich würde interessieren, wie Jula auf Sie gewirkt hat. Wie ist sie gewesen? Und warum haben Sie sie nicht engagiert? Weil sie Ihren Ansprüchen nicht genügt hat?«

Lang musterte sie noch einen Augenblick länger, dann seufzte er und lehnte sich zurück. »Wie soll ich Ihnen das erklären?«

»Sie müssen keine Rücksicht nehmen, weil ich Julas Schwester war.«

»Nicht?« Er schnellte wieder vor, so rasch, dass sie unmerklich zusammenfuhr. Sein Blick verdüsterte sich. »Nun gut. Ihre Schwester war eine talentierte Frau, ganz ohne Zweifel, aber ihr fehlte jegliche Bereitschaft, sich anderen unterzuordnen. Selbst bei den Probeaufnahmen hat sie versucht, mir zu erklären, von welcher Seite und in welchem Licht ich sie aufnehmen soll. Ich habe mit Schauspielern gearbeitet, die ebenfalls solche Tendenzen hatten, aber den meisten habe ich sie ausgetrieben. Und falls doch mal der eine oder andere eigensinnig blieb, dann nur, weil ich es zugelassen habe und seine Qualitäten es gerechtfertigt haben. Ihre Schwester aber, nun, sie war ... wie soll ich sagen ...«

»Die meisten haben sie ein Miststück genannt.«

Er gestattete sich ein kurzes Lächeln. »Ja, das trifft es, aber das ist noch nicht alles. Für sie stand nur sie selbst im Mittelpunkt, mit einer Ausschließlichkeit, die es unmöglich gemacht hat, mit ihr in einen Dialog zu treten. Nicht die üblichen Marotten, die wir alle in diesem Geschäft haben, nicht einmal die egomanischen Anwandlungen, die man manchen Regisseuren nachsagt.« Er hob eine Braue und wartete auf ihre Reaktion, doch sie blieb gelassen. »Nein, Jula war anders. Als wäre sie der Überzeugung gewesen, die Jungfrau Maria persönlich sei vom Himmel gestiegen, um uns alle mit ihrer Glorie zu beglücken. Ich weiß, das klingt genau wie das, was man sich über eine ganze Mengen Diven erzählt – aber bei Jula war alles noch eine Dimension größer, wahnsinniger und gemeiner.«

»Gemeiner?«

Er nickte. »Bei mir wäre sie damit nicht weit gekommen, aber sie ließ ihre Wut gerne an anderen aus, an Garderobieren, den Leuten aus der Maske, an Bühnenarbeitern und so weiter. Ich hatte natürlich davon gehört, bevor ich sie getroffen habe, viele hatten mich gewarnt – aber ich dachte nicht, dass es so schlimm war. Größenwahn ist ein zu harmloses Wort dafür, glauben Sie mir.« Er schüttelte den Kopf. »Vermutlich werden Sie meine Worte auf eine persönliche Antipathie schieben.«

»Nein ... nein, ich denke nicht. Ich habe eine ganze Reihe ähnlicher Dinge gehört.«

Er hatte sich in Rage geredet, und sie sah ihm an, dass er Mühe hatte, sich wieder zu beruhigen. Ihre Fragen hatten ihn aus der Fassung gebracht, und das konnte ihm nicht gefallen. War es das wert? Lang hatte bestätigt, was sie längst von anderen gehört hatte, aber allmählich fragte sie sich, ob das wirklich alles war: War Jula nichts anderes als eine durchgedrehte, selbstverliebte Diva gewesen? Hatte es nichts anderes gegeben, das sie definierte, das ihren Charakter bestimmte? Konnte ein Mensch einfach nur niederträchtig und böse sein?

Sie erschrak bei der Vorstellung, dass selbst ein Mann wie Lang die Arbeit mit ihr aus diesem Grund gescheut hatte. Er hatte den Ruf, widerspenstige Schauspieler in Windeseile zurechtzustutzen. Warum nicht Jula? Was war es gewesen, das ihn derart abgestoßen hatte?

»Ich habe ihre Augen gefilmt«, sagte er, die Stimme gesenkt. »Sehr groß, leinwandfüllend. Keiner vor mir hat das getan. Und was ich darin gesehen habe ... ich weiß nicht, wie ich das beschreiben soll. Es war nichts, das irgendwer hätte sehen wollen. Als blickten einem all die eigenen Laster entgegen, auch die, von denen man selbst nichts wissen will, Dinge, die man vielleicht unterdrückt oder totschweigt. Ich habe eine Gänsehaut bekommen, als ich diese Augen auf der Leinwand gesehen habe. Solch einen Spiegel, nun, niemand möchte den vorgehalten bekommen – ganz bestimmt nicht das große Publikum.«

Einen Moment lang konnte sie nichts sagen. Julas Augen ... Sie versuchte, sich zu erinnern. Aber immer, wenn sie sich das Bild ihrer Schwester ins Gedächtnis rief, sah sie nur ihr eigenes.

Dumpf, wie eine Schlafwandlerin, stand sie auf, bedankte sich für seine Aufrichtigkeit und sagte, sie wolle ihn nicht weiter aufhalten. Er möge verzeihen, dass sie ihn derart ausgehorcht habe, aber es gebe Dinge, die ihr wichtiger seien als die Schauspielerei.

»Sie sind zu ehrlich, Chiara«, sagte er zum Abschied. »Die Menschen wollen belogen werden, denken Sie daran. Wir alle wollen belogen werden.«

Sie fuhr mit dem Taxi ins Adlon und roch den ganzen Weg über Langs Rasierwasser an ihrem Mantel. Sein Rasierwasser und die Räucherstäbchen, die auf den exotischen Altären seiner Sammelstücke gebrannt hatten.

Am nächsten Morgen kam ein Brief. Die Probeaufnahmen waren abgesagt.

Hatte er Julas Augen auch an ihr gesehen?

Zehn

Sie war erst gegen sieben aus dem Atelier gekommen, fix und fertig, mit Schatten dunkler Schminke unter den Augen. Die Dreharbeiten waren im zweiten Monat, seit mehreren Wochen nahm sie Stunden bei Jakob. Heute war Samstag, aber der Film musste fertig werden, deshalb waren die freien Wochenenden auf einen Tag verkürzt worden. Sie hatte Magenschmerzen, und ihr war schlecht, vielleicht eine Folge des bescheidenen Mittagessens. Ihr Beine fühlten sich an, als gehorchten sie einer anderen, aber bestimmt nicht ihr.

Jakob sollte ihr eine Menge beibringen, körperliche Dinge wie Reiten, Tanzen, Rennen, aber sein Schwerpunkt lag auf Mimik und Emotionen. Wie erzeugt man wann welches Gefühl, um es glaubhaft auf die Leinwand zu bringen?

»Du musst mir etwas verraten«, sagte er, während er in der leeren Halle, in der er seinen Unterricht erteilte, vor ihr stand. Irgendwo oben unter der Decke flatterten Tauben; das taten sie jeden Abend, wenn Chiara herkam, auch wenn sie noch keine einzige zu Gesicht bekommen hatte.

Sie zuckte die Achseln. »Was willst du wissen?«

»Wann warst du das letzte Mal richtig aufgeregt? Ich meine, nicht nervös wie bei Lang, sondern wirklich aus dem Häuschen.«

Sie überlegte einen Moment, wog unterschiedliche Gelegenheiten gegeneinander ab. Die Wahl fiel nicht schwer.

»Nach der Abschlussfeier von *Der Untergang des Hauses Usher* ... eigentlich erst danach.«

Er legte den Kopf leicht schräg, fragte aber nicht weiter. Sie kannte diesen Gesichtsausdruck seit den ersten Stunden: Er erwartete, dass sie von sich aus fortfuhr.

Sie zögerte kurz, sagte sich, dass er glauben müsse, sie habe den Verstand verloren – und dann erzählte sie ihm von der Seance. Jedes Detail, an das sie sich erinnern konnte.

War das ein Fehler? Vielleicht.

Irgendwann musst du mit jemandem darüber reden. Und ihm vertraust du.

Als sie geendet hatte, ging er ein paar Schritte vor ihr auf und ab. Er lachte nicht, immerhin etwas, aber er sagte auch eine ganze Weile lang kein Wort, und das beunruhigte sie ein wenig.

»Du wolltest es ja unbedingt hören«, sagte sie unsicher.

»Diese Idioten.«

»Hermann und Masken?«

Er nickte. »Und die anderen, die dabei waren.« Damit schloss er sie vermutlich ein, aber das machte ihr nichts aus. Er hatte ja Recht. »Ich hätte ihnen ein wenig mehr Grips zugetraut.«

Sie winkte ab. »Das war doch Kinderkram. An dem Abend hat es mich schrecklich aufgeregt, aber jetzt ... na ja, ich schätze, ich kann das alles ganz gut einordnen.« Sie hatte ihm nichts von dem anschließenden Gespräch mit Lea erzählt. »Hermann wollte vermutlich auf etwas ganz anderes hinaus.«

Es wunderte sie, wie verschlossen seine Miene noch immer war, wie in sich gekehrt sein Blick. Machte er sich ernsthafte Sorgen? Warum? Es war doch nichts passiert.

Nur Klavierspiel von Geisterhand und eine Planchette, die sich von selbst bewegte.

Jakob wollte, dass sie ihm davon erzählte, weil er dieselben Gefühle wieder hervorlocken wollte, jederzeit abrufbar für ihr Spiel. Jetzt aber verlor er darüber kein Wort mehr. Etwas anderes beschäftigte ihn.

»Willst du das wirklich ... mit deiner Schwester sprechen?«

Sie starrte ihn entgeistert an, dann lachte sie nervös. »Gehört das zum Unterricht?«

»War es dir damit wirklich ernst?«

»Es reicht, dass ich einmal darauf hereingefallen bin. Ich habe keine Lust, denselben ...«

Er unterbrach sie. »Hermann ist ein Dummkopf, aber er ist nicht der Einzige. Manchmal kommt es einem vor, als sei ganz Berlin verrückt geworden. Alle wollen neuerdings *Spiritisten* sein.« Er betonte den Begriff wie ein Schimpfwort. »Seancen und dieses ganze Zeug sind die große Mode, egal wo du hinschaust. Grundsolide Familien setzen sich nach dem Abendessen zusammen und rufen die Toten an. Reiche Witwen geben ein Heidengeld für falsche Medien und dubiose Geisterbeschwörer aus. Hast du dich mal in einem Buchladen umgeschaut? Die Regale sind voll mit Büchern über Spiritismus.«

Sie zuckte die Achseln. »Und?«

»Alberner Hokuspokus, könnte man meinen. Ein paar Leute verdienen sich eine goldene Nase damit. Aber das Schlimme ist, dass die meisten nicht wissen, auf was sie sich einlassen.«

Sie sah ihn verständnislos an. »Worauf willst du eigentlich hinaus?«

»Das, was Hermann und die anderen getan haben, ist nicht ungefährlich. Wenn alle wissen, um was es geht, gut, dann ist das ihre Sache. Aber dich da mit hineinzuziehen, ist unverantwortlich.«

»Ich brauche niemanden, der mich in Schutz nimmt, Jakob«, sagte sie mit schmalem Lächeln. »Ich bin freiwillig mitgegangen, keiner hat mich dazu gezwungen.«

»Vor einiger Zeit gab es eine Frau, drüben in Boxhagen. Irgendwer hat sie überredet, an einer Seance teilzunehmen. Sie war kein Medium oder so was, wenigstens nicht bis zu dem Abend, als sie mit den anderen ging und sich mit ihnen um einen runden Tisch setzte, bei Kerzenschein und dem Duft von Räucherstäbchen.«

Der Geruch in Langs Wohnung fiel ihr ein, ganz unvermittelt.

»Sie haben die Toten herbeigerufen«, fuhr Jakob fort, so als erzähle er ihr etwas, das er heute Morgen in der Zeitung gelesen hatte. »Sie haben es ein wenig geschickter angestellt als Hermann, was vermutlich dein Glück war.«

»Ich verstehe nicht ...«

»Hermann hat versucht, dich als Medium zu missbrauchen, wissentlich oder nicht. Er hat ausgenutzt, dass du von allen die engste Bindung zu Jula hattest. Und das haben diese Leute mit der Frau damals auch getan. Sie haben ihr versprochen, Kontakt mit ihrem toten Mann aufzunehmen, und auch sie hatten kein echtes Medium dabei – der schlimmste Fehler, den man überhaupt machen kann.«

Sie fragte sich, weshalb er so viel über diese Dinge wusste, unterbrach ihn aber nicht.

»Echte Medien wissen, was sie tun. Jedenfalls sollten sie das. Aber die Geister über einen Laien herbeizurufen ...« Er schüttelte den Kopf. »Das ist, als würde man einem kleinen Kind eine entsicherte Pistole in die Hand drücken und abwarten, was passiert. Verstehst du? In deinem Fall ist es fast schief gegangen.«

Sie versuchte zu lachen, aber es war schlechter gespielt als jede andere Regung in ihrer kurzen Schauspiellaufbahn.

Er sah sie prüfend an, als wollte er herausfinden, ob sie mehr wusste, als sie zugab. Dann kam er wohl zu dem Schluss, dass sie tatsächlich nicht die geringste Ahnung hatte. Er seufzte. »Hör zu, ich will dir keine Angst machen. Das meiste, was diese Leute tun, ist harmloser Quatsch. Eine Art Gesellschaftsspiel, nicht mehr. Aber manche – so wie Hermann zum Beispiel – besitzen ein gefährliches Halbwissen, mit dem sie experimentieren. Die Planchette, die ihr benutzt habt, kann keine einfache aus irgendeinem Laden gewesen sein.«

»Sie sah alt aus«, sagte sie schulterzuckend.

»Vielleicht hat sie eine eigene Geschichte, womöglich wurde sie früher von mächtigeren Medien benutzt, als ihr, Hermann oder du, es jemals sein könntet.«

Allmählich war ihr unwohl zumute. Das Licht in der Halle schien sich zusammenzuziehen, sich über ihnen zu bündeln, während die Wände in Schatten versanken.

Mach dich nicht lächerlich.

Sie hörte weiter zu, ein wenig argwöhnisch, aber auch neugierig. »Ich wollte dir von dieser Frau erzählen«, sagte er. »Sie hat an einer Seance teilgenommen, und diese Leute haben ihr geholfen, Kontakt aufzunehmen.«

»Das ist dein Ernst, nicht wahr? Du glaubst wirklich daran.«

Er nickte langsam. »In diesem Fall, ja. Und in ein paar anderen.«

»Aber das ist ...«

»Die Wahrheit. Auch das, was danach passiert ist.«

Sie sah ihn stumm an, versuchte ihn zu durchschauen und scheiterte doch schon an der Beiläufigkeit seines Tonfalls. »Was ist passiert?«

»Sie wurde verrückt, sagten die Ärzte. Aber in Wirklichkeit ... sie war besessen nach diesem Abend. Sie war ... *nicht mehr allein*. Verstehst du?«

»Kein Wort.«

»Wochenlang, monatelang danach war sie nicht mehr ansprechbar. Sie saß nur noch da und schrieb. Schrieb jedes Stück Papier voll, das sie finden konnte. Dann den Tisch. Den Boden. Die Wände. Sich selbst. Sie schrieb und schrieb und schrieb.« Jakob nahm Chiaras Hand, sah ihr aber nicht in die Augen, als wollte er sie vor etwas in seinem Blick bewahren, vor der Gewissheit, dass er *glaubte*, was er sagte.

»Es waren die Worte der Toten, Chiara. Sie schrieb auf, was sie ihr sagten. Sie konnte die Verbindung nicht mehr lösen, keiner konnte das. Sie hat Nachrichten aufgeschrieben, Fragen, Bitten, Liebesschwüre, alles, was die Toten ihren Angehörigen mitteilen wollten. Manche flehten um Verzeihung für irgendwelche Fehler, andere verfluchten ihre Erben, und wieder andere erzählten einfach nur, was ihnen gerade in den Sinn kam.«

»Sie kann das alles erfunden haben.«

»Nein. Nicht, nachdem es gelungen war, ein paar von denen, an die die Botschaften gerichtet waren, ausfindig zu machen. Manche haben alles abgestritten, aber nur diejenigen, denen die Wahrheit geschadet hätte – Erbschleicher und Betrüger oder solche, die ihre eigene Geschichte nicht wahrhaben wollten. Aber es gab auch welche, die sagten, ja, es stimmt, es ist wahr.«

Chiara atmete tief durch, keineswegs sicher, was sie von all dem halten sollte. »Was ist aus der Frau geworden?«

»Nach drei oder vier Monaten ist sie gestorben. Sie hatte keine Kraft mehr. Sie aß nicht, trank nicht, nur wenn man sie dazu gezwungen hat. Sie schrieb. Tag und Nacht, mit allem, was ihr in die Finger kam. Und als man ihr alles wegnahm, schrieb sie nur mit ihren Fingern ... mit dem *Blut* ihrer Finger! Zuletzt hat man sie in eine Zwangsjacke gesteckt. Drei Tage und Nächte hat sie geschrien wie am Spieß, trotz aller Beruhigungsmittel. Dann ist sie gestorben, erstickt an ihrem Blut und ihrer Zunge, mit der sie versucht hat, die Buchstaben an ihren Gaumen zu schreiben. Sie hat sich das Fleisch abgeschabt, bis auf den Knochen, und sie ...«

Sie brachte ihn mit einer Handbewegung zum Verstummen. »Es reicht. Ich hab's begriffen. Keine Beschwörungen mehr.«

»Du hast mich nicht verstanden.«

»O doch, ich glaube, das habe ich.«

»Eingangs hab ich dich gefragt, ob du immer noch mit deiner Schwester sprechen willst.«

»Nach allem, was du mir gerade erzählt hast?«

»Du kannst es versuchen – aber richtig. So, dass es ungefährlich ist.«

Sie hob eine Augenbraue. »Ach ja?«

»Keine Selbstversuche, sondern ... nun, professionelle Unterstützung, wenn du so willst.«

»Und du kannst das vermitteln?«

»Das klingt, als wollte ich ein Geschäft mit dir machen. Aber das ist es nicht. Ich will dir helfen, den Kopf freizukriegen.

Und wenn du dazu erst über diese Sache mit Jula hinwegkommen musst, dann helfe ich dir auch dabei.«

»Ganz selbstlos?«

Er zuckte die Achseln. »Lad mich dafür bei Gelegenheit mal zum Essen ein.«

Sie überlegte und kam zu dem Schluss, dass sie vermutlich erneut auf dem besten Wege war, sich lächerlich zu machen. Aber in einem zumindest hatte er Recht: Sie musste ihren Kopf freibekommen, von Stimmen aus dem Jenseits und unsichtbaren Klavierspielerinnen.

»Also«, sagte sie nach einem Moment, »was schlägst du vor?«

✦

Das Scheunenviertel.

Sie hätte es ahnen müssen.

Als liefen hier die Fäden eines Schicksals zusammen, dessen sie sich noch immer nicht wirklich bewusst war. Vielleicht, weil es nicht ihr eigenes war, sondern Julas.

Wie oft hatte Jula dieses Viertel besucht? Wie oft war sie durch diesen Pfuhl aus Schmutz und Armut gewatet, um Gott weiß was zu finden? Chiara kam es vor, als könnte sie Julas Spuren vor sich auf dem nassen Pflaster sehen, als wäre etwas von der Anwesenheit ihrer Schwester zurückgeblieben zwischen diesen grauen, verwahrlosten Häusern, den schummrigen Kellerlöchern, zerschlagenen Türen und trübe gewordenen Fensterscheiben. Zwischen den Huren und den Heiligen, den Randalierern und den Rabbis, den grölenden Betrunkenen, weinenden Kindern vor angelehnten Türen, hinter denen ihre Mütter Freier befriedigten, den Bettlern in der Gosse und den Kriegsveteranen, die auf Beinstümpfen und Krücken um Almosen und Alkohol flehten.

Das Scheunenviertel, wo die Menschen in einer Sprache redeten, die sie nicht verstand, halb Jiddisch, halb antiquierte Gaunersprache.

»Wir sind gleich da«, sagte Jakob. Er trug einen langen Mantel und einen Hut, den er tief ins Gesicht gezogen hatte, beinahe als fürchtete er, in den engen Gassen und finsteren Straßen erkannt zu werden. Auf Chiara wirkte er wie ein humorloser Doppelgänger seiner selbst, und sie fühlte sich in seiner Nähe jetzt gar nicht mehr so wohl wie noch vor wenigen Stunden.

Sie hatten den Wagen an einer breiten Straße parken müssen; die Häuser standen hier zu eng beieinander, als dass ein Automobil hindurchgepasst hätte. Jakob hatte einem Jungen von fünfzehn oder sechzehn Jahren ein paar Münzen in die Hand gedrückt. Nun müssten sie sich keine Sorgen mehr machen, hatte er Chiara erklärt, die Bande des Jungen würde darauf achten, dass niemand dem Wagen zu nahe kam. Der verschlagene Blick des Jungen hätte sie beunruhigt, wäre es ihr eigenes Fahrzeug gewesen. So aber nickte sie nur und murmelte: »Wie du meinst.«

Sie war besorgt, nicht wegen des Wagens, sondern weil sie fürchtete, einem von Carmelitas Spießgesellen über den Weg zu laufen. Die Männer hatten sie für einen Polizeispitzel gehalten, und sie befürchtete, dass dies hier im Scheunenviertel ein Vergehen mit langem Schatten war. Wenn jemand sie erkannte, sah es schlecht für sie aus.

Und Nette? Das schlechte Gewissen überkam sie mit aller Macht: Sie hatte nicht einmal versucht, Kontakt zu ihr aufzunehmen. Aber wollte sie das überhaupt? Nettes Welt war ihrer eigenen so unendlich fern. Trotzdem, das Mädchen hatte eine Menge für sie riskiert. Womöglich war es selbst der Bande zum Opfer gefallen, vielleicht schon vor Wochen. Chiara hätte es nicht einmal erfahren.

Sie befanden sich irgendwo westlich der Grenadierstraße, so viel hatte sie erkannt. Damit aber verabschiedete sich ihr Orientierungssinn. Es gab viel zu viele Ecken und Durchgänge auf viel zu engem Raum, weit mehr, als sie angenommen hatte. Dies hier war noch Berlin und war es doch nicht. Nichts in dieser Gegend hatte Ähnlichkeit mit einem anderen Teil der

Stadt, und die Menschen, die ihnen um diese Uhrzeit über den Weg liefen, wirkten allesamt irreal, wie Komparsen in einem Film, beunruhigend stilisiert im trüben Schein der Laternen.

Es war kurz vor elf, als Jakob stehen blieb. Er nahm ihre Hand mit einer Selbstverständlichkeit, die sie erstaunte, ihr zugleich aber Mut machte. Die Berührung war eine warme, freundliche Geste inmitten dieses Nebellabyrinths aus Schatten und Halblicht und hallenden Schritten.

Irgendwo in der Nähe schrie ein kleines Kind.

Anderswo brüllten sich zwei Frauen an, beide zu betrunken, um klare Worte zu artikulieren.

Eine Polizeipfeife schrillte, sehr weit entfernt, und verstummte abrupt.

»Hier ist es«, sagte Jakob und deutete auf eine Tür an der Rückseite eines Hauses. Eine einsame Lampe brannte in einer Halterung an der Wand. Nichts ließ darauf schließen, was sich im Inneren des Gebäudes verbarg.

Jakob hatte es ihr während der Fahrt erklärt: »Es ist ein Waisenhaus«, hatte er gesagt, während das Licht entgegenkommender Automobile bleiche Schemen über seine Züge wandern ließ. »Aufgenommen werden nur Kinder, die bestimmte Voraussetzungen erfüllen. Sie alle haben gewisse ... Begabungen.«

Sie hatte vermutet, dass er von Dingen wie Telepathie und Hellseherei sprach, Begriffen, die ab und an durch die Zeitungen geisterten. Als sie ihre Vermutung aussprach, hatte er den Kopf geschüttelt. »Nichts so Konkretes. Die Veranlagungen dieser Mädchen und Jungen sind anders ... und schlimmer. Sie sind Medien. Sie hören die Stimmen der Toten.«

»Wie diese Frau?«

»Die Kinder sind hier, damit ihnen das gleiche Schicksal erspart bleibt.«

Ihr zweifelnder Blick musste ihm aufgefallen sein, denn er fügte hinzu: »Ich weiß, ich weiß ... Warte einfach ab.«

»Warum weiß Berlins gefragtester Schauspiellehrer von solchen Dingen?« Sie hatte ironisch klingen wollen, aber ihre Stimme spielte nicht mit.

»Weil er von so vielen seiner Schüler und Schülerinnen davon gehört hatte, dass er eines Tages beschloss, es einmal selbst zu versuchen.«

»Mit den Toten zu reden?«

»An einer Seance teilzunehmen. Und wenn schon, dann an einer richtigen.«

Danach hatte sie ihm nicht mehr viel entlocken können. Er schwieg beharrlich über das, was er während der Beschwörung erlebt hatte, doch es musste etwas gewesen sein, das ihn überzeugt hatte.

Jetzt standen sie an der Hintertür des Hauses, und Jakob betätigte einen Klopfer, dessen rostige Scharniere mehr Lärm verursachten als die Metallschläge auf dem Holz der Tür.

»Du denkst wirklich, dass das eine gute Idee ist? Um diese Uhrzeit?«

»Wenn es dir hilft ...« Er ließ den Rest des Satzes offen, und ihr gefiel nicht, dass er damit ihr die Verantwortung zuschob. Es war sein Einfall gewesen, nicht ihrer.

Er klopfte ein zweites Mal, ehe sie ihn am Ärmel packte und fortziehen wollte. »Komm, lass uns verschwinden. Es ist viel zu spät. Außerdem ...«

»Ja?«, fragte eine männliche Stimme hinter der Tür.

Resigniert ließ sie seinen Arm wieder los.

»Jakob Tiberius. Sie kennen mich.«

Eine Pause, dann: »Sie sind nicht allein.«

»Nein, eine Freundin ist bei mir.«

War sie das, eine Freundin? Sie fand keine überzeugende Antwort darauf. Aber sie fühlte sich wohl in seiner Nähe und hoffte, dass es umgekehrt ebenso war.

Ein Schlüssel wurde gedreht, dann ging die Tür auf. Ein Gesicht erschien, alt, aber gepflegt. Der Mann trug einen Anzug und wirkte sehr viel reinlicher, als die Umgebung vermuten ließ. Seine Stimme hatte den Hauch eines jiddischen Akzents, aber sie war nicht sicher, ob das etwas über seine Herkunft verriet oder nur über die Zahl seiner Jahre hier im Scheunenviertel.

Der Gang hinter der Tür war erleuchtet. Ein süßlicher Geruch schlug ihnen entgegen, wie von frisch gebackenen Plätzchen. Links führte eine Treppe an der Wand nach oben, eine geschlossene Tür darunter war vermutlich der Zugang zum Keller.

An den Wänden hingen Bilder von Kinderhand, manches Kritzeleien, anderes erstaunlich gelungene Zeichnungen. Viele zeigten Münder. Offene, sprechende Münder.

Der Mann musterte sie skeptisch, aber nicht feindselig. »Guten Abend«, sagte er. »Sie kommen früh.«

Früh?, dachte sie.

»Ich weiß«, erwiderte Jakob. »Tut mir Leid. Wir können noch warten, wenn Sie wollen.«

»Ach was, nun sind Sie ja einmal hier.« Er wandte sich wieder an Chiara. »Ihr Name, bitte.«

»Chiara Mondschein.«

Seine Augen verengten sich für ein, zwei Herzschläge. War da Wiedererkennen in seinem Blick?

»Jula Mondscheins Schwester«, erklärte Jakob.

Der Alte nickte. Hatte er einen von Julas Filmen gesehen? »Treten Sie bitte ein.«

»Danke«, sagte sie.

Wenn der Mann lächelte, tat er es nur mit einem Mundwinkel. Zuerst hielt sie das für eine Form von Zurückweisung, ein Bemühen um Distanz. Dann aber begriff sie, dass sein Gesicht halbseitig gelähmt war. Er hatte eine hässliche Narbe am Hals, womöglich eine Kriegsverletzung.

Er nannte seinen eigenen Namen nicht, sondern forderte sie mit einer Handbewegung auf, ihm zu folgen.

Die Stufen waren alt und knirschten erbärmlich, als sie hinaufgingen. Auf einer lag eine Stoffpuppe. Der Mann ging daran vorbei, ohne sie zu beachten. Die Puppe kam Chiara bekannt vor, sie hatte ein ähnliches Spielzeug schon einmal gesehen. Ein flaches Gesicht aus weißem Stoff, Haare aus roter Wolle, ein kariertes Kleidchen. Schwarze Knöpfe als Augen.

Jäh erinnerte sie sich.

Die Puppe hatte in Julas Haus gesessen. Auf einem Sims in ihrem Schlafzimmer.

Sie blieb stehen, drehte sich um – aber die Stufe war leer.

Irgendwo kicherte ein Kind. Einmal nur, ganz kurz.

Sie ging zurück, bückte sich. Ihre Hand streckte sich nach der leeren Stufe aus, bis ihr bewusst wurde, wie unsinnig das aussehen musste. Es gab nichts anzufassen. Nichts aufzuheben.

Keine Puppe.

»Chiara?« Jakob stand am Ende der Treppe und wartete auf sie. Hinter ihm leuchtete das Gesicht des alten Mannes im Dämmerlicht einer Deckenlampe. Er wirkte sehr korrekt in seinem grauen Anzug, aber der verzogene Mundwinkel ließ sie schaudern.

»Ich ...«

»Was tust du denn da?«

»Nichts. Ich dachte ... nein, es ist nichts.« Sie löste sich von dem Anblick der leeren Treppenstufe und schloss zu den anderen auf.

Der alte Mann ging wieder voraus, einen langen Flur hinunter, dessen vergilbte Tapete im Schein der einzigen Lampe eine unruhige Struktur bekam, wie Wellen aus Schatten, die Chiara und Jakob den Gang hinab folgten.

Der Flur mündete in einen Quergang. Eine Silhouette huschte vorüber, mannsgroß, seltsam grob und unförmig, mit Armen und Beinen wie ein Mensch, nur klobiger, ein Golem.

Der Schatten einer Puppe.

Sie fragte sich, ob Jakob ihn ebenfalls gesehen hatte, aber er verzog keine Miene. Sie bereute bereits, hergekommen zu sein. Andererseits hatte sich ihrer eine Spannung bemächtigt, die weit über einfache Neugier hinausging.

Wieder das Kichern.

»Diandra«, sagte der alte Mann, »ist die Richtige für Sie.«

Chiara konnte sich nicht erinnern, den Grund ihres Besuchs genannt zu haben.

Sie bogen nach rechts, und der Mann blieb vor einer unscheinbaren Tür stehen. Chiara schien es, als sei im letzten Moment etwas unter dem Türschlitz hindurch geglitten, ein dunkles Stück Stoff, vielleicht. Oder ein Schatten.

»Diandra?« Der Mann brachte seinen Mund ganz nah ans Holz der Tür.

Chiara hörte keine Antwort, aber nach einem Augenblick nickte der Alte zufrieden, drückte die Klinke hinunter und bat sie hinein.

Sie hatte alles Mögliche erwartet, einen finsteren Beschwörungsraum, eine Art Kapelle oder Klause. Stattdessen betraten sie ein Kinderzimmer.

Die Wände waren geweißt, es gab ein Bett mit säuberlich geglätteten Bezügen und einen ganzen Berg Spielsachen: Holzfiguren, einen sperrigen Kaufladen, einen Bauernhof mit geschnitzten Tieren. Natürlich auch Puppen; die von der Treppe aber konnte sie nirgends entdecken.

In der Mitte des Zimmers, auf einem Teppich am Boden, saß ein kleines Mädchen mit blonden Locken, in einem weißen Kleid und weißen Schuhen. Es wirkte an einem Ort wie dem Scheunenviertel so deplaziert wie eine Prinzessin in einem Kohlenkeller.

Das Mädchen wandte ihnen den Rücken zu und schaute nicht auf, als sie eintraten. Es war mit etwas beschäftigt, das es im Schoß hielt, geschützt vor ihren Blicken.

Als sie sich der Kleinen näherten und Chiara über ihre Schulter blickte, erkannte sie, was es war.

Diandra hielt eine tote Maus in ihren Händen.

»Ich kann sie nicht verstehen«, flüsterte das Mädchen. »Kann sie einfach nicht verstehen.«

Chiara erschrak, als sie das Gesicht des Mädchens sah. Es war sehr jung, höchstens sieben Jahre alt.

Der alte Mann schien nichts Absonderliches an dem Kadaver in Diandras Fingern zu finden. Er ging vor der Kleinen in die Hocke, und sein Gesicht zeigte eine Sanftmut, die Chiara ihm nicht zugetraut hätte.

»Du hast Besuch, Diandra.«

Das Mädchen drehte die Maus in den Fingern. »Kann sie nicht verstehen.«

»Gäste, Diandra. Sie sind schon hier im Zimmer.«

»Ja«, sagte die Kleine. »Ich weiß.«

Sie hob den Kopf und blickte Chiara an.

Ihre Augäpfel waren weiß wie Marmorkugeln.

»Sie ist blind«, flüsterte Chiara.

»Nein«, widersprach der Alte energisch. »Sie kann vielleicht Ihren Körper nicht sehen, Fräulein Mondschein, aber sie spürt Sie. Und sie hört weit mehr als nur Ihre Stimme. Diandra ist nicht blind.«

Chiara wechselte einen hilflosen Blick mit Jakob, der kaum merklich die Schultern hob. Von ihm konnte sie keine Unterstützung erwarten.

Der Mann wandte sich wieder dem Mädchen zu. »Diandra, hast du Zeit für deine Gäste?«

Die kleinen Finger tasteten über den Kopf der Maus. Sie versuchte, die Lider zu heben, aber entweder war der tote Körper bereits zu steif, oder aber die Augen waren schlichtweg zu winzig.

»Ja.«

»Jetzt gleich?«, fragte der Mann. »Es ist noch früh, aber ...«

»Das macht nichts.«

Chiara schien es, als atme der alte Mann auf. Die Autoritätsverhältnisse verwirrten sie.

»Komm, gib sie mir.« Der Mann nahm Diandra vorsichtig die Maus aus den Fingern und legte sie beiseite, sehr sanft, als handele es sich um ein kostbares Stück Porzellan.

Das Mädchen stand auf, ohne seine Hilfe und kein bisschen unbeholfen.

Diandra ist nicht blind.

Chiara blickte in die weißen Marmoraugen der Kleinen und fror.

»Gehen wir«, sagte Diandra.

Sie lief voran, zielstrebig den Flur hinunter bis zum Ende des Ganges. Der alte Mann öffnete die Tür, vor der das Mädchen stehen blieb. Er ließ die Kleine eintreten und bat Chiara und Jakob, ihr zu folgen.

»Ich hoffe, du weißt, wo du uns hier hingebracht hast«, raunte Chiara Jakob zu.

Er nickte nur, aber das aufmunternde Lächeln, das sie erwartet hatte, vielleicht sogar ein Augenzwinkern, kam nicht.

Das Mädchen nahm Platz am Rand eines runden Teppichs, flauschig, in schlichtem Rot, ohne Symbole oder sonstige Verzierungen.

»Setzten Sie sich zu ihr«, bat der alte Mann. »Mit dem Gesicht zur Mitte des Teppichs. Ja, genau so.« Er selbst blieb stehen, während sich Chiara und Jakob im Schneidersitz niederließen. Chiara verfluchte sich, weil sie ein Kleid statt einer Hose trug; sie musste den Saum bis zu den Knien hochschieben, um in die richtige Position zu kommen. Zum ersten Mal seit sie ihrer Ankunft im Viertel warf Jakob ihr ein verschmitztes Grinsen zu. Sie tat, als hätte sie es nicht bemerkt, machte aber keinen Versuch, ihre nackten Beine zu bedecken.

Du vertraust ihm.

Nicht, was *das* angeht.

Aber er hatte seinen Blick schon wieder von ihren Beinen gelöst und blickte zu Diandra hinüber. Chiara konzentrierte sich auf das Mädchen. Auf das Weiß ihrer Augen. Sie waren unverhältnismäßig groß im Vergleich zum Rest ihres Gesichts.

Der alte Mann nahm aus einem Regal an der Wand ein Buchstabenbrett mit Planchette, beides sehr schlicht, kein Vergleich zu dem kostbaren Schnitzwerk, das Hermann benutzt hatte. Die Oberfläche des Bretts war zerkratzt, manche Lettern kaum mehr lesbar. Es gab regelrechte Furchen im Holz, die von der Mitte des Bretts zu den einzelnen Buchstaben führten und diese auch untereinander verbanden, Spuren häufiger und intensiver Nutzung.

Sie erwartete, dass man sie aufforderte, wieder die Hand über die Planchette zu legen, und sie war bereit, sich zu weigern.

»Ich muss dich berühren«, sagte das Mädchen zu ihr.

Chiara streckte unsicher die Hand aus.

»Nein.« Diandras leere Augen blickten weder auf die Hand noch auf Chiara. »Dein Gesicht.«

»Es ist wichtig«, sagte der alte Mann hinter ihr im Dunkeln. Der Raum war nur vage durch eine Lampe erhellt, sie befand sich genau über dem Teppich. Rundherum versank alles im Halbschatten.

Chiara beugte sich über das Brett hinweg. Einen Augenblick lang war ihr, als träfe sie von unten ein kühler Windstoß. Einbildung, sagte sie sich. Du fantasierst.

Diandra lehnte sich ebenfalls vor, streckte beide Hände aus und legte sie auf Chiaras Wangen. Ihre Finger und Handflächen fühlten sich kalt an. Chiara dachte daran, dass sie eben noch die tote Maus gehalten hatten. Die Fingerspitzen begannen, ihre Züge zu ertasten. Chiara schauderte und schloss die Augen, als sie die Bewegungen wiedererkannte, mit denen Diandra den Tierkadaver erfühlt hatte. Beinahe als wäre jetzt sie, Chiara, die Tote, um die es ging.

Übelkeit stieg in ihr auf, und sie war drauf und dran, das Ganze abzubrechen, als Diandra die Hände zurückzog.

»Ich werde Sie jetzt allein lassen«, sagte der alte Mann und ging zur Tür. »Machen Sie sich keine Sorgen.«

Die Tür wurde ins Schloss gezogen.

Diandras Lippen zuckten. Öffneten und schlossen sich. Stumm formten sie Worte, die nur sie selbst verstand. Sie selbst – und derjenige, an den sie gerichtet waren.

»Sie ruft einen Kontrollgeist«, flüsterte Jakob. »Er wird dabei sein, um Acht zu geben. Eine Art Aufseher über ...«

»Still!«, zischte Diandra.

Jakob verstummte mit einem letzten Blick in Chiaras Richtung. Dann konzentrierten sich beide ganz auf das Mädchen.

Diandra streckte die Hand aus, ließ sie über der Planchette schweben.

»Er ist hier«, sagte sie. Ihre weißen Augen schimmerten geisterhaft, haarfeine Adern verästelten sich unter der Oberfläche.

Er?, dachte Chiara. Wahrscheinlich meinte sie diesen Kontrollgeist, von dem Jakob gesprochen hatte – was immer *das* bedeuten mochte.

»Die Toten kennen dich«, sagte Diandra.

Chiaras Gedanken galoppierten in alle Richtungen, aber sie schwieg. Glaubte sie, was sie sah und hörte? Ihre Vernunft bestritt die Worte des Mädchens, stellte die gesamte Umgebung infrage. Aber ihr Herz sagte etwas anderes.

»Kennen dich«, wisperte Diandra erneut.

Chiara blickte zu Jakob hinüber. Er sah angespannt auf den Psychographen hinab. Als er bemerkte, dass sie ihn beobachtete, schaute er auf und schenkte ihr ein kurzes Lächeln.

Die Planchette bewegte sich.

Diandras Hand befand sich zwanzig Zentimeter über dem Holz in der Luft.

Chiara atmete aus, bis ihre Lunge vollkommen leer war, erst dann holte sie langsam wieder Luft.

Der Holzzeiger kratzte über das Brett, gezielt und schnell. Er verharrte auf dem V. Auf dem O. Auf dem R.

Er buchstabierte VORSICHT.

»Ist das ... Jula?«

Diandra gab keine Antwort. Sie war völlig in die Bewegung der Planchette versunken, wie in Trance.

»Vorsicht vor wem?«, fragte Chiara. Vor Masken?

VOR schrieb die Planchette.

Diandra gab einen spitzen Ton von sich, ein kindlicher Schmerzenslaut, als hätte jemand sie mit einer Nadel gestochen. Aber sie hielt den Kontakt aufrecht, die Planchette bewegte sich weiter.

Erneut ein V.

Die Buchstaben setzten sich zusammen zu VERMÄCHTNIS.

Jakob sah zu Chiara herüber. Sie starrte immer noch auf das Brett, als stünden die Worte dort wie auf einem Blatt Papier geschrieben. Aber die Planchette hatte sich wieder zur leeren Mitte bewegt, der Satz war beendet.

Vorsicht vor Vermächtnis.

Damit konnte nur Julas Erbe gemeint sein.

Sie erinnerte sich an den Zettel in ihrem Hotelzimmer. *Passen Sie auf vor Julas Erben*, hatte darauf gestanden, in schlechtem Deutsch, gespickt mit Fehlern. Und wenn auch die Endung nur ein Fehler gewesen war? Wenn *Julas Erbe* gemeint war, nicht ihre *Erben*?

Diandra stieß einen hohen Schrei aus.

»Jakob!« Chiara rief seinen Namen und sprang gleichzeitig mit ihm auf. Beide waren sofort bei dem Mädchen, aber es schüttelte ihre Hände ab, mit einer Kraft, die nicht allein aus dem schmächtigen Körper kommen konnte.

Diandras Lider flatterten. Dann schlossen sie sich.

Der Zeiger scharrte über das Holz, so schnell, als würde er von etwas darüber getragen. Diandras Hand war nicht einmal in der Nähe. Die Bewegungen waren so rasch, dass Chiara Mühe hatte, die Buchstaben im Kopf zu behalten.

ICH KANN NICHT HELFEN.

Und wieder:

VORSICHT VOR VERMÄCHTNIS.

Chiara schoss durch den Kopf, dass sie keinen Beweis hatte, dass der Geist in Ursis Wohnung tatsächlich Jula gewesen war. Hätte Jula sie aufgefordert zu gehen? Oder hätte sie nicht eher Freude daran gehabt, wenn ihre kleine Schwester von Masken und den anderen in die schmutzigen Geheimnisse ihres Zirkels eingeweiht worden wäre?

BÖSE, buchstabierte die Planchette.

»Jula?«, fragte Chiara beklommen und vergaß darüber fast das Mädchen, das sich vor ihr am Rand des Teppichs wand.

BÖSE, wiederholte das, was den Zeiger lenkte.

»Wer *ist* das?«, stieß Jakob atemlos hervor.

Chiara gab keine Antwort.

Diandra rollte auf die Seite und krümmte sich. Sie presste ihre Hände auf den Bauch, als hätte sie etwas Giftiges verschluckt. Ihr Atem ging stockend, setzte immer wieder ganz aus.

»Hol Hilfe!«, brüllte Chiara.

Jakob rannte zur Tür und riss sie auf.

Sie wollte sich um das Kind kümmern, nicht mehr um die Planchette, aber sie ertappte sich dabei, wie ihr Blick immer wieder zum Psychographen zuckte. Die Planchette war wieder in Bewegung geraten, aber jetzt zeichnete sie wirre Muster aufs Holz, zeigte nicht mehr auf Buchstaben, und wenn doch, dann glitt sie zu schnell darüber hinweg, um verständliche Wörter zu formen.

Diandra öffnete die Augen.

Ihre Augäpfel waren nicht mehr weiß. Weite Pupillen starrten Chiara an, umfasst von hellbraunen Höfen.

Es war, als blicke Chiara in einen Spiegel. Das waren *ihre* Augen. Julas Augen. Die Augen ihres Vaters.

Sie war so entsetzlich hilflos, wie sie da neben dem zuckenden Mädchen hockte, und ihr blieb nicht einmal Zeit zu bereuen, dass sie hergekommen war. Sie versuchte, Diandra zu beruhigen, redete besänftigend auf sie ein, doch nichts davon zeigte Wirkung.

Die Planchette wirbelte im Kreis.

Diandra wurde von einem Hustenanfall geschüttelt. Aber sie schloss die Augen nicht, sondern stierte Chiara an, mit einem Blick, der ihr das Blut in den Adern gerinnen ließ.

Auf dem Flur näherten sich Schritte. Jakob und der alte Mann.

Diandra stieß ein Keuchen aus, dann spie sie etwas vor sich auf den Teppich.

Chiara starrte es an, konnte es nicht glauben, und sah es doch deutlich vor sich.

Ein Zahn.

Die Oberfläche glänzte, Speichel klebte daran, aber da war kein Blut. Der Zahn war zu groß für das Mädchen, viel zu groß. Und er war gelb verfärbt

Der Backenzahn eines Erwachsenen.

»Großer Gott!« Jakob ging neben Diandra in die Hocke und starrte ungläubig auf des Ding vor ihr am Boden. Er war gerade noch rechtzeitig gekommen, um zu sehen, dass sie es ausgespuckt hatte.

»Der Kontrollgeist hat versagt!«, rief der alte Mann. Er packte Diandra von hinten unter den Achseln und riss sie grob auf die Beine. Chiara wollte protestieren, aber da stieß das Mädchen abermals einen Schrei aus. Es hing in den Armen des Alten wie eine Lumpenpuppe, einen Augenblick lang vollkommen willenlos, dann wieder wie eine fauchende, tobende Wildkatze.

Der Mann brüllte sie an, schüttelte sie.

»Raus damit«, rief er. »Raus damit!«

Diandra spie einen Hagel von Zähnen auf den Boden.

Chiara prallte zurück, Jakob war wie gelähmt.

Wieder hustete das Mädchen, ein krankes, verzweifeltes Keuchen, dann bäumte es sich auf, rutschte aus dem Griff des Alten und landete auf allen vieren zwischen Chiara und Jakob.

Diandra übergab sich, spie zähe Stränge aus Speichel und Schleim auf den Boden, vermischt mit etwas, das aussah wie Holzsplitter. Aber sie waren zu hell, fast weiß.

Knochensplitter.

»Helfen Sie mir«, sagte der Alte energisch und packte das Kind erneut. »Halten Sie ihre Arme und Beine fest!«

Widerwillig taten sie, was er verlangte. Der Schmerz des Mädchens schien sich auf Chiara zu übertragen, sie hätte schreien mögen vor Pein beim Anblick des gequälten Kindes.

War ich das? Ist das meine Schuld?

Böse, hatte die Planchette geschrieben.

»Flach auf den Rücken!«, befahl der Alte.

Jakob schüttelte den Kopf. »Sie wird an ihrem Erbrochenen ersticken.«

»Tun Sie, was ich sage!«

Keiner von beiden brachte die Kraft auf, zu widersprechen. Sie pressten Diandras Arme auf den Boden; das Mädchen strampelte wild und trat schließlich gegen den Psychographen. Die Holzplatte zerbarst unter einem Schlag seiner Ferse, die Planchette flog durch den Raum und prallte irgendwo im Dunkeln gegen die Wand.

Die Lampe begann zu schaukeln, obwohl niemand dagegen gestoßen war; der Lichtschein schwankte von rechts nach links.

Chiara und Jakob hielten jeder einen Arm des Mädchens und versuchten, auch ihre Beine zu packen. Der alte Mann griff mit Daumen und Zeigefinger um Diandras Unterkiefer, wollte sie zwingen, den Mund noch weiter zu öffnen. Seine Finger fanden die richtigen Stellen, obwohl die Kleine versuchte, den Kopf hin- und herzuwerfen. Ihr Mund öffnete sich weit, und der Mann schob die Finger seiner Linken hinein.

»Vorsicht!«, rief Jakob.

Sie wird ihm die Finger abbeißen, schoss es Chiara durch den Kopf.

Aber der Griff des Alten war geübt und unnachgiebig, Diandras Kiefer standen sperrangelweit offen. Keuchen und Würgen drang aus ihrer Kehle. Der Alte fluchte vor sich hin, schien in ihrem Mund nach etwas zu tasten, stieß plötzlich einen triumphierenden Laut aus und riss die Hand mit einem kräftigen Ruck zurück. Er hielt etwas zwischen den Fingern, das viel zu groß für die Mundhöhle eines Menschen war. Etwas Langes, gelblich-weiß Schimmerndes.

Diandras Gegenwehr erschlaffte schlagartig. Von einem Herzschlag zum nächsten lag das Mädchen still.

»Sie können sie loslassen«, sagte der alte Mann ruhig.

Jakob löste zögernd seinen Griff um Arm und Bein des Mädchens, aber Chiara hielt sie weiter fest, starr vor Grauen, als sie erkannte, was der Alte in der Hand hielt. Jakob musste zu ihr herüberkommen und ihre Hände mit sanfter Gewalt von den Gliedern des Mädchens lösen.

Diandra keuchte, aber jetzt klang es nur noch wie das Husten eines Kindes, das sich verschluckt hatte.

»Was ist das?«, fragte Jakob, obwohl auch er es längst erkannt haben musste.

Der alte Mann stand auf, das Ding immer noch in der Hand.

Diandra begann leise zu weinen. Als sie sich verstört umschaute, sah Chiara, dass ihre Augen wieder weiß waren. Sie nahm die Hand des Mädchens und streichelte sie sanft, versuchte Worte zu finden, um die Kleine zu beruhigen, aber ihre Augen suchten immer wieder den bleichen Gegenstand, als hoffte sie, sich doch getäuscht zu haben.

»Was ist das?«, fragte Jakob noch einmal, aber jetzt klang er resigniert, so als hätte er die Wahrheit bereits akzeptiert.

»Jemand hat mit aller Macht versucht, von der anderen Seite herüberzugreifen«, sagte der Alte. »Er oder sie ... es war schon in ihr. Es hatte begonnen, sich in ihr zu manifestieren.« Er schüttelte den Kopf. »Was für ein unglaublich starker Wille dafür nötig ist! So starke ... Gefühle.«

Chiaras Herzschlag raste. Durchatmen. Ruhig werden. Wieder *du selbst* werden.

Jakob stieß einen Laut aus, als müsste er sich übergeben. Aber irgendwie gelang es ihm, sich unter Kontrolle zu halten.

Diandra hatte aufgehört zu weinen. Sie atmete jetzt ruhiger. Chiara hatte den furchtbaren Verdacht, dass sie etwas Derartiges nicht zum ersten Mal durchgemacht hatte.

Die Schuld drückte auf Chiaras Schultern wie Bleigewichte. *Sie* hatte das getan. Es war ihr Kontakt gewesen, ihr Ruf ins Jenseits, den das Mädchen aufgenommen hatte.

»Es ist vorbei«, sagte der alte Mann. »Es wird ihr gleich besser gehen. Machen Sie sich keine Sorgen.«

»Keine ... Sorgen?« Sie spürte ein hysterisches Lachen in sich aufsteigen, aber es blieb ihr als Kloß im Hals stecken.

Der Alte hielt das Ding aus Diandras Mund jetzt in beiden Händen, hob es sich vors Gesicht, betrachtete es genauer.

»Sie wissen, was das ist, nehme ich an«, sagte er nachdenklich, ohne einen von ihnen anzusehen. Chiara hielt immer noch Diandras Hand. Die Finger der Kleinen lagen blutleer um ihre eigenen, wie festgekrallt. Sie schwor sich zu warten, bis das Mädchen sie von sich aus losließ.

»Ein Knochen«, brachte Jakob hervor.

Chiara schloss die Augen.

»Ganz recht«, sagte der Alte. »Der Oberarmknochen eines erwachsenen Menschen.«

✦

Sie schwiegen beide, bis sie den Wagen erreichten. Chiara fühlte sich miserabel. Sie ließ sich auf den Beifahrersitz fallen und sah helle Lichtspiralen hinter ihren Lidern, glühende Wendelpfade in eine bodenlose Tiefe.

Jakob fädelte das Automobil in den spärlichen Verkehr auf dem Alexanderplatz ein. Das Scheunenviertel blieb hinter ihnen zurück. Das Fahrzeug klapperte, als es die Straßenbahnschienen überquerte. Ein paar beleuchtete Schilder warben für dubiose Hotels und Absteigen, aber es waren nur noch wenige Menschen unterwegs. Mitternacht war bereits vorüber. Es hatte zu regnen begonnen, feine Schauer, die die Lichter zu regenbogenfarbenen Schlieren verzerrten.

Chiara wollte reden, wollte seine Erklärungen hören, natürliche, logische Erklärungen. Aber sie brachte nicht die Kraft auf, die Ereignisse in dem Zimmer erneut heraufzubeschwören. Mit der Verzweiflung eines Menschen, der sich in einer fremden Sprache nicht ausdrücken kann, rang sie um Worte, um Deutungen, fand aber nur Leere.

»Jakob?«

Er nickte, versunken in seine eigenen Grübeleien und Zweifel.

»Als du zum ersten Mal dorthin gegangen bist, mit wem wolltest du da sprechen?«

Jakob sah sie nicht an, starrte nur auf die Regentropfen auf der Scheibe. Er steuerte den Wagen mit der Sicherheit eines Schlafwandlers. Die Umgebung schien er gar nicht wahrzunehmen.

»Mit jemand, der ... mir etwas bedeutet hat.«

Sein Zögern verriet ihr, dass er nicht darüber reden wollte. Aber lieber nahm sie in Kauf, ihn zu verärgern, als weiter dieses gespenstische Schweigen zu ertragen.

»Erzählst du's mir?«

Er wartete mit einer Antwort, bis sie fast den Fluss erreicht hatten. Zum ersten Mal fiel ihr auf, dass er einen Umweg fuhr, nicht die direkte Strecke zu ihrem Hotel.

»Sie war eine Freundin. Sie ist gestorben. Das ist alles. Nachdem ich immer wieder von diesem Haus gehört hatte, bin ich eines Abends schließlich selbst hingefahren. Der alte Mann führte mich zu einem Jungen, älter als Diandra, und ... ich bekam Antworten. Merkwürdige Antworten, aber ... so was wie Gewissheit.« Er schüttelte den Kopf. »Ich weiß nicht, was es war. Wirres Zeug. Bruchstücke von Sätzen. Im Grunde habe ich nicht viel verstanden, aber es wirkte so ... so echt. Klingt dumm, was?«

»Gar nicht.« Sie betrachtete sein Profil im wechselnden Lichterschein. Die Tropfen auf der Scheibe wurden als dunkles Schattenspiel auf seine Züge projiziert. Er wollte ebenso wenig allein sein wie sie selbst und zögerte den Abschied hinaus. Deshalb fuhr er nicht den kürzesten Weg. Deshalb kreuzte er mit ihr durchs nächtliche Berlin, durch immer stärker werdenden Regen.

Sie zögerte, dann fragte sie: »Willst du mit hochkommen?«

Er blickte zu ihr herüber. »Sicher?«

»Wenn ich's nicht wäre, würde ich es dann vorschlagen?«

Sein Lächeln fiel fast ein wenig traurig aus, fand sie, aber dann nickte er. »Das würde ich gern.«

»Bist *du* sicher?« Himmel, was redeten sie für einen Unsinn! Zwei erwachsene Menschen, die eigentlich wissen sollten, was sie wollten.

Für einen Augenblick war es ihr vorgekommen, als wäre ganz Berlin menschenleer, die Fenster dunkel, die Gehwege verlassen. Ein entgegenkommendes Automobil beruhigte sie ein wenig.

»Hat sie Jula gemeint?«, fragte Jakob unvermittelt.

Böse.

»Schon möglich.« Sie dachte an die braunen Augen, die für einen Moment im Gesicht des Mädchens aufgeblitzt waren. Das war keine Täuschung gewesen.

Jakob stieß einen Fluch aus und steuerte hart nach rechts.

»Was ...« Ihr Satz ging im Kreischen von Metall und Holz unter, als der Wagen ein geparktes Fahrzeug rammte.

Jakob versuchte, dem entgegenkommenden Auto auszuweichen. Es war auf ihre Seite gewechselt, mit einem wilden Schlenker, der seine Lampen zu glühenden Schweifen verwischte. Der Fahrer musste betrunken sein. Noch waren sie nicht auf einer Höhe mit ihm, und wieder schwenkte der andere herüber, und diesmal ...

»Halt dich fest!«, brüllte Jakob.

Ihm blieb keine Zeit zu bremsen.

Chiara sah die Lichter auf sich zurasen, sah sie im Dunkeln größer und größer werden, wie Ausgänge am Ende eines Tunnels. Um sie herum versank alles in Schwärze, nur die Lichter blieben und das Getöse der Motoren.

Der Lärm wurde infernalisch, ganz kurz nur, im Augenblick des Aufpralls.

Chiara wurde nach vorne gerissen, der Scheibe entgegen, auf der eben noch so viele Tropfensterne geglänzt hatten wie ein eigenes Firmament. Jetzt war da nichts mehr, nur Finsternis.

Die Motoren verstummten.

Sie war nicht bewusstlos, obwohl der Schmerz ihr fast den Verstand raubte. Schmerzen in ihrem Kopf, Schmerzen in ihrem Körper ...

Sie schaute nach links, zu Jakob, sah die offene Tür, den leeren Sitz. Er war hinausgeschleudert worden, musste draußen im Regen auf dem kalten Pflaster liegen.

Irgendwo waren Stimmen zu hören.

Sie kamen näher.

Glas knirschte unter Schuhsohlen. Es roch nach Metall, nach Eisen. Nach Blut.

Ihre Hand tastete zu dem leeren Sitz hinüber.

Böse, hallte es in ihrem Kopf wider wie ein gespenstisches Echo. *Vorsicht vor ...*

Blut war auf ihrer Hand. Ihr eigenes?

Stimmen neben ihrem Ohr, draußen vor der Tür. Noch mehr knirschendes Glas.
All das Blut.
»Jakob?«, fragte sie leise.

Elf

In der Dunkelheit liegt Heilung, sagt man.

In Chiaras Dunkelheit lag ein seltsamer Traum.

Sie sah sich selbst eine Reihe düsterer Orte durchwandern, Orte im Scheunenviertel. Sie wusste mit Sicherheit, dass sich all diese Gemäuer, Keller und Verschläge im Viertel befanden, obgleich sie keine Straßen dazwischen sah, keine Wege. Als trüge jemand sie schlafend von einem Ort zum anderen und weckte sie nur an bestimmten Stationen für kurze Augenblicke, lange genug, um die Umgebung wahrzunehmen, zu kurz, um allzu viele Einzelheiten zu erkennen.

Der Traum machte ihr Angst. Er ließ ihr nicht die Freiheit eigener Entscheidungen, und es lag ein Hauch von Tod darin, viel mehr als die vage Erkenntnis der eigenen Sterblichkeit, die einen manchmal bei Nacht heimsucht. Da war Tod, aber auch Wiedergeburt. Zweifel, dann Gewissheit. Furcht, dann Panik. Und schließlich Ergebenheit.

Sie sah nirgends eine Menschenseele.

Die erste Station ihres Traumweges war ein hoher Raum aus Holz, grob gezimmert, mit Spalten und Löchern in den Wänden. Schmutziges Stroh bedeckte den Boden, Regenwasser hatte sich in Pfützen gesammelt und vermischte sich mit Dreck und aufgeweichten Halmen zu einem zähen Morast. Einmal war ihr, als zögen draußen Gestalten mit Lampen vorüber, eine Prozession unzähliger Lichter, die in den Öffnungen aufblitzten, erloschen, anderswo wiederkehrten. Aber sie mochte sich täuschen, und als sie genauer hinsah, war da niemand mehr, und die Lichter waren nichts als Reflexe in ihren getrübten Augen. Dies war das Innere einer Scheune, vielleicht eine der allerletzten, die die Jahrhunderte überstanden und dem Viertel seinen Namen gegeben hatten. In der Mitte stand ein dicker Balken wie eine Säule; daran hing etwas, ein kleines, ledriges Ding, gehalten von einem Nagel mit daumenbreitem Kopf. Es war zu düster, um mehr zu erkennen.

Der zweite Ort war dunkler, es roch nach kaltem Rauch und Feuchtigkeit. Eine niedrige Decke mit bröckelndem Putz, so tief, dass sie Chiara zu erdrücken schien wie der Deckel eines Sarges. Lebendig begraben, durchfuhr es sie, und obwohl nichts sonst darauf schließen ließ, glaubte sie es für einen Moment tatsächlich, bestärkt von der trügerischen Logik nächtlichen Grübelns. Zerbrochene Stühle und Tische lagen in der Finsternis, eher zu ahnen, als wirklich zu sehen, in einer Ecke aufgehäuft zum Spottbild eines Scheiterhaufens, auf dem obenauf ein Körper lag. Nein, nur ein Knäuel aus Vorhängen und Decken. An einer Seite des Raumes befand sich eine Theke, halb abmontiert, die Reste zerfurcht, mit Kritzeleien übersät, teilweise geborsten wie von Fußtritten und sinnloser Gewalt. Eine Kellerkneipe, lange schon verlassen.

Der dritte Ort war ebenfalls unterirdisch und fensterlos. Zwei Schächte an einer fernen Wand, durch die ein Hauch von Licht fiel, gerastert durch Gitter an ihrem oberen Ende, ein Chiaroscuro aus Schatten und knochengelbem Lichtschein. Reihen von Tischen, morsch vom Alter und langer Benutzung. Darauf standen Nähmaschinen, angetrieben durch Pedale, eiserne Räder und Bänder aus brüchigem Leder. Über jeder eine nackte Glühbirne, zu trübe zum Lesen, gerade hell genug zur Arbeit. An einigen Tischen wies der dünne Rauchfaden einer fast heruntergebrannten Zigarette darauf hin, dass jene, die hier Tag und Nacht in Schichten schufteten, den Kellersaal nur für kurze Zeit verlassen hatten, vielleicht weil sie wussten, dass jemand zu Besuch kam. Besuch, den niemand sehen wollte, sehen durfte.

Die vierte Station war ein langer Korridor mit Türen zu beiden Seiten – zerbrochenen, eingeschlagenen, zertrümmerten Türen. Aus einer glitt eine scheckige Katze mit einer Maus im Maul, Blut tropfte hinter ihr auf den Boden. Das einzige Anzeichen von Leben weit und breit. Staubwehen verdeckten die Kehrleisten. Am fernen Ende lag ein Haufen verschimmelter Zeitungen, die vielleicht ein arbeitsmüder Bote dorthin geworfen hatte: fort damit, vergessen.

Ein merkwürdiger Geruch hing über dem fünften Ort, einem gekachelten Gewölbesaal mit drei runden Becken im Boden. Überreste von Mosaiken an den Wänden verrieten den Wunsch, den Anschein eines römischen Badehauses zu erwecken. Stufen führten auf den Grund der Becken, in denen sich Unrat aller Art angesammelt hatte; eines war bis zum Rand mit Müll gefüllt, verfaulten Essensresten, Papier, zerbrochenem Glas, alten Leinensäcken und Knochen von Schweinen und Geflügel. Ein anderes Becken war von Rissen durchzogen, durch die einst das Wasser versickert war. Jemand hatte mit einem Hammer einzelne Kacheln zerschlagen, eine fahlgrüne Kraterlandschaft aus Keramik.

Noch ein Ort, der sechste. Eine jüdische Winkelbetstube, oder das, was Vandalen von ihr übrig gelassen hatten. Zertrümmerte Bänke und Betpulte, beschienen vom Mondlicht, das sich wie feine Spinnenfäden von der löchrigen Decke zum Boden zog. Eine Erhöhung in der Mitte, wo einst am Sabbat der Wochenabschnitt verlesen worden war. Weiter vorne hatte man das Pult des Vorbeters niedergebrannt, ein kohlschwarzes Quadrat verriet noch seinen Standort. Ein paar Stufen führten links und rechts zu Nischen in den Wänden, aber die heiligen Rollen, die früher dort aufbewahrt worden waren, gab es nicht mehr. Auch hier überall Pfützen am Boden, in einer lag ein blankes Vogelgerippe.

Zuletzt die siebte Station.

Rinnsale an den Wänden hatten die Ziegel grau und den Mörtel fortgewaschen. Ein Gewirr aus Balken sah aus, als stützte es die Mauern, war in Wahrheit aber viel zu morsch.

Auch dieser Ort hatte Ähnlichkeit mit einer Scheune, gemauert zwar, aber mit hölzernen Verschlägen rechts und links, die einmal Pferdeboxen gewesen sein mochten. Manche dieser Trennwände waren eingerissen, in anderen zeichneten sich Löcher in einer Form ab, als wäre jemand durch das Holz gebrochen und hätte seinen Umriss zurückgelassen wie einen verlorenen Schatten. Aber die Form mochte Zufall sein, und tatsächlich war es zu dunkel, um sie deutlich zu erkennen.

Am anderen Ende war ein Wasserloch, diffus und vage hinter Vorhängen aus Dunkelheit. Näher heran, noch näher, und dann ...

Ein Blick hinein.

Chiaras Ebenbild im Wasser, ihr Spiegelbild.

Ihr Spiegelbild, das Fleisch wird, und Haar, und *Leben*.

Ihr Spiegelbild, das aus der Tiefe heraufstößt, die Hände in perlenden Fontänen aus dem Wasser streckt und Chiara an den Schultern packt.

Es sieht sie an, Wassertropfen in den Augen, im schwarzen, glatten Haar, auf der nackten, schimmernden Haut.

Chiara beginnt zu weinen.

Ihr Spiegelbild schreit wie ein Neugeborenes.

Zwölf

Ihr Bauch tat weh, aber sie lebte. Sie spürte ihre Arme, ihre Beine, und sie konnte sie unter der Decke anheben, aus eigener Kraft, ein Körperglied nach dem anderen.

»Gott sei Dank.« Damit wurde ausgesprochen, was sie dachte, aber nicht von ihr.

Sie öffnete die Augen. Helligkeit flutete über sie hinweg und presste sie wie mit Händen zurück ins Kissen. Ein überraschter Laut kam über ihre Lippen, ihre Hände ballten sich unter der Decke zu Fäusten.

»An das Licht werden Sie sich wieder gewöhnen«, sagte die Stimme links neben ihr. »Der Arzt sagt, es wird schnell gehen. Machen Sie sich keine Sorgen.«

Sie blinzelte und versuchte festzustellen, wo sie war. Umrisse schälten sich aus dem blendenden Weiß, immer schneller, immer klarer.

Die Stimme hatte sehr erleichtert erklungen. Sie wusste selbst nicht, weshalb sie sie nicht gleich erkannt hatte, beinahe als wären Teile ihres Gedächtnisses ... nein, nicht ausgelöscht, aber verschüttet, so als müssten sie erst wieder freigeschaufelt werden.

»Felix? Das sind Sie, oder?«

»Ich bin hier«, sagte Masken. »Keine Angst.«

Sie wandte den Kopf in seine Richtung, aber er saß vor dem Fenster, und der Himmel draußen war noch heller als der Rest des Zimmer, sodass sie kaum mehr als eine Silhouette ausmachen konnte, mit flirrenden Rändern und der Körperlichkeit eines Scherenschnitts.

»Was ist ...«

»Passiert?« Er machte eine kurze Pause. »Sie hatten einen Unfall. Sie und Herr Tiberius. Einen Zusammenstoß mit einem anderen Automobil.«

»Was ist mit Jakob?«

»Jakob?« Sie konnte hören, wie er missbilligend die Luft einsog. »Herr Tiberius ist unverletzt. Machen Sie sich keine Sorgen um ihn.«

In ihrem Gedächtnis erstand das Bild des leeren Fahrersitzes, das Blut an ihren Fingern. Die offene Tür. »Er ... er war weg.«

»Weg? Nein, ich denke nicht. *Jetzt* ist er weg. Ich soll Sie von ihm grüßen.«

»Was meinen Sie mit ›jetzt‹?«

»Ich habe ihn gefeuert.«

Empört wollte sie ihren Oberkörper aufrichten, aber es gelang ihr nur halb. »Sie können ihn nicht feuern. Er war *mein* Lehrer!«

Seine Hand schob sich auf ihre, er beugte sich vor. Dabei drang er in den scharfen Bereich ihres Blickfelds vor, und sie erkannte die aufrichtige Sorge in seinen Zügen. Er sah aus, als hätte er lange nicht geschlafen. »Bitte, Chiara, regen Sie sich nicht auf. Sie sind zwar gesund, aber noch erschöpft, kein Wunder ... Und was Tiberius angeht: Ich habe ihn rausgeworfen, weil er Sie fast umgebracht hat.«

»Sie haben eben gesagt, dass es ein Unfall war.«

»Herrgott, wenn Sie ihn wieder einstellen wollen, können Sie das ja tun, wenn Sie aus der Klinik kommen. Ich habe an dem Abend gehört, was passiert ist, habe Tiberius gesund herumlaufen und Sie bewusstlos auf einer Trage liegen sehen ... da können Sie mir wohl kaum übel nehmen, dass ich wütend auf ihn war! Immerhin war es sein Wagen, er hat am Steuer gesessen. Aber wenn Sie wieder mit ihm arbeiten wollen – bitte schön, das ist Ihre Entscheidung.«

Sie ließ ihren Kopf zurück ins Kissen fallen. Die Helligkeit war jetzt auf eine normale Intensität gesunken, der Himmel vor dem Fenster war bewölkt. Nachmittag, vermutete sie. Oder Morgen.

»Wo sind wir hier?«, fragte sie milder.

»In einer Privatklinik, in der Nähe des Zoos. Die wollten Sie in die Charité schaffen, aber ich hielt es für besser, Sie hier unterzubringen. Die Ärzte haben mehr Zeit für Sie, und die Presse ...«

»Hat keinen Zutritt«, führte sie den Satz müde für ihn zu Ende.

»Ja.«

Ein Gedanke durchzuckte sie unvermittelt. »Ist Jula mal in dieser Klinik gewesen?«

»Wie kommen Sie darauf?«

»War Sie's?«

Er zögerte. »Ja.«

»Wegen der Drogen?«

»Auch deshalb.«

»Warum noch?«

»Das ist doch jetzt nicht ...«

»Warum noch?«

Masken seufzte. »Sie hatte Geschlechtskrankheiten. Verschiedene, und mehr als einmal.«

»Ist das alles?«

»*Sie* hatten offenbar noch keine, sonst würden Sie das nicht so leicht nehmen.«

»Hat Jula hier ein Kind bekommen?«

Perplex starrte er sie an. »Zum Teufel, nein!«

»Hatte sie eine Abtreibung?«

»Nein«, sagte er energisch, »natürlich nicht! Wer hat Ihnen denn diesen Schwachsinn erzählt?«

Ein wenig hilflos wich sie seinem Blick aus. Er klang ehrlich, und sie kam sich mit einem Mal sehr dumm vor.

Es war an der Zeit, dieses ganze Jula-Theater zu beenden. Schluss damit, ein für alle Mal. Sogar ihr Leben hatte sie dafür aufs Spiel gesetzt. Beim ersten Mal wäre sie fast von den Männern der Kinderhändlerin umgebracht worden, und jetzt wäre sie beinahe bei einem Unfall umgekommen. Diese dumme Seance hatte sie beide so durcheinander gebracht, dass Jakob sich nicht mehr aufs Fahren konzentriert hatte und sie ...

Nein. So war es nicht gewesen. Es war anders gewesen, aber sie konnte sich beim besten Willen nicht erinnern, wie es geschehen war.

Im selben Moment klopfte es, und ein junger Arzt trat ins Zimmer. Er trug einen weißen Kittel und hatte die langen, schmalen Hände eines Pianisten. Er war sichtlich erfreut, dass sie wach war, und stellte sich ihr als Doktor Jensen vor. »Ich bin derjenige, der sie operiert hat«, sagte er.

»Operiert?« Ihr Blick suchte Masken. »Aber was ...«

»Keine Sorge«, sagte der Arzt beruhigend. »Es war keine große Sache. Wirklich nicht.« Er lächelte. »Ich sehe schon, Sie glauben mir nicht.«

Chiaras Hand tastete instinktiv über ihren Oberkörper. Sie fand die breite Bandage, die ihren Bauch bedeckte. Ihr Kreislauf sackte zusammen, mit einem Mal war ihr übel.

»Ihre Bauchdecke war verletzt«, erklärte Doktor Jensen. »Eine Glasscherbe, vermutlich. Sie hatten einen Schnitt, ein kleines Stück unterhalb des Bauchnabels. Nicht allzu gefährlich, aber tief genug, um den Darm zu verletzen.«

»O Gott«, flüsterte sie.

»Das klingt viel schlimmer, als es ist. Vertrauen Sie mir. Wir haben es genäht, viel mehr war nicht nötig. In einer Woche werden Sie es nicht mal mehr spüren. Schlimmstenfalls behalten Sie eine winzige Narbe zurück.« Er sah, dass sich ihre Hände unter der Decke bewegten. »Und, bitte, berühren Sie die Wunde vorerst nicht.«

Ihre Finger zuckten zurück, als hätte sie sich verbrannt.

Doktor Jensen lächelte noch breiter. »Was Sie im Augenblick spüren, ist der Wundschmerz. Die Verletzung des Darms tut nicht weh. In ein paar Tagen ziehe ich die Fäden, und dann werden Sie bis auf ein Kribbeln und Ziehen dann und wann nichts mehr davon spüren. Der Schnitt ist kleiner als bei einer Blinddarmoperation.« Er wollte gehen, als ihm noch etwas einfiel. »Weil Sie doch Schauspielerin sind – die Narbe wird so schmal sein, dass sie überschminkt werden kann. Aber wahrscheinlich ist nicht mal das nötig. Glauben Sie mir, es ist alles in bester Ordnung.«

»Ich kann mich nicht an den Unfall erinnern«, sagte sie.

Aus dem Augenwinkel sah sie, wie Masken von ihr zu Doktor Jensen schaute, aber der Blick des Arztes blieb auf sie gerichtet.

»Das ist eine ganz natürliche Reaktion Ihres Gehirns«, sagte Doktor Jensen sanft. »Mit der Zeit wird sich Ihre Erinnerung vermutlich wieder einstellen, und wenn nicht oder nur verschwommen ... nun, seien Sie dankbar. Ihr Gedächtnis will Sie schützen, das ist alles.« Sein Lächeln wurde für einen Augenblick skeptisch. »Oder gibt es noch andere Dinge, die Sie vergessen haben?«

»An den Abend kann ich mich erinnern, auch an ein Stück der Fahrt. Es scheint nicht allzu viel zu fehlen.«

Der Arzt nickte zufrieden. »Dann kehrt wahrscheinlich auch der Rest zurück, früher oder später.«

»Wie lange liege ich schon hier?«

»Der Unfall war vor drei Tagen.«

»Gott, und ich habe die ganze Zeit geschlafen?«

Diesmal gab Masken die Antwort. »Nein, Sie waren ein paar Mal wach. Sie haben sogar mit mir gesprochen. Und mit Ursi. Wir haben uns mehr oder weniger hier am Bett abgewechselt.«

Verwirrt blickte sie von ihm zu Doktor Jensen, der zustimmend nickte. Sie wandte sich wieder an Masken. »Ich ... tut mir Leid, das wusste ich nicht. Das war sehr ... freundlich.«

Masken winkte ab. »Vor allem war's selbstverständlich, nicht wahr? Ein paar andere wollten Sie ebenfalls sehen. Diese Kolumnistin ...«

»Henriette Hegenbarth.«

»Die Hegenbarth, genau. Sie hat irgendwie Wind von der Sache bekommen, aber wir haben sie natürlich nicht an Sie rangelassen. Ein paar Kollegen haben auch nach Ihnen gefragt. Torben Grapow war hier, hätten Sie das gedacht?«

»Bei mir im Zimmer?« Die Vorstellung irritierte sie. Sie hatte Grapow nie besonders gemocht, aber jetzt rührte es sie, dass er sie hatte besuchen wollen.

»Er war nicht im Zimmer, nur an der Pforte«, sagte der Arzt. »Und noch ein paar andere. Sie werden eine hübsche Wiedersehensparty geben können, wenn Sie wieder nach Hause kommen.«

Sie bezweifelte, dass ihr dann nach einer Party zumute sein würde, nickte aber, um ihm eine Freude zu machen. Er sagte, dass sie in spätestens zwei Tagen die Klinik verlassen könne, dann verabschiedete er sich bis zur nächsten Visite.

Sie wandte sich an Masken. »Ist Jakob hier gewesen?«

»Nein. Ich bezweifle, dass man ihn vorgelassen hätte ... Aber, nein, er hat's nicht mal versucht.«

Enttäuscht schloss sie die Augen. »Ich glaube, ich möchte jetzt wieder schlafen.«

»Das heißt, dass Sie mich loswerden wollen, stimmt's?«

Sie blickte noch einmal zu ihm auf, als er sich vom Stuhl erhob. »Ich bin wirklich nur müde, das ist alles. Vielen Dank, dass Sie hier waren und sich um alles gekümmert haben ... Das war sehr nett von Ihnen.«

Masken lächelte ein wenig beschämt, ein mehr als ungewohnter Anblick. Dann nahm er seinen Mantel und ging zur Tür.

»Bald sind Sie wieder auf den Beinen, ganz bestimmt.«

Sie nickte ihm zu. »Klar.«

Er zog die Tür sanft hinter sich zu, als er hinausging.

Chiara stieß einen erleichterten Seufzer aus, als sie endlich allein war. Warum war Jakob nicht hergekommen? Der Gedanke war schmerzhafter, als sie sich eingestehen wollte. Weshalb hatte er sich nicht erkundigt, wie es ihr ging? Nach einem solchen Abend wäre dies das Mindeste gewesen.

Die Enttäuschung nagte noch an ihr, als sie wieder einschlief.

Das nächste Mal erwachte sie mitten in der Nacht und lag für Stunden wach, grübelte, betastete die Bandagen über ihrem Bauch und überlegte, ob sie die Klinik nicht schon am nächsten Tag verlassen sollte. Doch wohin würde sie dann gehen? *Nach Hause*, hatte der Arzt gesagt. Aber sie hatte kein Zuhause, nur eine unpersönliche Suite in einem Hotel. Wäre sie bei dem Unfall ums Leben gekommen, hätte man ihre Kleider in ein paar Kisten gestopft und die Räume an den nächsten Gast vermietet. Nichts, das verändert werden musste, keine Spuren ihrer Anwesenheit, die es zu beseitigen galt. Sie hätte nichts hinterlassen.

Eine Weile bemitleidete sie sich selbst, dann riss sie sich zusammen und fasste den Entschluss, dass sie, sobald sie hier raus war, eine Menge an ihrem Leben ändern würde.

✦

Niemand wusste, wo er steckte.

Die Halle, in der Jakob seinen Schauspielunterricht erteilte, war verschlossen. Nichts deutete darauf hin, dass jemand regelmäßig herkam. Keiner, auch nicht Masken, wusste, wo Jakob wohnte. Hatte er ein Zimmer hinter der Halle? Besaß er irgendwo in der Stadt ein Apartment? Chiara erhielt keine Antwort auf ihre Fragen, auch nicht bei seinen anderen Schülern.

Drei Tage lang kam sie immer wieder zur Halle, wartete auf ihn, hinterließ Nachrichten, die sie unter der Tür hindurch schob, schaute durch die dunklen Fenster um möglicherweise etwas zu entdecken. Vergeblich.

Am vierten Tag erwog sie, die Polizei einzuschalten. Sie verwarf den Gedanken, weil sie fand, dass es ihr nicht zustand, sich in seine Angelegenheiten zu mischen. Er mochte alle möglichen Gründe haben, unterzutauchen.

Der Haken war, dass es nicht seine Art war. Sie hatte ihn kaum gekannt, gewiss, doch dieses Verhalten passte nicht zu ihm. Sie überlegte sogar, dem Waisenhaus im Scheunenviertel einen zweiten Besuch abzustatten, vielleicht wusste der alte Mann mehr. Doch letzten Endes entschied sie sich dagegen, auch weil sie alles mied, das sie mit der Erinnerung an die Seance konfrontierte.

Es fiel ihr schwer, in der Rückschau ihre eigenen Motive nachzuvollziehen. Was hatte sie finden oder beweisen wollen? Was hatte sie angetrieben, was bewegt?

Keine Jula. Keine weitere Suche.

Und kein Jakob, wenn er es denn so wollte. Es tat nicht einmal besonders weh, jetzt nicht mehr.

Sie beendete die Dreharbeiten, die wegen ihres Unfalls unterbrochen worden waren, und nahm ein neues Angebot an. Um sich abzulenken, hätte sie früher gesagt. Jetzt wusste sie es besser: Um zu arbeiten. Nur um zu arbeiten.

Ein neues Leben? Vielleicht.

Eine neue Chiara? Ganz sicher sogar.

✦

Sie fand eine Wohnung in der Nähe vom Bahnhof Tiergarten, nur einen Steinwurf entfernt von der Berliner Porzellanmanufaktur. Das war ein Zufall, gewiss, aber es kam ihr trotzdem vor wie ein Wink, dass etwas in ihr sich immer noch heimlich nach Meißen zurücksehne.

Die Wohnung hatte drei Zimmer, recht groß und mit hohen Decken, die Diele war mit prachtvollem Stuck verziert. Eine Wendeltreppe im Wohnzimmer führte in einen kleinen Dachgarten, den der Vorbesitzer mit viel Liebe angelegt und gepflegt hatte. Hohe Pflanzen schützten die quadratische Terrasse nach allen Seiten vor Blicken, und es gab eine gekachelte Vertiefung, kleiner als Leas Swimmingpool, aber weit größer als eine Badewanne; im Sommer war das eine feine Sache.

Das Badezimmer selbst war purer Luxus, aufwendiger noch als das Bad im Adlon. Schwarzer Marmor bedeckte den Boden und die Wände. Die Armaturen hatten goldene Griffe, angeblich echt, obwohl sie das bezweifelte, aber auch keine Lust hatte, es überprüfen zu lassen.

In einer der ersten Nächte in ihrem neuen Schlafzimmer kam ihr erstmals zu Bewusstsein, dass dies wahrlich und wahrhaftig ihre ersten eigenen vier Wände waren. Kein Zimmer im Haus ihres Vaters, keine Hotelsuite, sondern ihre erste eigene Wohnung! Als ihr das klar wurde, strampelte sie im Bett vor Begeisterung mit den Füßen wie ein Kind und hatte das Gefühl, sie könnte die ganze Welt umarmen. Ihr war, als müsste sie jeden Moment vor Ausgelassenheit platzen, und sie dankte Jula und dem Schicksal, das sie nach Berlin geführt hatte.

Den Dank an Jula nahm sie gleich wieder zurück. Es war ihre eigene Entscheidung, die sie hierher gebracht hatte. Ihre Zielstrebigkeit, ihr Mut.

Ruhe in Frieden, Jula. Und lass mir meinen.

Ihr Hand berührte die Narbe auf ihrem Bauch, nur noch als roter Streifen sichtbar. Sie massierte den schmalen Wall aus Fleisch mit dem Finger, rieb ihn behutsam, fast zärtlich, und die kleinen Stiche, die ihr das versetzte, waren beinahe angenehm.

Dreizehn

Im Atelier hatten sie eine künstliche Küste errichtet mit fünf Meter hohen Felsklippen aus Holz und Beton und einer tosenden Brandung, die von ohrenbetäubenden Generatoren in Gang gehalten wurde.

Chiara kroch aus dem Wasser ans Ufer, scharrte mit Knien und Händen durch feinen Kies und ließ sich kraftlos niedersinken, gerade theatralisch genug, um den Regisseur zufrieden zu stellen, aber nicht so schlimm, dass ihr die eigene Gestik später peinlich sein musste. Hoffte sie jedenfalls. Sicher sein konnte man nie, das wusste sie, seit sie ihren zweiten Film gesehen hatte. Am liebsten wäre sie nach der Hälfte aus dem Kino gerannt, obwohl die Premierengäste begeistert waren. Wenigstens taten sie so.

In diesen Tagen fiel es ihr immer schwerer, die Reaktionen anderer Menschen zu verstehen. Früher war sie gutgläubig, sogar vertrauensselig gewesen, und wenn jemand ihr ein Kompliment gemacht hatte, dann wäre sie nie darauf gekommen, dass er sie anlügen könnte. Heute war das anders. Mittlerweile machte jeder Komplimente, und sie spürte, wie Worte des Lobes oder der Anerkennung mehr und mehr von ihr abprallten. Im gleichen Maß, in dem ihre Bekanntheit wuchs, sank ihr Vertrauen in andere.

»Danke – das drehen wir noch mal«, rief der Regisseur zum Ufer herab. Die Generatoren verstummten, und zwei Frauen aus der Maske eilten herbei, um Chiara einen Bademantel und Handtücher umzulegen. Der Kameramann rief, dass es ein paar Minuten dauern würde, er wolle die Lichtverhältnisse optimieren. Wenig später turnten Beleuchter und Bühnenarbeiter am Rand der künstlichen Klippe herum und befestigten Scheinwerfer und Kabel oben auf der Kante.

Chiara saß frierend in ihrem Stuhl, trotz der Tücher und des Bademantels, trotz des heißen Kaffees, den man ihr reichte. Sie beobachtete das Treiben im Atelier, die Arbeiten an der Uferlinie vor dem gemalten Halbrund des Sturmhimmels und dachte, dass sie auch bei ihrem dritten Film noch immer nicht ganz das Staunen verlernt hatte über den Aufwand an Technik, Menschen und Geld, der hier betrieben wurde.

Ihr neue Schauspiellehrerin, eine ältliche Frau, die schon bei Reinhardt auf der Bühne gestanden hatte, verglich die Arbeit im Atelier gern mit einem Kinderspielplatz, nicht nur, weil hier die verrücktesten Abenteuer zusammenfantasiert wurden, sondern weil es hier wie dort vor allem um eines ging: Wer am lautesten brüllte, war der *Bestimmer*.

Chiara lächelte in sich hinein. Fasziniert, aber auch ein wenig besorgt beobachtete sie, wie die Beleuchter über den schmalen Steg balancierten, der hinter der Klippe verborgen war. Sicherheitsmaßnahmen gab es nur für die Schauspieler, die Arbeiter mussten zusehen, wie sie zurechtkamen. Ein Sturz aus fünf Metern Höhe mochte ihnen alle Knochen brechen. Rasch wandte Chiara den Blick ab, als könnte sie allein durchs Hinsehen einen von ihnen in die Tiefe ziehen.

Schließlich waren die Umbauten beendet, und der Regisseur forderte sie auf, wieder ins Wasser zu waten bis kurz vor den künstlichen Horizont. Laut Drehbuch hatte sie sich aus dem Schiff ihres Onkels gerettet, nachdem sie ihn kurz zuvor als Piraten entlarvt hatte. Am Ufer würde sie einer Bande von Schmugglern in die Hände fallen und sich, nach einigem Hin und Her, in deren Anführer verlieben – in den »düsteren, geheimnisvollen« Anführer, denn gespielt wurde er von Torben Grapow. Nach dem beachtlichen Erfolg von *Der Untergang des*

Hauses Usher waren die Produzenten bemüht, Chiara und ihn gemeinsam in ihren Filmen unterzubringen. Die meisten dieser Angebote, auf jeden Fall die bestbezahlten, waren Schmonzetten wie diese hier, harmlos, unterhaltsam und gern gesehen in den große Kinopalästen.

Das Wasser war warm gewesen, als man es in das Becken gefüllt hatte, doch nach der fünften Wiederholung der Szene hatte es sich empfindlich abgekühlt. Chiara fröstelte, beschwerte sich aber nicht – das hätte die Prozedur nur noch weiter in die Länge gezogen.

»Brandung!«, rief ein Regieassistent.

Die Generatoren heulten auf. Die Wasseroberfläche geriet in Bewegung, Wellen kamen auf. Eine Windmaschine blies dröhnend über den Kiesstrand. Oben auf der Klippe klammerten sich die Beleuchter an ihren Scheinwerfern fest, die recht wacklig auf dem Steg standen.

»Kamera!«, brüllte der Assistent.

»Kamera läuft!«, antwortete einer der Kameraleute.

»Chiara.« Der Regisseur benutzte eine Flüstertüte, um über den zehn Meter breiten Wasserstreifen zu ihr herüber zu rufen. »Und – bitte!«

Sie tauchte unter, tauchte auf – und schleppte sich durch das brusthohe Wasser an Land. Laut Drehbuch war sie gerade zwei Kilometer weit geschwommen, vom Piratenschiff bis an die Küste Cornwalls, und das bei heftigem Sturm und im Dämmerlicht des Morgens. Dafür, fand sie, hielt sie sich ganz gut.

Sie hatte die halbe Strecke hinter sich gebracht, als ihr Fuß sich in etwas verhakte. Eine der Wasserpflanzen, die beflissene Ausstatter im Wasser verteilt hatten. Sie stolperte, verlor mit dem anderen Fuß auf dem glatten Grund den Halt und stürzte.

»Aus!«, brüllte jemand, und tatsächlich schien jemand im selben Augenblick die gesamte Umgebung einfach abzuschalten.

Die Wirklichkeit kippte, wandelte sich.

Chiara schlug mit dem Kopf ins Wasser. Eine Woge spülte

über sie hinweg und drückte sie nach unten. Das Licht ging aus, alle Geräusche waren auf einen Schlag wie abgeschnitten.

Lichtspiralen hinter ihren Lidern, glühende Wendelpfade in eine bodenlose Tiefe.

Sie trat mit den Füßen, suchte Halt, fand keinen.

Ich kann dir nicht helfen.

Ihre Hände stießen ins Leere, kalte Finsternis überall um sie herum.

Vorsicht vor ...

Kein Oben mehr, kein Unten. Nur eisige Kälte und die Lichter hinter ihren Augenlidern, Spiralen in den Abgrund.

Aus der Dunkelheit stieg etwas zu ihr herauf, ein Gesicht, *ihr* Gesicht, fahl und blass wie eine Wasserleiche, mit wallendem Haar und ausgestreckten Händen, die nach ihr griffen.

Böse.

Hände an ihren Schultern, an ihren Schläfen.

Böse. Böse. Böse.

Jemand riss sie nach hinten, in einer funkelnden Wasserfontäne. Sie riss den Mund auf, schnappte panisch nach Luft, wurde weiter nach hinten gezogen und von zwei Armen aufgefangen. Jemand trug sie wie ein Kind, brachte sie sicher an Land.

Die Generatoren waren verstummt, die Wogen glätteten sich.

Der Lärm stammte von den Menschen im Atelier, die jetzt alle durcheinander redeten. Ein Regieassistent bemühte sich, für Ruhe zu sorgen, aber niemand beachtete ihn. Jemand brüllte nach einem Arzt – einem Arzt, *gottverdammt!* –, und in Chiaras Hirn drang verschwommen die Erkenntnis, dass es ihr gut ging. Sie war gestürzt, und da war nichts sonst, außer ...

Außer der Stimme.

Kann dir nicht helfen.

Leise wie fallende Ascheflocken, aber schneidend wie glühender Draht.

»Brauche keinen Arzt«, brachte sie hervor und spuckte Wasser. Es war der Schock, der diese Dinge mit ihrem Verstand anstellte. Es musste der Schock sein.

»Schon gut«, sagte der Mann, der sie auf dem Kies ablegte. Jemand reichte ihm Tücher. Eines ließ er gefaltet und schob es unter ihren Kopf, mit den anderen deckte er sie zu.

»Torben?« Sie blinzelte. Die Szene stand ganz ähnlich im Drehbuch: Der Schmuggler, der sie am Strand fand und sich um sie kümmerte.

Aber Torben trug Straßenkleidung, nicht das Schmugglerkostüm. Und seine Szene war erst am Nachmittag dran, nicht jetzt.

Irgendwo im Hintergrund rief eine Frau immer wieder »O Gott!«

Ogottogottogottogott ...

»Es geht mir gut«, brachte Chiara hervor. »Wirklich ... Ich bin in Ordnung.« Und das war sie. Im Großen und Ganzen jedenfalls.

»Ich weiß«, sagte Torben. Sein dunkles Haar war so nass wie ihr eigenes. Hatte er tauchen müssen, um sie aus dem Wasser zu ziehen? Aber das Becken war doch nicht so tief. Niemand konnte darin ertrinken.

Nur einszwanzig.

Aber das Gesicht, das aus der Tiefe aufstieg.

Da war keine Tiefe.

Sie hob den Oberkörper, setzte sich auf. »Schon gut«, sagte sie. »Es ist nichts. Nur der Schreck ... glaube ich. Lasst mich .... ja, danke.« Noch ein Handtuch, als wollte man sie darunter begraben.

Es roch verbrannt. Nach verbranntem Kunststoff und verbranntem Fleisch.

Und da begriff sie. Torben und die Kostümbildnerin mit den Handtüchern waren die einzigen, die sich um sie kümmerten. Alle anderen standen am Fuß der Felswand in einem Pulk.

»Geht's?« Der Regisseur erschien in ihrem Sichtfeld, ging neben ihr in die Hocke.

»Ja ... ja, sicher.«

»Gut. Wenigstens dir ist nichts passiert.«

»Aber was ...«

Sie sah es, als die Menge sich öffnete, um zwei Sanitäter mit einer Trage durchzulassen. Sie wuchteten einen Körper darauf, einen der Beleuchter. Er regte sich nicht. Seine Hände fielen seitlich von der Trage – sie waren schwarz wie Kohle, dünner Rauch stieg von ihnen auf.

Der Regisseur lief zurück zu den anderen.

Chiara sah den Scheinwerfer, der auf halber Höhe der falschen Felswand hing, verfangen in einem Netz aus Kabeln und Seilen. Qualm drang aus dem zersplitterten Glas. Jemand sprühte mit einem Schlauch Wasser darauf.

»Einer der Scheinwerfer hat Feuer gefangen«, sagte Torben und blickte abwechselnd zwischen ihr und dem Mann auf der Trage hin und her. Ein Arzt kam dazu und rief etwas über die Schulter nach hinten.

»Plötzlich hat es da oben gebrannt«, fuhr Torben fort und missdeutete offenbar ihren Blick, denn er fügte leise und mit nervösem Lächeln hinzu: »Nein, ich hab nicht geraucht ... nicht mehr, seit der Sache bei Masken.« Daran hatte sie längst keinen Gedanken mehr verschwendet, aber sie glaubte ihm, als er es sagte. »Der Scheinwerfer brannte, und der Mann hat versucht, ihn hinunter zu werfen, weg von den anderen Geräten, damit nicht die ganze Kulisse in Flammen aufgeht ... Aber das Ding hat sich verfangen, und der Mann muss irgendwie auf den Kabeln gestanden haben, keine Ahnung. Auf jeden Fall ist er mit runtergefallen und hat sich an dem brennenden Ding festgehalten, und dann ist er abgerutscht ...«

Benommen fragte sie sich, wie lange sie im Wasser gewesen war. War das alles in dieser kurzen Zeit passiert? Hatte niemand ihren Sturz bemerkt, weil gleichzeitig der Scheinwerfer in Flammen aufging? Hatten alle zur Klippe geschaut, nicht zu ihr aufs Wasser, alle außer Torben?

»Danke«, sagte sie knapp, rappelte sich hoch und warf die Handtücher ab. Sie kam sich lächerlich vor, klitschnass daliegend, während der arme Kerl dort mit verbrannten Händen und Schlimmerem abtransportiert wurde.

»Er ist tot«, sagte eine Stimme, als die Sanitäter mit der Trage zum Ausgang rannten, gefolgt von dem Arzt. Draußen wurde eine Alarmglocke geläutet.

Chiara schaute sich um und sah neben sich eines der Mädchen aus der Maske. »Sie haben gesagt, dass er tot ist«, wiederholte es mit tränenerstickter Stimme. »Sein Genick ist ...«

Torben trat zu Chiara und ergriff ihre Hand.

Sie horchte auf die Stimme in ihrem Inneren, aber da war nichts mehr. Nur die Erinnerung an ihr eigenes Gesicht, das aus der Tiefe zu ihr aufstieg. Wie damals im Traum: Ihr Ebenbild im Wasserloch. Hände, die sie packten – Hände, die an ihr zerrten.

Sie schüttelte sich und fror.

»Schluss für heute«, sagte jemand. »Geht alle nach Hause.«

Keiner ging nach Hause.

Alle standen auf der Straße zwischen den Atelierhallen, in Gruppen, die redeten oder schwiegen, und Chiara war mitten unter ihnen, mit Torben und dem Regisseur und jemandem von der Produktion, dessen Namen sie vergessen hatte und der die ganze Zeit dummes Zeug über Versicherungen und Beerdigungen und Angehörige plapperte.

Irgendwann ging die Sache mit den Blicken los.

Sie hätte es ahnen müssen, im selben Moment, als Torben ihr erzählt hatte, was geschehen war.

Die Blicke der anderen. Die stummen Vorwürfe. Die unsicheren Fragen. Die Zweifel.

Julas Fluch, stand in ihren Augen geschrieben. *Du trägst Julas Fluch in dir.*

Chiara stieß ein Lachen aus, das zu laut war, als dass es im allgemeinen Stimmengewirr hätte untergehen können.

Gespräche verstummten, Köpfe drehten sich zu ihr. Aus verstohlenen Blicken wurde Starren, aus Vorwurf offene Anklage.

»Chiara, was ...«

Torben wollte sie aufhalten, aber sie schüttelte seine Hand ab.

»Lass mich.«

Sie eilte davon, aber er folgte ihr, während hinter ihnen wieder die Stimmen laut wurden.

Er holte sie nach zwanzig Metern ein, auf halber Strecke zum Ausgang. Diesmal legte sich seine Hand um ihren Oberarm, zu fest, um sie abzuschütteln.

Zornig fuhr sie herum. »Ich werde mir von diesen Leuten nicht die Schuld geben lassen!«

»Niemand gibt dir die Schuld.«

»Red keinen Unsinn, Torben. Hast du gesehen, wie sie mich angestarrt haben?«

Er hielt ihrem Blick stand, erwiderte aber nichts.

»Lass mich gehen«, verlangte sie, aber seine Hand blieb an ihrem Arm.

»Du bist pitschnass.«

»Es ist Sommer. Ich werd schon nicht dran sterben.«

»Lass gut sein, Chiara. Du kannst nichts dafür. Sie werden sich beruhigen und zu demselben Schluss kommen.«

»Julas Fluch ... immer wieder Jula! Sie verfolgt mich bei allem, was ich tue.«

»Solche Unfälle passieren eben. Das hat weder was mit Jula noch mit dir zu tun.«

»*Ich* weiß das. Aber die anderen ... nein, Torben. Diese Idioten machen mich dafür verantwortlich!«

Seine Miene drückte Verwunderung aus. Er hatte sie noch nie derart über andere reden hören. Herrgott, *sie selbst* hatte sich noch nie so reden hören!

»Reiß dich zusammen«, flüsterte er mit gesenkter Stimme, aber mit so viel Nachdruck, dass sie erschrak. »Reiß dich, verdammt noch mal, vor all diesen Leuten zusammen!«

Sie spielte mit dem Gedanken, ihm eine runterzuhauen, damit er sie losließ, aber dann schnaubte sie nur verächtlich, und im selben Augenblick löste sich sein Griff.

»Jetzt machst du denselben Fehler wie sie«, rief er ihr nach, während sie Richtung Tor eilte. »Du gibst mir die Schuld für etwas, für das ich nichts kann.«

Sie schüttelte die Worte ab wie seine Hand, aber so wie den Druck seiner Finger spürte sie den Stich dessen, was er gesagt hatte, noch eine ganze Weile länger.

Am Tor stand jemand und erwartete sie.

Eine Frau in einem bodenlangen Zobelmantel, trotz des warmen Wetters. Sie war gut fünfzehn Jahre älter als Chiara, um die vierzig. Ihr Gesicht war geschminkt, als käme sie gerade aus der Maske eines der Ateliers – tatsächlich aber war dies ihr übliches Make-up. Die Blicke der Frau klebten an ihr mit einer solchen Intensität, dass Chiara glaubte, den Puder ihrer Lidschatten riechen zu können.

Sie erkannte sie sofort.

Elohim von Fürstenberg, die Diva der Diven. Liebling der Hegenbarth und aller anderen Klatschkolumnisten. Intimfeindin vieler Filmgrößen, der es sogar gelungen war, die ewigen Streithähne Asta Nielsen und Henny Porten in einer Allianz gegen sich zu vereinen.

Hinter ihr stand eine zweite Frau, sehr viel jünger, teuer gekleidet, wenn auch schlichter, in einem schwarzen Anzug mit Krawatte. Kurzes Haar, eine Mappe mit Schreibblock in der Hand. Elohims Sekretärin – oder, wenn man den Gerüchten Glauben schenkte, ihre Gespielin. Vermutlich beides.

Chiara tat, als bemerkte sie die Blicke der Frauen nicht. Sie ging schnurstracks auf sie zu, die Augen durch sie hindurch auf das dahinter liegende Tor gerichtet. Ihr gefiel das selbstsichere Lächeln nicht, das die Fürstenberg zur Schau trug, aber noch mehr verwunderte es sie. Sie waren sich nie begegnet, abgesehen von dem Abend, an dem sie während einer Premierenfeier gleichzeitig den Waschraum aufgesucht und einander zugenickt hatten.

Mit einem Nicken würde Elohim von Fürstenberg es diesmal nicht bewenden lassen, das schrie Chiara ihre ganze Haltung entgegen. Wenn sie Streit wollte, gut, den konnte sie haben. Dabei kümmerte es sie wenig, dass sie selbst so nass war wie ein aus dem Wasser gezogener Straßenköter, mit einem Handtuch um den Schultern und kläglicher Frisur, während die Fürstenberg Luxus und Überheblichkeit im Übermaß vereinte.

Als nur noch wenige Schritte zwischen den Frauen lagen, hob die Sekretärin stumm die linke Augenbraue. Ihre Finger spielten mit einem Füllfederhalter, ließen ihn geschickt an der Vorder- und Rückseite der Hand entlangwandern.

Auch Elohim bewegte die Hände, und Chiara sah, dass das, was sie für einen Muff gehalten hatte – bei dem Wetter? –, tatsächlich ein zusammengerollter Pudel war, schneeweiß und sehr jung. Fast hätte sie gelacht, als ihr klar wurde, dass die Diva wirklich kein Klischee ausließ.

Sie wird *Kindchen* zu mir sagen, dachte sie mit kalter Belustigung. Auf jeden Fall wird sie das.

»Sie haben meine Rolle gestohlen«, sagte die Fürstenberg und machte keine Anstalten, den Weg freizugeben. Chiara hätte einen Bogen um sie machen müssen, um zum Tor zu gelangen, und diese Blöße wollte sie sich nicht geben.

»So?«, fragte sie.

Die Sekretärin schwieg. Die erhobene Braue klebte auf ihrer Stirn wie ein Schminkunfall.

»Sie spielen meine Rolle«, sagte Elohim von Fürstenberg noch einmal.

Chiara blieb vor ihr stehen und kreuzte ihren Blick mit eisiger Aggression. »Ich denke nicht. Sonst wären *Sie* gerade aus dem Wasser geklettert, nicht ich.«

»Der Produzent hat Sie in Ihrem ersten Filmchen gesehen. Daraufhin hat er meinen Vertrag gekündigt und Sie engagiert.«

Chiara wusste nicht, ob das die Wahrheit war. Falls ja, berührte es sie wenig.

»Das tut mir Leid für Sie.«

»Das muss es nicht.«

»Was wollen Sie dann?«

Elohim lächelte süffisant. »Ich habe Sie doch nicht etwa auf dem falschen Fuß erwischt? Sie wirken etwas indisponiert.«

»Wenn Sie etwas von mir wollen, sagen Sie's. Ansonsten gehen Sie aus dem Weg.«

Der Blick der Sekretärin wurde finsterer, aber Elohim lächelte nur noch breiter. »Ich wollte nur sehen, wer mir meine Rolle weggeschnappt hat, nichts sonst. Einen Moment lang war ich wirklich beunruhigt. Von wegen Konkurrenz belebt das Geschäft – alles Unsinn! Nicht in *unserem* Geschäft, meine Liebe. Produzenten und Regisseure finden immer eine Jüngere, die die Beine breit macht.«

Chiara schluckte, dann fing sie sich. »Ist das nicht ein wenig billig, *meine Liebe*?«

»Ach was! Wir können offen miteinander sein, denke ich.«

»Auf Wiedersehen, Frau von Fürstenberg. Wir treffen uns bestimmt wieder.« Mit reizendem Lächeln setzte sie hinzu: »Vielleicht, wenn Sie mal meine Mutter spielen?«

Elohims Lachen war so verkrampft, wie Chiara gehofft hatte. Aber noch immer traten die Frauen nicht aus dem Weg, und sie war drauf und dran, sie einfach mit den Schultern beiseite zu schieben.

»Nun«, sagte Elohim gefasst, »lassen Sie mich Ihnen wenigstens zu Ihrer Jugend und Ihrem prächtigen Aussehen gratulieren. Ich bin sicher, Sie haben eine Menge von Jula gelernt.«

Elohim gab der Sekretärin einen Wink und wollte davon stolzieren, doch Chiaras Hand schoss vor und hielt sie am Arm zurück. Die Ältere schrak merklich zusammen, sie war es nicht gewohnt, berührt zu werden. Beinahe wäre der Pudel heruntergefallen; Chiara sah mit Genugtuung, dass seine winzigen Krallen sich in Elohims Seidentuch verhakten und einen Faden zogen.

»Ist es *das*? Hatten Sie Streit mit Jula? Dann kann ich Sie beruhigen: Ich habe nicht vor, Julas lieb gewonnene Traditionen fortzusetzen.«

Für einen winzigen Moment wirkte die Diva beinahe schuldbewusst, dann rümpfte sie die Nase, schüttelte Chiaras Hand ab und bedeutete ihrer Sekretärin zu gehen.

Chiara musste sich zwingen, den beiden nicht nachzublicken. Sie gingen in Richtung des Ateliers. Wollten sie mit dem Produzenten sprechen? Würde der ihnen von dem Unfall erzählen? Und würde er bereuen, dass er Chiara den Vorzug vor Elohim gegeben hatte, da sie doch offensichtlich Unglück über die Dreharbeiten brachte?

Sie trat durch das Tor hinaus. Der Fahrer, den die Produktion für sie abgestellt hatte, hatte sich mit dem Portier unterhalten und bemerkte sie erst, als sie bereits ungeduldig am Wagen stand. Hastig sprang er aus dem Pförtnerhäuschen, grüßte schuldbewusst und hielt ihr die Tür auf. Sie ignorierte ihn und seine Unachtsamkeit und glitt auf die Rückbank.

Ihr Herz hämmerte noch immer, ihr Nacken war feucht von Schweiß, aber das Brummen des Motors beruhigte sie ein wenig.

Elohim hatte nicht sie gemeint. In Wahrheit war es ihr um Jula gegangen. Einmal mehr sah jemand in Chiara nur ihre Schwester.

Vielleicht hatte sie nach dem Unfall vor ein paar Wochen deshalb so schnell den Entschluss gefasst, sich von Julas Schatten zu lösen. Was, wenn alle Recht hatten und sie ihrer Schwester bereits ähnlicher geworden war, als sie für möglich gehalten hatte?

Vierzehn

Ich weiß nicht, woran es liegt«, sagte Masken und legte die Speisekarte beiseite, ohne einen Blick hineingeworfen zu haben. »Niemand will den verdammten Kasten haben. Ich habe drei Makler darauf angesetzt, aber keiner beißt an. Die Villa ist unverkäuflich, jedenfalls zu ihrem tatsächlichen Wert.«

Chiara blickte nachdenklich in ihr Rotweinglas. Das Thema langweilte sie, und sie bereute, Maskens Einladung angenommen zu haben. »Was schlagen Sie vor?«

Er winkte dem Kellner zu, sagte »Das Übliche« und nickte Chiara zu, damit sie bestellen konnte. Ohne großen Appetit nannte sie ihre Wünsche, der Kellner wiederholte alles auf Französisch und entfernte sich. Chiara sah ihm nach und durch ihn hindurch. Alle Tische waren besetzt, viele mit bekannten Gesichtern aus Film, Theater und Varieté. Eine seltsame Hassliebe verband Chiara mit Berlins Prominentenlokalen: Zum einen mochte sie die meisten Leute nicht, denen sie hier begegnete, und das Gehabe, das künstliche Gelächter, die Umarmungen und Küsse ödeten sie an; zum anderen aber boten gerade diese Orte eine gewisse Anonymität, denn kaum jemand interessierte sich hier für den anderen und vergaß ihn, sobald er einen Tisch weiter Platz genommen hatte.

»Also?«, fragte sie.

Masken atmete tief durch, so als wäre er gezwungen, ihr eine schlechte Nachricht zu überbringen. »Warum ziehen Sie nicht einfach in das Haus?« Sie wollte widersprechen, aber er besänftigte sie mit einer Handbewegung. »So ein Gebäude wird nicht schöner dadurch, dass es monatelang leer steht. Jula ist jetzt ... wie lange? ... an die fünf Monate tot, und wenn wir nicht bald jemanden finden, der die Villa übernimmt, wird sie um einiges im Wert fallen.«

»Das interessiert mich nicht.«

»Das weiß ich. Aber mich ärgert die Verschwendung. Ziehen Sie ein. Verändern Sie, was Sie wollen. Es spricht doch wirklich nichts dagegen.« Dann sagte er etwas, das sie innerlich gefrieren ließ. »Es ist immerhin Julas Vermächtnis, nicht wahr?«

Sie sah ihn durchdringend an, suchte nach Hinweisen, dass er mehr über den letzten Abend mit Jakob wusste, als er vorgab. Aber sie fand nichts in seinem Blick, das ihren Argwohn bestätigt hätte, kein süffisantes Lächeln, nicht das winzigste Aufblitzen von Ironie.

Julas Vermächtnis.

Sie fühlte sich wieder unter Wasser gezogen, sah das Gesicht von unten aufsteigen, wo kein Unten hätte sein dürfen, aber diesmal war es nicht Julas Gesicht, sondern das des kleinen Mädchens, und in den Hand hielt es einen menschlichen Knochen.

»Chiara?«

Sie schrak auf.

»Das Essen.«

»Ja ... natürlich.« Sie nahm die Hände vom Tisch, damit der Kellner die Teller abstellen konnte. Ihre Portion war klein und geschmackvoll angerichtet. Wer hier speiste, zahlte ein Vermögen für wenig. Sie war zum ersten Mal in dem Lokal. Der Eingang lag an einem üppig bepflanzten Hinterhof in Schöneberg, und zur Straße hin verriet kein Schild seine Existenz. Trotzdem waren alle Tische bereits Tage vorher reserviert, wie Masken ihr versichert hatte. Am Eingang musste man einem Kleiderschrank von einem Kerl ein Passwort nennen. Mittels eines Klingelsignals gab er oben Bescheid, dass jemand die Treppe heraufkam und eingelassen werden durfte.

An der Stirnwand des Raumes befand sich eine kleine Bühne, kaum mehr als ein Podest, auf dem an manchen Tagen eine Tanzband oder ein Klassikensemble spielte. Heute Abend tanzte dort oben eine junge Frau im Kostüm einer Haremsdame, wog und bog sich zu einer Musik, die nur sie selbst hörte, mit verträumter Miene und rätselhaften Gesten, die aussahen, als zeichne sie mit den Händen okkulte Symbole in die Luft.

Ein zweiter Kellner brachte Maskens Bestellung, und Chiara sah, was er mit *das Übliche* gemeint hatte. Auf dem einen Teller lag eine Portion gedünsteter Gemüsesorten, kein Fleisch, angerichtet mit verschiedenen Saucen. Auf dem zweiten Teller, glatt und randlos wie ein Spiegel, befanden sich mehrere Linien Kokain, mehr als genug für sie beide.

»Guten Appetit«, sagte Masken und begann zu essen, ohne den zweiten Teller eines Blickes zu würdigen.

Chiara war nicht mehr besonders hungrig, was weniger mit dem Koks, als vielmehr mit der Selbstverständlichkeit zu tun hatte, mit der es offen auf dem Tisch platziert wurde. Drogen erschreckten sie längst nicht mehr, die Ateliers waren voll davon, ganz zu schweigen von den Lokalen und Nachtclubs; sie aber vom Kellner am Tisch serviert zu bekommen, das war ihr neu.

Mit frisch erwachtem Interesse schaute sie sich um und sah, dass auf den meisten Tischen kleine Teller und Tabletts standen, die nicht zum Menü gehörten. Kokain, Heroin, Morphiumampullen. Frauen zogen gelassen ganze Linien in die Nase, während sie sich mit ihren Begleitern gepflegt unterhielten; Männer rieben sich das Zeug ins Zahnfleisch oder schnupften es gleich vom Teller, während ihre Partnerinnen zusahen, am Wein nippten und warteten, dass sie an die Reihe kamen. Zwei Tische weiter hatte jemand seinen Ärmel zurückgeschoben und eine Morphiumspritze am Oberarm angesetzt; einen Augenblick später sank er zurück, während ein Kellner herbeieilte, die Kanüle aus dem Arm zog, in ein weißes Tuch einschlug und davontrug. Chiara verstand jetzt, warum so viele der Tische in behaglichen Nischen standen und weshalb die Stühle mehr Ähnlichkeit mit Sesseln hatten, in die man zurückfallen konnte, um seinen Rausch zu genießen.

Masken bemerkte ihre Blicke und lächelte. »Das Essen ist nicht besser als anderswo, aber der Nachtisch ist delikat.«

Chiara zuckte die Achseln und konzentrierte sich wieder auf ihr Gegenüber. »Wissen Sie, ich bin nicht sicher wegen der Villa. Dort einzuziehen kommt mir irgendwie ... falsch vor.«

Er kaute ein letztes Stück Blumenkohl, nahm einen Schluck Wasser und tupfte sich die Lippen mit der Serviette ab. »Sie haben keine Angst vor dem Haus«, stellte er fest, »Sie fürchten sich vor Jula.«

»Ich glaube nicht an Geister.«

»Ist das so? Nun, wie auch immer ... Ich meinte kein echtes Gespenst. Was ich sagen will, ist, dass ich glaube, Sie haben immer noch Angst, mit ihr verglichen zu werden.« Er sah ihren Gesichtsausdruck und lächelte sanft. »Das ist Ihr wunder Punkt, nicht wahr?«

»Alle vergleichen mich mit ihr.«

»Das bilden Sie sich ein.«

»Ganz sicher nicht.« Sie war drauf und dran, ihm von ihrer Begegnung mit Elohim von Fürstenberg zu erzählen. Dann aber sagte sie nur: »Sie ist überall, wo ich hingehe. Vermutlich sitzt sie gerade unterm Tisch."

Es war ein schwacher Versuch, dem Thema den Stachel zu ziehen, und Masken lachte höflich. Dann wandte er sich dem zu, was er den Nachtisch genannt hatte. »Hier«, sagte er, »nehmen Sie auch was.«

Sie sah auf den Kokainteller, den er ihr mit beiden Händen entgegenhielt, und fragte sich, was er wohl täte, wenn sie jetzt mitten in das Zeug hineinpusten würde, geradewegs über den Teller hinweg in sein Gesicht. Ein hysterisches Lachen stieg in ihr auf, und sie unterdrückte es nur mit Mühe. Zugleich stellte sie sich die Frage, ob da noch etwas anderes im Essen gewesen war als Salz und Pfeffer. Sie fühlte sich mit einem Mal so gelassen und zugleich so unglaublich komisch; normalerweise hielt sie sich nicht für besonders witzig, aber jetzt schien es ihr, als wäre jedes ihrer Worte, ach was, jeder Gedanke ein perfekter Kalauer.

»Bedienen Sie sich«, sagte er noch einmal.

Sie zuckte die Achseln, nahm den Teller und stellte ihn vor sich ab. Durch ein silbernes Röhrchen, das zum Gedeck gehörte, zog sie Koks durchs Nasenloch bis sie das Gefühl hatte, zum Räumen ihre Nebenhöhlen wäre eine Schneeschaufel nötig.

Es war nicht das erste Mal, aber zuvor waren die Mengen winzig gewesen, nicht mehr als kleine Appetithäppchen, die Ursi ihr aufgedrängt hatte. Dagegen war dies hier das volle Programm. Nord, Süd, Ost und West. Die vier Jahreszeiten im Sonderzugtempo. Die Besteigung des Mount Everest und der Sprung in die Hölle.

Sie sah Masken an, der ihr den Teller fortnahm und sich dabei seltsam bewegte, ruckartig wie ein Insekt. Die Menschen um sie herum sanken nach hinten weg und rückten zugleich auf sie zu. Ein paar schauten sich zu ihr um – das taten sie doch, oder? –, und sie sahen die wunderbare, die großartige, die bezaubernde Chiara Mondschein auf dem ersten Höhepunkt ihrer Karriere, blendend schön, ungemein talentiert und von solcher Gleichgültigkeit allen anderen gegenüber erfüllt, dass sie sich allein beim Anblick dieser Menschen hätte übergeben mögen. Oder lachen. Am besten gleichzeitig.

Ihre Nase juckte ein wenig, und sie spürte ein Ziehen unter der Kopfhaut. Ansonsten aber fühlte sie sich prächtig, und sie dachte: Warum eigentlich nicht? Warum sollte ich nicht in die Villa ziehen?

Dann fiel ihr der Knochen ein, den das Mädchen hervorgewürgt hatte, die Zähne und die Splitter, und ihr kam der Gedanke, dass es eine gute Idee wäre, die Toten ruhen und ihre Häuser verfallen zu lassen.

Die junge Frau war jetzt nicht mehr allein auf der Bühne. Jemand war bei ihr, und im ersten Augenblick glaubte Chiara, es wäre Masken, denn er saß nicht mehr auf seinem Platz. Dann aber erkannte sie, dass es kein Mensch war, sondern eine mannsgroße Puppe mit biegsamen Gliedern, eine Stoffpuppe, wie eine zum Leben erwachte Vogelscheuche. Im Publikum wurde Gelächter laut, erst unterdrückt, dann immer heftiger, während das Mädchen mit der Puppe exotische Tanzschritte vollführte und sich dabei ebenso verrenkte wie das Ding aus Stoff, als hätte auch sie keine Knochen, als hätte man alles Solide aus ihr herausgesaugt und den Leib eines menschlichen Oktopus zurückgelassen, elastisch und lockend und trügerisch in seiner tödlichen Eleganz.

Aber war es wirklich das Mädchen, das die Puppe führte?
Oder führte die Puppe das Mädchen?
Chiara zwang sich, den Blick abzuwenden. Sie fühlte sich selbst so biegsam wie die Tänzerin, hatte das Gefühl, dieselben Bewegungen und Posen einnehmen zu können. Nicht Ballett, nicht Pantomime, sondern der Locktanz einer Giftschlage.

Sie mochte eine halbe Stunde dagesessen und dem bizarren Treiben auf der Bühne zugeschaut haben. Ihr Zeitgefühl hatte sie als Erstes verloren, und nun schwand auch ihr Gleichgewichtssinn. Sie spürte, dass sie schwankte, aber ihr wurde, Gott sei Dank, nicht schwarz vor Augen.

Der Anblick der Puppe jagte ihre einen Schauder über den Rücken. Sie fröstelte, obwohl ihr eigentlich warm war. Alles war so angenehm, so nett gewesen, bis zu dem Auftauchen dieser Puppe, diesem Zerrbild eines Tänzers – es wirbelte das Mädchen über die Bühne und lachte und schrie Obszönitäten ins Publikum.

Oder war sie das selbst? Nein, sie hatte nichts gesagt. Aber sie hörte jetzt ihre Gedanken, als flüstere sie ihr jemand ins Ohr. Konnte sie sicher sein, dass es ihre eigenen waren?

Wo, zum Teufel, steckte Masken?
Ihr Blick fiel auf eine zweiflügelige Tür nahe der Bühne. Sie hatte angenommen, es sei der Durchgang zu den Umkleideräumen der Künstler, aber jetzt sah sie einen Mann zwischen den Flügeln verschwinden.

Wie lange war Masken fort?

Sie hatte keine Uhr und wollte niemanden nach der Zeit fragen. Hätte sie eine Uhr gehabt, wären die Zeiger vermutlich vom Zifferblatt geradewegs in ihre Augen geschnellt, wie winzige goldene Pfeile. Haargenau ins Schwarze.

Ihr Verstand flüsterte ihr Unfug zu, aber noch war sie klar genug, um die Tür zu erkennen. Chiara stand auf, kein Problem, und ging durch den Saal Richtung Bühne, ganz gerade, völlig beherrscht. Sie fühlte sich größer und schöner, besser als alle hier im Raum.

Die Puppe zog die Tänzerin an sich und küsste sie.

Was würden die beiden tun, wenn ihr Auftritt beendet war? Stieg die Puppe in eine Kiste und lag dort mit schimmernden Knopfaugen im Dunkeln, bis zum nächsten Tanz?

Chiara bog vor der Bühne nach rechts und ging auf die Tür zu. Einer der Kellner lief ihr über den Weg, und als sie ihn nach Masken fragte, nickte er und sagte, er sei wohl nach hinten gegangen, in die privaten Räume.

Sie ging zur Tür und trat hindurch. Die Flügel, obwohl aus massiver Eiche, schwangen vor und zurück, es gab keine Klinke. Ein Geruch drang ihr entgegen, der sie an die Räucherkerzen in Langs Wohnung erinnerte, nur schwerer, süßlicher.

Ein langer Gang lag vor ihr, dessen Wände mit dunkelrotem Stoff bespannt waren. Lampen brannten in goldenen Halterungen zwischen den hohen Türen. Ein dicker, flauschiger Teppich dämpfte ihre Schritte. Die meisten Türen waren geschlossen, aber hier und da stand eine offen, und dahinter sah sie Männer und Frauen in verschiedenen Stadien des Beischlafs, einige noch beim gegenseitigen Entkleiden, andere eng umschlungen.

Eine junge Frau kniete vor einem nackten Mann mit militärischem Haarschnitt. Chiara sah sie nur im Profil, mit geschlossenen Augen und sehr roten Lippen, die seine Erektion umschlossen. Eine andere Frau hockte auf allen Vieren vor einem rothaarigen Dicken, der sein Gesicht zwischen ihren Hinterbacken vergrub. Ein Mädchen tanzte für drei junge Kerle, die es mit großen Augen anstarrten; erst nach einem Moment fiel Chiara auf, dass sie den Schwanz der Schlange, die sich um ihren üppigen Körper wand, tief in ihren Unterleib eingeführt hatte. Dabei lachte sie und lachte und lachte.

Sie ging wie im Schlaf an all den Türen und Szenen vorüber, staunte hier, wunderte sich dort, aber sie fühlte keinen Abscheu, nicht einmal Unbehagen.

Masken sah sie nirgends, und obgleich er hinter einer der geschlossenen Türen sein mochte, vermutete sie ihn doch anderswo, denn am Ende des Flurs war ein weiterer Durchgang mit Schwingtüren. Diese Tür übte eine seltsame Anziehungskraft auf sie aus, und sie nahm an, dass es Masken nicht anders ergangen war.

»Das Übliche«, hörte sie ihn sagen und fragte sich, ob sich dahinter mehr verbarg als Essen und Koks.

Bevor sie die Tür erreichte, kam eine Frau auf sie zu, nicht älter als sie selbst, in einem hautengen Kleid aus goldenen Schuppen. »Sie sind neu hier, nicht wahr?«

Chiara hatte das Gefühl, ihre Kiefer klebten aufeinander, obwohl die belebende Wirkung des Kokains anhielt und sie sich immer noch sehr schön und sehr schlau und sehr redegewandt fühlte.

Die Frau nahm sie an der Hand und führte sie in einen Raum, an dessen Wänden Gemälde hingen, keine pornographischen Motive, sondern Landschaften mit Windmühlen, Almwiesen und Sanddünen. Die Frau trat vor ein Bild und klappte es an einem verborgenen Scharnier zur Seite. Dahinter befand sich ein Guckloch, das, wie Chiara bald herausfand, den Blick in ein angrenzendes Zimmer gestattete. Auf einem Bett saß dort ein Mädchen auf einem älteren Mann, massierte sich die Brüste und bewegte sich rhythmisch vor und zurück; dabei schien es sich in jeder Sekunde seiner Wirkung bewusst zu sein, denn es richtete seine Reize sowohl nach den Blicken des Mannes, als auch nach dem Guckloch aus.

Chiara schüttelte den Kopf, und das Bild wurde wieder zugeklappt. Sie folgte der Frau zum nächsten und konnte zwei Männer beim Akt beobachten. Hinter dem dritten waren es zwei Frauen, die eine trug an einem Gürtelband die Nachbildung eines Penis aus Elfenbein.

Nach jedem kurzen Blick lehnte Chiara ab, obgleich sie sich der Faszination des Zuschauens nicht ganz entziehen konnte, zumal die Hälfte der Paare Kundschaft war wie sie selbst und womöglich gar nicht wusste, dass es Beobachter gab. Chiara fragte die Frau nach der Tür am Ende des Ganges und erwartete ein Stirnrunzeln, vielleicht Argwohn oder die Bitte, zu gehen. Stattdessen aber nickte sie, sagte »Aber selbstverständlich« und führte Chiara wieder hinaus auf den Flur. Ein alter Mann kam ihnen entgegen, an der Hand einen Jungen in Damenunterwäsche. Beide grüßten höflich, der Alte zog einen imaginären Hut vor Chiara, dann verschwand das Paar in einem der offenen Zimmer.

»Sie kennen den Aufpreis?«, fragte die Frau Chiara, als sie die Tür am Ende des Korridors erreichten.

Chiara hatte keine Ahnung, nickte aber. Sie schwebte noch immer auf einer Woge der Euphorie, und nichts, auch keine noch so hohe Summe, konnte sie jetzt noch davon abhalten, herauszufinden, was hinter der Tür lag.

Die Frau klopfte in einem festgelegten Rhythmus, dann wurde die Tür von innen geöffnet. Auf den ersten Blick sah es dahinter kaum anders aus als davor, ein zweiter Flur, in düsterem Rot gehalten, spärlich beschienen durch Licht hinter Lampenschirmen mit kupferfarbenen Fransen. Die Frau verabschiedete sich von Chiara und machte an der Schwelle kehrt, während ein junger Mann in Pagenuniform Chiara die Tür aufhielt, sie mit einer Geste wortlos hereinbat. Führungen gab es in diesem Teil des Salons offenbar nicht, jeder durfte selbst herausfinden, was die Zimmer zu bieten hatten. Womöglich war gerade das ein Teil ihres Reizes.

Hier waren alle Türen geöffnet, wer hierher kam, hatte keine Geheimnisse vor den anderen. Chiara schien es, als bewegten sich die Eingänge der Zimmer zu beiden Seiten des Flures auf sie zu, während sie selbst auf einem Polster aus federnder Luft stand. Sie spürte kaum, dass sie vorwärts ging, und hatte das Gefühl, ihre Blicke nach rechts und links nicht mehr unter Kontrolle zu haben. Sie schaute nur, staunte, blieb stehen, um einen längeren Blick in einen Raum zu werfen, auf das Getümmel der Leiber, das Glitzern von Schweiß auf nackter Haut, funkelnd wie Rubine im roten Licht.

Irgendwann fiel ihr auf, dass sie alle Frauen hier kannte.

Sie unterdrückte einen Anfall von hysterischem Gelächter, ehe ihr das Lachen schließlich im Hals stecken blieb.

Eine Frau warf ekstatisch den Kopf zurück und schüttelte sich das Haar aus dem Gesicht – Chiara erkannte sie. Eine andere räkelte sich auf einem Diwan, während ein Mann den Kopf zwischen ihre Schenkel schob – auch sie hatte ein bekanntes Gesicht.

Schauspielerinnen. Sie alle waren Schauspielerinnen.

Keine Mädchen aus der zweiten Reihe, die sich hier ein Zubrot verdienten. Es waren die Stars, die Diven, die Göttinnen des Filmpantheons. Dazu ein halbes Dutzend andere, auch Größen des Varietés und des Theaters. Chiara sah eine Opernsängerin, die erst vor kurzem in Verdis *Macbeth* geglänzt hatte und sich jetzt unter einem schwergewichtigen Monokelträger wand.

Sie taumelte und sank mit dem Rücken gegen eine der Wände. Schweiß lief ihr von der Stirn in die Augen. Sie fuhr sich mit dem Handrücken durchs Gesicht, wollte weitergehen, aber was das Rauschgift ihr eben noch an Kraft und Elan geschenkt hatte, entzog ihr jetzt der Anblick dieser Menschen.

Nicht nur die Frauen waren berühmt, auch die Männer. Doch während die Männer flüsterten, lachten und stöhnten, blieben die Frauen stumm und devot. Als hätten sie beim Eintritt in diese Räume ihren Willen an der Pforte abgegeben.

Als hätte man sie unter Drogen gesetzt.

In Chiaras Ohren setzte ein Pochen ein, das alle anderen Laute überlagerte, wie ein Alarmsignal.

Sie wollte sich von der Wand abstoßen und zurück zum Ausgang eilen, doch die Beine gehorchten ihr nicht. Nicht nur die Umgebung, auch ihr eigenes Verhalten folgte den Gesetzmäßigkeiten eines Traums. Die erste Tür war die Schwelle zu einer anderen Welt gewesen, die zweite das Tor zurück in ihre eigene – nur dass dort nichts mehr so war, wie sie es kannte. Alles war auf den Kopf gestellt, die alten Regeln hatten keinen Bestand mehr.

Ein Schritt vorwärts. Dann noch einer. Ja, jetzt ging es wieder. Sie musste weg von hier. Musste raus.

Es waren nicht nur die Gesichter, die sie schockierten. Es war die Gleichgültigkeit in den Augen, der trübe Nebel ihrer Blicke.

Alle diese Frauen waren aus Fleisch und Blut. Sie waren keine Täuschung, kein Gaukelwerk. Keine geschickt geschminkten Imitatoren, wie es sie in manchen Luxusbordellen in Berlin und anderswo gab. Keine Huren, die mit Perücken und ein wenig Farbe eine Illusion erzeugten, an die mancher Freier nur zu gern glauben wollte.

Sie waren alle hier. Und sie waren echt.

Mit tapsigen Schritten wich sie vor dem Pagen zurück in die andere Richtung. Bei jeder Bewegung rechnete sie damit, dass irgendwer sich auf sie stürzen, ihr die Kleider vom Leib reißen und sie auf eines der Betten zerren würde – so, wie es zweifellos den anderen widerfahren war, denn keine, *keine* von ihnen konnte freiwillig hier sein.

Aber niemand packte sie, und niemand zwang sie zu etwas.

Ihre Sicht wurde immer verschwommener, ihre Bewegungen unsicherer. Sie war drauf und dran, das Bewusstsein zu verlieren, und das war keine Folge des Kokains. Da waren noch andere Drogen im Essen gewesen, davon war sie jetzt überzeugt – und zugleich spielte es keine Rolle mehr.

Stöhnen hinter einer halboffenen Tür. Eine Stimme, die ihr bekannt vorkam.

Chiara trat ein.

Masken lag rücklings auf einem orientalischen Teppich, die Hose bis zu den Knien heruntergelassen, das Hemd nach oben geschoben, ausgebreitet wie ein Paar Flügel zu beiden Seiten seines Körpers. Auf ihm bewegte sich aufrecht sitzend eine

Frau, die Chiara den Rücken zuwandte. Sie hatte dunkelbraunes Haar, das weit über ihren Rücken fiel und sich um die Schulterblätter teilte wie ein Fluss um zwei Inseln. Sie war schlank, fast ein wenig mager. Chiara konnte ihre Rippen sehen und die Beine, die eine Spur zu dünn waren.

Masken hatte sie nicht bemerkt, er war ebenso berauscht wie sie selbst. Er hielt die Augen geschlossen, während sich seine Lippen bewegten, vielleicht etwas flüsterten. Chiara hörte es nicht, hörte nur das Pochen in ihren Ohren, dumpf wie Trommelschläge.

Die Frau bewegte sich weiter, schob die Hüften vor und zurück, und wandte langsam den Kopf in ihre Richtung.

Trommeln! Das Pochen machte sie wahnsinnig!

Wandte den Kopf noch weiter, schob sich mit einer Hand Haarsträhnen von den Wangen, aus den Augen, blickte jetzt nach hinten.

Und lächelte.

Chiara stieß einen spitzen Laut aus. Das Trommeln war jetzt spürbar, Hiebe auf ihren Geist, in ihrem Verstand, echte, fühlbare Schmerzen.

Ein leeres, seelenloses Lächeln.

Ihr eigenes Lächeln. Als hätte man es reproduziert und ihm dabei jede Emotion entzogen.

Das bin nicht ich! Und doch ...

Ihre Doppelgängerin hörte nicht auf, sich zu bewegen. Ritt Masken unter sich zum Höhepunkt und starrte dabei Chiara an, starrte über ihre Schulter, und das Lächeln tat so weh, so schrecklich weh, denn es war ein Lächeln ohne Willen, ohne Verstand, das aufgemalte Grinsen einer Puppe.

Chiara floh aus dem Zimmer, hinaus auf den Flur. Stumme Dienerinnen mit weltberühmten Gesichtern, und darauf dieses tote Lächeln, seelenlos wie Denkmäler.

Chiara taumelte, konnte sich kaum auf den Beinen halten.

Das rote Licht, das rote Zimmer. Die Schatten an den Wänden, Maskens und ihr eigener. Der Geruch nach ihrem eigenen Körper, nach ihrem Schweiß.

Sie verlor den Halt, sah den Boden näher kommen, und dann umschloss das Rot sie wie eine Faust und brachte ihre Gedanken zum Schweigen.

✦

Sie erwachte in ihrem Bett, in ihrer Wohnung.

Sonnenstrahlen fielen zum Fenster herein, und von unten dröhnten Hupen herauf, das Stottern der Motoren und das Klackklack von Pferdegespannen auf dem Straßenpflaster.

Immer noch halb betäubt, schob sie die Decke beiseite und sah, dass sie ihr Nachthemd trug. Sie konnte sich nicht erinnern, es angezogen zu haben. Sie konnte sich nicht mal erinnern, wie sie hierher gekommen war, nach Hause, geschweige denn ins Bett.

Sie entsann sich vage des Restaurants, des Flurs hinter der ersten Tür, des roten Lichts hinter der zweiten. Masken – ja, Masken war da gewesen, in einem Zimmer mit jemandem zusammen, der ihr ähnlich sah.

Chiara setzte sich im Bett auf und sah sich selbst in dem großen Spiegel an der Wand, mit zerrauftem Haar und einem Gesicht, das so hoffentlich niemals von irgendeiner Leinwand herabschauen würde. Das weiße Bettzeug war um sie herum zu einem Wall aufgetürmt. Das Laken lag zusammengerollt halb unter ihr, halb über der Bettkante. Es sah aus, als hätte sie getobt im Schlaf, und das mochte erklären, weshalb sie Muskelkater hatte und einen mörderischen Kopfschmerz.

Das verdammte Koks. Aber sie hatte es ja so gewollt.

Hatte sie das?

Sie konnte sich kaum erinnern, aber da war ein Schatten von Zwang in ihrem Gedächtnis, so als wäre nicht alles freiwillig geschehen, was geschehen war. Aber was *war* eigentlich geschehen?

Das Telefon klingelte.

Sie schob ein Bein über die Bettkante, fragte sich, ob es jemals wieder ein Leben ohne Kopfschmerzen geben würde, und fand den Parkettboden so widerlich kalt unter ihren Fußsohlen, dass sie es für eine gute Idee hielt, das Telefon zu ignorieren. Sie ließ sich zurück ins Kissen fallen und presste die Zipfel mit beiden Händen gegen die Ohren, um den Lärm auszusperren.

Das elfte Klingeln war das letzte. Danach war Ruhe.

Was ist heute für ein Tag? Sie versuchte, sich zu erinnern. Samstag. Ja, natürlich Samstag. Keine Dreharbeiten. Gott sei Dank.

Sie war gerade wieder eingedöst und irrte im Traum durch ein Labyrinth roter Korridore, als das Telefon abermals läutete.

Der Teufel hole die moderne Fernsprecherei!, dachte sie, setzte die Füße unsicher auf den kalten Boden, brachte sich irgendwie zum Aufrechtstehen und fand tranig den Weg ins Wohnzimmer. Dort sank sie aufs Sofa, zog beide Beine an, holte ein paar Mal tief Luft und nahm den Hörer ab.

»Ja?«

»Chiara? Guten Morgen! Masken hier.«

»Morgen.«

»Sie klingen müde.«

»Schon möglich.«

»Haben Sie gut geschlafen?«

»Kann sein. Ich kann mich nicht besonders gut daran erinnern.«

»Das tut mir Leid.«

Sie seufzte. »Was wollen Sie? Ich würde gerne wieder ins Bett gehen.« Sie erinnerte sich an seine heruntergelassene Hose auf einem Teppich und war auf einen Schlag hellwach.

»Ich wollte nur sehen, ob's Ihnen gut geht«, sagte er.

»Den Umständen entsprechend.«

»Sie sind mir nicht böse, oder?«

»Das weiß ich noch nicht.«

Er lachte, obwohl sie es keineswegs witzig gemeint hatte. »Gut, dann will ich mal hoffen, dass die Entscheidung zu meinen Gunsten ausfällt.«

»Was ist in dem Essen gewesen?«

»Im Essen?«

»Tun Sie nicht so scheinheilig.«

»Sie haben Kokain genommen.«

»Ich weiß, wie Kokain wirkt. Aber das war nicht alles.«

Sie sah sein Schulterzucken förmlich vor sich. »Möglich, dass sie das Essen ein wenig ... würzen. Das ist in diesem Lokal nicht ungewöhnlich. Aber denken Sie nur nicht, *ich* hätte etwas hineingemischt.«

»Was für eine Art *Lokal* war das eigentlich?«

»Wie meinen Sie das?«

»Das wissen Sie ganz genau!«

»Ein Restaurant, natürlich. Eines, in dem man ein paar Extras bekommt.«

»Was waren das für Frauen?«

Mehrere Sekunden vergingen, bevor er erwiderte: »Welche Frauen meinen Sie?«

»Die Frauen in den Zimmern, an diesem Korridor. Ich habe sie gesehen, und ich habe *Sie* gesehen, Masken!«

Wieder Schweigen, dann: »Ich hab keine Ahnung, wovon Sie sprechen, Chiara. Sie haben den ganzen Abend über den Tisch nicht verlassen.«

»Ich habe ... Das ist nicht besonders witzig, wirklich nicht.«

»Aber es ist die Wahrheit!« Er klang ehrlich, und sie hasste sich, weil er ihre Gewissheit so rasch und mit so wenigen Worten ins Wanken brachte. »Wirklich, Chiara ... Ich meine, was soll ich sagen? Wir haben an diesem Tisch gesessen, und, ja, wir haben Kokain genommen. Das ist wahr. Und dann sagten Sie irgendwann, Sie wollten nach Hause. Da waren Sie, um ehrlich zu sein, ziemlich ... na ja, nicht mehr Sie selbst, würde ich sagen. Ich habe Sie nach Hause gebracht, bis zur Haustür. Sie wollten nicht, dass ich mit raufkomme und Ihnen helfe.«

Helfen? Wobei? Mir die Knie auf einem Orientteppich wund zu reiben? Aber das sagte sie nicht. »Wie viel Uhr war es da?«

»Wie viel Uhr? Keine Ahnung. Halb zwei, vielleicht. Ja, das kommt hin. Halb zwei.«

Sie schloss für einen Moment die Augen, öffnete sie wieder, blickte zur offenen Schlafzimmertür hinüber. Das Kleid, das sie gestern getragen hatte, lag auf dem Boden, Schuhe und Strümpfe daneben. Hinter dem Türrahmen ragte ein Zipfel ihrer Unterwäsche hervor. Sie konnte sich nicht erinnern, irgendetwas davon ausgezogen zu haben. Aber wenn er es getan hätte, hätte er ihr dann das Nachthemd übergezogen?

»Hören Sie«, sagte er, nachdem sie eine ganze Weile lang geschwiegen hatte, »wir können später noch mal telefonieren. Ich wollte Ihnen nur sagen, dass mir der Abend mit Ihnen sehr gefallen hat.«

Was sollte das werden? Ein Heiratsantrag? Sie hätte fast laut aufgelacht.

Er machte ihr tatsächlich ein Angebot, wenn auch ein anderes: »Ich bin eigentlich mit Ihnen Essen gegangen, weil ich Sie bitten wollte, noch einmal über diesen Vertrag nachzudenken, über den wir gesprochen haben. Wir sind gestern nicht dazu gekommen, darüber zu reden ... Aber ich würde Sie immer noch gerne unter Vertrag nehmen, für drei, vier, fünf Filme. Das könnte eine tolle Partnerschaft werden.« Jetzt klang er so, als wäre er erstaunt darüber, dass sie nicht gleich zusagte. Und in einem zumindest hatte er Recht: Für ihre Karriere mochte es gut sein, denn Masken hatte ihr versprochen, künstlerisch anspruchsvolle Stoffe für sie zu entwickeln, nicht die seichten Abenteuer- und Liebesgeschichtchen, mit denen sie im Augenblick beschäftigt war.

»Ich muss mir das überlegen«, sagte sie vage. »Ich kann darüber jetzt nicht nachdenken.« Das konnte sie tatsächlich nicht. Nur eines wusste sie: Nach dem Abend gestern wollte sie Masken vorerst nicht wiedersehen. Vielleicht sagte er die Wahrheit. Vielleicht hatte sie sich das alles im Rausch nur eingebildet – und im Grunde sprach alles dafür, nicht wahr? –, aber sie konnte seinen Anblick auf dem Teppich nicht vergessen.

Und den Anblick ihrer Doppelgängerin.

Es ging nicht. Nicht jetzt.

»Sicher«, sagte er, »kein Problem. Wir reden später.«
»Bis dann.«

Sie legte auf, so schnell, als wäre der Hörer in ihrer Hand plötzlich glühend heiß geworden. Dann schleppte sie sich ins Badezimmer, sah sich aus dem Augenwinkel am Spiegel vorbeischleichen, gespenstisch weiß vor all dem schwarzen Marmor. Sie setzte sich auf die Toilette, vergrub eine Weile das Gesicht in den Händen und hoffte vergeblich, wieder klarer zu werden.

Schläfrig trat sie vor den Spiegel, hob den Kopf – und sah ihr Spiegelbild *grinsen*. So teuflisch breit, als hätte man die Mundwinkel mit chirurgischen Klammern bis zu den Ohren gezerrt. Weiß blitzten ihre Zähne, und ihre Augen waren Schlitze, tückisch verzerrt vor Häme und Hohn.

Sie prallte zurück. Spürte Marmor in ihrem Rücken, fühlte, wie die Kälte des Steins durch ihre Glieder prickelte.

Noch ein Blick in den Spiegel.

Sie war wieder sie selbst. Nur eine müde, erschöpfte Chiara Mondschein, die im Augenblick so wenig mit einem Star und Sexsymbol gemein hatte wie die vertrocknete Zimmerpflanze auf dem Fensterbrett.

Gott, dachte sie, was geschieht mit mir?

Fünfzehn

Es war ein offenes Geheimnis, dass die Prominenz, vor allem aber die Stars und Sternchen des Filmgeschäfts, rund um den Sachsenplatz ihre Liebesnester unterhielten. »Sexenplatz« nannten viele Berliner ihn deshalb spöttisch, und Chiara konnte nicht umhin, sich beobachtet zu fühlen, als sie aus dem Wagen stieg und die Tür hinter sich schloss. Es war bereits dunkel, ein paar Passanten waren noch unterwegs, aber es gab keine Pulks von Neugierigen, die darauf warteten, ihre Idole in flagranti zu ertappen. Das beruhigte sie ein wenig, und schon kam sie sich albern vor, weil sie befürchtet hatte, sich hier nur mit hochgeschlagenem Kragen und herabgezogenem Hut zeigen zu können. Vielleicht überschätzten sie alle sich einfach, womöglich interessierten sich die Leute weit weniger für das Privatleben der Stars, als behauptet wurde.

Neben der Haustür gab es mehrere Klingeln, vermutlich die Hälfte davon – wenn man den Gerüchten Glauben schenkte – mit erfundenen Namen. »G« stand an der oberen, nur ein Buchstabe. Für denjenigen, der Bescheid wusste, reichte das. Zumal es sich in diesem Fall nicht um ein angemietetes Provisorium handelte, in dem sich Männer heimlich mit ihren Mätressen trafen. Torben Grapow wohnte tatsächlich hier.

Was je nach Betrachtungsweise für seine Ehrlichkeit oder gegen seinen Geschmack spricht, dachte sie.

Die Tür war offen, deshalb trat sie ein. Drinnen flammten die Lampen auf, ein düsteres Gelb, das die Bezeichnung Licht nicht recht verdiente. Das Treppenhaus war spektakulär, rund wie das Innere eines Turmes, mit mächtigen Steinstufen und einem Marmorgeländer.

Sie blickte nach oben und erwartete, dass er über das Geländer herabschaute. Doch das Rund des Deckenausschnitts blieb makellos. War da nicht gerade eine Tür geöffnet worden? Das Klacken ihrer Schuhe auf den Stufen hatte das Geräusch übertönt, aber als sie kurz verharrte, war alles still.

Ihre Kondition ließ zu wünschen übrig. Zu wenig Bewegung, zu viel Wein an den Abenden, zu viele Partys, Empfänge und Premieren. Sie fand die Vorstellung, schwitzend und außer Atem in der fünften Etage anzukommen, alles andere als erfreulich. Vielleicht sollte sie doch noch anfangen, Sport zu treiben, vielleicht würde man sie dann auch nicht mehr aus hüfthohen Wasserbecken ziehen müssen wie eine Ertrinkende.

Der Vorfall im Atelier war einer der Gründe, weshalb sie die Einladung angenommen hatte. Nach Ende der Dreharbeiten – ohne weitere Zwischenfälle, trotz des Gemunkels über den Fluch – hatte Torben sie sehr förmlich zu sich nach Hause eingeladen. Er koche gut, hatte er ihr versichert, mediterrane Küche sei seine Spezialität, und, wer weiß, vielleicht könne er sie ja mit zwei, drei Dingen überraschen. Sie hatte zugesagt, aus Langeweile, ein wenig auch aus Neugier. Seit sie die Kontakte zu Masken auf Eis gelegt hatte, fehlte es ihr an männlicher Gesellschaft. Nichts Sexuelles, darum ging es nicht, aber die Gespräche mit Ursi, sogar mit Lea, drehten sich letztlich immer um das Gleiche: neue Rollen, neue Kleider, neue Gesichter in der Branche. Chiara hatte das Gefühl, dass Hermann, Ursis Freund, ihr aus dem Weg ging, und das war ihr ganz recht. Zugleich aber bedeutete es, dass Ursi sich bei ihr regelmäßig über ihre Probleme mit ihm ausheulte, und auf die Dauer ging ihr das auf die Nerven. Es war an der Zeit, sich mit jemandem zu unterhalten, dessen Horizont über Mode, Frisuren und Verhütungsmittel hinausging.

Sie war im dritten Stock angekommen, als sie abermals Geräusche im Treppenhaus hörte. Sie beugte sich über das Geländer und schaute nach oben.

»Torben?«

Keine Antwort.

Sie zuckte die Achseln und ging weiter. Alle Türen waren geschlossen.

Wieder blieb sie stehen. Da waren Schritte gewesen, ganz bestimmt.

»Torben?«

Wieder antwortete niemand.

Machte sich jemand über sie lustig? Sie traute ihm zwar einiges zu, aber sie hielt ihn nicht für albern – und unverschämt. Nein, Torben hätte geantwortet.

Also war jemand anderes im Treppenhaus.

Das Licht ging aus.

Mit einem Mal war die Umgebung rabenschwarz. Nervös tastete sie sich zum Geländer vor, schaute nach oben – nichts! –, dann nach unten. Vage war das Bodenmosaik in der Tiefe zu erkennen und ein fahler Streifen Helligkeit, der von einer Straßenlaterne durch das Milchglas der Haustür geworfen wurde.

Hier oben aber, auf der Treppe, war es stockdunkel. Vom Geländer aus konnte Chiara nicht einmal die Wand erkennen, geschweige denn einen Lichtschalter, der sich dort irgendwo befinden mochte.

Wieder die Geräusche. Jetzt näher? Vielleicht nur eine Täuschung. Und wenn es nur der Hall ihrer eigenen Schritte war? Was, verflucht, kümmerte es sie eigentlich? Warum sollte nicht jemand die Treppe herunterkommen? Sie war immerhin in einem Haus mit fünf Wohnungen.

Aber wer lief im Dunkeln die Stufen herab? Und warum antwortete er nicht auf ihre Rufe?

Weil du nach Torben gerufen hast, nach niemandem sonst. Geh weiter.

Sie erreichte die vierte Etage. Noch eine, dann war sie oben. Hatte Torben ihr Klingeln nicht gehört?

Plötzlich hatte sie das Gefühl, jemand wäre an ihr vorbei gehuscht. Ein schwacher Luftzug, dazu der Geruch eines anderen Menschen.

Jetzt war es fort.

Sie war ganz sicher. Jemand war von oben an ihr vorbei geschlichen, an der Wand entlang. Sie fröstelte, ihr Herzschlag erfüllte sie bis zum Bersten. In ihrem Hals hing ein erstarrter Angstlaut fest wie etwas, das versehentlich in ihre Luftröhre geraten war. Einen Augenblick lang bekam sie keine Luft mehr, musste stehen bleiben, sich beruhigen. Tief durchatmen.

Sie horchte, hörte aber nur ihren Pulsschlag in den Ohren und das Zischen ihres Atems.

Sie hatte sich das nicht eingebildet. Das nicht.

Jemand war da gewesen – und er war es immer noch oder bereits auf dem Weg nach unten.

Sie fasste sich ein Herz und rannte los. Stürmte die letzten Stufen zum fünften Stock hinauf und bemerkte, noch bevor sie den oberen Absatz erreichte, den Geruch von verbranntem Fleisch.

Die Wohnungstür stand offen. Dahinter war es kaum heller als im Treppenhaus.

»Torben?« War das wirklich ihre Stimme, dieses klägliche Piepsen?

»Torben, verdammt noch mal!«

Noch immer verharrte sie vor der Tür, unsicher, ob sie hineingehen sollte. Einen Vorteil hatte es, und das gab den Ausschlag: Sie konnte die Tür von innen verschließen, und egal, was sie dort drinnen erwarten mochte, derjenige, der mit ihr im Treppenhaus war, blieb außen vor.

Sie tat einen Schritt hinein, tastete gar nicht erst nach dem Lichtschalter, sondern schlug sofort die Tür hinter sich zu. Das Krachen hallte durch das Treppenhaus, zurückgeworfen von kaltem Stein. Eine Sekunde lang glaubte sie, draußen noch etwas anderes zu hören, ein unterdrücktes Flüstern, einen Fluch vielleicht.

Was immer es war, es war draußen. Und sie war drinnen.
In Sicherheit, zumindest für den Augenblick.

Sie stand in einem Halbrund, von dem mehrere Stufen in ein weitläufiges Wohnzimmer führten. Überall wuchsen hohe Pflanzen in großen Kübeln. Tuschezeichnungen hingen gerahmt an den Wänden, soweit sie erkennen konnte alle in Schwarzweiß, keine farbigen Gemälde oder Aquarelle. Sie hatte Torben als jemanden eingeschätzt, der seine Zimmer mit den Plakaten seiner Filme tapezierte, doch sie entdeckte kein einziges. Möglicherweise in einem der anderen Räume. Drei große Fenster reichten vom Boden bis zur Decke, eines war zugleich eine Tür, die auf einen breiten Balkon führte. Dahinter, jenseits des Geländers, sah sie das Lichtermeer der nächtlichen Stadt. Es war die einzige Lichtquelle und erfüllte den riesigen Raum mit einem sanften Glühen.

Vor der Wohnungstür war es jetzt still. Hatte sie sich das Flüstern nur eingebildet?

Der Fleischgeruch drang aus einer Tür am anderen Ende des Wohnzimmers. Auch dort brannte kein Licht. Die Küche vermutete sie, denn diese Tür lag dem Esstisch am nächsten.

Der Boden war weiß gefliest, aber nach einem Moment fiel ihr auf, dass nicht alle hellen Vierecke am Boden Steinplatten waren. Die meisten waren aus Papier. Jemand hatte die Schubladen der großen Kommode an der rechten Wand aufgezerrt und den Inhalt auf dem Boden verteilt. Torben schien kein Freund von Ordnern zu sein, denn was dort lag, sah aus wie der gesamte Papierkram, der sich im Lauf mehrerer Jahre angesammelt hatte: Verträge, Rechnungen, auch Briefe von Verehrerinnen oder Gott weiß wem.

Sie erschauerte. Ihr Herzschlag hatte sich noch immer nicht beruhigt, und die Tatsache, dass sie ihn hören konnte – nicht als Pulsieren in den Ohren, sondern als dumpfe, feste Schläge in ihrer Brust – machte ihr beinahe mehr Angst als das, was sich vor der Wohnungstür befinden mochte.

»Torben? Bist du hier irgendwo?«

Sie beschloss, dem Geruch des verbrannten Fleischs nachzugehen. Der Esstisch war für ein Abendessen zu zweit gedeckt, sorgfältig, mit Besteck für mehrere Gänge, einer Champagnerflasche im Sektkühler, einer offenen Karaffe mit Rotwein und einer Flasche Weißwein.

Auf dem Gasherd in der Küche verkohlten schmale Fleischstreifen in einer Pfanne. Die Kochstellen unter den anderen Töpfen waren dunkel, das Gemüse noch roh, das Wasser für die Nudeln kalt. Ein Dutzend Töpfchen mit Gewürzen war in Reih und Glied bereit gestellt, ein Blatt mit einem handgeschriebenen Rezept lag daneben.

Sie drehte das Gas ab und zog die heiße Pfanne mit einem Tuch vom Herd. Das Schaben über das Metallgitter klang in der stillen Wohnung unangenehm laut. Das Fleisch qualmte; es war bereits schwarz und hart, nicht mehr lange, und es wäre in Flammen aufgegangen.

Rasch eilte sie wieder ins Wohnzimmer, versicherte sich mit einem Blick zur Wohnungstür, dass diese immer noch geschlossen war, und drehte einen Lichtschalter an der Wand. Mit einem Schnappen schnellte er zurück in seine Ausgangsposition. Es klang wie das Brechen eines Knochens.

Die Lampen blieben dunkel.

Sie versuchte es noch einmal, ohne Erfolg.

Kalter Schweiß stand ihr auf der Stirn. Jemand hatte Torbens Papiere durchwühlt, vielleicht auf der Suche nach Wertsachen.

Konnte sie wirklich sicher sein, dass derjenige nicht mehr hier war?

Und wo steckte Torben?

Angespannt horchte sie auf weitere Laute, vielleicht ein Scharren an der Tür. Doch nichts rührte sich.

Rechts und links des Eingangs befanden sich zwei Sockel in der Form römischer Säulen. Auf einem stand die Bronzestatue eines antiken Helden, etwa dreißig Zentimeter hoch. Der zweite Sockel war leer. Chiara ergriff die Figur und wog sie in beiden Händen wie eine Waffe. Besser als gar nichts.

Sie öffnete die Tür links neben der Küche und betrat einen Gang, von dem mehrere Räume abgingen.

Torben lag in der Badewanne.

Seine Augen waren geschlossen. Das Wasser hatte sich rot gefärbt. Dunkles Blut lief als breiter Strom aus einer Wunde in seiner Stirn, gabelte sich an der Nasenwurzel, verzweigte sich an den Mundwinkeln in seine offenstehenden Lippen und floss vom Kinn hinab zur Brust, wo es zäh ins Badewasser mündete.

Eine Statue – das Gegenstück zu jener, die sie in Händen hielt – lag am Boden. Auch sie war voller Blut.

Torbens rechter Arm lag auf dem Wannenrand, der Zeigefinger war ausgestreckt und berührte die Kacheln. Blutspritzer hatten die weiße Wand und die Armaturen gesprenkelt, vereinzelte Pünktchen, die bereits braun geworden waren.

Chiara berührte die Statue am Boden mit der Fußspitze, schob sie unschlüssig ein Stück vor, als erwartete sie, die kleine Bronzegestalt könnte zum Leben erwachen. Eine eigenartige Ruhe überkam sie. Zögernd stellte sie ihre eigene Statue am Boden ab, wischte sich mit dem Ärmel Schweiß von der Stirn, lehnte sich gegen den Rand des Waschbeckens und betrachtete den Toten.

Holte tief Luft.

Unterdrückte ein Zittern.

Torben musste ein Bad genommen haben, nachdem er das Fleisch auf den Herd gestellt hatte. Vermutlich war das bereits eine ganze Weile her. Jemand war in die Wohnung eingedrungen, hatte ihn ermordet und sich dann Zeit gelassen, seine Sachen zu durchsuchen. Auch in den anderen Zimmern hatte sie offene Schränke und Schubladen gesehen. Alles deutete auf einen Raubüberfall hin.

Sie sagte sich, dass sie jetzt ganz vernünftig sein musste, ganz kühl, ganz berechnend. Erstaunt über sich selbst, löste sie sich vom Becken und ging vor der Wanne in die Hocke. Sie betrachtete Torbens Gesicht, nicht die tiefe Wunde, sondern seine geschlossenen Augen, den Spalt zwischen seinen Lippen, der mit Blut verkrustet war, den Schatten von Bartstoppeln auf seinen Wangen; wahrscheinlich hatte er sich nach dem Bad rasieren wollen.

Ihr Blick folgte seinem ausgestreckten Arm. Es sah aus, als hätte er etwas mit dem Finger an die Wand schreiben wollen. Aber die Kacheln waren sauber, es gab keine Blutspur. Falls er tatsächlich während seiner letzten Atemzüge etwas hatte mitteilen wollen, so war es für immer verloren.

Ihre Gedanken rasten. Sie traf Überlegungen und verwarf sie gleich darauf, fasste Entschlüsse und tat sie mit einem Kopfschütteln ab.

Man durfte sie hier nicht finden. Niemand durfte sie mit Torbens Tod in Verbindung bringen. Es half ihm nicht, wenn sie dadurch ihre Karriere ruinierte.

Deine Karriere? Bist du noch bei Verstand?

Sie hatte sich selten klarer und berechnender gefühlt. Geschichten wie diese hatte sie schon früher gehört, aus Berlin, häufiger noch aus Amerika. Tote Stars, die andere mit in den Abgrund rissen, nur weil die Öffentlichkeit sie miteinander in Verbindung brachte. Sie sah die Fragen schon vor sich, die in der Presse gestellt werden würden: Was hatte sie in der Wohnung des Toten zu suchen gehabt? Warum hatte die Polizei ihre Fingerabdrücke auf einer der Statuen gefunden? Weshalb war der Leichnam nackt gewesen? Auf all diese Fragen gab es gute, nachvollziehbare Antworten, doch das waren nicht die, die irgendwer hören wollte. Die Polizei mochte ihr glauben, aber die Presse würde sich ihr eigenes Bild machen. Ganz zu schweigen von den Leuten auf der Straße.

Torben Grapow, der Schwarm aller Frauen – tot. Und Chiara Mondschein, die den Fluch ihrer Schwester geerbt hat, war mit dem nackten Leichnam allein in einer Wohnung. War es wirklich ein Raubmord? Oder gab es andere Motive, zu abgründig, zu schmutzig, als dass man sie in der Öffentlichkeit diskutieren konnte?

Sie würde nicht die Polizei rufen. Sie würde die zweite Statue wieder an ihren Platz stellen und abwischen, genau wie die

Pfanne in der Küche, den Lichtschalter, die Türklinke und den Beckenrand, alles, was sie angefasst hatte. Dann würde sie von hier verschwinden und beten, dass niemand sah, wie sie das Haus verließ.

Sie brauchte nur ein paar Minuten, um den ersten Teil ihres Plans in die Tat umzusetzen. Danach ging sie noch einmal zu Torben ins Bad, überlegte, ob sie vielleicht etwas sagen müsste, irgendeine Form von Abschied oder gar eine Entschuldigung. Aber wofür sich entschuldigen? Sie hatte nichts getan. Kein Grund, dass sie ihre Karriere durch eine Leiche ruinierte. Irgendwer würde ihn finden. Ein anonymer Anruf bei der Polizei, ja, das wäre machbar. Aber auf keinen Fall mehr.

Tut mir Leid, Torben. Tut mir wirklich Leid.

Sie warf ihm eine Kusshand zu und spürte zum ersten Mal ein Brennen in den Augen. Reiß dich zusammen! Du wirst jetzt nicht losheulen!

Sie wollte sich gerade abwenden, als er die Augen aufschlug.

Sie schrie auf, stolperte und wäre beinahe gestürzt, hielt sich gerade noch an einem Handtuchhalter fest und blieb mit Mühe auf den Beinen.

Er machte die Lippen noch weiter auf, die Blutkruste zerbrach und rieselte in roten Schuppen auf die Wasseroberfläche.

Ein Zischen drang aus seiner Kehle. Ein Geräusch wie von einem ein Blasebalg, aus dem die letzte Luft entweicht.

Seine Augen bewegten sich nicht, blickten starr nach vorne, an Chiara vorbei. Sein Zeigefinger rutschte stockend über die Oberfläche der Kachel, zeichnete ein unsichtbares Zeichen, vielleicht einen Buchstaben oder sogar ein Wort? Nein, ein Wort war das nicht, dafür blieb ihm nicht die Zeit und nicht die Kraft. Nach zwei, drei Sekunden krallten sich seine Finger zusammen wie die Beine einer sterbenden Spinne, der Arm glitt vom Wannenrand und schlug klatschend ins Wasser.

Seine Augäpfel blieben starr, leblos wie Murmeln.

Chiara bewies gerade noch genug Geistesgegenwart, auch den Handtuchhalter von ihren Fingerabdrücken zu reinigen, dann rannte sie den Gang hinunter ins Wohnzimmer. Plötzlich rutschte sie aus und schlug der Länge nach auf den Boden. Ihre Hände griffen nach rechts und links, wollten sich irgendwo festhalten, doch alles, was sie zu fassen bekam, war loses Papier. Sie war auf den Blättern aus der Kommode ausgerutscht, auf den Unterlagen, die überall verstreut lagen.

Sie hätte keine weitere Zeit damit verschwendet, wäre aufgestanden und weitergelaufen, wäre ihr Blick nicht zufällig auf etwas Vertrautes gefallen, ein bekanntes Symbol, einen Schriftzug. Maskens Geschäftspapier, der Briefkopf, der über all seinen Schreiben und Verträgen prangte.

Sie griff danach und las, erst noch verwirrt und ein wenig desorientiert von ihrem Sturz, dann aber immer aufmerksamer.

Es war ein Vertrag zwischen Torben und Masken. Ein Vertrag über fünf Filme, einer von der Art, wie er ihn auch ihr angeboten hatte. Abgeschlossen vor zwei Wochen.

Keiner der beiden hatte ihr gegenüber darüber gesprochen. Nicht, dass es sie etwas anging, aber ein Vertrag wie dieser – ausgesprochen großzügige Konditionen, hervorragende Gagen – wäre allemal erwähnenswert gewesen.

Sie legte ihn beiseite, wollte aufstehen, dann aber schaute sie sich weiter um. Da lagen andere Verträge, mit anderen Produzenten, die meisten waren älter, viele aus dem letzten Jahrzehnt. Dazwischen belangloses Zeug, wie Rechnungen von Handwerkern, Bekleidungsgeschäften und sogar Friseuren. Wer, um Himmels willen, ließ sich vom Friseur eine Rechnung über einen Haarschnitt schreiben und, mehr noch, wer fand, dass es wichtig war, sie aufzuheben?

Dann entdeckte sie etwas, das sie stutzig machte.

Vor einigen Wochen, kurz nach ihrer Entlassung, hatte sie eine Rechnung über ihren Aufenthalt in der Privatklinik bekommen.

Auch Torben hatte eine solche Rechnung.

Das Schreiben stammte aus dem November 1920, das war gut eindreiviertel Jahre her. »Notversorgung nach Unfall«

stand darauf, darunter eine Liste von Leistungen in unverständlichen Kürzeln, die ihr nichts desto trotz bekannt vorkamen. Sie hätte wetten mögen, dass es dieselben Buchstaben- und Zahlenkombinationen waren wie auf ihrer eigenen Rechnung.

Hatte Torben die gleiche Behandlung bekommen wie sie?

Mit wackligen Beinen richtete sie sich auf, zögerte kurz, dann schob sie die Klinikrechnung in ihre Manteltasche und ging langsam zurück ins Badezimmer.

Torben lag unverändert da. Nur die Knie und ein Teil seines Oberkörpers ragten aus dem roten Wasser. Das Blut hatte einen dichten Vorhang um den Rest seinen Körpers gewoben.

Mit ausgestrecktem Finger berührte sie ihn an der Schläfe, widerwillig und vorsichtig. Als er nicht reagierte, wiederholte sie die Bewegung, diesmal etwas heftiger.

Was immer vorhin noch an Leben in ihm gewesen war, jetzt war es fort.

Sie spürte, dass sie kurzatmig wurde und ihr Herz wieder schneller schlug, aber das stellte keinen Hinderungsgrund dar. Sie schob den rechten Ärmel zurück und tauchte die Finger in das dichte Rot über seinem Unterleib. Erst jetzt fiel ihr auf, wie sehr es im ganzen Raum nach Eisen roch. Das Wasser war kalt geworden, und sie sah, wie eine Gänsehaut auf ihrem Handrücken und Unterarm erschien. Mit ein paar raschen Bewegungen rührte sie im Wasser, versuchte, die roten Schlieren beiseite zu wedeln, doch das klappte nicht. Zu viel Blut hatte sich bereits zu sehr mit dem Badewasser vermischt. Um einen Blick auf seinen Bauch zu werfen, musste sie anders vorgehen.

Aber noch zögerte sie, den Leichnam aus dem Wasser zu heben.

Stattdessen schob sie die Hand jetzt tiefer hinein, schloss die Augen, spürte, wie die Kälte an ihrem Arm emporkroch und sich in ihrem Körper breit machte.

Ihre Fingerspitzen berührten seine Bauchdecke, das kalte, leblos aufquellende Fleisch. Ihr Zeigefinger fand die Vertiefung seines Bauchnabels. Sie ertastete sein Schamhaar – zu weit. Wieder ein Stück zurück, alles blind im blutroten Wasser. Übelkeit stieg in ihr auf und wider besseren Wissens die Angst, er könnte noch leben, plötzlich nach ihr greifen, ihre Schultern, ihr Haar packen, sie mit dem Gesicht ins kalte Wasser pressen ...

Da war es. Das musste es sein.

Ein kaum merklicher, längs verlaufender Hautwulst.

Die Narbe.

Sie zog die Hand zurück, als hätte ihr etwas einen elektrischen Schlag versetzte. Alles in ihr schrie danach, aufzuspringen und fortzulaufen. Aber erst musste sie sicher sein. Ganz sicher.

Es hätte die Narbe einer Blinddarmoperation sein können. Aber so weit in der Mitte?

Sie streifte ihren Mantel ab und legte ihn beiseite, damit er keine Wasserflecken bekam. Sie riss ein Handtuch vom Halter, rollte es zusammen und legte es dem Toten unters Kinn. Dann trat sie hinter ihn, packte die beiden Enden und versuchte, ihn damit ein Stück aus dem Wasser zu ziehen, ohne den Körper noch einmal zu berühren.

Im ersten Moment sah es aus, als würde es funktionieren. Alles, was sie brauchte, war ein kurzer Blick, der Beweis, dass sie Recht hatte mit ihrer Vermutung. Seine Brust wurde sichtbar, die Behaarung oberhalb des Solarplexus. Wasser perlte rot zu beiden Seiten seines Körpers herab, tröpfelte in die Wanne.

Dann aber kippte sein Kopf nach hinten, das Handtuch rutschte unterm Kinn ab, wischte über sein Gesicht hinweg, und der Leichnam glitt lautlos zurück unter Wasser.

Sie fluchte und versuchte es erneut.

Abermals vergeblich.

Sie schleuderte das Handtuch beiseite, schaltete ihre Gedanken ab, ihre Skrupel, ihr Herz – und schob ihre Hände unter seine Achseln. Seine Haut war glitschig geworden. Trotzdem schaffte sie es, seinen Hinterkopf über den Wannenrand zu ziehen und ein gutes Stück seines Oberkörpers. Blutwasser lief außen an der Wanne herab und bildete in den Fugen der Bodenfliesen ein rotes Gittermuster.

Chiara kümmerte sich nicht darum. Jetzt nicht mehr.

Sie hatte nur Augen für die Narbe, die am Rand der Wasseroberfläche sichtbar wurde. Sie sah aus wie ihre eigene. Die gleiche Stelle, die gleiche Länge.

Dieselbe Klinik.

Die gleiche Operation.

Sie ließ ihn zurück ins Wasser gleiten, stand für einen Augenblick wie erstarrt, wie eingefroren. Und dann kehrte allmählich ihre Vernunft zurück, ihr Denken hörte auf, sich um einen winzigen Schnitt zu drehen, um das, was er bedeuten mochte.

Aber *was* bedeutete er?

Sie hatte nicht die geringste Ahnung.

Noch einmal wischte sie über die Stellen, die sie berührt hatte, in der Hoffnung, dass sie alle erwischte. Dazu benutzte sie das Handtuch und ließ es anschließend auf dem Boden liegen, sollte sich die Polizei dabei denken, was sie wollte.

Sie wusch sich die Hände am Becken mit klarem Wasser, zog ihren Mantel über, polierte mit dem Ärmel den Griff des Wasserhahns und lief hinaus, ohne einen weiteren Blick auf den Toten zu werfen.

Sie lauschte an der Wohnungstür und entschied sich, alles auf eine Karte zu setzen.

Sie riss die Tür auf.

Die Finsternis im Treppenhaus sprang sie an, zog sich aber noch im selben Moment wieder zurück, als der fahle Schein der Berliner Skyline vom Wohnzimmer nach draußen fiel. Das bisschen Helligkeit reichte, um den Schalter im Treppenhaus zu finden. Die Licht ging an.

Kein Mensch war zu sehen.

Chiara horchte. Keine Schritte, kein Rascheln in der Tiefe. Nichts.

Ein letzter Blick an sich hinunter – keine verräterischen Flecken oder Spuren –, dann eilte sie zum Geländer und schaute nach unten. So weit sie sehen konnte, war die Spirale der breiten Marmortreppe menschenleer. Aus keiner Wohnung drangen Laute.

Sie lief zur Tür und zog sie von außen zu. Niemand begegnete ihr auf dem Weg nach unten.

Ungesehen verließ sie das Haus. Stand jemand hinter den dunklen Fenstern? Falls ja, so war er in der Finsternis unsichtbar.

Zügig, aber ohne zu rennen, bewegte sie sich vom Haus fort, den Gehweg entlang, ohne sich noch einmal umzuschauen.

Sechzehn

Niemand brachte sie mit Torbens Tod in Verbindung. Keiner schöpfte Verdacht. Nicht einmal Masken meldete sich bei ihr, wofür sie dankbar war, obwohl es sie zugleich stutzig machte. Sie hatte erwartet, dass er anrufen oder gar auftauchen würde, doch in den ersten Tagen nach dem Fund von Torbens Leiche hörte sie nichts von ihm.

Die Putzfrau hatte den Leichnam am nächsten Morgen entdeckt. Die Polizei ermittelte in alle Richtungen, angeblich gab es keine Spur. Chiara vermutete, dass man sie irgendwann verhören würde, so wie man mit all seinen Bekannten sprechen würde, doch bislang ließ man sie in Ruhe. Würde sie bei einem Verhör schwach werden? Würde sie alles ausplaudern? Nein, sie war ziemlich sicher, dass sie das durchstehen konnte. Sie war stark geworden in den letzten Monaten. Abgebrüht, korrigierte ihr Gewissen sie.

Sie hatte Torbens Klinikrechnung mit ihrer eigenen verglichen. Die Abkürzungen waren weitgehend dieselben, hier und da gab es ein paar Unterschiede, aber das mochte an der Art seines Unfalls liegen – auch wenn jene aus den Kürzeln nicht abzulesen war.

Sie zerbrach sich den Kopf darüber, verließ drei Tage lang ihre Wohnung nicht und ließ sich das Essen aus einem nahen Restaurant kommen, von einem Botenjungen, den sie öfters für solche Zwecke einsetzte. Alle Versuche, sich durch Bücher abzulenken, waren fruchtlos; immer wieder kehrten ihre Gedanken zu Torben, der Narbe und zu Maskens möglicher Verwicklung in diese Sache zurück.

Es gab keinen Beweis, dass er etwas damit zu tun hatte. Und doch zweifelte sie nicht daran. Er hatte verhindert, dass man sie in die Charité brachte. Stattdessen hatte er dafür gesorgt, dass sie in dieser Privatklinik aufwachte, derselben, in der anderthalb Jahre zuvor Torben gelegen hatte.

Sie habe eine Schnittwunde am Bauch gehabt, hatte der Arzt gesagt, und eine Verletzung am Dünndarm. Beides habe man genäht. Das war alles. Torben hatte man vermutlich das Gleiche erzählt.

Aber warum? Was hatte man wirklich mit ihnen angestellt?

Mehrmals in diesen drei Tagen zog sie sich aus und stellte sich vor den Spiegel, betrachtete sich von vorne, von der Seite, von ganz nah und aus ein paar Schritten Entfernung. Die Narbe war kaum zu sehen, aber immer, wenn sie sie berührte, kehrte die Erinnerung an Torbens Leiche zurück; dann spürte sie wieder die Kälte und den weichen Wulst unter ihren Fingerspitzen, glitschig wie ein Regenwurm von den Stunden im Wasser.

Sie kam zu keinem Ergebnis. Sie fühlte sich nicht anders als zuvor, hatte keinerlei Beschwerden. Sie massierte die Stelle, aber auch von der inneren Verletzung war nichts mehr zu spüren. Es war, als wäre nichts geschehen – wäre da nicht die Narbe gewesen, die etwas anderes sagte. Und die beiden gleich lautenden Rechnungen.

Im Grunde war es einfach. Sie musste nur in die Klinik gehen und den Arzt fragen. Doch gerade das war unmöglich: Damit hätte sie zugegeben, dass sie Torbens Rechnung gesehen hatte. Vielleicht konnte sie behaupten, Torben habe ihr davon erzählt. Aber selbst das konnte Verdacht erregen, denn er hatte ihres Wissens nie darüber gesprochen, und auch die Presse hatte über den Unfall nichts berichtet – genau wie über ihren eigenen, denn Masken hatte dafür gesorgt, dass nichts an die Öffentlichkeit drang. Außer Ursi wusste niemand davon, nicht einmal Hermann – das hatte Ursi Masken versprechen müssen, bevor er sie vorgelassen hatte. Plötzlich war sie sicher, dass er bei Torben genauso vorgegangen war. Die gleichen Ratschläge, die gleiche strenge Geheimhaltung. Schlecht für dein Image, hatte er gesagt, und überhaupt, wen geht es etwas an?

Zwei Unfälle. Zwei identische Behandlungen. Und zweimal war alles totgeschwiegen worden.

Der Schlüssel des Ganzen lag bei Masken, daran hatte sie keinen Zweifel. Aber sie wollte ihn nicht damit konfrontieren. Konnte es nicht. Im Augenblick wollte sie ihn weder sehen noch hören, zumal ihr auch ihre Halluzinationen – oder Erlebnisse? – in dem seltsamen Lokal noch immer zu schaffen machten.

Noch eine Frage musste sie sich stellen: Hatte sie Angst vor Masken?

Sie fand keine Antwort darauf. Angst war ihr in letzter Zeit sehr fremd geworden, sie fühlte sich mit jedem Tag selbstsicherer, spürte, dass eine Wandlung eingesetzt hatte. Die alte Chiara, jene, die nach Berlin gekommen war, hätte die Sache in Torbens Wohnung nicht durchgestanden; sie hätte die Polizei gerufen und alles weitere auf sich zukommen lassen.

Die heutige Chiara, nur wenige Monate älter, war anders. Kühler, kalkulierender. Sie hatte sich alles, was sie besaß – ihren Ruf, ihren Erfolg, sogar diese Wohnung – hart erarbeitet. Nichts davon würde sie sich nehmen lassen.

Nicht von einem Toten. Nicht von Masken.

✦

»Hast du noch mal was von diesem ... wie war sein Name? ... diesem Jakob gehört?« Ursi schob mit spitzen Fingern das Papierbäumchen in ihrem Cocktailglas beiseite, trank einen Schluck und schauderte, als ein kalter Wassertropfen vom Fuß des Glases in ihre Dekolleté fiel.

Chiara schüttelte den Kopf. »Nichts. Er ist wie vom Erdboden verschluckt.«

»Hast du's denn versucht?«

»Ihn zu finden? In den ersten Tagen nach der Entlassung aus der Klinik. Seitdem nicht mehr. Er hätte sich melden können, wenn er gewollt hätte.«

»Und trotzdem wartest du auf ihn?«

Chiara legte empört die Stirn in Falten. »Wie meinst du das?«

»Seit dieser Sache hast du mit keinem Mann mehr was gehabt.«

»Erstens: Ich hatte nichts mit Jakob ...«

Ursi lächelte mit großen Augen, und ihre Lippen formten stumm: Ja, ja, natürlich.

»... zweitens: Ich hab genug anderes zu tun, als zu ...«

»Vögeln?«

»Ja, Ursi«, sagte sie gedehnt, »so könnte man es wohl nennen.«

Ursi kicherte und trank ihr Glas leer. Sie saßen an einem Tisch in Betty Sterns Salon, einem der gesellschaftlichen Zentren der Berliner Kultur. Betty Stern war eine kleine, rundliche Person, nicht arm, aber auch nicht halb so wohlhabend wie viele ihrer Gäste. Sie hatte es sich zur Aufgabe gemacht, junge Schauspielerinnen mit mächtigen Filmbossen und Regisseuren, aufstrebende Journalisten mit Zeitungsbossen, wie den Brüdern Ullstein, und unentdeckte Autoren mit Verlegern und Theaterdramaturgen zusammenzubringen. Zu diesem Zweck veranstaltete sie in regelmäßigen Abständen Partys in ihrem Salon, eigentlich nur zwei ineinander übergehende Zimmer, in denen an manchen Tagen achtzig bis hundert Menschen Platz finden mussten. Dann herrschte hier ein unvorstellbares Gedränge, und Gespräche führte man mit fünf Leuten gleichzeitig – auch mit denen, auf deren Aufmerksamkeit man gar keinen Wert legte. Die Luft war zum Schneiden, Rauch hing wie Nebel in der Luft, manchmal war es unmöglich, von einer Seite des Salons zur anderen zu blicken, so dicht war der Qualm von Zigarren und Zigaretten. Das einzig Besondere am Buffet war die Tatsache, dass jeder – vom hoffnungsvollen Komparsen bis hin zum Verlagschef – etwas mitbringen und auf einem großen Tisch in der Küche platzieren musste.

Betty Stern kugelte von einem Gast zum anderen, tat ungemein wichtig und war zu jedem liebenswürdig und herzlich, ganz gleich, was sie über ihn oder sein Bankkonto wusste. Sie war weder besonders klug noch besonders gebildet, aber sie verkörperte die perfekte Gastgeberin. In ihrem Salon wurden Ehen versprochen, Geschäfte abgeschlossen, Manuskripte verkauft und über die Zukunft von Spielplänen, Filmprojekten und ganzen Künstlerdynastien entschieden. Immer war die Stern mittendrin, vermittelte, versöhnte – ganz die Mutter ihrer Lieben.

Chiara und Ursi waren früh erschienen, fast eine Stunde früher als das Gros der Gäste. Ursi hatte einen undefinierbaren Pudding mitgebracht, den sie als Mousse bezeichnete, während Chiara auf die Schnelle in einem Restaurant Parmaschinken und Honigmelonen besorgt hatte. Sekt spendierte die Hausherrin – niemals Champagner, der musste selbst mitgebracht werden –, die Cocktails, in die Ursi so vernarrt war, konnte man sich aus Likören und Säften selbst zusammenstellen. Ursi übertrieb es wie üblich mit dem Anteil des Alkohols, und Chiara fürchtete, wenn Ursi noch ein Glas trank – das dritte in einer Viertelstunde – würde sie bei der Ankunft wichtiger Leute bereits nackt auf den Tischen tanzen. Was sich nicht zwangsläufig negativ für sie auswirken musste, obwohl Betty Stern solche Auftritte nicht schätzte und, zumindest zu so früher Stunde, unterband.

Im Augenblick hielten sich vielleicht zwölf, fünfzehn Personen in den beiden Räumen auf. Drei Männer standen ein Stück weit entfernt und hörten zu, wie ein vierter über Pferdewetten referierte, während ein paar Frauen, die meisten wohl Schauspielerinnen an diversen Theatern, ab und an neidische Blicke zu Chiara und Ursi herüberwarfen.

Die beiden sprachen leise, sodass niemand mithören konnte. Ursi rührte mit ihrem Papierbäumchen in dem leeren Glas, während ihre Miene sich verdüsterte.

»Hast du von den Totenwachen gehört?«

»Vor Torbens Haus?« Sein Tod lag jetzt sieben Tage zurück, und die Presse kochte noch immer über vor Spekulationen. »Es stand in der Zeitung.«

»Arthur und ich sind hingefahren, gestern Abend. Es war ja *so* ergreifend.« Ursi seufzte wie ein Schulmädchen, das von einer neuen Eroberung schwärmt. »So viele Menschen, und so viele Kerzen ... Du kannst dir nicht vorstellen, was da los ist.«

»Hat dir die Trauerfeier nicht gereicht?« Torben war vor zwei Tagen beerdigt worden, und der Andrang hatte es durchaus mit dem Rummel um Julas Bestattung aufnehmen können.

Ursi zog eine Schnute. »Ach, du hast eben kein Herz. Wann passiert denn schon mal was, das einen wirklich berührt?«

Chiara sah sie irritiert an und überlegte, ob Ursi eine ihrer Nummern abzog oder ob es ihr tatsächlich ernst war. Trotz all des Rummels im Filmgeschäft, all der künstlichen Begeisterung für Nichtigkeiten, waren Frauen wie Ursi chronisch gelangweilt. »Torben ist ermordet worden«, sagte Chiara mit Nachdruck. »Ehrlich gesagt, fand ich das berührend genug ... Da muss ich nicht wie ein kleines Mädchen zu seiner Haustür pilgern.«

»Arthur und ich waren seine Freunde«, entgegnete Ursi trotzig.

»Das wart ihr nicht. Torben konnte Arthur nicht ausstehen, das weißt du genau.«

Ursis Augenbrauen zogen sich zusammen, aber wie üblich war auch ihre Wut nur gespielt. Im Grunde hatte sie Recht: Es gab wenig, das sie tatsächlich erschüttern konnte. Ob aus Ignoranz oder Naivität, darüber war Chiara sich noch immer nicht im Klaren.

Ursi ging zum Tisch mit den Flaschen hinüber, mixte sich einen weiteren Cocktail, diesmal so grün wie ein Grasfrosch, und als sie zu Chiara zurückkam, sagte sie: »Die Polizei hat noch immer keine Spur.«

Chiara schüttelte den Kopf. »Heute Morgen stand mal wieder was von Raubmord in der Zeitung.«

»Ich frag mich wirklich, warum du Zeitungen liest – die lügen doch sowieso alle.«

»Der Meinung warst du noch nicht, als sie deinen Auftritt erwähnt haben in ... was war's noch gleich? *Sündiges Blut*?«

»Hyänen der Lust.«

Die beiden sahen sich an und mussten grinsen. Ursis Karriere hatte in einer ganzen Reihe so genannter Sittenfilme begonnen, deren Titel meist mehr versprachen, als die Filme zu bieten hatten. Die Bordelle, vor denen sie angeblich warnten, waren gepflegte Salons; Huren immer Schönheiten mit edlem Charakter; Schlepper und Zuhälter arbeiteten mit Versprechungen und nicht, wie tagtäglich auf den Straßen, mit roher Gewalt. Ursi war ungefähr ein halbes Dutzend Mal das keusche Töchterchen vom Land gewesen, das in den Fleischmühlen der Großstadt seine Unschuld und Sittsamkeit verlor. Tatsächlich war das gar nicht so weit von ihrer eigenen Geschichte entfernt.

Chiara nippte an ihrem Sekt, schaute auf die Standuhr neben dem Durchgang zum zweiten Zimmer und hoffte, dass bald ein paar der wichtigeren Produzenten erschienen. Nicht, dass sie keine Angebote hatte – zudem stand nach wie vor Maskens Vertrag im Raum, obgleich sie immer überzeugter war, dass sie mit ihm nicht mehr arbeiten würde –, aber sie zog es vor, die Gesichter hinter den Offerten kennen zu lernen. Deshalb war sie hier. Nicht wegen Ursi, und ganz sicher nicht wegen des Sekts oder der angenehmen Gesellschaft. Es ging ums Geschäft, wie bei fast allen Empfängen, Partys und Premierenfeiern in Berlin.

»Um noch mal auf diese Sache zurückzukommen.« Ursis Stimme klang jetzt ein wenig höher, ein sicheres Zeichen dafür, dass sie zum Endspurt Richtung Volltrunkenheit ansetzte. »Du brauchst einen Mann!«, sagte sie so entschieden, als hätte sie die Order zu einem politischen Umsturz gegeben.

»Ganz sicher nicht«, sagte Chiara.

»Brauchst du doch.«

Chiaras Mundwinkel zuckten. »Etwa einen wie Arthur?«

»Warum nicht? Einen, der dich richtig rannimmt.«

»Himmel, Ursi, du redest wie irgendein besoffener Kerl in einer Eckkneipe.«

»Arthur kann nett sein, wirklich.«

»Ja, sicher ... so wie an dem Abend, an dem er und Masken versucht haben ...« *mich ins Bett zu kriegen*, hatte sie sagen wollen, doch das verkniff sie sich im letzten Moment.

»Dich zu ficken!«, sagte Ursi vergnügt. »Prost!«

Chiara schüttelte resigniert den Kopf und schaute sich zu den Frauen vom Theater um. Eine hatte die Ohren gespitzt und stieß ihre Nachbarin mit dem Ellbogen an. Chiara beugte sich zu Ursi vor. »Geht's vielleicht ein bisschen leiser?«

»Ist doch die Wahrheit.«

»Arthur ist dein Freund – und so *nett*, nicht wahr?«

»Arthur fickt alles, was 'ne Möse hat.«

»Dann werden die da drüben demnächst wahrscheinlich bei ihm Schlange stehen.«

Ursi folgte ihrem Blick zu den Theaterschauspielerinnen, die sogleich anderweitig beschäftigt waren. »Würde mich nicht wundern, wenn er die auf seiner Liste schon alle abgehakt hätte.« Ursi setzte ihr Glas so schwungvoll auf den Tisch, dass der Inhalt überschwappte.

Warum bist du dann noch mit ihm zusammen?, lag Chiara auf der Zunge, aber sie hatte keine Lust, schon wieder über Ursis Beziehungsprobleme zu reden. Um ihre Freundin abzulenken, fragte sie: »Was schlägst du also vor?«

Ursi starrte sie einen Moment lang konsterniert an. »Wegen deiner Männer?«

Lieber Gott, lass neue Gesprächsthemen vom Himmel regnen!

»Komm mit zu Vollmoeller«, schlug Ursi nach kurzem Überlegen vor.

»Einem seiner berühmten ... *Weinabende*?«

»Da gibt's Kerle für jede.«

»Klingt wahnsinnig verlockend.« Jetzt musste sie ein Grinsen unterdrücken. Das konnte nicht Ursis Ernst sein.

»Für jede«, wiederholte Ursi und sah plötzlich traurig aus, ein Kind, das sich an den toten Familienhund erinnert.

Chiara löste sanft Ursis Hand vom Glas und nahm sie in die ihre. »Du hast so was nicht nötig. Nicht du. Wenn Arthur wirklich meint ...«

»Aber es ist toll«, widersprach Ursi ohne jede Begeisterung.

»Das ist es nicht.«

»Du warst ja noch nie dort.«

»Muss ich auch nicht. Man hört genug darüber.«

»Vollmoeller ist ein ... ein Gentleman.« Ursi wollte wieder nach dem Glas greifen, aber Chiara hielt ihre Hand fest. »Er mag mich. Viel mehr, als Arthur mich mag.«

Grundgütiger!

»Übermorgen ist wieder eine Party bei ihm«, sagte Ursi. »Ich geh auf jeden Fall hin.«

»Tu's nicht.«

Ursis Leidensmiene wurde plötzlich zu einem Lächeln. »Komm doch mit und pass auf mich auf!«

»Das werd ich bestimmt nicht.«

»Dann werden sie sich wieder zu mehreren über mich hermachen.«

»Scheiße, Ursi, das ...«

»Komm mit!«

»Nein.«

»Komm mit!« Ursi legte den Kopf schief. »Biiiitte.«

»Nein.«

»Komm mit, komm mit, komm mit, komm ...«

»Liebe Güte!«

»Sag: Vielleicht.«

Chiara schwieg.

»Nun sag's schon.«

Chiara nahm Ursis Glas und trank es in einem Zug leer.

»Vielleicht«, sagte sie nach einer Pause.

✦

Doktor Karl Vollmoeller kam aus reichem Hause und hatte seine Jugend damit verbracht, alles Mögliche auszuprobieren, um in Zukunft seine Zeit totzuschlagen. Er hatte sich als Maler versucht, als Musiker, als Poet und Archäologe – bis er mit dem Verfassen von Theaterstücken zu einigem Erfolg gelangte und innerhalb kurzer Zeit zu einem der führenden Dramatiker Deutschlands wurde. Max Reinhardt protegierte ihn und hatte ihm zu Ruhm verholfen; seine Inszenierung von Vollmoellers Pantomime *Das Mirakel* war jahrelang mit großem Erfolg gespielt worden.

Freilich war es nicht allein Vollmoellers musisches Talent, das ihm neben einer prachtvollen Residenz am Pariser Platz auch noch einen Palazzo in Venedig eingebracht hatte – den größten Teil seines Geldes hatte er seiner Herkunft zu verdanken. Wann er seine Stücke schrieb, wusste niemand so recht, denn die meiste Zeit schien er mit ausschweifenden Partys im kleinen und großen Kreis beschäftigt, und man erzählte sich, dass es kein Revuemädchen in Berlin zu etwas brachte, das zuvor nicht nähere Bekanntschaft mit dem guten Doktor geschlossen hatte. Manches mochte Übertreibung sein, das meiste aber stimmte und wurde von Vollmoeller nicht bestritten – tatsächlich sonnte er sich im Lichte seines zweifelhaften Rufes. Er konnte gewiss sein, dass die meisten, die ihm übel nachredeten, nur beleidigt waren, weil sie keine Einladungen zu seinen Empfängen erhielten.

Bereits einen Tag nach dem Empfang bei Betty Stern hatte Chiara ein persönliches Schreiben Vollmoellers in ihrer Post gefunden. Es wäre ihm eine Ehre, sie am morgigen Abend im Kreise seiner Freunde begrüßen zu dürfen. Ursi hatte keine Zeit vertan und offenbar noch am Morgen alles Nötige in die Wege geleitet, und Vollmoeller war offenbar nur zu gern bereit, einen weiteren weiblichen Star in seine Gesellschaft einzuführen. Chiara fühlte sich geschmeichelt, und natürlich war sie neugierig; wer wusste schon, wozu es gut war, sich in Vollmoellers Umfeld zu zeigen. Sie hatte keine Ambitionen, was das Theater anging, sich jedoch Vollmoellers Treiben persönlich anzuschauen und mit eigenen Augen zu sehen, worüber die Leute tuschelten, mochte durchaus seinen Reiz haben.

Zudem hatte sie sich in den Kopf gesetzt, ein paar vorsichtige Nachforschungen zu betreiben: Gab es Gerüchte über Torbens Tod, die nicht in den Zeitungen standen? Wusste jemand von seinem Unfall? Und vor allem: Gab es noch andere, die in der Klinik am Tiergarten behandelt worden waren?

Die Seance bei Ursi war ihr eine Warnung gewesen, mehr noch der Abend mit Masken, aber sie glaubte, gegen alle Avancen gerüstet zu sein. Kein Koks, Alkohol in Maßen, und wenn irgendetwas darauf hindeutete, dass den Speisen etwas zugesetzt worden war – nun, dann würde sie eben hungrig bleiben.

Als Ursi sie abholte, war sie erstaunt, dass Hermann nicht im Wagen saß. »Er ist nicht eingeladen«, sagte Uris grinsend. »Er und Vollmoeller mögen sich nicht.«

»Und da gehst du ohne ihn?«

»Bin ich vielleicht sein Schoßhund?«

»Manchmal macht es jedenfalls den Eindruck.«

Ursi schmollte – ungefähr zwei Minuten lang, dann war sie wieder bester Laune. Spätestens als der Wagen sie am Pariser Platz absetzte, war sie geradezu ausgelassen. Chiara vermutete, dass sie bereits gekokst hatte, fragte aber nicht danach. Ursi musste selbst wissen, was sie tat. Wenigstens spritzte sie kein Morphium – sie hatte Angst vor den Einstichen.

Gemeinsam mit ihnen kamen zwei Pärchen an. Die Frauen kannte sie nicht, aber die Männer waren Bankdirektoren, die man ihr auf irgendeinem Empfang vorgestellt hatte. Beide grüßten sehr förmlich, und doch konnte Chiara sich des Eindrucks nicht erwehren, dass es in beider Augen aufblitzte.

In der Nähe der Tür trieben sich ein paar Gestalten mit Notizblöcken und Fotokameras auf Stativen herum.

»Na, wunderbar – die Presse!«, flüsterte sie Ursi zu, die sich sogleich in Pose warf, ihr strahlendstes Lächeln aufsetzte und den Reportern ein »'n Abend, Jungs!« zuwarf. Ein Licht flammte auf, erfasste Ursi mit breitem Lachen, Chiara aber, schräg hinter ihr, mit entnervtem Gesichtsausdruck. Der Abend ging wirklich gut los.

»Du bist unmöglich«, sagte sie zu Ursi, als man sie endlich einließ.

»Warum? Jede Presse ist gute Presse.«

»Denkst du das wirklich?«

»Sagt Arthur.«

Chiara winkte mit einem Kopfschütteln ab.

Nachdem man ihnen die Mäntel abgenommen hatte, wurden sie von einem jungen Mann in Butlerlivree in den Salon geführt, vorbei an Sockeln mit griechischer und römischer Kunst, sicher keine Nachbildungen, sondern unbezahlbare Originale.

Es waren bereits eine Menge Leute da, ein paar der üblichen Gesichter, die auf jeder Party und bei jeder Premiere zu sehen waren, aber auch andere, die Chiara überraschten – ein paar Reichstagsabgeordnete von Zentrum und DVP mit jungen Begleiterinnen, bei denen es sich höchstwahrscheinlich nicht um Ehefrauen handelte.

Vollmoeller kam ihnen entgegen, begrüßte Ursi wie eine alte Freundin und ließ wie beiläufig die Fingerspitzen über ihren tiefen Rückenausschnitt gleiten. Als er sich Chiara zuwandte, beschloss sie, dass sie ihm eine runterhauen würde, falls er das Gleiche bei ihr versuchte. Aber Vollmoeller wahrte höflichen Anstand, schüttelte ihr freundlich die Hand, machte Komplimente über die Auswahl ihrer Rollen und sprach sie erfreulicherweise nicht auf ihre Schwester an. Er war ein schlanker, ernsthaft wirkender Mann mit scharfen Zügen, hoher Stirn und zurückgekämmtem Haar. Sein Blick durch kleine Brillengläser war intensiv, aber nicht unangenehm. Die Dekadenz, die er ausstrahlte, hatte nichts Grelles, Plakatives an sich – sie war von einer feineren Art, mühelos, dezent wie die perfekte Maniküre seiner Fingernägel, der sündhaft teure Stoff seines Binders. Nichts an ihm wirkte aufdringlich, und doch war da etwas, das beim Gegenüber hängen blieb und sich tief ins Gedächtnis grub.

Chiara mochte ihn nicht, fand ihn aber faszinierend. Schon beim ersten Händeschütteln glaubte sie jedes Gerücht über ihn und konnte sich doch seinem Charisma nicht entziehen.

Er führte sie durch den Salon, machte sie mit einigen Leuten bekannt und entschuldigte sich schließlich, um neue Gäste zu begrüßen.

In einem Nebenzimmer versprach eine festlich gedeckte Tafel erlesene Genüsse. Zahlreiche Sofas standen an den Wänden, Diwans hinter Spanischen Wänden, Kissenberge und üppige Chaiselongues ließen die Zurückhaltung Vollmoellers völlig vergessen. Alle wussten, um was es ging. Kein Grund für Geheimnisse.

Ursi flirtete mit einem Mann, in dem Chiara nach einem Moment einen Maler erkannte, dessen Namen sie vergessen hatte. Was versprach Ursi sich von ihm? In vielem war sie wie ein Kind – ein gefundenes Fressen für die Haie in diesem Raubfischbecken.

Ich sollte sie an der Hand nehmen und schleunigst von hier verschwinden, dachte Chiara. Jetzt wäre eine gute Chance dazu. Noch sind nicht alle Gäste da.

Sie stieß scharf die Luft aus, als Masken am Eingang auftauchte. Er schaute sich um, entdeckte sie und kam schnurstracks herüber.

»Chiara«, sagte er erfreut und schüttelte ihre Hand. »Ich wusste nicht, dass Sie hier sein würden.« Noch immer siezten sie sich. Falls er darauf hoffte, dass Chiara ihm jemals das Du anbot, konnte er lange warten. Sie hatte nicht vor, auf diese letzte Hürde, dieses letzte Stück Abstand zu verzichten. Er war ihr bereits weit näher gekommen, als ihr lieb war.

Masken redete auf sie ein, aber sie hörte kaum zu, lächelte hoffentlich an den richtigen Stellen, nickte gelegentlich und gab sich größte Mühe, so unverbindlich wie möglich zu sein, ohne ihn gänzlich vor den Kopf zu stoßen.

Er sprach über Torben, wie schrecklich das alles sei: zum ersten Mal erwähnte er auch den Vertrag über fünf Filme, den er mit ihm abgeschlossen hatte. So viele gute Stoffe, so viele vertane Chancen. Es schien, sagte er, dass seine Karriere als Filmemacher unter keinem guten Stern stünde: Auf jedes Hoch folge unweigerlich eine Katastrophe. Nun sei ihm auch noch sein größter männlicher Star abhanden gekommen.

Bei allem, was er sagte, spürte sie kein einziges Mal echte Trauer, keine Spur wahrer Zuneigung für den Toten. Immer ging es nur um ihn, um Masken. Um seine Filme, seine Karriere, sein gottverdammtes Pech. Er sprach über Torbens Ermordung, aber er meinte den Verlust, den der Tod des Schauspielers für seine geplanten Filme bedeutete.

»Umso mehr«, sagte er schließlich unverblümt, »brauche ich ein neues Zugpferd.«

Sie benötigte einen Moment, um von ihren eigenen Gedanken wieder zu seinen zurückzufinden; das Wort Zugpferd war genug, um sie wachzurütteln.

»Nein«, sagte sie kühl.

»Aber warum nicht? Ich verstehe das nicht. Andere würden sich die Finger nach einem solchen Angebot lecken. Ursi, zum Beispiel ...«

»Ich bin nicht Ursi.«

»Gott bewahre, das sind Sie nicht, aber ...«

»Ich will mir alle Optionen offen halten.«

»Und was veranlasst Sie zu glauben, es käme tatsächlich eine bessere daher?«

»Sie waren derjenige, der mir einmal gesagt hat, in diesem Geschäft sei es falsch, sich zu sehr auf eine Richtung festzulegen. Ich befolge nur Ihren Rat. Ihre Richtung ist auch *eine* Richtung.«

»Überlegen Sie es sich noch mal. Sagen Sie nicht einfach nein. Vielleicht tut es Ihnen hinterher Leid.«

Sie fragte sich, ob er das als Drohung meinte, kam aber dann zu dem Schluss, dass er nur unbesonnen daherredete.

Vollmoeller wandte sich an die versammelten Gäste und bat zu Tisch. Chiara zählte fast vierzig Personen, Männer und Frauen in gleicher Anzahl, die an der langen Tafel Platz nahmen. Während die einzelnen Gänge serviert wurden und sie von allem sehr sparsam aß, überlegte sie, ob es vielleicht doch eine gute Idee wäre, Maskens Angebot in Erwägung zu ziehen. So, wie sie sich ihm gegenüber im Augenblick verhielt, würde sie niemals mehr aus ihm herausbekommen. Wenn er sie aber als eine Verbündete betrachtete, als eine Freundin, mochte das anders aussehen.

Nach dem Essen ließen sich die Gäste auf den Sofas nieder, rauchten, tranken, kamen einander merklich näher. Ursi knutschte mit dem Maler, der bereits eine Hand unter ihrem Kleid hatte.

Jula war sicher oft hier gewesen. Ihr hatte das bestimmt gefallen.

Ein junger Mann, eigentlich ein wenig zu zackig für ihren Geschmack, aber zweifellos attraktiv und offenbar der Sohn eines Ufa-Produzenten, machte Chiara eindeutige Offerten, und weil sie spürte, dass Masken sie von einer anderen Chaiselongue aus beobachtete, ging sie darauf ein. Es war ein Spiel, ein bizarres Gesellschaftsspiel, bei dem man sich nicht an der Pferderennbahn oder auf dem Sportplatz, sondern in Vollmoellers Kissen traf. Je länger sie hier war, desto weniger unangenehm oder anstößig erschien es ihr. Sie ließ zu, dass der Junge sie küsste, und vielleicht hätte sie sich auf mehr eingelassen, wäre da nicht die Gewissheit gewesen, dass alle anderen dabei zuschauten.

Als hätte der junge Mann ihre Gedanken gelesen, schlug er vor, in eines von Vollmoellers Gästezimmern zu gehen. Das sei durchaus üblich, nicht jeder sei ein Freund von Sex in der Öffentlichkeit. Sie überlegte kurz, sah, dass Ursi splitternackt und mit gespreizten Beinen über dem Maler auf dem Sofa stand, und sagte ja.

Sie verließen gemeinsam den Bankettsaal, aber als der Junge sie eine Treppe hinaufführen wollte und ihr klar wurde, wie gut er sich hier auskannte, dass er längst eingeführtes Mitglied dieser Gruppe war, sie selbst aber nur williges Opfer, blieb sie stehen.

»Was ist?«, fragte er.

»Ich hab's mir anders überlegt.«

Er sah sie an, runzelte die Stirn, versuchte aber nicht, sie zu überreden. Das mochte ein Zeichen von Anstand sein, obwohl sie eher vermutete, dass er keine Zeit mit ihr verschwenden und sein Glück lieber rasch bei einer anderen versuchen wollte.

Sie sah ihm nach, als er zurück in den Saal eilte, und entschied, erst einmal frische Luft zu schnappen; sie schloss nicht aus, dass sie später wieder hineingehen würde. Noch hatte sie nicht eine Frage gestellt, nichts über Torben erfahren; andererseits musste sie sich eingestehen, dass sie sich vielleicht etwas vorgemacht hatte.

Du brauchst einen Mann, hatte Ursi mit ihrem Talent, keine Plattitüde auszulassen, gesagt, und möglicherweise hatte sie Recht. Chiara hatte einiges erreicht, einen gewissen Bekanntheitsgrad, ein gefülltes Bankkonto, die Eintrittskarte zur besseren Gesellschaft – aber nichts davon nutzte sie wirklich, nichts davon brachte sie weiter.

»Sie sehen besorgt aus.«

Chiara war kaum ins Freie getreten, als die Stimme sie aus ihren Gedanken riss. Sie fuhr herum und musste wider Willen lächeln. »Henriette!«

Die Kolumnistin kam auf ihren kurzen Beinen auf sie zu, und Chiara war überrascht, wie klein sie war – Henriette reichte ihr gerade mal bis zur Schulter. Sie trug einen langen schwarzen Mantel und einen Hut, der große Ähnlichkeit mit einem Helm hatte, sehr modisch, aber nur in Maßen kleidsam. In einer Hand hielt sie einen Block mit festgestecktem Bleistift, in der anderen den unvermeidlichen Zigarillo.

Sie begrüßten einander herzlich. Chiara freute sich nicht nur aus Höflichkeit, sie war tatsächlich froh, die Kolumnistin zu sehen.

»Was macht Ihr Buch?«, fragte sie.

»Oh, es geht langsamer, als ich gehofft hatte, aber so ganz allmählich ... na ja, es nimmt Gestalt an.«

»Wissen Sie schon, wann es erscheinen wird?«

»In einem Jahr, vielleicht.«

»So lange noch?«

Henriette zog an ihrem Zigarillo und sah Chiara auf eine Weise durch den Rauch hindurch an, die beinahe etwas Mysteriöses hatte. »Wissen Sie, ich bin da auf ein paar Dinge gestoßen, mit denen ich nicht gerechnet hatte.«

»Ach ja? Was für Dinge?«

»Ich dachte, ich hätte alle Fakten beisammen, nachdem ich mit Jula und Ihnen gesprochen hatte. Aber nach und nach haben mir auch noch ein paar andere Leute etwas erzählt ... dies und das, Sie wissen schon.«

Chiara wusste nichts, nickte aber. Sie hatte mit Jula abgeschlossen, wenigstens redete sie sich das ein, und welche schmutzigen Geschichten Henriette auch immer herausgefunden haben mochte, sie berührten sie nicht mehr.

»Sie sind zum ersten Mal hier, oder?«, fragte die Kolumnistin.

Chiara lachte ein wenig nervös. »Lese ich die Antwort darauf morgen in der Zeitung?«

»Bestimmt nicht. Mein Wort darauf.«

Chiara hatte keine Ahnung, wie viel Henriettes Wort wert war, aber etwas an dieser kleinen, stämmigen Person flößte ihr Vertrauen ein.

»Sie wissen, was da oben abläuft?«

»Jeder weiß das. Ich bin nicht die einzige Reporterin hier. Schauen Sie sich doch um.«

Chiara folgte ihrem Blick über den Platz hinweg. Der Fotograf war fort, aber in geparkten Automobilen saßen einzelne Gestalten, hier und da stieg Zigarettenrauch aus offenen Wagentüren und Fenstern.

»O Gott«, sagte sie und musste gegen ihren Willen kichern. Die Situation hatte etwas Absurdes. Sie wurden überwacht wie Schwerverbrecher bei konspirativen Treffen.

»Wollen wir ein Stück gehen?« Henriette machte eine einladende Geste in Richtung Bürgersteig.

Langsam schlenderten die beiden Frauen den Gehweg entlang, von einem Lichtkreis der Straßenlaternen zum nächsten. Ein Windstoß ließ Papierfetzen über das Pflaster taumeln.

»Darf ich ehrlich sein?«, fragte Henriette, ohne Chiara anzusehen.

»Sicher.«

»Sie haben sich verändert, seit Sie in Berlin leben.«

Chiara dachte einen Augenblick lang nach. »Das passiert zwangsläufig, oder?«

»Sie meinen, durch den Erfolg? Meinen Glückwunsch, übrigens – als ich Ihnen im Romanischen Café gesagt habe, Masken mache vielleicht eine Diva aus Ihnen, war mir nicht klar, wie schnell das gehen würde.«

»Bin ich das denn – eine Diva? Ich weiß nicht ...«

»Oft sind es gar nicht so sehr die Stars selbst, die sich verändern – es ist die Wahrnehmung der Leute um sie herum. Wissen Sie, wie oft mein Chef mich aufgefordert hat, Sie in meinen Berichten die Dunkle Diva zu nennen?«

»Julas Spitzname?«

»Er sagt, das sei alles eins ... Sie oder Ihre Schwester, ganz egal. Seine Worte, nicht meine. Obwohl ...«

»Obwohl Sie finden, dass er Recht hat?«

Henriette zögerte, und diesmal schien sie ihre Formulierung genauer abzuwägen. »Es gibt Überschneidungen, das können Sie nicht abstreiten."

»Sie sprechen jetzt nicht von den Äußerlichkeiten, oder?«

»Die liegen auf der Hand. Nein, was ich meine, ist ... nun, der bisherige Verlauf Ihrer Karriere. Der erste Film bei Masken. Die Loslösung von ihm. Die Suite im Adlon, die Masken bezahlt ...«

»Da wohne ich nicht mehr.«

»Glauben Sie, das wüsste ich nicht?« Henriette lachte. »Ich hätte keine Chance in meinem Beruf, wenn mir so was entgehen würde. Bei Jula war es genauso: Sie hat sich eine Weile von Masken aushalten lassen, ehe ihr dieses Korsett zu eng wurde und sie eine eigene Wohnung bezogen hat. Dann kam, als nächster Schritt, die Villa an der Krummen Lanke.«

Chiara schüttelte lächelnd den Kopf. »So was nennt man natürliche Entwicklung, finden Sie nicht?«

»Sicher. Ich sage doch, das ist alles eine Frage der Wahrnehmung von außen. Die Leute sehen nur die Ähnlichkeiten, weil sie sie sehen wollen. Es wird nicht mehr lange dauern, da werden auch Sie die Dunkle Diva genannt werden«, Henriette schmunzelte, »allerdings nicht von mir, das ist ein viel zu guter Titel für das Buch über Jula.«

Chiara beobachtete, wie sich in einiger Entfernung etwas über die Straße bewegte, langsam wie ein verletzter Hund. Im Näherkommen erkannte sie, dass es ein Mann ohne Beine war, der sich auf einer Art Karren vorwärts schob. Er warf ihr einen leeren Blick zu, der sie schaudern ließ – war er blind? Nein, dann wäre er nicht so gezielt auf einen Spalt zwischen den Häusern zugerollt und dort in der Dunkelheit verschwunden.

»Armer Kerl«, sagte Henriette.

Chiara fasste sich ein Herz. »Diese Veränderung ... ich glaube, ich weiß, was Sie meinen.«

Henriette wandte ihr im Gehen das Gesicht zu. »So?«

»Ich merke es ja selbst. Dass ich zum Beispiel heute zu Vollmoeller gegangen bin ... früher wäre ich nie auf die Idee gekommen. Auch nicht um einer Freundin willen.«

»Ursi van der Heden?« Henriettes Tonfall verriet, was sie dachte: Ursi war auch Julas beste Freundin gewesen. Noch eine Überschneidung.

»Heute bin ich dorthingegangen ... nun, sicher aus Neugier, aber auch weil ich auf Ursi aufpassen wollte.« Chiara seufzte. »Herrgott, ich kann nicht glauben, dass ich das alles ausgerechnet einer Reporterin erzähle.«

»Wir mögen nicht viele Vorzüge haben, aber einer ist der, dass wir zuhören können.« Ihr Lächeln wirkte warm und aufrichtig. »Und machen Sie sich keine Sorgen, das hier bleibt unter uns. Sie haben etwas gut bei mir wegen des Buches.«

»Ursi ist so ... auf ihre Art ist sie sehr hilflos.«

Henriette hob eine Augenbraue. »Dumm?«

»Naiv.«

»Was in dieser Branche auf dasselbe hinausläuft. Die Dummen und Naiven überleben nicht lange. Die anderen saugen sie aus bis auf die Knochen und werfen sie fort. Glauben Sie's oder nicht, aber Ursi hat die Tatsache, dass sie immer noch in diesem Geschäft arbeitet, allein diesem Kotzbrocken Arthur Hermann zu verdanken. Er ist ein Widerling erster Güte, aber er passt auf sie auf.«

»Oben bei Vollmoeller ist er jedenfalls nicht.«

»Nein – aus genau diesem Grund. Hermann würde nicht zulassen, dass seine Freundin das tut, was sie vermutlich gerade tut, und Vollmoeller weiß das – deshalb ist Ursi eingeladen, ihr Freund aber nicht. Und Ursi ist einfältig genug, die Einladung anzunehmen.«

»Verzweifelt genug.«

»Wie bitte?«

»Ursi mag ein wenig ... simpel sein, aber das ist es nicht, was sie hergetrieben hat. Sie ist verzweifelt. Die Sache mit Hermann ... Sie kennen ihn ja. Wer weiß, wie lange das noch gut geht. Wenn er sie fallen lässt, ist es mit ihrer Karriere vorbei. Deshalb ist sie hier. Sie muss bei den richtigen Leuten im Gespräch bleiben, damit es für sie auch noch eine Zeit nach Hermann gibt. Und so was nenne ich nicht dumm, sondern verzweifelt.«

Henriette nickte bedächtig. »Das arme Ding.«

Sie beobachteten eine Kutsche, die an ihnen vorüberklapperte. Ein paar junge Kerle in einem Automobil verlangsamten neben dem Gefährt, riefen lachend ein paar Obszönitäten zum Kutscher hinauf und fuhren rasch weiter. Der alte Mann blickte ihnen resigniert hinterher, dann sank sein Kopf wieder zwischen seine Schultern.

»Wir wollten über Sie sprechen«, sagte Henriette nach einem Moment, »nicht über Ursi.«

»Ganz gleich ob Ursi oder sonst wer – ich merke, dass andere für mich immer unwichtiger werden. Klingt ein wenig seltsam, nicht wahr?« Chiara musste wieder lachen, aber diesmal hatte es einen bitteren Beigeschmack. »Was ich meine, ist, dass ich mir früher Sorgen um eine Freundin wie Ursi gemacht hätte. Heute ist das anders. Bei allem stehe immer ich im Vordergrund ... Herrgott, wie schlimm muss das schon sein, dass es mir sogar selbst auffällt.«

Sie warf einen Blick zu Henriette hinüber, aber die Kolumnistin sah im Gehen geradeaus und wartete darauf, dass sie fortfuhr. »Ich will auf das, was ich erreicht habe, nicht mehr verzichten. Nachts träume ich sogar vom Erfolg. Wir wissen beide, wie kurzlebig das alles sein kann, und wenn irgendwann eine neue Jula auftaucht ...« Sie musste den Satz nicht beenden. »Ich brauche noch mehr Erfolge, damit ich auch später noch weitermachen kann ... Und all das beschäftigt mich viel mehr als das, was mit Ursi geschieht. Verstehen Sie, was ich meine? Ich bin eine schreckliche Egoistin geworden, und ich habe noch nicht mal ein schlechtes Gewissen deswegen – es ist, als könnte ich mich nicht dagegen wehren.«

»Das ist es, was das Filmgeschäft einem antut«, sagte Henriette nickend. »Anderen vor Ihnen ist es genauso gegangen. Zu viel Geld, zu viel Luxus und zu viele halbherzige Freundschaften, die letzten Endes nichts wert sind. Aber eines haben Sie ziemlich schnell begriffen: Stagnation ist in dieser Branche der erste Schritt nach unten. Wenn die Leute nicht merken, dass Sie immer besser und, vor allem, dass Ihre Gagen immer höher werden, wird man Sie bald abschreiben.«

»Ich habe einen Anwalt beauftragt, meine Verträge auszuarbeiten, und er macht das ganz gut ... Aber das reicht nicht. Man muss permanent präsent sein.«

»Noch vor ein paar Monaten war Ihr einziger Ehrgeiz, möglichst schnell wieder von hier fort zu kommen.«

»Sehen Sie?« Chiara blieb stehen. »Das ist es, was ich meine. Ich spüre die Veränderung ja selbst, aber ich kann nichts dagegen tun. An manchen Tagen ist es, als wäre das gar nicht ich, die sich da ins Atelier fahren lässt, sondern nur jemand, der aussieht wie Chiara Mondschein. Jemand, der alle Äußerlichkeiten übernommen hat und nur noch auf den Erfolg fixiert ist. Und ich selbst bleibe im Bett liegen, schaue zu und weiß, dass dies trotz allem der einzige Weg ist. Nicht vorwärts, sondern *aufwärts*.«

»Aber Sie wollen doch den Erfolg.«

»Natürlich. Und immer mehr davon.«

»Das macht Ihnen Angst?«

»Manchmal – so wie jetzt, wenn ich sehe, was aus Ursi geworden ist ... und was aus mir werden könnte.«

»Aber Sie haben eine Wahl.«

»Glauben Sie? Ich denke, nicht. Ich bin einmal auf den fahrenden Zug aufgesprungen – *Julas* Zug –, und jetzt kann ich nicht mehr herunter. Und wenn ich ehrlich mit mir bin, will ich das ja auch gar nicht.«

Henriette war still und nachdenklich, was Chiara mehr beunruhigte als jeder Vorwurf oder jede unechte Besänftigung.

»Was ist?«, fragte sie schließlich.

Die Kolumnistin zögerte noch einen Augenblick länger, dann sagte sie: »Wissen Sie, was das Erstaunliche ist?«

»Was meinen Sie?«

»Jula hat mir mehr oder weniger das Gleiche gesagt. Sie hat fast dieselben Worte benutzt.«

»Sie hat das genauso empfunden?«

Henriette nickte. »Nur hat sie Jahre gebraucht, ehe sie an diesen Punkt gekommen ist – und Sie nur ein paar Monate.«

Chiara lächelte nervös. »Und das bedeutet was?«

»Nun, dass Sie entweder früher aufgeben werden als Ihre Schwester – oder aber sehr viel erfolgreicher werden als sie. So viel Ehrgeiz muss sich einfach auswirken, in die eine oder andere Richtung.«

»Aber ich war nie ehrgeizig.«

»Jetzt sind Sie's, ob Sie es wahrhaben wollen oder nicht.«

Chiara schwieg. Ihre Gedanken drehten sich im Kreis, bis ihr beinahe schwindelig wurde.

»Sie haben gesagt ›aufgeben‹ ... Meinen Sie damit, so wie Jula aufgegeben hat?«

»Sich umbringen? Gott bewahre! Alles hinschmeißen, meine ich. Berlin verlassen, kein Star mehr sein.«

»Glauben Sie allen Ernstes, ich würde das tun? Wieder zurück gehen, um Drahtspiralen in Notizblöcke zu ziehen?« Ihr Lachen klang so höhnisch, dass es ihr einen Moment lang vorkam, als hätte sie es vor der Kamera ausgestoßen, nicht im wirklichen Leben.

»Maskens meint, ich sollte in Julas Villa ziehen«, sagte sie nach einer Weile.

»Ich hab mich gewundert, dass Sie das noch nicht getan haben. Das immerhin hatten Sie Ihrer Schwester voraus – Jula hatte gar keine andere Wahl, als die Suite im Adlon zu nehmen. Sie schon.«

»Sie denken auch, ich sollte in die Villa ziehen?«

»Wollen Sie wirklich meinen Rat?«

»Ich würde sonst nicht fragen.«

»Dann nehmen Sie das verflixte Haus. Ziehen Sie ein, es gehört Ihnen. Offenbar ist es ohnehin Ihr Schicksal, Julas Platz einzunehmen. Am besten hören Sie auch damit auf, sich dagegen zu wehren.«

Julas Platz einnehmen. Darauf war es die ganze Zeit hinausgelaufen.

»Machen Sie Nägel mit Köpfen«, sagte Henriette. »Es ist ja nicht so, dass Sie es sich nicht verdient hätten. Sie *sind* eine gute Schauspielerin, vielleicht eine bessere, als Jula es je hätte sein können.«

»Ich denke drüber nach.«

»Tun Sie das.«

Sie drehten um und schlenderten zurück zu Vollmoellers Haus, das immer noch von einem halben Dutzend Journalisten belagert wurde. Aus der Ferne betrachtet, wirkte so viel Aufwand um nichts noch lächerlicher.

»Ich weiß, wir sollten nicht immer über Jula sprechen«, sagte Henriette, »aber eine Sache interessiert mich noch.«

»Fragen Sie ruhig.«

»Wussten Sie, dass Jula vor drei Jahren für ein paar Monate untergetaucht ist?«

»Untergetaucht?«

»Nun ja, ich kann auch sagen: verreist. Nach Asien, soweit sich das recherchieren ließ. Tibet wahrscheinlich oder Nordindien.«

Chiara sah sie erstaunt an. »Wann ist das gewesen?«

»Im Frühjahr 1919. Für etwa fünf Monate, so weit sich das noch feststellen ließ. Zumindest ist sie erst dann wieder in Berlin gesehen worden.«

»Das ist das erste Mal, dass ich davon höre.«

Henriette nickte. »Sie selbst hat nichts davon erzählt. Aber ich hab's von anderen gehört. Keiner war sicher – zumindest keiner von denen, die mit mir reden wollten –, aber an der Sache scheint was dran zu sein.«

»Was, um Himmels willen, wollte sie in Tibet? Ferien machen?«

»Das habe ich auch erst vermutet. Aber dann hab ich noch ein paar andere Dinge gehört. Sieht aus, als hätte Jula ... nun, als hätte sie religiöse Gründe gehabt.«

Chiara blieb stehen. »Meine Schwester? Nie im Leben.«

»Haben Sie mal von den Theosophen gehört?«

Sie kannte das Wort, konnte es aber im Augenblick nirgends zuordnen.

»Rudolf Steiner?«, fragte Henriette weiter.

Chiara stutzte – und erinnerte sich. Die Bücher in Maskens Bibliothek. »Ich hab mal seinen Namen gelesen, das ist alles.«

»Jula scheint eine glühende Verehrerin Steiners gewesen zu sein. Ich kann Ihnen mehr darüber erzählen, falls es Sie interessiert. Wir könnten uns in den nächsten Tagen treffen, wenn Sie wollen. Kein Sorge, das soll kein Interview werden. Ich erzähle Ihnen einfach, was ich weiß. Einverstanden?«

»Warum nicht?«

»Freut mich. Schlagen Sie einen Ort vor. Vielleicht nicht gerade das Romanische Café, da gibt es zu viele gespitzte Ohren, wenn man Sie erkennt.«

»Weshalb kommen Sie nicht einfach bei mir vorbei? Morgen Abend?«

»Gerne. Das Ganze ist wirklich eine seltsame Sache. Ein paar Leute behaupten, sie hätten Jula nach ihrer Rückkehr mit einem Kind gesehen, das sie womöglich von dort mitgebracht hat.«

»Ein Kind?«

»Nicht ihr eigenes. Ein asiatischer Junge, etwa elf oder zwölf Jahre alt. Sie ist zwei- oder dreimal mit ihm gesehen worden, immer inkognito, deshalb bin ich nicht hundertprozentig sicher, ob es wirklich Jula war, die die Leute beobachtet haben. Falls doch, wäre es eine ziemlich merkwürdige Geschichte, weil Jula dieses Kind nie erwähnt hat. Offenbar hat es sich kurz darauf wieder in Luft aufgelöst.«

Chiara schüttelte den Kopf. »Das ist mir alles völlig neu.«

»Sehen Sie, mir ging's genauso. Und ich bin immerhin Julas Biographin.« Henriette verzog das Gesicht. »Das macht die Sache jedenfalls spannender, als ich ursprünglich gedacht hatte.«

»Wollen Sie, dass ich Masken danach frage?«

»Ich glaube nicht, dass er Ihnen irgendwas darüber erzählen wird – falls er überhaupt davon weiß. Außerdem scheint er im Augenblick genug eigene Sorgen zu haben, falls die Gerüchte stimmen.«

»Welche Gerüchte?«

Sie erreichten Vollmoellers Haus, und Henriette senkte ihre Stimme zu einem Flüstern. »*Medusa*. Sie erinnern sich doch?«

»Natürlich.«

»Scheint so, als hätten sich die Gespenster der Vergangenheit zu Wort gemeldet.« Ein Windstoß ließ sie nach ihrem Hut greifen. »Ich erzähle Ihnen morgen davon, wenn Sie wollen. Das hier ist nicht gerade der beste Ort dafür. Die Konkurrenz, Sie wissen schon ...«

Chiara sah sie noch einen Augenblick lang stumm an, dann hob sie die Schultern. »Wie Sie wollen. Morgen um sieben?«

»Gerne.« Henriette blickte über ihre Schulter. »Da steht ein Taxi, falls Sie eines suchen.«

Chiara rührte sich nicht. »Sie haben es eben selbst gesagt: Es hat keinen Zweck, vor seinem Schicksal davonzulaufen.«

Die Kolumnistin sah sie besorgt an. »Sie wollen wieder da rauf gehen?«

»Ich gehöre dazu, oder? Darauf läuft es doch hinaus: Ich bin jetzt eine von denen, so oder so.«

»Sie haben das nicht nötig. Sie sind nicht wie die anderen.«

»Nein?« Sie lächelte. »Vielleicht doch.«

Henriette sah sie schweigend an.

»Bis morgen«, sagte Chiara.

Die Reporterin schüttelte ihr wortlos die Hand.

Chiara drehte sich um, klingelte und wurde eingelassen.

Siebzehn

Der Wind bewegte den Flügel einer toten Taube im Rinnstein. Bei jeder Berührung des Bordsteins erzeugte er ein leises Rascheln wie von Schritten.

Chiara atmete erleichtert auf. Sie hatte geglaubt, jemand sei hinter ihr. Aber da war niemand. Kein Mensch. Nur der winkende Taubenflügel.

Vor ihr verlief die Charlottenburger Chaussee schnurgerade nach Westen, mitten durch den Tiergarten. Es war kurz nach eins, ein kühler Wind strich über das Pflaster, und in den hohen Baumkronen rechts und links der Straße rauschten die Blätter. Im schwachen Licht der Straßenlaternen wirkte das Laub farblos, fast grau.

Wie gefilmt, dachte Chiara.

Vom Brandenburger Tor bis zu ihrer Haustür benötigte sie zu Fuß gewöhnlich eine halbe Stunde. Gerade genug, um einigermaßen nüchtern zu werden. Und sie brauchte jetzt frische Luft, mehr als alles andere.

Sie war müde und wund, und sie war betrunken. Kein Kokain, diesmal nicht, auch wenn das Zeug in Kästchen überall im Saal und im Salon gestanden hatte. Sie hatte sich ganz gezielt betrunken. Vielleicht wegen dem, was Henriette gesagt hatte. Dass sie nicht davonlaufen konnte vor ... ja, vor sich selbst? Vor Jula? Irgendwie war das alles ein und dasselbe.

Eine kleine Gestalt überquerte in einiger Entfernung die

Chaussee, in dem dunklen Bereich zwischen zwei Straßenlaternen. Ein Mädchen, dachte sie. Das Mädchen aus dem Scheunenviertel?

Nein, Unsinn. Ein Kind, ja, aber ein Junge. Er verschwand zwischen den Bäumen auf der anderen Straßenseite, nicht ohne vorher einen Blick in ihre Richtung geworfen zu haben. Waren da Stimmen jenseits der Bäume, hinter dem äußeren Rand des Lichtscheins?

Sie hatte eigentlich keine Angst. Der Tiergarten war bei Nacht das Reich der Stricher und Homosexuellen, Frauen kamen so gut wie nie hierher. In den Büschen trafen sich männliche Paare zum Stelldichein, und an vielen Seitenwegen warteten Jungen und Männer auf Kundschaft. Keiner hier hatte Interesse an einer Frau. Sittenstrolche suchten sich ihre Opfer anderswo.

»Na, verlaufen?«

Sie drehte sich um, eine Spur zu schnell, und beinahe wäre sie aus dem Gleichgewicht geraten.

Ein junger Kerl stand da, siebzehn, achtzehn Jahre alt, und zog an einer Zigarette. Sein Gesicht war nur so lange sichtbar, wie die Glut aufleuchtete, dann versank es wieder in Dunkelheit. Hinter ihm war der Junge, den sie eben gesehen hatte.

»Hallo«, sagte sie, wandte sich ab und ging weiter.

Hinter sich hörte sie die Schritte der beiden, aber sie kamen nicht näher.

»Hast nix zu suchen hier um diese Zeit«, sagte der ältere wieder.

»Ich suche ja auch nichts«, entgegnete sie, ohne sich umzudrehen. »Oder sieht das für dich so aus?«

Als keine Antwort kam, schaute sie im Gehen über die Schulter. Die beiden waren fort.

Chiara ging ein wenig schneller.

Die Abstände zwischen den Straßenlaternen schienen ihr größer zu werden, je weiter sie nach Westen kam. Der Wechsel zwischen Helligkeit und Schatten wirkte härter.

Pfützen aus Licht, Pfützen aus Dunkelheit.

Wieder Schritte.

Und wieder niemand hinter ihr.

Den Großen Stern, die Kreuzung im Zentrum des Tiergartens, hatte sie bereits passiert; dort hatte sie zwei Schutzpolizisten auf Streife gesehen, aber auch ein halbes Dutzend Stricher und ihre Freier, die sich beim Anblick der Ordnungshüter ein wenig tiefer zwischen die Bäume zurückzogen.

Sie ahnte, dass sich im Dunkel jenseits der Bäume zahlreiche Menschen aufhielten, aber im Augenblick sah sie niemanden. Nicht einmal einen der Stadtstreicher, die ihr anfangs ein paar Mal aufgefallen waren, schnarchende Bündel aus Lumpen und verfilztem Haar.

Die Chaussee dehnte sich ins Endlose, ab und an gab es Laternen, in denen kein Licht brannte, und der Wind wurde kühler. Um nichts in der Welt wäre sie in einen der Fußwege abgebogen, die in unregelmäßigen Abständen von fünfzig bis hundert Metern tiefer in die Finsternis der Bäume führten. Ganz egal, ob Frauen hier sicher waren oder nicht.

Etwas traf sie am Kopf.

Ein Kichern, links von ihr in der Dunkelheit. Dann ein dumpfer Laut, gefolgt von einem wütenden Aufschrei.

Chiara rieb sich die Schläfe und blieb für einen Augenblick benommen stehen. Der Stein, mit dem man sie beworfen hatte, war winzig, und sie bezweifelte, dass man sie damit ernsthaft hatte verletzen wollen. Ob ihr die beiden Jungen noch folgten?

Beherrsch dich. Bleib ganz ruhig. Jetzt nur keine Panik.

Huschte da eine Gestalt durch die Finsternis?

Vor ihr tauchten die Lampen eines Wagens auf. Sie spielte mit dem Gedanken, dem Fahrer zuzuwinken und ihn zum Anhalten zu bewegen. Aber wer hielt nachts um eins im Tiergarten für eine einsame Frau? Gewiss nur jemand, der es genau darauf abgesehen hatte.

Sie behielt die Arme unten.

Der Wagen kam näher. Vielleicht eine Polizeistreife?

Er war jetzt noch fünfzig, sechzig Meter entfernt.

Ein Blick ins Dickicht. Augen in der Dunkelheit, die sie beobachteten.

Ein Polizeiwagen, bitte!

Sie sah nur die beiden Lichter, die näher kamen, und, ja, der Wagen wurde langsamer. Bremste ab. Gott sei Dank!

Neben ihr brachen Äste, Laub wisperte. Das war nicht der Wind.

Der Wagen hatte keine Aufschrift, die Karosserie war schwarz. Sie erkannte niemanden hinter der Scheibe, nur zwei Hände, die auf dem Lenkrad lagen.

Das Fahrzeug rollte heran, jetzt fast im Schritttempo. Chiara trat an die Bordsteinkante und hob einen Arm. Der Wagen hielt neben ihr, die Beifahrertür wurde geöffnet.

»Bitte«, begann sie, »würden Sie ...«

Jemand packte sie und riss sie herum. Sie schrie auf. Ein Arm legte sich von hinten um ihren Oberkörper, eine Hand presste auf ihren Mund. Sie versuchte hineinzubeißen, ohne Erfolg. Dann zerrte man sie ins Innere des Wagens, während das Fahrzeug sich wieder in Bewegung setzte. Sie sah, wie jemand durch die Büsche brach, eine Silhouette, die zwischen den Bäumen hervorschoss – dann wurde die Tür zugeschlagen, und sie saß auf jemandem, der sie in eisernem Griff hielt. Sie trat um sich, und es gelang ihr, ihre Fingernägel in das Bein ihres Entführers zu schlagen und den Hosenstoff zu zerfetzen. Er schrie auf, ganz nah hinter ihrem Ohr. Ermutigt wehrte sie sich heftiger.

Draußen auf dem Gehweg glaubte sie Gestalten zu sehen, aber sie konnte kaum mehr als verschwommene Bewegungen wahrnehmen. Der Mann in ihrem Rücken bekam ihren Arm zu fassen und hielt sie fest. Trotzdem versuchte sie weiter, sich zu wehren, wenngleich ihr jetzt weniger Erfolg beschieden war.

Sie warf einen Blick nach links zum Fahrer. Der Mann trug einen Mantel mit hochgestelltem Kragen und einen Hut, aber sie konnte erkennen, dass er keine Haare hatte, weder am Hinterkopf noch über den Augen. Keine Brauen, keine Wimpern. Und irgend etwas stimmte nicht mit seiner Haut.

Der Wagen fuhr nur ein paar Dutzend Meter, dann bog er von der Chaussee in einen der Waldwege ab.

Sie wusste nicht, wer die Männer waren, wusste nicht, was sie wollten, aber sie würde nicht stillhalten, so lange niemand sie mit einer Pistole oder einem Messer bedrohte.

Dann bremste der Fahrer abrupt, und der Wagen kam mit einem Ruck zum Stehen.

»Ganz ruhig«, sagte der Mann, der sie festhielt. »Versuchen Sie nicht, wegzulaufen.«

Er öffnete die Tür und schob sie ins Freie, wo sie bereits vom Fahrer erwartet wurde. Sie trat ihm gegen das linke Bein, aber er hielt sie trotzdem so lange fest, bis auch der zweite Mann auf dem weichen Waldboden stand. Windstöße fuhren durchs Unterholz, es roch nach feuchtem Laub und Tannennadeln.

»Was wollen Sie?«

Sie bekam keine Antwort. Stattdessen hielt der Fahrer sie jetzt von hinten fest, während der andere Mann sich an ihren Mantelknöpfen zu schaffen machte. Zum ersten Mal sah sie sein Gesicht. Keine Verbrecherfratze, aber auch nicht das Gegenteil. Einfach irgendein Kerl.

»Nein!«, brüllte sie, als er ihren Mantel aufriss und sie betastete. Jetzt wehrte sie sich so heftig, dass der Mann zurückwich, aber nur für einen Augenblick. Der Fahrer verstärkte seinen Griff um ihre Arme, und ihr blieb nur, um Hilfe zu schreien und sich dabei heftig hin- und herzuwerfen.

Wieder spürte sie die Hände des Mannes auf ihrem Körper, offenbar suchte er nach den Knöpfen ihres Kleides. Pech gehabt! Das Kleid wurde im Rücken geknöpft.

Sie rammte ihren Absatz auf den Fuß des Fahrers. Er schrie nicht auf, aber er zog den Fuß zurück und verlor dabei für einen Moment den Halt.

Plötzlich lag sie auf dem Bauch, wurde an den Schultern auf den Boden gedrückt, während ihr jemand den Mantel vom Leib riss. Sekunden später spürte sie Finger an der Knopfleiste des Kleides. Einer der Männer riss das Kleid auseinander, sie fühlte, wie die Knöpfe absprangen, und dann war ihr Rücken nackt, und sie wurde herumgerollt.

Sie trat um sich, fuchtelte mit den Armen und schrie laut, doch sie hatte keine Chance gegen zwei Männer. Augenblicke später war ihr Oberkörper nackt.

Der Fahrer schenkte ihr einen finsteren Blick. »Scheiße noch mal, warum können Sie nicht stillhalten?« Er blutete aus einer Kratzspur auf seiner Wange.

»Wir ... tun Ihnen ... nichts«, keuchte der zweite Mann, während er versuchte, ihre strampelnden Beine festzuhalten.

Der Fahrer zerrte ihre Arme auseinander, bis sie mit dem nackten Rücken im Gras am Rande des Waldweges lag und beide Männer ungehinderte Sicht auf ihre Brüste hatten. Sie spürte einen kalten Wind über sich hinwegstreichen wie tote Fingerspitzen.

»Weiter«, sagte der Fahrer zu dem anderen Mann, der sich daraufhin auf ihre Beine setzte, ihr Kleid weiter nach unten zog. Sie versuchte ihn anzuspucken, doch auch das hielt ihn nicht auf. Sie spürte die kühle Luft auf ihrem Bauch und hörte wie der Mann sagte: »Da ist sie! Scheiße, da ist sie!«

Plötzlich wurden die Hände des Mannes zurückgerissen, sein Körper löste sich von ihren Beinen, und Chiara nutzte den Augenblick, um ihr Knie nach oben zu reißen. Sie rammte es in seine Genitalien, aber sein Schrei kam einen Augenblick zu früh, und dann lockerte sich auch der Griff des Fahrers, und sie hörte dumpfe Laute, wie von Schlägen und Tritten.

Da waren noch andere Gestalten, dunkle Umrisse vor dem schwachen Licht des Automobils; sie bewegten sich schnell und in einem Pulk, in den mit einem Mal auch ihre beiden Peiniger verstrickt waren. Ein Wirbel aus Armen und Beinen, Körper, die zusammensackten, sich wieder hochrappelten und erneut ins Getümmel stürzten.

Erst jetzt wurde ihr klar, dass niemand sie mehr festhielt.

Mit rasselndem Atem robbte sie rücklings nach hinten, bis sie mit der Schulter gegen einen Baumstamm stieß. Sie raffte ihr Kleid hoch und richtete sich auf.

Der Kampf auf dem Waldweg hatte jetzt eine Wendung genommen. Drei oder vier Gestalten prügelten auf die beiden Männer in den langen Mänteln ein, bis es einem von ihnen schließlich gelang, seine Gegner abzuschütteln und in den Wagen zu springen. Der Motor stotterte, Qualm drang unter der Haube hervor und machte die Ränder des Lichtscheins noch deutlicher, scharf ausgeschnitten wie mit einem Messer. Der zweite Mann versetzte einem Gegner einen Faustschlag ins Gesicht und trat nach einem anderen, und so gelang es ihm, ebenfalls freizukommen. Er warf sich in den Wagen, und das Fahrzeug fuhr an, erst ruckelnd, dann schneller, den holprigen Waldweg entlang, bis die Lichtwolke, die es vor sich herschob, hinter einer Biegung verschwunden war.

Chiara stand plötzlich in völliger Finsternis.

»Hier«, sagte eine Stimme direkt vor ihr in der Dunkelheit. »Dein Mantel.«

Sie streckte die Hand aus und ertastete Stoff, hielt ihn einen Augenblick schützend vor sich und schlüpfte dann hinein. Fast im selben Moment flammte Licht auf, eine Taschenlampe, die die Umrisse von vier Menschen aus der Schwärze schälte.

Zwei erkannte sie. Es waren die beiden Jungen, von denen der eine sie vorhin angesprochen hatte. Waren sie dem Wagen gefolgt?

Da realisierte sie, dass diese vier sie gerettet hatten. Und sie hatten ihr den Mantel zurückgegeben.

»Hast du Geld?«, fragte einer der beiden, die sie vorher nicht gesehen hatte.

Sie schob eine Hand in die Manteltasche und fand ihre Geldbörse. »Ja, wartet ...« Sie öffnete den Verschluss und schüttete den Inhalt in ihre Hand. Ein paar zerknüllte Scheine und Kleingeld. »Hier!« Sie hielt es dem, der sie angesprochen hatte, entgegen, aber er machte keine Anstalten, es zu nehmen. Stattdessen ergriff es einer der anderen. Ohne es zu zählen, steckte er es in seine Hosentasche.

»Ist das alles?«

»Ja.«

»Schmuck?«

Sie funkelte ihn böse an, sagte aber: »Nur meine Ohrringe.«

Der junge Mann überlegte. »Kannst du behalten. Ich hab dir gesagt, dass du hier nix zu suchen hast um so 'ne Zeit.«

»War scheinbar ein guter Rat«, erwiderte sie, wurde sich bewusst, wie locker das Oberteil ihres Kleides saß und begann mit zittrigen Fingern, die Mantelknöpfe zu schließen.

»Gehst jetzt besser«, sagte der Anführer. »Hier isses nicht sicher, haste ja gesehen.«

Der vierte Junge, der bislang noch gar nichts gesagt hatte, wandte sich an den Sprecher: »Willste die wirklich gehen lassen? Die sieht gut aus.«

Der Anführer schenkte Chiara ein breites Grinsen, anzüglich genug, um sie die Fäuste ballen zu lassen.

»Das ist eine von uns«, sagte er zu dem Jungen. »Riechst du's nicht? Verkauft ihre Möse für Geld. Die hat's den ganzen Abend lang getrieben.«

Keine Strauchdiebe, sondern Stricher, dachte sie. Wahrscheinlich hatten sie vergeblich auf Kundschaft gewartet, und als sie sie hatten kommen sehen, hatten sie sich einen Spaß daraus gemacht, ihr einen Schrecken einzujagen. Bis der Wagen aufgetaucht war.

Ihr Blick blieb hart, aber sie wählte ihre Worte jetzt ein wenig versöhnlicher. »Auf jeden Fall vielen Dank. Das hätte übel ausgehen können.«

»Die wollten ficken«, sagte der kleine Junge ohne jede Häme, beinahe sachlich.

»Ja«, sagte sie, dachte aber: Nein, das wollten sie nicht.

Da ist sie, hatte der eine Mann gerufen. Und dabei auf ihre Narbe gestarrt. Die gleiche Narbe, die sie bei Torben gesehen hatte.

»Komm mit«, sagte der Anführer, »wir bringen dich ein Stück. Wo willste 'n hin?«

»Nach Hause.«

»Und wo ist das?«

Sie überlegte kurz, dann entschied sie sich für die Wahrheit. »In der Nähe vom Bahnhof Tiergarten. Aber bis dahin schaffe ich's allein.«

Er schüttelte den Kopf. »Kommt nicht infrage. Ham ja sowieso nix zu tun. Zum Bahnhof, ja?« Sie nahmen Chiara in die Mitte.

Am Bahnhof Tiergarten fragte der Anführer, ob sie den Rest des Weges allein finden würde. Sicher, erwiderte sie, kein Problem. Und dann verschwanden die vier im Dunkeln ohne ein weiteres Wort.

Wenig später bog sie in die Straße ein, in der ihre Wohnung lag. Vor dem Haus stand eine einzelne Laterne und ließ die Umgebung noch dunkler erscheinen, weil sie nur ihren eigenen Pfahl beschien.

Ihre Finger zitterten, sie hatte Mühe, den Schlüssel ins Schloss zu stecken. Auf den Holzstufen der Treppe klangen ihre Schritte hohler als sonst, und sie war sicher, dass alle im Haus davon erwachen würden.

Vor der Tür lagen Geschenke. Mehrere Schachteln, die meisten bunt verpackt und mit kleinen Grußkarten ihrer Verehrer. Dazwischen ein paar Briefe und drei Blumengestecke.

Mit jedem Tag wurden es mehr, als wüsste mittlerweile ganz Berlin, wo sie wohnte.

Sie warf die Tür hinter sich zu, hörte draußen den Geschenkturm zusammenbrechen und beschloss, noch an diesem Wochenende umzuziehen.

Achtzehn

Henriette kam nicht. Sie rief auch nicht an, um die Verabredung abzusagen.

Chiara saß auf einem Stuhl inmitten ihrer leeren Wohnung. Ein zweiter Stuhl stand ihr gegenüber, daneben eine umgedrehte Kiste; darauf eine Flasche Wein und zwei unbenutzte Gläser.

Arbeiter hatten am Nachmittag ihre Sachen verpackt, in zwei Lastwagen verstaut und die Kisten, Möbel und Kleiderkoffer hinaus zur Krummen Lanke gefahren. In einer Stadt wie Berlin war es nicht schwer, innerhalb einer Stunde einen Trupp Helfer zu finden: Arbeitslose gab es an jeder Straßenecke, aber Chiara hatte sich lieber auf ein paar Bühnenarbeiter verlassen, deren Chef sie von den letzten Dreharbeiten kannte. Noch am Vormittag hatte er alles Nötige organisiert, Punkt zwölf hatten sie vor der Tür gestanden.

Jetzt war die Wohnung nur noch ein kahler, hallender Raum und hatte kaum noch Ähnlichkeit mit dem Ort, an dem sie sich ein paar Wochen lang so wohl gefühlt hatte. Stattdessen wartete jetzt die Villa auf sie, ihre Sachen verteilt auf die einzelnen Zimmer, Fremdkörper inmitten der Einrichtung, die Jula zurückgelassen hatte. Ein paar Frauen hatten das Haus geputzt, Kommoden und Schränke und Borden abgestaubt und alles für die neue Besitzerin hergerichtet. Das Ausräumen der Kisten wollte Chiara morgen selbst erledigen, vielleicht gemeinsam mit Lea, die ihre Hilfe angeboten hatte.

Warum erschien Henriette nicht zu dem vereinbarten Treffen?

Es war jetzt halb zehn. Die Kolumnistin war seit zweieinhalb Stunden überfällig, und eigentlich hatte Chiara längst akzeptiert, dass sie nicht mehr kommen würde. Warum saß sie dann immer noch hier?

Du zögerst den Abschied hinaus.

Nein, nicht den Abschied. Die Begrüßung in der Villa – eine Begrüßung durch fremde Zimmer, fremde Möbel und den Geruch eines fremden Lebens.

Aber sie hatte ihre Entscheidung getroffen. Hier bleiben konnte sie nicht. Hier fühlte sie sich ungeschützt und verfolgt. Es würde nicht lange ein Geheimnis bleiben, dass sie in Julas Haus gezogen war, aber dort gab es Mauern, eine lange Auffahrt und ein Tor. Niemand würde unverhofft vor ihrer Tür stehen, wenn sie öffnete. Keiner würde Schachteln und Blumen direkt vor ihrer Schwelle ablegen können.

Ist das alles, wovor du Angst hast? Ein paar Leute, die deine Filme mögen und mehr in dir sehen als du selbst?

Oder fürchtest du noch etwas anderes? Ist es nicht viel mehr Julas Vergangenheit, die dir Angst macht? Glaubst du allen Ernstes, ihr Haus wäre der ideale Ort, um sich davor zu verstecken?

Und wenn sie nicht vor Jula oder Masken davonlief, sondern vor sich selbst?

Das Telefon hing schweigend als dunkler Kasten an der Wand im Wohnzimmer, der einzige Punkt in der Leere, an dem sich ihr Blick festsaugen konnte. Sie hatte versucht, Henriette zu Hause zu erreichen, vergeblich. Und die Redaktion war samstags um diese Zeit nicht besetzt.

Egal, es war genug. Sie stand auf, ließ alles so stehen, wie es war, nahm nur die Weinflasche und stellte sie im Hinausgehen vor die Tür der Nachbarwohnung.

Sie wollte gerade die Treppen hinuntergehen, als sie den Umschlag auf ihrer Fußmatte bemerkte, ein weißes, unscheinbares Rechteck ohne Beschriftung. Er musste in der vergangenen Stunde hierher gelegt worden sein. Ein weiterer Verehrer? Eine Nachricht von Henriette?

Sie drehte den Brief zwischen den Fingern und betrachtete das Siegel im trüben Licht der Treppenhausbeleuchtung. Eine stilisierte Bienenkönigin. Darunter ein geprägter Schriftzug: Elohim von Fürstenberg.

Gerade das, was ihr fehlte. Vermutlich noch mehr Anschuldigungen und Beleidigungen. Sie war drauf und dran, den Umschlag liegen zu lassen. Dann aber schob sie ihn in ihre Manteltasche, eilte die Stufen hinunter, fand am Bahnhof einen freien Wagen und ließ sich zu ihrem neuen Zuhause bringen.

✢

Etwas hatte sich verändert, seit sie zum ersten Mal hier gewesen war. Damals, als Masken sie durch die schneeweißen Zimmer geführt hatte, hatte die eisige Atmosphäre der hellen Räume sie bedrückt. Heute erschienen sie ihr einladender, selbst im Kunstlicht der zahllosen Lampen, die jedem Winkel sein Geheimnis entrissen und deren Schein den Marmor und die lackierten Holztäfelungen zum Leuchten brachte. Vor der Glaswand im Wohnzimmer erstreckten sich der Garten und das Ufer der Krummen Lanke in der Nacht, der See selbst war fast unsichtbar. Das Licht, das aus dem Haus nach draußen fiel, riss ein paar der vorderen Birken aus der Dunkelheit wie knochenfarbene Säulen. Falls dort draußen jemand stand und sie beobachtete, konnte sie ihn von hier aus nicht sehen.

Sie hatte den Überfall im Tiergarten am frühen Morgen der Polizei gemeldet. Ein Beamter hatte ein Protokoll aufgenommen, ihr jedoch wenig Hoffnung gemacht, dass man die Schuldigen aufspüren werde. Was, um Himmels willen, sie denn veranlasst habe, mitten in der Nacht zu Fuß durch den Tiergarten zu gehen? Eine Frau wie sie. Eine Berühmtheit.

Darauf hatte sie keine Antwort gewusst, hatte alles auf den Alkohol geschoben und versprochen, so etwas nie wieder zu tun – hoffentlich sarkastisch genug, damit die Männer ihre Bitterkeit bemerkten. Dann hatte sie sich bedankt und war gegangen, überzeugt, dass die Sache damit für die Polizei erledigt war. Sie trug selbst die Schuld an dem, was geschehen war – daran hatten die Blicke der Polizisten keinen Zweifel gelassen.

Während sie durch die Räume und Flure der Villa streifte, dachte sie noch einmal über alles nach. War es möglich, dass die beiden Männer wirklich nur nach der Narbe gesucht hatten? Das war absurd. Aber absurd war auch, dass sie und Torben an der gleichen Stelle operiert worden waren.

Was waren die Fakten?

Sie hatte einen Unfall, wurde von Masken in eine Privatklinik gebracht und erwachte drei Tage später mit einem frisch vernähten Schnitt in der Bauchdecke. Jakob, ihr Begleiter während der verhängnisvollen Fahrt, war seither spurlos verschwunden. Torben Grapow, der wie sie selbst von Masken protegiert wurde und ihm gleichfalls den Start seiner Karriere zu verdanken hatte, wurde von einem Einbrecher erschlagen. Dabei stellte sich heraus, dass er zwanzig Monate zuvor in derselben Klinik gelegen hatte, mit der gleichen Verletzung. Und dann wurde Chiara von zwei Männern überfallen und ausgezogen, die sich nicht für Sex, sondern nur für ihre Narbe interessierten.

Und wenn alles eine aberwitzige Verkettung von Zufällen war?

Nein, kein Zufall. Dahinter stand ein Plan. Aber wer trug die Verantwortung? Masken war der nächstliegende Verdächtige, auf den alle Hinweise deuteten. Doch eines sprach entschieden gegen ihn: Er gewann nichts dadurch. Torbens Tod hatte ihre gemeinsamen Pläne durchkreuzt. Chiaras Unfall hätte sie endgültig davon abbringen können, seinen Fünf-Filme-Vertrag zu unterzeichnen. Und er *kannte* Chiaras Narbe, hatte sie mit eigenen Augen in der Klinik gesehen; er brauchte keine Handlanger, um sich zu vergewissern.

Wer aber wusste noch von dem Unfall und ihrem Aufenthalt in der Klinik? Ursi, natürlich. Sie hatte Stillschweigen geschworen, aber wer wusste, ob sie sich daran gehalten hatte? Womöglich hatte sie Arthur Hermann davon erzählt. Und durch ihn mochte es Gott weiß wem zu Ohren gekommen sein.

Sie musste Ursi fragen. Musste sichergehen, dass sie den Mund gehalten hatte. Und falls Ursi tatsächlich dichtgehalten hatte? Nun, dann war sie wieder am Anfang und so schlau wie zuvor.

Chiara war bereits eine Weile durch alle Räume gestreift, durch das private Kino mit den weißen Ledersitzen, die Bibliothek, in der es keine Bücher gab, die Gästezimmer mit den geheimen Gucklöchern in den Wänden, vorbei an Zimmerspringbrunnen, die jetzt wieder leise plätscherten, und an unzähligen Marmorbüsten und Putten, ehe ihr bewusst wurde, dass sie ihren Mantel nicht abgelegt hatte, so als wäre sie ein Gast in diesem Haus, nicht die neue Bewohnerin.

In der Manteltasche steckte Elohims Umschlag.

Sie stieg die Stufen im Wohnzimmer empor, bis sie die hoch gelegene Plattform mit der Badewanne erreichte. Durch die riesige Fensterfront zum Garten starrte die Finsternis sie mit unsichtbaren Augen an. Chiara setzte sich auf den Rand der weißen Marmorwanne, öffnete den Umschlag und begann zu lesen.

Liebe Chiara, stand da. *Ich hoffe, unsere erste Begegnung hat Sie nicht allzu sehr erschreckt und auf ewig von meiner Unmöglichkeit überzeugt. Glauben Sie mir, es war wichtig, dass wir uns auf diese Weise kennen gelernt haben – vielleicht verstehen Sie bald, warum. Ich möchte mich gerne mit Ihnen treffen. Es ist wichtig. Wie wäre es am Montag Abend im Dorian Gray, gegen acht Uhr? Kennen Sie das Lokal? Falls nicht, erkundigen Sie sich auf keinen Fall bei einem Ihrer Freunde. Erzählen Sie überhaupt niemandem davon. Ich bitte Sie zu kommen. Vertrauen Sie mir. Immer die Ihre – Elohim.*

Sie starrte das Papier an, als hätte es sich vor ihren Augen in Gold verwandelt. Dann las sie den Brief ein zweites Mal. Sie hatte nichts überlesen, hatte sich nicht getäuscht. Elohim von Fürstenberg wollte sie treffen, und es sah ganz danach aus, als läge ihr an einer Versöhnung.

Chiara hätte darüber gelacht und den Brief zerknüllt, wäre da nicht der Unterton dieser wenigen Zeilen gewesen, der sie stutzig machte.

Es ist wichtig. Erzählen Sie niemandem davon.

Sie kannte das Dorian Gray aus Erzählungen. Es war eines der stadtbekannten Lesbenlokale, das älteste, hatte sie gehört. Lea hatte Chiara einmal mit ins Violetta im Nationalhof genommen, nur zum Spaß, wie sie betont hatte, obwohl Chiara mehr und mehr den Verdacht hatte, dass Lea dergleichen nicht abgeneigt war, mochte sie noch so oft die Treue zu ihrem Mann beteuern.

Das Dorian Gray war kleiner und ein wenig verrufener. Hatte Elohim vor, Chiara zu bezirzen? Das könnte immerhin amüsant werden. Aber das schien ihr unwahrscheinlich. Das Schreiben klang nicht nach dem Versuch, mit ihr anzubändeln.

Es klang ernster. Beinahe besorgt.

Vielleicht verstehen Sie bald, warum.

Chiaras Blick wanderte einmal mehr hinaus ins Dunkel. Das Licht vom Wohnzimmerfenster kroch an den weißen Birkenstämmen empor und verlor sich, bevor es die Ränder ihrer Kronen erreichen konnte; die Äste hätten ebenso gut endlos in die Höhe reichen können, mächtige Netzwerke, die sich wie ein Kokon über der Villa schlossen.

Vertrauen Sie mir.

Sie warf den Brief unwirsch beiseite, er flatterte die Wölbung der Wanne entlang und blieb an der tiefsten Stelle liegen, neben dem Abfluss.

Aus dem Rohr drang leises Röcheln.

Chiara runzelte die Stirn und beugte sich vor. Die Laute rissen nicht ab. Sie stand auf, umrundete die Wanne zur Hälfte, schaute noch einmal prüfend nach draußen, ehe sie in die leere Wanne stieg, sich hinkniete und ihr Gesicht bis auf wenige Zentimeter an den Abfluss brachte. Über der Öffnung war kein Sieb, sie konnte direkt ins Dunkel sehen. Dann drehte sie den Kopf und legte ein Ohr an den Abfluss. Falls jemand sie jetzt von draußen beobachtete, musste sie ein feines Bild abgeben, auf Knien in der Wanne, das Gesicht auf den Boden gepresst, das Hinterteil in der Höhe.

Das Röcheln brach ab. Ein letztes Gurgeln in der Leitung, dann war Stille.

Sie richtete sich auf, verwundert über sich selbst. Warum beschäftigte sie sich mit solch einem Unsinn? Ihr Blick fiel wieder auf den Brief am Boden der Wanne. Es war fast, als hätte der Abfluss die Laute nur von sich gegeben, um ihre Aufmerksamkeit noch einmal auf das fortgeworfene Schreiben zu lenken.

Gut, dachte sie resigniert und hob das Papier auf, wenn sich sogar schon ein paar dumme, tote Gegenstände gegen mich verschwören.

Sie lächelte.

Aber tief im Inneren war ihr zum Heulen zumute.

+

»Gott sei Dank! Ich habe so gehofft, dass Sie kommen würden.«

Elohim sprang auf und streckte ihr die Hand entgegen. Chiara griff nicht danach. Sie setzte sich ungefragt auf den freien Platz und ließ ihr Gegenüber nicht aus den Augen.

Elohim von Fürstenberg stand einen Augenblick lang ein wenig verdattert da, dann sank sie zurück auf ihren Stuhl. Sie trug einen grauen Anzug mit eingestecktem Tuch, enge schwarze Lederhandschuhe, wie manche Automobilfahrer sie benutzten, und hatte das Haar zu einem strengen Knoten am Hinterkopf zusammengefasst. Ihr Make-up war nicht dezent, aber auch nicht so grell wie die aufdringliche Kriegsbemalung, mit der sie im Babelsberger Atelier erschienen war. Chiara nahm an, dass sie heute der wahren Elohim von Fürstenberg gegenübersaß. Die aufgedonnerte Puppe mit Pudel war vermutlich ebenso eine Rolle wie all jene, die sie vor der Kamera spielte. Womöglich schloss das die Szene, die sie Chiara im

Atelier gemacht hatte, mit ein – was es auch nicht leichter machte, sie ihr zu vergeben.

»Es ist Ihnen doch niemand gefolgt, oder?«

»Und Ihnen?«

»Sie meinen Luzy? Meine Sekretärin? Nein, die gibt auf Bonifazius acht.« Elohim lächelte ein wenig verlegen. »Mein Pudel.«

Chiara nickte. »Ich bin allein hier, wenn Sie das beruhigt. Ehrlich gesagt, fände ich es auch ein wenig albern, irgendwen mit hochgeschlagenem Kragen an einem der anderen Tische zu platzieren.«

Elohim schmunzelte. »Jemand, der aufpasst, dass wir uns nicht an die Kehlen gehen, das meinen Sie doch, nicht wahr?«

»Haben Sie das vor?«

»Natürlich nicht. Aber lassen Sie uns vorne beginnen. Erst einmal möchte ich mich bei Ihnen entschuldigen. Ich war nicht besonders nett zu Ihnen in Babelsberg.«

Chiara zuckte die Achseln. »Ihre Entscheidung, nicht meine.«

»Machen Sie's mir nicht so schwer, Chiara ... Ich darf doch Chiara sagen, oder?«

Chiara nickte.

»Ich erkläre Ihnen, warum ich mich so verhalten habe, und dann werden Sie alles verstehen. Hoffentlich.«

Erneut hob Chiara die Schultern.

»Also – Waffenstillstand?«, fragte Elohim.

»Von mir aus.«

»Und Sie sind sicher, dass Ihnen niemand gefolgt ist? Ich meine, ohne dass Sie darum gebeten haben.«

»Sie denken, jemand beschattet mich?«

»Masken und seine Leute waren niemals besonders wählerisch in ihren Methoden. Und sie lassen einen nicht los. Denken Sie nur an den armen Grapow.«

Chiara betrachtete Elohim mit zusammengerückten Augenbrauen. Aber mit ihrer Feindseligkeit maskierte sie nur ihre Verwirrung – und ein düsteres Gefühl von Bestätigung.

»Wollen Sie andeuten, dass ...«

Elohim unterbrach sie. »Ich werde viel mehr tun, als nur andeuten. Aber alles der Reihe nach.«

»Wen meinen Sie mit Maskens Leuten?«

»Seine so genannten Freunde, wenigstens nennt er sie in der Öffentlichkeit so. In Wahrheit sind sie Verbündete. Oder besser noch, Mitwisser.«

Chiara rückte sich unbehaglich auf dem Stuhl zurecht. Sie verspürte das Bedürfnis, sich eine Zigarette anzustecken, obwohl sie das zuletzt als Kind getan hatte, heimlich und gemeinsam mit Jula, die weit mehr Erfahrung damit gehabt hatte.

Elohim wollte fortfahren, wurde aber von der Kellnerin unterbrochen, die an den Tisch trat, um ihre Bestellung aufzunehmen. Chiara verlangte einen Kaffee – schwarz, ohne alles –, während Elohim einen doppelten Whiskey orderte. Chiaras Blick folgte dem Mädchen, als es sich vom Tisch entfernte und nach wenigen Schritten hinter einem der vielen Sichtschirme verschwand, die die Tische im hinteren Teil des Dorian Gray voneinander trennten. Weiter vorne waren die Plätze nach allen Seiten hin offen, mit einer guten Aussicht auf die Tanzfläche, auf der sich Frauen paarweise zu Foxtrott, Tango und Walzer bewegten. Von der Decke hingen wehende Stoffschleier in verschiedenen Farbtönen und strichen mit ihren Spitzen sanft über die Tanzenden hinweg. Die Lampen brannten gedämpft hinter chinesischen Schirmen, von hier hinten konnte man – selbst wenn man um den Sichtschutz herumtrat – kaum bis zum Eingang sehen, so schummrig war die Beleuchtung. Das Lokal war gut besucht, die meisten Gäste waren Frauen und Mädchen der Mittelschicht, kleine Angestellte, Beamtinnen und Sekretärinnen, vermutete Chiara. Keine gehobene Gesellschaft, aber auch keine Arbeiterinnen. Sie wunderte sich, dass Elohim diesen Ort ausgewählt hatte: Die meisten hier waren typische Kinobesucherinnen, Frauen mit ein wenig eigenem Geld in der Tasche, genug, um mit Hilfe eines Films in andere Welten zu entfliehen. Sie mussten Elohim auf Anhieb erkennen, Chiara vermutlich ebenfalls. Trotzdem hatte noch niemand sie angesprochen oder auch nur einen Blick in ihre Richtung geworfen, der über die übliche Begutachtung von Neuankömmlingen hinausging.

Sie hatte erwartet, sich unwohl zu fühlen, doch das war nicht der Fall. Wo sonst in Berlin konnten zwei Prominente ungestört beieinander sitzen, ohne befürchten zu müssen, belästigt zu werden?

Elohim warf einen Blick hinüber zum Sichtschirm, als wollte sie trotz allem sichergehen, dass niemand dort stand und sie belauschte. »Wissen Sie«, begann sie, »ich habe Ihre Schwester gemocht. Schauen Sie mich nicht so an, es stimmt. Jula war anfangs ein nettes Mädchen, zielstrebig auf ihre Art, auch wenn sie sich dabei manchmal ziemlich unbeholfen angestellt hat.«

»Sie wollen mir tatsächlich weismachen, Sie und Jula seien Freundinnen gewesen?«

Elohim schüttelte den Kopf. »Ich habe keine Freundinnen in diesem Geschäft, und ich wollte nie welche haben. Das war eine Entscheidung, die ich sehr früh getroffen habe. Ich bin ganz gut damit gefahren. Glauben Sie vielleicht, Sie und Ursi van der Heden wären Freundinnen? Machen Sie sich nichts vor. Ursi würde Sie bei der nächstbesten Gelegenheit hintergehen, wenn sie sich davon einen Vorteil verspräche – und, um ehrlich zu sein, ich denke, dass sie das längst getan hat. Sie ist so, auch wenn sie es vielleicht selbst gar nicht weiß.«

»Sie wissen, wie das klingt, oder?«

Elohim lachte bitter. »O ja, das weiß ich. Mir ist klar, dass ich Ihre Geduld auf die Probe stelle. Und dass ich Gefahr laufe, dass Sie einfach aufspringen und gehen, wenn es Ihnen zu bunt wird.« Sie machte eine Pause, als die Kellnerin die Getränke brachte. Sie nahm einen Schluck aus dem Whiskeyglas, seufzte leise und stellte es ab. »Sie werden mich für verrückt halten. Aber was kann ich schon verlieren? Ich habe meinen Ruf als Exzentrikerin derart gepflegt, dass eine Verrücktheit mehr oder weniger ... na ja. Es spielt keine Rolle mehr.« Sie trank noch einen Schluck. »Wussten Sie, dass es hier mehr

Whiskeysorten gibt als in den meisten der so genannten Männerlokale?«

»Sie wollten etwas über Jula erzählen.«

»Sie war ein nettes Kind, damals. Dann kam der Erfolg, und sie veränderte sich.«

»Tun wir das nicht alle?«

»Es war mehr als das ... nicht das, was alle anderen für Arroganz halten, wir selbst aber für Selbstschutz. Das kennen Sie, nicht wahr? Dagegen ist keiner von uns gefeit. Auch Jula wusste sich recht schnell nicht mehr anders zu helfen, um ihre, sagen wir, Interessen zu verteidigen. Aber das ist es nicht, was ich meine. Jula wurde ein Star mit allem, was dazu gehört, aber die eigentliche Wandlung, von der ich spreche, kam erst später. Wie gesagt, wir waren keine Freundinnen ... Aber Sie kennen das ja, man hört Dinge, und man sieht bestimmte Sachen, und ab und an taucht etwas in der Presse auf, das einen stutzig macht.«

»Worauf wollen Sie hinaus?«

»Jula wurde eine unerträgliche Egoistin. Und das meine ich nicht einfach als Schimpfwort. Es war schlimmer. Sie kannte nur noch sich selbst. Sie stritt sich mit allen um alles. Sie schikanierte Maskenbildnerinnen und die Mädchen aus der Garderobe, sie erlaubte sich die schlimmsten Szenen in aller Öffentlichkeit. Sie war ... wie soll ich sagen? Unerträglich reicht nicht aus. Es war fast, als wäre sie kein Mensch mehr. Verstehen Sie, was ich sagen will?«

»Nein, ich glaube nicht.« Aber dabei dachte sie: Es ist der gleiche Punkt, auf den ich selbst zusteure. Ich bin noch nicht so weit wie Jula, noch lasse ich das alles nicht an anderen aus, aber es wird nicht mehr lange dauern.

Nicht mehr lange.

»Sie ging über Leichen. Sie schikanierte jene, die sich nicht wehren konnten, und sie sorgte dafür, dass zig Leute gefeuert oder gar nicht erst eingestellt wurden, weil sie sich von ihnen bedroht fühlte. Bedroht! Denn mit all dem ging auch eine ungesunde Portion Verfolgungswahn einher. Sie fühlte sich beobachtet, sah überall Augen und Ohren und ...«

»Wissen Sie, Elohim, das meiste von dem, was Sie mir da erzählen, trifft auch auf Sie zu. Sie haben mir eine Szene im Atelier gemacht. Sie haben Angst davor, dass jemand mir hierher gefolgt ist. Und Sie haben diesen Platz in der hintersten Ecke des Lokals ausgesucht.«

Elohim schenkte ihr ein verbissenes Lächeln und nickte. »Aber es gibt einen Unterschied.«

»So?«

»Ich tue das aus freien Stücken. Jula hatte keine andere Wahl.«

»Ich verstehe nicht, wie Sie das meinen.«

»Natürlich nicht. Noch nicht. Aber hören Sie zu. In gewisser Weise steckt Masken dahinter. Und vielleicht ein paar von den Leuten, deretwegen Jula nach Berlin gegangen ist.«

Chiara erinnerte sich, dass ihr Vater immer so etwas behauptet hatte. Sie hatte es als Gerede abgetan, als Suche nach Schuldigen, wenn man die eigene Schuld nicht akzeptieren will. Da waren Leute, hatte er gesagt, die einen schlechten Einfluss auf deine Schwester hatten. Sie haben sie verdorben. Haben ihr das Blaue vom Himmel versprochen und ihr falsche Hoffnungen gemacht.

Aber die Hoffnungen waren nicht falsch gewesen. Jula hatte alles erreicht, was sie sich von Berlin erhofft hatte. Deshalb hatte Chiara auch den anderen Dingen, die ihr Vater gesagt hatte, keine Bedeutung zugemessen.

»Was für Leute?«, fragte sie.

Elohim beugte sich vor, über den Tisch zu ihr. »Was wissen Sie über Theosophie?«

Das Wort hallte wie eine Alarmglocke in Chiaras Schädel. Einen Augenblick starrte sie die Diva an, ohne einen Ton zu sagen.

Elohim deutete ihr Schweigen falsch. »Dann wissen Sie Bescheid?«

»Nein«, beeilte sich Chiara mit einem Kopfschütteln zu erwidern. »Nein, es ist nur ... ich bin schon einmal danach gefragt worden. Vor zwei Tagen erst.«

»Von wem?«

»Erzähle ich Ihnen vielleicht später. Jetzt sind Sie dran.«

Misstrauen war in Elohims Blick aufgeflammt, aber sie stellte ihre Bedenken zurück und sagte: »Das Wort Theosophie kommt aus dem Griechischen und bedeutet so viel wie Gottesweisheit. Manche sehen in den Theosophen so etwas wie eine Sekte, aber ich würde es eher eine Bewegung nennen. Ihre Anhänger verstehen sich selbst als eine Art Philosophen, nur dass sie nicht den Gesetzen der Logik und des Verstandes folgen, sondern die Erkenntnis im Übernatürlichen suchen ... in der Meditation, der Askese und in allerlei Zuständen der Bewusstseinserweiterung.« Ein flattriges Lächeln huschte über Elohims Gesicht. »Können Sie mir folgen?«

»Warum kennen Sie sich mit diesen Dingen aus?«

»Der Okkultismus ist heutzutage weit verbreitet. Seancen und Geisterbeschwörungen und ...«

Chiara unterbrach sie mit einem Wink. »Ich weiß, was Sie meinen.«

»Sie haben's selbst ausprobiert, was? Kein Wunder, in Maskens Umfeld ist so was wohl kaum zu vermeiden. Aber lassen Sie mich weitererzählen – und seien Sie so gut und behalten das Lokal im Auge. Männer haben hier keinen Zutritt, das heißt, wir sind hier wenigstens vor Masken und ein paar der anderen in Sicherheit.«

»Wollten Sie deshalb hierher kommen?«

»Ja. Manchmal ist es von Vorteil, an den richtigen Plätzen aus und ein zu gehen.« Sie reckte ihren Hals und massierte sich den Nacken, legte den Kopf schräg und ließ ihre Wirbelsäule knacken. »Die Theosophen, also ... Sie berufen sich vor allem auf uralte Überlieferungen, hauptsächlich aus Indien und Tibet. Einige von ihnen, die Anführer, behaupten, in ständigem Kontakt zu geheimen Meistern zu stehen, den Mahatmas, und diese wiederum teilen ihnen ihre Lehren und ihre Weisheit mit. In der Regel ist das Ganze eine friedliche Angelegenheit, ein wenig versponnen, aber weit weniger bedrohlich oder aggressiv als viele der anderen neuen Bewegungen, die zurzeit entstehen. Die Theosophen beschäftigen sich mit Yoga und allerlei Atemtechniken, um in den Genuss höherer Wahrheiten zu kommen, und die meisten von ihnen schaden sich selbst nicht mehr, als dass sie von den ganzen Verrenkungen Muskelkater bekommen.« Sie lächelte, wurde aber gleich wieder ernst. »Das zumindest ist die Hauptrichtung, aber wie bei all diesen Bewegungen gibt es auch hier Splittergruppen und Zirkel, die sich vom Kern abspalten und eigene Ziele verfolgen. Die Theosophische Gesellschaft, so eine Art Hauptabteilung der Bewegung, wurde vor knapp fünfzig Jahren in London gegründet, von einer Gräfin Helena Blavatsky. Sie schrieb einige Bücher, von denen sie behauptete, indische Großmeister hätten sie ihr per Gedankenkraft diktiert – das bekannteste ist *Die entschleierte Isis*. Mal davon gehört?«

Chiara schüttelte den Kopf. Sie vermutete jedoch, dass sie es in Maskens Bibliothek hätte finden können.

»Die Blavatsky ist 1891 gestorben. Ihre Nachfolgerin wurde eine englische Feministin, Annie Besant, die die Loge seit etwa zwanzig Jahren führt. Kurz vorher war noch ein anderer zu den Theosophen gestoßen, ein kroatischer Privatlehrer, der in Wien auf die Theosophen traf und um die Jahrhundertwende ihr Generalsekretär wurde. Sein Name ist Rudolf Steiner.«

»Ich habe Bücher von ihm in Maskens Arbeitszimmer gesehen.«

»Oh, gewiss ... Masken ist einer seiner glühendsten Verehrer. Oder war es, ehe Steiner der Theosophie den Rücken kehrte und mit der Anthroposophie eine eigene Richtung begründete. Steiner ist danach von vielen seiner früheren Behauptungen abgerückt oder hat sie relativiert. Aber während seiner Jahre als Theosoph hat er einige sonderbare Abhandlungen verfasst, unter anderem einen Text, den er *Der Egoismus in der Philosophie* genannt hat. Im Grunde ist dies und einiges andere, das er damals von sich gegeben hat, eine philosophisch verbrämte Verteidigung einer absoluten, kompromisslosen Ich-Sucht. Nur der Einzelne zählt, sein eigenes Wohlergehen, koste es, was es wolle.«

Chiara schwirrte der Kopf, aber sie war klar genug, um vorauszuahnen, auf was Elohim hinauswollte. »Und Sie glauben, Masken habe Jula zur Theosophie bekehrt und ein egoistisches, ich-bezogenes Scheusal aus ihr gemacht?«

»Das wäre die einfachste Variante, nicht wahr? Aber ganz so simpel war es nicht. Jula muss bereits in Meißen mit Theosophen in Berührung gekommen sein.«

»Ich wüsste nicht, wie.«

»Das kann überall passiert sein. In einem Café, auf einem Fest, in einer Bücherei ... wo Sie wollen. Theosophen verstecken sich nicht unter einem Stein und kommen bei Vollmond hervor – so sind sie nicht. Sie suchen die Öffentlichkeit, halten Reden, manche sind sogar Lehrer oder Universitätsprofessoren. Jula kann einem oder auch mehreren von ihnen begegnet sein, vielleicht während einer Vortragsreise. Wer weiß, vielleicht war es sogar Masken – früher hat er oft Vorträge gehalten, nicht nur hier in der Stadt. Aber so was lässt sich kaum rekonstruieren, wenn man nicht alle Einzelheiten kennt.«

»Gehen wir davon aus, Sie hätten Recht, dann ...«

»Dann hat er Jula überzeugt, dass all ihre Träume in Erfüllung gehen können. Sie muss nur den ersten Schritt tun und einen starken Willen zeigen – damit fängt es immer an. Vielleicht hat er ihr ein paar Bücher zu lesen gegeben oder eine Seance mit ihr veranstaltet, um den Geist eines indischen Mahatmas heraufzubeschwören. Alles ist möglich. Fest steht nur, dass sie in Kontakt zu diesen Leuten gekommen ist, und sie haben ihr eingeredet, dass ihre Wünsche Wirklichkeit werden können.«

»Jula hat Meißen sehr überstürzt verlassen.«

»Sehen Sie? Sie ging nach Berlin und geriet tiefer in die hiesigen theosophische Zirkel. Eine hübsche junge Frau mit einem gewissen Talent sich darzustellen und dem brennenden Wunsch, Karriere beim Film zu machen – kein Wunder, dass Masken von ihr fasziniert war. Er hat sich ihrer angenommen und ... den Rest kennen Sie.«

Chiara spielte das Ganze noch einmal in Gedanken durch,

folgte den Stationen von Julas Weg wie Punkten auf einer Landkarte. »Wie viel davon ist Spekulation?«

Elohim schaute über ihre Schulter ins Lokal. »Einiges, natürlich. Fest steht jedenfalls, Jula war Theosophin. Sicher ist auch, dass Masken Steiners Philosophie des Egoismus in eine äußerst pragmatische Denk- und Lebensweise umgesetzt hat – daraus hat er nie ein Geheimnis gemacht. Man kann Steiners Theorien und die Art und Weise, wie Masken sie verfeinert oder auch manipuliert hat, nicht in einem Satz zusammenfassen. Aber im Grunde läuft es auf eines hinaus: Es gibt keinen Gott, denn der Mensch selbst ist Gott! Die Menschen haben sich die Religionen erschaffen, weil sie nicht den Mumm haben, ihr eigenes Handeln zu bestimmen und ihr Schicksal selbst in die Hand zu nehmen. Gelingt es einem einzelnen Menschen aber, sich über diese angeborene Feigheit hinwegzusetzen und seinen eigenen Zielen zu folgen, nach seinem eigenen Wohl zu streben, dann erhebt er sich über alle anderen. Alles liegt in seiner Hand: Schicksal, Bestimmung, Handeln. Er wird zum perfekten Egoisten – und zu einer Art Gott.«

Chiara wollte widersprechen, aber Elohim hob die Hand und schnitt ihr das Wort ab. »Vergessen Sie den ganzen religiösen Mumpitz. Worauf es ankommt ist nur eines: Derjenige, der Maskens Theorien in die Tat umsetzt, geht über Leichen, um seine Ziele zu erreichen. Er schaut nicht nach rechts und nicht nach links, er walzt alles nieder, was ihm in den Weg gerät ... Nun, erinnert Sie das an jemanden?«

»Jula?«

»Sie wurde wie er. Immerhin ist er das beste Beispiel für den Erfolg seiner Doktrin. Ein Autor von Sex- und Schauergeschichten, einer, der sein Geld mit dem Erfinden von Lügen verdient – er hat dieses hübsche Paket aus Thesen zusammengestellt, zusammengeklaubt aus den Philosophien anderer, und er hat daraus so etwas wie einen Kult gezimmert. Eine ordentliche Karriere, könnte man sagen: Vom Schundautor zum Guru. Die Verkörperung seiner eigenen Lehre. Friedrich Nietzsche hat das den Übermenschen genannt.«

»Steiner hat eine Biographie über Nietzsche geschrieben, ich hab sie in Maskens Regal gesehen.«

»Sowohl Steiner als auch Masken haben Nietzsches Werk geplündert. Beide berufen sich immer wieder auf ihn. Nietzsche sah im absoluten Egoismus den Weg zu einem höherwertigen Typus Mensch. Nicht mehr Ebenbild Gottes, hat er geschrieben, nicht mehr guter Bürger, nicht mehr Herdentier oder Christ – nur noch er selbst. Der Übermensch.« Sie stockte kurz. »Das ist es, wo Männer wie Masken hinwollen. Sie stilisieren sich selbst zum Übermenschen, zum höchsten, größten, wichtigsten Wesen auf Erden. Jula war genauso.«

Chiara sah Elohim durchdringend an. »Haben Sie mich hierher bestellt, weil Sie glauben, ich könnte den gleichen Weg gehen?«

Elohims Blick sprach Bände.

»Aber Masken hat mir gegenüber die Theosophie mit keinem Wort erwähnt«, widersprach Chiara. »Wir haben kein einziges Mal über irgendwelche Thesen oder Philosophien oder auch nur über Egoismus gesprochen.«

»Er hat vielleicht nicht diese Begriffe benutzt, aber glauben Sie mir, Sie *haben* darüber gesprochen. Darüber, wie man zum größten Filmstar aller Zeiten wird. Wie man die Konkurrenz aus dem Feld drängt. Wie man aus dem Nichts kommt und plötzlich ganz oben ist."

»Aber das war nur Gerede beim Abendessen, nicht mehr!«

»So fängt es an, mit einem bisschen Gerede. Mit einer Seance, vielleicht. Er hat Sie doch zu einer Seance überredet, nicht wahr?«

War das Masken gewesen? Oder Hermann? Sie konnte sich nicht mehr genau erinnern. Die zweite Seance war Jakobs Idee gewesen – Jakob, mit dem Masken sie bekannt gemacht hatte! War Jakob womöglich doch nur einer von Maskens Handlangern gewesen?

Sie holte tief Luft, dann erzählte sie Elohim alles, was während der Seancen geschehen war. Sie vertraute ihr. Aber hatte sie nicht auch Jakob vertraut?

Nachdem sie geendet hatte, sagte sie: »Zwei Seancen – aber bei keiner von beiden hat man mir dieses Zeug aufgedrängt, von dem Sie gesprochen haben. Es sind keine indischen Heiligen erschienen, und niemand hat mir gesagt, was ich tun soll.«

Elohim drehte ihr leeres Glas zwischen den Fingern. »Eigenartig. Ich hätte schwören können ...« Abrupt blickte sie auf. »Es waren Warnungen, nicht wahr? Jemand hat Sie während dieser Beschwörungen vor Jula gewarnt.«

Chiara nickte.

»Dann war dieser Jemand stärker. Masken mag geplant haben, Sie auf die eine oder andere Weise auf seine Seite zu ziehen, so unauffällig, dass Sie es gar nicht merken. Aber etwas ist dazwischengekommen – oder besser: jemand. Irgendwer hat den Kontakt zu ihnen gesucht und damit alles durcheinandergebracht.«

»Ein Geist?« Chiara wollte sarkastisch klingen, doch ihre Stimme klang nur flach und tonlos. Warum sträubte sie sich noch immer gegen die Wahrheit?

»Ein Geist, vielleicht«, sagte Elohim. »Aber das spielt jetzt keine Rolle. Sie haben gesagt, dieses Medium, das kleine Mädchen, lebt in einem Waisenhaus im Scheunenviertel?«

»Ja.«

»Wie sind Sie auf sie gestoßen?«

»Jakob Tiberius hat mich hingeführt. Er war eine Weile mein Schauspiellehrer.«

Elohim betrachtete sie nur prüfend, als hätte sie plötzlich den Verdacht, Chiara wolle ihr eine faustdicke Lüge auftischen.

»Tiberius, sagen Sie?«, fragte sie nach einer Weile.

Chiara nickte und runzelte die Stirn. »Ja, warum?«

»Das ist unmöglich. Tiberius ist ... nicht mehr in der Stadt.«

»Ich weiß. Er ist verschwunden. Aber erst nach der Seance.« Sie hatte den Unfall nicht erwähnt und schreckte auch jetzt noch davor zurück. Die Narbe an ihrem Bauch schien zu brennen; pure Einbildung, aber es war wie eine Ermahnung, darüber zu schweigen.

»Jakob Tiberius?«, fragte Elohim noch einmal. »Und Sie sind ganz sicher?«

»Was soll das, Elohim? Natürlich bin ich sicher!«

Die Diva ballte eine Hand zur Faust, stieß scharf die Luft aus und schüttelte den Kopf. »Dann steckt Masken auch dahinter.«

Chiara winkte ab. »Jakob hat gesagt, er sei nicht ...«

»Ich habe ihn früher zusammen mit Masken gesehen. Und da war noch etwas ... «

Als Elohim abbrach und nach den passenden Worten suchte, fragte Chiara ungeduldig: »Was meinen Sie?«

Elohim zögerte kurz, bevor sie fragte: »Erinnern Sie sich an *Medusa*?«

»Maskens Film, bei dem all diese Menschen ums Leben gekommen sind.«

»Es heißt, niemand habe ihn je zu sehen bekommen, außer ein paar Juristen während der Gerichtsverhandlung.«

Chiara nickte. »Das Material wurde anschließend vernichtet, aus Respekt vor den Toten und ihren Angehörigen.«

»Das erzählt man sich, allerdings.«

Chiara riss die Augen auf. »Wollen Sie damit sagen, dass Sie ihn gesehen haben?«

»Nicht den ganzen Film, der wurde nie fertig gestellt. Aber es gab ein paar halbfertige Szenen, unter anderem die, bei der das Feuer im Atelier ausgebrochen ist.« Sie machte eine Pause, die sich endlos zu dehnen schien. »Ich habe diese Aufnahmen nicht nur gesehen, Chiara. Sie sind sogar in meinem Besitz.«

»Aber wenn das Gericht angeordnet hat, sie zu vernichten ...«

»Teile wurden verbrannt, das ist wahr. Andere Teile konnten, sagen wir, gerettet werden. Es war nicht einmal besonders schwer, die zuständigen Leute zu bestechen – es ist nur außer mir keiner auf die Idee gekommen.«

»Aber was hat das mit Jakob zu tun?«

»Ich möchte, dass Sie sich diese Aufnahmen anschauen. Ich denke ... nein, ich bin sicher, das, was Sie zu sehen bekommen, wird Sie interessieren. Auch in Bezug auf Jakob Tiberius.«

Chiara bohrte weiter, aber Elohims wehrte alle Versuche ab, als müsste sie sich erst selbst über etwas klar werden.

»Warum Sie?« Chiara fixierte Elohim und gab sich Mühe, so wenig wie möglich von ihrer Verwirrung zu zeigen. »Welches Interesse haben Sie daran, Maskens Pläne zu durchkreuzen?«

»Sagen wir, ich mag ihn nicht besonders. Er hat mir das gleiche Angebot gemacht wie Jula und wie zweifellos auch Ihnen – ausschließlich für ihn zu arbeiten. Ich habe es ausgeschlagen, aber er hat es weiter versucht. Verstehen Sie, all das ist Jahre her, lange vor Julas Auftauchen, kurz nach seinem ersten Erfolg mit dem *Adept des Paracelsus*. Alles war wie bei Ihnen und Ihrer Schwester: die große Chance, die guten Ratschläge, dann die Einflüsterungen. Die Einführung in den Zirkel, ein paar Geisterbeschwörungen und okkultes Brimborium. Dann die tantrischen Sitzungen und Orgien. Das war der Punkt, an dem ich mich verabschiedet habe. Er hätte mich so weit manipulieren können, dass ich in den Filmen mitspielte, die ihm zu noch größerem Erfolg verhelfen sollten, aber er konnte mich nicht dazu bringen, mit Männern ins Bett zu gehen.« Sie lächelte und sah dabei fast ein wenig verlegen aus. »Es gibt Grenzen.«

»Sie haben Jula wirklich gemocht, nicht wahr?«

»Ich hätte mich in sie verlieben können«, sagte Elohim mit entwaffnender Ehrlichkeit. »Wenn Jula sie selbst geblieben und nicht zu etwas anderem geworden wäre.«

Chiara betrachtete die große Diva, die Unnahbare, die Verkörperung all dessen, was sie früher am Filmgeschäft verachtet hatte – und sie begriff, dass Elohim nur zum Selbstschutz diese Rolle spielte. Sie gab die Arrogante, das Ungeheuer, die Herrschsüchtige, um Masken und den anderen zu zeigen, dass sie war wie sie – bis zu einem gewissen Grad. Auch ohne Fantasien vom Übermenschen, ohne Nietzsche und Steiner und wie sie alle heißen mochten.

»Diesen Streit im Atelier«, sagte Chiara, »haben Sie nur gespielt, damit die anderen keinen Verdacht schöpfen.«

Elohim nickte. »Damit niemand glaubt, Sie und ich könnten uns jemals nahe genug kommen, um miteinander über diese Dinge zu reden.«

»Helfen Sie mir nur Julas wegen?«

»Vielleicht *der* Jula wegen, die sie hätte sein können – ohne Masken. Aber auch um Ihretwillen, Chiara. Niemand hat es verdient, das zu werden, was Masken aus uns machen will: Maschinen, die für seinen Erfolg und Ruhm arbeiten. Dieser Mann wird erst satt sein, wenn er sich selbst gefressen hat.«

»Wann kann ich die Szenen aus *Medusa* sehen?«

»So bald Sie wollen. Erwarten Sie nicht zu viel. Das Material ist nicht montiert, es sind nur ein paar lange Einstellungen – oder Reste davon.«

»Und wo? Bei Ihnen zu Hause?«

»Um Himmels willen! Ich werde mich hüten, die Rollen bei mir aufzubewahren. Außerdem habe ich keinen Vorführraum – ich bin nicht so wild darauf wie manche andere, meine eigenen Filme wieder und wieder zu sehen.«

»Wo dann?«

Elohim schaute sich erneut um, senkte die Stimme und beugte sich vor. Chiara konnte das Aroma des Whiskeys in ihrem Atem riechen. »Kennen Sie den alten Rummelplatz an der Stradivaristraße?«

Chiara schüttelte den Kopf.

»Er liegt ziemlich weit draußen«, sagte Elohim und erklärte ihr, welche Straßenbahnlinien sie nehmen musste, um dorthin zu gelangen. Sie würde mehrfach umsteigen müssen. »Benutzen Sie keinen Wagen. Ich will nicht, dass der Fahrer irgendwem erzählen kann, wohin er Sie gebracht hat. Erschrecken Sie nicht, wenn Sie dort ankommen. Die Gegend ist ziemlich heruntergekommen, und der Platz ... na ja, Sie werden's sehen. Es gibt dort ein altes Filmzelt, einen dieser Vorläufer der Kinos, wo früher die ersten Filme vorgeführt wurden. Können Sie sich daran noch erinnern?«

Chiara nickte.

»Sie werden dort so ein Zelt finden. Dem Vorführer können Sie vertrauen, er bewahrt das Material für mich auf. Ich gebe ihm Bescheid, dass Sie kommen.«

»Werden Sie denn nicht da sein?«

»Ich werd's versuchen, aber ich kann es nicht versprechen. Dreharbeiten«, sagte sie seufzend. »Seien Sie einfach gegen acht Uhr morgen Abend dort, oder ist das zu früh?«

»Nein.«

»Gut. Sagen Sie dem Mann am Eingang, ich hätte Sie geschickt. Er wird Sie erwarten.«

Chiara trank ihren kalt gewordenen Kaffee aus. Ihre Hand zitterte. Als sie die Tasse wieder absetzte, schepperte die Untertasse. »Was *ist* auf dem Filmmaterial?«

»Lassen Sie sich überraschen.«

»Ich mag keine Überraschungen.«

Elohim lächelte rätselhaft. »Ab morgen werden Sie sie vielleicht zu schätzen wissen.«

Neunzehn

Regen, der zu kalt war für den Sommer, wurde Chiara vom Wind ins Gesicht getrieben. Sie hatte den Mantel übergezogen, mit dem sie damals nach Berlin gekommen war, das schlichteste Kleidungsstück, das sie besaß. Hier draußen, in den Randbezirken der Stadt, wo irgendetwas den Straßen, den Häusern, sogar den Menschen die Farben aussaugte, war der Mantel in seinem abgeriebenen Braun die passende Garderobe. Sie hatte ihn jahrelang getragen, ohne sich etwas dabei zu denken, aber jetzt fühlte sie sich damit wie verkleidet. Sie hatte ein Kopftuch umgebunden, in der Hoffnung, damit nicht erkannt zu werden.

Gegen halb acht war sie an der letzten Straßenbahnhaltestelle ausgestiegen, in einem Pulk von Männern und Frauen, die sich zügig in alle Richtungen zerstreuten. Wenige Minuten später hatte sie den Rummelplatz bereits zu ihrer Rechten liegen sehen. Nur war da von Rummel keine Spur.

Das Areal, auf dem man ein paar Zelte, ein Karussell und eine Hand voll Bretterbuden aufgebaut hatte, war Teil eines brachliegenden Geländes zwischen hässlichen Mietskasernen. Außer struppigem, braun gebranntem Unkraut wuchs nichts zwischen den Erd- und Schotterflächen. Hier und da stachen verrostete Metallteile aus dem Boden, Anzeichen dafür, dass hier etwas gestanden hatte, das vor langer Zeit abgerissen worden war.

So weit sie sehen konnte, gab es keine weiteren Besucher. Nicht einmal Kinder trieben sich um diese Uhrzeit hier herum. Die meisten Buden waren verriegelt, die Zelte zugezurrt. Das Karussell bestand aus grob geschnitzten Pferdefiguren; aus mehreren hatte man mit Messern die Augen gekratzt, ein anderes besaß keinen Kopf mehr. Der Betreiber sah aus wie ein verkommener Seemann, mit gestreiftem Matrosenhemd und Kapitänsmütze. Er war gerade dabei, die Lichter zu löschen, und warf ihr einen Blick zu, den sie lieber nicht deutete. Sie hätte ihn gerne nach dem Filmzelt gefragt, ging dann aber stumm an ihm vorbei und spürte die Glut seiner Augen in ihrem Rücken.

Wie sich zeigte, war es nicht nötig, sich nach dem Weg zu erkundigen. Das Zelt, das sie suchte, stand in einer Ecke des Platzes. Es sah aus wie ein zu klein geratenes Zirkuszelt, mit einem gestuften Dach, das auf mehreren Stangen ruhte. Der Stoff war einmal weiß-rot gestreift gewesen, doch die Sonne hatte das Rot ausgebleicht und der allgegenwärtige Staub das Weiß in ein hässliches Braun verwandelt. Am Eingang hing ein handgemaltes Schild:

Filme – immer die neuesten Attraktionen.

Darunter klebten Überreste einer Reihe einzelner Holzbuchstaben. *TAKEL* stand da, was irgendwann mal Spektakel geheißen haben mochte. *Abgetakelt* wäre passend, dachte sie, aber auch das konnte sie nicht aufmuntern.

Sie trat unter einen Fransenbaldachin, der nur unzureichend Schutz vor dem Regen bot.

»Hallo?«, rief sie ins Innere. Die Plane war offen, aber ein Stück weit dahinter befand sich eine zweite Zeltwand, hinter der vermutlich der eigentliche Vorführraum lag.

Irgendwo schepperte etwas Metallisches, Filmdosen vielleicht.

»Hallo?«, fragte sie noch einmal, und erhielt ein freundliches »'n Abend« zur Antwort. Ein alter Mann trat hinter der Zeltwand hervor. »Hab die Nachricht bekommen. Sie sind wegen der Vorführung hier, oder?«

War das nicht jeder, der ein Filmzelt betrat? Sie nickte und betrachtete den Mann. Er war sehr alt und um einiges kleiner als sie. Er hatte winzige grüne Augen, fast wie die einer Katze. Wie Elohim an ihn geraten war und annehmen konnte, das kostbare Filmmaterial sei bei ihm in sicheren Händen, war Chiara ein Rätsel.

»Kommen Sie rein«, sagte der Mann und ging voran.

»Ist sonst niemand hier?«

»Nur ich. Einer muss den Streifen ja vorführen, oder?«

»Frau von Fürstenberg wollte eigentlich auch kommen.«

»Ist sie aber nicht. Hat viel zu tun, stand auf dem Zettel, den sie mir geschickt hat. Sie dreht gerade drüben in Tempelhof.« Er blieb stehen und wandte sich zu ihr um. »Ist sie nicht wunderschön?«

»Elohim?« Chiara nickte unbehaglich.

»Hab wenig Gutes in meinem Leben zustande gebracht, aber Elli hab ich ganz ordentlich hinbekommen.«

Sie starrte ihn an. »Oh, dann sind Sie ...«

»Ihr Herr Papa! Hat sie vergessen zu erwähnen, was?« Sein leises Lachen klang wie das Schnarren einer Grille.

Das machte die Angelegenheit noch rätselhafter. Weshalb fristete Elohims Vater sein Dasein auf diesem heruntergekommenen Rummelplatz, während sie selbst eine Villa bewohnte? Chiara verdrängte ihre Scheu und fragte ihn danach.

»Ich hab schon Filme vorgeführt, als alle noch dachten, die Pferde auf der Leinwand rennen sie gleich über den Haufen.« Er lachte leise, aber es klang wehmütig. »Damals sind wir rumgezogen, erst noch mit anderen Sachen, 'ner Schießbude und so, aber als dann die Filmerei losging, bin ich gleich auf den Zug aufgesprungen. Ist schon 'n Weilchen her, war noch im letzten Jahrhundert. Da sind Sie gerade aus dem Ei geschlüpft, junge Dame. Meine Elli war zu der Zeit schon ein hübsches Ding. Elli Fürst hat sie damals noch geheißen, wie ihre Großmutter. Hab ihr aber nicht übel genommen, dass sie sich 'nen anderen Namen ausgedacht hat.« Er deutete auf die leeren Holzbänke, die im Dunkel des Vorführraums eng hintereinander standen.

»So, nun setzen Sie sich mal hin.« Mit der Taschenlampe wies er ihr den Weg zwischen den Reihen. »Ach, ich wollt ja noch erzählen, warum ich nicht in Saus und Braus im Grunewald lebe.« Er stieß ein krächzendes Kichern aus. »Ich werd Filme vorführen, bis ich tot umfalle, das is mal sicher. Was soll ich denn in Ellis Villa? Füße hochlegen und nichts tun? Nee, lass mal. Das is nix für den alten Filmfürst. So ham sie mich früher genannt. ›Da kommt der Filmfürst!‹, ham die Kinder gerufen, wenn unsere Wagen in die Stadt kamen. ›Der Filmfürst ist da!‹.«

Chiara nahm in einer der vorderen Reihen Platz. Sie fühlte sich schrecklich ungeschützt, so allein inmitten des Raumes und ohne Rückenlehne. Der hintere Teil des Zeltes war so finster, dass sie die letzten Bänke nicht mehr sah.

»Na, dann woll'n wir mal«, sagte der alte Mann und tauchte in die Dunkelheit. »Schöne Bilder sind das nicht.«

Chiara spürte einen Kloß im Hals, nickte und wandte sich der Leinwand zu. Sie bestand aus einem gespannten weißen Tuch, wellig geworden, weil es an den Rändern allmählich ausriss, und nicht viel größer als ein gewöhnlicher Kleiderschrank. Chiara fragte sich, welche Art von Filmen Elohims Vater für gewöhnlich vorführte – noch immer die »Lebenden Fotografien« aus der Frühzeit des Films oder ganze Streifen, die in den großen Lichtspielhäusern niemand mehr sehen wollte und schließlich an Orten wie diesem hier landeten? Würden auch ihre eigenen Filme irgendwann nur noch hier gezeigt werden – verkratzte, vielfach geklebte Kopien, auf denen die Schauspieler nur noch als blasse Schemen zu sehen waren?

Einer ihrer Regisseure – war es Masken gewesen? – hatte einmal gesagt, er sei Künstler geworden, weil er nicht akzeptieren wolle, vergessen zu werden wie die meisten anderen Menschen. Wenn nur ein Einziger in hundert Jahren auf einen seiner Filme stieße und etwas darin fände, das ihm gefiel, dann sei das Lohn genug für ein ganzes Leben in diesem Geschäft.

Chiara kamen jetzt Zweifel, ob das auch für Schauspieler galt. Wenn ihre Filme zu guter Letzt auf Leinwänden wie dieser gezeigt wurden, wo alte Projektoren und miserable Lichtverhältnisse sie alle zu Gespenstern reduzierten, die sie sich wie Erscheinungen durch graues Zwielicht bewegten, dann war das sicher nicht die Form von Weiterleben, die dem Regisseur vorschwebte.

Der alte Mann rief etwas aus der Dunkelheit, gedämpft durch eine weitere Plane. Ein Rattern setzte ein, dann flammte das Licht des Projektors über sie hinweg und schnitt ein verschwommenes Rechteck in die Dunkelheit auf der Leinwand.

Die Aufnahmen waren schwarzweiß, nicht eingefärbt wie die meisten Filme, die in die Kinos kamen. Es gab keine Schnitte, nur lange Aufnahmen, die bereits begannen, bevor sich die Schauspieler in Bewegung setzten, und erst endeten, nachdem sie sich alle zum Regisseur umgewandt hatten und auf seine Meinung warteten.

Das erste Bild zeigte Jula.

Chiara unterdrückte ein Schaudern. Sie hatte ihre Schwester zuletzt auf der Leinwand gesehen, als Maskens ihr die abgedrehten Szenen aus *Der Untergang des Hauses Usher* vorgeführt hatte; jene Sequenzen, die er später mit Chiara in der Rolle der Madeline noch mal gedreht hatte. Jula jetzt erneut zu sehen, erschreckte sie.

Ihre Schwester stand inmitten einer Kulisse, wie Chiara noch keine zweite gesehen hatte. Henriette hatte ihr von dem babylonischen Tempel erzählt, der während der Dreharbeiten in Flammen aufgegangen war, und ihre Worte hatten die üblichen Bilder in ihr heraufbeschworen: Säulenreihen, Treppenstufen, die zu einem Altar führten, schwere Vorhänge und Kerzenleuchter. Was sie jetzt sah, war all das und noch weit mehr. Maskens Filmarchitekt und seine Ausstatter hatten sich selbst übertroffen. Dies war das wahre Babylon, gleichzeitig Sodom und Gomorrah, ein unermesslicher Prunk, der selbst in diesen unmontierten, sich immer wieder in leichten Variationen wiederholenden Einstellungen ein Bild von Stein gewordener

Sünde malte, von Exzessen und grenzenloser Gier. Eine Kunstwelt in einer Kunstwelt: Der Tempel stellte auch im Film nur etwas dar, sollte ein dekadentes Bordell im heutigen Berlin sein. Doch in diesen Augenblicken des Staunens war er für Chiara vor allem eines: Die architektonische Verkörperung von Maskens Maßlosigkeit.

Gegen Jula aber, die von einem Heer nackter Menschen angebetet wurde, verblasste der ganze Pomp zu schnödem Beiwerk.

Sie trug ein schimmerndes Kleid, besetzt mit Schuppen, Perlen, Ringen und Bändern. Die Projektion war zu dunkel, das Bild zu blass, doch selbst auf dieser Leinwand strahlte Jula, als hätten Maskens Scheinwerfer sie in ein überirdisches Licht getaucht, so stark reflektierte der metallische Glanz ihres Gewandes. Aus einem Kopfschmuck aus Gold oder Silber wandten sich armlange Schlangen nach oben. Ein Vorhang haarfeiner Kettchen fiel über ihr Gesicht, ließ seine Konturen nur erahnen und verfremdete es zum Antlitz einer archaischen Göttin.

Zu Beginn der Einstellung kauerte Jula mit vorgebeugtem Oberkörper auf dem Altar und streckte dem Zuschauer die Schlangen entgegen. Dann glitt die Kamera allmählich zurück, offenbarte das gesamte Szenario des Tempelbordells – hunderte von bloßen Leibern, die sich in einer ekstatischen Orgie am Fuß des Altarpodests wanden. Jula erhob sich langsam und bot sich allen in ihrer ganzen Pracht dar, die Hände mit gespreizten Fingern in einer tänzerischen Geste vor dem Gesicht verschränkt. Dann, ganz langsam, löste sie die Finger voneinander, zog sie sanft zur Seite. Noch immer war das Antlitz der Medusa verdeckt; erst wenn sie den Schleier hob, würde sich ihre Macht offenbaren und alle, die sie ansahen, würden zu Stein erstarren.

Die Einstellung endete, bevor Julas Finger die Kettchen berühren und den Schleier lüften konnten.

Die Komparsen am Boden ließen voneinander ab, entspannten sich; einige lachten, andere bedeckten verschämt ihre Blößen mit den Händen. Jula aber behielt ihre Pose bei, wie ein Automat, dessen Aufziehuhr abgelaufen war.

Dann begann alles von neuem, kaum merklich variiert, lediglich mit mehr Bewegung im Gewimmel der Medusenanbeter.

Chiara fiel es schwer, die Szene an einer Stelle jener Handlung einzuordnen, die Henriette ihr vor Monaten erzählt hatte. Sie vermutete, dass es sich um den hinteren Teil des Films handelte: Die Medusa hatte sich an ihren Feinden gerächt und war zu einem Objekt der Verehrung geworden; sicher weil man sie fürchtete, aber auch, weil die Gewissheit des Todes, die von ihr ausging, die Menschen erregte und in einen apokalyptischen Rausch versetzte.

Eine neue Szene, offenbar der Anschluss an die erste: Diener in orientalischen Kostümen schleppten eine halb nackte Gestalt mit willenlos gesenktem Kopf die Stufen zum Altar empor. Alles gefilmt als Totale, die bevorzugte Einstellung des Monumentalfilms. Die schlechte Qualität des Materials machte es schwer, weitere Einzelheiten zu erkennen.

Der Mann wurde zu Füßen der Medusa in die Knie gezwungen. Schnitt. Die Szene begann von neuem, wurde dreimal wiederholt. Dann der Sprung in eine Nahaufnahme: Der Gefangene hob kraftlos den Kopf.

Es war Jakob.

Sein Anblick ging Chiara durch Mark und Bein. In dem kurzen Moment, als er aufsah und die Medusa über sich erkannte, zuckten unterschiedliche Gefühlsregungen über sein Gesicht: Erschrecken, Panik, dann Resignation vor dem Unausweichlichen.

Es gab keine Erleichterung kurz vor dem Schnitt, kein Aufatmen. Jakobs Gesicht blieb eine erstarrte Maske. Dann brach die Einstellung ab, sie wurde nicht wiederholt.

Das nächste Bild, eine Totale von Jula und dem Gefangenen. Einer der Tempeldiener riss seinen Kopf brutal am Haar nach hinten, ein anderer zwang ihn, den Mund weit zu öffnen.

Er ist das letzte Opfer der Medusa, dachte Chiara. Er hatte ihr nie erzählt, dass er in dem Film mitgespielt hatte. Hatte er nicht behauptet, Masken kaum zu kennen? Und Jula überhaupt nicht?

Jula hielt plötzlich eine gläserne Karaffe in der Hand. In einer langsamen Bewegung hob sie das Gefäß mit ausgestrecktem Arm über Jakobs Gesicht. Der Gefangene strampelte kurz, wurde aber von seinen Bewachern auf den Knien gehalten. Jula kippte langsam die Karaffe und goss den Inhalt in Jakobs offenen Mund. Flüssigkeit spritzte über sein Gesicht, seine Schultern, sprühte über die Tempeldiener und den Boden, während Jakob versuchte, den Mund zu schließen, gegen den Griff seines Peinigers aber keine Chance hatte.

Endlich war die Karaffe leer. Jakob musste mindestens die Hälfte der Flüssigkeit geschluckt haben, auch wenn sie immer noch aus seinem Mund übers Kinn und seine nackte Brust quoll.

Die Medusa gab die Karaffe einem Diener, der ihr im Austausch eine brennende Fackel reichte.

Chiara hörte hinter sich ein Rascheln. Wahrscheinlich war der alte Mann aus seiner Kabine gekommen und hatte auf einer der hinteren Bänke Platz genommen, um den Rest der Vorführung gemeinsam mit ihr anzuschauen.

Jula hielt die Fackel mit erhobenem Arm über sich in die Luft und sprach zu der Menge. Chiara vermutete, dass die Komparsen bei dieser Einstellung gar nicht anwesend waren, denn der Bildausschnitt war zu eng, um sie zu zeigen. Doch als hätte jemand ihre Gedanken geahnt, begann die Kamera in diesem Augenblick langsam rückwärts zu fahren. Die vorderen Reihen der nackten Menschenmasse kamen ins Bild, zu viele Männer und Frauen, um sie im Einzelnen wahrzunehmen.

Die Medusa senkte langsam die Fackel.

Jakob wehrte sich, aber das Schlucken der Flüssigkeit hatte ihn geschwächt, seine Bewegungen wirkten fahrig und unkontrolliert.

Noch immer gab es keinen Schnitt, alles war eine einzige lange Einstellung.

Die Medusa rammte die brennende Fackel in Jakobs Gesicht.

Chiara zuckte zurück. Ein erschrockener Laut kam über ihre Lippen. Kein Schnitt, dachte sie noch einmal, ehe ihr Geist mit einem Mal wie leer gefegt war.

Jakob ging in Flammen auf.

Eine meterhohe Feuerlohe schoss aus seinem offenen Rachen wie ein sichtbar gewordener Schrei. Die Flüssigkeit musste Öl oder Benzin gewesen sein. Flammen verwandelten seinen Schädel von einer Sekunde zur nächsten in eine Feuerkugel. Die Diener ließen ihn los, taumelten erschrocken zurück; einer stürzte die Altartreppe hinunter, seine Kleidung hatte Feuer gefangen.

Kein Trick, soweit Chiara das beurteilen konnte.

Und noch immer kein Schnitt.

Jakob brannte jetzt am ganzen Leib. Schwarzer Rauch stieg auf, verdeckte den Altar und die schreckliche Hohepriesterin. Es war nicht zu erkennen, ob sie überhaupt noch dort stand.

Jakob war irgendwie auf die Beine gekommen. Sein Kopf war nicht mehr zu sehen, sein nackter Oberkörper ein vager Umriss inmitten der Flammen. Er stolperte einige Schritte, schlug um sich, bis er endlich zusammenbrach.

Der Rauch verhüllte die Umgebung, dann auch das Licht der Scheinwerfer. Die Menschen am Fuß der Stufen waren längst nicht mehr zu sehen. Der brennende Mann war plötzlich nur noch ein heller Fleck inmitten völliger Schwärze, wie ein Stern, der am Nachthimmel ausbrennt.

Die Kamera lief weiter. Eine halbe Minute, eine Minute lang. Vielleicht noch länger. Dann rückte die Finsternis allmählich von allen Seiten auf den Glutpunkt zu.

Finsternis füllte die Leinwand – um einen Herzschlag später von Helligkeit geflutet zu werden. In das Rattern des Projektors mischte sich ein rhythmisches Flapp-flapp, als der Filmstreifen an sein Ende gelangte und bei jeder Drehung der Rolle an Metall schlug.

Chiara saß da wie erstarrt.

Jakob hatte gebrannt. Das war kein Trick gewesen. Deshalb war Elohim so perplex gewesen, als Chiara ihn erwähnt hatte.

Jakob war verbrannt, vor fast drei Jahren.

Jula hatte ihn in Brand gesetzt.

Es war albern. Lächerlich. Es musste eine Täuschung sein, eine geschickte Manipulation, die Masken aus dem Hut gezogen hatte wie ein Bühnenmagier das weiße Kaninchen. Niemand verbrannte für einen Film echte Menschen. Nicht einmal Felix Masken.

Aber für *Medusa* war mehr als nur ein Mensch gestorben. Die Szene musste der Beginn des Feuers gewesen sein, das die Kulisse in Brand gesetzt und Dutzende Männer und Frauen das Leben gekostet hatte.

Jakob hatte gebrannt, ohne jeden Zweifel. Er war verbrannt.

Aber sie hatte doch mit ihm gesprochen! Sie war mit ihm ins Scheunenviertel gefahren, und sie hatte ihm an jenem letzten Abend angeboten, mit ins Hotelzimmer zu kommen. Sie verwechselte das, was sie damals dazu getrieben hatte, nicht mit Verliebtheit – sie hatte ihn gemocht, sie war einsam gewesen, und eines wusste sie mit absoluter Klarheit: Es war derselbe Mann gewesen wie der auf der Leinwand.

Das Rattern des Projektors brach ab. Erneute Dunkelheit, als wäre der Rauch aus dem Filmbild in die Wirklichkeit geweht.

Und wenn es eine Verschwörung war? Elohim gehörte womöglich dazu. Dann waren dies vielleicht gar keine echten Aufnahmen aus *Medusa*. Natürlich, sie waren erst viel später entstanden, nach Jakobs Verschwinden.

Aber Jula ... Du hast sie gesehen, aufgebahrt im Leichenschauhaus. Das war sicher kein Trick gewesen. Du hast ihre Hand berührt.

Es lief auf eine von zwei Möglichkeiten hinaus: Entweder war Jula von den Toten auferstanden, und diese Bilder waren erst kürzlich gedreht worden; oder Jakob musste ein Geist gewesen sein, als Chiara ihm begegnet war.

Beides war grotesk.

Wieder das Rascheln auf den Bänken ganz hinten.

Chiara sprang auf.

Vorhin, beim Schein des Projektorlichts, hätte sie vielleicht erkennen können, wer dort hinten saß. Jetzt war es zu dunkel.

»Herr Fürst?«

Keine Antwort.

»Sind Sie das, Herr Fürst?«

Etwas bewegte sich am Eingang, vor diesem schwachen Rechteck, das ihre Augen, die noch immer an das Filmlicht gewöhnt waren, kaum ausmachen konnten. Da war etwas gewesen, ganz sicher. Der Umriss eines Menschen.

Jetzt war er fort.

»Herr Fürst!« Ihre Stimme klang hoch und peitschend.

Metall scheppterte. Jemand betrat den Vorführraum, und eine Taschenlampe flammte auf.

»Alles in Ordnung?«, fragte der alte Mann.

Sie erkannte ihn an seiner Stimme. Sehen konnte sie ihn nicht. »Sie blenden mich.«

Der Lichtkegel tastete an ihrem Körper hinab und zersplitterte auf den lackierten Oberflächen der Bänke. »So besser?«

»Ja, danke. Sind Sie das gerade gewesen, hinten auf den Bänken?« Sie kam sich vor wie eine Irre, die versuchte, ihren Verfolgungswahn zu artikulieren.

»Ich?« Der Lampenschein zitterte, was wohl bedeutete, dass er heftig den Kopf schüttelte. »Ich war im Projektorraum. Hab die Rolle abgenommen. Hier war niemand.«

»Ich hab jemanden gehört.«

Er schwieg einen Moment, dann kam er langsam näher, bis er auf einer Höhe mit ihr war. »Sind Sie sicher?«

Nein, war sie nicht. »Ja – ganz sicher.«

»Scheißgören!«, fluchte er. »Schleichen sich hier rein und wollen umsonst zuschau'n. Passiert manchmal. Ich hätte den verdammten Eingang zuschließen sollen.«

Sie fragte sich, wie man wohl ein Zelt abschließt. »Glauben Sie wirklich, das war ein Kind?«

»Klar. Ich zeige manchmal Filme, die nicht ganz ... na ja, Filme für Erwachsene, eben. Verbotene Filme. Solche Filme zeige ich manchmal abends. Für private Kunden. Das spricht sich manchmal bei den Falschen rum, auch bei den Gören. Hab schon ein paar von denen erwischt, die sich reinschleichen wollten, wenn so was hier lief.«

Sie wusste Bescheid über diese Art von Filmen, die in irgendwelchen Salons oder Kellern produziert wurden, vermarktet unter der Hand und vorgeführt an Orten wie diesem.

Es *hätte* ein Kind sein können.

Und Sie sind sicher, dass Ihnen niemand gefolgt ist?, hatte Elohim sie bei ihrem Treffen gefragt.

Ließ Masken oder irgendein anderer sie beschatten? Dann wussten sie jetzt von dem Filmmaterial. Wussten, wer es besaß und wo es aufbewahrt wurde.

Sie ballte die Fäuste und ging mit langsamen Schritten auf die Lichtquelle zu.

»War bestimmt nur ein Kind«, sagte der Alte noch einmal, aber es klang ein wenig, als wollte er damit nicht nur Chiara, sondern auch sich selbst überzeugen.

Sie trat neben ihn auf den Gang. »Vielleicht sollten Sie das Material anderswo verstecken.« Er hatte die Lampe jetzt aufgerichtet und beleuchtete sie beide von unten. Schatten frästen durch sein Gesicht und ließen die Furchen noch tiefer erscheinen.

»Ja, vielleicht.« Er starrte sie einen Augenblick lang an, als erschreckte ihn ihr Schattengesicht, dann gab er sich einen Ruck und ging zum Ausgang. »Was denken Sie?«

»Über das Material?«

»Worüber sonst?«

»Sind Sie sicher, dass es aus *Medusa* stammt?«

»Sagt jedenfalls Elli. Is 'n Fall für die Polizei, meiner Meinung nach.«

»Warum ist Ihre Tochter nicht zur Polizei gegangen?«

»Weil's illegal ist, natürlich. Hat ja Leute dafür bestochen, um es in die Finger zu kriegen.«

»Aber das hier können doch unmöglich die Bilder gewesen sein, die das Gericht gesehen hat. Dann wäre Masken niemals freigesprochen worden.«

»Bestimmt nicht. Elli sagt, sie hat's gekauft, nachdem es beschlagnahmt worden ist, aber bevor's vorgeführt wurde.«

»Damit hätte sie Masken einen großen Gefallen getan. Das hat ihm die Haut gerettet.«

»Deshalb hat sie's sicher nicht getan.«

»Warum dann?«

Sie erreichten den Eingangsbereich. Draußen vor dem Zelt wehte der Wind zerfledderte Zeitungsseiten durch die Dunkelheit. Etwas Schwarzes jagte hinterher und zerfetzte das Papier mit unsichtbaren Krallen.

Der Alte ging in die Hocke und imitierte Katzenlaute. Nach einem Moment zuckte er die Achseln und richtete sich wieder auf.

»Ist Ellis Sache, nicht meine. Wenn sie's nicht erzählt hat, werd ich's erst recht nicht tun.«

»Hat Elli versucht, Masken zu erpressen?«

»Erpressen? Gott, weißte, Mädchen ... Nee, nee, das nicht. Sie hat doch alles, was sie braucht. Mehr Geld, als sie ausgeben kann. Aber sie mag Masken nicht. Er weiß, dass jemand das Material hat, dafür hat sie gesorgt, aber er weiß nicht, wer. Und das muss ihn ganz verrückt machen. Mich tät's jedenfalls verrückt machen, das is sicher.«

»Dann ist das so eine Art Rache?«

Der alte Mann hob erst die Schultern, dann nickte er. »Er hat sie fallen lassen wie 'ne heiße Kartoffel. Als die Kleene nicht gemacht hat, was er gesagt hat ... rumms! Da war's erst mal vorbei mit der Karriere. Aber sie hat's auch ohne ihn geschafft, meine Elli. Jawohl, das hat sie. Nur mit Talent. Aber verzieh'n hat sie's ihm nie.«

»Wie lange haben Sie das Material schon hier?«

»Seit dem Prozess. Fast drei Jahre.«

»All diese Menschen, die Komparsen, die müssen doch ausgesagt haben, was damals wirklich passiert ist.«

»Ein paar ham's wohl versucht. Hat ihnen aber keiner geglaubt – es kannte ja keiner den Film. Und außerdem war da der junge Kerl, der verbrannt ist. Masken hat ihn wohl als Zeugen angeschleppt, ganz ohne Brandwunden.«

»Jakob Tiberius?«

»Was weiß ich, wie der heißt. Muss wohl vor Gericht ausgesagt haben, aber später hat ihn dann keiner mehr geseh'n.«

Nur ich, dachte sie verwirrt. Kein Wunder, dass Elohim so verwundert war.

Sie bedankte sich und umarmte ihn zum Abschied, was ihm sichtlich gefiel. »Passen Sie auf sich auf«, sagte sie. »Und bringen Sie das Material woanders hin. Vorsorglich.«

Er nickte. »Keine Sorge. War ein Kind, ganz bestimmt.«

Sie wollte gehen, aber er hielt sie zurück und drückte ihr die Taschenlampe in die Hand.

»Hier, nehm'n Se die mit ... ich hab noch eine. Es gibt kein Licht hier auf'm Rummelplatz, erst wieder vorne an der Straße. Außerdem ... is 'ne gute Waffe. Hab selbst schon einen damit vermöbelt, der nicht zahlen wollte.«

Sie schenkte ihm ein dankbares Lächeln und wog die schwere Stablampe abschätzend in der Hand, fühlte sich deswegen aber nicht sicherer. Trotzdem behielt sie das Ding, dankte ihm erneut und machte sich auf den Weg.

Falls jemand ihr folgte, bemerkte sie ihn nicht. Eilig überquerte sie den Platz, und als sie ins Licht der ersten Straßenlaterne trat, atmete sie auf. Hier gab es auch wieder vereinzelt Menschen, fast alle kamen ihr entgegen und hielten den Blick auf den Boden gerichtet.

Sie erreichte die Haltestelle, als sich gerade eine Bahn in Bewegung setzte. Sie sprang in den letzten Waggon.

Erst glaubte sie, sie wäre allein im Wagen, aber dann entdeckte sie einen weiteren Fahrgast in einer der vorderen Reihen. Er saß mit dem Rücken zu ihr, sie sah nur seinen Hut und Kragen. Vorsichtshalber nahm sie in unmittelbarer Nähe der Tür Platz und legte die Stablampe über ihre Knie, bereit sie als Knüppel einzusetzen, wenn es sein musste.

Der Mann nahm keine Notiz von ihr. Bei jeder Kurve und jedem Rumpeln der Räder auf den Schienen schwankte er hin und her, als wäre er eine Puppe, die jemand dort vergessen hatte. Erst nach einer Weile wurde ihr klar, dass sie selbst im gleichen Rhythmus schwankte.

Niemand stieg zu. Erst einige Haltestellen weiter Richtung Innenstadt erhob sich der Mann, ohne sich umzudrehen. Chiara starrte ihn an, in der Hoffnung, doch noch einen kurzen Blick auf seine Züge zu erhaschen. Das Stahlkreischen der Bremsen ertönte, die Bahn hielt, und der Mann verließ den Wagen. Eine Frau stieg ein, beäugte Chiara misstrauisch – vielleicht überlegte sie, woher sie ihr Gesicht kannte? – und ließ sich einige Reihen entfernt nieder.

An der nächsten Station musste Chiara umsteigen, dann noch einmal am Bahnhof Zoo. Von hier aus nahm sie eine Bahn hinaus zur Krummen Lanke. Es war ein ganz schönes Stück, das sie von der letzten Haltestelle bis zur Villa laufen musste. Immer wieder drehte sie sich um, wenn sie glaubte, Schritte zu hören; aber natürlich war da niemand. Es war mittlerweile später Abend, und hier draußen, zwischen den herrschaftlichen Anwesen, gab es außer ihr keine Fußgänger. Hin und wieder blickte sie hinauf ins verschlungene Geäst der Baumkronen. Die gewundenen Äste erinnerten sie an den Medusenkopfschmuck, den Jula getragen hatte. Es war, als würde ihre Schwester sich riesenhaft zu ihr herabbeugen.

Nicht mehr weit, dann war sie zu Hause.

Eine Katze jagte vor ihr über die Straße. In einem nahen Haus schlug eine Tür, dann ein Fenster. Aus dem schwarzen Nachthimmel ertönte ein leises Wummern wie der viel zu rasche Herzschlag eines riesigen Lebewesens. Ein Luftschiff? Manchmal flogen sie nach dem Start in Tempelhof in diese Richtung.

Noch eine Ecke, dann war sie da. Die Villa lag nach etwa hundert Metern auf der rechten Seite.

Schon von weitem sah Chiara, dass jemand auf sie wartete.

✦

Eine Gestalt kauerte im Schein einer Straßenlaterne auf dem Gehweg, den Kopf gesenkt, die Knie angewinkelt. Das farblose Kleid hatte sie straff über ihre Schienbeine bis zu den schmalen Fesseln gespannt. Neben ihr lag etwas, das aussah wie ein zusammengekrümmter Körper. Ein Seesack.

Chiaras Schritte klackten auf dem Asphalt, als sie die Straßenseite wechselte. Die Gestalt hob den Kopf. Chiara hatte sie schon vorher erkannt, am Mantel und dem blonden Haar, obwohl ihre erste Begegnung schon einige Zeit zurücklag. Ihr Haar war strähnig und klebte wie Stroh am Kopf.

»Hatten Sie nicht einen Koffer?« Chiara deutete auf den Seesack. Sie zwang sich zu einem Lächeln.

»Oh, Gott sei Dank ... Endlich sind Sie da!«

»'n Abend, Nette.«

Die junge Frau aus dem Scheunenviertel sprang auf und schwankte leicht wie eine Marionette an viel zu langen Fäden; vielleicht waren ihre Beine eingeschlafen. Wahrscheinlich hatte sie schon eine ganze Weile hier gesessen. »Sie müssen mir helfen! Bitte!«

Chiara widerstand dem Impuls, einen Schritt zurückzuweichen, als Nette ihren Arm ergriff. »Sicher, ja«, sagte sie widerwillig. Sie hatte allein sein und über alles nachdenken wollen. Nettes plötzliches Auftauchen passte ihr nicht. Und es machte sie misstrauisch.

So wie der Mann in der Bahn. Und wie die Frau. Herrgott, wie die verdammte Katze vorhin auf der Straße. Vielleicht steigerte sie sich wirklich in etwas hinein.

Nettes Erscheinen war wie eine kalte Hand aus der Vergangenheit, die sich ihr unverhofft auf die Schulter legte.

»Bitte!«, sagte Nette noch einmal. Der flehende Unterton fügte sich nicht in das Bild, das Chiara von ihr in Erinnerung hatte. Nette war selbstbewusst und patzig gewesen, viel stärker als sie, jemand, der mit allem fertig wird.

Jetzt war sie nur noch ein Wrack.

»Sind Sie den ganzen Weg vom Scheunenviertel hierher zu Fuß gekommen?«

Nette nickte. »Gelaufen. Das erste Stück gerannt.« Sie schluckte wie bei einem Heulkrampf, aber sie vergoss keine Tränen. Vielleicht waren sie ihr längst ausgegangen.

»Hat jemand Sie verfolgt?«

»Carmelitas Bande. Sie erinnern sich doch, oder?«

Die Kinderhändlerin und ihre Spießgesellen. Natürlich.

Chiara zog ihren Schlüsselbund aus der Tasche. »Gehen wir erst mal rein, einverstanden?«

Chiara schloss das Tor auf und sperrte es hinter sich und Nette wieder zu. Ein letzter nervöser Blick zurück auf die Straße – kein Mensch weit und breit.

Nette schleppte den Seesack eilig den Weg entlang, ein zerlumpter Eindringling vor dem makellosen Weiß der Birken und Statuen. Chiara musste schnell gehen, um Schritt zu halten. Vor ihnen tauchte das Haus auf. Neben dem Eingang brannte eine einzelne Lampe.

»Was ist mit Ihrem Koffer passiert?«, fragte sie um die Stille zu durchbrechen, während sie nach dem richtigen Schlüssel suchte. »Sie hatten doch so ein großes, altes Ding.«

»Ja.« Nettes Stimme klang jetzt ruhiger. »Aber den konnte ich nicht nehmen. Der war voller Blut.«

Zwanzig

In der Villa war es kalt, trotz des Sommers. Chiara hatte im Kamin ein Feuer entzündet. Sie hatte drei Anläufe gebraucht, bis es endlich brannte.

»Das ist ein schönes Haus«, sagte Nette und schaute sich beeindruckt in dem marmorweißen Wohnzimmer um. Sie saß auf einem der Ledersofas.

»Finden Sie wirklich?«

»Sie etwa nicht?«

»Ich fürchte, ich hab noch gar keine rechte Meinung dazu. Ich wohne erst seit ein paar Tagen hier.«

Nette stieß ein vergnügtes Glucksen aus. »Warum haben Sie eine *Badewanne* im Wohnzimmer?« Der Wein, den Chiara ihr eingeschenkt hatte, schien sie zu beruhigen.

Chiara zwang sich zu einem Lächeln. »Ich hab nicht die geringste Ahnung.«

»Sie wissen's nicht?«

»Und ich hab meine Zweifel, ob meine Schwester es gewusst hat.«

Auf Nettes Zügen zeichnete sich Begreifen ab. »Dann hat ihr dieses Haus gehört? Der Schauspielerin?«

»Ja.«

»Sie sind jetzt selbst eine, oder?«

»Eine Schauspielerin? Ja, ich schätze, schon.«

»Ich hab Ihr Bild gesehen, an einer Litfasssäule. War so'n

Filmplakat, so'n großes. Ich hab erst gedacht, es wär Ihre Schwester, aber dann hab ich den Namen gelesen. Chiara Mondschein.«

Chiara ließ sich in einen Sessel fallen, der dem Sofa gegenüber stand. »Sie müssen mir erzählen, was passiert ist. Warum werden Sie verfolgt?«

»Sie haben Carmelita und die anderen doch erlebt.«

Chiara erinnerte sich nicht gerne daran, aber sie nickte.

»Dann können Sie sich den Rest denken«, fuhr Nette fort. »Irgendwann ist denen eingefallen, dass ich für sie anschaffen gehen könnte. Nicht mehr auf eigene Rechnung arbeiten, sondern für Carmelita.« Ihre Miene verhärtete sich. »Aber nicht mit mir. Ich hab Ihnen doch erzählt, was Carmelita getan hat, als ich noch ein Kind war.«

Chiara nickte. »Sie hat Sie zum Khan geschickt.« Etwas erwachte in ihrem Verstand wie aus einem Winterschlaf und streckte bleiche Hände aus dem Abgrund des Vergessens empor.

Der Khan. Die Kinder, die Carmelita ihm zugeführt hatte. Seine Sammlung menschlicher Organe.

Innerlich schüttelte sie sich. Sie wollte mit all dem nichts zu tun haben. Plötzlich erfüllt Nettes Anwesenheit sie mit Wut. Was dachte sie sich dabei, einfach hier aufzutauchen und sie von Neuem mit diesen Dingen zu konfrontieren? Hatte sie nicht genügend eigene Sorgen?

»Ich hab mich nicht länger im Viertel verstecken können.« Nettes Blick tastete noch immer über die weißen Oberflächen der Einrichtung. »Früher oder später hätten sie mich gefunden. Ich war verzweifelt ... und ich hab gedacht, na ja ...«

»Sie dachten, weil Sie mir damals geholfen haben, bin jetzt ich an der Reihe.«

Nettes Augen suchten scheu die ihren, und Chiara wurde klar, wie verängstigt das Mädchen war. Nette hätte ihr Leid tun müssen, aber alles, was sie in diesem Augenblick spürte, war Ablehnung. Und Zorn über dieses ungebetene Eindringen in ihre Welt, dieses Aufwecken schlummernder Erinnerungen.

Nette musste das Zucken in Chiaras Miene bemerkt haben. Ihre linke Hand krallte sich in den Seesack. »Hören Sie, wenn es Ihnen zu viel ist, dann gehe ich wieder. Ich kann aus Berlin fortgehen, irgendwo finde ich schon was, irgendwen, der dafür bezahlt ...«

»Schon gut. Tut mir Leid. Ich bin nur ... ich hatte einen ziemlich üblen Tag.« Chiara rieb sich mit den Handballen die Augen; als sie wieder zu Nette hinübersah, war das Mädchen für einen Moment verschwommen wie ein Phantom.

Nette lachte nicht, als sie sagte: »Den hatte ich auch, das können Sie mir glauben.«

»Sicher. Wirklich, es tut mir Leid.« Chiara überlegte, ob das die Wahrheit war. »Sie haben eben was von Blut erzählt ...«

»An dem Koffer, ja. Sie haben mein Zimmer gefunden. Unter dem Dach, wissen Sie noch? Plötzlich standen zwei von den Kerlen neben meinem Bett. Sie haben mir gedroht, und dann ist einer auf die Idee gekommen ... Sie wissen schon. Wär ja schade drum, hat er gesagt. Da hab ich ihm durch die Decke eins mit der Pistole verbraten. Hab sie mal einem Kunden geklaut, vor drei, vier Jahren. Noch nie benutzt, das Ding, wenigstens nicht von mir. Ich wusste gar nicht, ob es überhaupt funktioniert oder ob's mir nicht unter der Decke die Beine wegschießt. Aber der Kerl ist einfach umgefallen. Er hat geblutet, als hätte ihn einer von oben nach unten aufgeschlitzt. Hab ihn am Hals getroffen, daran lag's wohl. Der andere ist abgehauen, hat noch gerufen, dass sie mich kalt machen. Da hab ich meine Sachen gepackt und bin abgehauen. Der Kerl ist genau in den offenen Koffer gefallen, manches ist ziemlich versaut, aber ... na ja, ich kann's ja waschen.«

Nette schob eine Hand in den Seesack und suchte etwas. Als sie sie wieder hervorzog, hatte sie die vergilbte Fotografie zwischen den Fingern, die Chiara damals bei ihr gesehen hatte: Nette als kleines Mädchen mit ihrer Mutter.

Nette legte das Bild vor sich auf den Tisch, sehr vorsichtig, wie eine wertvolle Reliquie. Chiara sah drei rotbraune Flecken auf der Oberfläche, einen neben dem Gesicht der Mutter, die ihre Tochter vor vielen Jahren an die Kindervermittlerin verkauft hatte.

»Das war's nicht, was ich gesucht habe«, sagte Nette rasch und griff erneut in den Sack. Jetzt zog sie eine Brieftasche hervor, die aussah, als hätte sie mal einem Mann gehört. Sie öffnete sie und zog ein paar Scheine heraus.

»Ich wollte fragen, ob ich für ein paar Tage hier bleiben kann. Ich fall Ihnen nicht zur Last, ganz bestimmt nicht. Und ich kann dafür bezahlen.«

»Stecken Sie das weg.«

»Wirklich, ich ...«

»Nun tun Sie's schon weg.« Chiara lächelte wieder, nicht sicher, ob sie es ehrlich meinte. Sie fühlte sich verpflichtet, das war alles. »Sie können erst mal hier bleiben. Ich meine, ich kann jemanden gebrauchen, der sauber macht und vielleicht besser kochen kann als ich.«

»Ehrlich?« Nette strahlte. »Ist das Ihr Ernst?«

»Können Sie denn kochen?«

»Kein bisschen.«

Jetzt lachten sie beide.

»Na gut«, sagte sie schließlich. »Aber Betten machen und so was, das geht doch?«

»Auf jeden Fall.«

»Und die Post annehmen.«

»Hab nie Post bekommen, aber das werd ich wohl hinkriegen.«

Erneut grinsten sie sich an.

»Gut«, sagte Chiara, »dann stelle ich dich hiermit ein.« Sie stand auf und reichte Nette die Hand. »Ich bin Chiara.«

»Nette«, sagte Nette, noch immer ein wenig schüchtern, obwohl es Chiara vorkam, als käme allmählich wieder ihr früheres Ich zum Vorschein, die junge Frau, die mehr mitgemacht hatte, als Chiara sich vorzustellen wagte, und die dennoch alles daran setzte, ihren eigenen Weg zu gehen – auch wenn sie bisher nicht weit gekommen war. Oder eben doch: Immerhin wohnte sie jetzt in einer Villa.

Sie schob den Gedanken beiseite, stand auf und führte Nette in eines der Gästezimmer.

Nette war hin und weg. Vor allem das kleine Bad, das sie ganz für sich allein hatte, entzückte sie. Im Scheunenviertel hatte sie lediglich eine Waschschüssel gehabt, hier hingegen gab es neben Becken und Wasserklosett eine Badewanne, selbstverständlich aus Julas heiß geliebtem weißem Marmor.

Nette hätte Chiara vor Begeisterung fast umarmt, wäre sie sich nicht im letzten Moment ihres Zustands bewusst geworden. Sie war schmutzig und verschwitzt, und falls irgendwer jemals ein Bad in einer Wanne aus Marmor wirklich nötig gehabt hatte, dann war sie das.

»Ich bringe dir ein paar Kleider von Jula«, sagte Chiara. »Die dürften einigermaßen passen. Jula hat so viel Zeug gehabt, dass wir wohl irgendwas für dich finden.«

Nette fiel ihr nun doch um den Hals, und Chiara ließ es mit einer gewissen Scheu geschehen. Dann wünschte sie dem Mädchen eine gute Nacht und ging den Gang hinunter zu ihrem eigenen Zimmer. Es war ebenfalls eines der Gästezimmer, weil sie es nicht über sich brachte, in dem Zimmer zu schlafen, in dem Jula gestorben war. Zumal dort immer noch das riesige weiße Bett stand, auf dem man den Leichnam gefunden hatte.

Morgen musste sie versuchen, Elohim zu erreichen. Und Henriette. Warum war die Kolumnistin nicht zu ihrer Verabredung erschienen?

Aber alle Fragen und Ängste, die sie überfielen, wurden vom Auftauchen Nettes überlagert.

Woher wusste sie, wo Chiara wohnte?

Hatte irgendjemand sie hergeschickt?

✦

Von Luzy erfuhr sie, dass Elohim krank sei. Nichts Ernstes, aber die Diva brauche absolute Ruhe; sie wolle niemanden sehen und mit niemandem reden, auch nicht telefonisch. Sie werde sich melden, wenn es ihr wieder besser gehe.

Henriette ließ sich verleugnen. Jedes Mal, wenn Chiara in der Redaktion anrief, war sie angeblich unterwegs oder in einer Besprechung. Bei ihr zu Hause nahm niemand ab, zumindest behauptete dies das Fräulein vom Amt. Chiara kam schließlich zu dem Schluss, dass Henriette sich die Sache anders überlegt hatte. Was immer sie Chiara hatte erzählen wollen, war jetzt entweder nicht mehr wichtig oder nicht mehr für ihre Ohren bestimmt. Henriette hatte von Aufrichtigkeit gesprochen und von Vertrauen. Offenbar vertraute sie Chiara jetzt nicht mehr. Oder aber jemand hatte ihr nahe gelegt, gewisse Dinge für sich zu behalten.

Chiara hatte gerade den Entschluss gefasst, die Kolumnistin so rasch wie möglich persönlich aufzusuchen, als Mitte der Woche das überraschende Angebot eintraf, die Hauptrolle in einem Film zu übernehmen, der mit enormem Aufwand in den Ateliers von Tempelhof und den Freiluftgeländen an der Woltersdorfer Schleuse und den Rüdersdorfer Kalkbergen gedreht wurde; letztere hatten schon in mehreren Filmen als Wüstenlandschaft herhalten müssen. Die Rolle war in Ordnung, die Gage außergewöhnlich, und Chiaras Anwalt riet ihr dringend, das Angebot anzunehmen. Nicht dass sein Urteil ausschlaggebend war – sie war selbst froh über den Film, versprach er doch einiges an Prestige, eine ordentliche Erhöhung ihres Marktwertes und die Möglichkeit, einige ihrer Sorgen in den Hintergrund zu drängen.

Eine andere Schauspielerin war nach nur wenigen Drehtagen ausgefallen, Chiara war als Ersatz angefordert worden. Zum Glück würden nur wenige Szenen wiederholt werden müssen. Für Chiara war das kein Problem – so etwas war üblich und geschah laufend, ohne dass das Publikum etwas davon erfuhr. Natürlich würde es später heißen, Chiara sei die erste Wahl für die Rolle gewesen, der Regisseur habe sich nie jemanden anderes vorstellen können und er sei überglücklich gewesen, als seine Wunschkandidatin unverzüglich zugesagt habe. Das alte Spiel – schon nach drei Filmen kannte sie es in- und auswendig.

Erst im Atelier erfuhr sie, wer die Rolle ursprünglich gespielt hatte: Elohim hatte den Film in der vergangenen Woche begonnen, hatte aber am Montag abbrechen müssen, als sie in ein Wespennest geraten war. Wie das Nest in die Kulisse gekommen war, konnte niemand erklären. Ein paar Bühnenarbeiter waren umgehend entlassen worden, auch wenn niemand ihre Schuld beweisen konnte. Sie schworen, es sei am Freitagabend noch nicht dort gewesen, und dass ein Wochenende ausreichte, um ein Nest für ein ganzes Wespenvolk zu bauen, war mehr als zweifelhaft.

Nach kurzer Behandlung in einer Klinik war Elohim nach Hause gebracht worden. Die meisten Stiche hatte sie im Gesicht, und es hieß, dass sie hohes Fieber habe, die Ärzte aber sicher seien, dass sie sich wieder erholen werde.

Chiara machte sich Sorgen, konnte aber nicht umhin, für die unverhoffte Rolle dankbar zu sein. Gewiss, Angebote hatte sie genug, doch dieses hier war weit verlockender als alle anderen: Eine Geschichte nach Motiven aus Tausendundeiner Nacht, in der sie die Prinzessin Scheherezade spielte; die Zusammenarbeit mit einem angesehenen Regisseur; dazu ein technischer und finanzieller Aufwand, der in keinem Verhältnis zu ihren bisherigen Filmen stand.

Ihr erster Impuls war, Elohims Unfall mit Masken und *Medusa* in Verbindung zu bringen. Allerdings gab es keinen konkreten Hinweis, und alle schworen, das Gelände sei am Samstag und Sonntag verschlossen und streng bewacht gewesen sei. Die Wespen, so hieß es, *mussten* auf natürliche Weise dorthin gelangt sein. Vermutlich, darauf einigten sich schließlich alle, hätten die Arbeiter es eben doch übersehen, und es sei nur richtig, dass man sie für ihre Nachlässigkeit gefeuert hatte.

Chiara hatte keine Beweise, nur ihre Ahnungen, und als Masken am Abend des ersten Drehtages versuchte, sie zu erreichen, verweigerte sie die Annahme des Gesprächs. Sie wusste nicht, wie sie sich ihm gegenüber verhalten sollte. Sollte sie ihn offen mit ihrem Wissen konfrontieren oder ihn wie beiläufig über *Medusa* aushorchen? So tun, als ob sie sich nur für seine Arbeit mit historischen Stoffen interessiere? Freilich war die Gefahr dabei, dass er sie tatsächlich hatte verfolgen lassen und von ihrem Besuch auf dem Rummelplatz wusste. Allerdings glaubte sie das immer weniger; ihre Ängste erschienen ihr albern, ihre Reaktion überzogen. Schließlich entschied sie, seinen nächsten Anruf anzunehmen, eventuell sogar ein Treffen mit ihm zu vereinbaren.

Was Nette anging, so erlebte sie eine angenehme Überraschung. Die junge Frau hatte am nächsten Morgen nach einem Bad und in neuer Kleidung wie ein anderer Mensch ausgesehen, war fröhlich und ausgelassen und gab sich alle Mühe, den Anforderungen an ein Hausmädchen zu entsprechen. Sie putzte und wusch, sie räumte Kisten aus und Schränke ein, versuchte sich sogar an ein paar Kochrezepten, die sie in der Küche fand; die Ergebnisse waren keineswegs überwältigend, gaben aber Anlass zu Hoffnung. Dabei schien ihr die Arbeit Spaß zu machen, und sie gab sich Mühe, alles zu Chiaras Zufriedenheit zu erledigen. Sie war keine gelernte Hauswirtschafterin, ihre Sprache ließ zu wünschen übrig, und manchmal erwischte Chiara sie dabei, wie sie vor einem der Kunstwerke stand und es mit der staunenden Neugier eines Kindes betrachtete. Nette war nicht kultiviert und würde es nie mit einem Butler oder einer der hochbezahlten Gesellschafterinnen aufnehmen können, aber sie war ein liebes Mädchen. Falls das, was sie durchgemacht hatte, irgendwelche Spuren hinterlassen hatte, so ließ sie nicht zu, dass etwas davon nach außen drang.

Chiara konnte es nur recht sein. Sie wusste noch immer nicht, was sie von Nettes Auftauchen halten sollte. Sie hatte sie gefragt, woher sie von der Villa wusste, und Nette hatte ihr unschuldig erklärt, sie habe nur in die Zeitung schauen müssen. Tatsächlich fand Chiara dort später, als sie allein war, den Beweis: Henriette hatte die Information in ihrer Kolumne verbraten, was, wenn sie sich recht erinnerte, nicht gegen ihre Abmachung verstieß. Kein Wort stand da über Chiaras Gemützustand, ihre Zweifel an sich selbst oder gar über ihren Besuch bei Vollmoeller. Lediglich den Umzug in Julas Villa hatte Henriette vermerkt, mit der Bemerkung, dass Chiara nun wohl endgültig und in jeder Hinsicht das Erbe der Dunklen Diva angetreten habe.

Chiara versuchte, ihrer neuen Gesellschaft das Beste abzugewinnen. Doch trotz aller Mühe, die Nette sich gab, trotz vieler kleiner Gesten – frische Blumen auf dem Tisch, frischen Tee, wenn Chiara abends nach Hause kam – blieb ein leichtes Unbehagen. Sie fühlte sich beobachtet, kontrolliert, und spielte mit dem Gedanken, in Julas ehemaliges Schlafzimmer zu ziehen, um nicht mehr in einem Zimmer zu übernachten, das auf denselben Korridor ging wie das von Nette. Nachts erwachte sie manchmal und horchte in die Stille des Hauses auf Schritte, wo keine waren, achtete auf Lichtschein, der unter ihrer Tür hindurchfallen mochte, auch wenn nie welcher da war. Und sie ertappte sich dabei, wie sie Nette in der Zeit, die sie abends miteinander verbrachten, beobachtete. Manchmal hatte sie das Gefühl, dass es umgekehrt genauso war.

Sie wusste sehr wohl, was es bedeutete, ein Haus dieser Größe sauber zu halten und alle nötigen Besorgungen zu machen; sie hatte sich lange genug um ihren Vater und das Haus in Meißen gekümmert. Trotzdem überlegte sie manchmal, was Nette wohl den ganzen Tag über trieb. Telefonierte sie oder unterhielt sich am Tor mit Fremden? Fuhr sie in die Stadt? Wohl kaum, zu groß war ihre Angst vor der Bande der Kinderhändlerin und vor der Polizei. Immerhin hatte sie einen Mann getötet.

An manchen Abenden ging Chiara aus, fuhr einmal sogar zu Elohim, wurde aber an der Haustür abgewiesen; die gnädige Frau empfange niemanden, sie könne noch nicht wieder sprechen und scheue das Tageslicht. An anderen Tagen zeigte sich Chiara auf den richtigen Partys, war charmant, spürte aber rasch, wie sehr ihr das alles zuwider war. Manchmal versuchte sie, vorsichtig Erkundigungen über Jakob Tiberius einzuholen. Nach wie vor hatte ihn niemand gesehen, und nur wenige wussten etwas über seine Verwicklung in das *Medusa*-Fiasko: Einige Zeugen hatten wohl behauptet, er sei bei dem Feuer anwesend gewesen, und daraufhin sei er ebenfalls als Zeuge vor Gericht geladen worden, wo er glaubwürdig belegen konnte, keinerlei Verbrennungen erlitten zu haben.

Damit schien einigermaßen sicher zu sein, dass die Aufnahmen, die Chiara gesehen hatte, tatsächlich bereits vor drei Jahren und nicht nachträglich gedreht worden waren. Als Erklärung blieb nur, dass sie einem fantastischen Filmtrick aufgesessen war – wer oder was auch immer dort in Flammen aufgegangen war, es konnte nicht Jakob gewesen sein, es sei denn, er hätte einen identischen Zwilling, und das schien ihr dann doch ein wenig zu sehr an den Haaren herbeigezogen.

Ihr Vertrauen in Masken war keineswegs wiederhergestellt – hatte sie ihm überhaupt jemals getraut? –, aber sie hörte allmählich auf, ihn als eine Person zu betrachten, die mithilfe dunkler Verschwörungen Einfluss auf ihr Leben und ihre Arbeit nehmen wollte. Sie war jetzt am selben Punkt, an den auch Jula gelangt war: Die berufliche Abnabelung von Masken, die verblüffenderweise auch bei ihrer Schwester mit dem Einzug in dieses Haus zusammengefallen war.

Nachts im Bett, drei Wochen nach ihrem Besuch auf dem Rummelplatz, starrte sie im Dunkeln zur Decke und begann Zwiesprache mit Jula zu halten. Falls etwas von ihr noch in diesem Haus war, falls etwas noch lebte, dann musste es ihr doch gelingen, einen Kontakt herzustellen. Kurz spielte sie mit dem Gedanken, erneut das Waisenhaus im Scheunenviertel aufzusuchen und die Hilfe des kleinen Mädchens in Anspruch zu nehmen. Dann aber wisperte sie doch nur tonlos in die Dunkelheit und wartete auf eine Antwort, die niemals kam.

Ein Geisterhaus, dachte sie, um sich gleich darauf zu widersprechen: Nein, hier gab es keine Geister, niemanden, der Einfluss nahm. Nur sie selbst. Und Nette.

Irgendwann kam ihr ein Gedanke, der ihr mehr Angst machte als jede Vorstellung von Gespenstern und Stimmen aus dem Jenseits, ein Gedanke, der ihr fortan folgte, als wäre er selbst zum Phantom geworden:

Nicht in Häusern spukt es, nur in Köpfen.

Einundzwanzig

Gegen acht Uhr klingelte es, und da standen sie: die Männer im Smoking, die Damen in ihren neuesten Kleidern. Nette ließ sie ein, nahm Mäntel und Hüte ab, bis sie aussah wie ein wandelnder Garderobenständer – wodurch sie immerhin den neugierigen Blicken den Männer entging.

Es war Chiaras fünfundzwanzigster Geburtstag, und obwohl sie sich ursprünglich geweigert hatte, ihn zu feiern, hatte Ursi sie vorgewarnt: Sie würde wohl nicht darum herumkommen, sich am Abend auf ein paar Gäste einzustellen. Ob sie wolle oder nicht, es sei nun einmal beschlossene Sache. Chiara hatte den Verdacht, dass wieder einmal Masken hinter diesem unerwünschten Gute-Laune-Anschlag steckte. Ergeben hatte sie einen grauschwarzen Anzug von Flatow & Schädler angezogen, ihr Haar frisiert und im Wohnzimmer darauf gewartet, dass die Türglocke läutete.

Es war die ganze Bande: Ursi und Arthur Hermann; Masken und irgendeine Schlampe, deren Nasenlöcher vom Koks so rot waren wie ihre Fingernägel; ein Mann, den Masken als neuen Sekretär ausgab, der aber eher die Statur eines Leibwächters hatte und sich akzentfrei als Iwan vorstellte; außerdem Marla Mariannsen, die Blondine, der Chiara erstmals auf Ursis Dach begegnet war und die nun wirklich die allerletzte war, die sie an ihrem Geburtstag zu sehen wünschte. Chiara hatte sie völlig aus den Augen verloren, und so erstaunte es sie umso mehr, als sie sah, wer Marla begleitete: Leas Mann, der Weinhändler. Wie hieß er noch gleich? Edgar? Gut möglich. Offenbar war es Marla gelungen, ihn Lea auszuspannen. Kein Wunder, dass Lea sich seit einer Ewigkeit nicht mehr auf Empfängen und Partys hatte sehen lassen. Vermutlich hatten die meisten längst von seiner Liaison mit Marla gewusst, nur sie selbst nicht, und Chiara erinnerte sich mit einer gewissen Wehmut an Leas Beteuerungen einer guten Beziehung. »Wenn es etwas gibt, das dich in diesem verdammten Geschäft bei Verstand hält, dann eine solide, glückliche Ehe«, hatte sie einmal gesagt. Chiara fiel es schwer, sich an ihre Stimme zu erinnern, so lange hatte sie Lea nicht mehr gesehen.

Solide und glücklich ... Marlas Hand lag ständig zwischen Edgars Beinen, und sein Grinsen war dabei so stumpfsinnig, dass Chiara ihm kaum in die Augen schauen konnte, aus Angst, es könnte ansteckend sein. Sie ärgerte sich, dass er hier war. Das war Ursis Schuld: Sie hatte den Vorschlag gemacht, Marla einzuladen, mit der sie sich in letzter Zeit erstaunlich gut verstand. Vermutlich kokste sich Ursi allmählich um den Verstand, was sie unausweichlich früher oder später auf Marlas Intelligenzniveau bringen musste.

Chiara führte ihre Besucher ins Wohnzimmer, während Nette sich um die Getränke kümmerte. Sie hatten ein kaltes Buffet kommen lassen. Chiara hatte erst vermutet, dass Nette über diesen Vorschlag beleidigt sein könnte – sie war sehr stolz auf jeden Fortschritt ihrer Kochkünste –, doch wie sich herausstellte, war sie mehr als erleichtert. Das bewahrte sie alle vor Experimenten und Nette vor einer Menge Arbeit.

Nette hatte sich für den Abend herausgeputzt, nicht mit einem von Julas Kleidern, sondern einem eigenen, das sie sich von einem ihrer ersten Wochenlöhne in Chiaras Haus gekauft hatte. Sie hatte es Chiara vor ein paar Tagen vorgeführt, wie ein etwas linkisches Mannequin auf einem Laufsteg, und sie hatte sich dabei so gefreut, dass ihr die Tränen gekommen waren. Chiara war jedes Mal aufs Neue erstaunt, wie leicht Nette aus der Fassung zu bringen war, gerade in Anbetracht der Abscheulichkeiten, die sie im Laufe ihrer neunzehn Jahre schon erdulden musste. Es dauerte eine Weile, ehe sie verstand, was in Nette vorging: Es war nicht so sehr das Kleid oder das Geld, das sie verdiente, sondern das Bewusstsein, ein neues Leben begonnen zu haben.

Maskens Schlampe – Chiara machte sich nicht die Mühe, ihren Namen zu behalten – kicherte viel und trank noch mehr, aber das taten alle, und schließlich verschwand Hermann kurz nach draußen und kehrte mit einer Kiste zurück, in der Flaschen mit smaragdgrünem Inhalt klirrten. »Die grüne Fee ist da«, verkündete er stolz. Sechs Flaschen Absinth, genug, um sie alle in die Knie zu zwingen. Chiara mochte den Geschmack nach Wermut, Anis und Fenchel nicht besonders, aber sie wusste, warum andere geradezu versessen darauf waren: Die Wirkung war ungleich stärker als die anderer Getränke, was erwartungsgemäß vor allem Ursi und Maskens Begleiterin freute. Aber den Geschmack machte das auch nicht erträglicher.

Masken gab sich fröhlich wie selten zuvor und war beim Trinken äußerst zurückhaltend. Chiara bemerkte, dass er im Lauf des Abends immer mehr von seiner hoffnungslos betrunkenen Begleiterin abrückte und verstohlene Blicke in Nettes Richtung warf. Das war umso ungewöhnlicher, da Masken gewiss kein Muster schamvoller Zurückhaltung war; gewöhnlich hatte er keine Probleme damit, Frauen, die ihm gefielen, mit Blicken auszuziehen. Nette aber musterte er aufmerksam, beinahe argwöhnisch, und die Alt-Männer-Lüsternheit, die er oft so plakativ zur Schau stellte, verbarg er hinter aufgesetztem Frohsinn, mit dem er den anderen begegnete, dabei aber immer wieder aus den Augenwinkeln Chiaras neues Hausmädchen taxierte. Kannten die beiden sich? Nette zumindest verriet durch nichts, dass sie Masken schon einmal gesehen hatte. Nur einmal, als er sie ansprach, schien sie kurz zusammenzuzucken, und die Hand, mit der sie ihm ein Glas reichte, zitterte leicht, ehe sie sich wieder in der Gewalt hatte.

Chiara bemerkte, dass die Unterhaltungen sie zunehmend langweilten, die Themen interessierten sie nicht, und vereinzelte Fragen beantwortete sie gleichgültig und kühl. Es musste am Absinth und am Koks liegen, dass niemand Chiaras schlechte Stimmung bemerkte. Vielleicht war es ihnen auch einfach egal, so lange Nachschub vorhanden war und alle auf ihre Kosten kamen. Marla fummelte immer schamloser an Edgar herum, während Ursi kichernd dabeisaß und peinliche Ratschläge gab, wie man es Männern am besten besorgte; Hermann hatte sich derweil Maskens Begleiterin zugewandt, ohne Ursi gänzlich aus den Augen zu lassen. Masken wechselte in seiner Aufmerksamkeit zwischen Chiara und den übrigen, während Iwan allein in seinem Sessel saß, ein Glas Absinth nach dem anderen trank und es dennoch schaffte, bedrohlich auszusehen. Chiara fragte sich, weshalb Masken ihn mitgebracht hatte; er rührte sich nicht, redete wenig und nur, wenn er angesprochen wurde, und seine Augen geisterten unablässig von einem zum anderen, bis es Chiara sogar vorkam, als bliese jedes Mal ein eisiger Wind über sie hinweg, wenn sein Blick sie streifte.

Irgendwann hatte sie selbst mehr von dem scheußlichen Zeug getrunken, als sie vorgehabt hatte, und sie spürte, dass sie die Kontrolle über sich verlor. Ein-, zweimal erwischte sie sich dabei, wie sie ziemlich dummes Zeug redete, und dann wurde ihr bewusst, dass sie sich tatsächlich in ein Gespräch mit Hermann hatte verwickeln lassen, obwohl sie ihn nach wie vor ausgesprochen widerlich fand. Sie hatte nicht vergessen, was Lea ihr über ihn und Masken erzählt hatte.

Zwischen künstlichem Hochgefühl und kurzen Phasen, in denen sie völlig in ihrem Rausch versank, fragte sie sich, was sie dazu gebracht hatte, diese Menschen in ihr Haus zu lassen, so als hätte sie sich verpflichtet gefühlt, etwas fortzuführen, das längst nicht mehr Teil ihres Lebens war. Dann wieder spürte sie, dass sie die Anwesenheit anderer Menschen genoss, vielleicht weil die selbstgewählte Einsamkeit der vergangenen Wochen stärker aufs Gemüt schlug, als sie sich eingestehen wollte. Ansatzweise fühlte sie sogar etwas von der alten Ausgelassenheit, die sie manchmal auf Partys gespürt hatte, und je später es wurde, desto zufriedener wurde sie mit dem Verlauf des Abends.

Marla und Edgar verabschiedeten sich, doch sie verließen nicht das Haus, sondern verschwanden in einem Gästezimmer, wie Nette Chiara bald darauf hinter vorgehaltener Hand zuflüsterte. Alle fanden das schrecklich goldig von ihr und behandelten sie wie ein kleines Kind, das zum Ersten Mal länger aufbleiben durfte. Masken kam auf den grandiosen Einfall, dem Treiben der beiden durch das Guckloch zuzuschauen, und erstaunlicherweise war es Iwan, der als Erster aufsprang und ihn begleitete. Ursi und Hermann schlossen sich an, während Maskens Begleiterin wie betäubt in einem Sessel lag, kaum noch bei Bewusstsein, eine Hand um ein Glas geklammert, den anderen Arm starr abgewinkelt, als grüße sie jemanden, dessen Ankunft allen anderen entgangen war. Ihre Augen waren geschlossen, und trotzdem hatte es den Anschein, als starre sie ins Leere: Sie hatte Leberflecken auf beiden Augenlidern, die aussahen wie verlaufene Pupillen.

Chiara nutzte die Gelegenheit und zog Nette in eine entfernte Ecke des Raumes. »Du hättest mir sagen können, dass du Masken kennst.«

Nette sah sie entgeistert an. »Aber ich kenne ihn doch gar nicht!«

»Ich hab gesehen, wie er dich anstarrt.«

»Ist das meine Schuld?«

»Und wie du gezittert hast, als er mit dir gesprochen hat.«

»Ich hab nicht gezittert.«

»Dann hat wohl der Boden gebebt, ohne dass es irgendwem sonst aufgefallen ist.«

»Ich habe *nicht* gezittert«, wiederholte Nette, bemüht die Form zu wahren, aber nah daran, wütend zu werden. Nervös strich sie ihr Kleid glatt.

»Nun, wenn du ihn nicht kennst ... er jedenfalls kennt dich.«

»Vielleicht war er mal als Freier bei mir.«

»Daran würdest du dich nicht erinnern?«

»Erinnerst du dich an alle Männer, denen du mal die Hand geschüttelt hast? Das ist kein großer Unterschied, glaub mir.«

Chiara wollte etwas erwidern, presste dann aber die Lippen aufeinander und spürte, dass sie sich jetzt hätte schuldig fühlen sollen, unangenehm berührt oder zumindest beschämt. Stattdessen wurde sie nur noch wütender auf Nette, ohne zu wissen, wieso. Im gleichen Maß, in dem die Anwesenheit der anderen sie freute, machte Nettes Hiersein sie aggressiv.

Ehe sie etwas sagen konnte, ertönte Gelächter, und die Gäste kehrten zurück. Nur Marla und Edgar fehlten noch. Ursi sprudelte kichernd Beschreibungen dessen heraus, was sie gesehen hatte, während Hermann ihr den Hintern tätschelte. Maskens Lachen erstickte, als er den Zustand seiner Begleiterin bemerkte, und mit einem Wink gab er Iwan zu verstehen, sie zu entfernen. »Ins Auto«, sagte er. »Ach was, schaff sie fort. Von mir aus zur nächsten Straßenecke.« Als er Chiaras rügenden Blick bemerkte, fügte er in Iwans Richtung hinzu: »Fahr sie meinetwegen nach Hause. Aber beeil dich!«

Iwan nickte stoisch. Er hob die Frau hoch wie einen Leichnam und trug sie zur Haustür.

»Sie könnte in einem der Gästezimmer ...«, begann Nette schüchtern, aber Chiara brachte sie mit einem Blick zum Schweigen. Wenn sie eines trotz ihres Rausches ganz genau wusste, dann, dass sie morgen nach dem Aufwachen keinen der Gäste mehr im Haus sehen wollte, schon gar kein verkatertes Flittchen, das womöglich die halbe Einrichtung mitgehen ließ.

Erst nachdem Iwan und die Frau verschwunden waren, begriff sie, dass Nettes Vorschlag aus Mitgefühl entstanden war: Die Frau war vermutlich eine Prostituierte, und Nette wusste nur zu gut, wie sie sich fühlen würde, falls Iwan Maskens Order missachtete und sie irgendwo in der Gosse ablud. Wahrscheinlich wussten weder er noch Masken, wo sie wohnte.

Hermann hatte ein zusätzliches Geburtstagsgeschenk mitgebracht, das er jetzt aus seiner Hosentasche zog.

»Kein Gift«, verkündete er mit groteskem Augenzwinkern, während er ein bisschen weißes Pulver aus einem Döschen in alle Gläser streute. »Macht garantiert lustig.«

Chiara protestierte nur schwach, letztendlich kam es darauf auch nicht mehr an.

Alle prosteten sich zu und waren nach ein paar Minuten noch vergnügter. Ursi konnte gar nicht mehr aufhören zu lachen und trommelte auf ihren nackten Oberschenkeln (wann hatte sie eigentlich ihr Kleid ausgezogen?), während Edgar lallend mit der Größe seiner Erektion prahlte (nur mit Worten, Gott sei Dank) und Marla Avancen in Maskens Richtung startete. Irgendwann saß auch Iwan wieder in seinem Sessel, Chiara hatte gar nicht bemerkt, wie er zurückgekehrt war, und manchmal huschte eine Gestalt an den Rändern ihrer Wahrnehmung vorüber, die sie mal als Nette identifizierte, dann wieder als geisterhafte Erscheinung, die ihr die gute Laune verderben wollte.

Die grüne Fee hatte sich längst verabschiedet, die Absinthflaschen waren leer, und die Zeiger auf der Standuhr aus weißlackierter Eiche schienen sich rückwärts zu drehen, während Chiara benommen zusah. Marla hatte ihr Gesicht irgendwann in Maskens Schoß vergraben und ließ nur von ihm ab, um ein Versprechen in Iwans Richtung zu säuseln. Edgar schlief mit offenen Augen und erwachte zwischendurch, um Obszönitäten zu murmeln, während Ursi Stellen aus einem Drehbuch rezitierte, das zu einem ihrer Filme gehören mochte oder frei erfunden war. Hermann kniete am Boden und verbeugte sich ab und an lallend in Richtung der Korridortür wie ein Moslem auf seinem Gebetsteppich; irgendwann realisierte Chiara befremdet, dass seine bizarre Verehrung Nette galt, die durch die Tür aus und ein ging, gebrauchte Gläser gegen frische austauschte, neue Kerzen in die wachsbetropften Halter steckte, leere Ampullen und Spritzen entsorgte und sich bemühte, ihre Abscheu und ihren Ekel nicht offen zu zeigen. Chiara spürte den Anflug eines schlechten Gewissens: War es nicht genau das, wovor das Mädchen geflohen war? Aber der Gedanke verflog so rasch, wie er aus den Tiefen ihres verschleierten Bewusstseins aufgetaucht war, und dann rief Hermann unter dem Gegröle der übrigen Männer: »Ich will sie jetzt ficken!«

Chiara sah, dass er plötzlich den diamantenbesetzten Revolver in der Hand hielt, mit dem er von Ursis Dach aus auf Tauben geschossen hatte. Sie sah, wie er taumelnd auf die Beine kam und zur Tür hinaus schwankte. Sie wollte ihn zurückrufen, doch ihre Lippen öffneten sich nicht, als hätte der Absinth sie zusammengeklebt. Sie versuchte aufzustehen, aber auch das gelang ihr nicht. Zuletzt versuchte sie es mit einem flehenden Blick in Maskens Richtung, doch der befand sich immer noch in der Obhut Marlas, deren blondes Haar auf seinen Oberschenkeln ausgebreitet lag wie eine goldene Serviette. Er hatte die Augen geschlossen, aber er lachte, als hätte ihm jemand gerade einen besonders guten Witz erzählt; vielleicht Marla, aber dann hätte er da unten Ohren haben müssen. Chiara fand diese Vorstellung so unglaublich komisch, dass sie in sein Lachen mit einfiel und für einen Augenblick sogar Nette vergaß und Hermann und das, was gerade in der Küche passieren mochte.

Als die Erinnerung zurückkehrte, tat sie es mit der Wucht eines Mörsergranate: Sie schlug einen Krater in Chiaras Rausch, aus dem sie für einen Moment die Welt um sich herum in all ihrer Scheußlichkeit sah. Für Sekunden begriff sie, was geschah, sie sah sich selbst umgeben von Leuten, die sie niemals Freunde genannt, aber immer wie welche behandelt hatte.

Und sie hörte die Schreie aus der Küche.

Mit einem Ruck stieß sie sich vom Sofa ab, kam schwankend auf die Füße und lief zur Tür. Masken versuchte noch, nach ihr zu greifen, und dann hörte sie Schritte hinter sich: Iwan war aufgestanden und folgte ihr in einigen Metern Abstand. Er machte keine Anstalten sie festzuhalten, ließ aber keinen Zweifel, dass er wegen ihr aufgesprungen war, nicht wegen Nette oder Hermann.

Ein Schuss peitschte.

Marla verschluckte sich und bekam einen Hustenanfall.

Edgar erwachte und brüllte »Feuer! Feuer!«

Ursi brach in Tränen aus und kicherte dabei.

Und Iwan legte von hinten einen Arm um Chiara und wollte verhindern, dass sie in die Küche ging. »Nicht!«, flüsterte er ihr mit Alkoholatem ins Ohr, aber sie schlug blindlings mit der Faust nach hinten und erwischte ihn irgendwo am Unterleib. Das lockerte seinen Griff immerhin so weit, dass sie sich losreißen konnte.

Nette presste den Rücken an einen Küchenschrank, stocksteif und mit angstvoll verzerrtem Gesicht. Hermann hatte eines der Fenster geöffnet und legte gerade zum zweiten Mal auf etwas im Garten an. Durch den Lichtschein, der aus dem Haus ins Freie fiel, sah Chiara eine Katze huschen, dann krachte ein zweiter Schuss. Sie lief zu Nette, packte sie am Arm und zog sie hinter sich wie eine Mutter, die ihr Kind beschützt. Iwan kam in die Küche, schaute sich um, sah nicht das, was er erwartet hatte und blieb stehen.

»Tu die Scheißwaffe weg«, brüllte Chiara Hermann an, aber der grinste nur überheblich und versuchte, den Revolver einmal um den Zeigefinger zu wirbeln. Die Diamanten funkelten und erzeugten einen flirrenden Kreis um seine Hand; dann rutschte die Waffe ab, flog durch die Luft und schlug auf die Marmorfliesen. Chiara und Nette zogen gleichzeitig scharf die Luft ein, aber es löste sich kein Schuss. Hermann lachte wie ein Geisteskranker, taumelte herum, bückte sich nach dem Revolver und stürzte dabei vornüber. Iwan sprang vor, um ihn aufzufangen, kam aber zu spät. Hermann fiel hin und begrub die Waffe unter sich.

»Was für ein Arschloch«, entfuhr es Chiara, aber zugleich musste sie lachen, so armselig sah der betrunkene und zugekokste Hermann dort unten am Boden aus.

Ursi kam zur Tür herein, sah Chiara lachen, ihren Liebhaber am Boden, und fiel in das Gelächter mit ein, musste sich sogar am Türpfosten festhalten, bis Masken hinter ihr auftauchte und sie beiseite schob. Er musste ebenfalls grinsen, winkte dann ab und verschwand wieder im Wohnzimmer. Iwan warf noch einen Blick auf Chiara, dann folgte er ihm.

Hermann realisierte allmählich, dass die beiden Frauen ihn auslachten, aber sein Zorn richtete sich nicht auf Chiara oder Ursi. Er zog den Revolver unter sich hervor und richtete ihn auf Nette.

Ursis Gelächter wurde noch schriller. »Arthur, lass den Unsinn.«

Auch Chiara hatte Mühe, Hermann ernst zu nehmen. Um sie herum drehte sich alles, ihr fiel ein, dass noch etwas von Julas alten Rauschgiftvorräten in einem der Schränke versteckt sein musste, und plötzlich erschien ihr das viel wichtiger als alles andere.

Nette wich zur Tür zurück, aber Hermann befahl ihr mit bebender Stimme, stehen zu bleiben. Nette versteinerte. Er stemmte sich unbeholfen hoch, brachte die Waffe aber gleich wieder in Anschlag, als er einigermaßen sicher auf den Füßen stand.

»Bist ganz schön beeindruckt, was?« Hermann fasste sich mit der Linken in den Nacken und massierte seine verkrampften Muskeln. »Hast du schon mal wen so schießen sehen, du kleine Hure?«

Chiara riss eine Schranktür auf und suchte nach der Dose, die sie hier vor Monaten einmal entdeckt hatte. Sie hörte, was Hermann sagte, konnte es aber nicht zuordnen. Halt die Klappe, dachte sie, wo sind die beschissenen Drogen? In einem Gefäß fand sie einen Schlüsselbund, starrte ihn einen Moment lang an und ließ ihn dann in ihrer Hosentasche verschwinden.

Ursis Lachen war in hysterisches Luftschnappen und Gurgeln übergegangen. Dann übergab sie sich ins Spülbecken und hatte genug mit sich selbst zu tun.

Hermann stand jetzt direkt vor Nette und hielt ihr den Lauf der Waffe unters Kinn. Ein Grinsen flackerte wie Flammenschein über sein gerötetes Gesicht. »Komm mit, kleine Schlampe. Darfst uns jetzt mal zeigen, was du gelernt hast.«

»Chiara«, sagte Nette, zu eingeschüchtert, um laut zu rufen.

Chiara wandte sich dem nächsten Schrank zu. Sie zögerte kurz, schwankte – jemand hatte ihren Namen genannt –, schüttelte dann aber den Kopf und setzte ihre Suche nach der Koksdose fort.

Koksdose. Sie hätte schreien können vor Vergnügen. Andere Leute versteckten Keksdosen in ihrer Küche, und sie – nein, Jula – oder eben doch sie? Egal. Koksdose. Das war wirklich unglaublich komisch. Sie hoffte, dass sie sich morgen noch daran erinnern würde. Aber wem sollte sie davon erzählen? Nette vielleicht? Die Kleine spielte sich auf, als wäre sie Chiaras gutes Gewissen, der Engel, der sich über die Schulter beugt und mit hochgezogener Braue flüstert: *Bist du sicher, dass du das tun willst, mein Kind?*

Bei Gott, ja, sie war sicher, dass sie diese Dose finden wollte, und zwar auf der Stelle, weil die Vorräte im Wohnzimmer irgendwann zur Neige gehen würden und der Abend doch gerade erst wirklich lustig wurde.

Hermann, dieses Arschloch, da unten am Boden ... und dann Ursi, die sich die Seele aus dem Leib kotzte ... Grundgütiger, lag Hermann eigentlich immer noch da unten rum wie ein Penner? Ein Penner, ja, das war er.

Das Fenster stand noch immer weit offen. Im Lichtschein erkannte sie etwas Dunkles auf dem Rasen: eine tote Katze.

Ein paar Herzschläge lang konnte Chiara sich nicht bewegen. Dann drehte sie sich um. Erinnerungen, Bilder, Stimmen überfluteten sie, Eindrücke, die Minuten zurücklagen und sie erst jetzt erreichten.

Ursi hing halb bewusstlos über der Spüle und ließ sich Wasser über den Kopf laufen. Ihr Gesicht zerschmolz zu dunklen Rinnsalen aus Schminke.

Nette und Hermann waren fort.

Chiara schlug die Schranktür zu, als wäre das eine wirklich wichtige Sache, dann torkelte sie zur Tür, hielt sich am Rahmen fest, blickte hinaus in die Diele. Dort war niemand.

Sie hörte Gelächter im Wohnzimmer.

Die Bodenfliesen schienen sich zu heben und zu senken, wenn sie ihre Füße darauf setzte, sie bebten und klapperten wie Topfdeckel. Chiara hatte Mühe, auf den Beinen zu bleiben, musste sich an Wänden und Säulen festhalten. Das Gelächter hörte nicht auf, mehrere Stimmen redeten durcheinander. Glas klirrte, als irgendein Gefäß zu Bruch ging.

Masken lachte. Hermann rief etwas, das wie anfeuernde Rufe klang. Jemand stöhnte.

Chiara gab sich einen Ruck und lief schneller. Es war, als bräche sie mit dem Kopf durch eine Milchglasscheibe, hinter der mit einem Mal alles viel klarer war, aber auch scheußlicher. Sie wollte nicht sehen, was dahinter lag, wollte es leugnen, aber etwas presste sie von hinten immer stärker hindurch, und dann taumelte sie in den Türrahmen und sah die Rücken von drei Männern und einen vierten am Boden.

Unter ihm lag Nette, das neue Kleid zerfetzt, die nackten Beine angewinkelt. Reglos.

Edgar, Leas Mann, lag über ihr, während Hermann mit der Waffe auf Nette zielte, aber so sehr schwankte, dass er jeden im Raum hätte treffen können. Masken stand dabei und lachte, ohne wirklich zuzusehen, während Iwan breitbeinig Nettes Vergewaltigung beobachtete und sich dabei von Marla befriedigen ließ, die auf Knien vor ihm hockte.

Chiara stieß einen Schrei aus, den scheinbar nur sie selbst hörte, denn keiner reagierte, keiner achtete auf ihre Anwesenheit.

Nur Nette drehte jäh den Kopf und sah sie an. Auf ihren Zügen regte sich nichts. Ihre Wangen waren nass von Tränen, aber sie weinte nicht mehr, ließ alles über sich ergehen.

Edgar keuchte lauter und drohte auf dem Mädchen zusammenzusacken, wurde aber von Hermann zurückgerissen und polterte mit schlenkernder Erektion nach hinten, warf dabei einen Beistelltisch um und lachte irre. Hermann zerrte sich die Hose auf, ohne die Waffe loszulassen, und fiel mehr auf Nette, als dass er sich legte. Eine Ruck ging durch ihren Körper, für einen Herzschlag verzerrte sich ihr Gesicht vor Schmerz, dann kehrte die schreckliche Leere zurück, die Chiara mehr entsetzte als jeder Schrei, jedes Weinen. Nettes Körper bewegte sich bei jedem Stoß wie unter einem Hieb, ihre Hände suchten auf dem kalten Marmor nach etwas, an dem sie sich festkrallen konnte, bekamen aber nichts zu fassen.

»Lasst ... sie ...« Chiara stieß sich von der Tür ab und machte einige Schritte auf die Gruppe zu. Hermann stützte sich mit ausgestreckten Armen auf seine Hände; unter seiner Rechten lag die Waffe, die Mündung zeigte Richtung Tür. Seine Hose war nicht einmal bis zu den Knien herabgezogen, die Gürtelschnalle klirrte rhythmisch auf den Fliesen.

Iwan sah Chiara näher kommen, während Marla immer noch an seinem Unterleib zugange war, und einen Moment lang sah es aus, als wolle er sie mit der Hand beiseite fegen und sich Chiara zuwenden, doch dann schloss er einfach die Lider und regte sich nicht. Nur sein breiter Brustkorb hob und senkte sich wie eine Maschine.

»Masken!« Chiaras Stimme war so schrill wie vorhin Ursis ekstatisches Gelächter. »Machen Sie ... Schluss damit ...«

Masken drehte sich langsam zu ihr um, sein Gesicht glänzte, und er lachte noch immer, weiß Gott worüber. Er hatte getrunken, aber nicht genug, um die Kontrolle zu verlieren, und Koks hatte sie den ganzen Abend nicht bei ihm gesehen. Berauscht war er dennoch, berauscht von der Szene zu seinen Füßen, berauscht von Hermanns brutaler Geilheit und seiner eigenen Lust. Er stellte sich Chiara in den Weg.

»Keine Aufregung ... Sie ist eine Nutte. Ein Flittchen. Sie hat das schon tausendmal gemacht. Zehntausendmal.«

Chiara starrte ihn hasserfüllt an. »Ich ... ich rufe die Polizei.«

»Nein«, sagte Masken liebenswürdig. »Was die hier finden würden, brächte Sie genauso ins Gefängnis wie uns. Denken Sie an Ihre Karriere, Chiara.« Er fasste sie am Arm. »Kommen Sie, morgen hat die Kleine alles vergessen. So sind diese Mädchen. Hier, wir bezahlen sie dafür.« Er zog eine Hand voll Geldscheine aus seiner Hosentasche und ließ sie auf Nette und Hermann herabrieseln. Hermann krächzte vor Lachen.

Chiara holte aus und schlug Masken mit aller Kraft ins Gesicht – nicht nur wegen Nette oder seines eisigen Hohns, sondern weil er Recht hatte, verdammt. Sie hatte Angst um ihre Karriere. Sogar jetzt. Aber als ihr Blick sich wieder für einen Moment klärte, stand er immer noch da und sah sie grinsend an, und ihr wurde klar, dass der Schlag nie stattgefunden hatte, dass sie Wunschdenken und Wirklichkeit nicht mehr auseinander halten konnte.

Trotzdem ging sie auf Masken los, der merklich verwundert über ihre Reaktion war – so als wollte sie Hermann aus irgendeinem mysteriösen Grund vom Verspeisen eines Kuchens abhalten, nicht von einer Vergewaltigung.

Iwan sah ihre Bewegung, registrierte sie als Attacke auf Masken und reagierte sofort. Marla kippte mit einem Schrei nach hinten, krachte mit dem Hinterkopf gegen eine Tischkante und fiel benommen zur Seite, genau auf Edgar, der mittlerweile eingeschlafen war.

Chiara rempelte Masken beiseite, um Hermann von Nette herunterzureißen, wurde aber ihrerseits von Iwan gepackt und wie ein Nichts zur Seite geschleudert. Noch während sie sich aufrappelte, hörte sie, wie Masken wütend seinen Lakaien zurechtwies; dann kam er zu ihr, um ihr aufzuhelfen.

»Dieser Idiot! Verzeihen Sie ihm seine ...«

Diesmal schlug sie ihn tatsächlich, nicht mit der Faust, auch nicht mit der flachen Hand, sondern mit Fingern, sie sie zu Krallen gekrümmt hatte. Sie traf ihn an der verletzlichen Haut unter dem Auge, und noch während er aufschrie und zurücktaumelte, sah sie Blut fließen.

Iwan stand stumpfsinnig da, unsicher, ob er seinem Boss trotz der Schelte erneut zu Hilfe kommen sollte oder ob Masken diese Angelegenheit allein erledigte. Die Entscheidung wurde ihm abgenommen, als Hermann sich zufrieden von Nette erhob und an Iwans Ärmel zog. »Du bist dran.«

Chiara brüllte und wollte vorspringen, als sie plötzlich in die Mündung von Hermanns Revolver blickte. Mit heruntergelassener Hose stand er vor ihr, sein Glied noch immer halb versteift, die Waffe beidhändig auf sie gerichtet und mit einem Gesichtsausdruck jenseits jeder Vernunft. Absinth und Koks hatten ihn berauscht, aber völlig außer sich war er erst jetzt, vielleicht weil er erkannte, dass nicht jeder im Raum für richtig hieß, was er getan hatte.

»Halt's Maul!«, brüllte er Chiara an. »Und sei endlich still, sonst bist du auch noch dran.« Wieder brach er in Gelächter aus, seine Augen waren tränenunterlaufen.

Masken keuchte etwas, während Iwan ein animalisches Grunzen ausstieß, als er sich über Nette hermachte.

Zwischen all diesen verzerrten Fratzen sah Chiara Nettes Gesicht wie einen Lichtsplitter schimmern. Es war, als hätte jemand die Züge des Mädchens leer gefegt, ihr Blick war starr wie der einer Schaufensterpuppe – aber er war genau auf Chiara gerichtet, und sie las Fragen darin und Anschuldigungen.

Du hättest das verhindern können – warum hast du es nicht getan?

Chiara stieß einen Schrei aus, der selbst Masken erschreckte, mobilisierte alle ihre Kräfte und stürzte sich auf Hermann, ungeachtet des Revolvers, der plötzlich losging, ohne sie zu treffen. Die Waffe schlitterte davon, Chiara prallte gegen den Mann und riss ihn zu Boden. Sie trommelte mit beiden Fäusten auf sein Gesicht ein, ehe sie eine blutige Hand an der Schulter packte und hochriss. Als Nächstes spürte sie, wie jemand ihr etwas mit der flachen Hand in den Mund presste, ein trockenes Pulver – genug Kokain, um einen Elefanten außer Gefecht zu setzen. Den größten Teil davon spuckte sie aus, aber einiges schluckte sie, und einiges blieb zwischen ihren Zähnen und am Zahnfleisch kleben, und einiges atmete sie durch die Nase ein.

Dann lag sie am Boden, wurde von dunklen Schemen und Formen festgehalten, hörte Lachen, das wie das ihrer Schwester klang, vielleicht aber auch ihr eigenes war. Sie presste sich die Hände auf die Ohren und sperrte sich mit dem Pochen ihres Blutes ein, während ihre aufgerissenen Augen in die von

Nette starrten, als hätte jemand Fäden zwischen ihren Pupillen gezogen und miteinander verknotet.

Ihr wurde nicht schwarz vor Augen, sondern bunt, sie schmeckte Alkohol auf den Lippen, den man ihr einflößen wollte, aber sie weigerte sich zu schlucken, und schließlich zogen sich Hände und Flasche zurück, und man ließ sie in Ruhe am Boden liegen, wohl überzeugt, dass sie sich vorerst nicht regen würde. Iwans Stöhnen drang durch ihre Handflächen in ihren Kopf, so als läge er auf ihr, nicht auf dem Mädchen, und dann hörte sie Schreie, die – o Gott – von Nette stammten, Schmerzensschreie, als Iwans Stöße ihre Resignation und stumme Starre durchbrachen und sie in ein Bündel aus Schmerz und Erniedrigung verwandelten. Chiara konnte Nettes Pein und Verzweiflung spüren, als wäre es ihre eigene, und dann sah sie, dass Iwan sich von Nette zurückzog und den Weg freimachte für Masken, der sich vollständig ausgezogen hatte, als wollte er in all diesem Chaos auf einer seltsamen Form von Anstand beharren, nicht mit halb heruntergelassener Hose, schmutzigen Schuhen und blutbeflecktem Hemd über Nette herfallen, sondern ihr auf wahnwitzige Art Respekt zollen, indem er sich für sie auszog. Chiara erwartete fast, dass er seine Sachen säuberlich gefaltet und seine Schuhe akkurat nebeneinander gestellt hatte. *Verzeihen Sie, meine Dame, ich denke, die Reihe ist jetzt wohl an mir; wenn Sie gestatten würden ...*

Sein Gesicht war immer noch eine blutverschmierte Fratze, und Chiara musste plötzlich an all die Kinder denken, die er und seine Freunde missbraucht hatten. Leas Erzählungen schienen ihr jetzt nicht mehr fadenscheinige Gerüchte aus der Vergangenheit, sondern konkrete Anschuldigungen, und sie fragte sich, wie sie überhaupt je ein Wort mit Masken hatte wechseln können, ohne ihm ins Gesicht zu spucken.

Wenn Sie gestatten würden ...

Nette schrie erneut, und Chiara versank endgültig in haltloser Hysterie. Etwas traf sie im Gesicht, Iwans Hand, dann ließ man sie in Frieden, und keiner achtete auf sie, als sie sich auf allen Vieren zur Tür schleppte. Im Vorbeikriechen sah sie Ursi in der Küche liegen und mit dem Finger Figuren in eine Pfütze aus Erbrochenem malen; sie nahm Chiara nicht wahr, genauso wenig wie die Schreie aus dem Wohnzimmer oder das Keuchen und Lachen der Männer.

Chiara erreichte die Haustür, zog sich an der Klinke hoch und stolperte nach draußen. Die kalte Nachtluft saugte sie wie ein Vakuum ins Freie, der Kies knirschte leise und die Birken wisperten anklagend.

Jula lachte in ihrem Rücken.

Chiara fuhr herum, verlor ihr Gleichgewicht und fiel auf die Knie, diesmal so schmerzhaft, dass ihr ein Aufschrei entfuhr.

Hinter ihr war nur das Haus, nicht ihre Schwester. Ein weißer Märchenpalast vor dem Schwarz der Nacht.

Sie kam wieder auf die Beine, stolperte, fing sich wieder, rannte. Erreichte das Tor, hinaus auf die Straße, allein in der Dunkelheit, allein mit der Schuld.

Zweiundzwanzig

Später fand sie Hermanns Revolver in ihrer Tasche. Sie konnte sich nicht erinnern, dass sie den Mantel angezogen, geschweige denn, die Waffe eingesteckt hatte. Mit dem Revolver hätte sie Nette retten können, sie hätte Hermann den Kopf wegpusten können, sie hätte ...

Aber sie hatte nicht.

Hatte schlichtweg gar nichts getan. War nur fortgelaufen, vor den anderen, vor sich selbst.

Ziellos stolperte sie durch die Nacht, bis irgendwann ein Wagen neben ihr hielt, dessen Fahrer anbot, sie ins Krankenhaus zu bringen. Sie sagte ihm, sie wolle in kein Krankenhaus (und musste dabei lachen), ob er denn nicht ihren Zustand sehe und tatsächlich glaube, dass sie so unter Leute gehen würde; sie habe einen Ruf zu verlieren, und er solle sich davonmachen, wenn er nichts Besseres zu tun hätte, als sie zu belästigen. Als Nächstes sah sie seine Rücklichter in der Ferne, aber ihr war, als wären es Raubtieraugen, die sie aus der Dunkelheit beobachteten.

Der nächste Wagen, der anhielt – viel später, auf einer stark befahrenen Straße –, war ein Taxi. Sie warf dem Fahrer eine Hand voll Geld in den Schoß und nannte ihm Elohims Adresse. Der Mann blickte während der Fahrt wortlos nach vorne; er erwiderte auch nicht ihren Abschiedsgruß, als sie ausstieg.

Das Tor zur Auffahrt war verschlossen, im Haus brannten keine Lichter. Das dreistöckige Gebäude lag in einem dichten Ring aus Buchen und Eiben, die es fast gänzlich von der Straße abschotteten. Sie rief über den Zaun Elohims Namen; als niemand antwortete, entschied sie, kurzerhand über das Tor zu klettern. Sie zerriss sich ein Hosenbein an einer der Eisenspitzen, nur ein paar Zentimeter, aber es fühlte sich an wie eine Verletzung. Womöglich war auch ihre Wade aufgeschlitzt, aber darum konnte sie sich jetzt nicht kümmern.

Sie erreichte die Tür, zog an der Türglocke, wartete, zog noch einige Male mehr, bis sich schließlich eine Stimme meldete und verkündete, sie werde umgehend die Polizei rufen. Chiara nannte ihren Namen, woraufhin eine Sichtluke geöffnet wurde und die misstrauischen Augen von Elohims Privatsekretärin sie aus dem Dunkel musterten. Frau von Fürstenberg sei nicht daheim, erfuhr sie; immerhin war nicht mehr die Rede von der Polizei. Chiara bestand darauf, dass sie Elohim unbedingt sprechen müsse. Die Sekretärin machte noch immer keine Anstalten, sie einzulassen, verriet ihr aber schließlich, dass Elohims Zustand sich verschlechtert habe und sie vor einigen Tagen ins Krankenhaus eingeliefert worden sei. Keine Sorge, es sei nicht allzu schlimm, aber die gnädige Frau brauche Ruhe, und übrigens auch sie selbst, und Chiara sehe ebenfalls aus, als könne sie ein wenig Schlaf gebrauchen. Chiara spürte, dass sie wütend wurde und kurz davor war, die Sekretärin zu fragen, ob sie Elohim etwa auch im Bett mit gnädiger Frau anredete; dann aber beherrschte sie sich, weil sie trotz allem glaubte, dass die Frau die Wahrheit sagte. Sie würde Elohim gerne besuchen, sagte sie, vermutete aber bereits, dass ihr Zustand und die Uhrzeit nicht dazu angetan waren, dass die Sekretärin ihr den Namen des Krankenhauses oder gar eine Zimmernummer nennen würde. Schließlich blieb ihr nur, die Frau zu bitten, einen Wagen für sie zu bestellen. »Und wären Sie wohl so freundlich, mir das Tor aufzuschließen, damit ich mir an den Scheißspitzen nicht den Bauch aufschlitze?«

Zwanzig Minuten später saß sie in einem Wagen Richtung Innenstadt und erklärte dem verschlafenen Fahrer ihr Ziel. Sie konnte sich an die Adresse erinnern, weil sie sie auf den beiden Rechnungen verglichen hatte, auf ihrer und der von Torben Grapow. Sie hatte eine unheilvolle Ahnung, in welchem Krankenhaus Elohim gelandet war.

Die Klinik lag in den oberen Etagen eines unscheinbaren Stadthauses. Im Erdgeschoss war ein Hutgeschäft für Männer untergebracht, dessen Schaufensterpuppen in ihren Mänteln und Hüten aussahen wie bezahlte Mörder. Der Eingang zur Klinik befand sich daneben, eine doppelte Glastür, hinter der gedämpftes Licht einen langen, leeren Gang erhellte. An dessen Ende befand sich eine zweite Tür und dahinter, vermutete sie, Treppenhaus und Aufzug.

Die Tür ließ sich aufdrücken, und sie nahm an, dass sie damit ein Signal an der Rezeption auslöste, das ihr Kommen meldete. Eilig ging sie den Gang hinunter, ein wenig sicherer jetzt als zuvor, auch wenn das Gebäude sie bedrückte; sie verband keine guten Erinnerungen damit, und eine Stimme flüsterte ihr zu, dass es schon bald noch sehr viel schlimmer kommen würde.

Der Gitteraufzug war breit genug, um Liegen darin zu transportieren, aber Chiara nahm die Treppe, in der vagen Befürchtung, man könnte den Aufzug zwischen den Stockwerken stoppen und sie darin gefangen halten wie in einem Käfig.

In der Tür zum ersten Stock, dem eigentlichen Eingang zur Klinik, wurde sie von einer müden Nachtschwester erwartet. »Unsere Besuchszeiten sind von ... Oh, Frau Mondschein. Geht es Ihnen nicht gut? Ihre Behandlung war abgeschlossen, soweit ich ...«

»Ich möchte zu Elohim von Fürstenberg.«

Ein Anflug von Argwohn erschien im Blick der Frau. »Frau von Fürstenberg? Ich weiß nicht, ob Sie befugt sind ...«

Chiara schob sie beiseite, mit derselben Bewegung mit der sie erst kürzlich während der Dreharbeiten am Eingang zu einem Harem eine Aufseherin beiseite geschoben hatte: Scheherezade hatte in dem Gemach ihre Schwester Dinazad vermutet, eingesperrt vom Kalifen, weil er es nicht ertrug, dass die jüngere Schwester jede Nacht zusah, wie er sich Scheherezade gefügig machte, bevor sie ihn mit einer ihrer Geschichten besänftigte.

Die Nachtschwester protestierte, aber Chiara achtete nicht auf sie, trat hinter die kleine Rezeption und suchte nach einer Liste mit Namen, einem Verzeichnis der Zimmer, nach etwas, das ihr helfen würde, Elohim zu finden. Die Schwester wollte sie wegziehen, aber Chiara schenkte ihr einen Blick, von dem sie hoffte, dass er mörderisch wirkte. Dem war offenbar nicht so. Die Frau griff nach dem Telefon, und Chiara bekam Gelegenheit, gleich noch etwas zu tun, das sie bereits in einem Film geübt hatte – das Kabel aus dem Apparat zu reißen. Was im Atelier sehr einfach gewesen war – Arbeiter hatten das Gerät zuvor präpariert –, erwies sich hier als unmöglich: Das Kabel saß zu fest.

Ehe sie selbst begriff, was sie tat, zog sie den diamantenbesetzten Revolver aus der Manteltasche. »Tut mir Leid«, sagte sie, »ich will Ihnen nichts tun.« Sie überlegte, wie glaubwürdig sie selbst das wohl gefunden hätte, wenn jemand im Drogen- und Alkoholrausch mit so einem Ding vor ihrer Nase herumgefuchtelt hätte. Diesmal klang ihr Kichern sogar in ihren eigenen Ohren irre.

Die Nachtschwester starrte sie ungläubig an – wie oft wird man von einem Filmstar mit einer Waffe bedroht? –, fügte sich aber dann und ließ sich von Chiara in einem fensterlosen Raum hinter der Rezeption einsperren. Es gab keinen Schlüssel, aber Chiara hoffte, dass der alte Kniff mit der Stuhllehne unter der Klinke im wahren Leben besser funktionierte als der Kabeltrick.

Die Klinik hatte nur zehn Einzelzimmer, alle in diesem Stockwerk. Der Operationssaal und die Behandlungsräume befanden sich in der Etage darüber. Um keine Zeit zu verlieren, schaute sie in alle Zimmer, entschuldigte sich bei jedem, der erwachte, und schloss leise die Türen hinter sich.

Im sechsten Zimmer wurde sie fündig.

Elohim wachte nicht auf, als Chiara den Raum betrat. Es half auch nicht, sie anzusprechen, ebenso wenig wie eine Berührung an der Schulter. Die Schwellungen in ihrem Gesicht waren längst abgeklungen, hier und da waren noch ein paar bläuliche Punkte zu sehen. Weshalb auch immer man sie in die Klinik gebracht hatte – die Wespenstiche waren gewiss nicht der Grund.

Chiara befürchtete, dass die Nachtschwester nicht die Einzige war, die um diese Uhrzeit Dienst hatte. In irgendeinem Raum schlief vermutlich ein Arzt, und mit jeder Minute wuchs die Gefahr, dass er erwachte und Chiara entdeckte.

»Es tut mir so Leid«, flüsterte sie Elohim ins Ohr. Der Brustkorb der Diva hob und senkte sich, sie lag in tiefer Narkose.

Chiara schlug die Decke zurück, zog das warme Nachthemd über Elohims Schenkel nach oben und entblößte ihren Bauch.

Die Narbe war frisch, die Fäden noch nicht gezogen.

Die gleiche Länge, die gleiche Stelle.

Torben, sie selbst und nun auch Elohim. Wer noch? Und, gottverdammt, *warum*?

Sie zog das Nachthemd wieder zurück und schob die Decke nach oben. Ich sollte nicht hier sein, dachte sie in einem Anflug von Panik. Vor ihrem inneren Auge zog eine endlose Reihe funkelnder Operationsbestecke vorüber, Ampullen mit unbekanntem Inhalt und Kanülen, auf denen das Licht anonymer OP-Säle blitzte.

Draußen auf dem Flur, hinter der Rezeption, begann das Telefon zu klingeln. War das vielleicht Elohims Sekretärin? Das Mädchen vom Amt würde aufgeben, wenn sich nach einer gewissen Zeit niemand meldete. Aber vielleicht würde es besorgt sein, dass in einer Klinik niemand abhob. Womöglich würde es jemanden alarmieren.

Und musste der Dienst habende Arzt sich nicht wundern, dass der Apparat so lange klingelte? Stürmte er vielleicht gerade in diesem Moment hinaus auf den Korridor?

Chiara versuchte, sich zusammenzunehmen. Sie hauchte Elohim einen Kuss auf die Stirn, dann machte sie das Licht aus und schaute durch den Türspalt nach draußen. Niemand da.

Das Telefon klingelte ohne Unterbrechung.

Sie schlüpfte aus dem Zimmer, zog die Tür hinter sich zu und eilte den Flur hinunter. Das Klingeln hatte aufgehört, als sie die Rezeption erreichte. Als sie den Hörer abnahm, war niemand am anderen Ende der Leitung. Auch hinter der Tür des Nebenzimmers herrschte Stille. Eine entsetzlicher Gedanke brannte sich in ihren Verstand: Hatte sie der Nachtschwester etwas angetan und erinnerte sich nicht mehr daran? Im Rauschzustand, unter dem Einfluss von Kokain und Alkohol, kam so etwas vor, gar kein Zweifel. Sie hatte es schon bei anderen erlebt, und vielleicht war sie ja die Nächste.

Warum hatte sie ihr Haus verlassen? Was war im Wohnzimmer geschehen? Noch erinnerte sie sich, aber die Bilder waren diffus geworden, die Stimmen verworren, das Gelächter leise, die Schreie ...

Sie hielt noch immer den Hörer in der Hand und überlegte, ob dies der Zeitpunkt war, endlich die Polizei zu rufen. Nein, es war schon zu spät gewesen, als sie noch zu Hause war, aber jetzt? Keiner würde Nette auch nur ein Wort glauben. Masken würde behaupten, er habe sie im Scheunenviertel aufgelesen. Er habe sie bezahlt, würde er sagen, was sie denn eigentlich erwartet habe? *Eine simple Dienstleistung, Sie verstehen, Herr Kommissar?*

Und was, wenn die Sache bekannt wurde? Würde sich irgendwer einen Dreck um die Wahrheit scheren? Es war Chiaras Haus. Ihre Geburtstagsfeier. Und zweifellos würde Masken es so drehen, dass es ihr Rauschgift, ihr Absinth und ihr Revolver war, aus dem gefeuert worden war. Gott, sie trug das Ding sogar bei sich und hatte gerade eine Frau damit bedroht!

Und dann kam ihr ein Gedanke, für den sie sich mehr hasste als für jede andere Verfehlung, jeden Betrug und jede Lüge in ihrem Leben. *Sie ist eine Nutte*, hatte Masken gesagt. *Ein Flittchen. Sie hat das schon tausendmal gemacht. Zehntausendmal.*

Und hatte er nicht Recht damit? Welchen Unterschied machte es für Nette, einmal mehr die Beine breit zu machen?

Jeden, sagte eine Stimme tief in ihr.

Keinen, redete sie sich ein.

Sie legte den Hörer zurück auf die Gabel, und zum ersten Mal, seit sie die Villa verlassen hatte, zitterten ihre Knie wieder. Im Nebenzimmer gab die Schwester kein Lebenszeichen von sich. Chiara eilte zum Ausgang, die Treppen hinunter und schließlich hinaus auf die Straße.

Schräg gegenüber befand sich eine Uhr auf einem Eisengestell, dessen vier Seiten mit Plakaten beklebt waren. Zehn vor drei. Sie wusste, was sie jetzt tun musste. Sie hatte es schon einmal getan, hatte es aber nicht zu Ende gebracht. Heute Nacht würde sie das nachholen. Etwas sagte ihr, dass dies die letzte Möglichkeit war, die Wahrheit herauszufinden. Nicht nur, weil Masken morgen früh seine Verschleierungsmaschinerie in Gang setzten würde. Vielmehr fürchtete sie, dass es für sie selbst die letzte Chance war. Ob es an ihrem Rausch lag, dass sie die Dinge für eine kurze Zeit in einer neuen, beinahe irrealen Klarheit sah? Oder an den Schrecken dieses Abends? Für einen kurzen Moment spürte sie, wie der Kokon aus Ich-bin-wichtiger-als-ihr, den sie in den vergangen Monaten um sich gewoben hatte, fadenscheinig wurde, nicht aufriss, aber ihr ein wenig mehr von der Außenwelt zeigte. Ihr gefiel nicht, was sie sah. Aber es machte sie neugierig.

Sie brauchte mehr als zwanzig Minuten, um ein Taxi zu finden, das sie mitnahm, und als sie einstieg, dachte sie, dass sie den Weg in dieser Zeit vielleicht sogar zu Fuß geschafft hätte.

»Zum Gütergelände hinter dem Anhalter Bahnhof. Ich sag Ihnen Bescheid, wo Sie abbiegen müssen.«

Wieder sah sie Bewegungen im Dunkel der Abstellgleise. Gestalten huschten durch die Dunkelheit und verschwanden, bevor der Schein der Autolampen sie erfassen konnte. Das Donnern schwerer Waggonräder wehte über das Gelände und übertönte sogar den Motorenlärm des Automobils.

Der Fahrer erkundigte sich nervös, ob sie sicher sei, dass sie hierher wolle, und sie sagte, nein, sie hätte die Gegend offenbar mit dem Tiergarten verwechselt, denn eigentlich habe sie die Affen füttern wollen. Da zog er es vor zu schweigen und setzte sie widerspruchslos vor Maskens Haus ab. Der Wagen war fort, ehe sie sich überzeugt hatte, dass alle Fenster des Gebäudes dunkel waren und Maskens Auto nicht vor der Tür stand.

Fröstelnd schaute sie über die Schulter, fingerte den Schlüsselbund aus ihrer Manteltasche – der Metallring hatte sich am Lauf des Revolvers verhakt. Ihr kam der Gedanke, wie unglaublich komisch es doch wäre, wenn sie sich versehentlich ins Bein schießen und hier liegen würde, bis Masken eintraf.

Dass er nicht zu Hause war, bedeutete, dass er sich vermutlich noch immer in der Villa an der Krummen Lanke aufhielt. Die Party ging weiter, auch ohne das Geburtstagskind. Die Männer hatten die Torte angeschnitten und waren vermutlich immer noch dabei, sie aufzuessen.

Sie würgte, und zum ersten Mal an diesem Abend übergab sie sich. Aus dem Augenwinkel glaubte sie Bewegungen wahrzunehmen, aber das war nur der Schatten des Gittertors, der sich im fernen Schein zuckender Schweißbrenner dehnte und streckte, so als wäre er gerade aus tiefem Schlaf erwacht.

So schnell sie konnte, lief sie über die Auffahrt zum Haus. Unter den beiden Standbildern ihrer Schwester kam sie zum Stehen. Am liebsten hätte sie die beiden Statuen umgestürzt; sie wollte sehen, wie sie am Boden zerschellten. Aber dafür war jetzt keine Zeit. Sie hatte Wichtigeres zu tun.

Sie betrat das Haus und stand einen Moment lang im Dunkeln, lehnte sich gegen die Tür und versuchte, ihre Atmung unter Kontrolle zu bringen. Wieder schossen ihr tausend Gedanken durch den Kopf: Und wenn Masken sich hatte herbringen lassen? Von Iwan, in dessen Wagen? Oder sein Auto nicht vor der Tür parkte, sondern in der Garage auf der anderen Seite des Gebäudes? Wenn sich beide Männer im Haus befanden?

Sie hob die Waffe, ließ sie aufschnappen und zählte die Kugeln. Zwei hatte Hermann in ihrer Küche abgefeuert, vier steckten noch in der Trommel. Sie machte den Revolver wieder schussbereit, hielt ihn aber gesenkt. Für den Abenteuerfilm mit Torben hatte sie gelernt, wie man so ein Ding in Anschlag brachte, sodass es einigermaßen überzeugend aussah – damit zu treffen, hatte man ihr allerdings nicht beigebracht.

Egal, sie würde schon klarkommen.

Vielleicht sollte sie einfach nach Hause fahren und alle über den Haufen schießen? Ein glucksendes Kichern stieg in ihrer Kehle auf. *Das* wäre eine Geschichte für die Presse. Filmstar läuft Amok. Erschießt ihre beste Freundin und zwei Produzenten. Ganz zu schweigen vom untreuen Ehemann einer Konkurrentin. Und, nicht zu vergessen, einen dubiosen Privatsekretär, der mehr Ähnlichkeit mit einem Donkosaken als mit einem Bürogehilfen hat.

Sie schüttelte den Kopf, als hätte jemand anders diesen Unsinn vorgeschlagen, dann setzte sie sich in Bewegung. Diesmal kannte sie ihr Ziel.

Rasch eilte sie die Treppen hinauf, den Flur entlang, betrat Maskens Schlafzimmer und ging ins Bad. Seltsamerweise machte die Dunkelheit ihr hier mehr Angst als in den langen Gängen und dem hallenden Treppenhaus. Sie spürte, dass sie hier des Rätsels Lösung finden würde; hier war sie nur noch einen Schritt entfernt von ... ja, wovon?

Sie zögerte kurz, dann schaltete sie das Licht ein. Das Erste, was sie sah, war ihr eigenes Abbild im Spiegel. Sie war blass, ihr Haar zerrauft vom Handgemenge in ihrem Wohnzimmer. Ihr Anzug war beschmutzt, Blutflecken auf ihrem Revers, aber auf dem dunklen Stoff waren sie vermutlich niemandem aufgefallen. Sie sah aus wie eine Wahnsinnige, fand sie.

Der Wandschrank stand einen Spalt weit offen. Sie schob sich hinein und fand nach kurzem Tasten das Schlüsselloch in der Rückseite. Sie hatte vergessen, dass keiner der Schlüssel passte. Fluchend riss sie die Regalflächen heraus, holte Schwung und warf sich gegen das Holz. Beim dritten Mal gab das Schloss nach. Die niedrige Geheimtür schwang auf. Kühle, abgestandene Luft schlug ihr entgegen.

Hinter der Tür war es dunkel. Chiara tastete nach einem Lichtschalter. Nach kurzer Suche fanden ihre Fingerspitzen einen Drehmechanismus. Als das Licht einer nackten Glühbirne den Raum erhellte, sah sie ein Regal vor einer weiß gekalkten Wand. Auf den Brettern standen verkorkte Gläser mit einer bernsteinfarbenen Flüssigkeit. Und darin schwammen ... Dinge.

Der Khan sammelt Teile toter Schauspielerinnen, hatte Nette gesagt. *Geschlechtsteile.*

Aber das waren keine Geschlechtsorgane, das zumindest erkannte sie auf Anhieb. Zu klein, zu gleichförmig, obwohl die Flüssigkeit und das runde Glas sie optisch verzerrten und vergrößerten. Schlauchartige Formen, nicht länger als zwei Fingerglieder.

Chiaras Narbe begann zu jucken, zum ersten Mal seit vielen Tagen. Sie hatte keine Ahnung von Anatomie, sie konnte nicht sicher sein – aber die Vermutung reichte aus, um ihr den Atem zu rauben.

Es waren Stücke von Därmen. Kurze, unscheinbare Röhren, sauber auf beiden Seiten abgetrennt. Die Oberflächen schimmerten weißlich. Alles wirkte sehr reinlich, sehr hygienisch. Auf dem Regal lag kein Staub, und der mit Linoleum ausgelegte Boden war blitzblank. Da Masken sicher keiner Putzfrau den Zutritt zu diesem Raum gestattete, musste er hier wohl höchstpersönlich sauber machen. Sich vorzustellen, wie er mit einem Tuch um die Gläser wischte, war grotesk. Sie schlug eine Hand vor den Mund, aber schon einen Herzschlag später wusste sie nicht mehr, ob sie lachen oder schreien wollte.

Mit hämmerndem Puls und weichen Knien näherte sie sich dem Regal. Es befand sich an der Wand, die der niedrigen Tür genau gegenüberlag. Die übrigen Wände waren leer. Auch sonst gab es keine Einrichtung.

Sie zählte dreizehn Gläser, jedes mit einem Korken verschlossen. Auf jedem klebte ein kleiner Zettel, beschriftet mit je zwei Buchstaben. Initialen, vermutete sie. Es dauerte nicht lange, da fand sie die Aufschrift *TG*. Torben Grapow. Ein Glas am Rand trug die Initialen EF, andere waren mit Kombinationen beschriftet, die ihr auf Anhieb nichts sagten. Alle möglichen Personen mochten sich dahinter verbergen.

Dann stieß sie auf JT. Jakob Tiberius?

CM stand auf einem Glas ganz links. Ihre eigenen Initialen. Das Darmstück in der gelblichen Flüssigkeit unterschied sich nicht von den anderen. Als sie das Glas in die Hand nahm und den Inhalt genauer betrachtete, entdeckte sie einen Einstich in der Mitte des Schlauchs. Ein Blick auf andere Gläser bestätigte, dass alle die gleiche Verletzung aufwiesen. Als hätte man etwas durch die Darmfragmente hindurchgestochen, es dann aber wieder entfernt.

Aber zu welchem Zweck? Irgendein krankes Ritual? Aberglaube? Eine Art wissenschaftliches Experiment? Masken mochte vieles sein – Schriftsteller, Regisseur, Produzent –, aber er war gewiss kein Forscher.

Sie dachte kurz nach, unfähig, einen klaren Gedanken zu fassen, dann entkorkte sie das Glas, auf dem ihre Initialen standen. Ein scharfer Geruch stieg auf, irgendeine Chemikalie. Sie zögerte, dann tauchte sie Daumen und Zeigefinger in die Flüssigkeit. Angeekelt versuchte sie, das Darmstück herauszufischen. Es war nicht einfach, das glitschige Ding zu fassen zu bekommen, aber schließlich gelang es ihr. Es fühlte sich an wie eine Nacktschnecke.

Und was nun? Es einfach einzustecken erschien ihr falsch. Schließlich warf sie es wieder in die Flüssigkeit, verkorkte das Glas sorgfältig und schob es in ihre linke Manteltasche. Es passte gerade eben hinein und wurde von dem engen Stoff aufrechtgehalten.

Angewidert zog sie sich aus der Kammer zurück. Das Glas in ihrer Tasche zog die linke Seite des Mantels nach unten und schlug bei jedem Schritt gegen ihren Oberschenkel. Ihre Hand schloss sich fester um den Griff des Revolvers, bis die geschliffenen Diamanten ein Muster in ihre Handfläche pressten.

Sie schaltete das Licht im Badezimmer aus, machte alle Türen hinter sich zu und eilte den dunklen Korridor hinunter. Sie verharrte kurz vor Maskens Arbeitszimmer und dachte daran, noch einen Blick auf sein Bücherregal zu werfen, auf die Schriften Rudolf Steiners und Nietzsches, die in irgendeinem abstrusen Zusammenhang mit all dem hier stehen mochten. Ein Zusammenhang, den sie sich selbst im Drogenrausch nicht vorstellen konnte.

Sie wandte sich vom Arbeitszimmer ab und lief weiter. Einmal glaubte sie Geräusche zu hören, über sich auf den Stufen zum Dachatelier. Aber als sie stehen blieb, war da nichts mehr, nur Stille.

Auch die Eingangshalle war leer und dunkel. Sie öffnete die Haustür vorsichtig, nur einen Spaltbreit, und blickte über die freie Fläche hinüber zum Tor. In der Ferne irrlichterten Schweißbrenner hinter Waggons und Gleisen, aber kein Mensch war zu sehen. Sie fürchtete sich hinauszugehen, aber noch größere Angst hatte sie davor, im Haus zu warten, bis Masken und sein Lakai zurückkehrten.

Erst einmal weg von hier, dann würde sie weitersehen. Sie musste sich um Nette kümmern. Und dann war da immer noch Henriette Hegenbarth. Chiara zweifelte nicht mehr daran, dass die Kolumnistin den Kontakt zu ihr abgebrochen hatte, weil Masken es so wollte. Er musste erfahren haben, dass Henriette bei den Recherchen für ihr Buch über Jula mehr herausgefunden hatte, als ihm lieb sein konnte. Hatte er sie bestochen? Bedroht? Letzteres, vermutete Chiara. Henriette war kein Mensch, der sich leicht von etwas abbringen ließ. Es sei denn, sie fürchtete um ihr Leben. Masken hatte sicherlich gute Argumente gehabt.

Sie holte tief Luft, als wollte sie in einen stillen, schwarzen See springen, dann zog sie die Haustür hinter sich zu und lief unter Julas steinernem Blick hinaus in die Nacht. Rasch huschte sie hinüber zum Tor, schaute erneut zwischen den

Stäben hindurch. Keine Menschenseele weit und breit. Der Weg, der vom Filmhaus fortführte, lag in völliger Dunkelheit. Kein Automobil, das sich näherte.

Ihr Herzschlag übertönte das Klimpern der Schlüssel, als sie das Tor öffnete. Ihr Brustkorb schmerzte, und ihr Hals fühlte sich so trocken an, als hätte sie eine Hand voll Sand geschluckt.

Sie spürte, dass die Wirkung des Kokains ... nein, nicht nachließ, sich wandelte. Der Elan, der sie hergeführt hatte, nur das eine Ziel vor Augen, verflog allmählich. Sie spürte Verzweiflung in sich aufsteigen. Alles, was sie tat, war völliger Irrsinn. Welche Chancen hatte sie denn, heil aus dieser Sache herauszukommen? Konnte sie sich an die Polizei wenden? Wie groß war Maskens Einfluss tatsächlich?

Sie mochte etwa hundert Meter weit gestolpert sein, verwirrt, von Selbstzweifeln und Schuldgefühlen übermannt, beschämt über ihre Flucht aus der Villa und die Kaltblütigkeit, mit der sie Nettes Schicksal verdrängt ... ach was, in Kauf genommen hatte, als die Finsternis um sie Gestalt annahm.

Erst war es nur ein Mann. Dann ein halbes Dutzend.

»Sie können uns nicht alle erschießen, nicht wahr?«

Dreiundzwanzig

Das Lagerfeuer loderte in einem Geviert aus zusammengeschobenen Stahlgleisen. Rundherum hatte man Bahnschotter angehäuft. Die Flammen verzehrten alte Obstkisten, Papier, Abfälle und Reste zersägter Holzbohlen.

Die meisten Männer und Frauen, die Chiara im Dunkeln sitzen sah, hielten respektvollen Abstand zum Feuer. Unter ihren aufmerksamen Blicken betrat sie mit ihren Begleitern das Gelände, eingepfercht zwischen leer stehenden Waggons, zwei davon ausgebrannt. Das musste der Eisenbahnfriedhof von Berlin sein, der Ort, an dem alten Wagen abgestellt und vergessen wurden.

In einem Waggon brannte Licht. Es fiel durch den Spalt der Schiebetür. Chiara wurde von einem Mann erwartet, der aufstand, als sie eintrat. Anscheinend war er so etwas wie der Häuptling dieses Stammes von Obdachlosen.

Er trug einen alten Mantel mit ein paar hässlichen Flecken. Sie schätzte ihn auf Anfang vierzig. Er hatte dunkles Haar, eingefallene Wangen und sehr schmale Lippen, was seinem Gesicht einen missbilligenden Zug verlieh. Seinen Namen nannte er nicht, und sie fragte ihn nicht danach.

»Setzen Sie sich«, sagte er und deutete auf einen zerschlissenen Sessel.

»Warum sollte ich?«

»Von mir aus können Sie auch stehen bleiben.« Er ließ sich

auf ein Sofa fallen, das aussah, als hätte er es aus einem Müllberg gezogen. »Ganz wie Sie wollen.«

»Ihr Leute haben gesagt, Sie wollen mit mir über Masken sprechen.«

Er nickte, starrte sie dann schweigend eine Weile lang an, ehe er die Geduld verlor. »Himmel Herrgott, nun setzen Sie sich schon! Das macht einen ja ganz verrückt, wenn Sie hier rumstehen, als müssten Sie jeden Moment vor irgendwem davonlaufen.«

»Der Gedanke ist mir gekommen.« Aber sie spürte, dass sie sich kaum noch auf den Beinen halten konnte. Die Lehnen des Sessels reckten sich ihr entgegen wie einladend ausgestreckte Arme. Mit einem leisen Seufzen nahm sie Platz.

Er nickte zufrieden. »Sie sind in Maskens Haus eingebrochen. Warum?«

»Was sind Sie? Sein Wachdienst?«

Der Mann verzog keine Miene. »Nein.«

»Ich habe einen Schlüssel. Was bringt Sie auf die Idee, ich wäre ...«

»Ich bitte Sie! Es ist mitten in der Nacht, und Sie haben sich so verhalten, als hätten Sie Angst, verfolgt zu werden. Außerdem waren Sie nicht zum ersten Mal allein hier. Also hören Sie auf, mir etwas vorzuspielen.«

Sie hatte das Gefühl, nie wieder aus diesem Sessel aufstehen zu können, so schwer wurden ihre Glieder. Sie hörte, was er sagte, aber sie musste sich konzentrieren, um den Sinn seiner Worte zu erfassen. Er redete weiter; es klang, als wäre er wütend, aber sie spürte, wie ihre Aufmerksamkeit immer mehr nachließ. Schließlich unterbrach sie ihn: »Hätten Sie vielleicht ein Glas Wasser?«

Er stand auf, ging zur Schiebetür und rief etwas hinaus ins Freie. Wenig später reichte ihm jemand ein Glas.

Chiara trank es gierig in einem Zug aus.

»Was haben Sie genommen?«

»Genommen?«

»Koks? Morphium? Sie spritzen kein Heroin, oder?«

Sie schüttelte müde den Kopf. »Mir ist einfach übel, das ist alles.«

Er glaubte ihr kein Wort, zuckte die Achseln und setzte sich wieder. »Was haben Sie drüben im Haus gemacht?«

Ihr kam eine seltsame Idee. »Sind Sie von der Polizei oder so was?«

»Nein. Sie waren mit Masken befreundet, oder?«

»Ganz sicher nicht.«

»Wissen Sie, was er mit Ihnen getan hat?«

»Mit mir ...« Sie wurde ein wenig aufmerksamer. »Was meinen Sie?«

»Es wäre leichter, wenn Sie mir erst verraten würden, was Sie über die ganze Sache wissen. Sie haben doch etwas gesucht, oder? Beweise für irgendwas.«

Es hatte keinen Zweck, das zu leugnen. Sie war auch nicht in der Verfassung dazu. Sie wurde jetzt rasch immer müder. Ihr war schlecht. Sie wollte sterben. »Die Gläser ...«

»Was für Gläser?«

Sie zog das Gefäß aus ihrer Manteltasche und hielt es ihm entgegen. Er kam herüber und wollte danach greifen, aber sie zog es zurück und presste es an sich. »Das ist meins.«

»Das kann man wohl sagen.«

»Sie wissen davon?«

Er begann jetzt, langsam im Raum auf und ab zu gehen. »Die Frage ist doch, wie viel *Sie* wissen.« Er seufzte. »Die Theosophen – wissen Sie darüber Bescheid?«

Sie nickte.

»Steiner? Blavatsky?«

Noch ein Nicken mit allergrößter Selbstverständlichkeit, als käme sie frisch aus einem Seminar für okkulte Philosophien an der Universität.

»Die sieben Orte im Scheunenviertel?«, fragte er.

Einem ersten Impuls folgend wollte sie verneinen. Dann aber rührte sich etwas in ihr. Sieben Orte. Irgendetwas verband sie damit.

Offenbar wertete er ihr Schweigen als Zustimmung. »Wir

kennen nur zwei, und nicht mal bei denen sind wir sicher. Einer ist eine leer stehende Kneipe, ein wirklich übles Kellerloch, in dem irgendwann weiß der Teufel was ausgeschenkt wurde. Ein anderer könnte eine Halle sein, in der heute eine illegale Kleiderfabrik untergebracht ist – einer von diesen Läden, wo Frauen nach Strich und Faden ausgebeutet werden.« Er hob die Schultern. »Nicht schön, aber zum Glück nicht mehr mein Problem.«

Sie erinnerte sich vage an einen Traum, an Bilder. Sieben Orte ... Waren es sieben gewesen? Schon möglich.

Der Mann musterte sie argwöhnisch. »Sie haben keine Ahnung, wovon ich rede, oder?«

»Ich weiß nicht ... ich habe etwas geträumt, als ich ...«

»Nach Ihrem Unfall? In dieser Klinik?«

»Davon wissen Sie auch?«

»Ja.« Sarkastisch fügte er hinzu: »Keine Sorge, ich gehe damit nicht zur Presse.«

Eine Ahnung dämmerte in ihr. »Diese Männer im Tiergarten ... haben die zu Ihnen gehört?« Ihr ganzer Körper spannte sich. »Gott, natürlich ... das waren Ihre Leute! Sie haben nach der Narbe gesucht!«

»Ich hätte es vorgezogen, wenn die beiden höflicher vorgegangen wären. Aber ich kann mir meine Mitarbeiter nicht aussuchen.«

Sie widerstand dem Drang, ihn anzubrüllen oder fortzulaufen. Mühsam brachte sie sich wieder unter Kontrolle. »Was sind das für Orte, von denen sie gesprochen haben?«

»Sie sind dort gewesen, Chiara. Das war kein Traum. Masken hat Sie an jeden einzelnen dieser Plätze geführt – nachdem er Ihnen vorher ein Stück Ihres Darms hat entfernen lassen und es an einen Holzpfosten genagelt hat.«

Sie mochte verwirrt sein, unter Drogen stehen und auch ansonsten in erbärmlicher Verfassung – aber sie war nicht vollkommen hirntot. Das sagte sie ihm.

Er verzog ungeduldig das Gesicht. »Fällt nicht ganz leicht, so was zu glauben, was?«

Wider Erwartens gelang es ihr, mit einem Ruck aus dem Sessel aufzustehen. »Hören Sie ... Ich weiß nicht, wer Sie sind, was Sie wollen und ... Sie hatten jetzt Ihren Spaß, ja? Was ist das hier? So eine Art Entführung?«

»Setzen Sie sich. Gott, nun setzen Sie sich schon! Niemand zwingt Sie, hier zu bleiben. Ich hätte mich lieber mit Ihnen unterhalten, wenn Sie klar im Kopf sind, aber so wie die Dinge liegen ...«

Sie setzte sich tatsächlich, beinahe gegen ihren Willen. Aber das war nicht sein Verdienst: Ihre Beine trugen sie nicht länger. Trotzdem hatte sie das Gefühl, ihm besser zuhören zu können als noch vor wenigen Minuten.

»Niemand hat Sie gezwungen mitzugehen«, sagte er.

»Einer Ihrer Leute hat gesagt, dass sich jemand mit mir über *Medusa* unterhalten wolle. Ich war neugierig.« Sicher – und völlig verängstigt, als die Männer aus dem nachtschwarzen Dunkel aufgetaucht waren.

»Gut, dann fangen wir mit *Medusa* an.« Er fiel zurück auf das Sofa. Fragte sich, wer hier wen nervös machte. Der Mann konnte einfach nicht ruhig sitzen bleiben. Er schob eine Hand unter seinen Mantel und kratzte sich durch den Stoff seines Hemdes am Oberkörper. »Wir alle waren dabei, als das Atelier ausgebrannt ist. Wir waren Komparsen.«

Ihr fiel ein, was Henriette gesagt hatte. Etwas im Zusammenhang mit dem *Medusa*-Fiasko, und darüber, dass sich die Vergangenheit regte. Hatte das mit diesen Leuten zu tun?

Er zögerte kurz, dann knöpfte er sein angegrautes Hemd auf, schlug es mitsamt dem Mantel zurück und entblößte seinen Oberkörper. Er trug nichts darunter.

Chiara hörte für einen Moment auf zu atmen.

Seine Brust und sein Bauch sahen aus, als hätte man sie mit dickflüssigem Leim bestrichen, der zu bizarren Strähnen und Beulen geronnen war. Eine Brustwarze war noch zu sehen, die andere von einer Wulst aus wildem Fleisch verschluckt. An manchen Stellen war die verbrannte Haut schneeweiß, an anderen unnatürlich rosa. Mancherorts war das Fleisch aufgeraut und von roten Kratzspuren zerfurcht.

Er gönnte ihr diesen Anblick noch einen Moment länger, dann knöpfte er sein Hemd wieder zu.

»So ähnlich sehen die meisten von uns aus, manche noch viel schlimmer«, sagte er. »Die Männer, die ich Ihnen geschickt habe, hatten das gleiche Glück wie ich: Unsere Gesichter sind weitgehend unversehrt geblieben. Aber ich kann Ihnen andere zeigen, wenn Sie das wünschen ... Männer und Frauen, die nicht mehr wie Menschen aussehen. Ein paar wagen sich bei Tageslicht nicht mehr ins Freie. Und das sind nur die äußerlichen Wunden. Einige von uns hat man weggeschlossen, weil sie in der Öffentlichkeit Anfälle bekamen und wie am Spieß geschrien haben, wenn sie nur eine offene Flamme sahen. Ganz zu schweigen von den fünf oder sechs, die sich seit dem Brand das Leben genommen haben.« Er sprach sehr ruhig, ohne eine Spur von Verbitterung. Vielleicht war er deshalb der Wortführer dieser Menschen.

»Was tun Sie hier draußen?«, fragte sie mit belegter Stimme.

»Ein paar von uns, eigentlich sogar eine ganze Menge ... wir haben uns zusammengetan und beobachten Masken. Sie haben vermutlich von der Gerichtsverhandlung gehört? Diese Farce! Masken wurde freigesprochen, angeblich, weil er nichts mit dem Feuer zu tun –«

Sie unterbrach ihn: »Ich weiß, was passiert ist. Die Wahrheit, meine ich. Der Mann, der vor dem Altar verbrannte ... Ich habe das alles gesehen.«

Er betrachtete sie abschätzend.

»Schauen Sie mich nicht so an«, sagte sie scharf. Sie würde sich mit ihm streiten können, wenn es darauf ankam – so gut es eben ging. »Ich habe alles gesehen.«

»Das ist Unfug. Sie waren nicht dabei.«

»Ich habe Filmaufnahmen gesehen.«

»Die wurden alle zerstört.«

»Vielleicht ... vielleicht aber auch nicht.«

Er setzte sich aufrecht. »Wo haben Sie sie gesehen?«

»Erst sind Sie an der Reihe.« Das war albern, weil er ohnehin die meiste Zeit über gesprochen hatte. Aber sie brauchte eine Pause, um nachzudenken. »Erzählen Sie mir alles ... die Sache mit diesen ... Orten? Und, bitte, ich hätte gern noch einen Schluck Wasser.«

Eine Frau, die ihr vage bekannt vorkam, brachte eine Flasche Wasser ohne Kronkorken. Chiara konnte das Gesicht der Frau nicht auf Anhieb zuordnen, hatte aber das Gefühl, dass sie sie schon einmal auf der Straße gesehen hatte. Damals war ihr die schlecht sitzende Perücke aufgefallen. Heute wusste sie, weshalb die Frau sie trug.

Nachdem sie fort war, fragte Chiara: »Ich kenne diese Frau. Sie haben mich beobachten lassen.«

»Ab und an.«

»Ist das hier ... ich meine, *leben* Sie alle hier?«

»Die meiste Zeit, ja. Jedenfalls ich und ein paar, die nichts Besseres zu tun haben.« Er schnaubte höhnisch. »Ein paar von den anderen tauchen mal auf und verschwinden wieder. Einige schlafen in Asylen oder unter Brücken und verirren sich nur hin und wieder mal hierher. Aber der harte Kern ... ja, wir leben hier. Ich weiß nicht, ob Sie wissen, dass die Filmleute sich ihre Komparsen meist von der Straße holen. Die meisten sind Arbeitslose. Für einen Tag Dreharbeiten gab's ein bisschen Geld und eine heiße Suppe. Besser als nichts. Aber nach dem, was passiert war ... nun, es gibt genug Gesunde, die sich die Finger danach lecken, in den Ateliers zu arbeiten. Wer will schon für seine Haremsszene eine Frau mit verbranntem Gesicht? Oder für sein römisches Heer Soldaten mit verkrüppelten Armen und Beinen? Wir halten uns mit Gelegenheitsarbeiten über Wasser, einige leben von dem, was sie im Müll finden. Berlin ist voll von Orten wie diesem hier ... Obdachlose finden Sie in der Kanalisation, auf brachliegenden Baustellen, überall, wo man sie in Ruhe lässt. Wir hatten Glück, bisher hat keiner versucht, uns hier fortzujagen. Und wir können Masken von hier aus im Augen behalten.«

»Sie klingen nicht wie jemand, der auf der Straße lebt.«

»Sie hatten vorhin Recht – ich war mal Polizist. Dann kam der Krieg, die Schützengräben ... Das ist jetzt wie lange her? Erst drei, vier Jahre? Kaum zu glauben. Danach hatte ich keine Arbeit mehr. Komparse zu sein ist keine Schande, und so landete ich«, er grinste schief, »*beim Film*. Immerhin wurden wir satt davon. Die Regisseure scheuchten uns manchmal fünfzehn, sechzehn Stunden lang durch die Kulissen, im Sommer in viel zu warmen Kostümen, im Winter manchmal halbnackt. Später kann man sagen, ich war bei dem und dem Film dabei, und es gibt Menschen, die das beneidenswert finden ... Ich kannte meistens nicht mal die Titel.« Er winkte ab. »Aber es geht hier nicht um mich, nicht wahr?«

Wasser lief Chiara übers Kinn. Es schmeckte schal, aber sie konnte nicht aufhören zu trinken.

»Masken war Theosoph«, sagte er, »das wissen Sie schon, oder? Er kannte Steiner, bevor der sich von seinen früheren Thesen losgesagt hat. Masken hat ihm das vermutlich bis heute nicht verziehen. Er las Nietzsches Abhandlungen über die Vergottung des Individuums. Man sollte meinen, dass Filmleute sich nicht erst mit Philosophie beschäftigen müssen, um sich selbst zum Halbgott zu stilisieren – die meisten schaffen das auch ohne Nietzsche und Steiner. Aber Masken ist intelligenter als viele andere, und er hat irgendwann angefangen, die Dinge zu hinterfragen, über den Tellerrand hinauszublicken ... Er fand Gleichgesinnte, die sich ihm anschlossen und seine Anwandlungen für die Ideen eines Genies hielten – zumindest eine Zeit lang. Ihre Schwester Jula war eine seiner Anhängerinnen, aber das wissen Sie sicher. Tatsächlich erwuchs ihm in ihr sehr bald eine Konkurrentin, was die Gunst der anderen betraf. Vergessen Sie nicht, sie war einer der größten Stars in Berlin, sie war unzweifelhaft sehr schön und wusste, wie man Menschen um den kleinen Finger wickelt. Aber sie war auch klug, ihre Schwester, und sie setzte sich auf ihre eigene Weise mit Steiner und Konsorten auseinander. Damals hat sie sich von Maskens Einfluss gelöst. Beim Film hatte sie alles erreicht, und das war ihr nicht mehr genug. Ich denke, sie hat begriffen, dass Berühmtheit einen Menschen nicht göttlich macht, nicht wirklich besser als andere – nicht, um mit Nietzsche zu sprechen, zum *Übermenschen*. Aber genau das war ihr Ziel, und sie ging dabei längst nicht so plump vor wie Masken. Sie studierte asiatische Philosophien, setzte sich mit Aspekten verschiedener Kulte auseinander ... weiß der Teufel, die Details kenne ich auch nicht.«

»Jula und Philosophie?« Chiara lachte ungläubig. »Glauben Sie mir, ich kenne ihre Bibliothek – die Regale sind leer.«

»Jetzt, vielleicht. Aber warum hat sie wohl eine Bibliothek einbauen lassen? Es *gab* dort Bücher, aber irgendwann waren die nicht mehr interessant für sie. Sie beschloss, für eine Weile nach Indien zu gehen – und damit hat es eigentlich erst begonnen.«

»Ich habe gehört, dass sie mit einem kleinen Jungen von dort zurückgekommen ist.«

»So ist es.«

»Was war das für ein Kind?«

»Ihre Schwester stand eine Weile in engem Kontakt zu einer Engländerin namens Annie Besant, einer der führenden Theosophinnen. Die gute Mrs. Besant war der Ansicht, dass in Indien ein Avatar geboren worden sei, eine Art Messias. Die Theosophen sehen in einem Avatar eine Inkarnation des Göttlichen.« Er verzog die Mundwinkel. »Sehen Sie, ich habe eine ganze Menge von diesem Zeug gelesen, weil ich es selbst nicht glauben konnte. Aber manches davon ... nun, Sie und die anderen sind der lebende Beweis.«

Sie hatte keine Ahnung, wovon er sprach.

»Annie Besant ging schon Anfang des Jahrhunderts nach Indien und kam von dort mit einem Brahmamenjungen namens Krishnamurti zurück, den sie den übrigen Theosophen als neuen Heiland der Bewegung vorstellte. Aber nicht mal ihre treuesten Anhänger haben ihr das abgenommen, und als schließlich gar ein Buch mit Heilslehren erschien, das angeblich von dem Jungen stammte, tatsächlich aber von Mrs. Besant geschrieben worden war, zogen sich viele aus der Theosophie zurück. Fast wäre die Bewegung daran zerbrochen, Annie Besant musste den inneren Zirkel verlassen und gründete ihren eigenen Orden.«

»Und Jula?«

»Zu diesem Zeitpunkt war Jula noch gar nicht in Berlin. Ich spreche von der Zeit um 1909, 1910. Aber ein paar Jahre später, nachdem Jula beschlossen hatte, sich vom Filmgeschäft loszusagen, um ganz ihren fixen Ideen nachzulaufen, folgte sie dem Beispiel Annie Besants und reiste nach Indien. Und sie kehrte in Begleitung eines Brahmanenkindes zurück, genau wie ihr Vorbild.«

Chiara schüttelte stumm den Kopf. Vielleicht war es gut, dass sie und Jula sich nicht mehr begegnet waren.

»Wenig später übernahm Jula die Rolle in *Medusa* – zu diesem Zeitpunkt müssen Masken und die anderen sie tatsächlich vergöttert haben, in einem Maß, das weit über die Anbetung einer Schauspielerin hinausging. Aber wir wissen ja, wie diese Dreharbeiten endeten. Darüber kam es auch zum Bruch zwischen den beiden. Jula sagte sich von der Gruppe los und brach den Kontakt zu Masken und den anderen ab. Etwa zur selben Zeit ließ sie die Villa bauen, in der sie wohl eine Weile mit dem Jungen gelebt hat. Was dann genau geschehen ist, weiß ich nicht – wahrscheinlich weiß es nicht einmal Masken selbst. Der Junge verschwand. Möglicherweise ließ Jula ihn zurück in seine Heimat bringen.«

»Dann hatte sie eingesehen, dass er ein ganz normales Kind war?«

»Nein, im Gegenteil. Er *war* kein gewöhnliches Kind. Ich denke eher, dass sie Angst vor ihm bekam. Der Junge war mächtiger, als sie für möglich gehalten hatte. Sie fürchtete sich vor ihm, so wie Masken es vielleicht schon früher getan hatte, als er die Macht des Jungen erkannte – was ihn freilich nicht davon abgehalten hat, eben diese Macht für seine Zwecke zu nutzen.«

»Ich verstehe nicht ...«

»Nein, natürlich nicht. Wie könnten Sie auch?« Er schüttelte den Kopf und kratzte sich unablässig die Brust, mit Fingern, die zu Krallen gekrümmt waren. »Sie werden annehmen, dass ich genauso verrückt bin wie Ihre Schwester.«

Lächelnd umfasste sie mit einer weiten Geste den Raum. »Verrückt? Wie kommen Sie darauf?«

Er grinste mit einem Mal, fast ein wenig erleichtert. »Hören Sie mir einfach zu, ja? Egal, was Sie darüber denken.«

Sie nickte.

»Dieser Junge hat so etwas wie Spuren hinterlassen«, fuhr er fort. »Fragen Sie mich nicht, wie er es gemacht hat und warum. Vielleicht war das eine Art Beweis für seine Fähigkeiten, vielleicht nur ein kindlicher Spaß, den er sich erlaubt hat.« Er runzelte die Stirn. »Wie auch immer ... Er hat sieben Orte im Scheunenviertel, wie soll ich sagen ... berührt? Aktiviert? Oder einfach nur entdeckt wie ein Wünschelrutengänger? Ich weiß es nicht. Fest steht, dass es mit diesen sieben Orten etwas ganz Besonderes auf sich hat. Ihre Schwester hätte sie wohl Orte der Wiedergeburt genannt oder irgendein anderes bedeutungsschweres Wort dafür gefunden. Die Wahrheit ist, dass dadurch ...«

»Ja?«

»Dass dadurch Doppelgänger erzeugt werden.«

Sie starrte ihn an. Ein Gefühl überkam sie, als würden die Wogen ihres Rausches wie stürmische Brecher über ihr zusammenschlagen. Sie wollte ihn auslachen, wollte aufstehen und gehen, wollte etwas ganz besonders Zynisches und Brillantes sagen – aber nichts davon bekam sie zustande.

»Doppelgänger«, sagte sie leise.

»Ja.«

Sie dachte an das, was sie im hinteren Teil jenes Restaurants beobachtet hatte, in dem sie mit Masken einmal zum Abendessen gewesen war. Sie hatte das alles als Halluzinationen abgetan.

Der Mann lächelte, fast als wollte er sie um Verzeihung bitten. »Ich weiß, was Sie denken. Ich weiß noch gut, was ich gedacht habe, als ich das zum ersten Mal hörte.«

»Nein«, sagte sie mit schwacher Stimme. »Erzählen Sie weiter.«

Er legte die Stirn in Falten, dann nickte er langsam. »Im Nachhinein ist es schwierig, die Reihenfolge der Ereignisse zu rekonstruieren. Ich war, wie gesagt, Polizist – Kommissar in Berlin-Mitte, wissen Sie? –, und ich habe viel Zeit damit verbracht, nichts anderes zu tun, als aus irgendwelchen Vorfällen Zusammenhänge und Abläufe zu rekonstruieren. Aber das hier ... Diese Leute machen es einem nicht einfach, das können Sie mir glauben.«

»Masken?«

»Natürlich er, aber Ihre Schwester war noch sehr viel geschickter darin. Ich bin vor über einem Jahr in ihr Haus eingebrochen, hatte ich das schon erwähnt? Nein? Nun, ich war dort. Ich habe nach Spuren gesucht, aber keine gefunden.« Kopfschüttelnd machte er eine Pause. »Egal, darauf kommt es nicht an. Ich habe von den Doppelgängern gesprochen.«

Gesichter tanzten vor ihren Augen, während er sprach. Rote Wände, rotes Licht. Eine nackte junge Frau, die auf Masken saß.

Es war absurd.

»Vor anderthalbtausend Jahren oder noch früher gab es in verschiedenen Kulturen ein Ritual, das überall nach einem ähnlichen Muster ablief. Hier in Europa kam es vor allem bei den Germanen vor, im Norden auch bei den Wikingern. Ein Mann, der zum Tode verurteilt ist, nimmt sich auf eine spezielle Art und Weise das Leben und garantiert damit seine Wiedergeburt: Er schneidet sich den Bauch auf, zieht ein Stück seines Darms heraus, nagelt es an einen Holzpflock und geht dann so lange im Kreis um den Pflock herum, bis der Darm um das Holz gewickelt ist oder er vor Entkräftung zusammenbricht. Wem es gelingt, die Schmerzen bis zu einem gewissen Punkt zu ertragen, dem ist die Wiedergeburt in einem neuen Körper sicher. Zugleich wird er durch den Tod seines alten Körpers von seiner Schuld befreit. Sein neues Leben kann er mit völliger Reinheit seines Herzens beginnen, befreit von allem Ballast der Vergangenheit.« Er beobachtete Chiara ganz genau, während seine Finger schabende Kreise auf seinem

Oberkörper zogen. »Sie können sich schon denken, worauf das hinausläuft, oder?«

»Sagen Sie's mir.«

»Womit wir es in unserem Fall zu tun haben – das ist eine ziemlich wilde Mischung aus diesem Ritual, den Lehren Steiners und Nietzsches und diesem fernöstlichen Hokuspokus, den Jula mit Hilfe des Avatars veranstaltet hat. Die sieben Orte müssen in einer bestimmten Reihenfolge abgeschritten werden. Bei der ersten Station muss zudem der Darm des ... hm, Opfers? Adepten? ... nun, auf jeden Fall ein Stück seines Darms befestigt werden. Natürlich nicht mehr so, dass er dabei zu Tode kommt. Ein kleines Stück genügt – und ich habe keine Ahnung, ob das nur ein symbolisches Detail ist, das Jula und Masken erfunden haben, oder ob es in den Lehren des Brahmanenjungen so festgelegt ist. Letzteres, vermute ich, sonst hätte Masken nicht einen solchen Aufwand deswegen betrieben. Jedenfalls wird das Darmstück am ersten der sieben Orte befestigt, dann passiert man die sechs anderen Plätze, die vermutlich in einer Kreis- oder Spiralform angeordnet sind, dem ursprünglichen Ablauf des Rituals entsprechend. Und am siebten Ort ...«

»Erwartet einen der eigene Doppelgänger«, brachte Chiara den Satz für ihn zu Ende.

»Ja.«

»Genau das habe ich ... geträumt. Oder erlebt.« Sie stieß ein gezwungenes Lachen aus. »Ich verliere meinen Verstand, nicht wahr?«

»Wenn es so einfach wäre.« Jetzt sah er beinahe mitleidig aus. »Jula war, ganz im Sinne der Theosophen, der Meinung, dass dieser Doppelgänger eine reinere, bessere Ausgabe des Originals ist. Jemand, der seine Ziele deutlicher vor sich sieht und entsprechend handelt. Der perfekte Egoist.«

»Nietzsches Übermensch.«

»Womöglich. Jedenfalls hätte er seine Freude an dem Konzept gehabt, nach allem, was ich gelesen habe.«

»Und Sie denken ... warten Sie, ich muss das erst mal klar bekommen ... Sie denken, ich wurde irgendwie ... *verdoppelt*?«

»In Ermangelung eines besseren Wortes – ja.«

Sie war drauf und dran, ihm von ihren Erlebnissen in dem mysteriösen Restaurant zu erzählen, aber noch immer war die Überzeugung zu tief in ihr verankert, dass es sich um nichts als Fantastereien gehandelt hatte. Verzweifelt versuchte sie, aus all dem einen Sinn abzuleiten, herauszufinden, welche Ereignisse in welchem Zusammenhang zu seinen Behauptungen standen. Aber sie war nicht in der Lage, sich zu konzentrieren, und das brachte sie nur noch mehr durcheinander.

»Ich habe noch mehr von diesen Gläsern in Maskens Haus gesehen.« Sie deutete auf ihr eigenes, das vor ihr am Boden stand. »Sie glauben tatsächlich, jeder dieser Leute hat einen Doppelgänger?«

Er nickte.

»Aber warum sollte Masken das tun? Was hat er davon?«

»Seine Rechnung ist ganz einfach: Erschaffe den egoistischsten aller Egoisten, mache ihm ein verlockendes Angebot, und er wird es nicht ausschlagen. Und wenn dieses Angebot letzten Endes Masken selbst zugute kommt, kann er nur dabei gewinnen.«

»Aber dann hätte er diese Verträge den Doppelgängern anbieten müssen, nicht *uns selbst*!«

Er blickte sie schweigend an.

Sie verstand ihn nicht, wollte ihn vielleicht gar nicht verstehen. »Wo ist mein Doppelgänger jetzt? Wissen Sie das?«

»Sie haben es noch immer nicht begriffen, nicht wahr?«

Sie brachte kein Wort mehr heraus.

»Die Frage muss nicht lauten, wo Ihr Doppelgänger ist, Chiara.« Unbehaglich wich er ihrem panischen Blick aus. »Die Frage ist vielmehr: Wo steckt Ihr Original?«

Vierundzwanzig

Sie redete sich ein, es läge am Koks und am Absinth.

Es passte alles zusammen, der typische, der perfekte Drogentraum: Sie glaubte irrwitzige Dinge über sich selbst zu erfahren, Neues an sich zu entdecken, sich selbst in einem anderen, fremdartigen Licht zu betrachten.

Ich bin nicht ich. Ich bin eine andere. Oder, nein, ich bin ein *besseres* Ich als ich.

Zeit zu schlafen. Besser noch: Zeit endlich aufzuwachen aus diesem Albtraum.

Sie stand auf und ging. Der Mann hielt sie nicht zurück. Sie lief wie durch schwarze Tinte.

Und irgendwann kam sie zu Hause an.

Nette lag in der Wanne im Wohnzimmer, hoch über der verwüsteten Sitzgruppe, den Pfützen aus Erbrochenem und verschüttetem Absinth und Wein, zertretenen Zigarettenkippen, dunklen Schmierstreifen von Asche und den vereinzelten Kleidungsstücken, die von ihren Besitzern vergessen worden waren.

Chiara hatte ein ähnliches Bild schon einmal gesehen: Ein nackter Körper in einer Wanne voll mit rotem Wasser. Aber Torben war der Schädel eingeschlagen worden, ein anderer trug die Schuld, und der Ort seines Todes war zufällig, nicht frei gewählt.

Nette hingegen hatte ihre Wahl selbst getroffen.

Ihr Körper lag komplett unter Wasser, nur ihr Kopf schaute aus der rubinroten Oberfläche hervor. Das Wasser war vollkommen still. Nette musste schon eine ganze Weile so daliegen.

Chiara fiel neben der Wanne auf die Knie. Ihr Atem setzte aus. Sie japste, schluckte Luft und hatte das Gefühl, ihr Körper zerfalle in seine Bestandteile, löse sich einfach auf.

»Nette«, flüsterte sie und hörte es in ihrem Schädel widerhallen wie einen Ruf aus weiter Ferne. Das Echo wurde mit jedem Widerhall schärfer, vorwurfsvoller.

Sie dachte daran, hier und jetzt ein Ende zu machen, genau wie Nette es getan hatte. Sich das Leben zu nehmen und damit ihren letzten, ihren einzigen Trumpf gegen Masken auszuspielen. Wenn sie es war, die er wollte, dann würde sie wenigstens das verhindern können. Sie hatte Nette nicht gerettet, und sie konnte sich womöglich selbst nicht retten – aber sie konnte diese Sache beenden, ein für alle Mal.

Ein für alle Mal?

Irgendwo gab es eine zweite Chiara.

Wie leicht das geht, dachte sie träumerisch. Wie einfach es ist, diesen Gedanken konkret zu fassen, ohne zu zweifeln, ohne ihn infrage zu stellen. Die Spuren des Avatar. Ein Original, ein Doppelgänger. Alles ganz simpel.

Sie beugte sich zur Seite und übergab sich, bis nur noch gelbe Galle auf den Marmor spritzte. Ihr Hals war wie zugeschnürt, ihre Lippen aufgesprungen, ihre Zähne so stumpf, als hätte man sie mit Sandpapier aufgeraut.

Und dann öffnete Nette die Augen.

»Hinter dir«, flüsterte sie, ohne den Kopf zu bewegen.

Die Wirklichkeit zersplitterte in winzige Mosaiksteine. Sie war nicht mehr sie selbst. Tote erwachten zum Leben.

Nette war nicht tot.

»Hinter ... dir.« Noch immer rührte das Mädchen sich nicht.

Da waren leise Schritte in Chiaras Rücken. Jemand schlich sich von hinten heran. Ein eiskalter Schauder überkam sie. Sie zitterte. Trotzdem behielt sie sich unter Kontrolle. Vorsichtig schob sie die Hand in den Mantel, verdeckte die Bewegung mit ihrem Körper.

Der Revolver kroch wie von selbst in ihre Finger.

Nettes Augen weiteten sich. »Jetzt!«

Chiara fuhr herum – und ließ sich gleichzeitig zur Seite fallen. Die Kanten der Marmorstufen, die zu dem Wannenpodest hinaufführten, schnitten wie Stockschläge in ihren Leib. Alles tat gleichzeitig weh. Trotzdem sah sie den Mann, dessen ausgestreckte Arme zusammenschnappten wie eine Schere, genau dort, wo sie gerade noch gekniet hatte. Seine Reaktion war schwerfällig, seine Verwunderung beinahe komisch.

Nette stieß einen spitzen Schrei aus, als Iwan das Gleichgewicht zu verlieren und in die Wanne zu stürzen drohte. Dann aber fing er sich, starrte sie einen Moment lang fast verstört an und drehte sich zu Chiara um, die am Fuß der Stufen angekommen war, halb fallend, halb stolpernd. Die Waffe umklammerte sie immer noch mit beiden Händen.

Wahrscheinlich war er bereits so gut wie tot gewesen, bevor sie abdrückte. Sein dunkler Anzug, vor allem aber das weiße Hemd, waren blutüberströmt. Etwas, das aussah wie ein Flaschenhals, ragte aus seiner Brust. Vielleicht hatte der Scherbenring nur seine Brustmuskulatur durchdrungen, vielleicht stach er auch tiefer. Chiaras Schuss erledigte den Rest.

Der Mündungsblitz fraß sich wie eine glühende Nadel in ihre Netzhäute und ließ sie die Augen schließen. Der Rückstoß schlug ihr fast die Waffe aus den halb betäubten Händen.

Es war ein Bauchschuss. Iwan schrie gellend auf, ehe der Ton in einem nassen Gurgeln endete, Blut über seine Lippen schoss und sich zu dem übrigen in der Wanne ergoss. Das Scharlachrot im Wasser war nicht Nettes Blut – es war seines. Das Mädchen musste ihm die zerbrochene Flasche in den Leib gerammt haben. Die anderen waren fort, wohin auch immer; womöglich hatte Masken ihm den Auftrag gegeben, die geschundene, missbrauchte, benutzte Nette zu entsorgen. Vielleicht hatte sie die ganze Nacht auf genau diese Gelegenheit gewartet.

Nette ist nicht tot. Der Gedanke tanzte funkelnd durch Chiaras Bewusstsein. Sie war vielleicht ohnmächtig geworden oder in dem warmen Wasser eingeschlafen, als sie versucht hatte, Iwans Blut von ihrem Körper zu waschen.

Der massige Leib des Mannes drehte sich in einer langsamen, beinahe majestätischen Bewegung einmal um sich selbst, als befände er sich im Inneren eines Aquariums. Dann zuckte er und stürzte genau auf Chiara zu. Es war kein gezieltes Näherkommen, keine kontrollierte Attacke. Dennoch drückte sie ein zweites Mal ab. Die Haut an der Seite seines Halses explodierte, gefolgt von einer Blutfontäne, als seine Schlagader platzte. Die Wucht des Geschosses ließ ihn herumwirbeln, dann schlug er zwei Meter neben Chiara auf den Boden, inmitten eines roten Sterns, der auf dem Marmor in alle Richtungen wies wie ein exotisches Staatssymbol.

Nette fuhr hoch, schwang sich über den Wannenrand und taumelte die Stufen zu Chiara herab. Tropfen funkelten wie Smaragde auf dem nackten Körper des Mädchens. Sie hatte dunkel angelaufene Prellungen am Oberkörper und den Oberschenkeln. Dann füllte ihr Gesicht Chiaras ganzes Blickfeld aus, Nette nahm ihr mit nassen Händen den Revolver ab und zog sie an sich, schluchzend wie ein Kind.

Hinter Nette zeichnete sich pastellfarben die Morgendämmerung ab, jenseits der Glasfront zum Garten war der Himmel rosa und türkis. Bald würde über dem See die Sonne aufgehen.

»Wir müssen weg von hier«, flüsterte Nette und betonte es, als wollte sie Chiara damit trösten.

Ich bin diejenige, die *sie* trösten sollte, durchfuhr es Chiara, aber sie brachte kein Wort heraus.

»Wenn die anderen wieder klar sind, werden sie hier auftauchen«, sagte das Mädchen. »Masken wird sich wundern, wo dieses Arschloch bleibt.«

Chiara nickte, aber ihre Gedanken kreisten schon wieder auf irritierende Weise um sich selbst. Sie sollte an Nette denken, an Iwan, vielleicht an Masken, aber immer wieder schob sich ihr eigenes Schicksal vor die Gesichter der anderen.

Müssen weg von hier, drang es allmählich zu ihr durch, und dann sagte sie endlich: »Ja.«

Nette half ihr auf und sprach von Umziehen und Anziehen; oder war das sie selbst, die redete?

»Schnell«, sagte Nette.

Die Sonne ging auf, und alles, was eben noch weiß gewesen war, färbte sich auf einen Schlag tiefrot.

✦

Sie verließen Berlin mit dem Zug.

Chiara fühlte sich beobachtet, und manchmal mochte das die Wahrheit sein, nicht nur ein Zeichen wachsender Paranoia. Man kannte sie, ihr Gesicht war berühmt. Sie trug den Mantel, mit dem sie nach Berlin gekommen war, und Nette hatte ihr geraten, erneut ein Kopftuch umzubinden. Das mochte zumindest den einen oder anderen täuschen.

Chiara fand es auf bittere Weise angemessen, dass sie die Stadt im selben Mantel verließ, in dem sie sie betreten hatte. Damals war er ihr bestes Kleidungsstück gewesen. Heute versteckte sie sich hinter seiner Schäbigkeit, als hätte sie sich das Gesicht mit Ruß geschwärzt.

Sie hatten ein Zugabteil für sich, und nachdem sie eine Weile geschlafen hatten und Chiara spürte, dass die Wirkung des Kokains allmählich nachließ und an seine Stelle etwas trat, das ihr beinahe noch mehr Angst machte – ein Gefühl, ausgebrannt zu sein, nichts wert, nur ein Schatten ihrer selbst –, weckte sie Nette und berichtete ihr alles. Das Mädchen hörte zu, und wirkte dabei keineswegs erstaunt. Nicht einmal, als Chiara von den Doppelgängern sprach, zeigte sie eine Spur von Verwunderung.

Dann erzählte Nette. Sie gestand Chiara, sie belogen zu haben. Die Bande der Kinderhändlerin war tatsächlich hinter ihr hergewesen, aber das war nicht der Grund gewesen, weshalb sie vor Chiaras Tür gesessen hatte. Und, so fügte sie hinzu, es war nicht das erste Mal gewesen, dass sie die Unwahrheit gesagt hatte.

»Der Brief damals in deiner Pension«, sagte sie, »der war von mir.«

Chiara sah sie an und sagte nichts.

»Ich wollte dich warnen ... ich war bei der Beerdigung, weißt du? Sie haben mich nicht auf den Friedhof gelassen, aber ich hab draußen gewartet, mit all den anderen. Ich hab dich gesehen. Ich wusste sofort, dass du ihre Schwester bist.« Sie machte eine lange Pause, während vor dem Fenster die flache märkische Landschaft vorbeizog. »Ich wollte mich mit dir treffen, in dieser Kaschemme im Scheunenviertel. Ich war neugierig, ob du kommen würdest ... ob du den Mut dazu hättest. Aber dann waren Carmelita und die anderen da, und bevor ich versuchen konnte, mit dir zu reden, bist du schon weggerannt. Den Rest kennst du ja.«

»Warum hast du nichts gesagt, als ich bei dir war?«

Nette hielt ihrem Blick stand, aber Chiara kam es vor, als verkröche sie sich ein wenig tiefer in sich selbst. Aus ihren Augen träufelte das Leben und ließ eine große Leere zurück. »Ich habe Jula gekannt.«

Chiara spannte sich ein wenig. Aber was sollte sie jetzt noch überraschen? »Erzähl weiter.«

»Diese Orte im Scheunenviertel, von denen der Mann dir erzählt hat ... Ich kenne einen davon. Den letzten. Es ist ein alter Pferdestall auf einem Hinterhof an der Steinstraße. Kein Mensch kommt normalerweise dahin, das Ding ist eine Ruine, es regnet rein und stinkt nach Rattenpisse ... Aber ich hab mich da manchmal versteckt, wenn Carmelitas Leute oder sonstwer hinter mir her waren. Und einmal, vor etwas mehr als drei Jahren, hab ich Jula dort gesehen. Ich saß oben zwischen den Dachbalken, ich hatte da ein paar Decken liegen, ein Kissen und was zu essen ... Ich saß also da, als ... Es gibt dort ein Loch im Boden, so'n alter Brunnenschacht. Und plötzlich ... ich meine, plötzlich ist da jemand *drin*. Mitten im Wasser. Verstehst du? Ich sitze da, ganz steif vor Angst, weil mir die Kerle mal wieder den Hals durchschneiden wollten ... und dann steigt da plötzlich diese Frau aus dem Wasserloch.

Sie ist nackt, hat helle Haut und zittert ganz furchtbar, und ich überlege schon, ob ich zu ihr runtergehen soll, aber dann tu ich's doch nicht, weil auf einmal die Tür aufgeht und eine Frau reinkommt. Eine Frau, die genauso aussieht wie die erste, aber sie ist angezogen und nicht nass ... und sie wird von einem kleinen Jungen an der Hand geführt, als würde sie selbst den Weg nicht kennen.«

Chiara schloss die Augen und ließ den Hinterkopf gegen die Rückenlehne sinken. Die Farben der Landschaft vermischten sich zu einem wahnwitzigen Wirbel, den sie irgendwie aus ihrem Kopf aussperren musste.

Nette fuhr fort: »Die beiden Frauen sahen aus wie Zwillinge ... aber daran hab ich nicht eine Sekunde geglaubt, weißt du? Ich meine, die eine war gerade aus dem Wasser geklettert ... Und ich war lange genug in dem Schuppen, um ganz genau zu wissen, dass sie vorher nicht reingestiegen war. Sie *kam* aus dem Wasser, wie eine Meerjungfrau oder ... oder ein Gespenst.«

»Als hätte das Wasser sie geboren«, flüsterte Chiara, ohne die Lider zu heben. Sie erinnerte sich daran, wie sie in dem vermeintlichen Traum sich selbst gegenübergetreten war. Alles war genauso gewesen, wie Nette es beschrieb – nur dass diesmal sie diejenige gewesen war, deren Doppelgängerin aus dem Brunnen gestiegen war.

»Wie neugeboren«, sagte Nette nickend. »Daran musste ich auch denken. Und eines wusste ich: Das ging nicht mit rechten Dingen zu. Der kleine Junge hat die ganze Zeit kein Wort gesagt, hat nur dagestanden und gelächelt, so als wüsste er ganz genau, was vorging.« Ihre Fingerspitzen zeichneten ein unsichtbares Muster auf die Holzbank, Zeichen, die nur sie selbst zu deuten wusste. »Sie hatten Kleidung mitgebracht, die die nackte Frau angezogen hat. Und dann sind sie gegangen, und ich hinterher ... Sie haben mich nicht bemerkt, die waren viel zu sehr mit sich selbst beschäftigt. Sie haben ein Taxi genommen, und ich hab mein ganzes Geld zusammengekratzt und bin mit einem anderen Wagen hinterher. Bis zur

Krummen Lanke. Dort sind sie dann in der Villa verschwunden.«

Chiara öffnete die Augen – und dachte im ersten Moment, sie wäre blind. Der Zug fuhr durch einen kurzen Tunnel. »Daher kanntest du also das Haus.«

Das Tageslicht kehrte zurück. »Ja. Und ich hatte Jula erkannt. Nicht sofort, nicht in dem Schuppen. Aber draußen wusste ich sofort, wer sie war. Sie hatte einfache Kleider an, nichts Edles, und sie hatte«, Nette grinste, »sie hatte ein Kopftuch um. Aber ihr Gesicht war damals überall, auf Litfasssäulen und an Mauern, und ich hatte sogar einen oder zwei ihrer Filme gesehen.«

»Du hast doch gesagt, dass du nicht ins Kino gehst.«

»Das war geschwindelt. Manchmal gehe ich, auch wenn's teuer ist. Aber ich hab's nicht gesagt – weil ich Angst hatte, du würdest mir dann nicht mehr glauben, dass ich nicht wüsste, wer du bist ... Jetzt wusste ich jedenfalls, wo Jula wohnte, und ich wusste auch, dass irgendwas nicht stimmen konnte mit der Frau, die genauso aussah wie sie.«

Chiara begriff mit einem Mal. »Du hast versuchst, sie zu erpressen!«

Langes Schweigen war die Antwort, ehe Nette schließlich sagte: »Ich wollte kein Geld von ihr. Ich wollte Arbeit. Ich wollte dieses wunderschöne, riesengroße Haus von innen sehen und wissen, wie es ist, an so einem Ort zu leben. Ist was anderes als 'ne Dachkammer im Scheunenviertel. Ich wollte nur für sie arbeiten, auch für wenig Geld, das musst du mir glauben! Nichts sonst wollte ich haben, wirklich nicht.« Nette Tonfall war jetzt flehend, und Chiara spürte, dass sie die Wahrheit sagte. »Ich wollte für sie putzen oder Einkäufe erledigen oder die Hecke schneiden ... ganz egal. Nur raus aus dem Viertel und ...« Sie schüttelte den Kopf. »Ich dachte, ich könnte wie sie in diesem Haus wohnen. Aber Jula hat mich ausgelacht. Sie hat gesagt, keiner würde mir glauben, wenn ich was von Frauen erzähle, die aus Brunnenlöchern kriechen und aussehen wie Jula Mondschein. Und sie hatte Recht. Das Ganze war eine dumme Idee. Ich hab mich in Grund und Boden geschämt für meine Blödheit und bin zurück ins Viertel. Und das war's dann erst mal.«

»Bis du von Julas Tod gehört hast.«

»Alle redeten darüber, und es stand ja auch groß in den Zeitungen. Ich dachte, dass da irgendwas nicht stimmen kann. Und ich dachte, wenn diese ... diese Doppelgängerin wirklich so was wie 'n Geist ist, dann hat sie vielleicht die echte Jula ermordet, um ihre Stelle einzunehmen. Wie in den Gespenstergeschichten. Und deshalb wollte ich dich warnen. Ich hab nix von Doppelgängern oder Geistern in den Brief geschrieben, weil ich dachte, dass du mich dann nicht ernst nimmst ... deshalb hab ich geschrieben, du sollst vor ihrem Erbe aufpassen.«

Chiara erinnerte sich an die Zeilen in miserabler Rechtschreibung, und plötzlich musste sie lachen; sie konnte gar nicht mehr aufhören. Nette war erst verunsichert, aber dann lachte sie zögerlich mit, bis sie sich schließlich nur noch ansehen mussten, um abermals loszuprusten. Es war ein verzweifeltes Gelächter, kurz vor der Hysterie, aber es machte ihnen beiden Mut und auch ein wenig Hoffnung.

Nette hätte Chiara in diesen Augenblicken alles Mögliche beichten können, jede Lüge, jeden Schwindel – Chiara hätte ihr nichts mehr übel nehmen können.

Nette wurde als Erste wieder ernst. »Als ich dich dann getroffen habe ...«

»... hast du beschlossen, erst mal abzuwarten. Du hast dich an die Villa erinnert und hast dir überlegt ...«

»... dass ich's noch mal versuche, ja. Aber nicht mit Erpressung oder so. Ich hab gewartet, und dann ist alles so gekommen, wie ich's gehofft oder befürchtet hab ... Du bist in das Haus eingezogen, und ich hab mir gedacht, das wäre die Chance, endlich doch noch aus dem Viertel rauszukommen ... Du bist nicht wie deine Schwester, egal, was Masken mit dir angestellt hat.«

Der egoistischste aller Egoisten, hatte der verbrannte Mann gesagt. *Nietzsches Übermensch.* Fast wäre sie abermals in Gelächter ausgebrochen. Übermenschlich war nichts an ihr. Sie war ein Wrack, und wenn sie im Augenblick überhaupt noch eine egoistische Regung aufbrachte, so war es ihr schierer Überlebenswille.

»Du hast gedacht, in der Villa ist alles besser«, sagte Chiara leise und fühlte sich entsetzlich schuldig, »aber stattdessen ist es noch viel schlimmer geworden.«

Nette senkte den Blick, aber dann schüttelte sie den Kopf. »Ich hab wirklich einen von Carmelitas Bande erschossen. Genauso wie ich's erzählt hab. War nur schon über ein Jahr her, aber der Rest stimmt. Dieser Kerl heute Morgen, der Tote ... so was erschreckt mich nicht mehr. Wirklich nicht. Und der Rest ...« Sie brach ab, auch wenn Chiara sich wünschte, Nette würde etwas sagen, das ihr schlechtes Gewissen minderte. Aber einen so leichten Ausweg lieferte das Mädchen ihr nicht.

Nachdem beide lange Zeit geschwiegen und aus dem Fenster gestarrt hatten, wandte Nette sich ihr wieder zu. Sie wirkte so ernsthaft wie ein kleines Kind, das eine besonders gewichtige Frage über das Leben stellt. »Wer sagt eigentlich«, flüsterte sie, »dass diese Doppelgänger die schlechteren Menschen sind?«

✦

Chiara mietete ein abseits stehendes Haus hinter den Dünen, kaum mehr als eine Hütte, aber mit frischem Wasser aus einer Pumpe und einer behaglichen Einrichtung.

Am zweiten oder dritten Tag half Nette ihr dabei, ihr dunkles Haar blond zu färben. Die Farbe war nicht besonders hübsch, aber sie verhinderte, dass irgendwer in dem nahen Dorf sie erkannte. Die Wahrscheinlichkeit war ohnehin gering, weil es hier oben im Umkreis von zig Kilometern keine Kinos gab.

Manchmal überlegten sie gemeinsam, was wohl mit Iwans Leichnam geschehen war und wie es jetzt in der Villa aussah. Sie kamen übereinstimmend zu dem Schluss, dass Masken alle Spuren beseitigt haben musste. Er konnte sich den Skandal nicht leisten, dass im Haus seiner Entdeckung ein Blutbad – und manch anderes – stattgefunden hatte. Noch weniger konnte ihm daran liegen, dass seine Verwicklung in die Vorgänge bekannt wurde. Mit größter Wahrscheinlichkeit bedeutete das, dass sie keine Angst vor polizeilicher Verfolgung haben mussten.

Und wenn sie selbst Anzeige erstatteten?

»Guten Tag, es geht um meine Doppelgängerin. Nein, keine Imitatorin. Ein Doppelgänger, Sie wissen schon ... Genau, wie beim Film, der Trick mit der Doppelbelichtung. Schon davon gehört? ... Ja, ich bin Schauspielerin ... Richtig, genau die ... Ob ich getrunken habe?«

Und ganz abgesehen davon: Was gab ihnen die Gewissheit, dass die Initialen auf den Gläsern in Maskens Geheimkammer nur Leuten aus der Filmbranche gehörten? Es mochte andere geben, Männer in hohen Positionen. Bei der Polizei, zum Beispiel.

Es war sinnlos. Sie waren allein mit ihrem Geheimnis, und vielleicht war es so am besten.

Sie unternahmen lange Spaziergänge am Strand, drehten und wendeten die Dinge, klopften sie von allen Seiten ab, ohne dem Kern dieses Irrsinns auch nur einen Schritt näher zu kommen. Manchmal betrachtete Chiara sich im Spiegel, und das Bild, das sie sah, war nur auf den ersten Blick dasselbe wie vor einem Jahr. Sie war schmaler geworden, sah müder aus und auch ein wenig erwachsener. Sie versuchte sich vorzustellen, was die Chiara aus Meißen über dieses Gesicht gedacht hätte, hätte es ihr eines Morgens unverhofft aus dem Spiegel entgegengeblickt. Vermutlich hätte sie es für zehn Jahre älter gehalten und sehr viel reifer, durch Erfahrungen, die sie kühler, abgeklärter und auch distanzierter gegenüber der Welt gemacht hatten. Ein Gesicht, das nicht freundlich wirkte, sondern verletzt, und das seine verbissene Kraft aus seelischen Narben zog, nicht aus Freude, Hoffnung oder Glück.

Chiara betastete ihr Gesicht mit den Fingern und strich über ihren Körper. Mein Körper? Chiaras Körper?

Es erschreckte sie, wie schnell sie sich dazu hatte bringen lassen, an sich selbst zu zweifeln, an ihrer Existenz, ihrer Vergangenheit. Wenn Doppelgänger bei ihrer Geburt auf den Spuren des Avatars die Erinnerungen ihrer Vorbilder erbten, nicht nur ihr Äußeres, sondern jeden bis dahin gefassten Gedanken, jedes Wort, jede Empfindung, hatten sie dann nicht dasselbe Recht auf Leben wie ihre Originale?

Sie schloss die Augen, ihre Hände krallten sich um den kalten Rand des Waschbeckens.

Hatte *sie* ein Recht zu leben?

Auf Kosten einer anderen?

✢

Nach einem Monat wurde Chiara klar, dass ihre Zeit am Meer nicht ewig währen würde. Die langen Strandspaziergänge mit Nette spendeten ihr keinen Trost mehr. Das Wetter schlug um, es begann zu regnen, und der Wind peitschte kühl von der See gegen die Wände des kleinen Hauses. Mit den Stürmen kam die Unsicherheit, als ritte sie auf den Wellen heran, die sich schäumend weiß am Ufer brachen.

»Ich weiß nicht, wie lange das noch so gehen kann«, sagte sie zu Nette, aber das Mädchen lächelte traurig und bat sie, nicht davon zu sprechen.

Ein weiterer Monat verging.

Dann noch einer.

Chiara hatte bei ihrer überstürzten Flucht aus Berlin alles Bargeld aus der Villa mitgenommen und auf dem Weg zum Bahnhof eine beträchtliche Summe von ihrem Bankkonto abgehoben. Sie benötigten nicht viel für ihr Leben hier oben, nur für die Miete, für Lebensmittel und für Bücher, die sie an die Adresse des Ladens im Dorf schicken ließen. Es begann mit Titeln, an die Chiara sich vage aus Maskens Bibliothek erinnerte, und führte dann über deren Quellenangaben und Literaturverzeichnisse zu weiteren Bänden, neuen Autoren und Themen, die erst auf den zweiten Blick mit den Ereignissen zu tun hatten. Sie las Nietzsche und Steiner, Goethe und Oscar Wilde, Descartes und Jacob Böhme, Leibniz und Schelling, Hegel und Feuerbach, die Schriften der Stoiker und Epikureer. Bei Max Stirner, in seinem Aufsatz *Der Einzige und sein Eigentum*, fand sie schließlich den Kernsatz von Maskens und Julas Philosophie: Jeder Gott, so Stirner, sei ein Ebenbild des menschlichen Ichs. Damit war in wenigen Worten alles gesagt. Die Quintessenz der Theosophie und des Filmgeschäfts.

Und sie spürte – spürte es gegen ihr besseres Wissen, entgegen aller Vernunft –, dass sie dem immer noch beipflichtete. Es drängte sie, den Status Quo ihres Lebens in Berlin wiederherzustellen. Sie vermisste nicht die Partys oder Premieren, keinen ihrer angeblichen Freunde. Was ihr fehlte war das Gefühl des Erfolgs, die Gewissheit, nach mehr zu streben, nicht nach Höherem, nur nach Besserem. Und sie wusste plötzlich genau, was Jula gefühlt haben musste, als sie für eine Weile alles hinter sich gelassen hatte und nach Asien gegangen war. Hunger nach Wissen, nach Verstehen hatte sie getrieben. Derselbe Hunger, der jetzt für die Büchertürme in allen Winkeln des kleinen Hauses verantwortlich war. Masken und seine Anhänger mochten das Egoismus nennen. Für Chiara war es fast so etwas wie die Suche nach einer verlorenen Liebe.

Es war Nette, die es auf den Punkt brachte: dass es in der Tat um Liebe ging – um Chiaras Liebe zu sich selbst.

War das das Wesen der Doppelgänger? Dass sie bereit waren, sich rücksichtslos selbst zu lieben, bis in die letzte Konsequenz?

Chiara dachte einen Tag lang darüber nach. Dann trug sie alle Bücher hinaus an den Strand, zündete sie an und sah zu, wie die Flammen das Papier verzehrten und zigtausend ascheschwarze Seiten im Wind landeinwärts trieben.

✣

»Ich gehe zurück«, sagte sie am nächsten Morgen zu Nette.

Das Mädchen nickte nur, als hätte es schon lange auf diesen Augenblick gewartet.

Chiara nahm ihre Hand. »Ich muss sie retten ... mich retten.« Sie ahnte, wie das klang, aber Nette nickte erneut. »Sie ist ich, weißt du? Sie ist das Original. Und Masken hält sie in diesem Restaurant, diesem Bordell, gefangen. Wenn ich mir selbst helfen will, dann muss ich ihr helfen.«

»Pass auf dich auf«, sagte Nette, trat ans Fenster und blickte schweigend über die stürmische See.

Fünfundzwanzig

Es war keine Rettungsaktion wie im Film, und sie scheiterte am kläglichsten aller denkbaren Gründe – am Pförtner.

Er ließ sie nicht ein. Punkt. Keine Diskussion. Nicht ohne das Passwort.

Masken hatte die Losung gekannt. Vermutlich wurde sie wöchentlich geändert, vielleicht auch täglich. Es spielte keine Rolle, dass der Pförtner Chiara erkannte – ohne das Passwort kein Einlass.

Trotz des blondierten Haars hatte sie sich Mühe gegeben, wieder wie sie selbst auszusehen, in der Hoffnung, dass man sie nicht abweisen würde. Doch der Mann dachte gar nicht daran, sie ins Haus zu lassen, und so stand sie im Regen auf dem dunklen Hof und blickte an der unscheinbaren Fassade des Hinterhauses hinauf, in dessen erstem Stock sich das Restaurant und das Bordell befanden. Zu beiden Seiten parkten Luxuskarossen, einige mit blitzenden Zierleisten, eine gar mit lederbezogener Motorhaube. In einigen glaubte Chiara Umrisse von Männern zu erkennen, Chauffeure, die auf ihre Herrschaften warteten, bis diese sich trunken und berauscht nach einem Abend der Exzesse nach Hause bringen ließen.

Einer zündete sich eine Zigarette an; für ein paar Sekunden beleuchtete die Flamme seine Züge. Chiara sah, dass er sie beobachtete. Das Streichholz erlosch, und Dunkelheit breitete sich wieder über die Züge des Mannes. Unsicher schaute sie über die Schulter. Im Dunkeln mochten überall Augen auf sie gerichtet sein. Sie fühlte sich nackt und verloren und auch ein wenig albern, weil der Pförtner so tat, als wäre sie gar nicht da.

Der Revolver steckte in ihrer Tasche, aber es hatte keinen Sinn, sich den Eintritt damit zu erzwingen. Wie weit wäre sie gekommen, ehe die Sicherheitsleute des Etablissements sie abgefangen hätten? Sie hatte die Waffe eingesteckt, um sich zu verteidigen – aber sie war nicht verzweifelt genug, wie eine Irre damit herumzuhantieren und sich lächerlich zu machen.

Sie drehte sich um und wollte gehen, als der Pförtner sagte: »Auf Wiedersehen, Frau Mondschein. Und viel Erfolg heute Abend.«

Im ersten Moment hielt sie seine Worte für Hohn, aber als sie zurückschaute war sein Lächeln aufrichtig.

»Und nichts für ungut«, sagte er.

»Erfolg?«, fragte sie. »Wobei?«

Seine freundliche Miene gefror. »Gute Nacht«, sagte er förmlich.

Sie trat erneut vor ihn. »Was haben Sie damit gemeint?«

»Ich habe Sie womöglich verwechselt. Verzeihen Sie.«

Sie schenkte ihm ein verächtliches Kopfschütteln, dann ließ sie ihn stehen. Erhobenen Hauptes ging sie durch den Korridor der abgestellten Fahrzeuge und Gesichter, verließ den Hinterhof durch den unbeleuchteten Tortunnel und trat hinaus auf die Straße.

Eine Litfasssäule schrie ihr die Antwort auf ihre Frage entgegen.

Grube und Pendel, stand auf einem Plakat, ganz in Schwarz und Rot gehalten. Darunter eine Zeichnung, auf der sie sich selbst erkannte, daneben ein zweites Gesicht, ebenso groß und nicht weniger bekannt. Und schließlich als Bestätigung zwei Namen: Chiara Mondschein und Elohim von Fürstenberg.

Ein Filmkunstwerk von Doktor Felix Masken.

Sie stand da und starrte das Plakat an, ihr eigenes Gesicht, daneben das von Elohim. Ein breiter Papierstreifen mit einer Aufschrift klebte darüber: *Weltpremiere im Zoopalast! Heute!*

Chiara stand noch eine Minute länger reglos auf dem Bürgersteig.

Das war nicht ihr Film. Sie hatte ihn nicht gedreht.

✦

Zehn Minuten später sprang sie aus dem Fond eines Wagens, auf einen Gehweg in der Nähe des Zoopalasts. Menschenmassen drängten sich vor dem Gebäude. Eine zehn Meter hohe Kopie des Plakats schmückte die Fassade, angestrahlt von mächtigen Scheinwerfern. Es war taghell, die Menge tobte. Ein roter Teppich führte zum Eingang, aber die Glastür war geschlossen und wurde von Sicherheitsleuten in schwarzen Anzügen bewacht. Mit verschränkten Armen standen sie da wie Haremswächter. Die Veranstaltung hatte begonnen, die Prominenz war bereits eingetroffen. Die Menschen auf der Straße warteten auf das Ende der Vorstellung, wenn sich die Berühmtheiten abermals zeigen würden, auf dem Weg zur Premierenfeier in einem anderen Teil der Innenstadt.

Chiara machte gar nicht erst den Versuch, durch den Haupteingang zu gehen. Sie war sicher, dass man sie einlassen würde – schließlich war sie der Star des Abends, ganz gleich, wen Masken über den Teppich geführt hatte –, aber sie wollte sich nicht dem Geschrei der Menge aussetzen. Sie musste unauffällig ins Innere gelangen. Masken durfte nicht erfahren, dass sie hier war.

Sie kannte den Seiteneingang von früheren Anlässen. Auch heute bereitete es ihr keine Probleme, sich an dem Posten vorbeizumogeln, der dort alle Lieferanten gründlich unter die Lupe nahm. Er erkannte sie sofort, und wie es schien, war er nicht darüber informiert, wer das Gebäude bereits durch den Haupteingang betreten hatte. Ein wenig irritiert betrachtete er ihr erblondetes Haar, grinste dann und nickte wissend, als sie ihm etwas über aktuelle Dreharbeiten vorschwindelte. Es war nicht weiter ungewöhnlich, dass Schauspieler Frisuren oder Haarfarben wechselten, und wer mehr als einmal bei Gelegenheiten wie dieser Wache gestanden hatte, wusste das. Der Posten war ein alter Fuchs in diesem Geschäft oder fühlte sich zumindest so. »Ich würd's genauso machen«, sagte er mit Verschwörermiene. »Dem ganzen Trubel aus dem Weg gehen, meine ich. Die Leute führen sich auf wie kleine Kinder, was?«

Sie nickte lächelnd.

»Darf ich Ihren Mantel nehmen, gnädige Frau?«

Das war eine verzwickte Sache. Die Waffe steckte in einer der Taschen. Ihr Kleid war zu eng, um den Revolver unauffällig darunter zu verstauen, und sie hatte keine Handtasche dabei. Andererseits würde sie in ihrem Mantel inmitten der Galagäste erst recht Aufsehen erregen. Ihr Kleid mochte noch als angemessen durchgehen, der Mantel dagegen bestimmt nicht. Sie dankte dem Mann, ließ aber nicht zu, dass er ihr das Kleidungsstück von den Schultern streifte, sondern zog es selbst aus und faltete es zweimal – was ungewöhnlich war, den Revolver aber hoffentlich so dick umpolsterte, dass der Posten ihn nicht bemerkte.

Sie wollte gerade gehen, als er sagte: »Warten Sie einen Moment.«

Hatte er die Waffe ertastet? Langsam drehte sie sich zu ihm um.

Er lächelte und hielt ihr ein Stück Papier entgegen. »Hier, nehmen Sie die. Eine Einladung. Sie haben wahrscheinlich keine dabei, oder?«

Sie griff danach und schob sie in die seitlich eingearbeitete Tasche ihres Kleides. »Brauche ich die denn?«

»Manchmal sind die Angestellten ein wenig übereifrig. Es gibt Kontrollen, wissen Sie. Auf Anordnung von oben.«

Maskens Anordnung? Vermutlich. Er war vorsichtig geworden.

Der Film hatte noch nicht begonnen, die Zuschauer tummelten sich beim Champagnerempfang auf den Stufen. Sie sah Dutzende bekannte Gesichter, aber alle schienen ihr heute ein wenig fremder als früher. Und noch etwas bemerkte sie: Auf dem Weg hierher hatte sie befürchtet, dass so etwas wie Neid oder Wehmut in ihr aufkommen würde, doch sie spürte nichts davon. Vielleicht war es doch möglich, dass sie über ihren Schatten sprang. Doppelgänger mochten als Egoisten geboren werden, aber womöglich lernten auch sie dazu. Chiaras einzige Gesellschaft in den vergangenen drei Monaten war Nette gewesen; kein Wunder, dass sie sich zwischen diesen vielen Menschen heute unwohl und deplaziert fühlte.

Eine junge Frau strahlte sie an, als sie sie erkannte – und runzelte dann die Stirn, nickte ihr fahrig zu und wandte sich ab.

Sie ist hier!, durchfuhr es Chiara. Die andere ist hier!

Sie musste etwas unternehmen, bevor es sich herumsprach. Bevor jemand mit dem Finger auf sie zeigte. Wem würde man glauben? Der herausgeputzten Chiara, die in Begleitung Maskens und Elohims erschienen war – oder ihr, mit ihrem schlecht blondierten Haar und dem gehetzten Ausdruck, der sich während des letzten Vierteljahrs in ihre Züge geätzt hatte?

Aber wo steckte die andere? Und wo war Masken?

Sie entdeckte keinen von beiden. Gut möglich, dass sie sich bereits mit Elohim auf ihr Plätze begeben hatten. Das machte es einfacher. Trotzdem war es ratsam, sich zu verstecken, bis alle saßen und das Licht gelöscht wurde. Im Dunkeln würde sie keine Aufmerksamkeit erregen.

Sie versteckte sich in einer Kabine der Damentoilette, bis ein Gong den Einlass verkündete. Chiara gab ihnen ein paar Minuten für das übliche Geschiebe und Gedränge – als hätte irgendwer ernsthaft um seinen Platz fürchten müssen –, dann ging sie hinaus, wartete, bis sich die Treppe endgültig geleert hatte und trat in den Vorführsaal.

Die Reihen waren nahezu vollständig gefüllt, nur hier und da gab es vereinzelt leere Plätze. Sie wählte einen in den oberen Reihen, nahe beim Ausgang. Sechs Männer und Frauen mussten aufstehen, um sie im Halbdunkel durchzulassen, aber niemand schenkte ihr Beachtung oder erkannte sie.

Unten im Orchestergraben spielten die Musiker sich warm, ungeordnetes Fiedeln und Flöten wie das Gezwitscher unsichtbarer Vögel. Jemand trat auf die Bühne, ein Blatt Papier in der Hand, lächelte in die Runde. Chiara kannte ihn nicht.

Sie reckte den Hals und hielt Ausschau nach Masken. Gewöhnlich saßen die Ehrengäste in den ersten Reihen, um nach ihrem Auftritt auf der Bühne rasch wieder zu ihren Plätzen zu gelangen. Der Saal war groß, und es fiel Chiara schwer, im schwachen Licht jemanden zu erkennen. Sie musste näher heran. Mit ein paar gemurmelten Entschuldigungen stand sie wieder auf und schob sich an den unwillig Platz machenden Zuschauern vorbei zum Gang.

Mittlerweile hatte der Mann auf der Bühne ein paar einführende Worte gesprochen, und das Licht erlosch vollständig. Das Orchester stimmte eine beschwingte Melodie an, während auf der Leinwand ein Bild aufflackerte, das offenbar nicht zum eigentlichen Film gehörte. Während Chiara sich im Dunkeln langsam den Gang hinunter bewegte, in Richtung der ersten Reihe, erschien auf der Leinwand eine lebhafte Straßenszene, irgendwo in Berlin.

Dann kam Chiara ins Bild, gekleidet in Mantel und Hut, ausstaffiert wie sich das gemeine Publikum einen Filmstar vorstellt, viel zu stark geschminkt und mit Schuhen, auf denen sie kaum laufen konnte.

Chiara erinnerte sich daran, wie diese Bilder entstanden waren. Das Ganze war nicht mehr als ein Spaß gewesen, und sie konnte sich nicht erinnern, dass Masken damit zu tun gehabt hatte – er musste die Aufnahmen von einem anderen Produzenten gekauft haben. Sie zeigten Chiara, wie sie außer Atem und mit gespielter Nervosität durch Berlin eilte, erst zu Fuß, dann per Automobil, und schließlich, als der Wagen mit qualmendem Motor liegen blieb, in einer Straßenbahn. Der Witz dabei war, dass alles den Anschein erwecken sollte, als spielten sich diese Szenen in der Realität ab, in genau diesem Augenblick, während alle hier im Kino saßen und auf Chiaras Ankunft warteten. Der Produzent hatte ihr damals erklärt, was er vorhatte: Im selben Moment, wenn Chiara im Film das Premierenkino erreichte, würden im Saal die Lichter aufflammen, und sie würde in persona die Bühne betreten, leicht zerzaust und schnellatmig, sich für ihre Verspätung entschuldigen und irgendwas murmeln in der Art von: »Sie haben ja gesehen, was draußen los war.« Ein netter Auftakt für einen spektakulären Abend und, hoffentlich, eine Flut begeisterter Kritiken in den Zeitungen der nächsten Tage.

Sie atmete tief durch, während sie sich unter den Augen ihres meterhohen Abbildes der vorderen Reihe näherte. Ja, da vorn war Masken, und bei ihm waren Elohim, ihre Sekretärin und Ursi – kichernd wie üblich –, Arthur Hermann und ein paar andere, die sie kannte. Sie hatte in den vergangenen Monaten so viel über diese Leute nachgedacht und gesprochen, dass es ihr jetzt beinahe schien, als wären sie Figuren einer Fiktion, eines Films oder Romans, die unverhofft zum Leben erwacht waren.

Alle blickten zur Leinwand hinauf, nur Ursi beugte sich über den leeren Platz an Maskens Seite zu ihm hinüber und flüsterte etwas. Seinem höflichen, aber desinteressierten Lächeln nach war es nichts Geistreiches.

Chiara blieb am Ende der ersten Reihe stehen, mit dem Rücken an der Wand, und nun bemerkte jemand sie, ein Pärchen am Rand, und beide nickten ihr grüßend zu und teilten ihre Entdeckung flüsternd ihrem Nachbarn mit. Vermutlich ahnten sie die Pointe des Kurzfilms und vermuteten, Chiara würde von hier unten zur Bühne hinaufsteigen. Sie hatten den Spaß durchschaut und triumphierten.

Zögernd machte sie ein paar Schritte zurück, damit Masken oder einer der anderen sie nicht durch Zufall entdeckte.

Auf der Leinwand kam der Zoopalast ins Bild. Eine abgehetzte Chiara stürmte über die Straße, zwischen bremsenden Automobilen hindurch, wich im letzten Moment ein paar Pferdeäpfeln aus und lief durch den Nebeneingang. Sie rannte die Stufen hinauf, durch eine Seitentür ...

Und das Licht ging an.

Chiara zuckte erschrocken zusammen, obwohl sie gewusst hatte, dass das geschehen würde. Sie fühlte sich ertappt, so als zeige der Scheinwerferstrahl, der sich jetzt durch den Saal bohrte, genau auf sie und nicht hinauf zur Bühne. Alle Gesichter schauten in Chiaras Richtung – nicht zu Chiara auf dem Gang, sondern zu einer *zweiten* Chiara, die jetzt hinter der Leinwand hervortrat und unter dem tobenden Applaus des Publikums ins Licht schritt. Dabei wurde sie vom Moderator des Abends an der Hand geführt, was ebenso gut Höflichkeit wie nötige Hilfe sein mochte.

Chiara starrte stumm zu ihrem Ebenbild empor.

Sie trug dasselbe Kleid wie in dem Vorfilm, man hatte sie ein wenig zurecht gemacht, damit sie etwas zerzaust wirkte – nicht zu sehr, immerhin sollte sie umwerfend erscheinen, nicht heruntergekommen –, und sie verzog das Gesicht auf eine Weise, dass sich die Chiara unten im Publikum fragte, ob sie selbst wohl auch so lächelte – seltsam verklärt und distanziert, ein Lächeln wie aufgemalt.

Drogen, dachte sie. Sie haben sie unter Drogen gesetzt.

Der Moderator trat an ein Mikrofon, machte ein paar galante Komplimente, gab das Wort aber nicht an seine Begleiterin weiter, die stumm neben ihm stand. Chiara fand, dass sie aussah, als hätte sie auch dann weitergelächelt, wenn der Mann sie auf offener Bühne beleidigt hätte. Warum sagte sie nichts? Die Pointe des Vorfilms verpuffte ins Leere, wenn auf der Bühne nicht darauf Bezug genommen wurde.

Stattdessen bat der Moderator jetzt den Co-Star nach vorne: »Begrüßen Sie – die wunderbare Elohim von Fürstenberg!«

Elohim erhob sich, das Publikum tobte, und dann standen die beiden Diven einträchtig auf der Bühne. Elohim ließ es sich nicht nehmen, zu den Zuschauern zu sprechen. Während sie ein paar begrüßende Worte sagte – »Es war immer mein größter Wunsch, einmal mit Chiara Mondschein gemeinsam vor der Kamera zu stehen« –, ließ ihre Filmpartnerin den Blick über die vorderen Reihen wandern, mit seltsam stumpfen Augen über ihrem falschen Lächeln. Waren solche Auftritte in den vergangenen Monaten zur Regel geworden, sodass sich niemand mehr daran störte?

Ihr Blick kreuzte den der Chiara unten auf dem Gang. Für Sekunden hob sich der Schleier vor ihren Augen: Dahinter war nichts als pures Entsetzen.

Reglos sahen sie einander an.

Die Frau auf der Bühne wurde blass, das Lächeln zerfloss.

Sie weiß es nicht, dachte Chiara, sie weiß nichts von dem, was passiert ist. Nichts von *mir*.

War das da oben das Original? Oder hatte Masken eine zweite Operation veranlasst und einen weiteren Doppelgänger geschaffen?

War das überhaupt möglich? Und würde diese Doppelgängerin Bescheid wissen über die Monate im Bordell, über die Erniedrigungen, die Abscheulichkeiten, den Missbrauch?

Sie waren identisch, darüber täuschte auch ihre blonde Haarfarbe nicht hinweg. Die Leute, die ihr am nächsten saßen und sie vorhin bemerkt hatten, waren die ersten, die unruhig wurden. Nicht besorgt, dazu gab es keinen Grund, aber sie tuschelten und glotzten, und ihr Geflüster legte sich wie ein Rauschen um den Kokon, in dem Chiara und ihr Spiegelbild auf der Bühne mit einem Mal eingewoben schienen.

Elohim hatte ihre Ansprache beendet, und eigentlich war es jetzt an ihrer Partnerin, noch etwas zu sagen. Doch Chiaras Ebenbild schwieg und starrte Chiara an, Unruhe im Publikum breitete sich aus.

Chiara wich zurück, ging rückwärts den Gang hinauf. Schwindel überkam sie, und sie fragte sich, wie es erst der anderen ergehen musste, die von der Gegenüberstellung völlig überrumpelt war.

Dann bemerkte sie Masken. Er hatte sich als Einziger von seinem Platz erhoben und zu ihr umgedreht. Ihre Blicke trafen sich. Seiner war kalt und wutentbrannt. Nie zuvor hatte sie ihn so gesehen: Er starrte sie an, als wollte er ihr hier und jetzt mit bloßer Hand das Herz aus der Brust reißen.

Für einen Augenblick genoss sie den Triumph. Dann aber sah sie, wie er sich vorbeugte und mit ein paar Männern in der Reihe hinter ihm sprach. Sie sahen sich ebenfalls zu ihr um, sprangen auf und drängten durch die voll besetzte Zuschauerreihe zum Gang.

Die Lippen ihres Ebenbilds auf der Bühne formten die Worte »Wer ist das?«, aber das Mikrofon übertrug keinen Ton.

Mehrere hundert Köpfe drehten sich, folgten ihrem Blick – aber jetzt rannte Chiara schon zur Tür, und alles, was die Leute zu sehen bekamen, war eine junge Frau mit blondem Haar.

Im Türrahmen stand eine Frau.

»Chiara«, sagte Henriette Hegenbarth. »Was, zum Teufel, geht hier vor?«

Chiara schüttelte den Kopf, hielt nicht an und rannte weiter.

»Chiara!«, rief die Kolumnistin, dann wurde sie zur Seite gestoßen, als die drei Männer aus dem Saal stürmten und die Verfolgung aufnahmen.

Chiara hatte keine Wahl. Der kürzeste Weg führte durch den Haupteingang. Ein Angestellter des Kinos sah sie, wunderte sich vielleicht, hielt ihr aber die Tür auf.

Chiara biss die Zähne zusammen und rannte hinaus. Der Applaus und die Rufe prallten von ihr ab, sie galten nicht mehr ihr, sondern der Frau dort drinnen auf der Bühne. Manche mochten sich wundern, weshalb sie rannte. Andere betrachteten es als Teil einer seltsamen Showeinlage.

Eine Hand voll Autogrammjäger hatte die Sperre durchbrochen und kam ihr entgegen. Sie hielten ihr Hefte und Blöcke unter die Nase, redeten auf sie ein, wollten sie festhalten. Sie riss sich los und spürte, wie ihr Kleid an der Schulter zerriss, als eifrige Hände sie packen wollten. Jemand brüllte, vermutlich einer der Sicherheitsleute, und dann entstand neuer Tumult, als ihre drei Verfolger die Autogrammjäger rücksichtslos zur Seite stießen. Geschrei, Proteste und Buhrufe. Andere lachten über den Vorfall, ein paar schauten irritiert.

Chiara erreichte das Ende des Teppichs und lief über die Straße. Ein Wagen bremste, ein anderer knallte hinten drauf.

Auf der anderen Straßenseite, hinter geparkten Fahrzeugen war sie vor den Blicken der Menge geschützt. Die meisten hatten sich ohnehin wieder dem Haupteingang zugewandt.

Aber Chiara hatte keine Chance.

Sie war noch keine zwanzig Meter gelaufen, als der Erste sie einholte. Er packte sie an der Schulter. Die anderen schlossen in Windeseile auf, jemand presste die Finger auf Chiaras Mund, sie verlor den Boden unter den Füßen, versuchte zu schreien und um sich zu schlagen, wurde aber in einen Wagen gehoben, der plötzlich neben ihnen hielt. Man stopfte ihr Stoff in den Mund und drückte sie mit dem Gesicht auf die Sitzbank, bis sie kaum noch Luft bekam.

Als sie bald darauf sah, wohin man sie gebracht hatte, versuchte sie abermals zu schreien. Eine Glastür, ein langer Gang, dann trugen die Männer sie an Armen und Beinen eine Treppe hinauf. Eine Tür flog auf, weißes Licht quoll ihr entgegen. Das Weiß zog sich zu einer Gestalt zusammen.

Noch mehr Hände, zupackend wie Zangen. Ein Gesicht. Ein Lächeln über einem weißen Kragen.

Der Arzt zwinkerte ihr zu, dann stieß er eine Kanüle in ihre Vene.

Sechsundzwanzig

Das Leben erwachte in ihr wie eine Gestalt im Lichtstrahl eines Filmprojektors. Und wie die Menschen auf der Leinwand, eben noch ungeboren, ohne Stimme und ohne Vergangenheit, so fühlte auch sie sich in diesem Moment, konturlos und nur von einem Gedanken bestimmt:
Ich weiß nicht, wer ich bin.

✦

Als sie erneut die Augen öffnete, war sie nicht mehr allein im Zimmer. Jemand hatte sie an den Schultern gepackt und schüttelte sie. Ihre Wange brannte. Was direkt vor ihr war, sah sie unscharf, verschwommen; nur das Entfernte war klar: die offene Tür und der leere Korridor dahinter.
»Chiara!«
Die Stimme eines Mannes.
»Chiara, wir haben keine Zeit. Wir müssen von hier verschwinden!«

✦

Unter ihren Füßen schepperte es metallisch. Eine Feuerleiter. All diese Stufen hinunter, im Zickzack an einer Hauswand entlang. Ihr war kalt, und es war dunkel. Der Himmel über ihnen war pech-

schwarz, sie sah deutlich ein paar Sterne. Sie konnte den Großen Wagen erkennen, aber noch immer nicht das Gesicht des Mannes neben ihr. Sie fror ganz erbärmlich, aber das lag nicht nur an der Witterung; sie fror vor Müdigkeit, vor Schwäche. Sie wollte schlafen, endlich wieder schlafen.

»Ihren Namen«, brachte sie atemlos hervor.
»Sager.«
»Sollte ich mich ... daran erinnern?«
»Konrad Sager. Nein, Sie kennen meinen Namen nicht.«

Das Zimmer war spärlich möbliert. Im Spiegel über dem Waschbecken sah Chiara ihr blasses Gesicht, umrahmt von strähnigen Haaren. Sie drehte sich zu dem Mann um, der hinter ihr auf der Bettkante saß.
»Ich kenne Sie«, sagte sie. »Sie sind der Mann vom Güterbahnhof ... natürlich.«
Sager nickte. »Daran erinnern Sie sich also?«
Die Erinnerungen flossen zurück in ihr Bewusstsein wie einzelne Körner durch das Nadelöhr einer Sanduhr. Ganz allmählich spürte sie, wie die Vergangenheit zurückkehrte.
»Sie können mir vertrauen«, sagte er unverhofft behutsam.
Sie schloss für ein paar Sekunden die Augen. »Was ist passiert?« In einer plötzlichen Anwandlung von Panik betastete sie ihren Bauch. »Was haben die mit mir gemacht?«
»Keine Sorge«, sagte er, aber sie hörte nicht auf ihn, sprang auf und schob sich das Kleid über die Hüften nach oben, bis sie ihren Bauch betrachten konnte. Da war immer noch die Narbe von damals, aber keine zweite.
»Sie wurden nicht operiert«, sagte er. »Aber vermutlich hatten sie das vor.«
Ein wenig erleichtert, aber noch nicht gänzlich überzeugt,

schob sie das Kleid wieder nach unten. Sie fror, ihre Haut war mit einer Gänsehaut überzogen.

»Legen Sie sich ins Bett«, sagte er. »Wollen Sie etwas zu trinken, das Sie wärmt? Ich kann was besorgen.«

»Nein!« Das Wort kam ihr energischer als gewollt über die Lippen. »Ich ... nein, bleiben Sie hier. Bitte.« Die Vorstellung, dass er fortgehen und sie zurück lassen würde, war wie eine Faust, die sich in ihre Eingeweide grub. Sie spürte eine körperliche, verzehrende Angst vor dem Alleinsein.

Er stand auf, als sie an ihm vorbei zum Kopfende des Bettes ging. Das Kleid ließ sie an, als sie unter die Decke schlüpfte, nicht weil sie sich schämte, sondern weil es sie zusätzlich wärmte. Sie fragte sich, wie lange sie es schon am Körper trug.

»Wie lange haben die ... ich meine, wie lange war ich eingesperrt?«

»Eine Nacht und einen Tag. Es kommt Ihnen länger vor, nicht wahr?«

Sie nickte.

»Das liegt an dem Zeug, das die Ihnen gespritzt haben.«

»Was ist das gewesen?«

»Irgendwas, das die Erinnerung ausradiert, wenn es oft genug und regelmäßig verabreicht wird. Ich glaube, dasselbe geben sie den ...«, er zögerte, » ... den Originalen.«

Sie erinnerte sich an die apathischen Frauen in dem Bordell. Frauen mit berühmten Gesichtern, stumm und willenlos.

»Sie hatten erst eine oder zwei Injektionen bekommen«, sagte er. »Nicht genug, um bleibende Schäden anzurichten.«

»Dann wollten sie mich zu den anderen sperren?«

»Sie meinen, in dieses ... Lokal?«

»Sie wissen davon?«

»Mittlerweile, ja. Ich hatte ein Vierteljahr Zeit für weitere Nachforschungen. Übrigens fehlt dort jetzt eine Attraktion. Masken hat Ihr Original da rausgeholt und lässt es Ihre Rolle weiterspielen. Ironisch, nicht wahr? Sie haben sie gesehen, in diesem Kino ... Schauen Sie mich nicht so an, ich weiß, dass Sie dort waren. Es stand heute Morgen in den Zeitungen:

Mondschein-Double sorgt für Aufregung bei Premiere oder so ähnlich. Masken benutzt das Original wie eine Puppe. Sie tut, was er verlangt. Alle munkeln von Abhängigkeit – von Drogen, Alkohol, sogar von Masken. Was glauben Sie, warum Masken seinen neuen Film mit zwei Stars besetzt hat? Mit Chiara Mondschein allein ist kein Staat mehr zu machen, sie wirkt abwesend bei den Dreharbeiten, vergisst ständig ihren Text. Masken brauchte Elohim von Fürstenberg, um das wettzumachen.«

»Elohim ist ebenfalls ... er hat mit ihr dasselbe getan. Ich hab sie gesehen, vor ein paar Monaten in der Klinik.«

Sager nickte. »Ich weiß.«

»Aber Sie wissen nicht, warum, oder?«

»Um sie zu beherrschen, nehme ich an.«

Chiara zog die Bettdecke bis zum Kinn. »Elohim hat die letzten Aufnahmen der *Medusa*-Dreharbeiten. Ich habe Ihnen doch erzählt, dass ich alles gesehen habe ... Wahrscheinlich hat Masken mich damals verfolgen lassen und ist so dahintergekommen. Er musste Elohim auf seine Seite ziehen oder umbringen. Darauf lief es hinaus. Wahrscheinlich hat er sich von der ersten Möglichkeit mehr versprochen.«

Sager blickte zu Boden. »Dann ist das Filmmaterial jetzt sicher vernichtet. Damit haben wir keine Möglichkeit mehr zu beweisen, was wirklich passiert ist.«

»Vielleicht«, sagte sie. »Vielleicht aber auch nicht.«

»Wie meinen Sie das?«

»Masken überschätzt sich. Er glaubt, wenn er den Doppelgängern lukrative Angebote macht, sind sie ihm hörig. Aber Egoismus ist mehr als der Wunsch, immer reicher und mächtiger zu werden. Das hat Masken nie begriffen. Die Spuren des Avatars ... sie bewirken nicht nur Egoismus im negativen Sinn des Wortes. Ich habe es selbst erst vor kurzem begriffen: Es geht um die Liebe zu sich selbst, eine absolute, unvoreingenommene Liebe zur eigenen Person. Und glauben Sie mir, dahinter verbirgt sich mehr als ein gefülltes Portemonnaie. Sicherheit, zum Beispiel ... Glauben Sie wirklich, Elohims

Doppelgängerin hätte allen Ernstes auf diese Filmaufnahmen verzichtet? Sie sind ihre stärkste Waffe gegen Masken. Ich denke, ich habe nur eine Kopie zu sehen bekommen. Elohim ist nicht dumm. Die Originalaufnahmen, vielleicht sogar das Negativ, liegen vermutlich in irgendeinem Safe, von dem auch Masken nichts weiß. Sie sind ihr Faustpfand. *Das* ist wahrer Egoismus.« Sie lächelte, und zum ersten Mal seit ihrer Flucht gestattete sie sich wieder so etwas wie Hoffnung. »Sprechen Sie mit ihr. Vielleicht bekommen Sie sie dazu, die Aufnahmen – oder wenigstens Kopien davon – herauszurücken. Sie müssen sie nur davon überzeugen, dass es zu ihrem Besten ist … dass die Herausgabe des Materials ihr mehr bringt, als die Verbindung zu Masken.«

Sager hatte aufmerksam zugehört. Schließlich nickte er. »Sie könnten Recht haben. Vielleicht haben wir es die ganze Zeit über falsch angepackt. Wir haben Berge von Beweisen gesammelt, haben Maskens Haus beobachtet, die Klinik – daher wusste ich übrigens, dass Sie dort waren –, aber wir haben es nicht auf dem einfachsten Weg versucht.«

Sie stimmte ihm zu. »Masken mit seinen eigenen Waffen zu schlagen ist vielleicht nicht so schwierig, wie er selbst glaubt. Es ist eine Frage der Überzeugungskraft. Der Egoismus seiner Anhänger kann sich ganz schnell gegen ihn wenden. Versuchen Sie's.«

»Und was werden Sie tun? Sich wieder verstecken?«

»Ich gehe fort aus Berlin … Aber zuvor muss ich noch etwas erledigen, bei dem ich Ihre Hilfe brauche. Falls Sie mir noch helfen wollen, heißt das.«

Er hob eine Augenbraue. »Jetzt gleich?«

Zum ersten Mal begannen ihre Züge sich zu entspannen. »Nein. Vielleicht morgen. Oder übermorgen. Wenn ich nicht mehr so müde bin.«

»Ruhen Sie sich aus«, sagte er. »Hier wird Sie vorerst keiner finden. Ich lasse Ihnen auf alle Fälle einen Revolver da.« Aus seiner Manteltasche nahm er eine Waffe, zog die Schublade des Nachttischs auf und legte sie hinein.

Sie öffnete noch einmal die Augen und sah ihn an. »Danke«, sagte sie leise.

Sager schüttelte den Kopf. »Vielleicht werden *wir* uns noch bei Ihnen bedanken müssen, Chiara.«

Sie wollte widersprechen, aber dann war sie selbst dazu zu schwach und schlief auf der Stelle ein.

Es war nicht leicht, an den Posten vorbeizukommen. Sie saßen in einem Wagen auf der anderen Straßenseite, genau gegenüber der Auffahrt zu der hell erleuchteten Villa. Einer von Sagers Leuten, ein Mann mit grässlich entstelltem Gesicht, torkelte die Straße entlang und pöbelte scheinbar betrunken herum, trat gegen die Karosserie und machte Anstalten, dagegen zu pinkeln. Verärgert und angewidert stieg einer der beiden Männer schließlich aus und verscheuchte den Verbrannten mit gezogener Waffe.

Chiara gab das genug Zeit, das Tor aufzuschließen und aufs Grundstück zu schlüpfen. Sie verschwand blitzschnell zwischen den Büschen, die an der Mauer entlangwuchsen. Um zum Haus zu gelangen, musste sie die weite Rasenfläche überqueren. Die vereinzelten Birkenstämme waren zu schmal, um Schutz zu bieten. Sie musste sich dem Haus von der Rückseite nähern.

Sie drückte sich eine Weile im Gebüsch herum, suchte nach der kürzesten Distanz, dem besten Winkel, der von den wenigsten Fenstern überschaut werden konnte. Schließlich entschied sie, dass der Zeitpunkt gekommen sei. Sie brauchte nur Sekunden, um in den Schatten der weißen Mauern zu gelangen, aber es kam ihr endlos vor. Sie trug eine enge Hose, einen dünnen Rollkragenpullover und eine Jacke mit zwei großen Taschen. In einer steckte das Glas aus der Geheimkammer.

Die Sonne war eben erst untergegangen, aber noch hatte der Himmel eine schmutzig graue Färbung, die erst in ein paar

Minuten in Dunkelheit übergehen würde. Chiara hatte mit Absicht die Dämmerung gewählt, um ihr Vorhaben in die Tat umzusetzen. Die Schicht der Wächter am Tor endete in einer knappen halben Stunde; in diesen letzten dreißig Minuten waren die Männer am nachlässigsten, in Gedanken schon beim Abendessen. In ihrer Gereiztheit und Ungeduld hatten sie dem Auftauchen des verbrannten Mannes mehr Aufmerksamkeit geschenkt, als sie es womöglich zu Beginn ihrer Schicht getan hätten. Sagers Leute hatten sie lange genug beobachtet, um über jeden Schritt der Posten Bescheid zu wissen. Es gab sogar Listen, auf denen vermerkt war, wann die Männer ihren Rundgang über das Grundstück machten, welche Lieferanten sie passieren ließen und wen sie kontrollierten.

Chiara presste sich mit dem Rücken gegen die Hauswand. Wenn sie zur Haustür ging, würden die Posten sie möglicherweise doch noch entdecken. Sie musste versuchen, an der Rückseite in die Villa zu gelangen, durchs Wohnzimmer. Auf der Terrasse brannten mehrere Lampen und beleuchteten den Rasen bis hinunter zum Ufer. Irgendwo dort unten war ein weiterer Wächter postiert, und er war es, der ihr Sorgen bereitete. Es war unmöglich, ihn über einen längeren Zeitraum zu beobachten, denn sein Platz war nur vom Wasser aus einzusehen; ein Boot hätte seine Aufmerksamkeit erregt, vor allem, wenn es für längere Zeit still auf dem See lag.

Chiara zählte den Schlüssel der Terrassentür am Bund ab und schloss auf. Bei einem Blick über die Schulter entdeckte sie den Wächter am Wasser. Er hatte ihr den Rücken zugewandt und schaute über den See, über dem die Nacht näher rückte, tiefschwarz und schwer. Er hatte sie nicht bemerkt.

Sie schlüpfte ins Haus und schob die Glastür hinter sich zu.

Es war ein sonderbares Gefühl, ins eigene Haus einzubrechen. Sie war seit drei Monaten nicht mehr hier gewesen. Natürlich gab es keine Spuren mehr von dem, was damals geschehen war, keine verräterischen Flecken oder beschädigten Möbelstücke; wenn man ein Verbrechen vertuschen wollte, hatte Marmor durchaus seine praktischen Seiten. Und doch schmeckte sie beim Anblick des Zimmers wieder den Anisgeschmack des Absinths auf den Lippen, sah die verzerrten Fratzen der Männer vor sich, hörte Nettes Schreie und das Klatschen von schweißnassem Fleisch auf Fleisch, die Schüsse aus der diamantenbesetzten Waffe und das Röcheln des Russen, als das Blut aus seiner zerfetzten Halsschlagader spritzte.

Und plötzlich war sie nicht mehr allein.

Sie wusste nicht, wie lange die andere bereits in der Tür gestanden und sie beobachtet hatte. Sie stand dort vollkommen reglos, in einem weißen Kleid, wie eine Schneekönigin inmitten der Marmorwüste.

Chiaras Hand fuhr in die Tasche, umfasste den Revolver, den Sager ihr gegeben hatte, – und ließ ihn wieder los.

»Ist noch jemand hier?«, fragte sie.

Die andere antwortete nicht, legte nur den Kopf ein wenig schräg und starrte sie an. Sie lächelte jetzt nicht mehr wie oben auf der Bühne, aber der Schrecken in ihren Augen war wieder da, gepaart mit etwas, das Chiara für Neugier hielt.

»Ich ...«, begann Chiara und brach dann ab. Von einem Moment zum anderen wurde ihr klar, dass es keinen Zweck hatte.

Es waren keine Drogen. Und falls doch, so nur zu einem geringen Teil.

Langsam ging sie auf die andere zu. Sie zögerte, dann trat sie bis auf eine Armlänge an sie heran.

»Kannst du mich verstehen?«

Sie ist hübsch, dachte sie. Ganz sicher hübscher, als ich es im Augenblick bin.

Man sah ihr nicht an, was sie seit dem Unfall durchgemacht hatte. Jemand hatte sie gut gepflegt – und vermutlich eine hübsche Summe mit ihr verdient. Die Originale mochten ein notwendiges Übel der Verdopplung sein, aber Masken hatte es verstanden, auch daraus noch ein Geschäft zu machen.

Die andere streckte langsam die Hand aus und berührte Chiaras Wange. Es war kein Streicheln, eher ein Tasten, wie von einem Kind, das zum ersten Mal bewusst in einen Spiegel schaut und sich selbst entdeckt.

Sie lächelte.

Sie freute sich.

Chiara fragte sich, ob ihr Gegenüber je verstanden hatte, was Masken mit ihr tat, als er sie vor eine Kamera stellte, an Elohims Seite. Ob sie begriffen hatte, warum sie sich plötzlich selbst in einem Film sehen konnte.

Zu viele Gedanken schossen Chiara durch den Kopf, geprägt von grenzenlosem Mitleid – und von Hass auf Masken. Was sollte sie tun? Wie sollte sie sich verhalten? Etwas in der anderen war ausgelöscht, weit mehr als nur ihre Stimme.

Das, was da vor ihr stand, war nicht mehr sie selbst. Nur noch ihr Körper, beseelt von etwas, das Masken nach seinen Wünschen formte und ausnutzte.

»Es tut mir so Leid«, flüsterte sie, während die Fingerspitzen der anderen immer noch ihr Gesicht berührten. »So unendlich Leid.«

Einer Anwandlung folgend trat sie vor und umarmte ihr Ebenbild. Tränen liefen ihr übers Gesicht. Als sie sich von der anderen zurückzog, sah sie das Unverständnis in ihren Zügen, die Verwirrung eines Kindes, aber auch die blinde Dankbarkeit eines misshandelten Tiers.

Chiaras Hand glitt erneut in die Tasche, und diesmal zog sie Sagers Revolver hervor. Sie blinzelte Tränen aus ihren Augen, als sie die andere abermals umarmte, eine leere Hülle, die Maskens Manipulationen ausgeliefert war. Diesmal wurde die Geste erwidert, als hätte Chiara sie mit ihren Gefühlen angesteckt.

Hinter dem Rücken der anderen hob Chiara langsam die Waffe.

Maßte sie sich etwas an, das ihr nicht zustand? War die junge Frau vielleicht sogar glücklich? Sie war monatelang ausgenutzt worden wie eine Sklavin, und nun lebte sie hier in der Villa, sie war berühmt, und vielleicht wusste sie all das zu schätzen, war womöglich voller Dankbarkeit und Glück, dass sich ihr Schicksal gewendet hatte.

Ein Knirschen ertönte, als Chiara den Hahn spannte. Unendlich langsam hob sie die Waffe neben den Kopf der anderen, auf Höhe ihrer Schläfe.

Du hast kein Recht dazu.

Sie sah ihr ins Gesicht. Die andere lächelte, hob eine Hand und pflückte eine Träne von Chiaras Wange wie einen Edelstein. Die Waffe schien sie nicht zu bemerken, oder sie schenkte ihr einfach keine Beachtung.

Du darfst es nicht tun.

Ich muss.

Sie *will* leben. Genau wie du.

Aber sie lebt nicht. Sie reagiert nur, sie tut, was man ihr sagt. Sie versteht nicht, warum ich hier bin, und sie wundert sich nicht mal darüber.

Sie denkt, du bist genauso ihr Ebenbild wie das auf der Leinwand, und sie freut sich, dass sie es einmal berühren kann. Sie ist dankbar. Sie ist glücklich. Man tötet kein Kind, nur weil es zurückgeblieben ist. Oder anders.

Aber das hier war einmal ich!

Ja ... früher. Heute bist du es nicht mehr.

Chiaras Hand mit der Waffe zitterte. Ihr Zeigefinger lag gekrümmt um den Abzug, aber sie konnte nicht abdrücken. Da war so viel Vertrauen in diesen Augen, so viel unschuldige Freude, Verwirrung, sogar eine merkwürdige, melancholische Fröhlichkeit.

Masken würde all das vergiften.

Chiara schloss die Augen. Ihr Herzschlag pochte hohl in ihren Ohren. Sie spürte, wie sich die Brust der anderen an ihrer eigenen hob und senkte.

»Es tut mir so Leid«, sagte sie noch einmal.

Jemand stieß einen Schrei aus.

Chiara federte zurück.

In der Tür des Wohnzimmers stand eine Frau. Ein Stapel loser Blätter war ihren Händen entglitten und hatte sich zu ihren Füßen am Boden verteilt.

Chiara hielt noch immer die Waffe, aber die Frau schrie kein zweites Mal. Sie war kleiner als Chiara, um einiges älter und trug einen schmucklosen grauen Rock mit weißer Bluse. Ihr Haar war streng zurückgenommen. Vor ihrer Brust baumelte eine schmale Brille an einer Silberkette.

»Was wollen Sie?«, stieß sie hervor, ehe ihre Augen sich weiteten. »Großer Gott, Sie ...« Sie brach ab, als Chiara mit dem Revolver in ihre Richtung deutete.

»Seien Sie still.« Sie meinte es ernst, als sie hinzufügte: »Bitte.«

Die andere stand immer noch unbeweglich da, jetzt zwischen Chiara und der Frau in der Tür, und schaute verwundert zwischen den beiden hin und her. Ihr Miene war wie blank gewischt, als brauche sie noch ein wenig länger, um zu entscheiden, welches Gefühl für die Situation das passende wäre.

»Die hatten Recht, in der Zeitung«, sagte die Frau in der Tür leise. »Sie sehen aus wie sie.«

»Ich will Ihnen nichts tun.« Chiara fühlte sich plötzlich schrecklich unbeholfen. Die Waffe gab ihr keinen Halt, sie verunsicherte sie. »Ihnen beiden nicht.«

»Machen Sie keinen Unsinn mit diesem Ding.« Die Stimme der Frau schwankte. Ihre Augen hingen an Chiara, als hätte sie eine Erscheinung vor sich, keinen Menschen aus Fleisch und Blut. »Ich wusste nicht ... ich meine, sind Sie ihre ... ihre Zwillingsschwester?«

»So was in der Art, ja.« Chiara überlegte, was sie tun sollte. Sie konnte sich nicht einfach umdrehen und über die Terrasse verschwinden. Es fiel ihr schwer, einen klaren Gedanken zu fassen. »Wer sind Sie?«

»Frau Mondscheins Lehrerin.«

»Ihre Schauspiellehrerin?«

Die Frau hob missbilligend eine Augenbraue. »Ihre *Sprach*lehrerin. Sie redet nicht mehr – vielleicht ist Ihnen das aufgefallen.«

»Wie heißen Sie?«

»Nicolaï. Frau Nicolai.«

»Und sie spricht überhaupt nicht?«

»Nein. Aber ich bin zuversichtlich, dass wir das wieder hinbekommen, sie und ich.« Ihr Blick glitt voller Zuneigung zu ihrem Schützling. »Mach dir keine Sorgen, mein Schatz.«

Die andere lächelte ihre Lehrerin an. Sie machte eine Geste, als wollte sie die Frau einladen, Chiara die Hand zu schütteln. Dass eine Waffe im Spiel war, hatte sie anscheinend noch immer nicht wahrgenommen.

Chiara und die Lehrerin bewegten sich nicht. Chiara wurde bewusst, dass sie diejenige war, die den nächsten Schritt tun musste. Sie war die Überlegene, oder erschien zumindest so. Nicht, dass sie sich wirklich so fühlte.

Sie ließ die Waffe sinken, steckte sie aber nicht weg. »Es ist alles in Ordnung, glauben Sie mir.«

»Das soll Herr Masken entscheiden, sobald er hier ist.«

»Masken kommt her? Heute Abend?«

Die Lehrerin missdeutete Chiaras Überraschung als Besorgnis. Ihre Stimme wurde triumphierend. »Allerdings. Er wird sicher jede Minute hier sein. Er ist draußen bei der Yacht. Er wollte schon vor zwei Stunden kommen, aber da es jetzt dunkel ist, denke ich, dass er jeden Augenblick ...«

»Welche Yacht?«, unterbrach Chiara sie. »*Julas* Yacht?«

»Allerdings. Die Yacht von Frau Mondscheins Schwester, Gott hab sie selig.«

Chiara schüttelte den Kopf. »Das Schiff ist doch schon vor Monaten gestohlen worden.« Masken hatte ihr das damals gesagt, gleich bei ihrer ersten Begegnung, als er ihr Julas Besitztümer aufgezählt hatte: Die Yacht war einige Monate vor Julas Tod verschwunden.

»Das Schiff ist wieder aufgetaucht«, sagte die Lehrerin ohne echtes Interesse und sichtlich erstaunt über Chiaras Reaktion. »Heute Morgen kam ein Anruf. Ich weiß nicht, von wem. Von der Hafenbehörde, nehm ich mal an.«

Chiara hatte das Gefühl, mit einem Mal alles verschwommen zu sehen: die andere, die Lehrerin, die gesamte Umgebung.

»Hören Sie«, sagte sie und machte mit der Waffe einen

Wink, von dem sie hoffte, dass er gefährlich genug wirkte. »Ich muss jetzt weg. Ich werde Sie beide in einem Raum im Keller einschließen. Keine Sorge, ich gebe später jemandem Bescheid, der Sie da wieder rausholt.«

»Ich weiß nicht, was ...«

»Das verlangt auch keiner. Bitte – machen Sie mir keine Schwierigkeiten. Ich habe keine Lust, dieses Ding zu benutzen. Wirklich nicht.« Sie deutete hinaus in die Eingangshalle. »Gehen Sie vor.«

Die Lehrerin zögerte noch, warf einen letzten Blick auf den Revolver, dann drehte sie sich naserümpfend um und trat hinaus. Chiara nahm die andere bei der Hand und folgte der Frau nach draußen.

Ein paar Minuten später hatte sie beide in einem fensterlosen Vorratsraum im Keller eingesperrt. Es gab Licht, sogar ein Regal voller Lebensmittel, falls eine der beiden in den nächsten Stunden Hunger bekommen sollte. Zudem war die Tür nicht so solide, dass sie sich nicht mit ein wenig Mühe selbst befreien konnten. Die Lehrerin würde ganz sicher einen Weg finden.

Der Abschied war kurz und aufseiten der anderen von Verwunderung bestimmt. Chiara hatte einen Kloß im Hals, als sie sie flüchtig umarmte und dann mit der Lehrerin zurückließ. Es war, als gäbe sie etwas von sich auf, ein Gefühl, das sie verwirrte und ängstigte.

Sie eilte ins Schlafzimmer und nahm einen auffälligen Mantel mit goldumstickten Aufschlägen aus dem Schrank. Außerdem wählte sie einen Hut, der groß genug war, ihr blondiertes Haar zu verbergen.

So ausstaffiert, verließ sie das Haus mit allem Selbstbewusstsein, das sie noch aufbrachte, und ging die Auffahrt hinunter. Die rechte Hand ließ sie in der Manteltasche, wo sich ihre Finger beschwörend um den Revolvergriff klammerten.

Die beiden Männer im Wagen auf der anderen Straßenseite blickten herüber, erkannten die Hausherrin und wunderten sich offenbar, dass sie das Grundstück verließ. Chiara hoffte inständig, dass Masken ihnen nicht aufgetragen hatte, sie festzuhalten. Einer machte Anstalten auszusteigen, doch der andere hielt ihn zurück und schüttelte kaum merklich den Kopf. Er ließ den Motor an und fuhr in gebührendem Abstand hinter Chiara her. Sie durfte spazieren gehen, wenn sie das wollte. Aber man würde sie nicht unbeobachtet lassen.

Chiara kannte die Gegend und wusste, wie sie ihren Verfolgern entkommen konnte. Gebückt hetzte sie durch mehrere Gärten. In einer Seitenstraße, unweit der weißen Villa, wartete Sager in einem Auto auf sie.

Sie sprang auf den Beifahrersitz, Sager gab Gas. Der Wagen brauste los, noch ehe sie die Tür zugeschlagen hatte.

Sager sah, dass sie weinte, deshalb fragte er sie nichts, als er den Weg zum Stadtzentrum einschlug.

»Wissen Sie, wo die Yacht meiner Schwester vor Anker gelegen hat?«, fragte sie schließlich.

Als er den Kopf schüttelte, beschrieb sie ihm den Weg.

Er bog an der nächsten Kreuzung nach links ab. »Was sollen wir dort finden?«

»Sie überhaupt nichts. Setzen Sie mich einfach ab.«

»Kommt gar nicht ...«

»Das ist jetzt nicht mehr Ihre Sache. Gehen Sie zu Elohim, ich denke, sie wird Ihnen helfen, wenn Sie die richtigen Argumente finden. Und dann verklagen Sie dieses Stück Scheiße.«

»Ich weiß nicht. Ich kann Sie doch nicht –«

»Diesmal schon. Das ist jetzt nur noch eine Sache zwischen ...« Sie verstummte, weil es immer noch so falsch schien, so absurd.

Er sah fragend zu ihr herüber.

»Zwischen mir und meiner Schwester«, sagte sie.

Siebenundzwanzig

Die Yacht lag unbeleuchtet in der Dunkelheit vor Anker, als schwebte sie auf einem Kissen aus Nacht. Nur eine Signallampe brannte am Bug wie ein rotes, glühendes Auge. Wellen flüsterten unten am Rumpf. Der Nieselregen gab den Oberflächen aus Holz und Stahl einen fettigen Glanz, als wäre das Schiff gerade erst aus dem Magen eines Walfischs geglitten.

Chiara schätzte die Yacht auf eine Länge von vierzig Metern, obwohl das Heck im Dunkeln kaum auszumachen war. Zwei mächtige Schornsteine dominierten das Oberdeck. Zwei Masten – einer im vorderen und einer im hinteren Teil – trugen keine Segel.

Eine Fahne bewegte sich in der Finsternis, nicht vom Wind, sondern vom Regen, der den Stoff peitschte. Die Yacht fuhr unter dänischer Flagge, und doch gab es keinen Zweifel, dass es sich um Julas Schiff handelte. Chiara hatte Fotografien davon gesehen, und der Name am Bug nahm ihr den letzten Zweifel: *Meißen*.

Sager hatte sie widerwillig abgesetzt, ein paar hundert Meter vom Ankerplatz entfernt. Den Mantel hatte sie im Wagen gelassen, trotz der Kälte. Er hatte sie nicht allein gehen lassen wollen, aber sie hatte seine Begleitung entschieden abgelehnt. »Und kommen Sie ja nicht auf die Idee, plötzlich aufzutauchen und den Helden zu spielen«, hatte sie gesagt, bewusst verletzend, aber das hatte ihm nur ein kleines Lächeln entlockt. »Wirklich, das ist meine Angelegenheit. Ich muss das allein tun.«

Dabei hatte sie sich Mühe gegeben, so zu klingen, als wüsste sie ganz genau, was sie zu tun hatte. In Wahrheit war sie vollkommen ahnungslos.

Der Rumpf der Yacht war schmutzig, vermutlich hatte sie eine weite Reise hinter sich. Eine sehr weite Reise, falls Chiara mit ihrer Ahnung Recht behielt. Maskens Wagen stand verlassen in einiger Entfernung.

Sie hielt Ausschau nach Wachtposten, doch im Dunkeln konnte sie über der Reling keiner erkennen. Was nicht bedeuten musste, dass dort tatsächlich keiner war. Letzten Endes spielte es keine Rolle, sie würde so oder so an Bord gehen. Die Wahrheit war zu verlockend, das vage Versprechen einer Auflösung zu verheißungsvoll.

Sie war niemals auf einem Schiff gewesen – nur einmal auf einem Ruderboot auf der Elbe –, und eine Yacht hatte sie noch nie aus der Nähe gesehen. Sie kannte die Rechnungen und wusste in etwa, was sie gekostet hatte; der Preis konnte es durchaus mit dem der Villa aufnehmen. Allein der Unterhalt musste Unsummen verschlingen. Wie viele Mannschaftsmitglieder waren nötig, um mit solch einem Schiff um die halbe Welt zu fahren? Zwanzig? Dreißig? Noch mehr? Sie hatte nicht die geringste Ahnung.

Eine hölzerne Brücke führte vom Anlegeplatz zu einer Lücke in der Reling, in einem Winkel, der ihr eine Spur zu steil erschien; bei der Nässe lief sie Gefahr, darauf auszurutschen. Krampfhaft hielt sie sich am Geländer fest, als sie hinüberging. Wer immer sich auf der Yacht befand, sie gönnte ihm nicht den Triumph, sie aus dem Hafenbecken zu fischen.

Ungehindert erreichte sie das Deck. Sie erfasste die gähnende Leere der Planken mit einem Blick. Vorsichtig huschte sie zur erstbesten Tür hinüber, die ins Innere des Schiffes führte. Sie war verschlossen. Hinter einem Fenster, gleich daneben, erwartete sie ihr Spiegelbild, fast unsichtbar. Es hätte auch ihre Doppelgängerin sein können. Oder Jula.

Die Mannschaft war vermutlich auf Landgang. Aber sicher nicht alle, oder doch? Ihr gesamtes Wissen über das Leben an Bord eines Schiffes stammte aus Büchern wie *Die Schatzinsel* und *Meuterei auf der Bounty*. Auf der *Hispaniola* hatte es immer Nachtwachen gegeben: verwegene Kerle mit Gewehren und Entermessern.

Sie probierte eine zweite Tür, doch auch die war abgesperrt. Also hinauf zum Oberdeck. Vielleicht fand sie dort eine unverschlossene Tür.

Sie zog Sagers Revolver, den sie vor lauter Aufregung beinahe vergessen hatte, und hielt ihn so, wie sie es bei Dreharbeiten gelernt hatte. Immerhin erweckte das den Eindruck, sie könnte damit umgehen.

Lautlos glitt sie die Treppe nach oben. Ihre weichen Schuhe verursachten keine Geräusche auf den Stufen. Das Geländer war vergoldet oder sollte zumindest den Anschein erwecken.

Erst glaubte sie, auch das Oberdeck sei verlassen, und nirgends brenne Licht. Dann erkannte sie, dass hinter den Fenstern dichte, schwarze Vorhänge zugezogen waren.

Diesmal war sie nicht so unvorsichtig, einfach eine der Türen auszuprobieren. Stattdessen schlich sie an der Reling entlang, bis sie ein Fenster fand, an dem die Vorhänge nicht ganz so sorgfältig geschlossen waren wie hinter den anderen. Ein schmaler Lichtstreifen fiel ins Freie.

Vorsichtig trat sie näher und ging vor dem Fenster in die Hocke. Sie musste ihr Auge so nah heranbringen, dass ihr Gesicht fast das Glas berührte; sie konnte die Kälte spüren, die davon ausging. Für ein paar Sekunden war sie geblendet, als der Lichtspalt auf ihre Pupille fiel. Dann gewöhnte sich ihr Auge an die neuen Lichtverhältnisse und gestattete ihr einen Blick ins Innere.

Bei dem Raum handelte es sich offenbar um einen weitläufigen Salon, der den gesamten Aufbau des Oberdecks einnahm. Im Hintergrund konnte sie Teile einer Bar erkennen. Der Boden war mit dunkelroten Teppichen ausgelegt. Etwa in der Mitte des Salons saß eine einzelne Gestalt vorgebeugt auf einem frei stehenden Stuhl. Chiara sah nur einen Teil der Lehne und der Rückenpartie, aber das reichte aus, um das Seil zu erkennen, mit dem die Person festgebunden war.

Chiara bemühte sich, weitere Einzelheiten zu erkennen, doch der Blickwinkel war zu eng.

Etwas glitt innen am Fenster vorüber und versperrte ihr für eine Sekunde die Sicht. Sie zuckte erschrocken zurück. Eine Metallstange krachte gegen einen ihrer Rückenwirbel. Der Schmerz raubte ihr den Atem. Jemand hatte sie geschlagen! Nein – sie war nur mit dem Rücken gegen die Reling geprallt. Sie holte tief Luft, wartete, bis sich ihr Atem wieder beruhigt hatte, dann kauerte sie sich erneut vor das Fenster.

Wer immer gerade an der Innenseite vorbeigegangen war, er war jetzt nicht mehr zu sehen. Stattdessen hörte sie nun Stimmen. Jemand schrie. Dann wurde der Stuhl plötzlich umgerissen oder kippte.

Eine Tür wurde geöffnet. Das Knirschen von Scharnieren, rostig geworden in der Seeluft. Für Sekunden glaubte Chiara ein Wimmern zu hören, dann fiel die Tür wieder zu. Schritte! Jemand befand sich draußen auf dem Oberdeck, gleich hinter der nächsten Ecke.

Chiara schaute sich panisch nach einem Versteck um, aber es gab keine Nische, nichts. Alles, was sie tun konnte, war sich mit dem Rücken zwischen zwei Fenstern gegen das Holz zu pressen.

Die Schritte verharrten. Ein leiser metallischer Laut, vielleicht eine Hand mit einem Ring, die sich um das Geländer legte. Dann das Scharren eines Streichholzes. Trotz des Regens glaubte sie das gierige Inhalieren von Rauch zu hören, dann heftiges Ausatmen.

Chiara stand da wie mit der Wand verschweißt. Sie wagte nicht, sich zu regen. Verdammt, sie hatte eine Waffe! Sie war in keiner schlechten Position. Keiner *allzu* schlechten Position.

Wer immer dort drüben war, hinter der Ecke, an der Reling – er rauchte mit einer gewissen Verzweiflung. Was auch drinnen vorgehen mochte, es hatte ihn mitgenommen. Oder angestrengt. Womöglich erregt.

Als ein zweiter gedämpfter Schrei ertönte, hatte sie keinen Zweifel mehr, dass im Salon jemand gefoltert wurde. Irgendwer ließ es nicht damit bewenden, sein Opfer nur festzubinden.

Langsam beugte sie sich nach rechts, um erneut einen Blick durch den Spalt zu werfen.

Im selben Moment krachte etwas von innen gegen das Fenster. Mit einem dumpfen Laut schlug es gegen die Scheibe, kaum gedämpft von dem schwarzen Stoff.

Chiara zog den Kopf zurück – gerade noch rechtzeitig.

Der Vorhang wurde beiseite gerissen. Licht ergoss sich über den Deckstreifen vor dem Fenster, riss das Gestänge der Reling aus dem Dunkel.

Chiara schloss für eine Sekunde die Augen.

Als sie die Lider wieder hob, war auch der Vorhang zu ihrer Linken offen. Chiara selbst war durch den schmalen Holzstreifen zwischen den beiden Fenstern geschützt, aber sie konnte sich weder nach rechts noch nach links bewegen, ohne von innen gesehen zu werden.

Ein Schatten zeichnete sich auf dem Boden ab. Jemand stand vor dem linken Fenster, ein verzerrter, schmaler Umriss. Stand er mit dem Rücken oder mit dem Gesicht zum Glas?

Hatte sie sich durch irgendetwas verraten?

Ein Knarren, dann wurden die beiden Fenster gekippt. Ein scharfer Geruch drang an Chiaras Nase.

Verbranntes Fleisch.

Der Unsichtbare hinter der Ecke seufzte – dann waren abermals Schritte zu hören, die Tür knirschte und fiel zu. Chiara war wieder allein auf dem Deck. Sie stand immer noch stocksteif gegen die Wand gepresst, wagte nicht, sich zu rühren, bis der Schatten neben ihr schrumpfte.

»Er stinkt«, sagte eine männliche Stimme.

Sie kannte diese Stimme, den leicht verächtlichen, nicht einmal humorlosen Tonfall. Einen Augenblick lang drohten ihre

Knie nachzugeben. Die nasse Kälte des Holzes drang durch ihre Kleidung, schnitt wie Glasscherben in ihren Rücken.

»Sieh dir seine Hose an.« Die Stimme klang angewidert.

Ein leises Kichern – der Laut ging Chiara durch Mark und Bein.

Langsam rutschte sie mit dem Rücken an der Wand herab, bis ihr Hinterteil das Deck berührte. Dann robbte sie unterhalb des offenen Fensters nach links, wo noch alle Vorhänge zugezogen waren. Etwas in ihr hinderte sie daran, sich wieder aufzurichten – sie fürchtete, weitere Vorhänge könnten geöffnet werden, gerade wenn sie an ihnen vorbeilief –, aber der Drang, wieder beweglich zu sein, überwog ihre Sorge.

Diese Stimme.

Und das helle Kichern.

Sie müsste die Polizei rufen. Vielleicht hätte sie das von Anfang an tun sollen. Aber gerade, als sie den Gedanken ernsthaft in Betracht zog, ertönte vom Hauptdeck, eine Etage unter ihr, ein metallischer Laut. Dort unten war jemand!

Vorsichtig schaute sie über das Geländer, sah aber nichts als Dunkelheit. Dennoch war sie sicher, dass sie nicht allein war. Rasch zog sie sich wieder nach hinten zurück. Hatte der andere sie bemerkt? War Sager ihr doch gefolgt?

Das Geräusch auf dem Hauptdeck wiederholte sich nicht, aber außer ihr hatte es noch jemand gehört.

Die Tür des Salons wurde aufgerissen.

Diesmal blieb der Mann nicht hinter der Ecke stehen. Chiara war gut zehn Meter von ihm entfernt, als er an die Reling trat und nach unten blickte. Er rief zwei oder drei Namen, die skandinavisch klangen. Mannschaftsmitglieder, vermutete sie.

Als niemand antwortete, wurde sein Tonfall lauernder: »Wer ist da?«

Chiara richtete die Waffe auf ihn und war überrascht, wie wenig sie zitterte, wie gefasst sie war. Und das, obwohl sein Anblick ihre Befürchtung bestätigte. Es *war* seine Stimme gewesen. Sie hatte sich nicht geirrt.

»Hallo, Jakob«, sagte sie im selben Moment, als er sich zu ihr umdrehte. Er musste sie aus dem Augenwinkel wahrgenommen haben.

»Chiara.« Keine Überraschung, keine Frage, keine Begrüßung. Nur ihr Name, merkwürdig tonlos ausgesprochen. Sein Blick streifte die Revolvermündung, suchte dann ihre Augen. »Ich denke, ich muss dir einiges erklären.«

»Hast du eine Waffe?«, fragte sie.

»Nein.«

»Nimm die Hände hoch und dreh dich langsam um.«

»Chiara, bitte, wir sind hier nicht im Film. Ich habe keine Pistole im Hosenbund stecken oder so was.« Trotzdem tat er, was sie verlangte. In der Dunkelheit hätte er ein Gewehr samt Bajonett auf dem Rücken tragen können, sie hätte es nicht gesehen.

Sie warf einen nervösen Blick auf die verhängten Fenster zu ihrer Linken. Theoretisch konnte jeden Augenblick jemand durch das Glas auf sie schießen.

»Wer ist noch da drinnen?«, fragte sie.

»Wer ist noch *hier draußen*?«

»Hör auf damit, Jakob. Ich werde schießen, wenn es sein muss.«

»Natürlich.« Er klang alles andere als überzeugt. »Aber das wird nicht nötig sein. Im Grunde bin ich auf deiner Seite.«

»Sicher.«

»Komm mit rein – dann glaubst du mir vielleicht.«

Sie ging langsam auf ihn zu, ohne die Waffe zu senken. Der Regen war stärker geworden, ihre Jacke und Hose waren völlig durchnässt. Aber sie fror nicht, trotz des eisigen Windes, der vom Fluss her über das Deck strich.

Zwei Schritte, dann war sie auf Höhe der offenen Fenster. Die Sicht war durch den Regen verschwommen, aber sie reichte aus, um einen Großteil des Salons zu erkennen. Sie sah nur eine Person, den gefesselten Mann auf dem Stuhl. Man hatte ihn wieder aufgerichtet.

Es war Maskens. Er bewegte sich nicht, sein Kinn lag schwer auf seiner Brust.

»Hast du ihn gefoltert?«, fragte sie, während sie sich Jakob näherte.

»Er hat's verdient, oder?«

Dem konnte sie nicht widersprechen.

»Glaub mir, wir sind auf deiner Seite«, sagte er noch einmal.

»Wir?«

Mit einer der erhobenen Hände winkte er ab. »Hör schon auf. Du kennst doch die Wahrheit, sonst wärst du nicht hier.«

»Dreh dich um. Geh voraus.«

Er zuckte die Achseln. »Na gut.«

Sie war zwei Meter hinter ihm. Sie traten um die Ecke und vor die offene Salontür. Regen fegte ins Innere und versickerte in weinroten Perserteppichen.

»Soll ich reingehen?«, fragte er.

»Nein. Ich stehe gern im Nassen.«

Er lachte leise und trat ein. Sie folgte ihm. Rechts und links der Tür hätte ihr jemand auflauern können, doch da war niemand. Sie war viel zu angespannt, als dass sie das hätte erleichtern können.

»Besuch ist da«, sagte Jakob vergnügt in Maskens Richtung.

Die zusammengesunkene Gestalt auf dem Stuhl rührte sich nicht. Maskens Hände waren um seine Knie gekrallt; man hatte die Unterarme an seinen Oberschenkeln festgebunden. Chiara sah schwarze Punkte auf beiden Handrücken. Brandwunden.

»Ist er tot?«

»Würde ich dann mit ihm reden?«

»Gott, verdammt, Jakob ... *Ist* er tot.«

»Nein. Darf ich mich wieder zu dir umdrehen?«

Sie blickte auf den Revolverlauf und sah das Wasser, das von der Mündung tropfte. Sie wischte es rasch an ihrer Hose ab, ehe sie sagte: »Von mir aus.«

Er wandte sich um. »Was wollen wir jetzt tun?«

»Wo sind die anderen?«

»Versprichst du, nicht wie eine Schwachsinnige herumzuballern?«

»Kommt ganz darauf an.«

Er hob abermals die Schultern. »Dann werden wir wohl noch eine Weile unter uns bleiben.«

Chiaras Blick suchte den Salon ab. Die teure Einrichtung konnte nicht darüber hinwegtäuschen, dass hier eine Zeit lang nicht sauber gemacht worden war. Die goldenen Zierleisten und Oberflächen war stumpf und dunkel geworden. Auf einem Esstisch stand benutztes Geschirr.

Vielleicht durfte die Crew die oberen Räumlichkeiten nicht betreten. Wer immer dieses Schiff führte, traute den eigenen Leuten nicht.

»Wo ist die Mannschaft?«

»Auf Landurlaub. Das hier muss keiner von ihnen sehen.« Jakob deutete mit einem beiläufigen Wink auf Masken. »Er hat die unschöne Angewohnheit, zu schreien, wenn man ihm wehtut.«

»Sie soll rauskommen.«

»Sie ist bei dem Kind.«

»Bei dem ...« Sie hob beide Augenbrauen. »Der Junge ist hier? Der Avatar?«

Jakob nickte. »Natürlich. Ohne ihn geht sie nirgendwo hin.«

Chiara blickte sich erneut um. Es gab keine weiteren Türen, nur eine offene Wendeltreppe, die nach unten führte.

»Jula!«, rief sie. »Komm herauf!«

Aber nicht Jula reagierte auf ihren Ruf, sondern Masken. Schwerfällig hob er den Kopf. »Sie sind alle ... wahnsinnig.«

Jakob machte drei, vier blitzschnelle Schritte in Richtung des Gefangenen und versetzte ihm eine schallende Ohrfeige. Masken stöhnte leise und funkelte Chiara hasserfüllt an, so als hätte sie ihm den Schlag versetzt.

»Jakob!« Sie deutete mit dem Revolver zur Seite. »Lass ihn! Und nimm, verdammt noch mal, die Hände hoch!«

Er wirbelte herum, mit zornigem Blick. »Schluss damit, Chiara. Du wirst nicht auf mich schießen, nur weil ich nicht nett zu unserem Freund hier bin. Ich habe nicht vor, dich anzugreifen.« Sein Grinsen war höhnisch. »Du könntest sonst wütend auf mich werden.«

»Der Mann, der bei den Dreharbeiten verbrannt ist, war dein ... Original, oder?«

»Dazu war es gerade noch zu gebrauchen.«

»Aber warum? Warum musste er sterben?« Noch während sie sprach, dachte sie daran, dass sie selbst drauf und dran gewesen war, die andere zu töten. Aber das wäre ein Akt des Mitleids gewesen, nicht der ... ja, was? Bosheit? Götzenverehrung?

Aber machte es das menschlicher? Oder richtiger?

»Er musste verschwinden, so oder so. Und warum nicht auf diese Weise? Film ist die Kunst der Illusion, jedes Kind weiß das. Und wer hätte geahnt, dass das Feueropfer keine Illusion war, wenn der Schauspieler bei der Premiere höchst lebendig vor die Leinwand tritt?« Jakob lächelte. »Die Quintessenz dessen, was ich versucht habe, dir beizubringen – immer wahrhaftig sein, immer echt. Zumal, wenn es um etwas Höheres geht als nur um einen schlichten Film.« Er warf Masken einen kalten Seitenblick zu. »Damals waren wir noch eine einzige große Familie.«

»Die Anbetung war echt, oder? Ihr habt Jula zu eurem Götzen gemacht.«

Masken spuckte, ein blutiger Fleck erschien auf Jakobs Schuh. Angewidert wischte er ihn an Maskens Hosenbein ab und holte zu einem weiteren Schlag aus.

Chiara drückte ab.

Die Kugel schlug in Jakobs Oberschenkel. Mit einem Aufschrei brach er in die Knie, starrte ungläubig auf das blutende Loch in seiner Hose und fluchte.

»Scheiße! Du dämliches Miststück!«

Sie achtete nicht auf ihn, ebenso wenig wie auf ihr eigenes Zittern. Ein eigenartiges Gefühl von Triumph stieg in ihr auf.

Bei einer anderen Gelegenheit hätte sie sich dafür geschämt. Jetzt aber verlieh es ihr neue Entschlossenheit.

»Binden Sie ... mich los«, brachte Masken keuchend hervor. Aus der Nähe sah sie, dass seine Mundwinkel aufgerissen waren. Schlimmer noch, jemand hatte mit einem Messer nachgeholfen. Als hätte er versucht, Masken ein breiteres Lächeln ins Gesicht zu schneiden.

»Ich denke nicht dran«, sagte sie.

Konnte Jakob sie trotz der Verletzung noch angreifen? Möglicherweise. Aber sie konnte ihn nicht fesseln, selbst wenn sie ein weiteres Stück Seil aufgetrieben hätte. Dazu hätte sie die Waffe weglegen müssen.

»Wenn du eine Bewegung machst, schieße ich dir in die Schulter«, sagte sie.

Jakob starrte sie wutentbrannt an. Sein Blick folgte ihr, als sie zur Wendeltreppe ging.

»Jula«, rief sie in die Öffnung hinab. »Ich will mit dir reden.«

Jakob lachte, aber es klang nicht wie das Kichern, das sie vorhin durchs Fenster gehört hatte. Das war das Kichern eines Kindes gewesen, eines vergnügten kleinen Jungen.

Sie rechnete mit allem, als sie langsam die Stufen hinabstieg. Selbst damit, dass Jula sie dort unten erwarten und auf sie schießen würde, wenn sie ihr gegenübertrat.

Die Wendeltreppe endete in einem kleinen Raum voller Bücher. Nun wusste sie, wohin Jula all die Bände aus ihrer Bibliothek gebracht hatte. Sie waren alle hier, in deckenhohen Regalen, manche in zwei Reihen hintereinander, andere quer in die Zwischenräume geschoben. Ein paar hundert weitere lagerten in Kisten am Boden.

»Jula?«

Der Raum war verlassen, aber die Tür stand offen; dahinter gingen von einem schmalen Gang weitere Türen ab. Eine Treppe führte hinab in den Rumpf des Schiffes.

Von dort unten hörte sie das Kichern des Kindes.

»Jula, was soll das?«

Ein langgezogenes Knarren drang an ihre Ohren, aber das mochte eines der vielen undefinierbaren Geräusche an Bord eines Schiffes sein.

Trotzdem wirbelte sie herum.

Auf Höhe der Treppe stand ein kleiner Junge mit glattem schwarzem Haar, von Kopf bis Fuß in weißes Leinen gekleidet. Er war viel jünger, als sie erwartet hatte. Henriette hatte behauptet, der Junge, mit dem Jula nach ihrer Rückkehr aus Asien gesehen worden war, sei elf oder zwölf gewesen, und das war jetzt wie lange her? Drei, vier Jahre? Falls es noch immer dasselbe Kind war wie damals, dann war es seitdem nicht gealtert.

Sie richtete den Revolver auf den Jungen. Der sah sie nur ausdruckslos an.

»Wo ist Jula?«, fragte sie. »Ich weiß, dass sie hier ist.«

Der Körper, den sie im Leichenschauhaus gesehen hatte, war Julas Original gewesen. Nette war Zeugin ihrer Wiedergeburt geworden. Die neue Jula hielt sich an Bord dieser Yacht auf.

Der Junge lief durch eine offene Tür. Chiara schloss die Hand noch fester um den Revolver und folgte ihm in einigem Abstand.

Das Licht im Gang begann zu flimmern. In dem Raum, in den der Junge gelaufen war, herrschte völlige Dunkelheit.

»Jula?«

Wieder antwortete ihr nur das Kichern. Nachdem sie den Jungen draußen mit ernster, verschlossener Miene gesehen hatte, klang es noch unwirklicher.

Sie blieb vor der Tür des dunklen Zimmers stehen.

»Ich komme nicht rein«, sagte sie. »Ich will euch sehen, alle beide.«

Das Licht im Flur ging aus.

Sie machte unwillkürlich einen Schritt nach vorn und wünschte sich das Rampenlicht herbei, die Lichtflut der Scheinwerfer, die Reaktion eines Publikums oder Regisseurs. Aber natürlich war da nur Finsternis und eine Stille, die ihr mehr Angst machte als das irre Lachen des Kindes.

»Jula?«

Die Finsternis griff mit unsichtbaren Händen nach ihr, strich mit Eisfingern über sie hinweg.

»Wie konnte er das nur tun.«

Sie erstarrte. »Jula? Bist du das?«

Stille.

»Gott, Jula ...«

»Überrascht? Ich denke, nicht.«

Chiara zögerte, versuchte sich zu fassen. Dann sagte sie: »Mach das Licht wieder an.«

»Ich habe es nicht ausgemacht.«

Chiara wollte etwas sagen, als sie spürte, wie jemand an ihr vorbeihuschte, ein kaum merklicher Luftzug an ihrer Wange. Dann wurde ihr der Revolver aus der Hand gerissen, mit einem Ruck, der sie einen halben Schritt vorwärts taumeln ließ.

Wieder das Kichern.

Chiara fasste sich. »Sag ihm, er kann die Waffe haben. Ich will weder ihm noch dir was tun.«

»Natürlich nicht. Das hätte auch wenig Sinn.«

»Wie –«

»Ich sterbe, Chiara. Diesmal wirklich.« Jula lachte trocken, es klang wie das Raspeln von Sägespänen.

»Wo bist du?«, fragte Chiara in die Finsternis. »Ich will dich berühren.« Wollte sie das wirklich? Es schien richtig, das zu sagen, aber in Wahrheit war sie nicht sicher. Julas Stimme schwebte körperlos wie ein Gespenst in der Dunkelheit. Chiara fürchtete, das, was sie zu fassen bekäme, könnte eiskalt und leblos sein.

Es beunruhigte sie, dass der Junge immer noch unsichtbar um sie herum strich. Dass er jetzt den Revolver hatte, machte ihr kaum Sorgen. Im Dunkeln hätte er ihr ebenso gut ein Messer zwischen die Rippen stoßen können, ohne dass sie sich wehren konnte; eine Schusswaffe machte ihn nicht gefährlicher.

»Es ist besser, wenn du mir nicht zu nahe kommst«, sagte Jula. »Die Pest überträgt sich nur durch Hautkontakt.«

»Pest?« Chiara war plötzlich schwindelig.

»Die Mannschaft weiß es nicht«, sagte Jula. »Und Jakob denkt, es sei eine bösartige Infektion, die irgendwann wieder abklingt und vielleicht ein paar Narben hinterlässt. Aber es ist die Pest, Chiara. Der Schwarze Tod.«

»Aber die Pest ist ...«

»Ausgerottet? Nicht dort, wo ich herkomme. In Indien flammt sie alle paar Jahre auf, rottet ein paar Dörfer aus und verschwindet wieder. Die Einheimischen haben ein Wort dafür, das wir mit Kastenteufel übersetzen würden.«

Chiara brachte kein Wort heraus. Ihre Gedanken überschlugen sich.

»Keine Sorge, nur die Lungenpest ist durch die Luft übertragbar. Was ich habe ist die klassische und ... weniger attraktive Variante – die Beulenpest.« Julas heiseres Lachen wiederholte sich, gefolgt von einigen hastigen Atemstößen. »Es fängt an mit einem Flohstich. Die Einstichstelle färbt sich nach ein paar Tagen schwarz. Dann schwellen die Lymphknoten, manche brechen auf und eitern. Eine Woche später glaubst du, es ist so weit – Fieber und Kopfschmerzen bringen dich fast um den Verstand, du kriegst keine Luft mehr und glaubst, dass der Tod das Beste ist, was dir passieren kann. Manche sterben währenddessen an einer Blutvergiftung, andere überleben noch eine Weile. Die Schmerzen lassen nach, man beginnt, wieder klarer zu denken – wenigstens zeitweise. Die Pusteln und Schwellungen bleiben, unter deiner Haut verteilt sich schwarzes Blut wie Tinte, deine Verdauung spielt verrückt. Manchmal hast du Halluzinationen – dann glaubst du, du schaffst es. Dieser Zustand kann ein paar Tage dauern, manchmal auch viele Wochen. Bei mir geht das jetzt seit fast drei Monaten so. Trotzdem kann es jederzeit vorbei sein. Delirium, Koma – aus. Aber ich habe es bis hierher geschafft, und ich würde mich sehr wundern, wenn ich aus dieser Sache nicht doch noch heil herauskäme.«

»Bist du deshalb nach Berlin gekommen? Wegen der Spuren des Avatars?«

»Wenn es nur seine Spuren wären, hätte ich in Indien bleiben können. Der Junge *ist* der Avatar, weißt du.« Ihre Überzeugung hatte offenbar nicht gelitten, ganz gleich, was sie durchgemacht hatte. »Aber das genügt nicht. Er hat diese sieben Orte damals aufgespürt, als ich ihn mit hierher gebracht habe. Er hat sie nicht hinterlassen, wie Masken glaubt – er hat sie *gefunden*. Sie waren immer hier, lange bevor die Stadt existierte. Vielleicht gibt es noch andere Orte wie sie, anderswo auf der Welt. Aber wo?« Sie verstummte für einen Moment. »Es ist das Fieber. Es geht nie ganz zurück. Ich habe das Gefühl, dass ich dich sehen kann, trotz der Dunkelheit.«

Irgendwo in Chiara regte sich die Frage, wer das Licht ausgeschaltet hatte. Aber Julas Redeschwall überlagerte den Gedanken.

»Die Wiedergeburt reinigt nicht nur deinen Verstand. Sie heilt auch deinen Körper. Es bleiben Narben, vielleicht, aber danach bist du gesund und ... rein.« Stoff raschelte. »Ich muss es einfach versuchen.«

»Was ist mit Jakob?«

»Er ist vor einiger Zeit in Indien aufgetaucht. Er hat mir von dir erzählt, von dem Unfall, den Masken inszeniert hat. Wusstest du, dass Jakob dabei fast umgekommen ist? Masken hat das in Kauf genommen. Jakob ist aus dem Wagen geschleudert worden und war verletzt, aber er ist geflohen, weil ihm klar wurde, dass er zu viel wusste und Masken ihn nicht mehr brauchte. Er hat es versucht, Chiara ... er war der Erste, den ich kenne, der es versucht hat.«

»Was versucht?«

»Die Wiedergeburt zu wiederholen. Der Mann, dem du oben im Salon begegnet bist, ist nicht derselbe wie der, den du gekannt hast ... nicht wirklich derselbe. Er hat einen Arzt gefunden, der die Operation ein zweites Mal an ihm vorgenommen hat – in Zeiten wie diesen findest du Ärzte, die dir beide Arme und Beine amputieren, wenn du ihnen nur genug dafür zahlst.« Sie klang ein wenig atemlos. »Er hat die sieben Orte passiert, und es ging alles gut. Er wurde in seinem neuen

Körper wiedergeboren und hat den alten ... verschwinden lassen.«

»Er hat ihn ermordet.«

»Ist das unmoralischer als Selbstmord?« Jula hustete hart. »Wie auch immer ... Man zahlt eben einen Preis für ... alles. Du weißt, dass man sich verändert. Egoismus, nennt Masken das, dieser Narr. In Wahrheit hat er nichts verstanden. Und es scheint stärker zu werden, mit jeder Wiedergeburt. Du hast Jakob erlebt. Er ist nicht mehr der Alte.«

»Er ist verrückt.«

»Nicht verrückt. Er ist skrupellos. Zielgerichtet, könnte man auch sagen.«

»Er hat Spaß daran, Masken zu foltern.«

»Hat Masken das nicht verdient? Nach dem, was er dir angetan hat? Die ganze Zeit über, seit Jakobs Ankunft in Indien, war ich nicht sicher – aber er hat mir heute Morgen die Zeitung gezeigt. Die Schlagzeile über dein Auftauchen bei der Premiere. Da wusste ich, dass es zwei von dir gibt. Du bist jetzt eine von uns, Chiara.«

Chiaras erster Impuls war zu widersprechen. Aber sie ahnte, dass das keinen Sinn hatte. Wie sollte sie Jula, die alles über die Spuren des Avatars zu wissen glaubte, davon überzeugen, dass es sehr wohl einen Ausweg gab? Dass die Veränderung, die mit einem vorging, von äußeren Einflüssen abhängig und keineswegs vorgegeben war. Reinheit, ja, Liebe zu sich selbst, gewiss – aber das *Wie* ließ sich beeinflussen. Die Monate mit Nette hatten sie geformt, so wie andere von den Theosophen, vom Filmgeschäft, von der Politik geformt worden waren. Ihr selbst war es gerade noch rechtzeitig gelungen, sich Maskens Einfluss zu entziehen.

»Wenn du den Spuren noch einmal folgst«, sagte Chiara, »wirst du werden wie er. Wie Jakob. Willst du das wirklich?«

»Habe ich denn eine Wahl?« Jula schnaubte leise. »Alles ist besser, als bei lebendigem Leibe zu verfaulen.«

»Warum hasst du Masken so? Doch nicht nur wegen mir. Ich war dir immer völlig egal.«

»Er hat die Sache verraten. Er hat immer nur sich selbst gesehen, seinen Vorteil.«

»Ist das nicht Sinn eines Ich-Kults? Das eigene Wohl?«

»Es gibt Höheres, Chiara. Ich habe es erlebt. Der Avatar, diese ganze Sache ... es geht nicht um Macht oder Einfluss oder Geld. Ich habe das fast zu spät erkannt. Nach dem Feuer bei den Dreharbeiten, als ich gerade begonnen hatte, selbst an das zu glauben, was alle mir einredeten, dass ich etwas Besseres sei, jemand, der es verdient hat, angebetet zu werden ... nach diesem Feuer habe ich die Wahrheit erkannt. Ich habe mich noch einmal überreden lassen, mit Masken zu drehen, ein paar Szenen für diesen anderen Film. Aber dann habe ich alles abgebrochen und bin fortgegangen aus Berlin. Zurück nach Indien. Ich habe erst viel später erfahren, dass Masken mit Hilfe meines Originals meinen Tod inszeniert hat. Ich weiß nicht, ob er von Anfang an geplant hat, damit an dich heranzukommen ... vermutlich nicht. Es war wohl so etwas wie eine persönliche Rache an mir. Er kam nicht an mich heran, dafür aber an die andere, die aussah wie ich. Ich kann mir vorstellen, was er ihr angetan hat ... wie er sie ausgenutzt hat, mit ihr gespielt hat ... das war schon immer seine geheime Leidenschaft, wusstest du das?«

Chiara holte tief Luft und erzählte ihr von dem Bordell, in dem Masken die willenlosen Originale wie Sklavinnen hielt.

»Ja«, sagte Jula kalt, »das passt zu ihm. Als er mit meinem Original fertig war, hat er es sterben lassen. Und dann kamst du. Wahrscheinlich hat er dich zum ersten Mal auf der Beerdigung gesehen, und ihm ist der Gedanke gekommen, dass du ihm helfen könntest, wieder seinen alten Status zu erlangen, den alten Ruhm, das Ansehen.« Sie brach ab. »Über alles weitere weißt du wahrscheinlich besser Bescheid als ich.«

»Woher weißt du das alles?«

»Das meiste hat Jakob mir erzählt. Masken hat ihn eingeweiht, als er ihn als deinen Lehrer engagiert hat. Es war nicht schwer, mir den Rest zusammenzureimen. Masken hat das meiste bestätigt, heute Nachmittag, als Jakob sich ... seiner angenommen hat.« Erneut raschelte es, als Jula im Dunkeln ihre Position änderte. War sie näher gekommen? Instinktiv wich Chiara einen Schritt zurück. Der Junge gluckste wieder.

»Er hat es nicht begriffen«, sagte Jula. »Nichts, gar nichts hat er begriffen, dieser Idiot. Es geht nicht darum, Doppelgänger zu züchten und sich zu Diensten zu machen. Diese Sache hat eine spirituelle Größe, verstehst du? Und das bedeutet nicht, irgendeine Schauspielerin zu einer falschen Göttin zu machen. Das ist leicht. Nein, es geht darum, selbst das Göttliche zu berühren. Nicht allmächtig zu werden, sondern Teil *seiner* Allmacht zu werden!«

Chiara brauchte einen Moment, ehe sie verstand. Jula meinte das Kind. Teil *seiner* Allmacht. Was immer Jula in Indien gesehen oder erlebt hatte, es hatte einen anderen Menschen aus ihr gemacht. Aber erkannte sie denn nicht die Wahrheit? Sie war nichts als eine sterbende Frau, die mit einem pestverseuchten Schiff die halbe Welt umrundet hatte und ausgerechnet an jenem Ort auf Erlösung hoffte, vor dem sie zuvor davongelaufen war. Und alles, woran sie glaubte, hatte sie mitgebracht: ihre Krankheit, das Kind. Ihren Tod und ihre Hoffnung auf Leben.

»Seit wann bist du hier?«, fragte Chiara und hatte Mühe, das Beben in ihrer Stimme zu unterdrücken.

»Letzte Nacht haben wir angelegt. Wir haben Masken hergelockt, um herauszufinden, ob er noch ... ob er noch das hat, was nötig ist, um die Wiedergeburt zu vollziehen. Du weißt, was das ist, nehme ich an.«

Sie dachte an die Gläser in der Kammer und nickte. »Ja.«

Jula lachte bitter. »Wie armselig, nicht wahr? Masken behauptet, er hätte es nicht mehr. Morgen wird Jakob einen Arzt suchen, der mich operiert ... das wird nicht einfach werden, wenn er mich sieht.« Wieder ein Lachen. »Sei froh, dass dir das erspart geblieben ist.«

Chiara kannte das Versteck. Das Glas mit ihren eigenen Initialen hatte sie bei der anderen in der Villa gelassen. Irgendwie schien es ihr dorthin zu gehören. Masken hatte es der anderen gestohlen, nicht ihr.

Sie sagte Jula nicht, was sie wusste. Es war zu spät. Sie wunderte sich, dass ihre Schwester das noch nicht begriffen hatte.

Im selben Augenblick peitschte ein Schuss. Jemand hatte gefeuert – nicht auf sie, nicht einmal in ihrer Nähe, sondern oben im Salon.

Ein weiterer Schuss. Dann Ruhe.

Chiara zog scharf die Luft ein. »Gib mir die Waffe!« Keine Reaktion im Dunkeln. »Gib mir die Waffe, verdammt!«

Julas gesichtlose Stimme flüsterte etwas in einer fremden Sprache.

Eine Sekunde später wurde ihr der kalte Griff des Revolvers in die Hand gedrückt. Konnte der Junge in der Finsternis sehen? Sie umfasste die Waffe, hörte sich selbst »Wartet hier!« murmeln, dann drehte sie sich um.

Sie tastete sich blind durch die Tür und an der Wand entlang, tappte die erste Treppe hinauf, die zweite. Ein kalter Luftzug wehte ihr entgegen, als sie den Salon betrat. Durch die offene Tür zum Deck und durch die beiden unverschlossenen Fenster drang ein Hauch von Licht, verwässerte Keile aus Helligkeit von der einzelnen Lampe unten am Kai. Der Stuhl, an den Masken gefesselt gewesen war, lag auf der Seite. Die zerschnittenen Enden der Seile krümmten sich auf dem Teppich wie schlafende Giftschlangen.

Jakob lag reglos am Boden. Sie wusste, dass er tot war, noch bevor sie sich ihm weit genug genähert hatte, um die Einschüsse in seiner Brust und in seinem Gesicht zu sehen. Das Loch, das ihre Kugel in sein Bein gerissen hatte, war dagegen ein besserer Nadelstich. Jemand hatte mit einer großkalibrigen Waffe auf ihn gefeuert. Von Jakobs Schädel war kaum etwas übrig.

Chiara schaute sich alarmiert um, aber sie war allein im Salon. Sie lief hinaus aufs Deck und trat vorsichtig an die Reling. Niemand war zu sehen. Weder auf dem Hauptdeck noch auf dem Landungssteg oder am Kai.

Die Erkenntnis traf sie blitzartig.

Sie waren noch hier. Auf dem Schiff.

Sie wartete auf weitere Schüsse, einen Schrei, doch vorerst blieb es still. Sie musste sich entscheiden, ob sie langsam nach unten schleichen oder alles auf eine Karte setzen und losstürmen wollte.

Chiara rannte. Ihre Schritte hämmerten über das Holz, klirrten auf der Stahltreppe nach unten.

Als sie den Gang betrat, lag er in völliger Finsternis. Die Türen zu beiden Seiten waren schwarze Rechtecke, unmöglich zu sagen, ob sie offen oder geschlossen waren. Chiara huschte an allen vorüber, rechnete vor jeder mit einer Falle, damit, dass jemand sie erwartete, dass im Dunkeln eine Mündung auf sie gerichtet wurde.

»Vorsicht!«

Der Ruf galt nicht ihr, aber sie hatte die Stimme erkannt: Arthur Hermann. Der Schein der Taschenlampe strich über sie hinweg, blendete sie für einen Sekundenbruchteil und erlosch sofort. Chiara drückte sich an die Wand, als Mündungsfeuer die Schwärze zerriss und eine Explosion aus Holzspänen die Wandtäfelung zerfetzte.

»Diesmal hast du dich zu weit vorgewagt, Chiara«, rief Hermann mit sich überschlagender Stimme.

Sie hörte, wie seine Schritte näher kamen. Hinter ihm stöhnte Masken etwas, um ihn aufzuhalten, aber Hermann rannte weiter. Sie vermutete, dass er unter Drogen stand. Er war ein Dreckschwein, aber sicher kein Draufgänger. Dass er das Risiko auf sich genommen hatte, Masken zu befreien, sprach nicht für seinen Mut – nur für seinen Irrsinn.

Sie wich zurück bis zur letzten Tür, an der sie vorbeigekommen war, und drückte lautlos die Klinke herunter. Die Dunkelheit saugte sie auf wie tiefer Morast.

»Du bist tot. Genau wie deine Schwester.« Seine Stimme kippte ins Hysterische, die Silben stolperten übereinander. Er fluchte und brüllte Beschimpfungen. Das Kokain machte ihn unvorsichtig, aber auch unberechenbar. Im Taumel seines Höhenflugs war er gefährlich wie ein Raubtier.

Sie hörte seine polternden Schritte, hörte Maskens schwache Stimme, die immer noch versuchte, ihn zurückzurufen. Sie hielt den Revolver mit beiden Händen vor sich wie einen Schild, Wasser lief aus ihrem Haar in ihre Augen, sie blinzelte, musste eine Hand von der Waffe lösen, um sich durchs Gesicht zu wischen. Im selben Moment erschien Hermann im Türrahmen.

Er stieß einen Schrei aus, der ein Lachen sein mochte, und feuerte. Chiara sah im Schein des Mündungsblitzes sein Gesicht, klitschnass wie ihres, das blonde Haar verklebt, die hellen Augen verkniffen.

Die Kugel ging meterweit an ihr vorbei, Chiara stand längst nicht mehr in seiner Schusslinie. Aber sie roch den Geruch des Schwarzpulvers, und ihr wurde davon übel wie von einem Schlag in die Magengrube. Sie fasste den Revolver wieder mit beiden Händen und drückte ab. Dann ein zweites Mal.

Der letzte Schuss traf ihn. Sie sah nicht, wo, sah nur, dass Hermann nach hinten gerissen wurde, hinaus auf den Gang, und sie hörte das Geräusch, als er gegen die Täfelung prallte.

Kein tödlicher Treffer, bestimmt nicht. Vielleicht die Schulter. Vielleicht nur ein Arm.

Hermann lachte nicht mehr und brüllte nicht mehr. Stattdessen tat er etwas Seltsames: Er stieß sich ab und stürmte in die Kabine, an deren Seitenwand Chiara lehnte, aber er feuerte nicht, sondern schwang das Gewehr wie eine Keule. Vielleicht wollte er ihren Schädel unter dem Kolben splittern spüren. Der Drogencocktail in seinen Adern verstärkte nicht nur seinen Tatendrang, sondern auch seine Emotionen: Hass, Zorn, Schmerz.

Sie schoss erneut, als er fast heran war.

Diesmal traf sie ihn in der Brust.

Der Einschlag riß ihn von den Füßen wie eine Strohpuppe, er krachte scheppernd mit dem Rücken auf eine Stuhllehne, Holz zerbrach, womöglich auch Knochen, dann prallte er auf den Boden, das Gewehr noch immer mit beiden Händen umklammert, so nutzlos wie ein Besenstiel.

Chiara stieß sich mit dem Rücken von der Wand ab, geschwächt, erschöpft und mit einem Geschmack im Mund, als hätte sie rostige Eisenspäne verschluckt. Hatte er sie etwa doch getroffen, und sie spürte die Wunde nicht? Nein, sie hatte sich auf die Unterlippe gebissen, so fest, daß sie bereits begann, anzuschwellen. Chiara spuckte aus und hielt die Waffe auf Hermann gerichtet, während sie sich ihm langsam näherte. Wieder mußte sie den Revolver mit beiden Händen umklammern, so als zappele er zwischen ihren Fingern.

Herman war nicht tot. Sein rechtes Bein bewegte sich unablässig, streckte und beugte sich, eine bizarre motorische Reaktion, die sie mehr erschreckte als sein vorwurfsvoller Blick. Tatsächlich, da war nur Vorwurf in seinen aufgerissenen Augen, keines mehr von diesen anderen Gefühlen; vielleicht noch ein Hauch von Erstaunen.

Seine Lippen bewegten sich.

Dann federte er hoch, als sei die Kugel von ihm abgeprallt, ließ das Gewehr auf sie zu schnellen, doch Chiara machte einfach einen Schritt zur Seite und sah zu, wie er abermals zusammenbrach, diesmal auf die Seite. Das rechte Bein hörte auf, sich zu bewegen. Aber er atmete, rasselnd wie eine Wasserpumpe. Seine Hände versuchten, das Gewehr zu drehen, es wieder am Kolben zu fassen, den Finger vor den Abzug zu schieben.

Chiara trat ihm die Waffe aus den Fingern. Aber damit ließ sie es nicht bewenden. Jetzt nicht mehr.

Sie preßte die Mündung auf seine Schläfe. Seine Haut hatte die Farbe benutzter Seife, sie konnte seine Adern sehen.

Sie schloß die Augen.

Zog den Abzug durch.

Der Pulverdampf stach beißend in ihre Nase. Übelkeit zog sich wie ein Strick um ihre Kehle zusammen. Sie spie Galle und Blut aus, stolperte auf die Beine und blickte kein weiteres Mal auf den Leichnam am Boden.

Sie brachte es nicht über sich, das Gewehr aus seinen blutüberströmten Fingern zu lösen. Der Revolver mußte reichen.

Sie hatte mitgezählt. Fünf Schüsse, bisher.
Eine Kugel übrig.

✦

Der Junge kauerte am Boden über dem Verletzten und hatte einen Finger tief in eine klaffende Schnittwunde an Maskens Oberschenkel geschoben. Masken brüllte wie am Spieß. Er lag auf dem Bauch, ein Arm war zwischen seinem Körper und der Korridorwand eingeklemmt, der andere fächerte ziellos hin und her. Seine Beine zuckten. Der Junge saß im Schneidersitz auf seinem Rücken, das Gesicht Maskens Füßen zugewandt – und Chiara, die in diesem Moment aus der Kabine trat.

Hermanns Taschenlampe war die einzige Lichtquelle. Sie rollte vor und zurück, ihr Schein geisterte über die Szene wie Blitzschläge. Wenn Dunkelheit den Jungen umhüllte, ertönte das Kichern; fiel Licht auf seine Züge, waren sie starr und ausdruckslos.

Maskens Schreie rissen nicht ab. Es gelang ihm nicht, den Jungen abzuschütteln. Es war, als presste der Junge auf seinem Rücken ihn mit ungeheurem Gewicht zu Boden; dabei konnte der Kleine kaum mehr wiegen als ein ausgewachsener Hund.

»Steh auf!«, sagte Chiara und wiederholte es noch einmal, diesmal lauter: »*Steh auf, verdammt!*«

Der Junge blickte zu ihr hoch. Sie sah es nur an der Bewegung, sein Gesicht lag wieder im Schatten. Dennoch hörte das Kichern auf, als er den Finger aus der Wunde zog und Chiara den Arm entgegenstreckte.

Sie holte aus, um ihn zu schlagen, ihn notfalls mit Gewalt von Masken herunterzuzerren, aber im selben Moment hörte sie Julas Stimme. Sie rief etwas in der Sprache des Jungen. Sie klang schwächer als vorhin. War Masken bei ihr gewesen, während Chiara mit Hermann gekämpft hatte? Nein, dachte sie, so viel Kraft hatte er nicht mehr.

»Chiara, lass ihn ...!«

Sie zögerte nur einen Augenblick, dann packte sie den Jungen an der Schulter und zerrte ihn von seinem Opfer herunter. Masken blieb liegen, seine Schreie gingen in ein Röcheln über, vielleicht versuchte er, Worte zu formen, aber Chiara hörte nicht zu, sondern ließ den Jungen los und ging weiter. Vor ihr schälte sich vage die Wendeltreppe aus der Finsternis, nur wenige Schritte dahinter befand sich die Tür von Julas Kabine. Sie hätte die Taschenlampe aufheben sollen.

Etwas prallte gegen ihren Rücken. Sie schrie auf, als der Junge sich mit Armen und Beinen an ihrem Oberkörper festklammerte und mit der Lampe auf ihren Kopf schlug, so fest, dass ihr schwarz vor Augen wurde.

Sie war nicht wirklich bewusstlos, nur benommen, und ihre Blindheit mochte ebenso gut an dem fehlenden Licht im Korridor liegen wie an dem Schlag auf ihren Schädel. Ihr Hinterkopf pochte, ihre rechte Gesichtshälfte brannte wie Feuer. Sie musste beim Sturz an etwas vorübergeschrammt sein, an einer Metallkante der Wendeltreppe. Ihre Hand zuckte zurück, als sie die Ränder einer Platzwunde berührte.

Und dann war da doch Licht, nur ein wenig, aber es reichte aus, sie erkennen zu lassen, dass sie in der Tat für einen Augenblick besinnungslos gewesen war.

Masken lag nicht mehr hinter ihr. Der Junge zog ihn rücklings in die Richtung von Julas Kabinentür.

Chiara versuchte sich hochzurappeln, aber ihre Knie gaben nach, und sie musste sich mit beiden Händen abfangen.

Der Kabinentür schlug zu.

Chiara war allein auf dem Gang, in Greifweite der Lampe, deren Licht bereits blasser wurde. Sie brauchte noch einen Moment, um ihre Reserven zu sammeln, dann stemmte sie sich in einer gewaltigen Anstrengung auf die Füße. Mit beiden Händen tastete sie sich an der Korridorwand entlang. Bei jedem Schritt ertönte ein hohles Pochen, wenn sie mit der Lampe gegen die Holztäfelung stieß. Der Lichtschein fächerte ziellos über die Decke.

Hinter der Tür herrschte Stille.

»Jula«, brachte sie mühsam hervor, aber vielleicht hörte sie es auch nur selbst.

Sie ließ eine Hand auf die Klinke fallen, und die Tür gab nach. Lautlos schwang sie nach innen.

Der Gestank nach Siechtum war atemberaubend, vermischt mit etwas, das wie verfaultes Obst roch, gesättigt mit einer schweren, fettigen Wärme.

Breitbeinig kam sie im Türrahmen zum Stehen, stützte sich mit der Linken am Pfosten ab und richtete mit der anderen Hand den Lichtschein in die Dunkelheit.

»Nicht«, sagte Jula, aber Chiara hörte nicht auf sie.

Zuerst sah sie nur den Jungen, der im Schneidersitz am Fußende eines zerwühlten Bettes saß und kaum merklich vor und zurück wippte. Sein Gesicht war mit Blut beschmiert, ebenso seine weiße Leinenkleidung. Seine Miene war verschlossen wie immer; abgesehen von dem Blut ließ nichts darauf schließen, dass er diesen Platz in den letzten Stunden verlassen hatte. Gedankenlos schob er einen Finger in den Mund wie ein Kleinkind – nicht den Daumen, sondern den Zeigefinger. Er saugte Maskens Blut unter dem Fingernagel hervor, so geistesabwesend, als lauschte er gerade einer Gutenachtgeschichte.

Als Nächstes streifte der Lichtschein den reglosen Masken, der weiter oben im Bett lag, halb über der Kante, einen Fuß am Boden. Schmale, knöcherne Hände – nicht seine eigenen – strichen über seinen halbentblößten Oberkörper, glitzernd feucht von einer Flüssigkeit, die wie Honig aussah. Die Hände massierten das Sekret in Maskens offene Wunden, mit Bewegungen, die fast liebevoll wirkten. Sie gehörten einer Gestalt, die hinter Masken im Bett lag, halb versteckt hinter fleckigen Decken. Ihr dunkles Haar verbarg ihr Gesicht wie ein Vorhang, die Strähnen bebten leicht bei jedem röchelnden Atemzug.

Der Junge kicherte.

Die Lampe ging aus.

»Geh jetzt«, sagte Jula. »Leb wohl.«

Und Chiara ging. Wortlos tastete sie nach dem Schlüssel auf der Innenseite der Kabinentür, zog ihn heraus und schloss damit von außen ab. Vielleicht konnte der Junge die Tür aufbrechen, aber das hielt sie für unwahrscheinlich.

Sie brauchte lange, ehe sie im Dunkeln die Außentür zum Deck erreichte. Die frische Luft tat gut, vertrieb zwar nicht die höllischen Kopfschmerzen, ließ sie aber wieder frei atmen.

Später wusste sie nicht mehr, wie lange sie gebraucht hatte, bis sie am fernen Ende des Kais das Büro der Hafenwache erreichte. Bei Nacht saß dort nur ein einziger Mann, schlief friedlich in seinem Sessel, und er wirkte alles andere als erfreut, als sie zur Tür hereinwankte und ihn weckte. Sie müsse telefonieren, sagte sie, und nach einem Blick auf das Blut auf ihrer Kleidung ließ er sie gewähren. Sie behielt ihn im Auge, während sie sich von der Vermittlung mit Henriette Hegenbarth verbinden ließ.

Die Kolumnistin war sofort hellwach, als sie ihre Stimme erkannte. Chiara ließ sie nicht zu Wort kommen. Sie erzählte ihr mit brüchiger Stimme von der Yacht und wo sie sich befand; sie gab ihr den Rat, so schnell wie möglich herzukommen, denn in ein paar Minuten würde hier die Hölle los sein. Masken könne ihr jetzt nichts mehr tun, sie müsse ihn nicht mehr fürchten. Dann legte Chiara auf.

Der Hafenwächter starrte sie ungläubig an, als sie ihm erklärte, auf einem Schiff, das aus Indien käme, sei die Pest ausgebrochen. Er solle so schnell wie möglich alles Nötige veranlassen. Drei Personen seien an Bord, alle drei infiziert. Nein, sie selbst sei nicht mit ihnen in Kontakt gekommen. Trotzdem warf er panische Blicke auf den Telefonhörer, den sie in der Hand gehalten hatte, was ihr immerhin bestätigte, dass er ihre Geschichte nicht als Hirngespinst abtat. Zuletzt nannte sie ihm eine Adresse in der Innenstadt und wartete, bis er sie niedergeschrieben hatte. In dem Restaurant sei einer der Infizierten essen gewesen, das wisse sie ganz genau. Die Polizei täte gut daran, einen Blick dort hineinzuwerfen, vor allem in die Hinterzimmer.

Sie fragte sich, ob der Mann sie erkannte. Aber wer würde ihm wohl glauben, wenn er später erzählte, Chiara Mondschein sei blutüberströmt in seinen Verschlag gestolpert?

Dann ließ sie ihn zurück, im Vertrauen auf seine Gewissenhaftigkeit. Spätestens in einer halben Stunde würde das gesamte Gebiet rund um den Yachthafen unter Quarantäne stehen.

Sie würde sich irgendwo waschen müssen.

Humpelnd schleppte sie sich durch die Dunkelheit, aber ihre Gedanken waren schon nicht mehr bei der Vergangenheit, nicht bei Jula oder Masken, sondern tasteten sich zögernd in die Zukunft, zur Küste, zu Helligkeit und eiskaltem Seewind, zu einem Haus hinter den Dünen, zu Stille und Frieden – und zu Nette, falls diese dort auf sie wartete.

Chiara sah ihr Spiegelbild in einer Fensterscheibe, an der sie vorüberkam, halbverblasst, als löse sie sich gerade in Luft auf. Aber daran trug nur das schwache Licht die Schuld. Sie erschrak nicht über ihren Anblick, trotz ihrer erbärmlichen Verfassung.

Es war ein gutes Gefühl, nur noch sich selbst zu sehen, ganz gleich in welchem Zustand. Keine Doppelbelichtung mehr, die ihr Gesicht unter das von Jula schob.

Nur noch sie selbst.

In der Ferne erhob eine Sirene die Stimme und brüllte heulend ihren Alarmruf in die Nacht.

Achtundzwanzig

Chiara und Nette sahen zu, wie Arbeiter das Erdreich zurück in die Grube schaufelten, erst begleitet von hohlem Prasseln, dann fast geräuschlos, als Erde nur noch auf Erde fiel.

Sie warteten nicht, bis das Grab vollständig gefüllt war. Chiara ließ ihren Blick ein letztes Mal über den Grabstein ihres Vaters wandern, über die gravierten Buchstaben, die Daten, die lateinische Inschrift. Die Arbeiter hatten den Stein gestern abgestützt, damit er nicht in das geöffnete Grab kippte, während sie den Sarg heraushoben. Chiara war erstaunt gewesen, dass er nach all den Monaten keine Spuren von Zersetzung zeigte. Der Bestatter, der bei der Exhumierung anwesend war, hatte ihr nicht ohne Stolz erklärt, dass es Jahrzehnte dauern könne, bis ein Sarg vollständig zerfiel, je nach Beschaffenheit des Holzes und des Bodens. Ein knappes Jahr jedenfalls kratze nicht mal am Lack. Nicht bei *seinen* Särgen.

»Lass uns gehen«, sagte sie zu Nette.

Nette nickte. Sie hatte sich die Haare kurz schneiden lassen, schon vor zwei Wochen, gleich nach Chiaras Rückkehr aus Berlin. Nette hatte sich in den Kopf gesetzt, Veränderungen in ihrem Leben durch Wandlungen ihres Äußeren zu reflektieren. Sie hatte viel gelesen in den vergangenen Monaten, und ihre Rechtschreibung war nahezu perfekt; sie hasste es, wenn Chiara sie mit dem Zettel aufzog, den sie ihr damals in die Pension geschickt hatte. Nette trug jetzt nur noch Hosen, als stünden Röcke für einen Teil ihres früheren Lebens, den sie gemeinsam mit ihren alten Kleidern abgelegt hatte. Sie kam bemerkenswert gut mit der Vergangenheit zurecht, viel besser als Chiara. Aber manchmal war Nettes Stärke fast ansteckend, genau wie ihr Humor, ihre Begeisterungsfähigkeit.

Sie verließen den Friedhof durch eine Allee kahler Bäume. Es hatte geschneit, eine hauchdünne Schicht, die liegen blieb und die Stadt und die Hügel in ihrer Umgebung puderte. Die Albrechtsburg und der Dom, die sich auf dem Hügel über Meißens Altstadt aneinander drängten, sahen aus wie eine Steintorte mit weißem Zuckerguss.

Es hatte drei Tage gedauert und ein hübsches Bestechungsgeld gekostet, ihren Vater ohne polizeiliche Verfügung exhumieren zu lassen. Irgendwer hatte schließlich ein Papier gefälscht, das ungelesen in irgendwelchen Ordnern verschwand. Damit war der Weg frei.

Sie stand dabei, als der Sargdeckel geöffnet wurde. Nette hatte darauf bestanden, ebenfalls zuzuschauen. Es gab nichts, das sie erschüttern konnte, jetzt nicht mehr. Sie wusste Bescheid, Chiara hatte ihr alles erzählt. Nette hatte nicht versucht, ihr irgendetwas auszureden.

Der Bestatter öffnete den Deckel höchstpersönlich. Er fühlte sich in seiner Ehre gekränkt und versuchte, die Sache herunterzuspielen – trotzdem entging keinem von ihnen der Riss an der Innenseite des Sargdeckels, als der Mann ihn nach oben klappte.

Chiara hätte sich die Bestechung des Mediziners sparen können.

Jeder Laie konnte die Veränderung erkennen.

✦

Die Zeitungen waren voll von den Vorgängen in Berlin. Auf einer Yacht, die offenbar aus Indien nach Deutschland gekommen war, hatte man drei Personen gefunden, die mit der Pest infiziert waren. Ein Mann, eine Frau und ein Kind. Namen wurden keine genannt. Kommentatoren vermuteten, dass es sich um eine wohlhabende indische Familie handelte, die illegal nach Europa übersiedeln wollte.

Pest! Das Wort loderte durch die Presse wie ein Feuersturm. In Archiven und Museen wurden alten Holzschnitte angefordert, die bald auf allen Titelseiten prangten: Der Schwarze Tod als dämonisches Gerippe, das mit seiner Sense Felder aus Menschenleibern niedermähte. Alfred Kubin verzeichnete eine rasante Nachfrage nach Einzelblättern seines Tuschezyklus *Totentanz*, den er vier Jahre zuvor angefertigt hatte und der nun von einigen als düstere Prophetie gefeiert wurde.

Die Mannschaft des Schiffes, allesamt dänische Staatsangehörige, wurden nach eingehender Untersuchung und negativer Diagnose in ihre Heimat geschickt. Die drei Infizierten aber ließ man in die Quarantänestation der Charité einweisen, wo verschiedene Medikamentionen erprobt wurden.

Über die beiden Leichen, die man außerdem an Bord gefunden haben musste, gelangten keine Informationen an die Öffentlichkeit.

Die Namen der Schwestern Mondschein fielen im Zusammenhang mit der Entdeckung am Hafen kein einziges Mal. Chiara fand ihren eigenen erst in Henriettes Kolumne wieder – dort wurde angekündigt, sie werde demnächst in einem Film von Friedrich Wilhelm Murnau auftreten, produziert von Elohim von Fürstenberg. Offenbar wechselte Elohim hinter die Kamera, um, wie sie zitiert wurde, »mehr Einfluss geltend zu machen«. Jedermann nahm selbstverständlich an, dass sich dieser Einfluss nur auf den fertigen Film bezog.

Chiara wünschte der anderen im Stillen alles Gute. Sollte sie glücklich werden mit ihrer neuen Rolle als Diva. Vielleicht bekamen die Ärzte sie irgendwann so weit hin, dass ihr altes Ich zurückkehrte.

Chiara wusste, dass sie selbst früher oder später neue Papiere benötigen würde, eine neue Identität. Es ging nicht an, dass sie mit dem Namen und dem Gesicht eines Filmstars herumlief.

Anderthalb Wochen nach ihrer Rückkehr aus Berlin in das Haus in den Dünen las sie in der Zeitung, dass sich einer der drei Patienten das Leben genommen hatte. Der Mann hatte sich mit Hilfe eines Kabels erhängt, vermutlich aus Angst vor dem langen Siechtum, das die Pest mit sich brachte. Das Kind hatte sich im selben Raum aufgehalten und stand unter Schock.

Zwei Tage später hieß es, die Frau und der Junge seien den Symptomen ihrer Krankheit erlegen. Beide seien zum selben Zeitpunkt gestorben, was sonderbar und bedauerlich sei. Allerdings hörte man aus allen Berichten eine unverhohlene Erleichterung heraus, denn mit ihrem Tod und der Einäscherung der drei Körper war das Risiko einer Infektion und Ausbreitung beseitigt. Kein Mitarbeiter der Charité hatte sich angesteckt. Die Gefahr war gebannt.

Es war Nette, die bei ihrer gründlichen Lektüre aller Zeitungen schließlich auf einen Artikel stieß, in dem von einer Razzia in einem Restaurant in Schöneberg berichtet wurde. Offenbar hatte man zahlreiche Rauschgifthändler festnehmen können und ein Bordell ausgehoben, in dem sich illegale Einwanderinnen als Doubles berühmter Filmstars ausgegeben hatten. Die verwirrten Damen, die kein Wort Deutsch sprachen und allesamt unter starken Drogen standen, warteten auf ihre Abschiebung.

Und noch etwas entdeckte Nette, einen Bericht über unerwartete Fortschritte bei der Ermittlung im Mordfall Torben Grapow. Es seien erhebliche Streitigkeiten zwischen ihm und dem Filmproduzenten Felix Masken bekannt geworden, bei denen es um Verträge gegangen sei, zu deren Unterzeichnung Grapow angeblich mit Hilfe erpresserischer Mittel gezwungen worden sei. Masken habe dazu befragt werden sollen, sei aber untergetaucht. Es wurde vermutet, dass er ins Ausland geflohen war. Die Polizei habe alles Nötige eingeleitet, um ihn ausfindig zu machen. Der Kommentator der Zeitung bemerkte höhnisch, dass wohl wenig Hoffnung bestehe, Masken einer gerechten Bestrafung zuzuführen. Und habe man nicht schon immer gewusst, dass mit ihm etwas nicht stimmen könne? Man müsse sich nur die Themen seiner Romane anschauen, von den Filmen ganz zu schweigen. Der Reporter wagte sogar, Gerüchte über sexuelle Ausschweifungen zu erwähnen; zahllose Kinder aus dem Scheunenviertel seien von Masken und einer ganzen Reihe Prominenter missbraucht worden.

Eine Flut von Leserbriefen zur Verteidigung Maskens ging ein. Daraufhin entschuldigte sich die Zeitung bei ihren Lesern, der verantwortliche Journalist wurde entlassen. Eine Gruppe von Schauspielern tat sich zusammen und schaltete eine ganzseitige Anzeige in mehreren großen Tageszeitungen, in der beteuert wurde, was für ein ehrenvoller und großherziger Mann der Verschwundene sei. Die Seite endete mit dem Aufruf:

»Komm zurück, Felix – Deutschland braucht dich!«

Chiara hatte die Seite ganz nach oben gelegt, als sie die Zeitung zusammen mit allen anderen am Strand verbrannt hatte.

✣

Der Gerichtsmediziner nahm eine Reihe von Untersuchungen am Leichnam von Chiaras Vater vor, ohne dass diese etwas ergaben, das über das Offensichtliche hinausging.

Haut und Muskeln seines rechten Arms lagen schlaff und leer an seiner Seite. Die Knochen waren verschwunden.

Ebenso die Zähne.

Chiara dankte allen Beteiligten und bat sie, den Toten zu bestatten und Stillschweigen über die Sache zu bewahren.

Nachdem die Leiche im Sarg und der Sarg im Grab lag, gingen Chiara und Nette durch die Altstadt zu ihrem Hotel am Marktplatz, packten ihre Sachen und verließen Meißen.

Sie nahmen den nächsten Zug nach Süden.

»Hätte es etwas geändert, wenn du auf seine Warnung gehört hättest?«, fragte Nette, als sie allein in ihrem Zugabteil saßen.

Darauf wusste Chiara keine Antwort.

In der darauf folgenden Nacht, in einem Hotel in München, träumte sie zum ersten und einzigen Mal von Diandra, dem Mädchen aus dem Waisenhaus im Scheunenviertel.

Böse, hatte das Medium gesagt, mit einer Stimme, von der Chiara nun wusste, dass sie ihrem Vater gehört hatte.

Am Morgen stand sie vor der Spiegeltür des Kleiderschranks, als Nette an die Tür klopfte und eintrat. Chiara wandte sich nicht um, als das Mädchen von hinten an sie herantrat und über ihre Schulter blickte. Sie beobachteten einander im Spiegel.

»Manchmal möchte ich die Zeit anhalten«, sagte Chiara. »Einfach innehalten, um Zeit zum Nachdenken zu haben. So, wie man ein Buch für eine Minute oder einen ganzen Tag zuschlägt, um über die Personen nachzudenken ... was sie sagen und tun und wie sie zueinander stehen.«

»Aber wir denken doch ständig über uns selbst nach.« Das war ein sonderbarer Satz oder wäre es gewesen, wenn die frühere Nette ihn gesagt hätte. Aus dem Mund ihres Spiegelbildes klang er ganz selbstverständlich.

»Es geht nicht um mich, es geht um die anderen«, sagte Chiara. »Um die Menschen, die ich mag. Was hilft es, wenn ich erst weiß, was sie mir wirklich bedeuten, wenn sie nicht mehr da sind? Ich will es vorher wissen, wenn ich es ihnen sagen kann – oder ihnen zumindest in die Augen schauen und es *denken* kann.«

Nette berührte sanft ihre Hand.

»Gehen wir«, sagt sie nach einer langen Pause.

Chiara nickte langsam.

Ihre Spiegelbilder wandten sich ab, und obgleich niemand sie ansah, waren sie noch immer da, lebendig im Kristall, und sie gingen zur Tür und verließen das Zimmer.

ENDE

Kai Meyer

»Brillant erzählte, raffiniert gebaute historische Schauerromane«

Westdeutsche Allgemeine Zeitung

Das Gelübde
3-453-13740-X

Die Alchimistin
3-453-15170-4

Die Unsterbliche
3-453-86524-3

Göttin der Wüste
3-453-17806-8

Die fließende Königin
3-453-87395-5

Das Steinerne Licht
3-453-87396-3

3-453-86524-3

HEYNE